大河初心

焦裕禄精神诞生的风雨历程

高建国 著

作家出版社

图书在版编目（CIP）数据

大河初心：焦裕禄精神诞生的风雨历程 / 高建国著 . -- 北京：作家出版社，2020.9（2024.4重印）

ISBN 978-7-5212-0973-0

Ⅰ . ①大… Ⅱ . ①高… Ⅲ . ①报告文学 - 中国 - 当代 Ⅳ . ①I25

中国版本图书馆 CIP 数据核字（2020）第 079554 号

大河初心：焦裕禄精神诞生的风雨历程

作　　者：高建国
责任编辑：丁文梅
装帧设计：意匠文化·丁奔亮
出版发行：作家出版社有限公司
社　　址：北京农展馆南里 10 号　　　邮　　编：100125
电话传真：86-10-65067186（发行中心及邮购部）
　　　　　86-10-65004079（总编室）
E-mail:zuojia@zuojia.net.cn
http://www.zuojiachubanshe.com
印　　刷：唐山嘉德印刷有限公司
成品尺寸：170×240
字　　数：580 千
印　　张：38
版　　次：2020 年 9 月第 1 版
印　　次：2024 年 4 月第 7 次印刷
ISBN　978-7-5212-0973-0
定　　价：68.00 元

目　录

序章　历史在东坝头聚焦

黄河九曲十八弯，最后一道弯犹如天马行空留下的巨大U形蹄印，钢浇铁铸般嵌在河南省兰考县东坝头。

历史绝笔中，最令人震撼和感喟的，当属沧海桑田。时光倒流一百六十五年，位于今兰考县城西北十四公里处的东坝头，尚是一繁华渡口和集镇所在。因该段黄河堤坝贴护黄色琉璃瓦，远望如铜墙铁壁，俗称铜瓦厢。

铜瓦厢古为武将统兵之城池，明朝设管河厅，明嘉靖二十一年（公元1542年）建河道分司。河衙建筑之恢宏，有文为证："大门垣之伟丽，庭阶之宏阔，廨宇严邃清幽，过者改观而改容。"

有清一代，铜瓦厢河堤安危一直是黄河下游安澜与否的标识。

清咸丰五年（公元1855年）六月十五日至十七日，宁夏、河南黄河水涨延宕月余，下北厅（今开封兰考间）志桩"长水积至一丈一尺"，诸河汇注，"两岸普律漫滩，一望无际，间多堤水相平之处"。下北厅兰阳（今兰考一部）汛铜瓦厢三堡以下"登时塌三四丈，仅存堤顶丈余，签桩厢埽，抛护砖石，均难措手"。

咸丰五年六月十九日，公元1855年8月1日，铜瓦厢黄河大堤决口过水，翌日全部夺河，下游正河断流。

那个酷热难当的夏日，铜瓦厢大堤以其惊世骇俗的溃决，改变了南宋建炎二年（公元1128年）以来七百多年间，黄河改道南行经泗水夺淮入海的历史，从而使一代名镇铜瓦厢永远葬身河底。黄河决口处东岸有一小村庄，因数条大坝被冲断，遂得名东坝头。

河决后先向西北斜注，复折向东北，在河南兰阳和山东阳谷张秋间数百里范围内，"忽南忽北，河无正身"，迁徙摆动二十余年，江浙富庶之地漕运进京的交通命脉大运河为之中断。溜势不定的河水穿过运河汇入大清河，光绪九年至十一年（公元1883—1885年），大清河两岸大堤渐成，新河道阴差阳错贯通京东故道①与明清故道②。黄河经山东垦利注入渤海，铸成历史上迄今最后一次大改道。

一溃成名的东坝头，成为铜瓦厢永远的墓志铭。

弹指一挥间，黄河流经东坝头凡一百零八个春秋。

1963年7月，主政兰考的焦裕禄查风口来到人称"国家相册""黄河地标"的东坝头。他无意发思古之幽情，而是带着毛泽东1952年来此考察对人民作出的治理盐碱的承诺，在田野调查中发现了农民翻淤压沙的创举，找到了"贴膏药""扎针"治理风沙的办法，通过试验先行，拉开了根治内涝、风沙、盐碱"三害"的壮阔序幕。1965年12月，新华社记者穆青等人循着焦裕禄足迹踏访东坝头，以"笔落惊风雨"的长篇通讯，把他的事迹传遍中国。时过近半个世纪，2014年3月，习近平登上氤氲了太多文化意象的东坝头。此时，焦裕禄精神已成为党的宝贵财富和奋进新时代的强劲动力。

1952年10月29日下午五时许，人民领袖毛泽东乘坐的专列抵达兰封（兰考）车站，晚七时驶入黄河岸边兰（封）坝（头）黄河防汛专用铁路线，停在距东坝头十二公里的许贡庄村旁。

为避免给当地添麻烦，是夜，毛泽东在专列上就寝。

这是新中国成立后，毛泽东首次出京视察。

---

① 北宋天禧四年（公元1020年），黄河在河南滑州（今滑县）决口，至景祐元年（公元1034年）再决横陇（今濮阳），行河千年的东汉故道遂改道。黄河过横陇经山东入海故道属京东省级行政辖区，宋人称横陇以下旧河河道为京东故道。

② 南宋建炎二年（公元1128年），东京守将杜充为防御金兵南下，在滑州人为决堤造成黄河改道，河由天津北注渤海改为南流夺淮入黄海，直至铜瓦厢决口，郑州以下、清口以上黄河主流始终迁徙不定。明末潘季驯治河后，黄河基本被固定在开封、兰考、商丘、砀山、徐州、宿迁、淮阴一线，形成明清故道，行河三百年。

1949年3月5日至13日，中国共产党在河北省平山县西柏坡中央机关食堂，召开了七届二中全会。在新中国躁动母腹的重要历史时刻，毛泽东语重心长提出，务必使同志们继续地保持谦虚、谨慎、不骄、不躁的作风，务必使同志们继续地保持艰苦奋斗的作风。

　　七届二中全会闭幕刚十天，1949年3月23日，毛泽东率中共中央机关，从西柏坡意气风发进京"赶考"。毛泽东豪迈地说，不要退回来，我们决不当李自成，我们都希望考个好成绩。

　　诞生于进城前夕历史时刻的"两个务必"，以摆脱"历史周期律"的政治清醒与自觉，成为中国共产党立国执政的圭臬。

　　在那个冲破帝国主义东方战线的不寻常的春天，人民解放军百万雄师过大江，蒋家王朝土崩瓦解，国民党残余势力退守海上，蛰居台湾。开国大典的礼炮声响犹在耳，远东朝鲜战争猝然爆发。山水相依，唇亡齿寒，襁褓中的人民共和国转瞬向死而生。抗美援朝，土地改革，镇压反革命，"三反""五反"，征衣上硝烟犹浓的毛泽东，率领他从西柏坡走来的团队，接连打出一套令人眼花缭乱的组合拳，新中国在西方虎伺狼窥的东亚站稳了脚跟。

　　欲安邦，先安澜。稍得空隙的毛泽东，视线转向了黄河。

　　发源于青藏高原巴颜喀拉的约古宗列盆地的黄河，纳百河、汇千川，从青藏高原和黄土高原奔流而下，纵贯青海、四川、甘肃、宁夏、内蒙古、山西、陕西、河南、山东九省区，干流长达五千四百六十四公里，流域面积（含内流区）广及七十九点五万平方公里，以"磅礴立四极"的宏大气势，稳坐中国长河第二把交椅、世界长河第五把交椅。

　　"黄河石水，泥沙七斗。"这条世界公认最难治理的大河，除在内蒙古河套地区奔腾于地平线之上，一直穿行在西部高原的深谷巨涧。及至万斛狂涛在潼关挣脱大山陡崖束缚一跃而为地上河，面对比降骤跌豁然开朗的中原，便迫不及待卸下从上游裹挟的巨量泥沙。先窄后宽的河道，先急后缓的流速，高阶丰壤的慷慨馈赠，都赋予黄河"善淤、善决、善迁徙"的性格。

　　亘古以来，黄河中下游河道以孟津为顶点，北抵天津，南达江淮，"三年两决口，百年一改道"，在广袤扇形冲积地域削峰填谷，南北游荡，终使西达三门峡的古海洋，成为坦荡无垠的华北平原。

公元57年，光武帝刘秀四子刘庄登基，起用"治水奇人"王景治河，"以十里水门（堤坝所建闸洞）之法固堤防而深河槽，以疏导之法减下游盛涨"，八百余年仅河溢十六次而无决徙之患。

从王景治河形成"东汉故道"，到明朝隆庆六年（公元1572年）潘季驯治河形成黄河归一的"明清故道"前，宋代黄河经历了三百余年的乱流期。北宋一百六十七年间，黄河决、溢、徙达一百六十五次，构成黄河年年有事的危政。黄河频繁决、溢、徙，密集形成了诸多新河道。宋真宗天禧四年（公元1020年），河决滑州，"京东故道"肇端；宋仁宗景祐元年（公元1034年），河决横陇，形成"横陇故道"；宋仁宗庆历八年（公元1048年），河再决横陇，引发史上第三次大迁徙——商胡改道，黄河"北流"改由天津入海。

宋代黄河泛滥中原，有朝廷黑暗、政治腐败之人祸，亦有"东汉故道"行河晚期河床久淤易决原因。与城头频繁变幻大王旗相偕而生的是，黄河河床日益抬升。文献显示，铜瓦厢决口前，兰阳以下河道滩面一般高出背河地面七到八米，原河道已很难维持。近代中国"睁眼看世界"的两位巨眼英豪，均预言黄河改道北行之必然趋势。林则徐断言，"谓欲救江淮之困，必须改黄河于山东入海"。魏源在《筹河篇》言明："由今之河，无变今之道，虽神禹复生不能治，断非改道不为功。人力欲改之者，上也。否则待天意自改之。"他主张，黄河由开封以上改河东北流，下经张秋、利津入海。十三年后，黄河自铜瓦厢北折山东，神奇契合魏源筹河蓝图路径。

黄河流域之广和安澜之难，决定了其历来关乎治国安邦之大计。共和国刚届三岁华诞，毛泽东在中办主任杨尚昆、公安部部长罗瑞卿、铁道部部长滕代远、中办警卫局局长汪东兴等陪同下，由北京乘专列南下，首赴济南视察泺口黄河险工，旋抵徐州勘察黄河故道，再经开封直奔兰考东坝头。

诞生于湘江之滨且酷爱中流击水的毛泽东，对黄河情有独钟。早在1918年，毛泽东就写下"河出潼关，因有太华抵抗，而水力益增其奔猛；风回三峡，因有巫山为隔，而风力益增其怒号"的诗句，以母亲河励志书怀。1936年春，毛泽东率红军东征，从陕北过黄河转战山西。适逢黄河凌汛，磨盘大的冰块在浊浪中相互冲撞，声震峡谷。毛泽东和警卫战士乘木船在浮冰间穿行，风浪颠簸中，木船像一片飘忽不定的树叶。谈笑风生的毛泽东指着头裹白羊肚毛巾、口中号子飞扬激越的黄河船工说："看，这就是我们民族的精神！"警卫战士为船工的豪气所激励，紧缩着的心有所松弛。毛泽东又问："你们谁敢游黄河？谁游过黄河？"小伙子们互相看看，有的说，给彭总送信时游过，有的说，枯水季节游过。"那太好了！"毛泽东豪迈地挥手说："来，我们不坐船，游过去吧！"警卫员们盯着河里尖牙利齿你撕我咬的浮冰，一个个屏息敛声。毛泽东意味深长地说："你们可以藐视一切，但是不能藐视黄河。藐视黄河，就是藐视我们这个民族！"

1936年2月8日，毛泽东为东征做准备，赴陕北清涧袁家沟侦察黄河渡口，遇大雪写下雄奇瑰丽的《沁园春·雪》，留下了"望长城内外，惟余莽莽；大河上下，顿失滔滔"的千古绝句。1945年8月28日，毛泽东赴重庆谈判，抵渝第三天同柳亚子晤面。10月7日，毛泽东致柳亚子信中附有九年前写的《沁园春·雪》。10月25日，柳亚子在诗画联展中展出了毛泽东咏雪词墨宝和自己的和词。11月11日，《新华日报》刊出柳亚子的和词。《新民报》编辑吴祖光深为毛泽东气势磅礴的咏雪词所震撼，将词作发表于11月14日《新民报》副刊。毛泽东笔走龙蛇、气吞山河的力作见诸报端后，不胫而走，轰动山城。五味杂陈的蒋介石，羞于国民党无人能与毛泽东经天纬地的才情相媲美，遂令各级党部罗致秀才挖空心思寻章摘句。无奈国民党党徒虽多，但多是特务贪官和腐儒酸丁，终无华章与之比肩。在中国向何处去的历史关头，这场特殊较量被视为社稷江山归属的先兆。

然而，对黄河年复一年输沙填海，周期性改道和频繁决口的特殊禀赋，毛泽东却缺乏直观感受，急于亲赴中原一探究竟。

1952年10月30日上午，毛泽东乘专列抵近此行考察的重点兰考东坝头，换乘汽车到达杨庄险工，健步登上黄河9号坝，察看工程和黄河流势。黄河水利委员会主任王化云，向毛泽东报告黄河坝埽及全河修防情况。毛泽东仔细察看与河堤呈丁字形的束水工程建筑坝埽，问："坝埽起什么作用？"

王化云回答说："主要起御溜护岸作用。"

毛泽东记忆犹新，1938年6月9日，蒋介石下令扒开郑州花园口黄河大堤，以水代兵阻止日军西进，形成祸及豫皖苏三省四十四县的黄泛区。1946年2月，国民党不顾黄河故道大堤废弛多年，强行在花园口堵口，妄图水淹和隔离解放区。中共斡旋经年，人民千里复堤，挫败了国民党阴谋。应运而生的晋鲁豫区黄河水利委员会，标志着1946年为人民治黄元年。

毛泽东对人民治黄以来黄河岁岁安澜颇为满意，笑谓当年晋鲁豫区黄委会主任王化云"半年化云、半年化雨就好了"，问："黄河六年没有决口，今后把坝埽大堤修好，黄河就不会决口了吗?"

王化云据实以告："这不是根本办法。这几年黄河未遇异常洪水，如遇大水还有相当危险。"王化云说着，情不自禁吟诵起1843年黄河特大洪水后，河南陕县流传的一首民谣：

> 道光二十三，黄河涨上天，
>
> 冲走太阳渡，捎带万锦滩。①

毛泽东不无忧虑地说："黄河涨上天怎么办?"

王化云说："不修大水库，光靠这些坝埽挡不住。"

毛泽东缄默了。秋水浩茫，往事灼灼。历史深处飘来的民谣，使毛泽东"黄河涨上天"的忧虑愈甚。他冀望大河出平湖。

王化云说："黄河泥沙多，干旱时常枯水，无论是防洪还是灌溉，都需要修水库。如果邙山水库或三门峡水库能够修建成功，可以解决防洪灌溉和发电问题，为发展农业和工业服务。"

在驶向兰考的专列上，毛泽东问及修建邙山水库的方案，说："本来说淹几万人，现在又说淹几十万人，你们是把洛河漏了?"

王化云对毛泽东的精确判断极为钦佩，急忙点头说："是。"

毛泽东又问修建三门峡水库方案。王化云汇报，水库大坝修到三百五十米高程时，要淹六十二万人，毛泽东问："不是一百多万吗?"

"那是日本人的数字。"王化云报告了水库建成的综合效益。

"修好邙山水库，几千年的黄河水患解决了，每年还能灌溉几千万亩农

---

① 太阳渡位于三门峡市陕州风景区内，是连接晋豫两省的古渡之一，对岸为山西省平陆县太阳渡村。万锦滩在陕州古城北黄河岸边，因风景优美，繁花似锦，故名。

田，发电站装机容量不小，轮船通航也有条件了，将来解决三门峡问题也可以考虑。"水库建成的美好前景，令毛泽东喜上眉梢。

从杨庄乘汽车至黄河南岸东坝头，毛泽东拾级而上，登上险工大坝坝顶。王化云给毛泽东介绍说："东坝头是这一段的主坝，河北岸是西坝头，就是清咸丰五年黄河在铜瓦厢决口的地方。"

黄河古来即有"铜头铁尾豆腐腰"之说。这条桀骜不驯的巨龙，西出晋陕峡谷成为地上河后，由于滩阔水缓，泥沙沉积，河堤随河床抬升不断增高。从东坝头至台前孙口近二百公里河段的悬河，河高堤危，形成了著名的"豆腐腰"。"豆腐腰"上叠加的"二级悬河"，又酿成"切腹之患"。东坝头正处在黄河"复式悬河"最凶险的河段。

时值深秋，浩荡的河风已寒意萧萧。身穿草绿色薄大衣的毛泽东信步东坝头黄河大堤，仔细察看近年新修的几座险工石坝，边走边问王化云："像这样的大堤和石坝，一共修了多少？"

王化云说："下游共修大堤一千八百多千米，修石坝近五千道。国民党时期坝埽用秸料做，很不坚固，现都改为石坝。"

下午一时二十分，毛泽东走进餐车开始用餐。餐桌上摆着一小盘鱼，一小盘青菜，一碟辣椒，一碟咸鸭蛋。毛泽东在餐桌前招呼王化云说："'黄河'，来，坐这里！"

餐后，毛泽东沉吟有顷，对王化云说："说黄河是悬河，在东坝头看不出来。我想再找个地方看看。"

王化云解释说："东坝头是开口子的地方，水深流急冲刷河道，沉积的泥沙就少一些。而大堤外是黄河故道，泥沙淤积地势相对较高，所以大堤内外悬差不大。到开封柳园口，悬河就看得比较清楚了。"

当日下午专列抵开封，毛泽东驱车来到北郊柳园口黄河大堤。毛泽东俯视大坝夹峙的悬河，南望堤外村庄树木如在凹地，内外高差非常明显，忧虑愈甚，问："柳园口的河面比开封城高多少？"

王化云说："黄河从郑州桃花峪形成地上悬河，河床平均高出两岸地面三到五米，柳园口河床比城里高三到五米，黑岗口河床比开封市地面高十一米。当地人说，'河从屋顶过，船在空中行'。"

"这就是'悬河'啊！"毛泽东回望历史上屡圮于黄水的开封城，慨叹之余，眼前倏忽闪过一个孜孜矻矻临河督工人的身影。

道光十一年十月初七日，公元1831年11月10日，林则徐由江宁布政使升任河南山东黄河河道总督。道光十二年正月二十二日，公元1832年2月23日，林则徐顶风冒雪从黄河北岸曹考厅登上大堤，沿河催办各厅、汛土方工程并查验料垛。查视兰仪厅（今兰考）蔡家楼处料垛时，发现垛底有潮湿秸料，晾干重量必亏欠，乃请旨将兰仪厅同知于卿保撤任，令继任者逐垛拆开晾晒，损耗由于卿保赔补。林则徐周历履勘，仅月余即查看两省南北十五厅七千余料垛，狠刹在料物上做手脚的贪腐之风。鉴于林则徐任东河河督政绩突出，被委以重任赴江苏清除水运积弊，政绩斐然再获升迁赴任湖广总督。

1840年鸦片战争林则徐为投降派所诬，以"办理不善"降为四品卿衔，复又革职发往新疆伊犁。翌年6月，黄河在开封祥符张家湾决口，滔滔黄流围困开封，豫、皖五府二十三州县皆为泽国，东河总督文冲请旨弃城迁衙。大学士王鼎为道光帝钦差抵汴，否定文冲之议，力荐林则徐襄助堵口。林则徐流放行至扬州，接道光帝"折回东河效力赎罪"之命，慨言"肝胆披沥通幽明，亿兆命重身家轻"，于八月十六日以戴罪之身赶赴黄河决口现场。

林则徐反复勘察宽达千余米的决口口门，决定绕过口门在临河一侧筑起八千米长的围坝，在合龙口上游修建三道挑水大坝，于原河道开挖引河六十余里，力挽大河归故。秋冬时节，林则徐扶病朝夕驻坝指挥，"日夜坐与士卒同畚锸"。翌年冰融河开，顺流而下的巨冰撞断西坝头捆厢船缆绳，林则徐亲率官兵固坝除险。堵口合龙前夕北风骤起，东坝头四十余米坝体突然蛰陷，数名河工坠河。林则徐速令抛石护根稳定坝埽，化险为夷。道光二十二年（公元1842年）二月初七日，张家湾黄河三百余丈宽口门终于被堵复。

决荡千里的黄河归故后，钦差大臣王鼎因督导有方晋加太子太师衔，河南巡抚牛鉴因护城有功擢升两江总督，其余在工文武皆有褒奖酬劳。王鼎于大坝合龙前专折奏请皇上，"林则徐襄办河工，深资得力"，恳请准其以功赎罪，"免戍伊犁"。皇上遂颁旨，令"合龙之日开读"。不料在开封河南巡抚衙内设宴庆功之日，王鼎开封宣读谕旨时却脸色突变，几近失声："命东河差委已革两广总督林则徐，仍遵前旨即行起解，发往伊犁效力赎罪。"

晴天霹雳般的谕旨，令跪地候旨官员目瞪口呆，喜颜失色。

林则徐平静如初接旨谢恩，一力安慰有心无力、老泪纵横的王鼎，乐观淡定说此去新疆，正好可与先期抵达的邓廷桢为伍。有感于落难时王鼎扶助，林则徐慨然挥毫，呈诗二首，以慰相国：

> 幸瞻巨手挽银河，休为羁臣怅荷戈。
> 精卫原知填海误，蚊虻早愧负山多。
> 西行有梦随丹漆，东望何人问斧柯。
> 塞马未堪论得失，相公且莫涕滂沱。
>
> 元老忧时鬓已霜，吾衰亦感发苍苍。
> 余生岂惜投豺虎？群策当思制犬羊！
> 人事如棋浑不定，君恩每饭总难忘。
> 公身幸保千钧重，宝剑还期赐尚方！

1841年8月，林则徐在西安与妻子告别之际，挥笔草就《赴戍登程口占示家人二首》，留下了广为传颂的千古名句：

> 苟利国家生死以，岂因祸福避趋之。

王鼎回京复命后，当廷历数林则徐黄河堵口劳绩，犯颜直谏保举林则徐重执兵权抗英，遭道光帝厉言斥责。七十四岁的王鼎极度失望，以死陈情，遗疏保荐林则徐后自缢圆明园寓所。林则徐流放途中惊闻噩耗，挥泪吟诗："伤心知己千行泪，洒向平沙大幕风。"

后人铭记林则徐祥符治黄功绩，亦为王鼎公心荐才的胸襟和为国尸谏的壮举所感动，恭称这段八千多米的堤防为"林公堤"。

"萧瑟秋风今又是，换了人间。"毛泽东神情凝重走下"林公堤"，抓起一把泥沙细看之后问："这些泥沙是从什么地方来的?"

王化云答道："这些泥沙都是从西北黄土高原冲下来的。"

"黄河一年的输沙量能有多少?"

"陕县水文站测验,黄河平均每年有十六亿吨左右泥沙被送到下游,淤积在河道,这是黄河不断改道泛滥的重要原因。"

毛泽东闻听此言似有所动,举目西望,心中有如波涛汹涌。没齿难忘的民族危亡之秋,在黄河上游,黄土高原的小米养育了中国革命。毛泽东刻骨铭心,陕北十三个春秋,那片高天厚土对中国共产党人最宝贵的馈赠,是化育了一群中华民族最优秀的子孙,锻造了确保党永不失色的延安精神。

翌晨五时许,毛泽东离开住处登上专列。王化云随河南省党政领导张玺、吴芝圃到车站送行,问:"主席还有什么指示?"

毛泽东叮嘱说:"你们要把黄河的事情办好!"

1958年8月7日下午六时许,毛泽东乘坐的专列再次停在兰考县许贡庄附近。1952年10月的兰考之行,毛泽东记住了黄河险工东坝头。专列驶往东坝头途中,毛泽东接见了开封地委书记张申和兰考县委书记程约俊,听取他们关于黄河修防治理情况的汇报。毛泽东兴趣盎然地问:"你们用什么办法,保证了黄河不出问题?"

程约俊回答说:"有主席英明领导,发动群众打人民战争,加高加宽黄河大堤,汛期洪峰来临时,干部带领群众严加防守。"

毛泽东又问:"兰考县今年小麦亩产多少斤?"

程约俊答道:"兰考内涝、风沙、盐碱严重,自然条件差,土质又不好,今年小麦增产了,亩产也才只有一百多斤。"

一丝忧色掠过毛泽东脸庞,遂问:"群众的生活怎么样?"

"群众生活比解放前好多了。"程约俊诚恳地说。

毛泽东指着窗外铁路西侧的荒地问:"这地长庄稼不长?"

"这是块盐碱荒地。"程约俊说,"我们正在三义寨公社开挖修建四百个流量的引水大闸,把黄河水放出来,将盐碱地淤灌成好地,就能长庄稼了。地处黄河故道的仪封公社,原先因沙荒不长庄稼,这些年植树造林,防风固沙,现有三千亩苹果树结了果。"

毛泽东闻听兰考县黄河治理和利用初见成效,高兴地笑了。

程约俊把兰考县黄河淤灌水利建设规划图呈给毛泽东。毛泽东仔细看后说："这个规划实现了，兰考县就和浙江兰溪县一样了。"

毛泽东一生曾五十三次莅临浙江视察，在专列上听过兰溪县委书记汇报。他看完手中的规划图，提醒地、县领导同志说："定计划要敢想敢干，既能调动群众积极性，又要留有余地，有实现的可能。"

正值黄河汛期，河水猛涨。毛泽东换乘汽车抵达东坝头，面向一河洪波再次表达久蓄心中的夙愿："我要在这里横渡黄河！"

志在征服中国大江大河的毛泽东，已不是头一回挑战黄河了。为毛泽东横渡黄河做准备，兰考县县长张钦礼挑选熟悉河势的船工和水手，下水反复试游。因黄河泥沙漩涡多，各级共同认为，主席下河游泳有危险。经请示党中央，中央复电，劝主席不游为好。毛泽东得知中央复电并听取了黄河水情的汇报，爽快地说："既然你们都这样认为，我服从大家的决定。"

在开国之初百废待举、黄河百年改道大限逼近之际，毛泽东两赴兰考考察黄河，不经意间为此后展开的气壮山河的抗灾除害斗争，埋下了伏笔。

毛泽东离开了兰考，但却把未能征服黄河的遗憾，留在了水丰河险的东坝头。1959年夏，毛泽东在济南泺口考察黄河，对山东省委第一书记舒同说："全国的大江大河我都游过了，就是还没有游过黄河。我明年夏季到济南来横渡黄河！"然而，当1960年夏天如约而至时，毛泽东赴济南横渡黄河的计划却付之阙如。

一代伟人的黄河情缘渊源何在？1936年和1939年，美国记者埃德加·斯诺两度访问延安，毛泽东同他进行了数次长谈。斯诺曾问毛泽东："如果您卸去领袖重任，最想去做哪些事情？"毛泽东深深吸一口烟，充满希冀地说："骑马沿黄河流域考察。"

1952年秋，毛泽东在东坝头极目远眺，思想的羽翼在山邈水远的黄河翱翔，喃喃说道："李白说，黄河之水天上来，我真想骑着毛驴到天上去，从黄河的源头，一直走到黄河入海口。我要看看黄河究竟是怎么一回事。"

戎马倥偬年代埋在心头的种子，经流光浸淫终于萌芽破土。1964年年初，中办警卫局在内蒙古军区组织骑兵小分队，为毛泽东考察黄河上游做准备。但由于"文革"爆发，毛泽东最终未能到达他毕生萦怀的黄河源。

亲炙对国计民生影响甚巨的黄河，使毛泽东开始自觉把治河与治国融为一体，而万古流淌的黄河，给予毛泽东的启迪又远不止于此。1953年2月，毛泽东途经河南，在专列上再次听取了黄河水利委员会主任王化云的汇报。毛泽东对1935年毕业于国立北京大学法律系的王化云，出任"河官"后脱毛换羽，成为出色治黄专家颇为赞赏，语重心长讲起了古老的希腊神话——力大无穷的巨人安泰，是大地女神盖亚和海神波塞冬的儿子，安泰不脱离母亲大地便不可战胜。赫拉克勒斯发现这一秘密后，便将安泰举到空中，使其无法从母亲盖亚那里获取力量，最终将他扼死。毛泽东以安泰与大地女神，比喻党同人民的关系，告诫大家不要骄傲，不要脱离群众。

在大河之滨无数次上演"水能载舟，亦可覆舟"历史活剧的舞台上，毛泽东西风东渐的红色隐喻，令共和国"河官"情思激越。从延安跳出"历史周期律"的"窑洞对"，到中原以希腊神话自励永不脱离群众，党在嘉兴南湖红船启碇时就铭刻于天地黎元间的来自人民、依靠人民、服务人民的宗旨，始终鲜明如初，成为天下归心的赤诚宣示！

年复一年，大河两岸的护堤柳周而复始回黄转绿。转瞬间，毛泽东首次登临东坝头黄河大坝已时逾一个甲子。

2014年3月17日下午，几辆土黄色中巴车，悄然驶上兰考县东坝头黄河险工大坝，停在毛泽东视察黄河纪念亭西侧。

时近春分，大河两岸春和景明，满眼新绿。正徜徉景区踏春的游人蓦然发现，从停在东坝头大坝的一辆中巴车上，走下了中共中央总书记、中华人民共和国主席、中央军委主席习近平，禁不住惊喜地喊了起来："是总书记！习近平总书记来了！"

出人意料的喜讯春风一样传遍大堤，人们纷纷从附近赶来，兴奋而礼貌地围拢在纪念亭周围，一面鼓掌，一面喊着："总书记好！总书记辛苦了！"

习近平微笑着向游人挥手致意说："大家好！"

习近平是根据党中央的安排，在第二批党的群众路线教育实践活动中，专程到他联系的兰考县指导活动开展，并给全党县以下各级党组织教育实践活动开展示范引路的。全国三千八百多个县、市、区、旗，兰考县脱颖而出成为党的总书记的联系点，焦裕禄因素显然起了至关重要的作用。

3月17日下午，习近平来到东坝头乡张庄同群众面对面座谈，而后来东坝头考察。当地领导同志向习近平介绍了东坝头的历史，以及在黄河安澜中的重要地位。习近平边听边问，随后同时任中共中央政治局委员、中央政策研究室主任王沪宁，中共中央政治局委员、中央组织部部长赵乐际，中共中央政治局委员、中央书记处书记、中央办公厅主任栗战书，河南省委书记郭庚茂、省长谢伏瞻等领导同志一道，走上东坝头大坝一瞻黄河风采。

这真是历史如椽之笔摄人心魄的大写意！

从西天奔涌而来的洪波巨浪，呼啸着，撕扯着，挟万千声威和凛凛寒意，排山倒海般齐集眼前。当惊叹不已的人们还来不及完全领略大河的雄浑与壮阔时，洪峰又似怒卷狂涛的巨鲸，以沛然莫之能御之势，迎头扑向砥柱中流的险工石坝，在河谷甩下闷雷似的涛声，令人油然忆起先贤雨夜渡河留下的"夹岸黄云飞海雾，拍天白浪吼雷声"的诗句。狂涛受挫后心犹不甘，喧嚣着重整旗鼓再叩雄关，无奈为固若金汤的石坝所驭，遂斜刺里转向西南，在硕大的半弧形河道做最后威武状，折返东北奔向大海。

习近平身沐大河风涛，俯瞰九曲黄河最后一道弯气势恢宏的景观，感受历史风云交汇的雄浑壮丽。

"大河遥自西域来，万折千回东赴海。"黄河，中华民族的象征，华夏文化的发祥地。在这条为一个国家和民族打上最鲜明文化印记的大河孕育下，两岸世代乐享舟楫渔猎之利的炎黄子孙，创造了半坡文化、仰韶文化、裴里岗文化、大汶口文化、红山文化等光辉灿烂的古代文明，培育了中华民族的人文始祖黄帝和炎帝。一部河南黄河史，几近囊括中国历史变迁。从夏代到清代，漫漫四千余年，有三千二百多年时间，河南一直居于中国政治、经济、文化中心地域，有二十多个朝代、二百多位帝王，建都或迁都于此。数千年来，无垠中原河治兴废，隐现多少王朝叠影，变换多少将纛帅旗，濡染多少黎民血泪！只有中国共产党铁流二万五千里，将革命大本营从南中国迁徙陕北，在黄河上游创造了旨在摆脱"历史周期律"支配和永葆青春活力的延安精神，中国历史才揭开了崭新一页。

中华民族的母亲河，理所当然是化育中国共产党人的精神皈依。极目大河，一种堪称神奇的对应关系引人遐思：延安精神，形成于延川县黄河第一道弯乾坤湾畔，相传那里是远古时，太昊伏羲氏"仰则观象于天，俯则观法于地，观鸟兽之文与地之宜，近取诸身，远取诸物，于是始作八卦"的地方；而焦裕禄精神，则形成于以东坝头为中心的黄河最后一道弯所在的中原腹地，这里正是民族苦难与黄河新生的交汇点。八十多年来，从乾坤湾到东坝头，从黄河第一道弯到最后一道弯，初心如磐、其命维新的中国共产党人，始终与黄河同行，与人民风雨兼程，不断从母亲河中汲取最深厚的力量。我们从哪里来？要到哪里去？在新时代的巨轮启程远航之际，当肩负中华民族伟大复兴使命的中国共产党人，溯河而上深情回望南湖红船、黄土高原、西柏坡等彪炳青史的红色驿站时，从博大精深的精神原点迸发的理想之光，便以烛照历史和未来的辉煌光焰，照亮了党领导人民实现中国梦的道路。

习近平面向气势非凡的黄河大转弯，领略东坝头丰赡而深邃的历史文化内涵，一个政党背倚大河砥砺奋进的初心跃然眼前。

黄河之于习近平，有着一种渗入骨髓、融入心灵的特殊亲情。在塑造了这条大河特殊禀赋并染就其厚重底色的黄土高原，流淌着父辈红色的血脉，也有着自己人生遒劲的根基。

1969年1月，年仅十五岁的习近平，顶着纷纷扬扬的雪花，到距黄河第一道弯三十五公里的延川县梁家河插队。在以毛泽东为代表、包括父辈在内的第一代中国共产党人创造延安精神的黄土地上，习近平经历了最初的迷茫和彷徨，开始把自己看作是黄土地的一部分，在梁家河这个"有大学问的地方"，与人民一道茹苦含辛劳作，焚膏继晷学习，在困境中实现了思想飞跃和精神升华。

1975年9月的一天，习近平离开梁家河到北京上大学。当他推开窑洞门时，发现全村自发来送行的男女老少站了一院子。习近平看到人群中有双腿残疾的村民石玉兵，拄着双拐一步一步挪过来，急忙走上前去搀扶，泪水从眼中流了出来。习近平坦言，在他的一生中，对他帮助最大的，一是革命老前辈，一是陕北的老乡们。陕北七年，黄土地对他最丰厚的馈赠是，要为人民做实事！无论走到哪里，永远都是黄土地的儿子。党的十八大后，源自梁家河的圣洁情感，衍化成干一切事情都要坚持以人民为中心，人民群众对美好生活的向往，就是我们的奋斗目标的治国理政理念。

日理万机的习近平，专程到张庄调研并亲莅东坝头考察，追根溯源还是因为人生春天心里播下的那颗种子。焦裕禄这个楷模对于青少年时代习近平的思想奠基与成长，有着不可替代的重要作用。

1966年2月7日，正在北京读初中一年级的习近平，听老师念《人民日报》刊登的焦裕禄通讯，感动得流下了热泪。从此，饱蕴天地正气和人间真情的焦裕禄精神，在习近平心中深深扎根。从梁家河到北京，从北京到河北、福建、浙江、上海，焦裕禄生也沙丘、死也沙丘的情怀，一直萦绕在习近平心中，焦裕禄披肝沥胆为人民和勤勉恭谨的形象，始终是激励习近平奋然前行的不懈动力。

东坝头之行，唤起了习近平对焦裕禄历久弥深的情愫。

往事依稀，大坝延伸处，焦裕禄骑菲利普自行车弓身而行的身影隐约可见。从当年沙丘环峙几无生路的张庄村，到险工巍峨惊涛裂岸的东坝头，这里的每一寸土地，都浸透了焦裕禄的心血和汗水！

车轮飞驰，脚步铿锵。春荒时节，焦裕禄发现东坝头附近有的余粮和自足队群众断炊外出要饭。一叶落而知秋。他要求，全县各区干部深入下去调查群众生活，该统销的统销，该救济的救济，防止人均自给有余掩盖天灾人祸中的特殊困难。1963年5月26日，黄河中下游发生1958年以来同期最大洪水，郑州花园口黄河流量达到六千立方米每秒。上午，兰考"河长"焦裕禄登上东坝头险工大坝察看险情，先后到姚寨、韩庄等险要地段检查堤防情况，叮嘱沿河社队干部注意防险，保护好群众。7月初，焦裕禄率风沙调查队到朱庵和张庄村勘察"下马台""裤裆岭"等沙丘，从农民魏铎彬用淤泥包住母亲坟头不使其被风刮开受到启发，发现翻淤压沙奥秘并试验推广，中旬带队查明爪营公社有风口二十处，危害耕地三万零八百亩。11月2日至3日，焦裕禄到东坝头一带检查挖排水道和拆除阻水工程情况，与群众一起挖土，征求治理"三害"意见，3日到栗庄大队总结十大变化印发全县。

1964年，焦裕禄生命进入倒计时。他以不辞羸病卧残阳的悲壮，开始最后的冲刺。1月24日，焦裕禄到爪营公社张庄，看到上千亩沙丘已封闭八百多亩，压沙先撒楝树豆春天可长出小树，提议在张庄召开现场会推广经验。1月27日，焦裕禄在张庄主持召开全县治沙现场会，明确了今冬明春治沙的六点基本要求。2月1日，焦裕禄召开爪营等三个公社十九个大队党支部书记座谈会，交流生产自救经验。3月9日，焦裕禄着眼农林牧副渔全面发展，指导坝头村和张庄制订生产计划，为全县面上的生产示范引路。

凶恶的死神步步紧逼，焦裕禄却畅想荒野变绿洲。3月15日，焦裕禄陪同开封地委副书记延新文，到张庄察看泡桐树和苗圃。当晚，焦裕禄与县委委员和公社党委书记座谈提出，全县十几个大队有桐树，每队育苗二十亩，争取三五年实现兰考大地园林化！

这是焦裕禄最后一次在东坝头留下奋进不息的身影。他和他的菲利普，用坚实的足迹和深深的辙印，向母亲河和父老乡亲辞行。

1964年5月14日，焦裕禄因肝癌晚期与兰考人民永诀。

焦裕禄逝世一年零九个月后，一个改写了党和国家历史的发现，令新华社记者登临朔风凛冽的东坝头，攀上洒下焦裕禄汗水的沙丘"下马台""裤裆岭"，走进他踏雪慰贫的村落庭院，挥泪写就《县委书记的榜样——焦裕禄》，创造了中国共产党人为永葆初心进行伟大精神铸造的标志性符号。

白驹过隙，四十八年峥嵘岁月过去。在共和国的群体记忆中，当年激励了一个时代、振奋了一个民族的焦裕禄精神，给刚刚走出洪荒年代的国家和人民，注入了怎样不可估量的巨大力量啊！今天，在党团结带领人民进行具有许多新的历史特点的伟大斗争之际，党员干部多么需要像焦裕禄那样，真心实意做人民的儿子，在与人民母亲血肉相连生死相依中永葆性质与本色，从而汇聚起排山倒海的力量，同心同德实现中华民族伟大复兴的梦想！

这些深沉的战略思考，化为世界最大执政党走向新时代之际，旨在不忘初心、牢记使命的一次意义非凡的深长回望和自我净化。

来到飞檐翘角的毛泽东视察黄河纪念亭，面河矗立的青石纪念碑正面，镌刻着"要把黄河的事情办好"九个龙飞凤舞的大字，系依毛泽东在开封火车站的殷殷嘱托集字而成；纪念碑背面，是毛泽东两次视察兰考考察黄河的简介。习近平在纪念碑前驻足流连，仔细察看历经岁月洗礼的碑文，亲身体悟中国第一个能有效降伏悬河的执政党，蕴含在历史深处的为民情怀和巨大力量。习近平满怀崇敬之情，连连称道实地察看饱览近代黄河历史风云的东坝头，瞻仰因毛泽东两次视察兰考并登临东坝头而建的纪念亭，很有意义。

在考察黄河兰考东坝头段的过程中，习近平向河南省和开封市领导同志了解黄河防汛和滩区群众生产生活情况，叮嘱要切实关心贫困群众，带领群众艰苦奋斗，早日脱贫致富。

登临东坝头险工，为习近平第二次兰考之行平添了精彩一笔。

历史像透迤千年的大河，把横断时空的影像，留在阅尽沧桑的东坝头。那个惠风和畅、暖意融融的春日，新时代人民领袖凭河临风的雄姿，定格在大河奔流的中原，写进共和国的编年史。

返回兰考县城途中，习近平缅想足迹踏遍东坝头的焦裕禄，深情说道，我任福州市委书记时，看到报上登的呼唤焦裕禄的报道，以"念奴娇"的词牌填了一首词，当时在《福州晚报》刊登过。焦裕禄同志是一个很高很高的标杆，虽不可及，但我们要见贤思齐。

从甲午孟春到盛夏，在载入中国共产党史册的那段令人难忘的时光，八千九百万中国共产党人和各族人民群众，通过立体和平面现代传媒，实时观看了总书记指导兰考教育实践活动的情景。

2014年3月18日，习近平主持召开兰考县委扩大会议，听取了县教育实践活动开展情况的汇报，并且发表了重要讲话。

8月27日，习近平在中南海听取河南省委书记郭庚茂和兰考县委书记王新军关于活动开展情况的汇报，对兰考县教育实践活动的成效表示满意。习近平开诚布公地说，我当时联系兰考，一个重要考虑就是要倡导全党结合时代特点大力学习弘扬焦裕禄精神。

总书记耳提面命亲自指导，荧屏实时展示兰考县委"戳到了麻骨"的批评与自我批评，观众面对面品评正宗"辣味"，"兰考经验"成为全党县以下各级党组织"照镜子、正衣冠"的标杆和遵循。

习近平说过，焦裕禄这个典型的宣传，是最为成功的。

焦裕禄精神的铸造与弘扬，是中国共产党革命性、先进性、创造性的集中体现，是党的政治优势和国家制度优势的生动佐证。世界上没有哪个执政党，能像中国共产党这样，以高瞻远瞩的战略眼光和薪尽火传的历史自觉，积七十年之功，跨世纪代际传承，全方位接续打造，为党和国家提供这样高尚的精神偶像与道德样本。

从1966年2月焦裕禄在中华大地广为人知后，历经五十多年风霜雨雪，焦裕禄从未被国人淡忘；在社会转型、代际更替的深刻变革中，历数影响中国的道德楷模，焦裕禄从未缺席。很少有人能与比肩，让几代国人为之挥洒如此多的眼泪；很少有人堪与颉颃，在东西方文化深度交融、多元价值观同时并存的时代环境中，焦裕禄广受褒奖而绝少腹诽。就是在雾失楼台、月迷津渡的十年动乱中，焦裕禄通讯被诬为"大毒草"，发难者也难对英雄冰清玉洁的高尚品行另行臧否。魅力四射的焦裕禄精神，是黄河哺育的中华民族传统美德，与党全心全意为人民服务宗旨交融共生的结晶；是初心依旧接力铸造精神瑰宝的中国共产党人，信仰与情操的人格化。

1989年9月，焦裕禄被中组部列为新中国成立四十年来共产党员的优秀代表；2009年9月，焦裕禄被中宣部等部门联合评选为"一百位新中国成立以来感动中国人物"；2019年9月25日，中宣部等部门联合表彰"最美奋斗者"，焦裕禄榜上有名；同年10月1日，在新中国成立七十周年大庆北京长安街群众游行中，焦裕禄形象出现在"不忘初心"方阵彩车上。

重新呼唤历史上的英雄，都是为了现实的伟大斗争。当世界上最大执政党，勇于直面重大风险考验和自身存在的突出问题，以壮士断腕的决心、永远在路上的勇毅，通过革命性锻造大力加强作风建设，以焦裕禄为镜子自我净化、自我完善、自我革新、自我提高时，不断从大地母亲汲取深厚力量，在密切与人民群众血肉联系中重构战争年代党与人民的鱼水深情，便成为中国安泰的必然选择。

莎士比亚在其倾情创作的最后一部完整话剧《暴风雨》中说："凡是过往，皆为序章。"光耀中华的焦裕禄精神，已经进入中国共产党的精神宝库，载入人民共和国的光荣史册。新时代大力弘扬焦裕禄精神，在实现中国梦中唱响鱼水新歌，中国安泰使命在肩。

如何解读焦裕禄精神原始形态的初心密码，为新时代中国安泰赋予无穷力量？锻铸焦裕禄精神的伟大接力，走过了怎样的万水千山？

古老东方的现代斯芬克斯之谜，吸引我展开了一次远征。

第一章　砺剑在黎明

一、青石碾上长出的革命

焦家有盘青石碾。

石碾呈淡青色，碾盘径长五尺余，碾磙高逾三尺，体量在山东省博山区北崮山村无出其右者。

历史往往把家族变迁的密码，镌刻在最富有生命力的什物上。

历尽沧桑的青石碾，是鲁中山村一户农家曾经小康的见证，也是焦家从小康坠入穷困后，主人走投无路自寻短见的绝地。

2017年8月26日，我到北崮山寻访一滴血与一个执政党的红色传奇，恰与这盘破土而出的青石碾不期而遇。

鲁中淄博，山水绮丽，人文厚重。距今八千年以降，自新石器时代揭幕，后李文化、北辛文化、大汶口文化、龙山文化，便争奇斗艳于这片神奇土地。西周和春秋战国时，淄博博山因孝妇颜文姜声名日隆，成为中国孝文化发祥地。源远流长的孝妇河和淄河，给赵执信、蒲松龄、王渔洋等文化巨匠以深厚滋养，还染就了中国共产党人楷模焦裕禄一生嘉行懿德的底色。

大自然鬼斧神工在淄河创造的杰作，是在博山城东一隅。这条恬静安详的文化之河，千百年来温柔贤淑地流淌着，流过那片群峰连绵的大山，不经意间就在夏秋盛怒之时，傍山刷出一条雄浑壮阔的峡谷。倵河临谷有一突兀而起的孤山，后为当地人美誉为崮山。依山而居的族群，山与村落的方位，衍生了东崮山、南崮山、北崮山诸村。位于孝妇河和淄河分水岭东侧的北崮山村，就倵依在春秋战国时齐长城脚下的岳阳山怀抱里。

焦裕禄故居现为山东省文物保护单位。我造访焦家小院那天上午，村民刚从地下挖出那盘埋于地下几十年的青石碾。博山区焦裕禄纪念馆馆长焦玉星告诉我，石碾出土处，就是焦家当年的油坊。

"这盘青石碾，就是焦裕禄父亲焦方田被逼上吊的地方？"

焦玉星默默点头，满脸肃色。我的心也像被猛地揪了一把。

农耕齐鲁，坊间的石碾，是殷实农家耕读传家的支柱，也是孩子童年乐趣的天堂和人生梦想的摇篮。焦家的青石碾，则藏着家族由盛转衰的秘史。我望着石碾被岁月和苦难咬噬出的深深凹痕，眼前犹如窗牖洞开，焦家百年间由殷实到落魄的轨迹倏忽闪现。

革命就是从青石碾上长出来的！

成于明代的《焦氏族谱》载："吾祖自北直枣强于明初迁于山东章丘清平乡，六世祖又迁莱芜县焦家峪庄。祖讳平，则迁于北崮山定居。"

焦裕禄爷爷焦念礼，从小进城在商铺当学徒，三十多岁回乡已世事洞明，人情练达。他不甘心株守祖上传下来的几亩薄田，赓续糠菜半年粮的艰涩日子，卖估衣，开油坊，家境殷实时购得小院。

小院占地约三分许，属于典型的北方乡间民居。进院迎面可见坐北朝南三间古朴典雅的房屋，石基黛瓦，基座甚高，屋前有七级台阶，整体构筑阔敞轩昂，是与小院同庚的原始建筑。步入堂屋，可见西墙木隔断镌有"岁次甲子"四字，昭示房屋建于1924年。

焦家亲属说，当年主人造屋入住后恹恹多病，忽一日见门前盘一大蛇，遂恶之，乃将小院转卖焦家。房屋精妙处在东间卧室南窗下，土炕与窗外院中锅灶相通。精明的主人工于设计，用于炒花生、豆子、蓖麻以榨油的锅灶暗藏机关：灶后烟道设一铁门，冬季打开，烟火循环于土炕和屋内地面下的烟道供取暖；夏季关闭，烟火便在院内散掉。在躬耕陇亩的自耕农时代，后世昌明的绿色环保和循环经济理念，便在小院闪发出最初的光芒。

小院南头三间石墙草顶小屋，则全然没有北面三间祖屋的浑然气势，设计用材更是相形见绌，家道中落之势一目了然。石墙草屋是焦裕禄父亲焦方田和母亲李星英终生栖身的小巢，也是焦裕禄1922年8月16日诞生和安放幼学童蒙乃至青少年岁月的地方。

二十世纪四十年代初，焦裕禄父亲焦方田，在石墙草屋西侧，搭建一间仅西山墙为石砌的土坯小屋。小屋比父辈住房矮了足有一米，成人出入须躬身低头。这是焦裕禄1941年与妻子郑氏成亲的婚房，也是清代同治年间以来，焦家小院最为不堪的住房。从殷实高堂到破败草屋，焦家三次造屋，一代不如一代。代际滑坠的曲线，与每况愈下的油坊正相关。小院建于三个年代的两排房屋，活现出焦家逐代式微由富至穷的变迁史，也成为列强入侵山东半岛后，鲁中山民在内忧外患中坠入殖民化深渊的缩影。

1897年，德国政府借口"曹州教案"出兵胶州湾，翌年3月强迫清政府签订不平等的《胶澳租界条约》，攫取了胶济铁路修筑权及沿线三十里内的矿山开采权。1904年，德国人又从胶济线中端张店向南修筑张博铁路，通过开采煤矿对博山进行经济掠夺。

第一次世界大战爆发后，1914年8月23日，日本借口"英日同盟"对德宣战，抢占胶济铁路，封锁胶州湾。大批日商涌入博山，开矿，办厂，修路，掠夺矿产资源，博山人民深陷殖民统治苦海。各路军阀乘机加税增捐，博山城乡更加困苦，民不聊生。

生不逢时的焦裕禄呱呱坠地后，爷爷焦念礼请私塾先生给他取名"裕禄"，意在昭示宽裕，企盼俸禄。热心仁厚的老人为感谢善解人意的私塾先生，请他吃了博山美食萝卜丸子和豆腐汤。然而，吉祥的名字并未使这个困厄之家转运。焦裕禄父亲焦方田是个"睁眼瞎"，跟地主算不清地租吃了不少哑巴亏。为改变孩子的命运，1931年秋，八岁的焦裕禄入本村初级小学读书。四年后，生来要强的母亲李星英，跑到娘家南崮山村托亲告友，焦裕禄考入该村博山县第六高级小学。

家中经济极度窘迫，焦裕禄经常无钱购买纸笔。有一回，爷爷当了身上的褂子，才解了孙子的燃眉之急。为给焦裕禄买墨水，焦家有时几天不吃盐，硬是从牙缝里把孩子的墨水钱挤了出来。苦难的种子适逢雨水，必然萌生倔强而苗壮的禾苗。焦裕禄深知家人供他读书不易，为节省费用，常用柴草小棍在地上练字，隔三岔五上山打柴卖钱购买纸笔。勤奋刻苦加聪慧过人，焦裕禄学业优异，尤善国文。他写过一篇脍炙人口的《阚家泉的风景》：

仁者爱山，智者乐水。我钦佩那些为国建立过功勋的仁人智者，更爱哺育过无数仁人智者的好山好水。而最令我喜爱的，就是岳阳山南山脚与崮山西山脚交汇处的阚家泉……阚家泉的泉眼有锅口粗细，传说有一条蛟龙自东海钻来，在此处出洞，洞口也就成了泉眼。清凌凌的泉水从泉眼涌出，在近处的洼地浸成一个小湖，然后冲刷出一条河流，流经南崮山我的学校，奔向山外的天井湾去。我常在湖里河里游水捉鱼，也想看见那条蛟龙是怎样自泉眼钻出，张开巨口对着山上的旱地喷水……

据焦裕禄同桌学友李安祥回忆，当年，国文老师把焦裕禄写的《阚家泉的风景》，作为范文让同学们背诵，并带领大家到阚家泉参观，实地悉心观察景物后，再与焦裕禄笔下风景进行对照。

国门洞开带来西风东渐。课余最令焦裕禄心动神驰的，是学校充满西洋风情又不乏中国韵味的"雅乐队"。那些西乐军号和二胡、琵琶、笛箫，每每令焦裕禄陶醉。风晨雨夕，他登山习练军号，直练得号音脆如裂帛、高亢入云；他师承启蒙老师苏承厚，悉心学习二胡技法，打砸滑揉，快慢运弓，忘情春花秋月和江河流水。音乐使苦难的日子泛起凄美的亮色，沉浸"雅乐队"的少年忘却了如影随形的饥馁。然而，读书司号和弹丝品竹的美妙，像忽闪在暗夜里的一星光亮，很快就被漫天乌云吞噬了。

1937年12月30日，日军一个五百多人的联队，像裹着瘟疫的旋风，打着呼哨扑了过来。翌日，嗜血成性的日军便大开杀戒，一手制造了骇人听闻的"谦益祥惨案"，一次枪杀二百三十多名饥民。

外敌入侵，彻底打破了博山一带长期形成的经济运行模式。主要靠经营油坊维持生计的焦家，危机日深。铁蹄践踏下的农民债务丛集，村民普遍家无隔夜粮，焦家油坊日渐门可罗雀，竟渐渐生出败象来。

最早的不祥之兆，是油坊老骡子病饿而死。三代人赖以生存支柱的骤然折断，令全家人痛哭一场。这个捉襟见肘的窘迫之家，从此将与牲口无缘。何况，通人性的老骡子已被视为家中一员！

青石碾沉重而单调的吱咛声，从北崮山永远消失了。油坊倒闭后，因变致穷的焦家，由自耕农跌至难以自持的境地。北崮山的石碾王，从骄傲地在村人注视下咿呀作响，到风光不再黯然独处，最终无颜于世隐于地下，含恨咽下了非常岁月焦家人的辛酸与无奈。

连年旱涝叠加，焦家雪上加霜。延至1938年，尚未进入高小五年级的焦裕禄不得不辍学归田。他是那样留恋学校课堂和"雅乐队"，但又不忍心看着父母为他求学把腰背躬得更弯。贫困中早熟的焦裕禄，开始用柔弱的肩膀分担家庭重负。他更频繁地光顾岳阳山，不是去习练西洋军号，而是攀上悬崖峭壁砍柴，供烧火烘焙黄豆榨油，还时常推起小车到博山送油……

家境日贫，焦裕禄迫于生计，咬牙到小黑山后下煤窑。当地人说，下了煤窑等于活埋一半。但生存压力大到迫使人铤而走险时，小煤窑司空见惯的瓦斯爆炸、冒顶淹亡危险似已不复存在。焦裕禄钻进狭窄的煤洞，跪着或仰卧在地刨煤，污浊的煤尘呛得他喘不过气来，掉落的煤块和矸石砸得他鼻青脸肿。然而，为帮父亲养家糊口，他宁可匍匐在地狱，吃尽千般苦也绝不退缩，迎着密集坠落的煤石，穿过粉尘笼罩的黑暗，同命运进行顽强抗争。

1942年，博山迭遭大旱，夏季歉收，秋季几近绝产。偏偏地主逼债日紧。焦裕禄父亲焦方田，曾向地主借过两块钱，用于购料周转，不料驴打滚，利滚利，到地主逼债时，借的钱本利已滚成十块光洋。于是，一个夏尽秋临的早晨，走投无路的焦方田，踅进油坊爬上碾盘，踩着青石碾悬梁自尽。

焦裕禄母亲李星英晨起喂猪，发现丈夫在油坊吊死，顿觉五雷轰顶，万念俱灰。她爬上石碾挽好绳套，决意随丈夫而去。就在她踏向另一个世界门槛之际，焦裕禄哭喊着抱住去意已定的母亲，闻声赶来的爷爷亦老泪纵横。望着愁苦残破之家的一老一小，李星英心软了，也清醒了。她放弃了死亡，选择了挑起更为沉重的苦难。

父亲已逝，哥哥在外，顶门立户的焦裕禄为家人计，不得不爬出死亡陷阱，告别煤窑重谋生路，再度推起小车加入了运煤的行列。

祸不单行。1942年8月3日，日伪军突然进村，焦裕禄不幸被抓走，关在博山、张店和济南遭受三个月非人折磨后，又被押至辽宁抚顺大山坑煤矿当劳工。历经一年多非人磨难，虎口余生侥幸逃回家乡。

焦裕禄回北崮山第二天，伪镇长催他去当兵。焦裕禄也正琢磨找队伍打鬼子，恰好邻居窦安庆给"第四方面军"招兵。焦裕禄与叔家弟弟焦裕祯将信将疑跟他来到驻尚庄的四连。可一进门心就凉了。三十几个人，几条破枪，每人每天给两个糠窝窝头。焦裕禄见连里以"通八路"为由吊打抓来的百姓，断定他们与汉奸是一路货色。第四天凌晨，焦裕禄乘如厕之机跳墙逃走。

在人生紧要处，焦裕禄善良的本性和被苦难擦亮的心，使他在恶流纵横的夜暗中最终守住了底线，保持了一个中国人的尊严。

天亮后，汉奸追到焦裕禄家中。他急忙携妻儿到郭庄村岳母家暂避。家乡已无立足之地，焦裕禄举家逃荒去江苏宿迁给地主家扛活……

流落他乡两年，焦裕禄儿子夭亡。1945年，新四军解放宿迁。在宿迁二区园上村，焦裕禄看见"共产党真是为人民办事的"，思乡之情愈浓。从家乡来的挑夫处得知，解放军开进博山，世代受压迫的穷苦人翻了身，他的眼前霎时亮了，和妻子带着新生的女儿小梅，骑一头小毛驴急切返乡。

一踏上故乡的土地，焦裕禄就惊喜地发现，世代为苦难和饥馑笼罩的北崮山村，正在建立起一个没有压迫、没有剥削，人人凭诚实劳动可得温饱的全新的社会。他像饥寒交迫的孩子见到了久违的亲娘，一头扑进党的怀抱，踊跃报名参加了民兵组织。

青石碾上饱蕴的仇恨，在颠沛流离中不断发酵，适逢故园新生，便像地下熔岩一样喷发出来。焦裕禄浑身有使不完的劲儿，巧布地雷阵，智审敌特，插入敌纵深获取情报，不久当了民兵班班长。

北崮山民兵队长焦方开、民兵队党支部书记李景伦、博山区委组织委员焦念文，发现焦裕禄是个好苗子，着意跟踪培养。焦裕禄在无边夜暗中左冲右突，蓦见光明使者，便步入天高地阔的人生新境界。当他决意追随为劳苦大众谋幸福的"穷人党"，把自己的一切交给组织时，便敞开心扉，向村党支部写了入党申请书。

革命选择焦裕禄，是历史必然中的偶然；而焦裕禄选择革命，则是内忧外患重压下的必然结果。北崮山党支部坚持用阶级分析的方法，在斗争中考察鉴别焦裕禄。焦裕禄也以与苦难同行中酿就的良知和行事准则，选择自己的人生道路。在偏远闭塞的北崮山村，革命的选择与选择的革命，砌牢夯实了焦裕禄献身革命的根基。

1946年1月的一天，在北崮山农民焦念帧家，一滴纯净而充满生机的新鲜血液，注入了中国共产党北崮山党支部的肌体。二十三岁的焦裕禄加入中国共产党，在他生命的历程中，具有重生和再世的意义。这个在长夜中无论怎样苦斗都逃不出旧制度魔咒的贫苦农民，一旦在党的指引下走上为大多数人谋福祉的光明大道，便立刻像经冬逢春的枯木，穿石破土的竹根，冲出峡谷的激流，挣脱羁绊的战马，激情澎湃去书写人生的灿烂篇章。

二、北崮山上演"空城计"

一组来自德国中部萨克森州的战地照片，给饱尝兵燹之苦的世人带来了希望——欧洲战场最早升起了"二战"胜利的曙光！

1945年4月25日，美军第一集团军六十九师一部，在柏林西南一百二十公里处易北河畔的古城托尔高，与苏联红军不期而遇。历史在这里定格：易北河会师，使东西两线并肩作战的两支盟军，在硝烟中实现了令全球瞩目的握手，从而把德军截成南北两段。

"没有永远的朋友，只有永远的利益。"美苏两军易北河把酒言欢尚未淡出全球视野，战时被反法西斯共同利益掩盖的社会制度、意识形态和地缘政治冲突，便使大国政治家们重操旧戈。1946年2月22日，美国驻苏联大使馆代办乔治·凯南致电美国政府，全面论证苏联对外扩张野心，完整提出了"遏制"苏联的对策。3月5日，卸任不久的英国前首相丘吉尔，在美国发表反苏反共的"铁幕演说"，宣称东欧各国正处于苏联共产主义"铁幕"之下，主张英美成立军事同盟。美苏军队在亚欧时有对峙，一度剑拔弩张。

盟军会师的易北河，转瞬成为东西方"冷战"最前沿。

西线"冷战"方酣，东线"输血"正忙。美国急于为国民党撑腰打气，令上百万投降日军将武器装备交国民党军接收，还为其装备了四十五个师，训练了十五万军事人员，给予巨额物资援助。1945年9月到1946年6月，美国舰机自大后方运送五十四万国民党军抢占战略要地。美国派出陆、海军顾问团两千人参与策划和指挥中国内战。驻华美军最多时超过十一万人。

1946年6月26日，国民党在美国怂恿下，悍然围攻宣化店为中心的中原解放区，在全国各战场大举进攻解放区。中国共产党针锋相对，领导人民高举"武装自卫"旗帜，以革命战争反对反革命战争。"中原突围""皮旅"建功，苏中七战七捷重挫国民党军凶焰，淮北、晋冀鲁豫、晋察冀、东北等战场，也以内线歼敌为主取得重要战果……

"武装自卫"捷报频传之际，一朵战争奇葩盛开在鲁中山区。

绝佳风景大抵在人迹罕至处，绝妙计策常因背水一战而生。

1946年6月的一天，中共博山县岳阳区区委召开紧急会议，集智共商粉碎国民党武装企图血洗崮山根据地的对策。山东野战军某部侦察员王参谋和小吴，岳阳区武装部干事焦裕禄参加了会议。

岳阳区地处博山解放区边缘，北崮山又是博山解放区西大门。1945年8月，中共中央山东分局、山东军区决定，我军主力集中机动歼敌，县大队或独立营升级，地方警备任务由民兵担负。为把在根据地看家护院的民兵打造成威慑敌胆的钢刀，博山县委决定，县、区两级党委成员，分别兼任同级武装部部长，县有民兵团，区有民兵大队，乡和自然村有民兵中队或分队。焦裕禄到岳阳区武装部工作后，承担的一项重要任务，就是组织民兵大队利用北崮山有利地形，进行战术、射击和爆破训练，带领民兵就地取材造地雷。

山东野战军主力转到外线作战之际，岳阳区区委接到上级紧急敌情通报：博山周边国民党三县保安大队纠集还乡团，图谋进犯崮山。岳阳区西大门一旦洞开，解放区必遭血光之灾！

国民党匪军阴谋血洗崮山解放区，奉命回师御敌的山东野战军某部，火速派员赴西河镇实施侦察。部队侦察员王参谋和小吴人地两生，人熟地熟的武装干部焦裕禄，自然成为侦察员的向导。这次获取重要情报的侦察，也为焦裕禄参与应敌决策提供了契机。

大敌当前，形势危急。会议分析敌情时，会场充满了浓浓的火药味儿，仿佛一个火星就能引起一场爆炸。与会者极尽交战时空，综合分析敌我态势及战局。显然，敌人有备而来，兵锋已近；解放区民兵独力难撑，不足以拒敌于根据地之外；我军主力部队回师尚需时日，难以抢占先机遏敌制敌。

远水不救近火，部队鞭长莫及，崮山根据地岌岌可危！

时间！时间！问题的关键，在于如何消除眼前的时间差！

会场压抑的气氛沉重如山。与会者的神经紧张得快要绷断了。

这时，焦裕禄忽然要求发言。他提出，可以向计谋借时间。

怎么借？众人的目光"唰"地转向看似嘴上无毛的年轻人。

焦裕禄从容不迫说道："鉴于我军主力回师不及，单靠民兵很难挡住疯狂来犯敌人的进攻，可以利用敌对我主力部队的畏惧心理，虚张声势，巧布疑兵，在崮山周围几村布置现场并散布消息，上演一出'空城计'，迟滞敌人进攻，为我军主力赢得歼敌战机。"

妙计解颐，神经紧绷到极点的人们，一齐舒出了一口气。

英风流布的齐鲁圣地，古来乃崇文尚武之邦，儒家文化与兵家韬略交互渗透，化育无数圣贤豪杰。在齐鲁文化的熏陶下，聪慧好学的焦裕禄，从小就崇拜出自鲁南琅琊的蜀国名相诸葛亮，对他利用司马懿多疑弱点，虚而示虚以"空城计"使其退兵三十里，以及七擒七纵孟获等战争经典备极神往，时常揣摩，熟记于心。

焦裕禄剑走偏锋建议以"空城计"退敌，使人们眼前为之一亮。在大家心目中，有勇有谋的焦裕禄，已不是第一次智退敌兵了。

当年，国民党残部和还乡团从博山发兵，翻过岳阳山，从侧后偷袭北崮山。执勤民兵发现敌人悄悄逼近，当即开枪示警，但敌先头已抵近村后。民兵队感到敌众我寡，准备从后方郭庄撤离。危急关头，身手矫健的焦裕禄飞步登上崮山，仰天吹起了调兵号。焦裕禄参加南崮山小学"雅乐队"时，对西洋号吹奏情有独钟，熟谙吹号技巧。当民兵后刻苦习练司号，技艺日臻娴熟，善用丹田之气发力。高亢嘹亮、音调规范的军号声，使敌人如堕五里雾中，一时六神无主。正欲撤离的民兵，忽闻山鸣谷应、激动人心的调兵号，也以为我军主力赶到了，顿时士气大增，转而抢占有利地形，一齐向敌开火。色厉内荏的敌人慌乱中难辨虚实，只得仓皇退兵。

岳阳区武装部部长王祥章，在参与这次生死攸关的决策中，具有举足轻重的作用。焦裕禄为破解危局巧献"空城计"，像夜暗中拨亮了一盏灯。王祥章认为，焦裕禄年纪虽轻，但经过参战支前和对敌斗争摔打，已具有超出职务和年龄的胆识与智慧。王祥章印象深刻的是，前不久，国民党军匪军一部进袭北崮山，占领村西山头后，居高临下向村里射击。王祥章指挥民兵掩护群众转移出村，带领焦裕禄迂回村西，依托废弃的砖窑抗击匪军。敌人发现对手仅两人，兵分两路，快速向砖窑包抄过来。

"焦裕禄，迅速后撤，我掩护！"王祥章大声命令说。

"你是掌握全区枪杆子的主心骨，冒不得险，还是我掩护！"

生死关头，焦裕禄毫无惧色。他扔出一颗手榴弹，趁烟幕飞身跃出砖窑，举枪撂倒一个敌人。众匪军见有人吃了枪子儿，呼啦一下趴在地上，闭着眼睛开枪乱打一气。王祥章乘机冲出砖窑，焦裕禄也边打边撤，两人安全撤回村中，与接应的民兵会合在一起。

惊魂未定的敌人蠢蠢欲动。焦裕禄主动请战，带两个民兵越过山沟埋设地雷，随后示形诱敌，将其引入雷区。敌人追击中接连触雷，一个个畏葸不前。王祥章和焦裕禄带领民兵安然转移。

生死考验和实战检验，使王祥章对焦裕禄充满信赖。他知道，正确的判断和应对之策，往往是时局转换的枢纽。眼下，敌强我弱，敌近我远，在不利态势下，示假隐真，巧借时空差改变敌我力量对比，不失为以智取胜的可行之策。虽为险棋，但值得一试。

王祥章赞成以"空城计"惑敌变被动为主动，同时，对如何把戏唱真、唱活、唱精彩，讲了自己的意见。他提出，应急御敌必须真打实备，不能光靠虚晃一枪；要把民兵力量配置好，有生力量放在吃劲的地方；另外，要用好有利地形，充分发挥地雷战威力。

负责军事工作委员的发言，激活一池春水。大家一致赞同假戏真做唱好"空城计"，同时要求组织民兵摆兵布阵，发挥地雷战神威。

焦裕禄当武装干部后，就注意瞄着大山做文章，化石为铁，以山作兵，广泛开发各种石雷。北崮山俨然成了地雷战的故乡。

博山下庄有个能工巧匠安海林，会炒制火药，会制造发火装置，还有一手远近闻名的石匠活儿。焦裕禄知道下庄有个安海林，就和石头掰扯不开了。望着祖辈埋骨的大山，焦裕禄想：要是在石头里装上炸药，北崮山会是一个什么模样呢？他拜安海林为师，专攻如何做石雷，悉心琢磨向大山要兵。经过试验，纹理斜生的青石，炸后易裂且碎石均匀，石碴带棱杀伤力大，最适合制作石雷。

首批石雷神气十足地登场后，国民党民团到北崮山抢粮的一群匪兵，歪打正着当了爆炸效果的试验品。也是他们活该倒霉，放着眼前的大路不走，偏去招惹路边那几块顽劣不规的石头。那石头也着实招人恨，有的画个民团头，却安在个毒蛇身上；有的干脆写着骇人的大字——"炸死民团！"这伙耀武扬威的地头蛇，哪里受过这种窝囊气？端起枪来一阵猛扫。不料那些没个正形的石头霎时变脸，随着"轰轰"的爆炸声，山谷间乱石横飞，炸得民团狼奔豕突。地上的绊雷，树上的挂雷，山上的拉雷，也趁势先后开了花。民团上天无路，入地无门，当场死伤十几人，尚未进村就铩羽而归。

紧急会议经过慎重研究并报上级批准，决定采纳焦裕禄的建议，主力部队回师前巧施心理战，在崮山周围几村大摆迷魂阵。

会议结束后，"空城计"便在崮山诸村紧锣密鼓开始上演。

三县保安大队出动前，遣人四处打探消息。几个密探潜入崮山周围的东、南、北崮山村，又到黑山、岳庄、岱庄等十几个村庄，见村头都用粉笔写着"×团×营驻"，各村百姓家门口写着"×排×班驻"，有的家门口写着"×乡民兵驻"。街上间或有一辆辆蒙得严严实实的骡马大车辚辚驶过，看起来像是炮车和辎重。密探们见状暗自吃惊，急忙打道回府，把各村见闻绘声绘色作了禀报。

保安大队长登时乱了方寸，忙问："他们号了多少房子？"

"崮山那一片我们都跑遍了，估摸着号了不下两千间！"几个喽啰说着，又胁肩谄笑，"长官，老百姓说，号房子的共军都是当官的领着，说是房子不够住，还商量怎么安排好师长团长……"

保安大队长越听心里越发怵，庆幸自己行事小心，事先派人侦察，才没有吃大亏。他急令火速通知三县保安大队停止出击，转攻为守，就地修工事，掘堑壕，加紧备战共军大规模进攻。

号令既出，保安队和还乡团匪兵在长官呵斥下，撅着屁股干了一天一夜，一个个累得像一摊泥。可两三天过去了，崮山周围连个共军影子也没瞅见。五天后，博山、淄川、章丘的保安大队和还乡团，恼羞成怒朝崮山根据地扑来。先期进入阵地的我军主力部队严阵以待，敌人一进入伏击圈，即予迎头痛击。三地麇集的敌杂牌军原本就没啥战斗力，猝然遭我主力部队铁拳擂击，一触即溃，丢盔弃甲，纷纷作鸟兽散。一计赢得百万军。我军主力部队和民兵奋勇进击，一鼓作气全歼溃败之敌。

从贫苦农民到合格革命战士，战火中的武装工作岗位和民兵组织，成为焦裕禄跨越性人生转变最重要的阶梯。焦裕禄对这段经历没齿难忘，到兰考工作后，不当挂名的县武装部第一政委，对民兵工作亲抓实抓，经常过问检查。1962年冬，济南军区前卫报社总编辑到兰考采访，焦裕禄到武装部看望他时一吐衷肠："我也干过武装部，当过民兵，参加过战斗，咱们是战友啊！"

三、南下路上的文艺青年

战争，是隐藏在命运之门后面的一只变化无常的手。

1947年7月，人民解放军由战略防御转入战略进攻。接连损兵折将的蒋介石，被迫将进攻重点放在山东和陕北，全国战场形成了两头强、中间弱的哑铃形布局。毛泽东抓住这一战略契机，及时将战略进攻矛头指向中原，刘邓大军千里跃进大别山，与挺进中原的陈粟和陈谢大军成"品"字形战略布势，互为掎角，逐鹿中原。

为配合我军战略反攻，根据党中央指示，中共中央华东局确定，从山东解放区抽调干部随军南下，跟进开辟新解放区。山东十万干部南下活剧的上演，使选入南下干部大队的焦裕禄的命运急遽反转。

其时山东土改已毕。"几亩地一头牛，老婆孩子热炕头"的小日子，很是令人眼馋耳热。于是，那些已有妻室，眼下正十分舒坦地享用胜利果实的南下干部，便不约而同害了一个通病：忧妻。

1948年4月下旬，山东南下干部陆续到达河南濮阳，编入随营学校进行军政训练。兼任随营学校校长的华东野战军司令员兼政治委员陈毅给大家作报告时，收到一把条子，其中呼声最高的，居然是带着老婆去远征！

显然，这个问题的提出太过奢侈。南下干部既是工作队，又是战斗队，千里远征怎能允许红袖添香呢？山东省档案馆一张1947年的表格显示，焦裕禄所在南下干部大队除司令员李国厚、政治委员王兴友经批准携妻同行外，其他已婚者均作"别妻行"。把脉男子汉的心病，主要不是因为夫妻柔情销蚀，而是担忧留守妻子的生存。几无执政资源，尽管各级有要求，但各地均无力兜底解除南下干部的后顾之忧。焦裕禄正是在南下"序幕"中登场，最早远离母亲妻儿、最早远离胜利果实、最早远离和平安宁环境的先行者之一。

后来的历史证明，至少对部分南下干部来说，当他们牵肠挂肚告别桑梓之日，正是家中那个令人迷恋的热炕头开始坍塌之时。

1955年12月，焦裕禄在大连起重机器厂实习时写的自传记述：

> 1946年（应为1947年）6月县武装部调我（到）华东军政大学学习，因敌人进攻军大转移，一行二十余人到临朐县找到鲁中区党委招待所，随招待所参加了南麻、临朐战斗，又跟招待所随八纵从桓台县（应为毗邻桓台的青城县）渡黄河到渤海军区，找到鲁中区党委，分配到商河县做土改复查，当时大队长段锦州。

焦裕禄北渡黄河前，已脱产任博山岳阳区武装部干事三个月。从戎百日的锤炼是没齿难忘的。1947年3月，焦裕禄随华野参加了歼敌五万六千人的莱芜战役，深为此役创造了自卫战争中我军歼敌数量最多、速度最快的新纪录所鼓舞。7月，在南麻、临朐战役中，他又体验了因天时地利皆失，华野被迫撤出战斗的压抑。血火中的成败利钝，将坚韧融入焦裕禄的品格。

得知儿子准备远行，焦母李星英通宵未眠、无语凝噎。她揉着烟熏火燎中通红的眼睛，给焦裕禄摊了一宿煎饼。天刚放亮，焦母又从箱底拿出一双新布鞋递给儿子，攥着他的手叮嘱说："儿啊，你这一走，不知道哪年哪月才能回来。穿上娘做的鞋，娘就在你的身边。从小娘就给你说，天上一颗星，地上一个丁。人要是做了好事，天上那颗星就是亮的；人要是做了坏事，天上那颗星就是暗的。你在外面多做好事，娘头顶上的星就一直是亮的啊！"

"娘，您老放心吧！"素怀寸草春晖之心的孝子，向担得起塌天大祸、扛得住巍巍大山，又笃信天人相应的母亲庄严起誓。

1942年夏秋之交，焦裕禄父亲焦方田被地主逼债而死，尚未发丧，焦裕禄又被日伪抓走。当时，焦裕禄爷爷病倒在床，哥哥远在他乡，焦裕禄又生死不明。母亲冲破族规殡仪，披麻戴孝替儿子顶包打瓦掩埋了父亲。焦裕禄被日伪羁押博山三个月，为营救儿子，母亲卖掉家中二亩薄田，踮着小脚，踉踉跄跄奔波五十里山路，往返于北崮山和博山间。但豺狼当道，焦裕禄终究还是亡命关外，九死一生。经冬逢春的草木，最珍惜三春之晖的温暖；苦水中泡大的孩子，最懂得怎样回报母亲。在1947年8月这个溽暑将尽的清晨，焦裕禄在母亲妻儿陪伴下走出家门。母亲用手中的小笤帚，从上到下给儿子全身仔仔细细扫了一遍，颤声说："儿啊，你放心走吧！"

焦裕禄双膝长跪，挥泪给母亲叩头，毅然长辞故园。

焦裕禄一行出博山，穿桓台，来到武定府青城县（今山东省高青县），直抵黄河南岸内青村。内青村古来为鲁中跨河北上必经之要津。抗战以来，日军和国民党部队均在渡口筑碉堡设卡。当时，黄河花园口口门已堵复，南行九年的黄河归故已五个多月。当熟稔而陌生的黄河重新流经千疮百孔的故道时，世代傍河而生的内青村人不免心生惶恐。村里八十七岁的教书先生刘宝仁老人对我说，当年大军北渡时，历经多年战乱，千年古渡码头已破坏殆尽，百姓只得摘下门板，铺在凹凸不平的河滩上，供部队由陆到河登船。

站在劫后重生的荒村古渡，焦裕禄头一回看见母亲河的模样。丰水时节，裹着泥腥和寒意的洪流，像扯不到尽头的土黄色绸缎，从西方天际线上源源不断扯过来，扯过来，将两岸稀疏的青纱帐拦腰束起，像是捆起了一匹硕大而悲怆的墨绿色布帛。湍流呼啸着在坑深堆高的河床荡起无数漩涡，浪花扑上嵯峨不平的岸滩，在炙人的阳光中透出几分晦暗的绚烂。焦裕禄立于逆水而上的船头，瞩望风华不再的母亲河，心不禁隐隐疼了起来。

焦裕禄先到商河县油坊张村搞土改复查并任组长，经鲁中区党委"三查三整"选入南下干部大队，接着到惠民县油坊张村参加集中整训。渤海区异地同名的两个油坊张村，亦真亦幻标识出焦裕禄南下的起点。

惠民县位于黄河三角洲中心，南隔黄河与淄博相望，明清以降，一直为武定州府衙所在地。这片由黄河营造的最年轻的国土，孕育了中国古代伟大军事家和思想家孙武、著名文学家东方朔等杰出人物。1945年日寇投降后，惠民作为渤海区机关驻地一直红旗不倒。1947年3月，国民党重点进攻山东，山东解放区黄河以南全部被敌占领，渤海区成为华东战场的大后方。

南下干部大队人数逾千，部队建制，穿军装，配武器，编为三个中队、九个分队。焦裕禄被任命为一中队一分队二班班长。

时隔七十三年，再品南下干部大队的教育配档，丰富大餐的色、香、味依然诱人：形势任务教育，主要通过开会动员、专题报告、学习毛泽东起草的《中国人民解放军宣言》，认清全国胜利在望的形势，明确夺取全国政权、争取革命在全国范围内最后胜利的任务；组织纪律性教育，主要学习三大纪律八项注意，通过座谈讨论，以党的利益高于一切、革命前途与个人前途一致和共产党员的标准对照检查自己；开展诉苦三查，以阶级教育启发阶级觉悟，弄清胜利是从哪里来的，进行翻身不忘本的教育；介绍新区情况及工作经验，学习《土地法大纲》和政策，旨在打破顾虑，提高信心；破除保守思想和地域及家庭观念，针对不同思想进行不同教育。

一中队一分队队长王继先，来自山东军区第三军分区。2002年，他撰文回忆，诉苦三查时，焦裕禄控诉地主讨债逼死父亲，自己被抓到抚顺煤矿当劳工，侥幸逃生流落他乡，儿子又惨死在逃难途中的痛史，从而唤起了全班同志的深仇大恨。大家振臂高呼口号，决心在党领导下，克服一切困难，挺进中原，解放受苦人民！

南下干部大队军事训练，除进行射击、投弹外，还学习研究到达新区后，如何同国民党残余武装和土匪打游击的战术，演练紧急集合、急行军、夜行军和防空袭。一般天不亮就紧急集合，要求在夜暗条件下十分钟内打好背包，集合整队后开始急行军，路程循序渐进，逐渐增加。夜行军大都安排在陌生地域，学习夜间如何辨别方向。针对南方河网纵横、沟渠和独木桥多的特点，大队还组织练习了如何过独木桥。焦裕禄是班里的秀才，军事基础也好，参加整训如虎添翼，成为帮助班里战友共同学习提高的小教练员。

在油坊张村整训的日子，渤海区党委机关报《渤海日报》，为焦裕禄和战友打开了瞭望全国战场的窗口。刘邓大军宽正面、多地段强渡黄河，发起鲁西南战役歼敌六万余人，开辟了进军大别山的道路；西北野战军发起榆林和沙家店战役，粉碎了国民党军对陕北的重点进攻；东北民主联军飓风般的秋季攻势，迫使国民党军收缩于中长路和北宁路几个孤立据点……接踵飞来的胜利捷报，使焦裕禄和战友备受振奋和鼓舞；而当焦裕禄从报上看到国民党军飞机频频轰炸渤海区黄河大堤水淹村舍平民，心头又燃起仇恨的烈火。

远征前的整训全面而严格。在南下干部大队这所准军事化革命熔炉中，焦裕禄经三个月时间加钢淬火，军政素质有长足进步。

2019年7月1日，我踏访了惠民县油坊张村。生于1938年的老党员张秀俭告诉我，1966年春焦裕禄事迹宣传后，村党支部书记张玉昌对他说，当年南下干部大队驻村整训，焦裕禄就住在自己家。岁月不居，焦裕禄住过的张家老屋，已倾颓有年。唯尚存的砖砌穹形门楼，似在追忆当年雏鹰展翅时矫健的身影。

转眼孟冬将尽，寒月在望。南下干部大队经三个月集中整训，开始了艰苦的行军。为保密计，南下干部大队出发前改称淮河大队。白天行军易遭国民党飞机轰炸，大队经常夜间行军。但开进途中，敌机的照明弹仍时不时挂在夜空。有好几次，敌机投下的炸弹，就在行军队伍附近爆炸了。

战斗行军，队员们背着背包、米袋，有的还有枪支，足有几十斤重。焦裕禄班有王殿英、姚采侠、蒋敏等好几个花木兰，每天行军近百里，怎样保证全班战友不掉队，是他面临的艰巨任务。行军路上，焦裕禄不顾脚上打泡，跑前跑后照顾大家，最多时一人背过四人的背包。因劳累淋雨，焦裕禄发起了高烧。中队长把自己的马让给他骑，焦裕禄说："前方打仗的同志在流血牺牲，我发点烧算什么？班里王殿英也发烧了，这马让她骑吧！"

到达宿营地，很多人都累得爬不起身，焦裕禄却忙着抱干草、打地铺，给大家烧水烫脚，直至全班安然就寝。

"耕耘之外以行仁为务。"焦裕禄小学同学李安祥说，源于族谱的家训，使焦裕禄从小朦胧孕育的人生理想，是长大后成为一个识文断字、诸事皆通、德高望重，能总理村中红白喜事，为百姓操劳和造福乡里的人。风云际会年月的南下远征，成为焦裕禄践行小村总理理想最初的平台。

一天，淮河大队一中队行至一处人迹罕至的密林，一条浪阔水深的大河横亘眼前。日暮时分，暧曃的雾瘴像一层黏稠的浆汁，抹得林间混沌一片。举火望去，波涛喧阗的河上隐隐有座独木桥，上悬一条锈迹斑斑的溜索。晚风吹来，溜索左右摇晃，未上桥已使人先胆寒三分。鉴于天色已晚，对岸看不清切，中队领导决定在林中宿营。

翌日晨曦初露，中队领导和骨干商量怎么过河。有人说，宁走十步远，不涉一步险，主张绕路避开这条河。中队领导考虑这一带地形生疏，也许走很远也找不到过河处，确定派人先行过桥，为全队探路。焦裕禄抢先报名，经领导批准后，飞步上桥，手抓溜索，稳稳地沿独木桥前行，不时停下来仔细检查溜索和独木桥。行至河中央，飞溅的水花激起一团雾，独木桥像飘在云中。这时，忽听对岸有人瓮声瓮气喊道："站住！不准从这里过！"

大家正为焦裕禄揪着心，猛听对岸一声喊，心便轰然冲到嗓子眼儿，一下子悬在那里。随行的警卫战士闻声推弹上膛，举枪瞄准对岸。焦裕禄在乡参加武装斗争时，经常参战支前，心理素质好，见状急忙高喊："同志们，别开枪！别上桥！我先过去看看！"说着，手抓溜索快速走向对岸。焦裕禄处变不惊，沉着应对，人们悬在嗓子眼儿的那颗心，才又颤悠悠往回落。

不料，对岸有人又吼："再往前走就开枪了！"大家的心又重新提溜到嗓子眼儿。焦裕禄像没听见似的，两脚生风，飞速逼近对岸。

焦裕禄双眼扫视河岸，却见林中草丛里闪出两条横眉竖目的汉子，为首的疤癞眼一蹿老高，扯着沙哑的嗓子嚷："这里不准过！"

"地野天荒，林子也没个姓，为啥不让过？"焦裕禄目光如炬，直视两条汉子，含威不怒说道。

"这地盘是俺开的，桥也是俺架的，俺说不让过就不能过！"疤癞眼见吓唬不住焦裕禄，索性耍起横来。

焦裕禄正告两条汉子说："我们是共产党领导的队伍，向前开进是为了消灭国民党反动派，解救受苦受难的穷苦人。谁要是蛮不讲理，阻挡部队前进，我们就坚决搬掉拦路石！"

两条汉子被焦裕禄义正词严的话语震慑住了，不由面面相觑。少顷，疤癞眼放低声音说："实话说吧，这桥是俺哥几个从山上伐木修的，溜索也是雇人打的，你们过桥不给点钱行吗？"

焦裕禄觉得两人似乎不是剪径大盗，所言亦有些道理，遂返回对岸，向中队领导作了汇报。为减少不必要的麻烦，中队领导同意给他们一些钱。障碍扫除后，淮河大队通过独木桥顺利过了河。

淮河大队一中队进入敌占区后，奉命强行通过陇海铁路。午夜时分，天降大雪。队员们快速向铁路线机动，警卫战士卧在铁路两侧雪地掩护。女队员王殿英几次滑入雪坑，均被焦裕禄拉出。在野鸡岗车站附近，女队员蒋敏掉进雪坑不见踪影。焦裕禄扔掉背包，迅速将人救出。在他悉心关照下，二班无一人掉队。一中队雪中疾进十几小时，终于在拂晓时分到达宿营地。

焦裕禄少小就颇有灵气，当年在南崮山小学"雅乐队"司西乐军号，习二胡鼓乐，加之受爷爷熏陶有弦乐幼功，又经常参加男女声部合唱《木兰诗》，吟唱《伏尔加船夫曲》，堪称多才多艺。长途行军枯燥乏味，焦裕禄少时在学校习得的才艺，使他时常扮演快乐天使的角色：幽默风趣的话语，常使大家开心一笑，在轻松愉悦中忘却行军的疲劳；张口就来的顺口溜，上口易记好懂，成了大家喜闻乐见的鼓动方式；带"铜音儿"的金嗓子，领唱诞生于莱芜大捷的《打得好》等队列歌曲，使全队官兵激情迸发，士气大增。

淮河大队还行进在山东境内时，大队领导就想到，部队很快要进入河南黄泛区了，抗战中国民党在郑州花园口决堤放水后，人民饱受水、旱、蝗、汤之苦。为做好新解放区群众的宣传教育和发动工作，大队党委决定，一中队组建宣传队突击排演现代歌剧《血泪仇》，由延安来的杨指导员任导演。

《血泪仇》的剧情是，河南农民王东才被地主逼迫抵押了家中的薄田陋屋，一家六口住破庙讨饭为生。王东才外出讨饭被抓壮丁，妻子走投无路卖女儿赎人，丈夫刚被赎回家，又被丧尽天良的保长抓壮丁，王妻誓死相护，被保长一脚踢死。在党救助下，王东才父女终于得以团聚。王东才回乡带领穷苦百姓斗地主、分田地，将罪大恶极的保长押上审判台。这部歌剧，是解放区与歌剧《白毛女》齐名的一出大戏。大队领导对演好这台戏寄予厚望。

"性灵之表，发于咏歌。"《血泪仇》蕴含的阶级情愫，焦裕禄的艺术潜质，使从未演过戏的他报了名。同班爱好文艺的王殿英，也报了名。

杨导演和分队长王继先等人，看到焦裕禄形象好，嗓子亮，肯钻研，确定由他担纲饰演剧中的主人公王东才。剧中女主人公桂花即王东才的女儿，由王殿英饰演。王东才的妻子、父亲和母亲，分别由陈贞、彭安然、王建惠三人饰演。杨导演在一中队物色了一圈，最后也没让周队长和王继先闲着，让他两分别饰演剧中的反派人物孙副官和田保长。

焦裕禄虽然只上过高小,但悟性好,又与剧中主人公经历相似,一看剧本就触景生情,泪水"唰唰"流了下来,行军路上也在背台词和唱段,入戏很快。王继先起初还有些不踏实,悄悄问他:"咋样?演王东才有困难吗?"

焦裕禄说:"没有困难,王东才和我是一样的命运。"

宣传队乐器少,只有板胡、胡琴、笛子和锣鼓。演出用的服装道具,大都靠向群众借。给剧中桂花扮演者王殿英借的棉袄棉裤,又脏又臭,多处开花,虱子多得滚成了蛋。王殿英干净爱美,看到借来的脏棉衣,嘴巴噘得能拴住油瓶。焦裕禄开导她说:"演戏是宣传教育群众的重要任务,穿破棉衣是剧情需要,不穿效果哪出得来?革命先烈死都不怕,咱演戏还怕脏吗?"

王殿英穿上破棉衣,很快找到了感觉,自然而然进入了角色。

排练"桂花被卖"一场戏时,王殿英起初总带着一股假模假式的劲儿,表演味十足。焦裕禄悉心琢磨后,启发她说:"要带着强烈的阶级感情,仰面望着爷爷奶奶,现出难舍难分的神情……"

在导演指导和焦裕禄帮助下,王殿英成功饰演了桂花一角。

经过二十多天紧张排练,《血泪仇》终于在大家翘首以盼中成形,行军路上连演十多场,受到沿途群众热烈欢迎。

1948年元月的一天晚上,淮河大队一中队排演的大型歌剧《血泪仇》,在豫皖苏边区和军区驻地河南省鄢陵县北彪岗村作汇报演出。邻近几村的群众闻讯都赶过来了,台下的观众足有几千人。豫皖苏边区和军区领导同志,同干部群众一起观看演出。

老百姓没看过啥歌剧,但大幕拉开,源自中国乡村最黑暗现实的剧情,还有扑面而来的浓郁中国风格和气派,紧紧抓住了全场观众的心。随着剧情发展,人们时而义愤填膺,时而泣不成声。当观众看到,王东才第二次被田保长抓走,妻子上前拼命争夺丈夫,被田保长残忍地用脚踢死,王东才母亲悲愤交加,在庙中触墙身亡时,台下响起了"打死田保长,为王东才一家报仇"的口号声。有的群众咬牙切齿地往田保长身上扔砖头,还有个战士拉响了枪栓,举枪瞄准了万恶的田保长。宣传队长慌忙站起身,提醒大家说这是演戏,演员不是真正的坏人,怒不可遏的观众方肯罢休。

2020年5月11日下午,我来到尉氏县北彪岗村。七十二年风云流变,小村已旧貌难觅。当年空旷的演出现场，如今民舍连绵，有的房屋抵不过岁月冲刷，已成残垣颓壁。曾看过《血泪仇》演出的八十八岁老党员王宝田，用活灵活现的讲述辅以大幅度肢体动作，在淮河大队演出旧地给我描绘了一台戏唤醒一方人的盛况。上午，村寨南门外响起振奋人心的枪声，边区政府处决了国民党乡公所两个民愤极大的恶棍，穷苦百姓沸反盈天。入夜，浸透着苦难和悲情的歌声，与回荡在村寨上空的枪声奇妙融合、发酵，打开了北彪岗村这座潜藏着千万吨岩浆火山的出口。于是，奔突冲撞了多少年的熔岩，呼啸着喷涌而出，像是要焚毁人世间一切丑恶与不平，连静静的双洎河也抛却惯常的沉默，在震颤和呐喊中掀起万丈怒涛。

演出结束后，豫皖苏边区党委副书记章蕴上台讲话，赞扬淮河大队指战员一路行军很辛苦，来不及休整，就给当地演了这么好的一台戏，对大家的辛勤劳动和创造表示衷心感谢。她在讲话中宣布，淮河大队本来要开进到大别山区，但这里更需要他们。经报上级批准，淮河大队就留在尉氏，和当地人民一道，消灭国民党反动派，剿匪反霸，推进地方政权建设。

话音刚落，台下就响起了热烈的掌声和口号声。

"热烈欢迎淮河大队全体官兵！"

"欢迎淮河大队帮助我们搞好政权建设！"

此起彼伏的口号声，在冬日的夜空久久回荡。

舞台上虚构的戏剧刚落下帷幕，舞台后真实的戏剧又上演了。宣传队正准备收拾道具，忽听幕布后传来"啪啪"的抽击声，伴着"哎呀，哎呀"的呻唤声。大伙儿急忙跑上前去，原来是个沉浸剧情不能自拔的中年百姓，正扬起鞋底，猛抽饰演田保长的王继先。众人一齐上前劝阻，中年百姓恨犹未消，穿上鞋，骂着离去了。

焦裕禄南下战友、河南密县县委原书记董照恒回忆这次演出写道：

真料不到，他的演出获得那样好的效果。说是在看戏，倒不如说是对蒋政权的血泪控诉。台下一片哭声和吼声，焦裕禄的扮相真是逼真极了，那时大队办一个行军快报，编委会委托我采访焦裕禄，问他为什么能把这个角色演得那样好。焦裕禄面露悲痛之色，沉重地说道：我也是穷苦人，王东才一家的悲惨遭遇就是我家的遭遇。我本来不会演戏，但这样的戏不用人教我也会演。要说是演戏，不如说是我在哭诉……

王殿英后来忆及当年《血泪仇》收官演出效果，感触尤深：

这场戏之所以演得那么好，主要是因为焦裕禄同志演得好，因为在实际生活中他有亲身体会，旧社会他受剥削、受压迫，被抓过壮丁，当过苦工，苦最大，仇最深，演戏就像演他自己那样自然。

1948年2月，焦裕禄随边区行署工作团到尉氏县参加土改。

因自身才艺而改变人生轨迹，这是焦裕禄未曾想到过的。

尉氏古称尉州，历史上人文荟萃，代有才出。唐代高僧神秀，战国时期著名军事家尉缭，东汉著名文学家、书法家蔡邕及才女蔡文姬，三国魏晋建安七子之一阮瑀，竹林七贤中的阮籍和阮咸，辛亥女侠刘青霞，都诞生或建功于人杰地灵的尉氏。

在尉氏灿烂辉煌的历史人文中，穿境而过的贾鲁河，占有独特而重要的位置。贾鲁河是黄河南泛主要通道，清道光、同治、光绪年间，黄河六次决口，大溜屡经贾鲁河，斯河乃有"小黄河"之称。1938年6月黄河花园口决口，滔滔黄水顺贾鲁河汹涌南下，遇暴雨横溢中原，造成大片黄泛区。

曙色依稀的1948年年初，流经尉氏县的贾鲁河，为焦裕禄溯河而上的远征画了句号。那时，焦裕禄无暇细想，也无法预知，他此生事业的根都将扎在这里，与这片苦难而多情的土地相拥相融。

当年焦裕禄南下，在哪儿渡过黄河进入豫皖苏边区？我垂询与焦裕禄一起南下的尉氏县老县长薛德华，老人家说，他跟焦裕禄不在一个中队，他所在的二中队，是在山东聊城附近过的黄河。

2018年9月13日，我在郑州拜访河南省工会女工部原部长、焦裕禄班的姚采侠。她回忆，一中队于1947年12月底某日黄昏，在河南渡过黄河。三百多人乘十几条船一次渡过。队伍过河休整后开始夜行军，走了一天一夜，次日傍晚到达通许县彪岗村。休息一天后，她和焦裕禄随队来到边区驻地鄢陵县北彪岗村。我到相传后汉开国皇帝刘知远驻跸过的通许县练成乡彪岗村寻访，曾支前淮海的九十三岁老人历帮富说，当年队伍经过时，警卫都在树上放哨。再问姚采侠小住彪岗村如何警戒，她说，树上和地面都有放哨的。

焦裕禄南下始于山东两个油坊张村，远征落脚则是河南两个彪岗村。饶有兴味的巧合，不免使人感叹命运刻划的匠心与神秘。

那时河南甚荒凉，没有使人记住渡河地点的地标。姚采侠说，当时开封未解放，不可能从开封过黄河。我按编队行军速度计算，一昼夜行军应不超过九十公里，黄河开封以下兰考段距通许彪岗村恰好九十公里。东坝头以下，黄河折向东北进入山东，从行军路程和时间计算，焦裕禄所在中队不大可能从开封以西或东坝头下游渡河，应在兰考境内。华中科技大学出版社出版的《做最好的党员——向焦裕禄同志学习》一书记述："途经兰考县境时，部队受到当地党组织、游击队的亲切接待和人民群众的热烈欢迎，焦裕禄深受感动。"经询黄河河务部门，兰考只有东坝头一个渡口。

焦裕禄南下渡河地点的揭橥，使人体悟到某种耐人寻味的宿命。由黄河入海地溯流而上涉危履险挺进中原的齐鲁之子，在兰考东坝头渡过黄河后，开始了革命生涯中最为出彩的历程。十五年后，他又回到初涉中原穿河而过的兰考，直到生命之烛发出耀眼光华长眠沙丘。波澜壮阔十五年，焦裕禄革命生涯的起讫，均系于黄河最后一道弯。心有千千结的焦裕禄二女儿焦守云，在《我的父亲焦裕禄》一书中写道：

> 过了黄河就是兰考。……父亲不会想到，他从黄河的入海口走来，要在黄河的最后一个转弯处停下，先是尉氏，最后兰考，一直工作战斗在此，直至长眠沙丘。

知父莫如女。焦守云回首父亲与黄河相依相伴的人生履痕，发自心底的不无惆怅的命运咏叹，道出了父亲一生的不了黄河情。

焦裕禄随军南下的意义，绝不仅仅在于空间的改变、视野的开阔和阅历的丰富，还在于这次远征，契合了中国共产党精神财富创造的规律。历史的轨迹常有惊人的相似之处。骋目中国共产党的精神宝库，那些耀人眼目的精神火炬，差不多都是在流寓万里的壮美迁徙中造就和生成的。井冈山精神诞生在朱毛红军征战湘赣，最终在茨坪实现历史性会师之后；长征精神则是铁流决荡两万五千里，在人类这一最伟大的熔炉中炼成的；大庆精神和铁人精神，也是无数石油健儿跋山涉水共赴那场改变中国能源历史大会战的产物；而七十年前山东南下干部大队由鲁入豫的远征，无疑在齐鲁和中原文化的交融中，为焦裕禄精神诞生提供了更为深厚和肥沃的土壤。

且歌且行的南下，成为焦裕禄精神发轫期的一道亮丽风景。

焦裕禄令同侪印象深刻的，是他与生俱来的金嗓子，此外，拉二胡的功底也颇为深厚。焦裕禄土改中主政尉氏大营区时，一次，开封师范学院宣传队到大营区慰问，临开演时，拉二胡的乐手突发急病。救场如救火，队长急得团团转。焦裕禄不动声色地说："我来滥竽充数吧！"队长一听又惊又喜："想不到焦区长还有这手绝活！您可给我们补了大台啦！"

诗人和文艺理论家胡风说，诗人和战士是一个神的两个化身。焦裕禄正是有着两个化身的那个"神"。他的音乐感觉，他的嗓音条件，他的俊朗形象和丰富内心世界，都使他有可能成为出色的艺术家。但是，苦难而坎坷的生活遭际，急风暴雨般的革命斗争，都没有给他释放文艺潜质提供更多机会。在磅礴革命浪潮的裹挟下，他义无反顾汇入为救人民出水火而浩荡前行的洪流，丝毫无暇他顾。江河入海，始有澎湃与壮阔。面对改变中国历史走向的暴烈的革命行动，南下路上的文艺青年，毫不吝惜自己堪称出类拔萃的艺术才华，倾尽毕生之力为人民谋福祉，成为永怀仁心的大河之子。

焦裕禄妻子徐俊雅曾对儿女说："用全面发展、多才多艺的标准来衡量，你们几个没有一个能比得上你们的爸爸。"为人民生能舍己，爱生活不乏浪漫，上得战场，下得舞场，这就是贤内助眼中的焦裕禄。

1966年春，新华社记者冯健到焦裕禄家乡采访，对他的文艺潜质和才能印象颇深。他认为，焦裕禄如不从政，很可能成为一名优秀的文艺工作者。作为不无遗憾的历史的一种代偿，焦裕禄堪称优秀的文艺基因隔代遗传，在外孙余音身上鲜明呈现并青出于蓝而胜于蓝。这位毕业于中国音乐学院的硕士，在中国歌剧舞剧院排演的大型音乐剧《焦裕禄》中，出色饰演焦裕禄而广受好评，从而给在风雪中原唱过歌剧的外公一个特殊的惊喜和慰藉。

四、拉锯边区的日日夜夜

1948年2月2日，稀疏的鞭炮声和寡淡的火药味儿提醒人们，战乱中又一个农历小年，恓恓惶惶降临尉氏县彭店区。

一大早，豫皖苏五地委民运部部长赵敏，便令随他参加土改的区队指导员焦裕禄，速向驻通许县的解放军新编二十八团报警，请求部队迅疾出击，坚决消灭妄图危害蔡庄镇新生人民政府的师老七匪部。

花园口黄河大堤决口，催生了广及豫鲁苏皖的黄泛区，酿成中原水、旱、蝗、汤深重灾难。纷至沓来的灾害，还使近代以来开始猖獗的匪患乘着荒年乱世，瘟疫一样疯狂泛滥起来。

清末民初以来，河南"盗风之盛，甲于各省"。由于自然灾害频仍，弱者乞、强者盗，灾荒成了滋生匪患的催化剂；军阀连年混战，流落民间的二十多万支枪，成了各路草头王拉杆子最好的本钱。民国初年，《晨报》称河南一百零八个县，要找一个没有被土匪抢掠的村庄，几乎没有这个可能。

1948年9月12日，中共中央中原局第一书记邓小平、第二书记陈毅，联名给毛泽东打电报，言及河南匪情不无忧虑：

> 我党足迹遍全中国，土匪恶霸之猖獗恐无逾河南者……我们驻地发生三次黑夜摸哨、枪伤哨兵，最近破案即房东所为。南下干部数起黑夜被杀害，单人不敢独行，单人带驳壳枪更易招致土匪的暗算。区、村干部之被击杀，造成一种下乡恐怖，比较抗战中期我军在阜宁所遇着的土匪，此地更为猖獗……这一基层恶势力如不推翻，一切由上而下发动群众的办法，将变成他们镇压群众的工具……如匪正规军来进攻，此辈必然大暴动来响应他。中原解放区创造第一阶段必须懂得首先解决此一问题。

辽沈、平津战役建功不菲的林彪，挥师南下在河南连电毛泽东：

> 由于地武升级，二野南渡，地方空虚，土匪乘机蜂起。现全区大小股匪共约七十余股，内中千人以上的约十八到二十股。河南地区封建迷信会门团体之多，恐为全国之冠。河南匪情历来即属严重，目前已成为最突出之问题，不解决则一切工作无法大步开展。

《旧唐书·狄仁杰传》云："当革命之时，朋邪甚重。"中国古来改朝换代必酿匪患，似成定律。封建王朝更迭自然不可与伟大社会变革相提并论，但革命再造乾坤时土匪反抗之疯狂，亦史所罕见。

尉氏县地处豫东平原，自1947年5月起，豫皖苏军区五分区、刘（伯承）邓（小平）大军和华野八纵，先后四次解放尉氏县城。在失而复得、反复拉锯、敌我力量犬牙交错的复杂环境中，这个历史上的土匪窝，匪患像复燃的野火，迅速在城乡蔓延开来。焦裕禄所在淮河大队到达豫皖苏边区之际，正是尉氏官匪一家、沆瀣一气、甚嚣尘上的时候。拥兵两千盘踞尉氏县城的伪县长曹十一，以"剿匪总司令"自居，其名号中的"十一"，就是他和黄老三、独眼龙、骆驼七等杀人恶魔拜把子时的排序。

1948年1月，豫皖苏边区党委决定在尉氏南部五个区开展土改。豫皖苏五地委派出上百名干部，到尉氏加强剿匪除霸和土改。彭店区区队指导员焦裕禄，随地委民运部部长赵敏来到蔡庄镇政府驻地舍茶岗村。焦裕禄一到尉氏、鄢陵两县交界的险山恶水地带，就赶上一场白刃相加的战斗。

曹十一视新生的蔡庄镇人民政府为眼中钉，必欲除之而后快，纠集六个中队扑了过来。早有戒备的赵敏发现曹匪异动后，果断派焦裕禄向部队报警。我新编二十八团以迅雷不及掩耳之势，在康沟河南岸一举击溃曹部师老七三个中队，残匪退至水台村负隅顽抗。

在土改工作队配合下，新编二十八团将麇集水台村的曹匪残部团团围住，由黄庄村顺康沟河发起攻击。部队突破南寨门撕开口子后，又被匪军封闭。突击队再次冲击南门，爆破手柳国民不幸中弹牺牲，部队进攻受挫。团首长调迫击炮压制敌火力，派三名爆破手三箭齐发，分头从西门、西南门和南门三个方向实施爆破。两翼接连爆破成功，随着惊天动地的巨响，西南门也被炸开。嘹亮的冲锋号声骤然响起，焦裕禄随潮水般的部队涌入寨墙。曹十一仓皇逃窜，连长赵国瑞率队追击，被中弹倒地的师老七击中牺牲，师老七亦被战士打死。

水台村一战，我军歼灭曹部七十二人，生俘一百三十六人，有力震慑了匪徒，拓展了解放区，巩固了蔡庄镇新生民主政权。战后，焦裕禄被任命为土改工作队队长。1948年2月13日，焦裕禄作为区委委员、区工作队指导员，带领二十多名干部到彭店区（今鄢陵县彭店乡）搞土改。

彭店位于双洎河北岸，是尉氏县最南界的一个区，与鄢陵、扶沟和未解放的尉氏县城交界。彭店东与通许接壤，土匪头子曹十一、耿海兰常在这一带为非作歹，与鄢陵的大恶霸聂峦和匪首洪启龙狼狈为奸，对抗新生人民政府。周边不靖，彭店的土改自然难以开展。

匪患严重且危机四伏，首次带队深入拉锯区的焦裕禄，把发动群众作为保底措施。焦裕禄带队径赴周庄，住在贫困户张庚寅家。在群众大会上，他宣布彭店区人民政府成立，发布了两段顺口溜：

正月十四日子好，彭店区部成立了。
告诉大家要知道，有仇有冤都来报。

太阳一出照九州，天下人民没自由，思想起来好难受。
财主家里住高楼，咱穷人家住的是破庵头，思想起来好难受。
财主家吃的鱼和肉，穷人家少盐没有油，只饿得面黄肌又瘦。

在周庄斗争恶霸乔庚戌、乔书合大会上，焦裕禄振臂高呼：

打倒乔庚戌，人人有饭吃；
打倒乔书合，人人得安乐！

明白如话、触动衷肠的顺口溜，一下子在穷苦人心里扎了根。

扎根立脚的工作刚开头，地主武装就给焦裕禄来了个下马威。

夜深时分，焦裕禄正伏案整理材料，女队员姚采侠、蒋敏住的邻居院突然狗吠鹅鸣。焦裕禄情知有异，抓起枪闪身冲到院子里，见女队员住的房子已燃起大火。焦裕禄对空鸣枪报警，工作队员纷纷披衣出屋，群众也赶了过来。焦裕禄指挥大家取水救火，自己飞身蹿上屋顶用棉衣扑打火苗。经大家奋力扑救，火终于被扑灭了。

第二天，一个消息在村子里不胫而走：工作队要撤了！

焦裕禄在失火的院子里找到一坨未燃尽的油浸棉团，上面捆着一块砖。他把失火和谣言联系起来分析："事情很清楚，这次失火是人为的。棉团里浸了这么多棉籽油，穷人谁家有这么多食油！"

这时，房东儿子张庚寅报告说："院子外的路上有油迹！"

"走，看看去！"焦裕禄等人循着油迹，一路追到地主乔庚戌家。乔庚戌一见焦裕禄，就吓得瘫倒在地。审讯中他招供，纵火和散布谣言，主谋是朱德林，目的是制造混乱，动摇人心，赶走工作队。焦裕禄早有证据，朱德林命案在身，工作队进村后，勾结邻村恶势力阻挠土改，这次又策划纵火，属于公开对抗土改、不杀不足以平民愤的首恶分子。经报请彭店区政府批准，工作队在周庄村召开群众大会，宣布判处朱德林死刑，当场执行枪决。

公开处决朱德林，像晴天响起一声炸雷，彭店周遭的地主恶霸尽皆失色。但贫雇农依然顾虑重重。他们普遍怕工作队走，怕人民政府不长久，怕地主反攻倒算，因而给牛不敢要，给地不敢种。焦裕禄与工作队商量，拿出了扎根串联、诉苦反霸、建立乡政府、土改分田、组织农会和保田队五步工作法。在诉苦反霸大会上，焦裕禄带头讲血泪家史，讲解放战争大好形势和区委土改决心。贫雇农卸掉头脑中的包袱，争相控诉恶霸地主罪行。焦裕禄当场宣布开仓放粮，将六户地主的土地财产，全部分给了贫雇农。

当年曾参加彭店土改的张弗五2017年回忆，焦裕禄组织工作队员和学校师生排演歌剧《血泪仇》，亲饰男主角王东才。演出引起强烈反响，客观上成为掀起土改风暴的艺术动员。一台戏倒出了贫苦群众窝在心里几辈子的苦水，彭店区土改局面像大河冰融，迅速改观。

焦裕禄在土匪恶霸眼皮子底下大张旗鼓搞土改，敌人对他恨之入骨，彭店瞬间成为生死博弈战场。焦裕禄命悬一线，几度履险。

　　这年3月的一天深夜，已是十点多钟了，焦裕禄忽接区委通报，鄢陵县伪保安队长洪启龙，点起数百人马，趁夜色偷袭彭店区政府！十万火急，焦裕禄带周庄民兵紧急出动，天亮时分赶到彭店，洪启龙的保安队已占据村寨南、北、西三门。焦裕禄与区长薛再德会合后，迅速对敌情做了分析，定下了从东门突围的决心。焦裕禄掏出手枪，一马当先冲在队伍前面。不料刚出东门，就与一群敌人迎面相撞。说时迟，那时快，焦裕禄先敌开火，众人也一齐射击，当场撂倒几个匪兵。敌人慌忙龟缩城墙外，仓皇向区委干部射击。焦裕禄带民兵依托城门压制敌人火力，掩护区委干部迅速撤离。

　　转眼到了麦子挑旗的时候，洪启龙突然带四百余名匪兵来犯。焦裕禄令民兵队长刘庚申带民兵和保田队掩护群众转移，随后将仅有的十三名民兵分成两组，分别到南门和东南角寨墙阻击敌人。

　　刘庚申组织群众撤退后，带五名民兵跑到东门外找到焦裕禄，数百名敌人已到南门，双方相距不过五百米。刘庚申一看这阵势，心里有些慌了，怯声说："敌强我弱，好汉不吃眼前亏，干脆和群众一起撤吧！"

　　焦裕禄虎起脸说："庚申，关键时刻咱可不能跑啊！"

　　"不跑咋办？敌人这么多，咱就几条烂枪，哪能挡得住！"

　　焦裕禄扫视乌云般黑压压涌上来的敌人，压低声音说："大敌当前，咱得保护群众！跟敌人拼了也不能跑！庚申，沉住气，别怕！"

　　说话间，敌人"乒乒乓乓"朝往东北方向跑的群众开了枪。焦裕禄把刘庚申按倒在地，仰起头来向群众高喊："快卧倒！"

　　慌乱中的群众猛听焦裕禄一声喊，呼啦啦伏在麦地里。

　　色厉内荏的匪兵麇集一团，像无头的苍蝇扑了上来。焦裕禄高喊一声"打"，伏在粪堆后的民兵一齐开火。七支枪有一支子弹瞎火，但打响了六支。另一组十一名民兵也闻声集火射击。匪军本是乌合之众，两个方向排枪齐发，匪兵死伤数人，顿时原形毕露，阵脚大乱。匪首见满坡到处卧着人，不知埋伏了多大力量，遂无心恋战。焦裕禄指挥民兵连续向匪军射击，敌人拖着几具尸体狼狈逃窜。

不久，鄢陵县伪保安队五十多名匪兵到附近村抢粮。焦裕禄接报后点起村里村外精干民兵，备足弹药悄悄渡过双洎河，择地设伏布下口袋阵，匪兵逼近时，派两个机灵的民兵把敌人引进包围圈。收网的时间一到，焦裕禄一声令下，数十支枪从三面猛烈开火，敌死伤枕藉，脑袋还扛在肩上的见逃生无望，赶紧跪地举枪投降。这一仗，彭店民兵斩获颇丰。

频繁拉锯中，焦裕禄打得赢就打，打不赢就撤，瞅机会就借力予敌痛击。一天，周庄村正举行群众大会，联络员忽报国民党一个保安团来犯，先头已到南门外。焦裕禄命民兵掩护群众分散撤离出村，自己带通信员刘国勤，顶着国民党追兵嗖嗖发射的子弹，沿小河沟迂回区队部，与区武装部陈部长会合。两人碰头后先后出村，且战且退，将敌诱至白潭根据地。我军大部队根据枪声对敌情作出判断，迅速做好战斗准备，以逸待劳，全歼来犯之敌。

1948年5月，尉氏南部地区土改基本结束，焦裕禄暂回县委宣传部工作。麦子快成熟时，县委接区委紧急通报，国民党第七十五师图谋进犯尉氏我控制地区。县委派人分头到各区传达指示，抢在敌人前面做好坚壁转移工作。焦裕禄带三人到彭店区传达县委指示后，往东北方向追赶县委。不料情况瞬息万变，县委已经转移。焦裕禄走到贾鲁河东岸马立厢村，遇蔡庄区刘雅耀区长带的二十多人。两支队伍遂组成蔡庄区队，到通许县寻找县委。

蔡庄区队在通许县邸阁村遇到豫皖苏军区一分区司令员兼政委王其梅，得知尉氏县委已离开通许。王其梅说："你们是尉氏县的革命种子，一定要保存下来。"蔡庄区队遂改名陇海大队，刘雅耀任大队长，焦裕禄负责民运工作。王其梅写信让他们到通许罗庄找二十八团米副政委。刘雅耀怕向通许东南转移会犯右倾错误，想冒险插向敌后迂回尉氏。焦裕禄建议说："上级明确保存有生力量就是胜利，暂时避开强敌不是右倾，咱们要坚决执行王司令员的指示。"陇海大队继续向罗庄进发。

陇海大队找到二十八团，次日同部队兵分三路到杞南迎击抢粮的国民党扶沟县县长郭新坡部。焦裕禄一部因走错路，在李巴勺以西遇国民党新五军二百旅。刚一交火，一些新同志就沉不住气了。焦裕禄疾呼："大敌当前，败退就是死路一条！必须坚决斗争，顶住敌人！二十八团一定会来接应我们！"稳住阵脚后，焦裕禄等党员干部和部队在最前沿阻敌前进，掩护队伍边打边撤，坚持两个多小时后，终于得到二十八团主力接应，甩掉了敌人。

李巴勺遇险，一些人思想波动很大。焦裕禄建议，通过谈心和诉苦教育，巩固队伍战斗力。他还自编自演顺口溜进行鼓动：

枪杆是个宝，革命少不了，靠它夺印把，蒋匪被打跑；

枪杆是个宝，坚决要拿好，靠它翻了身，地主被打倒……

大家情绪稳定后，大队派出两名当地籍的同志找到了尉氏县委。

相比横扫千军如卷席的大兵团作战，焦裕禄经历的拉锯战，只能算战争这出大戏中的几则小品。但正是这些不起眼的战斗，像文火慢煨的炖煮，叮当作响的敲打，徐步款行的修炼，使殒身不恤、坚毅果敢的品格，滋味十足渗入焦裕禄的灵魂与血脉，成为撑起一生功业的钢筋铁骨。

残酷频仍的拉锯斗争，成为化铁为钢的熔炉。1948年8月，经尉氏县委书记、县民主政府县长张申提议，尉氏县委研究，焦裕禄任大营区副区长兼武装部部长，主持大营区党政全面工作。

五、征战淮海，亮剑大营

辽沈告捷！淮海决战！平津奏凯！

1948年11月，华东五百多万支前民工大军，以摧枯拉朽之势直逼淮海战场。尉氏县委书记、县长张申，负责指挥尉氏和扶沟两个县的担架支队。出征前，张申点将焦裕禄任彭店区支前民工大队长。焦裕禄首次作为主官，率二千四百余名支前健儿，顶风冒寒挺进苏北前线。

彭店区支前民工大队开赴前线，主要任务是运送面粉。队伍出发时天降大雪，积雪盈尺，小车不能推行，面粉全靠人扛肩挑。开始，民工们每人扛一袋面粉。焦裕禄一人扛了两袋面粉，民工们也不甘示弱，多数扛了两袋，有的扛了三袋，还有的干脆用扁担挑四袋。你追我赶的队伍中，响起了焦裕禄有板有眼的现场鼓动声：

尉氏来支前，任务是运面；

有人担四袋，个个干得欢！

车轮滚滚的支前大军从四面八方汇聚淮海，令国民党政府惊恐万状。为阻止支前大军，国民党军派飞机追着支前民工队伍屁股轰炸扫射，有时飞机翅膀都快贴上树梢了。行军中，焦裕禄组织民工反复进行反空袭演练。敌机临空时，有参战经验的焦裕禄不顾个人安危，不间断实施指挥，首尾兼顾保护支前民工和物资。

敌机轰炸中最惊险的一幕，是"丢了面袋，保了脑袋"。

青年支前民工队员杨春成，头顶一袋面，肩扛两袋面，在雪地里撒丫子一路疾进如飞。一天敌机空袭，焦裕禄果断下达疏散隐蔽口令，杨春成头顶肩驮面袋，就地躲进路旁沟里隐蔽。敌机俯冲投弹扫射，炸弹爆炸掀起的巨大气浪，把碗口粗的树干齐生生折断了。敌机飞走，硝烟散去，杨春成抖搂沙土站起身，发现头顶的那袋面不翼而飞。杨春成劫后余生，焦裕禄不由得惊出一身冷汗，半晌才打趣说："杨哥，今天要不是丢了面袋，你准得丢脑袋！"

杨春成历险后，为避敌机袭扰，彭店支前民工大队更多地利用夜暗行军。一天晚上，焦裕禄带队走了几十里，鞋底磨透了。焦裕禄正要换鞋，忽见一个民工脚陷泥窝，鞋子湿透了。他急忙把手中的棉鞋塞给这位民工，自己依旧穿着露底儿的鞋子在雪地里奔跑。

焦裕禄的通信员小朱双脚打泡出血，生了冻疮，痛得龇牙咧嘴，忍不住时哭起了鼻子。焦裕禄叉腰笑道："男儿有泪不轻弹，咱们小朱为啥双泪长流啊？"小朱不好意思地抹把泪，破涕为笑。焦裕禄鼓励他说："红军长征爬雪山、过草地都不叫苦，我们脚上打泡生疮算个啥？谁英雄，谁好汉，行军路上比比看！"小朱见焦裕禄的鞋子两头透风，从窟窿里拱出来的脚指头鲜血淋漓，顿时面现愧色，重新振作精神上了路，两脚像踩上了风火轮。

淮海春早。时令虽是数九寒天，但豫东支前勇士却分明听到了春天的脚步声。是的，当决定中国前途命运的战略决战，在黄淮海大平原以狂飙突进、烽烟万里之势展开时，随着蒋家王朝丧钟的敲响，一个属于新中国的春天的脚步声，便日甚一日地清晰起来。焦裕禄南下前学过毛泽东写于三十年代的一篇文章，对领袖驰骋想象以生花妙笔描摹新中国的美文早已铭记在心：

> 它是站在海岸遥望海中已经看得见桅杆尖头了的一只航船，它是立于高山之巅远看东方已见光芒四射喷薄欲出的一轮朝日，它是躁动于母腹中的快要成熟了的一个婴儿。

十八年过去，航船快要抵岸，朝日正在升起，那个由无数志士仁人奋斗牺牲和五千年历史文化精华孕育的婴儿，即将发出令世界惊叹的第一声啼哭。领袖于革命低潮的热烈憧憬正化为辉煌现实。这是中国历史上从未有过的春天，一个艳阳照遍九州，和平、自由、公平、温暖洒满每一寸土地的春天。草木蔓发，春山可望。几千年匍匐在地当牛做马的劳苦大众，一旦苏醒将真正站起来，打碎身上的镣铐，把剥削和压迫踩在脚下，成为国家的主人。能为这样一个美好春天到来而战斗，何其幸运，何其自豪！

焦裕禄的心，被冬天里的春天唤醒着，抚慰着。他领悟到，作为一个火线指挥员，最重要的责任，也许是要让大家懂得，在春天的脚步声日益临近时，自己应当做什么。焦裕禄拿起阶级教育的杠杆，通过诉苦撬动支前民工的心，将他们世世代代遭受剥削压迫的深仇大恨，转化为参战支前打败国民党反动派的高昂热情。他还用通俗易懂的语言，给大家宣讲新颁布的土地法大纲，引导民工把踊跃支前、确保打胜仗，同巩固解放区、保卫胜利果实紧密联系起来。民工们心头的闸门一旦被打开，潜藏心底的热情，便以不可阻挡之势喷涌而出。彭店支前民工大队精神抖擞，如虎添翼。

焦裕禄率领的队伍一路踏雪疾进，落脚在紧靠徐州的睢宁县一个村庄。睢宁是焦裕禄崇尚的古战场。这里是张良与武士在博浪沙阻击秦始皇误中副车，更换姓名在下邳隐身并演绎圯桥进履故事的神秘领地；是东汉末年刘备自领徐州牧，入主下邳并在此屯军处；是曹操东征吕布围攻下邳，用郭嘉之计掘沂水、泗水灌城，致城内混乱生擒吕布之地；也是关羽被曹操火攻困于下邳，无奈之际与曹操订立"三约"但誓不降曹的忠义热土……千古江山，英雄无觅。古战场深长回望，龙睛虎眼、指挥若定的焦裕禄，活像个胸有成竹、胜券在握的将军。抵近前线的隆隆炮声中，焦裕禄摆兵布阵，巧为运筹，彭店支前民工白天送面，晚上推磨，川流不息送军粮、抬伤员，用小车、担架和血肉之躯，为子弟兵架起通往胜利的桥梁。

命运之神有意无意，焦裕禄领军支前的睢宁，东与他曾扛过长活的宿迁接壤。鹑衣百衲、饔飧不继的日子总是难以忘却的，京杭大运河畔的宿迁县二区园上村，几多悲苦，几多血泪！连天炮火中，人们无从想见遥望旧地的焦裕禄，是否品味过既往心酸。但见来自贾鲁河畔那支挂着小油灯的独轮车长蛇阵，一连五十八个昼夜疾进不歇，源源不断为决胜淮海添薪加油。

1949年1月21日，戊子年腊月二十三日，焦裕禄率浩浩荡荡的彭店支前民工大队，载誉返回尉氏。豫皖苏军区后勤司令部对建功不菲的彭店区支前民工大队予以表扬，奖给大队一面黄边黑字的锦旗，上有"奖给尉氏担架二队支前模范"十二个大字。

2014年5月，焦裕禄逝世五十周年之际，尉氏县焦裕禄纪念馆在他当年的办公室、辛亥女杰刘青霞故居的三间房屋开馆。纪念馆聘请大学生村官杨颖当解说员。无巧不成书，杨颖的爷爷杨春成，就是当年跟随焦裕禄征战淮海，遭遇敌机轰炸时"丢了面袋，保了脑袋"的民工队员。杨颖听爷爷说，他比焦裕禄大一岁，焦裕禄管他叫杨哥。支前回来，焦裕禄亲手为他颁发了豫皖苏军区后勤司令部司令员何行之、政委王其梅签署的一等功证书。

领军支前淮海，是张申让嫩竹扁担挑千斤，着意培养焦裕禄的一步棋。淮海归来，焦裕禄征鞍未解，又投入到剿匪除霸斗争中。

1948年10月24日，陈（陈士渠）唐（唐亮）兵团解放开封，尉氏县城亦随之解放。洪流席卷之处，国民党军一触即溃，但在尉氏乡下，四散潜藏在村落林岗的土匪等反动武装，还远未肃清。

尉氏地处敌我斗争锋线地带，相传因岳飞抗金安营扎寨而得名的大营，又是尉氏最难开辟的区。焦裕禄上任就闻听大营是方圆百里出名的土匪窝。乱世纷纭，民不聊生，加之这一带岗环岭复，树茂林密，社会和自然环境都易于土匪滋生。当地百姓说："大营九岗十八洼，洼洼里头有响马。"大营区七十多个村，村村有土匪，大一点的土匪头目有上百号之多。他们经常打家劫舍，烧杀淫掠，有的村子因土匪摧残，竟断了人烟。

大营土匪如麻，但血债累累、百姓提起来就发怵的，当数匪酋黄老三。黄老三天生一双狼眼，心狠手辣，是曹十一的铁杆心腹，还当过大营的伪镇长。焦裕禄获悉，人枪数百的黄老三成为大营的草头王后，入了他法眼的耕地，就得跟着他姓，先后霸占良田数百亩；出挑点的闺女媳妇，都是他随意临幸的妻妾和使唤丫头；生来就与土坷垃打交道的百姓，像坡里的庄稼棵子，任他随意砍杀刈伐。这些年，单是他看不顺眼抬手一枪崩了的，有名有姓的就有八十多人；谁要敢说黄老三的坏话，传到他耳朵里，捉住必定抽筋剥皮。工作队所到之处，百姓普遍对黄老三恨之入骨，畏之如虎。

水台村一战，黄老三受到沉重打击，侥幸逃脱后，仍躲在暗处夜聚晓散，伺机暗杀，妄图反攻倒算，颠覆新生人民政府。

焦裕禄注意到，黄老三有个儿子是解放军营长。正是依仗这一点，他匪焰高蹈，丝毫不肯收敛。群众反映，大营名义上解放了，实际上天还阴着。老百姓不敢与工作队接触，土改运动迟迟开展不起来。不到一年时间，大营区政府换了七任区长。焦裕禄上任后，首战便直取匪患最重的门楼任村。

入村调查后，焦裕禄了解到，门楼任村曾成立过农会，也建立过民兵组织，后由于恶霸地主收买兵痞打入农会，几个干部先后被地主拉下了水。一些贫雇农因害怕地主反攻倒算纷纷退出农会，导致农会瘫痪。根据县委指示和大营实际，焦裕禄确定，把剿匪反霸、打击敌人嚣张气焰和夺回农会政权，作为工作队的首要任务。同时，努力安排好群众的生产生活。

谁知，工作还没有完全展开，穷凶极恶的土匪就朝焦裕禄开了刀。一天凌晨，焦裕禄蒙眬中忽听屋外有动静，急忙推醒和他住在一起的门楼任乡乡长黄喜顺："小黄，快起来，外面有情况！"黄喜顺跟焦裕禄从窗户飞身跃出，翻墙出院隐蔽在村北坟地里。紧接着，两人便听见从他们住处传来一阵杂乱的枪声。天亮后，黄喜顺随焦裕禄回到住处，只见门上和床上弹洞累累。

幸亏焦区长机警，才逃过一劫！黄喜顺这才真正理解，焦裕禄说"跟土匪作斗争，晚上睡觉得睁着眼睛"这句话的含义。

焦裕禄白天访贫问苦，晚上汇总材料，为防土匪袭击常常居无定所。不几天，哪个土匪有命案，哪个地主劣迹多，他都搞得一清二楚，并把有关情况给区委和县委写出报告，一一提出处理意见。

门楼任村北侧有个木匠任村，有群众举报，当年该村土匪头目陈文德，指使人谋害了四名过路的八路军战士。焦裕禄暗访了解到这个线索，迅速获取证据，在门楼任村村东寨墙西北角，挖掘出四具八路军战士遗骸，在村北五道庙五道爷神像下面，找到了四支步枪。铁证如山。焦裕禄带民兵夜袭木匠任村，一举捕获陈文德。经审讯，在门楼任村小十字街大口井空地上，召开了公审陈文德大会，当众枪毙了这个双手沾满革命战士鲜血的恶魔。

正义的枪声犹如春雷鸣响，唤醒了贫雇农参加农会的热情。

那些日子，大营各村百姓，都在口口相传焦裕禄编的顺口溜：

恶霸为啥霸？旧社会，天黑呀！反动派，护着他。老百姓，腰杆塌。现如今，天亮了。共产党，反恶霸。有靠山，不用怕——穷人一起挺起腰，抱成一团打倒他！穷人一起挺起腰，翻身解放力量大！

焦裕禄对陈文德制造的这起血案的处理，并未到此为止。

大营区东南十坡八洼，长期为黄老三盘踞。这一带的玉陈村，封建反动势力猖獗，地主为阻挠土改，公然分散土地，造谣惑众，群众很难发动。工作组几次派人前往，都没有搞开。据陈文德交代，是玉陈村陈万岁授意他杀害四名八路军战士的。陈万岁财大气粗，孩子都在外面做事，有权有势。焦裕禄决心虎口拔牙，带民兵悄悄赶到玉陈村，神不知鬼不觉将陈万岁抓捕，押至区委审讯。鉴于陈万岁树大根深，与各路土匪关系盘根错节，为防止劫法场，焦裕禄没有在驻地公审陈万岁，而是预置力量将其押回。行至大营与玉陈村交界处，焦裕禄一挥手，民兵一枪将陈万岁击毙在马鞍桥上。

就在工作队拉开架势真刀实枪跟土匪恶霸斗时，焦裕禄却独自一人跑到大营村北大洼里去了。他在找人，找那个敢向骑在百姓头上拉屎的黄老三叫板的硬汉李明。李明家在大营有二十多亩地，妹妹长得挺水灵，家里对外卖馍生意也不错。黄老三闻到味儿，便眨着狼眼踅摸。他先是打李明妹妹主意，继而三天两头派人到李明家馍摊拿馍，一拿就是一口袋。李明母亲到黄家要账，被打得口鼻蹿血。李明骂了黄老三的祖宗，结果传到了他耳朵里。

李明妹妹出嫁那天，黄老三唆使狗腿子把李明捆起来，吊在大庙梁上，点上两炷胳膊粗的香，贴着李明胳肢窝熏，痛得他不断哀号。李明家人以土地房屋为代价，央求黄老三放人。黄老三使劲翻了翻狼眼，嘴里蹦出一句话："我啥也不要，单要李明一条命！"

李明被黄老三活活熏死后，家里人哭着抬尸回家。谁知入殓时，李明又奇迹般活了过来。为日后报仇，李明含恨咽下这口气，逃往他乡。黄老三得知李明还活着，气势汹汹找上门来，李家只得拱手奉上二十亩地。黄老三依旧不依不饶，非要李明的性命不可。

解放军开进大营，黄老三暂且退避三舍。李明回村当了民兵，发誓活捉黄老三报仇雪恨。可解放军一走，黄老三又嚣张起来，一个多月就三次明火执仗到区政府轰撵干部，干部夜里都不敢在区政府留宿。黄老三还派人四处捉拿李明，扬言捉住就当场剥皮。

焦裕禄听说了李明的苦难遭际后，几经周折，才在大洼里找到了他。焦裕禄自报姓名，提出与李明拜兄弟。李明知道焦裕禄是区长，心里嘀咕：区长咋会跟我这泥腿子拜兄弟？焦裕禄瞅着像个闷葫芦似的李明，笑道："兄弟，过去我和你一样，也是个受苦人哪！"说着，拉李明坐在土坎上就讲起了家史，直讲得李明热泪涟涟。

焦裕禄含悲饮痛话家史，像一根藤串起了两个瓜，把他和李明的心连在了一起。焦裕禄抚着李明的肩膀，趁热打铁说："咱俩结拜个兄弟，一起去抓黄老三，除掉这个祸害，中不中？"

李明紧紧抓住焦裕禄的手，连声说："中！中！"

焦裕禄要李明多找几个穷哥们当民兵，不要一个拉稀屎的货。

那些日子，焦裕禄和李明一起喝菜糊、钻草庵、睡车棚，俨如亲生兄弟。焦裕禄悉心培养李明，剑之所指在匪酋黄老三。紧迫而现实的革命目标凝神聚气，成了阶级仇恨转为阶级觉悟的催化剂。经焦裕禄言传身教，李明进步很快，当上了村里的民兵队长。

尉氏县焦裕禄纪念馆馆藏的焦裕禄写给张申的一封信中说：

据谈曹部有一名土匪黄老三想回来将枪交出，但他现在还在犹豫，恐怕政府说话不实骗他回来杀他，这人能争取回来的话，可能

带回许多人来，因他是曹部的主要人物之一。现我们想找人找他的
亲友进行谈话，他要能保证交出武器军用品，后交县处理。

张申1919年10月生于河南信阳，曾任山西代县县长，当过三个县的县
委书记和睢杞太独立团政委。贤者知贤，能者任能。独具识才慧眼的张申，
是第一个使焦裕禄走上领导岗位的伯乐。晚年，张申谈到发现焦裕禄，说过
一句戳骨扎筋的话："他不怕死，危险关头敢于往前冲！"一语道出了"三
八"式老革命用人的战斗力标准。

人才的价值在用当其时。此后的历史证明，张申淮海支前和大营剿匪两
次点将，不仅通过压担子锻炼了焦裕禄，为他日后脱颖而出创造了条件，而
且对张申从本质上认识焦裕禄，进而在开封地委书记任上力挺焦裕禄主政兰
考，都产生过积极而重要的影响。在中国共产党铸造焦裕禄精神的光荣史册
上，张申的贡献不言而喻。

六、与豺同穴巧弭暴乱

焦裕禄惩处了几个怙恶不悛、血债累累的惯匪，教育感化了一批土匪弃
旧图新。接着又自任导演组织区政府干部和学校师生排演《血泪仇》，到全区
各村巡回演出。炽如烈火的剧情，把穷苦人心底的仇恨点燃了，大营区剿匪
反霸声势煊赫，土匪恶霸惶惶不可终日。然而，潜逃外乡的土匪，像一把脱
手的豆子，满地乱蹦，就是抓不住。凶残狡诈的匪徒啸聚山林，伺机反扑，
潜藏革命队伍的变色龙也窥测时机，以求一逞，企图通过暴乱东山再起。

1949年3月，尉氏县委书记、县长张申调任陈留地委宣传部部长，耿
化五接任尉氏县县长。7月的一天，耿县长接到密报：潜伏尉氏的国民党余
孽王少杰、高焕章、王顺兴等人，成立了"国民党国防盟军司令部豫东剿共
指挥部"，高焕章在县公安局门口摆摊，以刻制印章为掩护刺探情报，招兵
买马。令人触目惊心的是，大营区九人的保田队，副乡长兼保田队队长梁同
来等六人已被收买。他们伙同黄老三，准备里应外合发动暴乱，除掉焦裕

禄，摧毁乡政府。而素来机警的焦裕禄，陷入孤立无援的危境竟未察觉！

千钧一发，刻不容缓，必须尽快拿出解大营之围的良策！

化解大营危机，关键是要尽快给焦裕禄报警。派谁去才能安全无虞把情报送到呢？派县委工作人员去，势必打草惊蛇，给焦裕禄带来灭顶之灾；派其他人去，又怕匪患未除，路上生变。耿县长在屋里踱来踱去，一时难下决心。焦灼中，他急召公安保卫干部磋商。

经缜密研究，耿县长决定，派机智沉稳的县医院院长王毓出马，以给焦裕禄送药为名，设法向他报警。王毓将耿县长的亲笔信装进药瓶，放入药箱底层，骑自行车飞快赶往大营区委驻地。

王毓顶着火辣辣的太阳赶到大营村，见区委小院门口两个民兵模样的人正杵在树下站岗，看到汗流浃背的王毓，厉声喝问："站住，干什么的？"

王毓笑道："二位辛苦啦！我来给焦区长看病，顺便送点药。"

两人上下打量着王毓，翻翻药箱，没好气地让他进去了。

王毓进院便喊："焦区长，你在哪儿？县医院王毓送药来了！"

焦裕禄闻声急忙出门，边走边亲热地招呼："王院长，我在这儿呢！大热的天，你跑老远给我送啥药啊？"

王毓握住焦裕禄的手，用力攥了攥，话里有话地说："上次开的药该吃完了吧？这次我特地带了点好药来看看你！"

一进屋，王毓一把拉住焦裕禄说："焦区长，情况紧急，耿县长让我来报信！"说着，三下两下从箱底翻出装有情报的药瓶，塞给焦裕禄。

焦裕禄瞥了一下窗外，迅速从药瓶中取出纸条，打眼一瞅，不由得吃了一惊。他没想到，自己眼皮底下竟有六人已沦为土匪内应！大浪淘沙年月，革命队伍难免鱼龙混杂，但这么多人集体反水，则完全超出他的想象。记忆之舟迅速溯水而上——梁同来是大营区大营村人，行伍出身，兵匪一身。焦裕禄后悔自己知人太浅，当初见梁同来有悔过自新表现，为分化瓦解土匪，让他当了副乡长兼保田队队长。不想一着不慎，竟被这条变色龙逼到绝境！

窗外的蝉鸣一阵响似一阵，给屋子平添了几分燥热。面对参加革命以来空前严重的敌情，焦裕禄脑子反而冷静了下来。敌为刀俎，我为鱼肉，且明里暗里的土匪已内外勾结张罗布网，硬拼显然于事无补。只有斗智斗勇，方能平息叛乱。眼下，得赶快向两个可靠的干部通报敌情，三人拧成一股绳，共同对付磨刀霍霍的敌人！

门外响起李明的报告声。焦裕禄让他进来，盯着他说："来得正好，县里通报，大营区委有六个人叛变了，为首的是梁同来！"

"那怎么办？"李明一怔，伸手攥住了腰间的枪柄。

"人慌无智。"焦裕禄说，"我们要将计就计与敌周旋，一步也不能走错。要紧的是盯住首恶梁同来，尽快搞清他们的阴谋！"

入夜，李明把腰里的手枪压上火，跟着焦裕禄出了大营村北门。黑暗中，只见梁同来和民兵王四急忙慌促走出村外。焦裕禄把李明拉到暗处，注视着梁同来两人的行动。只见梁同来和王四四下张望了一下，一人小声吹了一阵口哨，一人又轻轻击了三掌，随后一起朝村北面的岗沟走去。焦裕禄和李明也悄悄跟了过去。梁同来和王四进了岗沟，焦裕禄和李明也到了沟旁岗顶。只听有人嚷道："老梁，你咋来这么晚？是不是想变卦？"

梁同来急忙辩解："嗨，老狗咬我了！我怕姓焦的怀疑，所以来迟了。"梁同来说的"老狗"，是指土匪头子黄老三。

有人解释说："可别冤枉黄镇长，人家可没坏你的事。镇长让我给你捎话，他是给焦裕禄摆迷魂阵，先把他搞晕，再收拾他。"

梁同来嚷道："别磨叽了，端掉区部趁早，夜长梦多要露馅！"

那人又劝梁同来："黄镇长说火候还不到。他说过去有对不起你的地方，让你别计较，抽空赶紧把姓焦的除了，弄不死，也摘他个膀子。李明那小子也别剩下。"说着，他又安抚梁同来："你放心，你过去的事，黄镇长不说，大营没第二个人知道。"

梁同来发狠说："你们等我信吧！"

眼看土匪要四散而去，李明说："咱开枪吧，打他个冷不防！"

"不行！"焦裕禄按住李明，叮嘱说，"现在不能打草惊蛇。"

土匪陆续隐去后，焦裕禄带李明至僻静处面授机宜："擒贼先擒王，打蛇打七寸。目前我们势单力薄，要借助县里的力量，调虎离山打掉蛇头梁同来，使土匪们首尾不能相顾，然后各个击破。"

第二天一上班，李明的大嗓门便在梁同来屋外响起来："恭喜啊，梁队长！焦区长找你，让你快到他那儿去一趟，有好事啊！"

梁同来挎着盒子枪，一溜烟来到焦裕禄办公室，进门就听到了焦裕禄爽朗的贺喜声："老梁，快来，祝贺你高就啊！"

不待梁同来细问，焦裕禄又挠着他痒处说："县里让推荐个领导骨干到公安局，我考虑你枪打得准，做事又地道，就推荐了你。县里挺满意。这不，调你到公安局当领导啦！"

"这可是打着灯笼也找不到的好事啊！"李明也乐得在一旁直撺掇，"梁哥，你这官当得过瘾！手里掐着生死簿，管一方治安，将来发达了，当了更大的官，可别忘了咱这些穷弟兄呀！"

梁同来被蒙得有点晕，吭哧着一个"谢"字没出口，又听焦裕禄伤感地说："现在正当用人之际，你和李明都是我的左膀右臂，真舍不得你走！可县里看上了你，咱也得顾大局不是？"

焦裕禄说着递上一封密封信："这是你的介绍信，当面交给县局王公安。现在局势复杂，你调县局当领导的事，一定要保密！"

"多谢焦区长举荐，梁某日后定当报答！"大字不识一个的梁同来，小心揣好信就去收拾东西，屁颠屁颠到县公安局报到去了。

当天，县公安局王公安在办公室见到梁同来，接信展笺一看，触目惊心的文字令他剑眉倒竖："梁同来已被策反，就地抓捕。焦裕禄亲笔。"

王公安倒抽一口冷气，招呼梁同来坐下，相机示意门外两名荷枪实弹的公安战士进屋，厉声喝道："把叛匪梁同来给我抓起来！"

梁同来刚欲反抗，早被缴枪摁在地上，胳膊给拧得像反别的鸡翅。经审讯，梁同来在曹十一手下当过营长，在通许、杞县作恶多端，因脑子灵光胆子大，曹十一想提升他当副官，但被黄老三搅了。曹十一被我军打垮后，梁同来隐瞒罪恶回到大营。焦裕禄上任后，梁同来伪装积极当上副乡长兼保田队队长，后又被土匪拉下水。

为防止土匪"劫案"，尉氏县公安局快刀斩乱麻，经报县委批准，第二天就在县城西门外苇坑沿儿处决了梁同来。

梁同来刚"跳坑"，心虚气躁的王四就在家门口榆树上吊死了。王四是爬到树顶的权子上吊死的，腰里还挂了个张着大机头的驳壳枪，一碰就响，没人敢上去卸吊。焦裕禄"嗖嗖"爬到树顶，取下王四身上的枪，三下五除二把王四从树上卸了下来。

王母跪着哭诉："俺儿死得冤啊！是黄老三派人逼他上吊的！"

原来是黄老三在杀人灭口！

焦裕禄立即下令集合区政府干部。人到齐后，他亮开嗓子说："好消息啊，咱们鸟枪换炮啦！梁队长到县里领新装备了，一水儿德国造。现在收旧换新，大家抓紧上交手里的家伙什！"

众人听焦裕禄说换枪，皆手舞足蹈。已经叛变投敌的王六，第一个把枪交给了焦裕禄，李明趁势收了其他四个叛徒的枪。

枪收齐后，焦裕禄借机给大家讲话，他赞扬王六重感情，能力强，接着话锋一转，看着王六说："现在，咱队伍里有红皮白心的人，对这样吃里爬外的叛徒，能放过吗?"

王六故作镇定，高声附和说："对叛徒，决不能放过!"

"好!"焦裕禄指着一个面露怯色的内鬼，声若雷霆，"县里抓的匪徒供认，此人已经叛变。王六，你说该不该抓?"

"该抓!"色厉内荏的王六咋呼着，抢先上去把人绑了。

焦裕禄又令王六将其他三个内奸捆好，不待其邀功，他的胳膊已被李明等人拧了起来。王六连声喊冤，焦裕禄目光如电，凛然一语不怒自威："王六，别装蒜了！赶快扒下你的画皮吧!"

王六绝望地看看焦裕禄，颓然低下了头。

当天，五名叛匪被县里来人连夜押解进城。

一场蓄谋已久、箭在弦上的反革命暴乱，有惊无险地消解了。在春天降临前的奇寒中，在黎明快要到来的夜暗里，焦裕禄以非凡的大智大勇，冒死履险，横戈除佞，在险象环生的危境中，创造了令人叹服的奇迹。

从叛匪刀下脱险后，焦裕禄却丝毫兴奋不起来。没有上级营救，后果不堪设想！组织永远是靠山啊！此后漫漫征途，大营历险，成为焦裕禄时时感恩组织、信赖组织、倚重组织的情感驿站。

他本可成为一名优秀军事指挥员。兵圣孙武所谓智、信、仁、勇、严，举凡将才必备的过人素质，焦裕禄皆无缺憾。但上苍仿佛从一开始就赋予他不断迎接新挑战的使命，在接续转换战场中不断更新自我。才出刀丛，又攀险峰。当党发出新的召唤时，焦裕禄甚至来不及思索一下其中风险几何，又义无反顾投入了新的战斗。

七、三擒两纵黄老三

焦裕禄智擒梁同来等几个内鬼，打在了黄老三的痛处。夜霭浓重时，李明外出探风，听到土匪在大洼里碰头，商定某晚在大营村北山川寺集合，连夜暴动，端掉区部。焦裕禄接报后，果断作出应变部署。土匪在庙里喝起事酒那天晚上，焦裕禄率民兵直扑山川寺，闪电般冲进烛火闪烁、鬼影幢幢的庙堂，一举擒获群匪，打了个漂亮的歼灭战。

1997年，李明口述《智斗顽匪黄老三》，再现了那个触目惊心的场景：

> 那天夜里，焦裕禄递给我两把新盒子，让我把二十多个民兵集中到大营村北门外。人一到齐，焦裕禄给大家讲了几句话，便双手端着两把盒子枪，抢先冲上了山川寺。这时，山川寺那个庙屋里正明火执仗，屋中间放着一个大方桌，周围坐着八个土匪头，他们正大口吃肉，大杯喝酒，张着嘴的手枪都放在他们面前的桌面上。焦区长斗土匪可真下茬（勇敢），一个箭步飞过去，双脚正落在桌面正中，趁土匪头们一打愣，他伸手就把桌面上的手枪全收拢到腰间了，随后举起双枪对准土匪们的脸。还没等土匪吭一声，我们跟在后面的民兵也手脚麻利，把那几个土匪全都摁了起来。这下可好了，焦裕禄在俺大营有威信了。刚开始他说斗垮土匪，让大家开门睡觉，都不相信，这时相信了。只要是焦区长开会讲话，群众鸦雀无声，地上落个针都能听得见。

焦裕禄率民兵在山川寺生擒群匪后，经请示县委，在大营村召开公审大会，当众枪毙了李新营等八个土匪头目，把不少土匪的胆都吓破了，大营区群众无不拍手称快。为便于开展工作，经县委批准，焦裕禄将大营区划为大营、寨黄、椅圈马、玉陈、门楼任、石槽王等六个乡，李明当了民选的大营乡乡长兼农会主席。

两腿罗圈、绰号"镰把"的土匪梁长运，给黄老三当过勤务兵，还有民愤。梁长运投案自首后，焦裕禄让他在动员外逃人员弃暗投明大会上现身说法。有人疑惑，从皮黑到芯儿的悍匪，狗嘴里能吐出象牙？可梁长运给土匪传话，专拣七寸打，句句像刀子戳心："过去我跟黄老三干了不少坏事，论罪该死。现在我听焦区长的，投案自首，缴枪认罪，受到政府宽大处理。连我这个猪狗不如的东西都有出路，跑出去的弟兄，犯的事比我轻，还不麻溜地回来坦白，寻个生路？请老少爷们给外头的捎个话，谁干过啥坏事，谁藏着几杆枪，我一清二楚。还是快回来缴枪投诚，别等着我检举！"

"镰把"投案受到宽大处理，焦裕禄趁机发动攻心行动。素来吐刚茹柔、欺软怕硬的土匪纷纷自首，匪属也缴出了私藏的枪支弹药，有的夜间干脆把枪扔在大街上，收缴的枪支足足装了五马车。

得知黄老三的心腹"镰把"落网，李明恨不得立马就抽他的筋、扒他的皮。可没想到，焦裕禄却把"镰把"放了，还鼓励他立功赎罪，重新做人。李明想不通，和郎头、王秀成等民兵去找焦裕禄，要求立即枪毙"镰把"。

焦裕禄望着血气方刚但还嫌稚嫩的李明，眼前闪过了当年自己的影子。谁不是在斗争中成熟起来的？自己当民兵时，不是因对俘虏态度简单粗暴受过严厉批评吗？他让李明等人坐下，耐心解释说："不抓不杀'镰把'是分化瓦解。不拔净黄老三的羽毛，就孤立不了他。"

2017年8月12日，我在尉氏县人民武装部采访了焦裕禄当年的通信员王长运。王长运生于1934年，新中国成立后参军，1950年10月25日，他在战将邓岳所部一一八师，参加了抗美援朝第一仗——痛击南朝鲜李承晚军伪六师的战斗。这一仗，成为抗美援朝战争正式开始的标志。王长运回忆，那天，焦裕禄先是给大家说，打完水台后，黄老三连个影儿也没见着，几百人枪都藏起来了。这个大隐患不清除，人民怎么安居乐业？现在，我们不能光图痛快，必须讲斗争策略。如果不加区别杀他的小喽啰，他还能露面吗？

焦裕禄见大家听得入耳，又转换角度说，眼下，大营各村虽然成立了农会，但群众还没有真正发动起来，我们缺乏根基。黄老三与曹十一等土匪都是把兄弟，如不分化瓦解，一味死撑硬打，土匪们抱团同我们对抗，消灭他们就难了。因此，我们要有打有拉，各个击破，这样才能抓住黄老三，使大营真正得到解放。焦裕禄不愠不火、入情入理一席话，使李明等人跳出了个人恩怨的小圈子，明白了区长不急于对黄老三杀伐砍斫的良苦用心。

根据"镰把"提供的线索，一批潜逃的土匪很快落网。鉴于"镰把"招降有功，焦裕禄安排他当了大营乡的副乡长，成了李明的助手。李明不解，焦裕禄启发他说："我们要放长线、钓大鱼。"

果然，"镰把"进乡政府后，缴枪自首的土匪更多了，"大鱼"也开始浮出水面。新中国成立后，焦裕禄兑现了战争年代的诺言，"镰把"梁长运被判处有期徒刑，刑满释放回乡安度了余年。

在1949年初春的日子里，眼看着焦裕禄的分化瓦解之术日见成效，隔岸观火的黄老三终于按捺不住了。他选个黄道吉日，坐上自己的汽马车，大模大样回到了大营村西的黄家庄。

李明风闻黄老三返回了老巢，带着几个民兵找到焦裕禄，进门就一齐嚷嚷说："区长，快把黄老三逮了吧，别让他再跑了！"

焦裕禄摆摆手，一副胜券在握的样子："别慌，等一等再说。"

李明等了几天，没有接到擒拿黄老三的命令，却风闻焦裕禄匹马单枪与黄老三会了面，还提出与黄老三"合营"拜朋友。李明不知道焦裕禄唱的是哪一出，忍不住问，面见黄老三是真还是假？

焦裕禄笑笑，并不搭腔。

没过几天，李明就搞清楚了，焦裕禄到黄老三府上单刀赴会，还真有其事。不过，焦裕禄登门之前，先来了个投石问路。

那天，焦裕禄的通信员李小虎依计而行，赤手空拳来到黄家。黄老三听说焦裕禄通信员上门，初则疑惑，继而亲自出面会客，一见面，一双狼眼就露出凶光，咄咄逼人问道："你来这儿干什么？"

李小虎坦然自若说："焦区长让俺来借你的车子（手枪）。"

焦裕禄差人登门借枪，令黄老三大感意外。他快活地眨着狼眼，嘿嘿笑道："好，焦区长够朋友，这枪我借！"说罢从腰间掏出一把崭新的德国造手枪，麻利地压上火，盯着李小虎问："会不会使枪？不会我教你！"说罢抬手对墙就是"砰！砰！砰！"三枪。

黄老三演戏般耍完威风，拿眼瞅瞅李小虎，见他脸不变色心不跳，便叫了一声："小子，真是好样的！这枪拿去使吧，回去告诉你们焦区长，下回再借车子，让他亲自来！"

李小虎借枪回来，焦裕禄感到，黄老三是在试探自己的胆量。眼下，黄老三羽毛尚丰且底数不清，在双方的心理较量中，自己必须抢占先机，稳居上风。第二天，焦裕禄独自一人去了黄家。

焦裕禄登门时，黄老三正像一口吞了几窝老鼠，百爪挠心。肉墩子模样的黄老三，见焦裕禄身材瘦削，先自笑了起来，急忙把焦裕禄引进客房，又是让座，又是沏茶，眼珠子滴溜溜转着想辙。

焦裕禄说："老三，别客气，我来是和你商量件事。"

"啥事找我商量？"黄老三挤挤狼眼，闪出几分困惑。

"咱合营吧！"焦裕禄出其不意说道。

黄老三脸上横肉一抖，阴鸷地笑了："焦区长，你可真会说笑话。你们共产党会和我这拉杆的合营？"

"我说的是真心话。"焦裕禄说，"咱们打仗，百姓遭殃。如果你能让手下的弟兄放下武器，我可以保证政府从轻惩罚你，有重大立功表现，还可推荐你到政府任职。"

"焦区长，你拿我当三岁小孩耍呀？你说让我到政府任职？恐怕你做梦都想毙了我吧！"黄老三说着，狼眼里闪出一丝凶光，呼啦一下从腰里抽出手枪，扳开扳机压上了火。

焦裕禄笑问："老三，你想让我看看你的马（枪）？"

黄老三勾着头琢磨了一霎，将手中的枪抛在空中打个滚，一把攥住又给焦裕禄撂过来，嘴硬心虚说道："这匹'马'送你了，你想崩了我，现在就下手吧，省得家里人再到野外去收尸！"

焦裕禄眼疾手快接住枪，在手中掂了掂，又掷给黄老三，哈哈一笑说："我就知道你黄老三够朋友，要不然，我也不会只身登你的'三宝殿'。"说罢，打个招呼，神情自若走出了黄家院子。

七十年前的"焦黄会"，焦裕禄刀锋行走所展现的大智大勇，大营人直到今天说起来，仍神乎其神，如讲快书。

焦裕禄深入虎穴与黄老三交锋后，召集李明、王长运等人分析："黄老三实力不小，他的底数还没摸透，不能跟他硬拼。黄老三有个儿子在咱队伍上当营长，因而他抱有很大幻想。我们同黄老三的斗争，将是一个曲折的过程，还要进行多个回合。"

1949年清明，焦裕禄首次指挥李明擒拿黄老三。那天一早，李明带十几个民兵，悄悄隐蔽在黄老三祖坟附近的树林里。待黄老三摆好香案供桌，正要给祖宗磕头，李明率众民兵呼啸而至。黄老三一惊，也斜着眼看看李明，旋又扫视周遭，露出一丝冷笑，凶神恶煞般嚷道："反了，简直是反了！你们也不睁眼看看，这是谁的地盘！"

"放肆！"李明一声怒吼，用枪点着黄老三的天灵盖，厉声问："黄老三，你还认识我吗？今天你给我放老实点，跟我到区里走一趟，胆敢乱动，子弹可不认人！"李明的目光像两把锋利的匕首，寒光闪闪。他令民兵押好黄老三的随从，又警告众匪徒说："谁不老实，我就让他去见阎王！"

黄老三被押进焦裕禄办公室时，正伏案批文件的焦裕禄，刚刚十分惬意地点上一支烟。灵性十足的烟卷儿，也像是得了啥信儿，乐颠颠地在主人两个嘴角来回打滚撒欢儿。听到黄老三被提溜进屋，焦裕禄眼皮都没抬，故作惊讶问道："老三，你怎么搞的，今天这样大意？"

黄老三一听焦裕禄的口气，觉得不像要杀他，柿饼子脸一仰，以攻为守嚷道："焦区长，你可是食言了啊！上次你到我家，不是说要跟我交朋友，还让我到政府任职吗？今天怎么抓我……"

"老三你误会了，今天不是抓你，是请你。"焦裕禄嘘出一口烟，慢悠悠说道，"你是大营这一片的地头蛇，不去几个弟兄，能请得动你吗？"

黄老三索性就坡一歪，接着焦裕禄的话试探说："今天既然落在焦区长你手上，要杀要剐全由你啦！"

焦裕禄朗声一笑说："什么杀啊剐啊的，要杀你，李明在坟地里还不一枪崩了你？老三，请你来，是有事跟你商量。"

黄老三像落水沉底时猛一下触了地，出窍的惊魂颤悠悠收了回来，长吁一口气说："都在一个地面儿上，有事好商量嘛！"

焦裕禄见黄老三气馁松口，趁势进击："老三，你把土匪的名单告诉我，就放你回家。"

"这好办！"黄老三喷着唾沫星子，瞒天过海嚷嚷道，"焦区长，谁不知道大营是个土匪窝呀！上到七八十岁的老头，下到十岁八岁的孩子，不是土匪的还真不多！有的三岁小孩手里都有枪！你要逮土匪，干脆多弄些绳子，把村里的老少爷们都捆起来算啦！"

焦裕禄剑眉一耸，虎起脸说："黄老三，我对你是真心，你也要有诚意，不能瞎胡说！"

"我瞎胡说？"黄老三面露狡黠之色，狼眼一翻，藏头掖尾说道："你不信？你身边的人里，就有土匪头儿。"

"你说的是梁长运？"焦裕禄干脆把话对黄老三挑明了，"我们让他当乡长，是立功受奖政策的体现。你要是真心投诚，对绥靖一方有贡献，照样有光明前程！"

"我可没那福分！"黄老三故作神秘地挤挤狼眼："我说的可不是梁长运！那是明的。我说的是暗的，是只有我知道的那些。"

"那你敲响说吧！"

"敲响说？那你还算个精明能干的区长吗？"

焦裕禄暗暗盘算，料定黄老三这块滚刀肉今天不会交出土匪名单，随即调整目标，突然厉声喝问："你手里还有多少枪？"

"这……枪倒是还有一些，约莫五十支吧……"黄老三被逼到墙角，退中自保使出金蝉脱壳之计。

"放在哪儿？"

"放在山川寺神龛下面……"

焦裕禄当即派李明带人前往搜查，果然找到五十支枪。

"今天你先回去。"焦裕禄对黄老三说，"不过，你到底讲了多少真话，你我心里都有数。下一步何去何从，就看你的表现了！"

黄老三擦着脑门上的汗刚出门，李明就把手枪往焦裕禄眼前一撂，嘴里嚷道："焦区长，我不干了！我看你胳膊肘已经往外拐了。你要真同黄老三交朋友，何必让我们去逮他？既然逮了黄老三，为什么又放掉？今天你放虎归山，明儿他还不残害百姓报复你？"

李明再炝蹶子，焦裕禄十分理解。黄老三草菅人命，淫人妻女，霸人田产，罪恶罄竹难书，与李明更是不共戴天。他耐心劝导说："现在不是我刚来大营那阵子了。黄老三要杀要放，主动权都在咱手里。杀黄老三容易，可杀藏在各地的土匪难哪！黄老三的羽毛拔不干净，后患无穷！我说与黄老三交朋友，是麻痹他；我放他回家，是稳住他。通过步步紧逼，迫使他交出隐藏土匪的线索。"

李明虽觉焦裕禄说得在理，但梗在心里的疙瘩还是没完全解开。

当天晚上，李明跟焦裕禄夜巡，焦裕禄给他下达了新的任务："这次纵虎归山，黄老三必然大吹大擂，他的走狗也会有恃无恐，浮出水面。你带人隐藏在黄老三和亲信经常出没的地方，准备收网。今天放走一个黄老三，明天可以抓获一批黄老三！"

李明打起精神，带领一批机警可靠的民兵，分头进入黄老三和亲信经常啸聚处待机。果然不出所料，一些躲在暗处的走卒恶棍相继露面，悄悄走动。焦裕禄审时度势，指挥李明将他们——抓捕。

收网行动结束后，早已等得焦躁的李明忍不住问焦裕禄："区长，现在该抓黄老三了吧？夜长梦多，可别让这老贼给跑了！"

"黄老三是要抓，"焦裕禄笑望着李明，胸有成竹地说，"不过现在还不是时候。这次，我们对黄老三是抓而不捕。"

李明正迷惑不解，焦裕禄已派王长运去通知黄老三，告诉他在部队当营长的儿子给区政府来信了，要求焦裕禄找他谈谈话。

恰好黄老三的儿子也给他来了信，要他老老实实向人民低头认罪，争取政府宽大处理。来区政府路上，黄老三疑信参半地对王长运说："你哥我死不了，有你侄子这封信，政府就会宽大我！"

黄老三没想到，他刚进区政府院门，就听焦裕禄一声断喝："给我拿下！"李明几个饿虎扑食般冲上去，眨眼工夫把他捆成个粽子。

黄老三被绳索勒得喘不上气来，气急败坏又有气无力地嚷着："姓焦的，我儿子让你宽大我，为什么把我捆起来?!"

焦裕禄话锋犀利："你儿子给政府的信上就是这么说的。他让我转告你，必须低头认罪，积极坦白，协助政府抓捕负案在逃的土匪。我代表政府正告你，想活命，就竹筒倒豆子，干净彻底交代你手下在逃的土匪，将功赎罪。如果再隐瞒，就一枪崩了你！"

黄老三这回老实多了，供出了二十多个政府未掌握的土匪，还交代出埋在地里的二百支手枪。黄老三把心揣进肚子里后问焦裕禄："放不放我？"

"放！"焦裕禄又一次下令把黄老三放了。

李明这回真的钻进了闷葫芦，忍不住问焦裕禄："黄老三身上的羽毛快拔光了，这次放他是为啥？"

焦裕禄对李明交底说："据了解，黄老三还有几个铁杆心腹，他是死也不肯交代的。把黄老三暂且放回去，我们暗中观察他们的往来走动，这样才能把他们一网打尽。"

果然，李明按焦裕禄的安排张罗布网，相继把黄老三没交代的土匪头子霍自剑、霍自公、杨苗、杨金山等一一捉拿归案。黄老三见心腹党羽纷纷落网，自觉在大营难以存身，悄悄潜往他乡。李明情急之下，又埋怨起焦裕禄来："看来这回放黄老三还是失策了！"

焦裕禄习惯地卷起一支烟，"嚓"地划火点上，猛吸一口，吐出一团烟雾。这回，懂事的烟卷待在嘴角一侧没来回溜达。焦裕禄气呼呼把手枪往桌子上一摔，发狠说："杀不了黄老三，我就不回山东了！"

李明见焦裕禄真的生了气，悄悄退出了办公室。夜里再找焦裕禄，却不见他的踪影。民兵赖货说，天擦黑时，焦区长一个人出村了。李明吃了一惊，后悔不该对焦裕禄说气话。第二天，仍不见焦裕禄现身。李明正急得上梁爬树，焦裕禄却哼着小曲回来了。不等李明开口，就听焦裕禄敞开嗓子喊道："黄老三有下落了！"

"黄老三在哪儿？"李明一听，兴奋得脸上直放光。

"就在尉氏西北曹十一老巢邢庄、尚村一带。"焦裕禄眉间青峰微舒、笑意轻漾，"黄老三正在那里搜罗曹匪旧部，梦想咸鱼翻身哪！"

"那咱们快去抓那老贼吧！"李明一急，把腰里的家伙什都掏出来了。

焦裕禄点点头："这回咱们要布下天罗地网，确保万无一失！"

1949年4月的一天，李明奉命给大营区六个乡的保田队队长送信，六乡四百多名民兵严阵以待，于次日夜里准时赶到地处通衢路口的尚村，在黄老三每晚必经之地设伏。

鸡叫头遍时，东边大路上传来"吱吱咯咯"的汽马车行驶声。焦裕禄示意李明发行动信号，包围圈最里层的民兵听令向大道匍匐前进。汽马车驶近时，焦裕禄猛喊一声"黄老三"！只听汽马车上有人"嗯"地应了一声，果然是他！不待黄老三反应过来，焦裕禄飞身冲上汽马车，抱住他摔下地去。李明也扑上来同黄老三搏斗。

"砰！砰！砰！"三声枪响过后，只听一声惨叫，那个肉墩子模样的家伙瘫倒在地。李明定睛一看，打枪逞威的黄老三右手已被焦裕禄折断。李明飞身扑了过去，一把夺过黄老三的枪，郎头、赖货几个民兵也冲上前来，七手八脚将他捆好，几个人扯麻袋似的将黄老三扔上汽马车。返程路上，李明见焦裕禄走路有点瘸，一问方知，刚才力擒黄老三，焦裕禄膝盖猛地撞在他脊梁骨上，受了伤。

天刚亮时，黄老三就被捆在学校大榆树上。各村群众欣闻黄老三落网，争先恐后向学校涌来，有的妇女还悄悄揣上了剪刀。黄老三料定这次必死无疑，狼眼鼓得快要凸出来，破口大骂焦裕禄。李明拿一团棉絮要堵黄老三的嘴，焦裕禄说："咱不兴堵人家的嘴。"

李明气不过："你有能耐抓他，就不能想个法儿不让他骂？"

"这还不好办？"焦裕禄吩咐李明，"你去找领秫秸箔！"

李明找来秫秸箔，按照焦裕禄的吩咐，解下黄老三，用秫秸箔卷紧捆好。李明正疑惑中，焦裕禄抱起卷成筒儿的黄老三，忽一下翻了个个儿。方才还满口胡呲的黄老三，头朝下后一下子哑巴了。

1949年6月15日，大营区政府奉命召开公审黄老三大会。天刚蒙蒙亮，全区上万名群众就络绎不绝从四面八方赶到大营村，把公审大会会场挤得密不透风。饱受匪酋荼毒的穷苦百姓，纷纷登台诉苦申冤。

焦裕禄在会上历数黄老三的滔天罪行，庄严宣布："黄老三，今天公审你，就是要替人民做主，替死去的乡亲们报仇！经尉氏县人民政府报陈留专署批准、河南省人民政府复核，依法判处你死刑，今天公开执行！"

话音刚落，会场响起了暴风雨般的欢呼声。

黄老三死到临头，还在绝望号叫："焦裕禄！今天我死在你手上，我认了，二十年后，我还是一条好汉！还在大营呼风唤雨！"

然而，正义的枪声没有给黄老三更多机会。这个恶贯满盈、血债累累的嗜血恶魔，在大营百姓的怒吼声中，结束了可耻的一生。

公审大会上，焦裕禄有感而发编了一首顺口溜：

> 打倒黄老三，穷人把身翻；
> 杀了黄老三，大营晴了天！

从正义重返大营那天起，脍炙人口的"杀了黄老三，大营晴了天"，便长了翅膀似的飞快传遍全区每个村落，成为匪患深重的大营人庆贺解放的标志性语言和行动口号。受尽煎熬的穷苦人，踊跃打土豪、分田地、扫残匪、清余孽，大营区的土地改革，轰轰烈烈开展起来了！

2018年5月19日上午，我驱车来到尉氏县大营镇大营村。

"俺是李明的四妞。"李明女儿李玉贞自我介绍后告诉我，父亲原住村南，后搬到这儿。这个院落，就是当年大营区政府所在地和黄老三正法处。从李明四妞口中了解到，挣工分的"庄户乡长"李明已故去二十年，他受焦裕禄影响极深，当乡长从不贪占，身后没留啥财产，只有桌上那尊毛泽东半身瓷像，是1966年焦裕禄迁葬时，他从兰考捧回的纪念品。

出大营村，我和助手高明前往寻访山川寺遗址。汽车在乡间土路上颠簸，依稀可见九岗十八洼岗丘连绵、林深草密的地貌。驶入一处坍塌殆尽的土围子，乡武装部部长指着空旷的圈地说，这就是山川寺旧址。"舞榭歌台，风流总被雨打风吹去。"世间最无情的河流是时光。岁月淘洗，曾见证过正义与邪恶殊死搏斗的庙宇及其佛龛烛台，早已荡然无存。但人民记住了焦裕禄剿匪除霸时为革命建立的功勋。

焦裕禄三擒两纵黄老三，轰动乡里，名满尉氏。当时，张申已调任陈留地委宣传部部长，尉氏县委的工作，由县委副书记赵仲三主持。

赵仲三1915年生于安徽宿县，曾在上海读中学，1939年参加革命并入党，任过区委书记、地委民运部部长等职。焦裕禄这个腿上绑大锣——走到哪响到哪的年轻人，很快引起了他的注意。

在赵仲三印象里，焦裕禄这个山东小伙，黑红的脸膛，目光炯炯有神，一副生龙活虎的模样，说话办事干脆利落，手里拿支红蓝铅笔，不时两色交替在本子上写着什么，红的是要抓紧办的事，蓝的则可缓办。

赵仲三了解到，焦裕禄入党虽晚，但苦大仇深。父亲被逼上吊后，讨过饭，当过童工，坐过日本人大牢并下过煤窑，参加革命后对敌斗争英勇，完成任务出色。后来与焦裕禄相处，赵仲三觉得他立场坚定，作风踏实，学习刻苦，聪明多才。特别是焦裕禄时时处处和群众打成一片，真正把他们当亲人。与焦裕禄共事的人，都说他见了贫苦群众不笑不说话，不叫大爷大娘不说话，不问寒问暖不说话。赵仲三认为，焦裕禄身上有许多东西值得学习。

当然，知人阅世颇深的赵仲三，也发现了焦裕禄身上的一些缺点和不足。焦裕禄虽然热情很高，但有时却不够沉着冷静；干劲很足，工作还有些急躁和粗疏。经验证明，塑人宜早。干部只有大胆使用，才能锻炼出来。赵仲三觉得，焦裕禄这个有发展潜力的优秀干部，该压重担了。他相信，在复杂斗争的锻炼中，焦裕禄会很快成熟起来的。

1949年8月，经赵仲三提议，尉氏县委研究，焦裕禄任大营区委副书记兼区长。焦裕禄一岁两迁，在剿匪反霸的刀光剑影中走上基层主要领导岗位。先后主政尉氏的张申和赵仲三，一地两擢焦裕禄，是他们择优点将的正常履职。但在中国共产党铸造焦裕禄精神的宏大工程中，却厥功至伟。

八、"小芹"与"小二黑"

焦裕禄十八岁那年，从旧俗与比他大一岁的郑氏在北崮山村完婚。两个在苦水中泡大的瓜，虽非青梅竹马，两小无猜，倒也恩爱和顺。不幸的是，1943年，焦裕禄携妻儿前往江苏逃荒，幼子在徐州火车站因拥挤意外夭折。

这对在暗无天日的旧中国吃尽千般苦的患难夫妻，在新中国刚成立，好日子才开头时，却兰因絮果，鸾凤分飞。焦郑仳离，有的书上讲，是因解放区与敌占区邮路不通，音信全无，郑氏绝望再嫁；也有的书上说，是"阶级敌人捣乱破坏"，仇视焦裕禄的人欺骗郑氏说，他在外头早死了，你另寻人家改嫁吧！于是，一对苦命鸳鸯各奔东西。

2017年8月26日上午，我在北崮山村焦裕禄故居，访问了焦裕禄侄媳妇赵心艾。生于1942年的赵心艾，是接触过焦裕禄的存世亲属。这些年，赵心艾一直住在焦家老屋，负责打扫卫生，也帮博山焦裕禄纪念馆接待来访客人。问及焦郑分手原因，赵心艾说：

> 早些年，奶奶给俺叨咕过叔和头一个婶子离婚的事。叔南下后，三年没回来。待到回来往河南搬家时，叔对婶子说，我这次把你和孩子搬到尉氏去。一说搬家，婶子就想起在徐州挤死的儿子，抱头哭了一场。婶子说，我没文化，也没见过世面，丁点儿个脚，你在县里当领导，家里有个绾髻缠脚的，也怪不体面的。不行咱离了吧，你在外头找，我在家里找。叔不同意，说，离婚不行，我是专门回来带你走的。可婶子已铁了心，叔也拗不过她。奶奶也留不住这个媳妇。这个家，就这么散了。嗨，叔去的时候太长了……

2018年8月12日，我在大连起重集团有限责任公司看到，焦裕禄二十世纪五十年代在此实习填的干部履历表有"参加革命前三口人三亩地，参加革命后因与前爱人离婚带走二亩"的记载，足见其离异时的宅心仁厚。

南下干部的牺牲，绝非仅在出生入死的剿匪和暴风骤雨的土改中。史料显示，家庭破裂几成已婚南下干部之殇。当年山东南下干部出征后，一些干部的妻子因生活无着，被迫逃荒要饭甚至改嫁，死于非命者并不鲜见。焦裕禄也是为南下巩固新区和剿匪反霸，付出家庭破裂代价的南下干部之一。

访谈赵心艾前二十天，我在兰考见到县委宣传部原副部长刘俊生。他是焦裕禄在兰考工作时的县委新闻干事，也是发现和宣传焦裕禄绕不开的知情者。刘俊生给我讲述了焦裕禄与徐俊雅结缘的情况：

1950年3月，焦裕禄从尉氏县大营区调任青年团尉氏县委副书记。5月至10月，焦裕禄与团县委干事徐俊雅一起参加河南省团校培训。10月25日省团校举行结业典礼，焦裕禄和徐俊雅同框集体留影。徐俊雅站在前排右十一位置，焦裕禄站在四排右四位置。

徐俊雅久闻焦裕禄在大营剿匪除霸智勇双全，威慑敌胆，堪称传奇英雄；省团校共同的学习和生活，多才多艺的焦裕禄更是令她几近倾倒。新中国带给那一代年轻人的一大福音，就是恋爱自由，婚姻自主。年轻的姑娘在沐时代新风向未来眺望时，惊喜地发现，焦裕禄不仅是组织信赖、人民爱戴的好干部，而且面容英俊，身材挺拔，口才出众，善解人意，还拉得一手好二胡，有一副好嗓子。当得知焦裕禄仍孑然一身时，徐俊雅心中那股异样的情感，便潮水般泛滥起来。那段"小芹"与"小二黑"的对话，就发生在此后。

一个明媚的假日，焦裕禄端着脸盆来洗衣房洗衣。凑巧的是，徐俊雅也来了。一切都看似偶然，但这种偶然似乎已发生过多次。

年轻漂亮的徐俊雅，扑闪着美丽的大眼睛，青春的脸庞漾满了笑意："焦副书记，您的二胡拉得可真美呀！"

焦裕禄笑道："小时候学过，南下路上给人伴奏过，也演过歌剧……"

"演的什么剧？"徐俊雅的眼睛放射出喜悦的光芒。

"是《血泪仇》，我演被伪保长逼得家破人亡的青年农民王东才。"焦裕禄转而问道，"俊雅同志，你也爱好文艺吗？"

"谈不上爱好，在学校时参加过演出。"徐俊雅说着，莞尔一笑，"焦副书记，有机会，咱们合演一出现代剧可以吗？"

"好哇！"焦裕禄爽快地对徐俊雅说，"咱们排演部新剧吧？"

徐俊雅忽闪着睫毛，盯着焦裕禄问："演什么呢？"

"还演《血泪仇》吧！"焦裕禄认真说。

"嗯，《血泪仇》是部好戏，不过……"笑靥如花的徐俊雅瞅着焦裕禄，突然大胆建议，"依我看，要演就演《小二黑结婚》！你扮演小二黑，我扮演小芹……"

"那能行吗？"枪林弹雨中毫无惧色的焦裕禄，此刻突然腼腆起来。他挠着头说，"我比你大十岁，演不像……"

徐俊雅轻轻地笑了："你不会打扮得年轻一点吗？"

多么清纯的两情相悦！两颗年轻的心，碰撞出了爱的火花。

徐俊雅晚年，女儿焦守云客观上已担负起焦家新闻发言人的角色。无论是出于好奇心，还是出于应对接待和外出作报告的需要，焦守云很想听妈妈讲讲她和爸爸的故事。但性格内向的徐俊雅，总是羞于在儿女面前展示父母爱情，故极少言及。

妈的贴身小棉袄尚且知之不多，其他亲属呢？2017年8月5日上午，我在开封市第二中医院，访问了八十三岁的王美玉。王美玉是徐俊雅弟媳，任过小学班主任，因腿伤住院治疗。她倚坐在病床上，慢条斯理但却明白晓畅给我讲述婆家女婿焦裕禄：

我是1956年结婚到徐俊雅家的。这之前，老焦在团县委工作，有个魏干事跟俊雅是同学，当着她的面总说老焦好。老焦和俊雅相处一段，时间不长就结婚了。

两人结婚回家就住婆家西头那间屋，我和俊雅她哥住楼上。老焦这人没说的，那真叫一个好！队里安排五保户李奶奶住俺家。老焦回家先看李奶奶，问她有啥事，有没有脏衣服要洗。开始李奶奶吃派饭，各家各户轮流送。老焦对俺婆婆说，别叫人家送饭了，我跟队里说说，把李奶奶那份口粮转咱家，你伺候李奶奶吧！说是让婆婆伺候，老焦在家都亲自给李奶奶端饭端水，像照顾亲娘一样。

老焦脾气多好啊！那真是随和，体谅人。我刚见老焦叫他书记。他说，叫名，叫老焦！他一回来，俊雅嫂子许素贤就问吃啥饭？老焦说，红薯叶面条就中！大嫂心里不过意，说，你是客人呢！老焦说，啥客人？我是家里成员，有啥活我去干！

有一回，老焦回来，见大白天家里大门闩着。开门后正纳闷，一看，家里人正忙着逮生病的猪娃，准备到集上去卖。老焦对家里人说："生病的猪娃可不能卖，卖了不是坑人家吗？家里要花钱，跟我要！"就这样，病猪娃没卖成，都死掉了。

老焦公私分明到啥程度？他从洛矿调回尉氏住在西街县委家属院，院里有个小门通县委机关。有天国庆到机关院拿个扫帚回家扫院子。老焦看到后说，公家的扫帚，怎么能用来扫自家的院子？国庆赶紧把扫帚送回去了。还有一回，家里的灯没油了，晚上门市部不上班。国庆要到办公室去灌点油，老焦说，那是公家的油，你怎么能去灌？徐俊雅听后不高兴了，说，那一家子人也不能摸黑呀！老焦说，就是摸黑，也不能占公家的便宜！明天去买油！

老焦回家都骑自行车，也不带人。俺对象对他说，你出来也不跟个人，好放心点。老焦说，我没干对不住人的事，我怕啥？

老焦没一点儿私心，小孩他姑俊雅也可好啊！她初中文化，会扎花，会绣花，会做鞋。每年入冬前，她都给六个孩子做双新鞋，买来桐油刷在鞋底上晾干，鞋子又好看、又保暖、又耐穿，邻居看见都很羡慕。老焦和俊雅感情一直很好。

老焦嘱咐俊雅，小孩可不能惯着呐，这好个党！咱是党员，不能给党抹黑。六个孩子，除守云在山东奶奶家外，其他的都常回来。大女儿守凤在家待的时间最长，一放假，老焦就对她说，小梅，跟你妗子下地干活去！守凤就跟俺嫂子下地锄草、剔苗、摘棉花。几个孩子的衣裳都补丁摞补丁，跟老百姓的孩子一样。

老焦在时，街坊邻居都说俺婆婆有福，寻了个好女婿。里里外外谁不夸老焦好！谁知旦夕祸福，说走就走了！老焦没了后，俺婆婆哭的，简直没法儿活。就一个闺女，带着六个孩子咋过？那阵子，喇叭里整天广播老焦的事，俺婆婆听到就受不了。老焦去兰考，大嫂许素贤过去照应孩子，逢年过节回来看看。老焦走后，大嫂带着跃进和钢钢回来了，俺婆婆给看着。大嫂许素贤2013年走的。

我到尉氏县城崔家巷18号造访焦裕禄岳父母故宅，是2018年5月18日下午。静谧的四合院内，清末民初建筑风格的二层青砖灰瓦民舍，坐北朝南隐于屋宇树杪的雕甍绣槛，虽无飞檐斗拱之华美，倒也古色古香，素雅天成。县党史办主任李建强介绍，焦裕禄岳父徐文蔚和岳母徐高氏，分别于1954年6月和1976年9月故去。走进焦裕禄夫妇住过的西屋，辄觉轩窗寂寞，屏帐翛然。屋内有通往阁楼的木梯，愈益显得逼仄。室迩人遐，往事如烟，温馨而斑驳的斗室，焦裕禄贤婿和模范丈夫的影子无处不在。

徐俊雅对自己与焦裕禄的恋情，一直守口如瓶，有不知深浅的记者询问，必定吃闭门羹。晚年，刘俊生问她，当年是怎么和焦裕禄走到一起的？徐俊雅说，这些年，我一直不愿讲这些私事，过去谁问我都没讲。不过和你待的时间长了，我就说说吧。我死之前，我和老焦的事你们别写。孩子们都大了，还翻腾这些陈芝麻、烂谷子的事，脸上也不好看啊！我死了以后，你们爱怎么用，就怎么用。

华夏出版社出版的《焦裕禄》，花山文艺出版社出版的《焦裕禄传》，对当年焦徐恋情细节均有披露。徐俊雅看到后感到写得还不错，默认了。她审读《焦裕禄传》书稿时写了一句话："用焦裕禄精神出版《焦裕禄传》。"

焦裕禄二女儿焦守云，在根据《焦裕禄传》改编电视连续剧《焦裕禄》的委托书上写道："殷允岭、陈新二同志撰写的《焦裕禄传》，出版前曾经我母亲审定过，是我们亲属认同的一部传记。"

两代人的认同，自然包括夫妻爱情和父母爱情。根据刘俊生追忆和徐俊雅审阅过的作品描述，焦裕禄徐俊雅结为连理，是新中国婚姻自主浪潮绽放的绚烂花朵。那是一曲缠绵情深而又动人心扉的歌——

清晨，徐俊雅拿起围巾对母亲徐高氏说："妈，我上班去啦！"

"妮儿，先别慌走，娘给你说个事儿！"

徐俊雅一愣，猜出了几分，忙问："妈，什么事儿？"

徐高氏放下手中的活计，快步走上前来，抓住徐俊雅的手说："闺女啊，你快十九啦，该出门儿成家了。娘一直想给你寻个婆家，这不，你哥给你找了个主儿……"

"妈，你真是的！"徐俊雅噘起嘴，佯嗔道，"这事儿你甭操心了，我自己找！"

徐高氏一听急了，忍不住嚷道："傻妮子！哪有大姑娘自己找对象的？要是传出去，还不让街坊邻居把牙都笑掉啦？"

徐俊雅挣脱徐高氏的手说："现在兴这，婚姻自主，不能包办！"

徐高氏顿时伤心起来，泪水在眼眶里直打转："娘和你哥都是为你好！你哥找的是老门老户，孩子人品好，和你一般大……"

"妈，你甭说了，我不同意！我已经找好啦……"

徐高氏一惊，睁大眼睛问："找好啦？找的谁呀？"

"他叫焦裕禄，是咱团县委的副书记！"

"不中！不中！"徐高氏头摇得像货郎鼓，"他是公家人，今天这儿，明天一翅子又飞那儿，哪天他调云南，你也跟他去？"

"妈，俺现在是干革命嘛，在哪儿工作，哪儿就是家！"

"他今年多大了？"

"二十八啦！"

"不中！不中！那不中！他比你大十岁，你俩不般配！"

"妈，不是说男大不显，女大扎眼吗？男的大几岁有啥？再说，俺俩在一块工作，相互间知根知底，情投意合……"

徐高氏叹口气，又问："他家是哪儿的？"

"不远，妈，他是山东博山的。"

"不中！不中！恁远还说不远！河南山东隔着上千里路，我就你一个闺女，你成家一走，我上哪儿找你去！我一把屎一把尿把你拉扯大，容易吗？你真不要娘啦？"

徐俊雅眼圈儿一红，动情说："妈，看你说的！只要俺俩结了婚，走到哪儿，就把你带到哪儿，让你跟着享福……"

这时，在窗外听了多时的哥哥推门进来，冲着徐俊雅吼："你要不听妈的话，以后别再踩咱家的门，我也不认你这个妹妹了！"

徐俊雅扭头跑进屋，蒙上被子"呜呜"哭起来……

焦裕禄见徐俊雅没上班，便到家里探视。一进门，焦裕禄就笑着问徐高氏："大娘，俊雅在家吗？"

徐高氏猜出了来人，忙把焦裕禄迎进屋，睁大眼睛仔细端详。

徐俊雅听见焦裕禄的声音，起身出屋。焦裕禄望着泪痕犹存的徐俊雅，关切地说："我想找你商量春节演戏的事。你身体有病，先休息吧！"

徐俊雅面有羞赧，悄声说："我是思想病，你一来，我的病就好了！"说罢，笑着瞅了徐高氏一眼先出了门。

焦裕禄边走边回身说道："大娘，请回吧，您老多保重身体！"

当徐高氏目送女儿和焦裕禄走出家门，心犹不甘仍喊"不中"时，徐俊雅当过教书先生的父亲徐文蔚，脸上却露出一丝笑容。

街道上，徐俊雅扬起俊俏的眼睛瞅着英武干练的焦裕禄，一股幸福的热流荡漾心中。两人并肩默默走着，一时间谁也没有说话，但彼此都知道此刻对方想说什么。两个年轻人已经意识到，人生的一个重大选择，正无可回避地摆在他们眼前。

焦裕禄停住脚，轻声问："俊雅，你说，咱俩的事该咋办？"

"我想好了，马上就登记结婚。"徐俊雅沉静而坚定地说。

焦裕禄深情地望着徐俊雅，四目相视定下了一生的契约。

漫天飘洒的雪花，迎来了一双新人的喜期。心灵手巧的徐俊雅工于女红，她打算绣一对鸳鸯枕头。但由于结婚匆促，加之那阵子事多，却只绣起一只。眼看婚期将临，徐俊雅心中焦急，不知如何是好。女伴劝她："一只就一只吧，总不能因为一只枕头，把婚期再拖上两个月。一只枕头上有两只鸳鸯，不也挺好？"

徐俊雅心里不踏实，问："那咋办？新房里放一只枕头？"

女伴说："以后再绣一只，不也一样？没事。"

徐俊雅期期艾艾地答应着，心里却隐隐闪过一丝不安。

1950年11月，一个飞雪初霁的冬晚，焦裕禄和徐俊雅的婚礼，在团县委会议室举行。徐俊雅父母和团县委的干部参加了婚礼。按照婚仪，胸戴红花如饮醇醪的一双新人，向毛泽东像三鞠躬，然后夫妻对拜，介绍恋爱经过。应众嘉宾要求，主婚人高声宣布，婚礼临时增加一项议程，夫拉妇唱演一个节目。

徐俊雅边撒喜糖边跑，被几个女青年拉了回来。

"恁叫俺唱啥来？"徐俊雅红着脸说。

"唱啥？你们俩平时排练的啥？"

"我们准备排练《血泪仇》……"焦裕禄忙为徐俊雅解围。

"恁俩不是商量着排练《小二黑结婚》吗？"

"俺还没排练好呢！"徐俊雅说着，引起众人一阵欢笑声。

"好饭不怕晚，那就等排练好了再看！今天是大喜的日子，不能唱悲调，得唱喜调！"

"中！中！唱喜调！"会议室里掌声雷动。

"干脆，请新娘子唱个《抬花轿》!"

"中！中！"会议室里欢声如潮。

焦裕禄轻舒右腕，悠扬的二胡声中，徐俊雅甜美的歌喉响了起来："府门外三声炮花轿起动，周凤莲坐轿内喜气盈盈……出府来吹的是百鸟朝凤，一路上吹的是鸾凤和鸣……"

一曲终了，会议室依然弦歌动人，余音绕梁。

琴瑟和鸣，是理想的认同，也是志趣的相谐。在光明与黑暗搏斗的黎明前夜，在新中国如日方升的创业年代，焦裕禄与徐俊雅心心相印，比翼齐飞，在生存环境十分恶劣的中原腹地，为党的事业和人民福祉，无私贡献了自己的才华乃至生命，成就了他们那个时代令人称羡的革命爱情，度过了艰苦而幸福的一生。"小芹"与"小二黑"演绎的爱情故事，是两位志同道合革命者丰富内心世界的折光，也是焦裕禄精神的生动写照。

以今天的眼光来评判，焦裕禄和徐俊雅都算得上是有艺术范儿的文艺青年。两人都通音律、善歌咏、会唱戏，虽然由于时代局限，他们的艺术基因在自己和儿女身上惜未呈现，但创业年代的夫唱妇随，鹿车共挽，倒也琴瑟在御，岁月静好。艺术才能终究不会泯灭。1997年4月13日，中央京九文化列车艺术团到兰考慰问演出，艺术家们在拜谒焦裕禄墓、参观焦裕禄同志纪念馆之后，还专门看望了徐俊雅。与焦裕禄同乡的著名歌唱家吴雁泽，得知焦守云儿子余音喜欢唱歌，当场让他试唱。根据余音的条件，吴雁泽决定收他做校外学生。这之后，中央音乐学院和河南省歌舞团，各有一位老师义务给余音当艺术指导。余音1999年考取中国音乐学院，师从吴雁泽学声乐，是河南省唯一考取该校的考生。大学毕业后，余音进入中国歌剧舞剧院歌剧团当演员，现任该团副团长。2014年，余音在音乐剧《焦裕禄》中饰演主角，成功塑造了外公的感人形象，留下了英雄后裔唱英雄的佳话。此剧在北、上、广、深等大城市演出六十场，好评如潮。

"焦跃进的嗓子，比我儿子的嗓子还要好!"2017年11月，我在郑州见到焦守云时，她透露了一个过去不为我所知的秘密。

幸福的婚姻，爱情的结晶总是美好的，而且必然会将美好传诸后世。在焦家跨代艺术传承中，幸运的余音无疑是出彩传人。

第二章　跨界三城的惊险跳跃

一、幕天席地中的开路先锋

1953年，新中国在自己的历史上，刻下了第四圈年轮。

这一年，中国共产党根据国内外形势变化和国家建设发展需要，提出了过渡时期的总路线和总任务，明确逐步实现国家的社会主义工业化。根据总路线确定的工业化目标，百废待兴的新中国开始实施第一个五年计划，大规模的社会主义经济建设全面展开。

在苏联援助下，一百五十六个重点建设项目，在大江南北遍地开花。在国家从落后农业国向工业国转变新的历史起点上，古都洛阳因有七个苏联援建项目落地而引发全国瞩目。随着党中央选调精兵强将支援工业战线战略决策的实施，从1953年起，全国共抽调十六万名优秀地方干部和专业技术人员到工业战线，其中调到苏联援建重点厂矿的领导干部超过了三千人。

执政党的重大战略转折，使近代以来长于稼穑而拙于科技的古老中国，开始升起新的曙光。在长期血火斯搏中走出农村包围城市、武装夺取政权道路的中国共产党，执政后迅速把工作重心转向城市，在一个落后农业国，开始了向社会主义工业化的壮丽进军！

1953年7月，第一机械工业部部长助理江泽民，带领后来任洛阳矿山机器厂（今中信重工机械股份有限公司）厂长的江风等人组成的建厂组，在中原腹地郑州和洛阳，为国家重点建设项目矿山机器厂、拖拉机厂、轴承厂，勘察了七处备选厂址。一机部据此向党中央作了汇报。同年12月，国务院副总理兼国家经委副主任李富春，同一机部、河南省和洛阳市有关领导同志一起，在河南现地听取了选厂组的勘察情况汇报，确定在洛阳涧西区建设矿山机器厂。这个选址方案，得到了毛泽东和周恩来的批准。

此前，1953年6月，焦裕禄怀着对祖国工业化的美好憧憬，奉调赴筹建中的洛矿报到。两年前，焦裕禄由团尉氏县委副书记调任团陈留地委宣传部部长。1952年7月，河南省陈留专区撤销，与西邻的郑州专区合并。同年12月，焦裕禄被任命为团郑州地委宣传部部长，后任副书记、第二书记。带着鲁中大山和豫东平原农家的烟火气息，带着浓浓的硝烟味儿，焦裕禄从郑州专区驻地荥阳来到洛阳，开始了革命生涯中的第二次蜕变。

历史悠久的洛阳，是古代文明与现代文明交融生辉的新兴工业城市，也是列宁所言工人阶级政党"群众支柱"和"基本核心"产业工人阶级的聚集地。从乡村到城市，从农业到工业，焦裕禄跨界任职，是顺应党的工作重心转移和实现国家工业化要求的结果，也彰显了党组织通过交叉任职和复合经历培养优秀干部的匠心。

洛矿老领导记得，焦裕禄脸膛黝黑，身体结实，浓眉下双目锐利有神，一报到就说："快给我找活儿吧，我的身子骨硬实着呢！"

规划中的洛矿，位于洛阳西北涧西新征购的农田中。拟建厂址无房，参加筹建的干部工人暂住老城民宅。焦裕禄被任命为洛矿筹建处资料办公室秘书组副组长，负责搜集施工用的水文地质资料。

洛阳是中华民族和华夏文化最重要的发祥地，名冠中国四大古都之首，有五千多年文明史、四千多年建城史和一千五百多年建都史，是中国古代建都时间最早、建都朝代最多、建都时间最长的城市，历经十三个王朝，一百零五位帝王在此定鼎九州。洛阳涧西曾为京畿禁苑。公元前十一世纪，周公旦在涧河东岸构筑王城；公元605年，隋炀帝在洛阳营造东都，涧西为皇家西苑，苑内造山为海，海中造蓬莱、瀛洲、方丈诸岛，海北沿龙鳞渠建有十六座宫院。北宋起，王朝政治中心东移有水运之利的汴梁，洛阳及涧西渐趋荒凉。

洛阳地处秦岭余脉，地势空旷河流缠绕的邙山，因背山面河、黄土致密，成为营茔归葬的风水宝地。"生在苏杭，死葬北邙"，因数十万古墓而"无卧牛之地"的邙山，埋有六朝二十四位皇帝。

一座城市的历史和文化，就是沁入这座城市的性格和灵魂。昔日帝王禁苑，今日国家现代工业福地。焦裕禄怀着强烈的历史责任感，翔实了解涧西水文地质和文物分布情况，为施工做好准备。

1956年4月，洛矿首任厂长纪登奎，就洛矿建厂时间上书中央部委。这位后任中共中央政治局委员、国务院副总理的厂长提出，经过1954年一年多的工作，原定四年建成的工厂，三年即可建成，建议建厂进度由1960年投产，提前为1959年投产。纪登奎的这一建议，得到了国务院第一机械工业部和苏联方面的认可。

纪登奎生于1923年，山西武乡人，原名籍登魁，1938年入党后，队伍上的同志常将他的姓氏"籍"错为"纪"，于是索性将错就错，改姓为纪。又感名字"登魁"锋芒太露，遂改"登奎"。

1951年春，毛泽东乘专列南下视察，经过三国曹魏都城许昌时，听许昌地委书记说，地委副书记兼宣传部部长纪登奎既年轻又能干，顿生兴趣，特予召见。见到这个身材修长、戴着眼镜的年轻人，毛泽东感叹："像周瑜一样，还是个青年团呢！"

毛泽东打量着纪登奎，先是问："你知道关云长是哪里人吗？"

纪登奎不无自豪地说："是我们山西人！"

毛泽东笑道："关云长是河南人，因犯有命案，逃往山西。他本不姓关，过潼关时，人家盘问他姓什么，他不敢说真姓，一抬头看见城门上'潼关'两字，随口说姓关，后来就落户山西。他和你恰好相反，他是河南人在山西造反，你是山西人在河南革命。"

交谈中，毛泽东连发六问，纪登奎皆应答裕如。当问及整过人没有，整错过没有，杀过人没有，杀错过没有时，纪登奎坦诚回答整过、整错过，杀过、杀错过，令毛泽东印象深刻。纪登奎汇报地委建立党的宣传网，以宣传工作为龙头，带动其他工作蓬勃开展的做法，毛泽东颇为赞许，时有记录。专列抵达武汉后，毛泽东专门给中共中央中南局领导交代，总结许昌地委开展宣传工作的经验。当年4月29日，《人民日报》第三版整版刊登中南局宣传部处长、诗人郭小川写的《中共许昌地委的宣传工作》，并在一版配发社论《学习许昌地区经验，做好党的宣传工作》。5月9日，纪登奎在全国第一次宣传工作会议上介绍经验并答代表问，主持会议的毛泽东为之鼓掌，称赞"我党的宣传工作有了新的发展"。不久，纪登奎出任许昌地委书记。1953年2月，毛泽东再经许昌，熟知下情的纪登奎，很好回应了毛泽东对农业合作社等问题的关切，谈话时逾四个小时。1953年春，河南省委根据毛泽东提议，调纪登奎到筹建中的洛矿任厂长。

新建工厂提前投产，尽快修好从金谷园火车编组站到建厂工地的道路，成为当务之急。这条道路虽说只有七公里长，但从火车站经过小屯，需要跨涧河修建一座临时桥，新修道路还要与洛潼公路连接，然后再通往工地。厂里要求，半年内务必完成修路任务。

焦裕禄自告奋勇承担筑路任务，被任命为筑路指挥部总指挥。受命之日，他就从城里筹建处卷起铺盖，搬到郊外指挥部所在的一个只有五户人家的小村庄。涧西一带村庄少，施工人员除少量借住民舍外，主要靠搭席棚居住。工地一下子涌入好几百人，临时搭的席棚根本住不下。焦裕禄带头把铺盖从席棚里搬出来，要求干部全部睡露天，把席棚让给工人。筑路总指挥天当被、地当床，一下子把筑路大军感动了。焦裕禄诙谐地对露宿野外的干部说："同志们，天下到哪里找这样大的房、这样大的床啊！"

在焦裕禄带动下，筑路大军豪情满怀，以苦为乐，一字儿摆开长龙阵，推车、铲土、抬筐、布石，干得热火朝天。焦裕禄和大家露宿风餐，一起劳动，晴天一身土，雨天一身泥，遇到问题就开"诸葛亮会"研究解决。工人们亲热地称他"老焦"。

开工后某日，焦裕禄和工程技术人员发现工地上有器皿碎片。尽管施工前已进行过保护文物的教育，但发现古墓后，落实及时报告、专人看守、协助清理、组织考古发掘再回填等制度还有漏洞。经鉴定，碎片来自汉墓中的陶器，属普通殉葬品。焦裕禄对全体施工人员进行再教育，完善落实制度的责任制。再接到发现古墓的报告，焦裕禄都赶到现场，安排工人维持秩序，请文物专家鉴定并组织抢救性考古发掘，留存资料并清理墓中陪葬品，经有关部门批准后，再组织回填和施工。人们发现，每当此时，那个风风火火的总指挥，总是纤手莲步，小心翼翼，像个温文尔雅的业界学者。

豫西汛期，风急雨骤。一天，焦裕禄正焦灼地注视着雨情，考虑雨后怎样加快施工，把耽误的时间抢回来，忽接厂团委书记张兴霖报告："总指挥，有段排水沟还没挖通，积水会把公路冲垮！"

焦裕禄调洛矿后，厂领导知道他做过青年团领导工作，便让他担任了洛矿团委书记。"党是头颅，团是手足"，焦裕禄根据自己的实践感悟，带领广大团员青年围绕党的中心任务开展工作，满腔热情帮助青年朋友解决工作、生活、学习中遇到的问题，成了广大团员青年的知心朋友。1954年春，张兴霖分配到洛矿后，从焦裕禄手中接过了厂团委书记的担子。

此刻，焦裕禄闻声一震，果断说："快组织力量抢挖排水沟！"

"雨下得这么大，叫谁去，谁都不愿去……"

"关键时刻，不能光靠嘴来指挥，跟我来！"

焦裕禄说着，抄起一把铁锹，闪身冲进茫茫雨幕中。其他人一怔，也都跟着跑出了席棚。总指挥和干部一马当先，工人们也都争先恐后冒雨抢挖排水沟，很快排除了积水，保住了新修的公路。

又是一个暴雨如注的日子，焦裕禄在席棚里盯着茫茫雨幕，心里惦着涧河上的浮桥。眼看棚外积水越来越深，焦裕禄向张兴霖一招手说："咱们到涧河看看去！"

两人撕开雨幕冲到河边，堆在岸上的木料已被洪水卷走，新建的浮桥在湍流中摇摇欲坠。焦裕禄对张兴霖说："快回去叫人！"

张兴霖带人火速赶到河边，浮桥已被冲断，焦裕禄正劈波斩浪，在滚滚波涛中打捞木板。干部工人见状，一个个争相跃入水中。当最后一块木板被抬上岸后，筋疲力尽的焦裕禄也瘫倒在地。大伙儿望着七零八落的木板，想想架设浮桥的艰辛，不免都有些沮丧。

"有部电影名叫《胜利重逢》，你们知道在哪儿拍的吗？听说就在南边七里河桥头。"雨霁风停，焦裕禄在河边给大家讲起了故事。看到众人来了兴致，焦裕禄接着说："过去涧河上有座桥，1948年我军解放洛阳，与盘踞桥东头的国民党军队发生激战……"

"焦指挥，你讲的是电影里的情节，有真实历史依据吗？"有个小伙子被焦裕禄讲的故事吊起了胃口，忍不住插嘴问。

"电影里的情节当然离不开虚构。"焦裕禄望着小伙子，脸上的神色变得凝重起来，"不过，这部电影是根据我军解放洛阳的真实战斗经过创作的。为了争夺涧河上的这座桥，许多战士前仆后继，英勇献身。我们现在坐的河边，就是当年战斗最激烈的地方。"

在当年生死博弈的战地，焦裕禄说电影、忆战事，娓娓道来的话语像小溪潺潺沁人心脾。涛声喧哗，战斗故事蕴含的道理也入脑入心、令人折服："战争年代，夺取和控制桥梁，对战斗胜利常有决定性作用。和平建设年代，推进经济社会发展，改善人民生活，同样离不开桥梁。眼下，我们架的桥被洪水冲垮了，但失败是成功之母。只要认真总结经验教训，根据涧河的水流特点改进设计和架设，一定能架一座更牢靠、更漂亮的浮桥！"

七彩长虹升起在一碧如洗的天空，恰如化挫折为转折的年轻筑路人开朗明丽的心境。工程技术人员根据涧西雨季河水上涨快、水势猛的特点改进设计，架桥大军重振军威，再次鏖战涧河两岸。很快，新浮桥像一只有力的臂膀，跨河挽起了两岸新修的公路。

"焦副科长，有人晕倒了！"近午时分，焦裕禄接到报告，立即带医生赶到筑路现场。筑路中，焦裕禄被任命为洛矿工程管理科副科长。焦裕禄职务离工地远了，心却离工人更近了。他靠在现场抓施工，张罗给工人调剂伙食。经诊断，工人系因天热中暑。焦裕禄安排好病号治疗，及时调整了施工作息时间，改进了降温防暑措施。

还在施工初期，焦裕禄就反复琢磨，按照设计方案，这条临时公路底层和面层，分别要铺十五和十二厘米厚的石子，花的钱相当于几个县一年上交的粮食。这条路建厂初期使用后就废弃了，石子能不能铺得薄一些？大家觉得焦裕禄的建议有道理，经论证并报厂批准，适当降低了路面所铺石子厚度，节约建设资金十万元。

科学组织的智慧之花，结出了丰硕的果实。原计划半年修好的路，三个月便建成通车，为洛矿提前建成投产提供了重要保障。

洛矿的建成，奠定了涧西以机械工业为主体的城市工业区格局，对中国机器制造业和矿山开采业的建设发展，产生了深远影响。

一条高效优质的路，就是筑路人留下的丰碑。后来，每逢人们谈及新中国工业骄子洛矿筚路蓝缕的涧西创业史，都会油然忆起那支聚是一团火、散是满天星的筑路大军，忆起开路先锋焦裕禄。

涧西筑路五十六年后的春天，2009年3月31日，习近平到洛阳中信重工集团考察。习近平参观焦裕禄事迹展室，翔实了解洛矿创业年代焦裕禄勇当铺路先锋等模范事迹，信步走过横贯厂区的焦裕禄大道，深入洒满焦裕禄汗水的第一金属加工车间视察，万千感慨化作一句话："焦裕禄精神孕育形成在洛矿，弘扬光大在兰考。"

二、到哈尔滨上大学去

轻柔的春风在为中原裁红剪绿时，也给人们捎来了好消息。

1954年春，党中央发出大力培养技术人才，筛选一批年轻干部到重点院校深造的指示。根据这一指示精神，洛阳矿山机器厂抽调一百多名有条件的优秀年轻干部，分别到上海交通大学、哈尔滨工业大学、沈阳财经学院等高校深造。这年8月，洛矿安排焦裕禄、王明伦、周锡禄等五人作为调干生，入哈尔滨工业大学学习。

哈尔滨工业大学前身，是沙皇俄国1903年成立的中东铁路管理局创办的哈尔滨中俄工业学校，也是中国近代培养工业技术人才的知名高等学府。新中国成立后，哈工大成为学习苏联先进经验和为国内高校培养优秀人才的基地。1954年10月，国家高等教育部首批确定六所高校为全国重点大学，哈工大是京外唯一一所高校。

接到人事科的入学通知，焦裕禄彻夜难眠。少小辍学是焦家由小康坠入穷困的标志，也是焦裕禄人生苦难大学的开端。从失校园到复校园，从出小学到进大学，十七年生死茫茫，十七年天上人间，命运转圜反差之大，何啻天渊！走出青纱帐，投身大工业，入门之初，党又送自己到"工程师摇篮"深造，为早日实现红专结合创造条件……焦裕禄深怀感恩之心乘车北上。

这是焦裕禄时隔十三年后，第二次出关来到东北。

初秋的关东大地，玉米、高粱和大豆已开始成熟，远近山川林岭叠锦垒绣，五彩斑斓。焦裕禄凭窗眺望，不由触景生情，抚顺大山坑煤矿不堪回首的岁月，又像电影一样，一幕幕在眼前掠过。

1941年8月，焦裕禄因"八路嫌疑"，被日伪抓到博山、张店和济南关押折磨三个月，11月被投入闷罐火车，拉到抚顺大山坑煤矿做苦工。抚顺煤矿1905年日俄战争中为日本人攫取，是日本满铁株式会社控制的最大煤矿，以强迫中国矿工"人肉开采"、以命换煤闻名。焦裕禄每天要在井下劳动十几个小时，收工后关在不能遮风避雨的工棚。羁押日本宪兵队时，工友们一个个饿得皮包骨，进矿后又因吃得过饱，不少人撑破了肠子，死后扔进"万人坑"。来自博山的十几个同乡，只剩下焦裕禄等三人。

一天，躲在井下暗处的杨姓汉奸工头，看见焦裕禄在运煤的小铁轨上放煤矸石，导致翻车事故，便报告了矿上的鬼子。鬼子用沾水的皮鞭抽打焦裕禄，还用刺刀划破焦裕禄前胸，逼他承认故意制造事故。焦裕禄明白，承认故意所为必死无疑。他一口咬定自己是要搬掉前车掉下来的煤矸石。鬼子苦无证据，只好放掉焦裕禄。

告密事件发生后，工友们发誓收拾杨工头。大伙儿发现，这条走狗常斜倚在巷道暗处一根支柱上偷窥，便取掉砸进柱顶的木楔使之松动。采煤炮响时，剧烈的震动使支柱倾斜，柱旁的杨工头被落煤掩埋。几个工友想趁机把他砸死。焦裕禄悄声对大伙儿说："杨工头虽然作恶多端，但还没有害死过同胞。如果砸死他，必然引起鬼子怀疑，惹火烧身，大家都过不去。"

大伙儿被焦裕禄说服后，七手八脚把杨工头扒了出来。杨工头大难不死，对众人感激涕零，嗣后监工不再明目张胆虐待工友。

然而，数月后，鬼子嫌井下出煤少，认为杨工头"监督不力"，将其调至井上，派来大和士兵歪嘴领班。此人是个日本武士，喜好摔跤。一次，他邀一个身强力壮的山东工友摔跤，工友一时兴起连赢三回。歪嘴领班铁青着脸，令工友立正转身，拔刀从后背将其刺穿，又残忍地翻转他的身体开膛破肚。焦裕禄本家爷爷焦念重哭着扑上去，被歪嘴领班一刀削掉头皮，跌倒在地又被重重踢了几脚，顿时口吐鲜血，三天后便含冤死在焦裕禄怀里。

亲人和同乡的惨死，激起了焦裕禄的复仇怒火。一天，歪嘴领班下井，端着枪骂骂咧咧朝工友们走来。焦裕禄判断他要寻衅杀人，约定一会儿由他夺枪，大家一起动手将其除掉。当歪嘴领班命给他端水时，焦裕禄舀水上前，一拳打在他的眼上，就势抓住他手中的枪，高喊："打死他！"谁知，枪背带缠在歪嘴领班手上，他腾身后挪，一个马步端枪在手，举枪拉栓就要射击。生死关头，焦裕禄飞身跃起，将歪嘴领班和枪死死抱住，就势把他拱倒。工友们锹镐齐下，一鼓作气将歪嘴领班砸死，挖坑埋在井下。焦裕禄和大伙儿合计，歪嘴领班失踪，鬼子必然疯狂报复，唯有一人逃走，独担"罪责"，方有可能解脱工友。于是，焦裕禄冒死外逃，冲破三道铁丝网，又幸遇矿上一郑姓同乡相助，最终逃出了魔窟。

1943年4月，焦裕禄辗转回到家乡，惊闻他被抓走后，爷爷和嫂嫂相继惨死。因抓丁在家站不住脚，焦裕禄只得避走他乡，流落江苏……

从危在旦夕的井下劳工，到受人尊重的人民公仆，新旧社会两次出关两重天的境遇，令焦裕禄思绪万千。他忘不了少小痛别南崮山小学，自己一步三回头的情景。不能继续吟咏阚家泉的风景读书，是他心中挥之不去的痛。如今，那个被故园的青石碾碾碎的学子梦，就要在遥远的北国重圆，这怎不令人欣喜万分呢？

汽笛声声，车轮铿锵。焦裕禄极目秋实丰硕的原野，眼前浮现出一位面容清癯、银髯飘拂的老翁——那是1945年4月至6月，毛主席在延安党的七大上三度赞扬并奉为全党楷模的愚公。焦裕禄深知，苦娃子上大学，其难不亚于上青天。但对于为打江山不怕掉脑袋的战士来说，没有克服不了的困难。在风驰电掣的列车上，焦裕禄遥望中原挖山不止的愚公，定下了百折不挠攀登科学文化山的决心。

洛矿来的五名同学，入校后住在哈工大南岗平房宿舍。焦裕禄满怀新奇掀开学校历史首页，得知作为全国首屈一指的重点大学，毛泽东亲自点将李昌做哈工大校长，刘少奇满怀期待给学校发展计划作批示。根据校领导传达的调干生教学计划，焦裕禄五人先学习速成中学课程，达到高中文化程度后，再编入大学本科班学习。

焦裕禄虽在洛矿已学完初中课程，但接到一摞十几本初高中课本，还是感到像捧着一座山。特别是几何和代数，于他而言无异于天书。洋溢着欧陆风情的哈工大校园，谈笑有鸿儒，往来无白丁。焦裕禄却从宁谧优雅中感受到大战将临的剑拔弩张。这是他平生从未经历过的一次惊险跳跃！焦裕禄跃跃欲试，准备发起新的冲击。

哈工大的校训是："规格严格，功夫到家。"焦裕禄和同学们白天上课，晚上自学，常常挑灯夜战，不知东方之既白。晚上九点熄灯后，他和同学打着手电，继续讨论数学题。有一天，五人求解一道难题，到下半夜还没解开。大家入睡后，焦裕禄跑到凉亭，借助手电继续攻关。题解开时，天已经亮了。有的题实在解不开，焦裕禄就跑到大学生宿舍向他们求教，或者直接找老师解疑释惑。

或许是追赶的路程太过漫长，焦裕禄等人悬梁刺股的努力，并未即刻得到回报。入校后首次考试，洛矿来的五位同学均未及格。

我们亲手参与打下了江山，却不掌握开发江山必需的本领；我们深情地爱着自己的祖国，却没有为祖国前进的火车头添煤加火的资格！

焦裕禄的心，被深深地刺痛了。失败和挫折对于强者是一种正向刺激，只能以其反作用力，激励挑战者及锋再试。三更灯火五更鸡，五位同学以战场拔点的勇气顽强突击，补考全部合格。

这无疑是置之死地而后生的一次闯关。焦裕禄的洛矿同学王明伦，在《同窗苦读在哈工大》一文，回忆了这次考试后的情景：

> 考试后的一个星期天，焦裕禄提出要去秋林公司附近公园，到了公园，我们并没有游山玩水，而是参观了赵一曼烈士和抗日联军事迹展览。大家被感动了……
>
> 焦裕禄讲起他童年的苦难，在家乡山东，他被日本鬼子抓去做苦工，鬼子让他们脱光衣服下井背煤，都是爬着出井，还拿中国人取乐，让他们趴在地上学狗叫，不学就用棒打。晚上挤在监房草堆里睡觉，大小便都不许出来，简直不把中国人当人。焦裕禄说，从那时起，我就立下志气，绝不做亡国奴。今天，我们必须下决心学好本领，把国家的工业搞上去，永不再受帝国主义的侵略和压迫。

焦裕禄参观的赵一曼事迹展览，是在哈尔滨市南岗区一曼街241号东北烈士纪念馆。这座1931年竣工的以古典主义为主的折中主义建筑风格楼房，原为东省特别区图书馆而建，1933年为日伪哈尔滨特别市警察厅占用，成为镇压中国人民的血腥魔窟。东北全境解放后，1948年10月10日，东北烈士纪念馆在这里开馆。

纪念馆老一代讲解员回忆，当年，赵一曼烈士事迹展览布置在一楼。焦裕禄听解说时，神情十分专注。焦裕禄看过电影《赵一曼》，十分钦佩这位铁骨铮铮的钢铁战士，参观中不时提问，详询赵一曼被捕前后的情况。讲解员介绍，赵一曼两度被捕，都关押在这座楼内地下室遭受酷刑。1946年延安《解放日报》发表访问记《赵一曼是怎样被杀害的》，女英雄令山河垂泪、敌寇胆寒的壮举传遍解放区。根据罗荣桓建议，东北行政委员会成立殉难烈士纪念事业筹委会，确定将这座大楼作为东北烈士纪念馆馆舍。在赵一曼被关押处领略烈士英风浩气，焦裕禄周身的血都在沸腾。

1935年11月，赵一曼在珠河县同日伪作战负伤转移，因汉奸告密被日军包围。两名战友牺牲，赵一曼左腿骨被打断后被俘。

日本战犯大野泰治1955年供认，赵一曼被押到警察厅大楼地下室，由他酷刑逼供，赵一曼始终坚不吐实。后因赵一曼伤口溃烂，生命垂危，被送进哈尔滨市立医院监视治疗。赵一曼亮明自己的共产党员身份，宣讲抗日救国的道理，成功教育争取了警士董宪勋和女护士韩勇义，在他们帮助下，于1936年6月28日逃离医院，直奔抗联三军活动地区。6月30日，赵一曼三人在距抗联根据地仅二十里处，被日寇追上……

1936年8月2日，赵一曼被押往她曾战斗过的珠河县处死。在火车上，她向宪兵要来纸笔，用铅笔给幼子宁儿留言，写下了"母亲不用千言万语来教育你，就用实行教育你"的不朽遗嘱。

金瓯破碎年月，一位来自天府之国的巾帼英雄，用一己柔弱的身躯，撑起了民族的脊梁！赵一曼震撼寰宇的壮举，令焦裕禄热泪飞迸。他肃立赵一曼半身塑像前，向女英烈深深地鞠了一躬。

赵一曼的遗嘱，是从日军档案中缴获的。烈士以生命书写的带血的叮咛，像用母爱和忠贞编织的瑰丽彩虹，照亮了中华民族的精神天宇，令一个国家的母亲都抬起了骄傲的头颅。英雄赵一曼从走进焦裕禄心中那天起，就山岳一样永世不移，再也没有离开。

入学不久，天气转凉，有位大连来的同学没带被子，盖毛巾被睡觉常被冻醒。焦裕禄知道后马上和洛矿来的同学商量，把几个人的床并在一起，挤出一条被子给大连来的同学盖，解决了他晚上睡觉挨冻的问题。

正当大家发愤苦读之际，一封洛阳来信，使洛矿来的石青思想动荡起来。家里写信告诉他，母亲病了，孩子没人管。愁肠百结的石青想辍学回厂。焦裕禄开导他说："咱们都是苦出身，旧社会想上学没机会，进厂后没有专门时间学习。现在厂里让咱带着工资上大学，这么好的机会可要珍惜呀！"焦裕禄还以自己家如何克服大人忙与孩子多的困难启发他，并向厂里反映了石青的实际问题，请求协调解决。石青打消了退学念头，安心在校攻读。

有难处就找焦大哥！热心助人的焦裕禄成了同学们的主心骨。

1954年9月15日，第一届全国人民代表大会隆重开幕。焦裕禄在哈工大礼堂聆听了中央人民政府主席毛泽东在会上致的开幕词。这是焦裕禄第一次听到毛泽东亲切而浓郁的湘音。当他听到领袖发出为建设一个伟大繁荣的社会主义国家而奋斗的号召时，焦裕禄思想的羽翼开始飞腾——1949年元旦，焦裕禄在大营与黄老三反复较量时，欣闻毛泽东发出了将革命进行到底的号令。从北国到江南，革命骑上了战马，胜利插上了翅膀……现在，领袖再发动员令，建设伟大祖国的使命，在呼唤大批优秀人才。我们要刻苦学习，增长本领，不负组织厚望，以实际行动响应领袖的号召啊！

入夜，焦裕禄与同学们讨论十分热烈，熄灯后还谈论了很久。

成功的鲜花从来都为奋进者盛开。焦裕禄刻苦攻关，成绩提高很快，考试取得优异成绩，被评为优秀学员。发榜那天，焦裕禄想到即将进入大学本科阶段学习，和普通在校大学生一起，坐在宽敞明亮的课堂，听饱有学识、风度翩翩的教授讲课，心不禁陶醉了。

命运喜欢跟人开玩笑。就在焦裕禄满怀希冀放飞大学本科梦想时，洛矿人事科给同学们来信，告诉说厂里调整了培训计划，要求他们即刻中断在哈工大的学习，准备转往大连起重机器厂实习。

这一决定的确太突然了，并且转折是如此急骤！那一天，几个同学感到自己就像历尽千辛万苦攀上一座带有标志性的山峰，举目眺望准备攀向新的更加壮丽的高峰时，却被突如其来的外力所挟，一下子坠入谷底。

洛矿来的几位同学，普遍感到难以接受，有的甚至说，不去大连实习，宁可不要厂里的工资，也要留在哈工大把本科读下来！

同学们心中波涛汹涌，憋足劲圆大学梦的焦裕禄更是心潮难平。

焦裕禄攥着厂里的来信一夜辗转反侧，天亮时起身一看，大家也都通宵未眠！他摇摇头，一副敦厚周慎的老大哥模样："想法归想法，服从归服从。咱们都是共产党员，还是按组织的要求回厂去。"

"这半年算白读了，还没进本科就回去，多可惜！"

"书哪有白读的！咱这半年学的知识，回去都能派上用场。"焦裕禄拉开窗帘，望着冰封雪裹的校园说："工厂也是大学校。去大连实习可以学到很多新东西，尤其是厂里急需的技术和经验。"

焦裕禄一行五人回到洛矿，厂长纪登奎专门同大家见了面。

创业年代，进军鼓角响彻前方后方。洛矿调干生在哈工大跋山涉水之际，纪登奎也遵毛泽东的教诲学海苦渡。纪登奎到洛矿不久，毛泽东在郑州与他谈话，告诉他搞搞工业有好处，还关切地询问建设工厂遇到哪些困难。

纪登奎报告说，自己没有办厂经验，又缺乏文化和技术知识。

毛泽东鼓励他说，世上无难事，没有经验可以在实践中积累，缺乏技术和管理知识可以自修。接见中，毛泽东特地指示纪登奎，在一段时间内，要集中学习一些文化知识，特别注意学习经济。

纪登奎在全厂传达了毛泽东的指示，并向当年冀鲁豫地委老领导、一机部大学生部长黄敬请教怎样当厂长。黄敬给他开列了数学、物理、化学、机械学、金属学五门课程和工业经济、企业计划管理方面的书单，确立了"你布置工作人家执行得通，人家讲技术你听得懂"的努力目标。在洛矿老师辅导下，纪登奎开始了为期三年既当厂长又当学生的双重身份生活，每天听两小时课，记笔记，写作业，进实验室做实验，还去苏联学习过。

与此同时，纪登奎在厂里为干部职工办起了小学、中学、大学三个层次补习班和两个俄语班，开办了二十多个专业的技工学校培训技术工人。

同为学海泛舟人，纪登奎懂得抱憾归来心有不甘的部属。他询问大家在校学习情况，循循善诱说，同志们虽因建厂需要不能读本科，但在哈工大学习半年也很宝贵，到大连实习是增长才干的好时机。希望大家勤奋刻苦，努力掌握管理工厂的知识和本领。

领袖发号召，厂长作表率，焦裕禄等人心中又激荡起新的热望。他们的心已飞向大连，渴望在新的实践大学学习锻炼成才。

1958年11月上旬，第一次郑州会议期间，毛泽东又一次召见了纪登奎。一见面，毛泽东就关切地问："学得怎么样啦？"

纪登奎说："高中文化即中等学校的课程，基本上学完了。"

毛泽东详细了解洛矿的建设、生产和管理情况后，十分严肃地提出一个问题："苏联专家离开后，你们能不能管好这些工厂？"

纪登奎说："请主席放心，根据我们厂的情况，可以搞好。"

1986年7月10日，纪登奎应邀为《洛阳矿山机器厂志》撰文，忆及当年向科学文化进军的浪潮，这位创业厂长写道："全厂涌现了一批学习的先进人物，焦裕禄同志就是其中的一个代表。"

三、奋力摘掉"604"的帽子

1955年3月，焦裕禄第三次出关，同厂里二十二名干部和技术人员一起，满怀新的期待来到大连起重机器厂（后与大连重型机械厂合并组建大连大起集团有限责任公司），在机械车间任实习车间主任。徐俊雅也随调大连起重机器厂学做统计。

创建于1948年的大连起重机器厂，是中国起重机行业的排头兵，也是新中国培养企业管理干部的重要基地。焦裕禄走进有几个篮球场大的车间，只见形态各异的机器琳琅满目，凌空而过的天车穿梭往来，像是置身充满现代气息的工业博物馆；参加车间生产会，他只能洗耳恭听，眼瞅着别人说得头头是道，自己干着急却插不上嘴；同工人接触交流，只能拉家常、谈思想，光打"隔山炮"，一涉及生产和技术问题就一窍不通；对车间的生产管理，焦裕禄也十分生疏，什么计划安排，什么工艺流程，一概不明就里。

几天下来，焦裕禄急得像针毡上睡觉——坐卧不宁，忍不住时，便私下里问车间王主任："掌握这些管理业务，得多长时间？"

"用一两年时间，大概可以摸到点儿门道，入门得好几年。"

"要用这么长时间？"焦裕禄暗自吃了一惊，眼前悠然浮现出一座巍峨而险峻的高山。业界有五年成师之说，意即要成为某领域的专家，至少要用五年即不低于一万小时的时间，进行专业学习和训练。国外神经学专家认为，人类大脑需要不低于一万小时的时间，充分理解和吸收某种知识或技能，才能技艺精湛、臻于完美。还有人研究证明，五年是培养工程师的底线，培养画家、钢琴家等业界精英也概莫能外。焦裕禄暗忖：五年是什么概念？这差不多是一个人黄金工作年限的五分之一，自己等不及，马上就要投产的洛矿也不允许啊！

入夜，焦裕禄打开《毛泽东选集》，领袖亲切的叮咛在耳畔响起：严重的经济建设任务摆在我们面前。我们熟悉的东西有些快要闲起来了，我们不熟悉的东西正在强迫我们去做……

焦裕禄掩卷遐思，不禁浮想联翩。历史的转折已经完成，我们熟悉的武装斗争已不再是党的中心任务，陌生的经济建设规律，亟待我们去学习和掌握。从外行变内行，是中国共产党人的优势，也是从战争到和平必须迈过的一道坎。过去，以农民为主体的我军，从战争中学习战争，打败了日本侵略者，消灭了国民党反动派。今天，历史赋予我们在建设中学习建设的使命和任务，必须以革命战争年代狭路相逢勇者胜的精神，笨鸟先飞，滴水穿石，在刻苦学习钻研中熟悉工业，尽快学会管理工业！

月上中天，一个耿直得像一根木头杠子的硬汉的影子，清晰地出现在焦裕禄眼前。那是大营乡乡长李明。一个不识字的穷苦人，在很短的时间内，成为优秀民兵骨干和百姓信得过的乡长，还不是靠阶级觉悟焕发的革命热情，靠自己加倍努力学习？于是，焦裕禄心中又有了另外一本账：在常规的时间和经验积累之外，精神和方法是两个绝不可忽视的重要变量。高度的历史责任感和使命感，可以最大限度激发人的主观能动性；科学的态度和方法，可以帮助人洞幽烛明，抓住本质，掌握规律，收到事半功倍的效果。

这无疑是又一次惊险的跳跃。那个月华如银的夜晚，置之死地而后生的焦裕禄，毫不犹豫攀上壁立千仞的山峰，迎着高天流云和呼啸的山风，快速起跑，纵身跃起，勇敢地向新的高峰飞去！

该来的总归要来。就在焦裕禄和洛矿同事满怀信心向神秘的现代工业殿堂进军时，传遍全厂并引起热议的"604"事件，使洛矿来大起厂见习的工农干部，深陷舆论漩涡并处于极其尴尬的境地。

那是一天下午，同焦裕禄一块到大起厂实习的周锡禄和梁禾到机械车间熟悉情况。周锡禄看到前面有一排减速机，随口说："不知道这机器是啥型号，能找来图纸对照一下就好了。"

梁禾马上说道："机器型号是604，我都记在本子上了。要不我到资料室借图纸给你看看。"

梁禾来到资料室，对女资料员说："同志，我借604图纸。"

"啥叫604图纸？"女资料员感到莫名其妙。

"就是604型机器的图纸呀！"梁禾振振有词地说。

女资料员如堕五里雾中，柳眉微蹙："咱们厂里没有604型机器呀！你说的到底是哪种机器的图纸？"

梁禾回身指指车间的减速机说："就是那种机器的图纸嘛！"

女资料员背过身去，咯咯地笑弯了腰。

梁禾愈加摸不着头脑，不解地问："你笑啥？"

"你这个604啊！"女资料员善意地揶揄着，一本正经对梁禾说，"减速机图纸上的俄文代号是'6〇-4'，不能读'604'！"

梁禾的脸立马羞成块大红布，脑壳勾得恨不能钻进裤裆里。走出老远，女资料员咯咯的笑声还响犹在耳。

这件事风一样传遍全厂，一时成为人们茶余饭后的谈资笑料。

"拉牛尾巴的能搞工业，那还要大学生和技术人员干啥？"

"兔子能驾辕，谁还养骡子养马？"

还有人嘲笑得更尖刻："洛矿来的这拨工农干部，文化知识少得像老鼠尾巴上长疮——没多少脓水。"

这些冷嘲热讽，带着徐俊雅的忧虑，进入了焦裕禄的耳鼓。

"拉牛尾巴的怎么了？中国革命就是农民进城。在毛主席领导下，我们这些拉牛尾巴的从熟悉锄把子到熟悉枪杆子，和人民一道推翻三座大山，建立了新中国。今天，拉牛尾巴的照样能学会管理工业！"

焦裕禄在本能地为自己也为洛矿同事辩解的同时，也留心在厂里观察。他发现，打那以后，大起人看洛矿人的目光，甚至都有了一些意味深长的改变。可最惨的还是惹祸的梁禾。自从他到资料室借图纸闹笑话后，厂里不少人管他叫"604"，其大号反倒不彰。

洛矿来的同事凑在一起，没少埋怨办事没个深浅的梁禾，把洛矿人的牌子给整砸了，搞得大伙儿灰头土脸，身上像披了件不受人待见的马甲。梁禾自个儿更是悔恨交加，觉得在厂里抬不起头来。

同事们七嘴八舌议论时，焦裕禄没吱声。"604图纸"引起的风波，浪头虽不大，但使他头一回椎心泣血地体认到，人的尊严的底线一旦被触碰，源自心海深处的浪涌，具有怎样不可遏制的力量。静水流深。半晌，焦裕禄轻轻吐出一口烟。这会儿，那根长年累月总不住脚在主人左右嘴角来回巡逻的烟卷，站着没动弹。

"咱们不要再埋怨梁禾了。他闹的这个笑话，我们不是同样也会出？现在人家管梁禾叫'604'，我们哪个不是这个群体中的一员？工农干部缺少科学文化和专业知识，是不平等的旧社会造成的，干部本身没有错。但历史造成的缺憾，不应成为安于现状不求进取的理由。甩掉'604'的帽子，主动权在咱手里。只要知耻而后勇，发愤学习钻研，尽快提升自己的素质和形象，别人就会对我们另眼相看！"

人在江湖，难以免俗。嘲弄，一度令焦裕禄感到难堪。但这种不适，很快就在换位思考中消解，并悄然转化为正能量。

"天辅德，人与能。"战争年代，为什么大家都愿跟着有头脑的指挥员打仗？还不是因为跟着明白人，既能打胜仗，又能避免无谓的牺牲。人同此心，心同此理。在现代工业生产中，有技术的工人，不也在选择懂专业、会管理的专家型领导吗？工人信服你，尊重你，不是因为你的职务，而是你高人一筹的经验和素质！

那一天，焦裕禄在人生回放中再次登高望远。过去拉牛尾巴的学打仗，除了勇敢不怕死，关键是注重在实战中学习战术技术，在成败利钝的复盘中总结提高，进而逐步认识和掌握了克敌制胜的规律。今天，拉牛尾巴的要通晓精密复杂的机器，熟悉环环相扣的生产流程，也要从懂技术学起，摸清生产管理规律，成为行家里手，才能胜任管理现代化工厂，赢得人们的尊重。

善良的天性和将心比心的思维方式，使焦裕禄无论面对鲜花还是荆棘，都能以平和的心态接受生活的馈赠，把正向和反向的激励化为砥砺前行的动力。焦裕禄清楚，从外行变内行，是知识、思维和行为方式的一场痛苦革命，非有剔骨剜肉和冶铁成钢的决心不能成事。他发愤苦学苦钻重塑自我，屏气敛声开始了坚韧的进军。

清晨，港城的薄雾尚未消散，焦裕禄已经换好工装，早早来到车间跟班劳动了。月隐星移，白昼黑夜的概念似乎消失了，朝暾和晚霞在弥漫着机油味的车间相织相连。焦裕禄在焚膏继晷的刻苦攻关中，感受到了攀登的艰辛，同时也领略了收获后的喜悦。

不久，工人们就开始纳闷，为啥实习车间主任工装脏得这么快，油污比咱们身上还要多？直到一次看见焦裕禄钻到机器空当和凹部详察细看，才恍然大悟。原来，为尽快搞清工艺路线，焦裕禄一直采用笨办法，按加工流程跟着部件走，不厌其烦往返车间十几台机床，逐道工序从头学，直到搞清弄懂。他们还发现，为了看懂那些令人眼花缭乱的机器图纸，焦裕禄经常带上图纸下车间，对照实物逐一辨认，现场比对图纸上的符号识别机器零件。晚上下班后，焦裕禄常常一头扎进图纸室，夜以继日学习钻研，悉心琢磨"正视"与"俯视"原理，用暖瓶、茶杯对着灯光，体悟投影的奥秘。

一天中午，焦裕禄就餐去得稍早了点，餐厅里只有一位技术员，恰好是他准备登门请教的专家。焦裕禄心中一喜，急忙把他拉到旁边的一间小屋，请他讲解如何解析一道几何画法难题。这位技术员被焦裕禄刻苦学习和打破砂锅璺（问）到底的精神感动了，把手拿的饭盒和茶缸放在小桌上，以此为参照，为焦裕禄进行讲解。

开饭的时间到了，餐厅里打饭的声音和着诱人的饭菜香，一阵阵向小屋飘来，焦裕禄却全然不觉。等他完全学会解题方法，同技术员一起走出小屋，空空荡荡的餐厅已寂无一人。进餐厅时没人，现在餐厅里又没人，焦裕禄猛然意识到，开饭的时间已经过了！他急忙走进厨房，找到正在收拾餐具的炊事员，得知菜已经卖光。

"师傅，买几个馍就中！"焦裕禄习惯于把馒头叫作馍，食堂炊事员和工人也都喜欢以"馍"跟他开玩笑，在餐厅碰到他都喊："吃馍，吃馍！"

"焦主任，馍还有，就是凉了！"

"没关系，师傅，拿回去就着开水一样吃！"

焦裕禄买了四个馍，塞给技术员两个，充满歉意地说："为给我讲解，你都没吃上饭，真是过意不去。改天我一定请你吃饭！"

大连史志办公室资料载：焦裕禄到大连工作前，对工业是门外汉，为了担负起党交给他的重担，他白天在车间向工人学习实际操作，晚上到工厂单身宿舍向管理人员请教理论，不少工人以为他是住集体宿舍的，其实他家住在远离工厂五公里的地方。

那时，焦裕禄在尉氏工作时的老领导、洛矿办公室主任赵仲三，准备去苏联乌克兰斯大林诺诚矿山机器厂实习，正在大连俄语专科学校学俄语。星期六晚上或星期天，赵仲三到焦裕禄家找他，结果都扑了空。一问徐俊雅，焦裕禄都猫在厂里。一次，赵仲三意外碰到了焦裕禄。一见面，焦裕禄就把窝在心里的话，一股脑儿向他倾吐："有些人瞧不起拉牛尾巴的，认为掌握不了复杂机器。咱拉牛尾巴的连天下都打下来了，这些死机器还能制服不了？拉牛尾巴是一门学问，搞工业也是一门学问，天下没有学不会的东西！"

从威慑敌胆的沙场猛将，到炉火纯青的工业专家，迥如霄壤的业界壁垒，分明是一座擎天柱地的喜马拉雅山，而由此及彼的追赶和跨越，亦是凡夫俗子眼中需光年计算的海量时间！然而，焦裕禄毕竟是用特殊材料制成的人。在他看来，世间之难，莫过于取天下，百业千工，无出其右。拉牛尾巴出身并用枪杆子在战场上证明了自己的勇士，要摘取工业管理桂冠，并非高不可攀，不过是转换战场攻取新的碉堡罢了。那个挟战场雄风的精灵日夜穿梭车间，百炼钢渐成绕指柔。

照例是紧张忙碌的一天，焦裕禄跟值班调度小吴到锻工车间催料。途经一个加工工段时，一位姓冯的老师傅举着一根棒料对小吴说："吴调度，昨天发来的十根棒料，有一根是废料。"

小吴接过这根车过了"夹头"的棒料细看，又和合格棒料比照未见差异，便说："不会错的，这上面清清楚楚写着45号钢嘛！"

"准是备料车间把棒料牌号搞混了。不信，你去化验室查查看！"

小吴拿着棒料从化验室回来，有些不好意思地说："冯师傅，还真让你蒙准了！这根棒料型号是不对，我马上给您换一根！"

焦裕禄拿起淘汰的棒料仔细察看，确实与合格棒料并无二致。钦佩之余，他忍不住问："冯师傅，您是怎么看出不一样的？"

"有三种识别方法。一是听响声。"冯师傅拿起废料棒，让其从一米高处自由落地，只听"噗"的一声响。他又拿起一根合格棒料让其从同样高度落地，清脆的响声果然与废料棒落地声音不同。

"听出来了吧？'铃铃'响的是45号钢，响声发闷的是废料。这种低碳钢叫'铁料'，不适合加工轴，但可派作其他用场。"

操千曲而后晓声，观千剑而后识器。焦裕禄感叹着，眼前的两根铁棒在历史长河中翻飞盘旋，化为异国他乡的两个铁球——

1590年，二十六岁的意大利科学家伽利略，和助手登上著名的比萨斜塔，让一个重十磅和重一磅的铁球，同时从塔上自由下落。结果，两个铁球同时落地。比萨斜塔上这一蜚声科学史的实验，发现了自由落体定律，颠覆了古希腊著名科学家亚里士多德"重物体比轻物体下落速度要快些"这一统治西方学术界近两千年的观点。

从两个铁球同时落地发现科学真理，到两根铁棒同高落地凭音差可辨碳元素结构，科学方法的简明实用，令焦裕禄在感受工业科学奥妙的同时，对吹影镂尘、精益求精的工业技术敬畏倍增。

辨别两根棒料不同材质的对话仍在继续。

"二是看切削。"冯师傅将两根棒料分别在车床上切削，边操作边介绍："45号钢出屑很流畅，'铁料'出屑就有些黏滞。"

焦裕禄认真察看两种粗看无异、细看有别的钢屑，连连点头。

"三是辨火花。这种方法更准确。"冯师傅把两根不同的棒料分别用砂轮打磨，针对形态各异的火花介绍说："45号钢棒料含碳量高，打磨时冒的火花像冬天的树枝，分杈处又爆出许多细碎的花朵和花粉。'铁料'打磨只有一束白亮耀眼的树杈，没有花儿。"

两根棒料一堂课，焦裕禄感受到有实践经验工人的聪明才智，也认识到科学实验的极端重要。棒料为媒，焦裕禄认准了冯师傅，有空就来打下手，像是心怀虔敬的徒工，又像求知若渴的学生。

冯师傅经历过日伪时期的厂长，也见识过颐指气使的外国专家，但从未见过焦裕禄这样放下架子尊他为师的领导干部。焦裕禄搭起能者为师的阶梯，平凡劳作中的科学精神和方法，也在一招一式的传帮带中点滴入心。

打那以后，焦裕禄瞅见哪位老师傅有空儿，就掏出口袋里装的不同型号的钢块，让老师傅指点怎样识钢型、辨材质。工人师傅们欣喜地说："焦主任的口袋快成万宝囊了！"

四、最棒的车间主任

学习工艺操作技术，焦裕禄如同海边拾贝，窥见了工业科学的五彩绚烂。他眺望白帆点点的大海深处，渴望在海上冲浪中洞悉生产管理规律，从理论与实践结合上学会管理企业。八小时之外，焦裕禄像饥饿的人扑在面包上一样，以铁棒磨成针的精神，下苦功研读《工厂管理基础知识》等书籍。老厂长珍藏的《关于车间作业计划》一书，也摆上了他的案头。车间计划员编排生产计划，焦裕禄总是不离左右。

经过一段时间学习观摩，当焦裕禄认为已基本熟悉车间生产流程时，试探着向计划员提出，能不能由他学着编制一份生产计划。计划员感到纳闷，善意提醒说："车间主任主要是负责车间生产管理，编制生产计划费力不说，出了差错还要挨批评、丢脸面！"

焦裕禄理解计划员的好心，但绕过这个掌握生产流程的核心环节，总是心有不甘。他瞅空儿找计划员做工作："车间主任不会编排生产计划，那不是瞎指挥吗？我参照以往的计划试着搞一搞，你来把关行不行？"

计划员考虑到编排生产计划不仅要懂生产流程，还要熟知各类机床的性能，焦裕禄刚来车间几个月的时间，根本担负不了这项专业性很强的复杂工作，还是婉拒了他的要求。

不久，焦裕禄因劳累过度病倒了。计划员到他家中看望，焦裕禄再度提出试着编制一份车间生产计划，并针对他的顾虑过细地做工作："我在家闲着也是闲着，就算是实习几个月的一次汇报和测试，您在旁边看着，有什么不对的地方，就给我指出来！"

计划员不好再拒绝，只好看着焦裕禄编制生产计划。数月耳濡目染和潜心学习，焦裕禄对车间生产情况已了如指掌，不大工夫便交卷了。计划员看到计划编制得既准确又合理，完全符合车间生产流程和要求，不禁大为诧异。他哪里知道，焦裕禄不仅把车间机器性能和加工工艺摸了个门儿清，而且对生产流程已熟记在心。计划员惊诧之余，忆及工人"老焦身上的油一点儿也不比咱身上的少"的议论，再回想焦裕禄平时极少坐办公室，总是在车间察看生产情况、现场解决问题，问："焦主任，你一天能跑多少路？"

焦裕禄不假思索地回答说："也就是二十来里吧！"

又是一个月初，编制车间下个月生产计划的时间到了。正巧，那天车间王主任要外出开会。焦裕禄便主动请缨，要求试着编制一下车间的生产计划。王主任稍一迟疑，对焦裕禄说："那好，你来试一试，有什么问题就找我，最好明天上午能把计划给我。"

第二天一早，焦裕禄拿着生产计划找王主任来了。王主任以为焦裕禄遇到难题，编不下去了。不料拿过计划一看，安排得合理、科学，也很周密。他感到有些出乎意料，又隐隐有些纳闷。在车间生产会上，王主任就焦裕禄编制的生产计划，听取工人和技术人员的意见。生产行家们听了介绍，一致感到，这份生产计划符合车间实际。王主任惊讶地望着焦裕禄，心悦诚服地说："老焦，你拿出打仗攻碉堡的劲头钻研工业，不到一年时间，就变成专家啦！你哪里是实习车间主任，你是合格的车间主任啊！"

过了几天，厂里安排王主任脱产去党校学习。临行前，王主任推荐焦裕禄代行车间主任职责。焦裕禄接任后，工作注意讲求民主，遇事多找老师傅和技术人员商量，保证了车间生产正常运行。

为了实现过渡时期总路线提出的工业化目标，车间增加了生产定额。按照以往的流程和管理方法，任务与设备和人力之间的矛盾变得突出起来，制订新的生产计划遇到了阻力。上级下达的生产定额，究竟符不符合车间实际？焦裕禄一头沉到车间关键部位减速机工段，研究设备状况、生产工序和操作技术，又到其他部门比对分析生产运转情况，掌握了制定新的生产定额的依据，认为上级下达的指标是可行的。在车间生产调度会上，焦裕禄依据摸到的第一手数据，算细账、挖潜能，有根有据拿出了提高生产效率的措施。工人和技术人员听后，都感到很开窍，表示回去后要进一步摸排挖掘潜力。上级下达给机械车间的增产计划，顺利落实并如期完成。

政治工作与科学管理，是焦裕禄履职的两个有力抓手，也是他心中蕴含巨大变量的增长极。焦裕禄悉心研究教育管理规律和基层党组织建设，把实践感悟形诸文字，见诸报端。他讲话不再刻意编顺口溜，而是更加贴近工作和思想实际，也不大在意是否工整合辙，以准确、深刻、凝练、生动见长。有人劝他不必逐台机器熟线路、识部件、知流程，他说："吃别人嚼过的馍没味道！"讲到党员干部先锋模范作用，他说："干部不领，水牛掉井！"工作中遇到难题，他说："没有办法，就到群众中去！"

真理是朴素的，思想的灵光未必仅仅闪现在神圣殿堂。这些后来在兰考乃至全国产生重大影响的思想和语言，有的就诞生在车间生产和攻关的进程中，诞生在同工人和技术人员促膝交谈中。

现代工业生产洗礼和全新的科学管理，使焦裕禄如同置身星月交辉参回斗转的浩茫夜空之下，满目璀璨目不暇接。他笔耕不辍，撰写了《论劳动竞赛的前方和后方》《论工段长的职责》等文章。1956年夏秋季节，焦裕禄在厂《起重机厂报》连续发表《对工段长工作方法的几点体会》《谈谈前方竞赛中的问题和建议》等文章。当年11月，《起重机厂报》刊登了《机械车间被评为前后方竞赛优秀单位》的消息，还以整版篇幅发表了焦裕禄的《机械车间三季度竞赛总结》。焦裕禄谨记自己基层党组织建设第一责任人的政治身份，总结实践经验写成《减速机工段党小组是怎样保证完成计划的》一文在厂报发表。这一年12月，《起重机厂报》刊登了焦裕禄为车间基层干部总结的十条工作经验：一要依靠群众；二要发扬民主；三要经常总结工作；四要学习政治；五要利用积极分子做工作；六要了解群众思想，关心群众生活；七要依靠党的领导；八要搞好团结；九要学习党的政策；十要主动向上级汇报工作。厂党委在全厂推广了焦裕禄总结的十条经验。

当然，在车间这个有着上千号职工的小社会里，早已潜入焦裕禄灵魂的

"小村总理"理想，依然有声有色地在付诸实践。

"谁看见孩子没有？有谁抱孩子了吗？"一天晚上，机械车间响起了减速机工段女工李培娥惊慌失措的呼喊声。

"你把孩子放哪儿啦？"上夜班的工友围拢上来问。

"放在工具箱里了！"李培娥说着，几乎哭出声来。

"别急！车间进不来外人，大伙儿帮着找找！"

李培娥遍寻无着，忽然想起该给领导报告，遂三步并作两步赶到车间主任办公室，未及敲门就闯进去，却见焦裕禄一手抱着孩子，一手小心翼翼用汤匙在给孩子喂水。焦裕禄灿烂的笑容与婴儿欢愉的神情，构成了一幅动人的画图，李培娥一时竟看呆了。

"焦主任……"李培娥喊了一声，眼中泪水盈盈。

焦裕禄抬头看见李培娥，急忙解释说："车间里冷，杂音又大，我看你正加工部件，没打扰你，就把孩子抱到了办公室。孩子尿了，我已经给他换了尿布……"说到这里，焦裕禄叹了口气："厂托儿所不开夜班，女工只好把吃奶的孩子带到班上。夜深更长，车间地板上的工具箱，成了孩子梦中的摇篮……你们作这么大的难，我们当领导的咋就没发现呢？"他摇摇头，带着几分愧疚说："你专心工作吧，今晚孩子交给我照看！"

"焦主任……"李培娥鼻子一酸，泪水溢出了眼眶。

几个帮着找孩子的工人相继进了办公室，见状均感叹不已。

亲睹襁褓中的婴儿睡在机声喧阗的车间工具箱，焦裕禄的心再也不能平静。机械车间承担着全厂机械零部件的加工任务，工人二十四小时三班倒，其中不少人都是老少三辈，眼睛一睁，柴米油盐酱醋茶，样样都得操心费神。自古穷人事多路少，今天工人虽说成了国家的主人，可他们的难事哪个不像一座山，压在自己乃至全家人头上！战争年代党救人民出水火，需要党员奋不顾身去冲杀；和平年月厉行党的宗旨，党的干部要时刻把为群众帮困解难放心上，像毛主席教导的那样，关心他们的柴米油盐问题。

第二天上班后，工人发现焦裕禄去了一趟厂部。此后，李培娥上夜班，焦裕禄的办公室就成了临时托儿所。不久后的一天，厂里贴出了醒目的通知：从即日起，厂托儿所开设夜托，哺乳期上夜班带孩子的女工，可把孩子送夜托，由保育员照看……

车间有个受过处分的青工，是个出名的"刺头儿"。有一天，"刺头儿"穿戴着新买的皮夹克和水獭帽，神气活现走进了车间。没等他自我炫耀，工人师傅的讥笑，便像冰雹劈头盖脸砸了下来。

"'刺头儿'，多整了俩钱，烧得不知道自己姓啥了！"

"哎呀，挺好的个小伙儿，咋让钱给整成个两足动物了呢？"

"刺头儿"见自己在车间没有市场，只好怪叫一声溜了号。

焦裕禄见此情景，痛惜胜过忧虑。他知道，"刺头儿"受挫之后，便西瓜皮擦屁股——一塌糊涂。但他技术不错，上个月超额完成生产任务，开了二百五十元工资。不过，焦裕禄从"刺头儿"穿皮夹克、戴水獭帽到车间逞能的举动中，看出了他渴望让人瞧得起，在车间重拾人的尊严的心理。对这样看着浑，实则骨子里还想上进的青年人，必须抓紧帮助他开启心智！

焦裕禄很快成了"刺头儿"的大朋友。

驱散"刺头儿"心里头的迷雾，是从谈论买皮夹克和水獭帽开始的。工余时间，焦裕禄找他聊天说："你技术是拔尖的，能超额完成任务值得表扬。可有钱不能都花了，还得考虑成家立业呢！"

焦裕禄热诚随和的话语，肯定中带着责备，又触及了青年人心中最隐秘的关切，一石三鸟，打开了与"刺头儿"交流的大门。

"人生的路很长。年轻人在不成熟的时候，难免会摔跤子。但只要吃一堑，长一智，挫折就会变成财富，一辈子受用不尽。要想人看得起，就得自个儿振作起来，生产上当标兵，守纪上做模范，多为国家做贡献。这样的骨干，领导和群众都会高看一眼！"

入脑入心的交流，像针挑灯捻，把"刺头儿"昏暗的心照亮了，整个人变得神清气爽。他刻苦钻研技术，成为技术攻坚的骨干。

工人姜枫椿是厂里的劳动模范，也是从旧社会过来的有代表性的技术骨干。焦裕禄同他谈心时问："姜师傅，你干活为啥？"

姜枫椿笑了笑，慢条斯理地回答说："挣钱养家呗！"

焦裕禄沉默了。每个人头脑中，都有一台无形但功率可观的发动机。像姜枫椿这样的老师傅，身上蕴藏着推动生产发展的巨大潜力。怎样才能使他们开动机器，把自身的潜能充分释放出来呢？

机会来了。一次车间组织教育，焦裕禄给工人讲怎样做新中国的主人翁，回顾了发生在旅顺等地的日俄战争。焦裕禄讲道："日本和沙皇俄国为争夺旅顺殖民统治权，在中国领土上打仗，无辜百姓却承担了生灵涂炭和失去家园的高昂成本。那时中国人一条命，还不如洋人眼中一只狗。日本人把抓来的中国男女作为'俄探'，公开砍头示众。鲁迅就是看到一些中国人麻木不仁围观这次屠杀的照片，才弃医从文的。如今，党领导人民赶走侵略者，建立了新中国，人民当家做主的好日月到来了。咱们工人作为国家的主人，应该以主人翁的姿态发挥聪明才智，把我们可爱的祖国建设得更美好啊！"

焦裕禄发现，那天进行教育时，姜师傅把手绢都擦湿了。

原来，这个朴实得像一抔土的师傅，心中同样装着高山大海！

焦裕禄针对姜枫椿祖居大连，父辈对殖民统治有切肤之痛，自身对新旧社会反差感受深的特点，十多次上门同他拉家常，话人生，启发他把对党和国家的朴素感恩之心，化为多做贡献的力量。

姜枫椿的国家主人翁意识被唤醒，矢志建功立业，潜能涌泉般释放出来。他积极改进刀具，提高工效九倍，提前两年完成了第一个五年计划的生产任务，还毫无保留地传授革新技术。一花引来百花开。焦裕禄催生老树竞发新枝，带动了技术骨干争相献智出力，车间革新竞赛高潮迭起。

机械车间通道放有一排黑板，是车间团支部的宣传阵地。车间不少好人好事、标兵模范，都是首先从这里走向全厂的。然而，有一天，焦裕禄却发现一位值班工段长，在黑板前指着上面的一篇稿子，脸红脖子粗地对团支部书记发了一通火，气呼呼地离去了。窘态十足的团支部书记有些吃不消，拿起黑板擦，准备擦掉黑板上的这篇稿件。焦裕禄急忙上前察看，弄清经常栽"花"的团支部，这次却栽了"刺"，在板报上登了一篇批评这位工段长值班时睡觉的稿件。而受到批评的工段长则认为，自己只是在班上打了个盹，并没有睡觉。再说，有意见可以当面提出，为什么要在黑板报上公开批评，让人下不来台？这让他今后怎么领导工人？

焦裕禄弄清了事情原委，认为稿件写得好，表示"黑板不要擦，工作我来做"。当天，在车间工段长会议上，焦裕禄旗帜鲜明支持在黑板报上开展批评，提出在坚持正面表扬为主的同时，可以适度开展批评，激浊扬清，分清是非。干部要自觉接受工人监督，批评就是监督。至于批评是否影响干部威信，关键看干部怎样对待。

受到批评的工段长正坐立不安，焦裕禄找他来了。针对他被批评后感到丢面子的思想，焦裕禄劝导说，值班打盹影响了履职，工人看到时就已经丢了面子，批评不过是捅破了窗户纸。只有诚恳接受批评并认真改正，才是干部应有的姿态，才会真正挽回面子。工段长幡然悔悟，赶紧写出检查登在黑板报上，赢得了工人赞扬。

1956年，大起厂90%的职工调整工资，车间上报的调资名单也有焦裕禄。他对车间主任说："我是来实习的，不能占用厂里的调资指标！"主任劝他："你的工资关系和档案在这里，工作干得又好，该调也得调啊！"焦裕禄又跑去找厂长，执意把指标让给了别人。

焦裕禄很高的思想政治水平、良好的人品官德、出色的业务能力，赢得上下一致赞誉。他感到工人们投向他的目光有了温度。那是对"最棒的车间主任"的敬意。

五、海滨闪现布拉吉

焦裕禄夫妇携焦守凤、焦国庆、焦守云三个儿女及岳母在大连生活期间，又生育了三女儿焦守军。繁重的实习任务，逼仄的居住空间，在今天的人们看来，焦裕禄当年的实习生活的确乏善可陈。不过，在徐俊雅眼中，在大连生活的二十二个月，是她和焦裕禄一生中最幸福、最惬意、最富足的时光。影响之深，以至终生难忘。1994年7月，徐俊雅接受后任济宁市人大常委会副主任的作家殷允岭采访，回首大连短暂而浪漫的生活时说："现在闭上眼睛想想，那就像发生在昨天的事情。"

大连是著名海滨旅游城市和避暑胜地。五十年代中苏关系蜜月期，苏联女性的连衣裙布拉吉风靡中国。从花泛港城的暮春，到凉风习习的仲夏，再到流金溢彩的金秋，因多有苏联专家而得风气之先的大连，布拉吉俨然成为点缀美丽海城风情的奇花异葩。在万紫千红、争奇斗妍的海滨之花中，有一朵便属于二十三岁的徐俊雅。

随着焦裕禄对生产技术的熟稔和管理经验日丰，瑰丽多彩的城市为他青春活力的释放，提供了新的更多可能和更为广阔的空间。明媚的假日，厂小礼堂音乐荡漾，舞姿翩翩。焦裕禄作为厂里的中层，闲暇时也要陪苏联专家下舞池。舞技舞姿当然不成问题。焦裕禄眉宇英俊，身材挺拔，举止儒雅，用风流倜傥形容毫不为过。当年南下路上，宣传队来自延安的杨指导员曾留学苏联，组织大家习练过交谊舞。问题在于，焦裕禄缺乏进入那个场合必备的行头。徐俊雅一番思量，为焦裕禄添置了一身深蓝色直贡呢中山装。

服装从来就是一种政治文化符号。在共和国如日方升的年代，在世界第一个社会主义国家苏联巨大示范效应的引领下，与城市女性的最爱布拉吉遍地开花相适应，有条件的中国男士，也在追风逐浪中纷纷穿起了中山装和列宁服。带着对共和国美好未来和家庭幸福生活的希冀，焦裕禄笔挺熨帖的中山装，徐俊雅青春靓丽的布拉吉，成为汹涌服装大潮中一朵激情飞溅的浪花。焦守云在《我的父亲焦裕禄》一书中，以女儿的情愫和速写的笔触，再现了令母亲陶醉了一辈子的大连时光：

> 在大连的时候父亲度过了他一生中最快乐的时光。母亲对我们讲："你爸爸一生没享过福，最好的日子都是在大连度过的。"那个时候姥姥跟着他们，奶奶有时候也带我去大连住一段时间。母亲还给父亲买了一套黑呢子干部装，这也是他穿过的最好的衣服；为了接近苏联专家，父亲学会了跳舞。他瘦高个，悟性高，跳起舞来风度翩翩。苏联专家都夸他：你一个拉牛尾巴的，舞也跳得这么好。母亲也很时尚，烫了头发，穿上了时髦的布拉吉。他们还经常用稿费叫上工友聚餐。这段生活经历，母亲回忆起来总是陶醉其中。

焦裕禄的那套呢料中山装，是他一生中穿过的最好的衣服，现陈列在兰考焦裕禄同志纪念馆。六十多年时光磨洗，中山装的颜色已明显晦暗，衣领依稀可见"地方国营大连服装厂出品"字样，下面的商标"晨光"已磨损得只剩"辰儿"字样。徐俊雅晚年看到当年丈夫穿过的这套服装，睹物生情，禁不住喟然长叹："他一辈子就穿过这么一件好衣服，陪同苏联专家联欢，很是气派……"

"青青子衿，悠悠我心。"今天的人们在焦裕禄留下的这套中山装前流连，可以想见青年焦裕禄的身影，亦可感受徐俊雅为焦裕禄置装的款款深情。

在大连期间，焦裕禄还花为数不多的钱，从地摊上买了一块半新的瑞士山度士牌手表。1964年5月4日，自知病将不起的焦裕禄将这块戴了快十年的表送给大女儿焦守凤。这件珍贵遗物，现存兰考焦裕禄同志纪念馆。

开封市委书记、兰考焦裕禄干部学院院长侯红等人主编的《精神的丰碑：焦裕禄》一书，描绘了焦裕禄当年陪同苏联专家参加舞会的情景：

舞会开始了，在轻音乐声中，一对对苏联专家们欢快地跳着，偶尔上去一个本地的，不是踩人家的脚，就是像鬼子进村似的走不成步。这种场面弄得起重机厂的领导脸上好没面子。一曲完了，一个黄头发、蓝眼睛、大鼻子，嘴上还抹着口红的苏联女人，走到身穿中山装、仔细观察着场里情景的焦裕禄面前，邀请焦裕禄跳舞。焦裕禄欣然接受了。音乐起。徐俊雅为丈夫捏着把汗："我可不知道他跳过什么舞呀！可别像刚才那位一样……"

焦裕禄跟着音乐的节奏，带着这个苏联女舞伴翩翩起舞。他的步子是那样的轻快，舞姿又是那样的优美。一刹那，全场观众的目光一下子集中在他们身上。连不会跳舞的老梁也带头鼓起掌，结果引起一片掌声。

又一曲结束了，女舞伴的手还不松开，嘴里连说"哈拉绍"，非要拉着焦裕禄再跳一曲。她好像感到，这是来中国后遇见的最理想的舞伴。

舞会散了，老梁把焦裕禄抱了起来，放下后说："老伙计，我算服了你啦，是什么时候学的跳舞呀？有空了可得教教咱们，免得上去给咱中国工人阶级丢脸。"

焦裕禄平静地说："那还是在南下宣传队学的呢，给我们排

《血泪仇》的导演是延安来的，去苏联留过学。"

"我说嘛，还是经得多才能见得广啊！"老梁似有所悟。

在焦裕禄盛装出席为苏联专家举办的舞会之际，正值青春芳华的徐俊雅，也烫着时尚的大波浪发型，穿一袭旗袍或布拉吉，脚踏簇新的高跟鞋，温婉如兰旋转在舞场，一副娴静脱俗的淑女范儿。

这是从血火交迸的战争岁月和艰辛清苦的乡村生活走来的焦裕禄夫妇，从未享受和品味过的一种日子。

一个风和日丽的假日，焦裕禄、徐俊雅带着孩子，来到美丽的星海公园游玩。徐俊雅终身不能忘怀，大连海滨湛蓝的天空，是那样的澄澈和剔透！再看碧波荡漾的海上，东达、西达、二坨子、老偏……几个名字土气但模样可爱的小岛，像伶俐乖巧的孩童，在海中尽情嬉戏。穿中山装的焦裕禄英姿勃勃，穿布拉吉的徐俊雅婀娜多姿，孩子们忘情地在海滩上奔跑着，欢笑着，在泛着浪花的潮水中捡贝壳、捉小蟹，眼前穿梭往来的轮船，海天相接处的点点白帆，给他们童稚的心灵打开了憧憬未来的窗口。

"二呀么二郎山，高呀么高万丈……"

海鸥低翔，浪花飞舞，水天一色的海滨骤然响起焦裕禄带"铜音儿"的歌声，刚劲挺拔，响遏行云。和着焦裕禄高亢悠远的歌声，徐俊雅甜美轻柔的歌声也响起来了，紧接着，是孩子们参差不齐的童声伴唱。

那一天，焦裕禄夫妇和孩子们，还在海滨兴致勃勃歌吟了他们百唱不厌的歌剧《白毛女》选段。围绕那根象征喜庆和希望的红头绳，焦裕禄唱了杨白劳的唱段，徐俊雅唱了喜儿的唱段。两代人几个声部的海滨演唱，是在气势雄浑的《志愿军战歌》声中结束的。

焦裕禄携妻子儿女去大连海滨观光和散心，一生仅此一回。两代人全身心融入大连美丽的海天景观，让焦家父母儿女都历久难忘，铭记终生。

大连对于徐俊雅之没齿难忘，还在于美味可人的海鲜。随着学习研究总结的深入，笔耕不辍的焦裕禄时有稿费进账。于是，焦家十三平方米的小屋，便经常缭绕着各色海鲜诱人的香味。焦裕禄比较拿手的是烧黄鱼，用三角钱一斤的大虾包饺子和熬豆腐，也很受欢迎。厂里的工友们隔三岔五到焦家聚餐，吃不完的大虾就晒成虾干，准备带回洛矿让大家品尝。

二度寒来暑往，为期两个年度的实习眼看就要结束。焦裕禄的工作生活，像旋转的陀螺又紧抽几鞭，节奏明显加快起来。

他早就有一桩心事，机械车间整天机声喧哗，工人生活枯燥。走之前，得赶紧把工人文艺组建立起来，活跃车间文化生活！于是，节假日，车间响起丝竹管弦声，焦裕禄亲自为文艺组伴奏。车间漾起欢声笑语，心情舒畅的工人生产积极性和创造性明显提高。

焦裕禄照旧定期找姜枫椿和"刺头儿"交流思想，两人都已今非昔比：姜枫椿被评为全国劳动模范，入了党，后来走上了领导岗位。"刺头儿"的绰号已被人淡忘，代之以昵称"虎崽"。"虎崽"成功改进了箱体刮研工艺，大幅度提高了工效，被厂里评为"青年突击手"。一个漂亮姑娘主动向他抛来"绣球"，两人正热恋中。

生产管理中还有些问题需要理清，焦裕禄找车间王主任请教，还就进一步加强党支部建设和思想教育提出建议。王主任深为把实习当任职，实习期满还想着车间长远建设的焦裕禄所感动，几番欲言又止，终于忍不住说："老焦哇，你还打谱走？你走不了啦！"

焦裕禄一愣，忙问："王主任，出了啥事？"

"这事按说现在还不能讲。"王主任稍事停顿，又说："厂里已给一机部打报告，要求把你和另外两名洛矿实习干部留厂工作，同时，派出三名能独当一面的工程师，支援正在建设中的洛矿……"

人生又遇岔路口！情况突如其来，焦裕禄一时茫然不知所措。

夜已经很深了，焦裕禄依旧在床上翻着烧饼。海涛舐岸，轻柔的韵律像是大海深情的呼唤。浪花飞溅，海鸥低翔，他恍如又来到了和家人激情放歌的海边。焦裕禄一家喜爱大连，这座浪漫的港城，也向中原来客伸出了热情的臂膀。新中国98%的重工业基地在东北，工业重镇大连有无与伦比的事业平台，有内陆无可企及的山海风情，有亲如兄弟的同事，当然，还有取之不尽、食之不厌的海鲜……焦裕禄不会忘记，自己是在这里迈进陌生工业大门的。大连不仅工作生活条件明显优于洛阳，自身发展道路更加广阔，而且子女教育成长环境也是内陆不能比拟的。他起身走到窗前，茫茫夜海中，漂移的航船像远飞的流萤，点染着梦幻般的港湾；霓虹闪烁的灯火，勾勒出城市俏丽的天际线。夜海览胜，焦裕禄不禁神往了。

不过，这种感觉仅仅昙花一现，便稍纵即逝。焦裕禄耳边海的韵律，很快就被一种源于远古的澎湃所淹没——那是吞天沃日的大河虎啸龙吟的涛声。他循着民族心音的律动向历史深处眺望，文明的演进在丰腴秀美的母亲河上次第展开。大河奔流，不歇昼夜。年复一年穿峡出谷的巨龙，从黄土高原奔流而下，移山填壑，输沙入海。于是，高岸为谷，深谷为陵，茹毛饮血的华夏先民顺应沧海桑田，逐水而居，傍河而族，刀耕火种，疏堙导流。鹿象出没的莽莽中原，升起了农耕文明第一道曙光。结绳记事的祖先冥思苦想发明文字时，创造性运用象形思维，以喻示太平的吉祥物大象，将河出秦岭的开阔地带名之曰"豫"，像极了一个孔武有力牵象而行的士兵。然而，亘古以降，这条哺养了一个民族、化育了中华文化的大河，终于有些疲倦了。当新中国的曙光照耀着这片古老的土地时，昔日中华文明最重要的发祥地，不仅豫地早已无象，而且沃野时见不毛。现在，新中国工业化的浪潮，终于在与母亲河的协奏中，激扬起振奋了一个民族的乐章。从沉睡中醒来的中原，在迈向工业化的历史进程中，热切呼唤着第一代建设者！焦裕禄的心飞回了洛阳，仿佛看到横跨涧河临时公路上负重前行的车辆，看到涧西雨后春笋般拔地而起的厂房，看到厂长传达毛泽东学文化指示时虔敬的神态，看到他为赴大连实习干部送行时，眼镜后那双充满期待的眼睛……

屈指算来，大连实习已届二十二个月。这是一个什么概念？它超过了一个中专生除掉寒暑假后全部在校学习时间！海的挽留，河的呼唤，在焦裕禄心中激起深沉而浩茫的情感漩涡。第二故乡那片土地，已经沉寂了太久。较之北方的大海，横贯中原的大河，对自己的需求更为迫切。焦裕禄意识到，现在，还远不是享受生活的时候。从内心来说，自己的性格更乐意迎接挑战。北崮山赋予的立身行事道德准则，也决定了他不能辜负苦心培养自己并寄予厚望的洛矿。陆续投产的洛矿，正等着北上"取经"者回去一显身手呢！

第二天一早，焦裕禄就找到厂长，真诚感谢他对自己的信任与器重，和盘托出了自己的满腹衷肠。厂长感佩焦裕禄的情怀与品格，理解他回洛矿创业的愿望，根据他的建议，支援洛矿四名技术骨干。

焦裕禄的人生之舟在大连湾顾盼有顷，又义无反顾回师中原，把一个耐人咀嚼的悬疑留在北国港城。假如焦裕禄顺其自然留在大连起重机器厂，后来的中国还会有这位县委书记的榜样吗？或许，人们会看到工业战线涌现出一位同样光彩夺目的典范，也未可知。

1956年12月底，焦裕禄举家返回洛矿。车过山海关，焦裕禄望着山海长城不禁喟然，十五年间，自己已经三次出关！

焦裕禄三次出关，在他生命历程中留下了不寻常的刻度和印痕。

人生百味，皆为财富。从血泪劳工炼狱苦斗，到调干学生书山登攀，再到实习车间主任凤凰涅槃，焦裕禄三次出关戏剧般的奇特际遇，成为英雄百炼成钢中如诉如泣的人生咏叹。

2018年8月12日，我到大连寻觅焦裕禄的足迹。时过境迁一甲子，焦裕禄工作的厂房已不复存在。1984年，大起厂从沙河区汉阳街28号迁到现址五一路97号，2001年又与大连重型机械厂在此合并重组。焦裕禄实习过的机械车间，已发展成为大起集团有限责任公司机械制造厂。厂区一角，是堪称精致的焦裕禄事迹展览馆。馆中展陈的图片、文字和实物显示，从1966年春天起，在改革开放之初、九十年代中期、2000年和党的群众路线教育实践活动中，大起集团先后五次掀起学习焦裕禄的热潮。

2000年3月26日，《经济日报》在一版头条刊登通讯《他在哪里都是党的模范工作者》，同时配发《像焦裕禄那样做思想政治工作》的编辑点评，还发表了焦裕禄在大起厂的四幅照片和几份手迹影印件。当年4月6日，《经济日报》又在一版头条刊登通讯《抹不去的记忆　忘不掉的真情》，同时配发《焦裕禄——永远的榜样》的编辑点评。这年4月3日，中宣部新闻局《新闻阅评》载文说："《经济日报》刊出焦裕禄四十多年前在大连起重机器厂的模范事迹，以及将思想政治工作做到人的心窝里的宝贵经验，读来亲切感人，至今仍有很强指导意义。"往事回溯给人新的启迪，大连在全市国有企业中开展了"知百家情、解百家难、连百家心"活动。

"焦裕禄曾是我们大起人！"走进少长咸集的大起集团，人们都会这样自豪地告诉你。这些年，大起集团先后为三峡工程、载人航天工程、"天眼"工程等彰显国家核心实力项目提供优质产品。永不凋谢的焦裕禄精神，已成为几代大起人干事创业的精神利器。大起集团机械制造厂焦裕禄事迹展览馆负责人连家德不无骄傲地对我说："焦裕禄在大起工作了二十二个月，比在兰考工作的时间长！"

六、搬掉压在科学身上的石头

1956年12月31日，焦裕禄从大连起重机器厂返回洛矿，就被厂党委任命为全厂最大的车间——第一金属加工车间主任。

车间主任同苏联专家打交道多，设备图纸常有俄文代号。车间开会部署任务，同技术人员研究生产问题，也绕不开俄文代号。偏偏焦裕禄又发不好俄文字母的音。不懂外语的苦头，焦裕禄在大连实习时就已经痛彻肺腑地尝到了，后来时时忆起，总感芒刺在背。

1957年10月，洛矿派往苏联学习的大学生赵广宜回国，分配到一金工车间工作。有文化、懂外语的赵广宜的到来，令焦裕禄喜笑颜开。有了现成的老师，焦裕禄学俄语的计划迅速付诸行动。

后来，赵广宜撰文回忆焦裕禄拜他为师学俄语时这样写道：

> 到洛阳的第三天，我拿着厂人事科的调令到一金工车间报到。在车间主任办公室，我见老焦正聚精会神地攻读。办公桌上堆放着《机械工业企业管理概论》和《机械制造工艺学》之类书籍。他见我走进办公室，马上起来亲热地跟我握手致意："小赵，欢迎你学成胜利归来！"接着点燃一支烟，吸两口说："我们早就盼望你们学成归来了。现在祖国正在开展大规模经济建设，急需大批人才。"他指着桌上的书籍，带着浓重的山东口音说："党号召我们向科学进军，外行要变成内行。我只能见缝插针利用时间看点书，学点知识。小赵，今后我就拜你为师了。"

我向他汇报了在苏联工厂学习培训一年的情况。老焦向我介绍了厂里和车间的一些情况后说："我们厂的基本建设已接近尾声。组织已研究决定你任西跨工段总工长。车间没投产前，你主要协助苏联专家茹拉鲁廖夫同志负责车间机床设备安装，兼作翻译。"老焦语重心长地对我说，小赵啊！我虽到大连起重机器厂机械车间当过实习主任，向工人师傅和工程技术人员学到不少知识，回来后还上夜校，但面临工业建设的新课题，我总感到自己的知识远远不够。于是，老焦就在工作之余，利用一切可用的空隙虚心学习，刻苦钻研，努力使自己成为管理工业生产的内行……

有一天，轮到我和老焦值班。深夜十二点后，第二班的职工回家去了。我准备上楼回办公室休息，在楼梯口，老焦见到我说："小赵，今天请你教我学俄语字母。"他点燃了香烟，接着说："不懂俄语字母，连图纸、工艺文件都说不清楚。学习管理知识和技术常识，不能一知半解。否则，就不能指挥好生产。"

我们来到办公室，老焦又说："小赵，今夜，我的任务是学会三十二个俄语字母。学不会，不休息。"俄语中的字母"P"发音带卷舌音，一时不易掌握。老焦以滴水穿石的恒心，花了二十多分钟时间，熟练准确地掌握了发音。学习中，他质疑问难，精心琢磨，三十二个俄语字母，两个多小时就发音准确，滚瓜烂熟。第二天我听他说话声音不正常，一问才知道，他为学"P"发音，舌头都练得麻木了。靠着这种精神，老焦很快就成为组织生产的行家里手。

2017年9月1日，我来到当年的洛阳矿山机器厂——今中信重工机械股份有限公司，在公司焦裕禄纪念馆，看到了焦裕禄当年学习俄文用过的厚厚的《俄华大辞典》和其他专业书籍。一个甲子的时光流过，桌上的书籍都染上了浓重的赭黄色。睹物思人，当年那个发奋攀登科学文化山的秉烛苦学者的形象，恍如就在眼前。

焦裕禄为学俄语练麻舌头，是征战沙场的勇士为建设新中国和实现工业化，在新的战场上冲锋陷阵的生动留影。中国共产党人礼敬科学的生动隐喻，其意义已经超出了学习科学文化本身。

从今天的视角回望焦裕禄等共产党人，在新中国成立之初义无反顾掀起向科学文化进军的浪潮，不仅有力冲刷了旧中国加之自身的文化蒙昧，彰显了"我们不但善于破坏一个旧世界，我们还将善于建设一个新世界"的意志和情怀，而且还促成了"拉牛尾巴的""泥腿子"与科学文化和现代工业结缘。这一壮举对于在持续不断的政治运动中，培塑和陶冶他们理解、关心、爱护知识分子的胸襟与情怀，产生了潜移默化但却极为重要的影响。

硕果仅存的老洛矿，至今难以忘怀当年那次车间夜话——

午夜，一金工车间办公室烟雾袅袅。那根自制的烟卷，在主人左右嘴角快速位移后，悄没声躺在烟灰缸待命。焦裕禄望着被称为"沉默的人"的技术员陈继光，径直问："小陈，你数年如一日，持之以恒钻研技术，在厂里已经拔尖。我观察，你每做完一项工作，都要详细做记录。是不是怕有人揪辫子，秋后算账啊？"

陈继光抬头看看焦裕禄，欲言又止。焦裕禄知道，毕业于大连工学院的陈继光，在校时品学兼优，素怀知识报国之心。初来洛矿时也曾有一番雄心壮志，扑下身子真钻实研，在机械加工工艺特别是齿轮啮合理论及加工制造方面颇有造诣。不料"反右"时一些知识分子受伤害，陈继光也因家庭出身不好受冷落。他自觉不受信任和重用，遂心灰意冷，成为处处设防的沉默人。

焦裕禄十分理解陈继光这类青年知识分子，懂得他们怀才不遇、报国无门的心。他已经不无忧虑地看到，在中国的工业化之路上，一种奇特的二律背反正大行其道：一方面，为数甚多的工农干部，正艰难跋涉在向科学文化进军的途中，另一方面，对受过良好教育的知识分子，又缺乏应有的尊重与爱护，有的甚至弃之如敝屣。

邻近一家工厂有个家庭成分高的技术员，革新中损坏了一个仪器的部件，结果被扣上了"搞阶级报复"的帽子，无情批斗；

有个研究所的研究员，"反右"时说过一些错话，在向所里提出改进科研管理的建议时，被诬为"本性不改，向党进攻"……

此类悲剧，本厂也几近上演！他的思绪闪回1954年3月。

那年春天，已担任厂基建工程科副科长的焦裕禄，刚刚卸任厂团委书记。一天，厂办公室负责同志委托新任团委书记张兴霖，召开一次由各团支部书记参加的联席会议，研究对到上海出差滞留家中不归的团员小张的处理。焦裕禄也参加了这次会议。他了解到，小张毕业于上海复旦大学，刚进厂时雄心万丈，很想干一番事业。可由于洛矿初创环境艰苦，有些吃不消，加之工作中受了挫折，情绪便消沉起来。于是借出差之机一去不回。

会上，有人提议，小张目无组织，蔑视厂规，公然离岗回家不归，应作开除处理，以儆效尤。但也有人提出，小张年轻，又毕业于名牌大学，应当珍惜这个青年技术员，给他一个悔过改错的机会。可以厂团委的名义给他写封信，教育争取他。两种意见在会上争执不休。焦裕禄发言说："眼下，厂里的工作生活环境确实很艰苦。大家在工地上有时连口开水也喝不上，渴了就喝涧河水，洗热水澡更谈不上，商店里连块面包都买不到。小张在大上海长大，一下子适应不了艰苦的环境，并不奇怪。我们要教育青年人艰苦创业，同时也要努力改善工作和生活条件。对因缺乏吃苦准备闹情绪的小张，不能简单处分了之。这里也有我们工作跟不上的问题。小张在校是高才生，自愿报名来洛矿，刚进厂时表现不错。现在思想出现反复，也属正常。国家培养一个大学生不容易，我们要有耐心，帮助他迈过这个坎！"

焦裕禄的这番入情入理的话语，弥合了分歧，统一了大家的认识。厂团委最后决定，先以组织名义给小张写信，如不回来，再派人去做工作，教育后仍拒绝回来，再研究如何做出组织处理。

小张捧读厂里的来信，炽热的话语像熊熊燃烧的火焰，又像吹面不寒的春风，使他在神奇的冶炼中感受到一种升华。痛，但却是温煦的、快乐的。虽然之前收到两封个人来信仍举棋不定，但这一回，他已别无选择。在父母亲友鼓励下，小张不等厂里来人就自行返回，还做好了接受处分的准备。

小张没有想到的是，一回到洛矿，迎接他的不是横眉冷对的批评和令人心悸的处分，而是比春天还要温暖、像回家一样舒心的欢迎会。在挂满情真意切欢迎标语的会场，焦裕禄亲自致欢迎辞，代表厂里和厂团委欢迎小张归来。焦裕禄肯定了小张过去工作中的成绩，对他这次回厂表现出的觉悟，给予积极评价，同时，中肯地分析了小张离厂的思想根源及危害，语重心长对小张和在场的青年知识分子提出了殷切的期望和要求。

听完焦裕禄的致辞，小张已哭成个泪人。他诚恳检讨了自己的错误，表示今后一定按党组织和团组织的要求，吃苦耐劳，努力工作，绝不辜负领导和同志们对他的期望。欢迎会成为小张弃旧图新的转折点，他以令人欣慰的举动和作为，在新起点上开始书写自己新的历史。一年后，小张作为技术骨干被推荐到洛矿一所新厂，成了顶梁柱，入了党，还当上了工程师。

弃之为石，用之为宝。在党殷切期望造就宏大知识分子队伍，而我们阵营中知识分子实际上还很稀少的今天，有多少心陷迷茫苦无出路的"小张"，等着我们去关心，去帮助，去开发！

焦裕禄感叹着，往事与现实在眼前交织翻腾，幻化成一块黑黢黢的石头。他发现，这块石头压在陈继光一类知识分子心头，也压在中国工业化的灵魂科学身上。焦裕禄的心开始震荡起来。他无法想象，像陈继光这些几成惊弓之鸟的知识分子，一面怀着未曾泯灭的报国之志，心里淌着血仍为理想和事业拼搏，一面又不得不侧身而立，左顾右盼，时时提防飞来的暗箭和横祸。焦裕禄看到了中国工业化与先行国家巨大的时代差，也隐隐感到了横亘在追赶路上的莫名的障碍和阻力。不搬掉石头，不让科学文化和先进技术的掌握者轻装上阵，国家工业化的步子怎么迈得开呢？

在1957年10月洛矿那个难忘的夜晚，搬掉压在科学载体身上石头的理念，首先开始在一金工车间落地。焦裕禄推心置腹对陈继光说："搞工业离不开优秀技术人才，你们可是国家的宝贝疙瘩！要相信一金工的党组织是实事求是的，今后干工作不要有什么顾虑，即使出了技术方面的问题，只要讲清原因，责任由我来负。"

焦裕禄炽热的情怀，为陈继光冷却的心融冰化雪。他似有千言万语，但一句话也说不出，起身给焦裕禄鞠个躬，挥泪跑了出去。

经历了那个秋风萧瑟的夜晚，焦裕禄郑重其事为陈继光正名。在车间党总支会议上，他讲了三句很有分量的话："像陈继光这样我们自己培养的知识分子，应该政治上严格要求，团结帮助；工作上大胆培养，放手使用；生活上体贴入微，关心照顾。"焦裕禄强调，对陈继光这样的专业人才，要做到人尽其才，才尽其用。

工人看党员，党员看支部。焦裕禄着力统一支部成员的思想，党总支随之发出的清晰信号，使车间小气候迅速向好生变。陈继光在信任、鼓励、尊重的良好氛围中，逐渐卸掉背了多年的思想包袱。他缜密研究，大胆探索，甩开膀子干事业，解决了不少车间生产中的难题，成为生产革新和技术进步中离不开的核心人物。

车间加工生产急需不带空刀槽的双向人字齿轮，苏联专家束手无策。陈继光查阅国内外资料，创新工艺规程设计，和技术骨干一道进行技术攻关，终于试制出了急需的齿轮，受到厂里表扬。

珍爱人才是基于国家责任的一种美德。在科学的春天尚未到来的年月，焦裕禄源于忠诚的胆略，使他勇于搬掉压在科学身上的"石头"，为有志工业报国的知识分子撑起一片蓝天。难能可贵的是，面对个别知识分子的非理性干扰，他依然不改初衷，惜才如金。

1966年3月1日，焦裕禄在尉氏和洛矿的老领导、开封地委书记处书记赵仲三，在地委常委会上发言说："他（指焦裕禄）受到很大侮辱、折磨。党对他就是哪里困难，哪里用他，重用他。在工厂时，一个美国留学生、工程师、副厂长，怕焦裕禄冲破他的清规戒律，（在）周围批评他。他度量很大，工作一直兢兢业业。"

显然，这一麻烦来自焦裕禄尊崇群体中的另类。流光已邈，人事代谢，焦裕禄当年受辱详情，已无从稽考。但可以肯定的是，为了保护生产力核心要素，使知识分子能够体面而尊严地工作与生活，焦裕禄悄悄咽下了本不应来自这个群体的攻击与责难，并未因心灵受伤而改弦易辙。忍得一时辱，赢得栋梁材。焦裕禄知道，在志于知识报国的科学载体身上，寄托着中国工业化的希望与未来。

在1957年"反右"后政治气候突变之际，焦裕禄以可贵的胆略和度量信任保护知识分子，这是比从农村到城市、从农业到工业、从外行到内行转变还要惊险的跳跃，是更令人钦佩的一种跳跃。

由于科学文化基础等原因，焦裕禄这一代共产党人摘掉"604"帽子的奋斗，也许最终也难以使他们达到科班出身的顶级专家水平。然而，正是这一意义深远的进军，造就了一批又红又专的通才式领导干部，成为从战争跨进和平门槛的共和国开国创业的骨干与中坚。他们同土生土长的民办教师、赤脚医生和自学成才的科技人员一道，为近乎从零起步的新中国迅速医治战争创伤，以新的面貌从世界东方站立起来，提供了最可宝贵的底气与支撑。工农干部专业化，对于改变一代人的思想观念，进而形成与建设年代相适应的思维品格和领导素质，自觉把尊重科学、尊重知识、尊重人才的理念内化为工作指导与领导实践，产生了极为重要的影响。焦裕禄赴任兰考能在除"三害"中大显身手，跨界三城是不可或缺的思想文化和工作奠基。

七、睡板凳实现中国首创

1958年年初，洛阳矿山机器厂党委决定，试制中国第一台重达一百零八吨的2.5米双筒大型卷扬机，向五一国际劳动节献礼。厂党委把这项艰巨任务，交给了一金工车间。车间主任焦裕禄，责无旁贷成为首创国产大型新设备的生产总指挥。

曾经的挖煤人焦裕禄知道，车间试制的百吨大型卷扬机，是用于大型煤矿深井出煤和人员上下的重要提升设备。当年自己在抚顺挖煤时，煤矿是靠挖斜井，通过人背畜拉出煤。曾在人间地狱大山坑煤矿度过一年多暗无天日岁月，天天用生命与死神赌博的焦裕禄，无论怎样驰骋想象也无法描绘，几个月后，当车间试制的钢铁巨人荣耀出厂，巍然矗立在深井煤矿井口，将给传统的采煤工艺带来何等神奇的变革！焦裕禄被国家大型煤矿生产飞跃式发展的壮丽图景鼓舞着，义无反顾领军投入新设备试制。

那是一场怎样激励人心的战斗呀！战场位移，宿敌不再，新的攻坚任务之艰巨，使人甚至想起龙宫探宝的出击，九天揽月的腾跃，千仞登顶的行走。冲锋号角吹响时，焦裕禄意识到，在地狱入口一样的科学入口处，必须根绝一切犹豫和怯懦，并且来不得半点匹夫之勇。受命之日，他像打仗一样迅速进入指挥位置，通宵达旦盯在车间。

焦裕禄和大伙儿一起研究图纸，弄清卷扬机的关键零件、工具和加工方法，逐一标记在小本子上。一有空儿，他就带上小本子，按图索骥到毛坯房查备料，到热加工车间核对部件，到机床前看加工制作，熟悉了大型卷扬机的上千个零部件，全流程检查试制的工具、材料和外协作件的准备工作，确保宽备窄用，万无一失。

试制工作刚刚上马，就遇到了卷扬机整铸齿轮加工不过关的难题。焦裕禄在滚齿机旁守了两天两夜，一边给工人打下手，一边观察和计算装卡方法、滚齿周期、吃刀数量和辅助时间，同工人一起研究如何改进工艺和提高效率，直到难题迎刃而解。

试制进展到大齿圈加工环节，3.2米立车车刀一天就打坏四把。这种车刀是驻厂苏联工艺专家茹拉廖夫设计的。焦裕禄找到他，恳切希望能改进刀具加工工艺，满足试制急需。茹拉廖夫却坚持认为，这一工艺已载入苏联百科全书，刀具本身没有问题，应从其他方面找原因。焦裕禄一时说服不了苏联工艺权威，决定发动工人搞技术革新，攻克刀具难关。

很快，3.2米立车传来喜讯：牛师傅试用的新刀具，十小时可加工好原来十六小时未必能加工好的齿圈。焦裕禄赶去察看，牛师傅告诉他说："茹拉廖夫设计的刀具是干细活的，精车加工可以使用，但粗车加工齿圈毛坯则不行。用切豆腐的刀剁排骨，还有不崩刃的？新设计的刀具，非常适合粗车加工，效率明显提高。不过，断屑槽还需继续改进。"

工人师傅的革新精神和聪明才智，坚定了焦裕禄革新解难的决心。他找来两名有经验的工人和技术员，同牛师傅一起攻关，加宽新刀具负切屑刃，改进刀具断屑槽，加工时间又缩短了四小时！

超越苏联百科全书记载的创新成果固然可喜，但怎样让苏联专家认可并应用于生产呢？焦裕禄带着新刀具来到厂党委办公室。恰好，厂党委常委正准备研究如何对待苏联专家的意见。焦裕禄把新刀具递给厂长纪登奎，向他报告说："这是3.2米立车工人设计的新刀具，解决了苏联专家设计的工艺刀加工大齿圈崩刀的问题！"

"工人设计的车刀？"副总工程师闻声站起身，一脸惊讶。他从纪登奎手中接过刀具，掏出放大镜仔细察看，又用万能角尺进行测量，然后问焦裕禄："试车情况可靠吗？"

"我们反复试验过，完全可靠。"焦裕禄底气十足地说。

"工效和损耗情况怎么样？"副总工程师关切地问。

"新车刀好使还耐用！"焦裕禄兴奋地说，"用这把车刀加工大齿圈，工效成倍提高，加工时间从十六小时缩短到六小时，车刀磨损也明显见轻！"

"只用六小时？"厂领导的问询透着掩不住的惊喜。

纪登奎顺手拉过一把椅子，示意焦裕禄坐下，听他讲述加工大齿圈遇挫和新刀具诞生经过，从中了解了苏联专家的态度。纪登奎十分感慨地说："这把刀改得好啊！这是进一步解放洛矿生产力的一个突破口！"纪登奎又问："老焦，你有什么想法？"

焦裕禄向厂党委常委汇报了自己的想法："我想组织一次3.2米立车车刀表演赛，新旧刀具都用，请苏联专家和生产骨干现场参观，用事实说话，让苏联专家接受中国工人的革新成果。"

"可以！"

"我看可以！"

焦裕禄的想法，得到了厂党委成员的一致赞同。纪登奎嘱咐他说："这是一场特殊的战斗，要讲求策略，注意方法。"

中国工人研制的刀具，同苏联工艺专家设计并上了百科全书的刀具打擂台，成了轰动洛矿的号外，各车间和科室均派员参观。

然而，开赛时间到了，茹拉鲁廖夫却爽约未至。焦裕禄请示纪登奎同意，请副总工程师去请茹拉鲁廖夫，赛刀准时开始。操作立车的小孟师傅先安装了茹拉鲁廖夫的工艺车刀，焦裕禄示意他换上工人设计的刀具。小孟换刀后熟练地揿动电钮，立车卡盘飞快地旋转，随着"咻咻"的切削声，靛蓝色的钢屑优美流畅地从刀口滑出，车间响起一片掌声和欢呼声。

这时有人喊："专家来了！"人们循声望去，只见身材微胖的茹拉鲁廖夫，在副总工程师陪同下，器宇轩昂步入车间。看到3.2米立车钢屑飞溅，茹拉鲁廖夫以为立车用的是他的经典车刀，神采奕奕向全场喊道："哈拉绍！欧琴哈拉绍！"（好，很好！）快到3.2米立车前，茹拉鲁廖夫问焦裕禄："这样神奇的刀具，为什么还要改制？"

焦裕禄说："现在3.2米立车用的是工人研制的刀具。"

茹拉鲁廖夫十分惊异，走近3.2米立车零距离察看，又拿起钢屑仔细端详，自言自语："哈拉绍！哈拉绍！"

焦裕禄让小孟换刀，茹拉鲁廖夫却掏出放大镜，从他设计的车刀中挑出最满意的三把，指导小孟调整车刀转速和吃刀量后开车。不料车刀触及加工部件，车杆就打摆子似的抖动起来，一块枣核大的刀头，"吧嗒"一声落在茹拉鲁廖夫脚下。他掏出万能角尺在立车上反复比量，指挥小孟重新装刀，让年长的吕师傅代替小孟操作。重新开车后，只听"咔"的一声，刀头掠过茹拉鲁廖夫耳际飞向人群，参观者"呼啦"一下闪开。茹拉鲁廖夫承认自己的刀具需要改进，对工人设计的刀具表示认可。

焦裕禄见工人革新成果获得苏联工艺专家首肯，不失时机对茹拉鲁廖夫说，他设计的刀具虽不适宜加工毛坯件，但用于机件精加工没有问题。茹拉鲁廖夫听后很受感动，握着焦裕禄的手良久。

浇注减速器和卷筒的轴瓦，是试制大型卷扬机的关键。按照工艺规定，这种轴瓦是由山瓦壳（铸钢材料）和瓦衬（钨金合成的"巴氏合金"）浇注组合而成。由于手工浇注，轴瓦外壳与内衬不易完全贴为一体，经常出现"两层皮"的问题，报废比例很大。

浇注合格轴瓦，成了试制大型卷扬机路上难以逾越的障碍。

有个在国外工厂实习过的技术人员提出："国外生产这么大的轴瓦，也是采用手工浇注工艺，产品质量并不比咱们的好。既然是试制品，不必要求过高，能凑合着用就可以了！"

焦裕禄愕然：凑合？试制标准松一寸，产品质量就会差一丈！他向大家坦陈心曲："我们试制的是中国首台大型卷扬机，是攀登世界制造业高峰的实际步骤，必须争创一流产品！外国人能做到的，我们要做到；外国人做不到的，我们也要做到，怎能凑合呢？"

闻鼙鼓而思良将。关键时刻，焦裕禄指定已搬掉心中"石头"的技术员陈继光披挂上阵，同时选调优秀干部和有经验的技术骨干、老工人，组成三结合团队联手攻关。焦裕禄自告奋勇当后勤部长，亲自抓物资器材和技术保障，现场为攻关团队加油鼓劲。

经分析不合格产品，认定出废品的原因，在于先用焦炭炉加热瓦壳，然后再浇注，结果造成受热不匀。他们尝试改用粗式电炉加热，有效缓解了受热不匀，但又出现了黏合不牢的问题。经集思广益，决定采用离心浇注的办法。焦裕禄对试验安全百般牵肠，在制造装卡瓦壳装置时，要求试验人员戴上长筒手套和保护眼镜，先进行外壳空运转，经检验装卡装置无问题后，再浇注巴氏合金。焦裕禄的科学组织，使攻关小组的团队效应实现了最大化，轴瓦试制和生产相继获得成功，产品合格率达到100%。

试制过程峰回路转。刚刚闯过轴瓦浇注关，又遇到烘装大齿轮难题。按照苏联装配专家规定的工艺流程，组装齿轮和齿轮轴，需先垒炉子，用焦炭加热齿轮内孔，再装入齿轮轴。一台减速器有六道工序，各道工序的轮轴规格不同，不可能装一个轮轴垒一个炉子。工人们想不垒炉子，直接用木柴加热。焦裕禄支持工人多快好省进行装配，但要求晚上试验，避免直接刺激苏联专家。头一天晚上装配，木柴加热内孔后，齿轮轴进深达一米时就卡住了。焦裕禄和技术人员共同分析，找到了内孔受热不均，致使上下端热胀幅度大小不一的原因，对症采取措施，保证了工件上下均匀受热。与此同时，改用尺棒代替千分尺，解决了工件太热不便近距离测量的问题。试制中，焦裕禄组织制作了专用吊具，确保吊装高效安全。

按照新的设计工艺，2.5米双筒卷扬机减速器中间装置齿轮精加工，需要研制一台剃齿机。车间确定由于师傅和孙师傅用旧车床改制。两人苦战十几天，其中三天三夜没回家。焦裕禄守在机床前，给他们打水、递工具、钩铁屑、协调吊车。昼夜加班，焦裕禄的胃病复发了，忙碌中右手也被铁屑擦伤，创面还不小。两位师傅苦劝不从，直至停车，焦裕禄才去厂卫生所包扎，接着又返回车间。改制成功的剃齿机床，成为2.5米双筒卷扬机生产质量带有关键性的保底设备，扫清了试制路上的最后障碍。

1958年5月1日，一金工车间红旗招展，锣鼓喧天。焦裕禄带领大家苦战三个月，终于将中国第一台2.5米双筒卷扬机试制成功。这台代表中国矿山机械制造水准设备的诞生，载入了中国机械工业史册。厂长纪登奎特地赶来车间祝贺，与工人和技术人员代表在卷扬机前合影留念。从当年留下的照片可以看到，焦裕禄把几位师傅推到前排中央，自己则悄悄站在了一旁。

一金工车间试制2.5米双筒卷扬机期间，车间工人都是午夜十二点下班，天亮以后接着干。焦裕禄夜间下班后，还要组织召开半个多小时的生产例会，总结当天生产，部署次日任务。为了把回家路上往返的时间节省下来，焦裕禄下班后经常不回家休息，在车间里裹一件棉大衣，躺在用装箱板钉成的一条长板凳上眯一会儿。细心的人们算过一笔账，在会战 2.5 米双筒卷扬机的日子里，焦裕禄有五十多个凌晨，都是在这条板凳上度过的。

一滴纯洁无瑕的水，透视出瀚海的澄澈与壮美。从建厂时幕天席地带头睡"地大的床"，到攻关时在车间睡阔不盈尺的板凳，洛矿人从席地而卧、寝不择所的焦裕禄身上，看到了一个从战火硝烟中走来的共产党人，依然保持革命战争年代那么一股劲，还像当年的老八路。与钢铁巨人同步成长的，还有一金工人从对身边"党"的钦佩，到对引领国家航向的党的信赖。

相对于尉氏大营那个刀光剑影的舞台，洛矿车间装箱板钉成的板凳未免逊色。然而，同焦裕禄一同攻坚克难的洛矿人知道，朴实无华但却忠实记录了历史的板凳，承载着重如山岳的中国精神。如今，那条在改写中国制造历史的非凡时日里，曾不断赐予那具昼夜连轴转的躯体新的活力的板凳，陈列在兰考焦裕禄同志纪念馆。焦裕禄组织研制的荣膺中国首创美誉的 2.5 米双筒卷扬机，在百年老矿观音堂煤矿运转四十九年后，2007 年由中信重工用一台新卷扬机换回，成为矗立在厂区焦裕禄大道的历史见证。

八、一枝一叶总关情

1959 年 1 月，洛阳矿山机器厂党委任命焦裕禄为洛矿生产调度科科长。同年 5 月，焦裕禄又被增补为厂党委委员。从举足轻重的一金工车间主任，到统筹和调控全厂生产流程的调度科长，这次岗位变动，标志着焦裕禄经过五年半时间脱胎换骨改造，已经由一个"拉牛尾巴"的工业战线门外汉，成为一个熟稔大型机械制造企业热加工的铸造和冶炼，冷加工的车、铣、刨、磨、钻、镗诸般工序，并能游刃有余进行科学调度的优秀管理者。

千日斧子万日锛，两千多个昼夜的专业锻铸和熏陶，终于创造了令人叹服的奇迹——焦裕禄以常人难以想象的毅力，有效拉伸了一成不变的天文时间，提前跨过了五年成师的铁门槛！

新中国工业长子和工业化尖兵洛矿，党中央自然十分青睐。

1959年10月12日下午，中共中央副主席、国务院总理周恩来亲临洛矿视察。周恩来深入焦裕禄工作过的一金工车间，同工人亲切握手谈话，建议洛矿增产二十台打眼机，支援密云水库建设。

1960年4月21日下午，中共中央副主席、国家主席刘少奇，莅临洛矿视察，兴致勃勃参观了一金工车间和技术革新展览。

同年10月25日，中共中央副主席、国务院副总理陈云，深入洛矿视察，到车间同工人亲切握手，询问他们的工作和生活情况。

党和国家领导人频频莅厂视察，耳闻目睹工业化进程龙骧虎步，焦裕禄清晰地感受到洛矿在实现中国工业化中当先锋、打头阵的历史责任。他深明重任，勇挑重担，带领全科沉到车间调研，当好厂党委的参谋部，推动生产捷报频传，亮点纷呈：1959年12月，周总理期望增产的二十台打眼机提前报捷；四米卷扬机、多钢绳卷扬机、点接触减速器、打眼机等新产品，光荣参加了国庆十周年工业展览。1959年12月，焦裕禄在洛矿再度调级，由行政十五级调整为十四级。

西方哲人说，人是一棵会思想的芦苇。在农业文明与工业文明的边际线上，思维之花开得格外绚烂。献身工业战线数年，焦裕禄不仅毫无愧怍地跻身企业管理专家之列，而且以思想丰赡和独立行走引人注目。少小饱受农业文明的浸染与熏陶，跨界任职欣逢工业文明洗礼，又进入高等院校经受科学文化浪潮冲刷，在与苏联专家合作共事中，还领略了欧亚大陆文明的精妙与奇异。于是，那泓来自家乡盛景阙家泉的源头活水，便在兼收并蓄中愈加甘冽醇厚和回味悠长。多元文明的撞击与融合，换位任职的学习与感悟，使焦裕禄的思想在得真传、接地气中，更富有穿透力和感染力。

"人是最宝贵的。不了解人，不首先做好人的工作，其他工作就会走进死胡同。""只抓工作不抓思想，是亏本生意；先抓思想带动工作，是一本万利。"数年探索备尝甘苦，焦裕禄推己及人，反刍升华，将自身附骨切肤之痛的感悟，转化为带有规律性的认识。

在企言政的焦裕禄，有了"政治科长"的美誉。

思想成熟是领导干部成熟的重要标志。工业战线多岗位、多地域历练，焦裕禄收获了最重要的成果：拥有了足以担当领导责任和解决复杂问题的"行动的哲学"。那些寓事于理、言简意深、实在管用的话语，以其特有的渗透力和亲和力，在洛矿厂区大道、调度中枢、车间班组生机勃勃地行走着，成为能动实践的辩证法、科学决策的方法论、知行统一的催化剂。

焦氏风格的"行动的哲学"，是焦裕禄语言的灵魂与主导。这些集中体现为世界观和方法论的真知灼见，赋予焦裕禄丰沛的行动智慧，使他深谙调查研究和集聚群智是科学决策之本，密切联系群众是党立于不败之地的命脉所系，从思想入手做好人的工作是兴企之道，困难面前逞英雄是斩关夺隘不可或缺的强大力量……品鉴这些思维海洋中的珍珠和智慧之花，人们甚至可以清晰地听到，焦裕禄精神在洛矿这片丰壤沃土茁壮成长的拔节声。

"行动的哲学"蓄势待发，显示出跨界转型的焦裕禄，已经掌握了干事创业能获取最大变量的那个杠杆。他已经准备好了。

正当新中国工业骄子高歌猛进之际，三年困难时期的阴影悄然降临。由于自然灾害和"大跃进"后遗症影响，社会上物资奇缺，货币贬值。原来几分钱一枚的鸡蛋，卖到几毛钱一枚；枕头大小的干地瓜蔓卷儿，能卖几块甚至十块钱。饥馑的影子再度笼罩中国，国家机关干部普遍实行"瓜菜代"，甚至吃起了野菜和树皮。

焦裕禄家有五个孩子，还要赡养两位老人，早已饱尝饿滋味。国家机关干部每人每天粮食定量不足一斤，凭票供应的肉蛋数量极少，食用油严重不足。困难家庭做菜用筷子在油瓶里蘸一下，蘸出的油不及从筷子笼里带进瓶里的水多，一年到头油瓶的"油"总不见少。焦裕禄家每月供应一斤多油，全家人每天才吃不到半两油。

半大小子壳郎猪。焦裕禄几个孩子正长身体，食量本来就大，加之见不到荤腥和油花，天天嚷着饿，几岁的孩子一顿饭能喝三四碗汤，喝到弯不下腰还想喝。于是，野菜树皮频频光顾焦家餐桌。

一天，焦裕禄见榆树叶子被人撸光，就弄了些杨树叶子回家。岳母闻见杨树叶子刺鼻的味道，皱着眉头说："这能吃吗？"

焦裕禄说："杨树叶子没毒，煮煮泡上几天就不那么难吃了。"

岳母如法炮制，结果孩子都说不好吃，煮熟的杨树叶子基本由焦裕禄包圆儿。那段时间，焦裕禄的心情是沉重的。自己是处级干部，与妻子两人挣工资尚且如此，普通职工家庭又当如何呢？

　　正在这时，孩子舅妈来信说，家里的日子太难，要求给儿子新太安排个学徒工。焦裕禄家几个孩子，从小到大，冬天棉、夏天单，老嫂子在针线活上没少帮忙。焦裕禄看完信，没吭声就出了门。

　　焦裕禄到财务科领到工资，来到食堂买了一大包食品，去医院看望从大连起重机器厂调来的工人吕玉卿的母亲。吕玉卿感激地握着焦裕禄的手，忽觉平日那双温暖有力的手，此刻竟变得冰凉无力。他吃惊地看着焦裕禄的脸庞，发现他比过去明显消瘦了。

　　"焦科长，你的脸色可不大好啊，要不要到医院检查一下？"

　　焦裕禄近来虽感厌油恶心，浑身无力，但并未在意。他望着慈眉善目的吕师傅，满不在乎地说："我的身体好着呢，啥病没有！"

　　焦裕禄从医院来到邮电局，把口袋里的钱全部寄到尉氏，接济生活更困难的孩子舅妈一家。这样，他的心才感到宽慰些。

　　一支蜡烛的光亮是有限的，但人人都点亮自己心中的蜡烛，就可以照亮整个世界。在举国上下勒紧腰带共度时艰之际，焦裕禄像两头燃烧的蜡烛，加倍释放自己的光和热，温暖他人，照亮人心。

　　厂长纪登奎打来电话，告诉焦裕禄经厂党委研究，分给他一套五十平方米的新房子。这一福音在焦家引起的惊喜，不亚于爆炸了一颗小型原子弹。多年睡地铺、"打通腿"的孩子，终于要有张自己的床了！可焦裕禄脸上的笑容没挂多久，又像被风刮跑一样消失了。徐俊雅见丈夫脸上"晴"转"多云"，心里不由"咯噔"一下。果然，焦裕禄同她商量，大连起重机器厂支援洛矿来的潘师傅，没房住到处"打游击"。咱的房子虽小，但还能住。把新房让给潘师傅吧！

　　徐俊雅盼望改善住房，不亚于大旱之望云霓。焦家老少三辈七口人，五冬六夏挤住两间小房，孩子做梦都想着睡觉怎么能伸开腿！可她也知道，潘师傅的媳妇，就是老焦在大连车间里帮着照看吃奶孩子的李培娥！老焦已经说了多少回，人家潘师傅就是冲着老焦上夜班给自己的孩子当保姆，才心甘情愿跟他离开大连来支援洛矿的。如今，潘师傅连个窝都没有，这比自己没房住还难受！想到这里，徐俊雅连眉头都没皱就答应了。当助人成为源自心底的真情流泻和安宁仁心的生活必需，连支持和赞赏者也会变得高尚起来。徐俊雅想起在大连，部队转业的供应科采购员潘凤友也是无房住。焦裕禄并不认识他，但听说后，便和她合计，腾出了家里两间房中十七平方米的大房。潘凤友原以为焦裕禄家住房挺宽敞，搬家后上门致谢才发现，焦家七口人挤在一间十三平方米的小房里，感动得半晌没说出话来。

恰好焦裕禄母亲李星英从山东来大连，看到儿子一家三代挤在四张小铁床上"打通腿"，心里一阵酸楚。说起来，儿子也是个不大不小的官啦，怎么日子过得比老百姓还苦呢？儿媳俊雅才二十三岁呀，这样的日子她得受多大委屈啊！老人想着，泪水不知不觉淌了下来。

徐俊雅忙给婆婆擦泪，问："妈，你怎么了？身子不舒坦？"

"没啥，看你们这日子过的……"李星英止住泪，强装笑脸说，"禄子，俊雅，过些日子，我还是把守云和玲玲带走吧！"

"妈，看您说的！"徐俊雅宽慰婆婆说，"裕禄是车间领导，把房子让给无房的同志啦！眼下是住得挤了点，往后都会改善的！裕禄已经安排好了，您老来家后，让两个孩子睡阳台，能住开！"

焦裕禄给潘师傅让房，潘师傅深感过意不去，说啥也不肯住。焦裕禄几次做工作，把他的家人也请来了。看到潘师傅举家喜迁新居，笑容重新浮上丈夫脸庞，徐俊雅心里也漾起一种只有她能体悟的欣慰与幸福。

工人刘耀宗患了急病，需马上送医院治疗，可他却下不了床。焦裕禄听说后，立刻想到刘耀宗家住三楼，行动尤为不便。那阵子，焦裕禄正犯肝病。他不顾浑身虚弱，把刘耀宗背下楼送进医院。

老工人吴永富妻子要生第五个孩子了。焦裕禄想到他家子女多，收入低，添丁进口后更困难，就托人给他捎去了十元钱。吴永富知道焦裕禄家负担重，自己身体还有病，仍把从嗓子眼里挤出来的钱接济工人，脸一扭，泪水就"吧嗒吧嗒"掉了下来。

二金工车间工人陈好富患了心脏病。焦裕禄虽不认识他，但想到这些老工人在厂里就像林子里的一根枝，在家里却是撑门立户的顶梁柱，便在洛阳找了个好中医，带着他去就诊。看完病，焦裕禄又帮他取药。陈好富感动地说："焦主任，你身体有病顾不上看，专门挤出时间带着我看病。你为工人把自个儿的心都掏出来了！"

工人刘辅臣妻子生孩子后家里没小米。焦裕禄听说后，想起老人常叨念的那句话：产妇有三盼——红糖水，煮鸡蛋，熬得流油的小米饭。他给徐俊雅打个招呼，就把家中仅有的二斤小米送到刘辅臣家。

焦裕禄邻居张全生妻子临产，可还没婴儿服。焦裕禄让徐俊雅买了点布头连夜赶制。徐俊雅累了一天，开夜车缝衣服因瞌睡没少挨针扎。第二天她把婴儿服送到邻居家，张全生捧着雪中送炭的礼物，感动得说不出话来。这件婴儿服，现陈列在兰考焦裕禄同志纪念馆。

繁重的工作，加之营养不良，焦裕禄患了肝炎、神经官能症和胃病。人们看到，他越来越频繁地敞着上衣，习惯性地用手摁着肝区部位。组织上多次安排焦裕禄住院治疗，他都婉言谢绝了。厂里派人给他送奶粉、葡萄糖等营养品，他诚恳地说："我的身体状况还可以，还是把这些东西给最需要的同志吧！"

厂领导为便于焦裕禄养病，给他联系到庐山一所疗养院疗养三个月。在庐山，焦裕禄惦着厂里的工作，疗养了一个月就跑回来了。他对厂领导说："我离不开厂子，机器一转，病就好了一半！"

1961年夏天，焦裕禄的肝病渐趋严重。厂党委决定安排他离职专心静养，以利治病。8月30日，洛矿组织部发出通知："焦裕禄同志因病休养，由计划科科长林钧正同志代任调度科科长。"

焦裕禄住进厂医院，仍时常通过电话了解厂里的生产情况。为让他安心养病，厂里切断了焦裕禄病房的电话。可他仍能通过车间机器的运转声，听出生产运行是否正常。一天，焦裕禄听不到一金工车间熟悉的锻锤声，判断五吨锻锤出了问题，立即打电话到车间，和工人、技术人员研究如何排除机器故障。洛矿领导见在厂里不利于焦裕禄康复，便想让他暂回尉氏，依托亲友静养和治疗一段时间。焦裕禄不好拒绝，同意了这一安排。

1961年春节，焦裕禄回到了阔别近八年的尉氏县。那时，他还不曾想到，回师尉氏，是自己又一次岗位转换的间奏曲。

九、贾鲁河的召唤

正当焦裕禄在工业管理上登堂入室，准备向新的阶梯进发时，1962年6月，河南省委决定，焦裕禄调任尉氏县委书记处书记。

焦裕禄的人生再次骤然拐弯，是顺应党中央大办粮食、大办农业指示的需要，同时，与河南省委第一书记刘建勋洛矿之行有关。重灾县缺干部，一直是刘建勋的一块心病。他在洛矿检查工作时发现，从农业战线来的焦裕禄领导有方，堪当重任。受此启发，刘建勋回到省里便提出，从城市机关和重点企业抽调一批优秀干部，加强重灾县的领导工作。

1962年3月下旬，国务院副总理李富春和中南局第一书记陶铸莅豫视察，刘建勋在汇报河南开展精简下放和生产自救工作情况时，列出了全省二十五个重灾县名单，向两位领导同志提出："由于当地人民生活非常困难，加之一系列政治运动后，领导力量元气大伤，格外缺乏干部，请示从城市机关和重点企业抽调一批优秀干部加强贫困县的领导工作。"经李富春、陶铸同意，河南省委决定，从洛矿等厂调出原由地方支援工业的二十五名干部，加强重灾县领导工作。焦裕禄进入了二十五名调往重灾县工作的干部名单。

接到省委组织部通知，厂党委书记赵仲三连夜召开党委会。会上，大家都舍不得焦裕禄走。两度与焦裕禄有工作交集的赵仲三，更是别有一番滋味在心头。从感情上说，他真不想放焦裕禄走。可选派优秀干部支援农业是大局，必须坚决服从。他放心不下的是，焦裕禄在副处岗位已蹲了十一年，他会怎样对待这次平职调动呢？党委会确定，由副书记赵祥庆找焦裕禄谈话。

赵祥庆找焦裕禄谈话时，首先通报了河南省委对他新的职务任命。焦裕禄听后爽快地说："我坚决服从组织决定。我从小生活在农村，也熟悉农村工作，非常愿意到党需要的农业战线去！"

焦裕禄的坚强党性令赵祥庆欣慰。但看到他晦暗的脸色，又不无担心："尉氏也是灾区，那里的工作生活条件可比洛矿艰苦啊！"

"困难肯定有。"焦裕禄说，"离开农村九年了，情况有不少新变化，需要重新学习。但只要依靠组织和群众，一定能克服困难。"

"胜任工作肯定没问题。"赵祥庆迟疑地望着焦裕禄瘦削而干涩的面庞，脸上现出一丝忧虑："我主要是担心你的身体……"

"请领导放心，我的身体我知道。"一向达观的焦裕禄不等赵祥庆说完，便回应说，"肝病最欺软怕硬了，你硬它就瓢！"

入门吃得千般苦，一纸调令又要舍弃得心应手的岗位，焦裕禄的内心，何尝不充满依恋！

走下出生入死的战场，开始为建立和巩固新中国而斗争，是焦裕禄经历的第一次深刻转变。历经南下土改、淮海支前、剿匪除霸、农村基层和青年团岗位锤炼，焦裕禄由机智勇敢的战士，成长为理想坚定、务实为民、能独立自主创造性践行党的路线宗旨的领导干部。

从乡村到城市，从熟悉农业、农村和农民，到通晓现代工业生产管理规律，是焦裕禄在复合任职中经历的第二次深刻转变。走过鸡鸣犬吠的村落，穿过春种秋收的田野，来到车水马龙的城市，进入天车游走的工厂，焦裕禄进城从事农村工作数年，又经历了跨越农业文明和工业文明鸿沟的新一次"进城"。与首次进城截然不同的第二次"进城"，使他整个变了模样。

奋战工业战线九年，焦裕禄自身素质发生了质的飞跃：坚持不懈向科学文化进军和攻克技术难关，使焦裕禄把决胜战场的勇气，转化为锲而不舍求知进取的毅力和认知自由王国的自觉；从理论与实践结合上不断改善知识结构和综合素质，使焦裕禄的思想水平和领导能力有了显著提升；组织协调现代大工业生产崭新平台的历练与培塑，使焦裕禄开始形成了严谨求实、调查研究、精于筹划、试验先行、探求规律的科学精神和科学方法。

焦裕禄在洛矿实现的第二次转变，正值他自身全面素质日臻完善，并开始形成魅力四射的焦裕禄精神的关键时期。

不过，重返尉氏工作，焦裕禄思想上是顺着的。他的心中，原本就有浓得化不开的尉氏情结。焦裕禄为建立新中国舍生忘死剿匪除霸在尉氏，焦裕禄领军挺进淮海支前参战建立功勋始于尉氏，焦裕禄风雨兼程收获爱情喜结良缘在尉氏，焦裕禄解放战争中化险为夷劫后余生也在尉氏——

1948年6月，刘邓大军打下许昌，转来六名伤员，需要送往解放区杞县。焦裕禄奉命前往杞县转送伤员。他带着三个民兵，乘一辆马车，从尉氏彭店出发，走到河不浪口（老白河），正买饭给伤员吃，国民党六十八师一伙匪兵，突然持枪冲进院子，焦裕禄等人来不及反抗，被敌人捆了起来。

一名敌军军官边指挥捆绑焦裕禄四人，边催促众匪兵说："赶紧捆结实了，把他们押到开封，交给省政府。"

焦裕禄嘲笑匪兵说："我们的大部队很快就追过来了！你们那个省政府还能蹦跶几天？恐怕走不到开封，开封就解放了！"

敌人把焦裕禄等人分别捆绑后，又拴在一起，押着他们前往开封朱仙镇。色厉内荏的敌人怕遇到解放军，吹胡子瞪眼逼着焦裕禄等人顺着隐蔽的河沟走。焦裕禄不顾敌人驱赶，偏偏拉着三个民兵朝大路上走，边走边大声喊叫："哎呀，长官！沟底没有路，没法儿走啊！"说罢，同押解的匪兵撕扯着，硬是回到了大路上。焦裕禄的预言果然灵验。国民党匪兵押着焦裕禄等人走不几里路，刘邓大军一支部队远远发现了他们，迅速包抄过来，活捉了押解的敌人，焦裕禄等人虎口脱险。

尉氏，是焦裕禄南下后事业的第一个支点。他南下中原最初的精彩，都浓缩和储存于尉氏。尉氏之于焦裕禄，堪比第二故乡。

华灯初上时分，焦裕禄敲响了科里一位年轻调度员的家门。

焦裕禄第一次踏上这个门槛，是个大雪纷飞的夜晚。他心里惦着这个因过失而背包袱的年轻人，忙完手头的事情，便深一脚浅一脚赶来了。那是古都多年少见的一场大雪。焦裕禄与调度员围炉夜话，谈了三个多小时。雪花飘飘，年轻人心中的希望之火也越烧越旺。他含泪向焦裕禄表示，在哪里跌倒，就在哪里爬起来！一条搁浅的小舟，经焦裕禄长篙轻点，在这个值得忆念的夜晚重新起航，驶向人生新的彼岸。当年，他被评为厂级先进工作者。

时隔两年，敲门声再次响起时，调度员开门看见科长，惊喜、感激、留恋一齐涌上心头："科长，您明天就要走了，这么忙，还到家里来……"

"我来看看你，告个别！"焦裕禄说着，递给他一本书。

调度员接书一看，是《思想修养问答》。他明白了，科长是浇树浇根，从根子上扎牢自己思想基础啊！此后，他愈加奋起前行，当了调度组长。

在物质生活十分艰苦的创业年代，焦裕禄以一己绵薄之力，济危帮困，把温暖和关爱送到群众身边；当有人陷入思想迷茫时，他又倾情帮助拨亮心头的灯，送上共产党人对同志最真诚的爱。

焦裕禄在赵祥庆同他谈话第二天，就启程赴任。尉氏县委原通信员崔合义回忆，县委第一书记夏凤鸣要他去接焦裕禄，他问怎么接？夏凤鸣说，这还用问我？崔合义便带县汽车队一辆嘎斯51型卡车赶到洛矿。焦裕禄安排崔合义和司机吃饭，抓紧给徐俊雅和孩子办调动和转学手续，确保人走家搬。崔合义安排焦裕禄坐驾驶室，徐俊雅和孩子坐在敞开的车厢里。东西装车后，崔合义瞅瞅空荡荡的车厢，除了锅碗瓢盆等日常用具，最多的是书。

焦裕禄在洛矿大门口同厂领导和干部工人告别时，深情回望多少个昼夜晨昏，自己曾伏案工作过的厂办公大楼，还有北侧饱蕴攻关艰辛和成功喜悦的一金工车间，激奋、眷恋、不舍……像一条晶亮多彩的小溪，从眼中一泻而出。九年如歌，岁月流金。焦裕禄同重新塑造自己的工业战线告别时，那样强烈地感受到洛矿这一火红熔炉对他冶炼、融合与提纯的弥足珍贵。正是同宁谧的乡村晨曲大相径庭的城市交响乐，为他开启了另一种人生，进而步入了新的层次和境界。然而，焦裕禄显然尚未意识到，于他而言，堪称转型期、淬炼期、升华期的工业战线九年，将在他全部革命生涯中占比一半；他更不曾想到也无法预料，此番离去，竟是与堪比熔炉、情同母亲、胜过学校的工厂一别永诀。从焦裕禄离开对自己有再造之恩的洛矿那天起，他的生命之烛，只能燃烧不到两年时间。

焦裕禄怀着对洛矿的依恋和对尉氏的企盼，踏上了新的征途。

又见尉氏。县委第一书记夏凤鸣，对焦裕禄首次亮相有如下描述：

> 1962年6月的一天，碧空万里，微风拂面，焦裕禄身穿破旧灰粗布中山装，挎着绿色破军用挎包，敞着怀，手提行李卷儿，一下汽车就直奔县委办公室，见了我，行了个军礼道："报告，我又回尉氏工作啦！"

夏凤鸣生于1926年，河南杞县人，已在尉氏工作多年。见到熟识多年的焦裕禄，他一迭连声说："哎呀，可把你盼回来啦，欢迎！欢迎！大伙儿都很想你啊！"说着紧紧握住了焦裕禄的手。

"我也很想大家呀！"焦裕禄擦着脸上的汗说。

焦裕禄递上自己的介绍信。夏凤鸣注意到，信上在"焦裕禄同志任尉氏县委书记处书记"一行字后加括号注明："名列薛德华之前"。

这是从未见过的一种安排——县委书记处书记，怎么排在传统上的二把手、县委第二书记兼县长之前呢？夏凤鸣拿不准，便让焦裕禄先到办公室休息，打电话请示地委。地委组织部负责同志答复说："对焦裕禄同志这样安排是合适的，以后县委只设一个书记，其余都是副书记或书记处书记。"

夏凤鸣听到这里，立刻领悟了上级把焦裕禄放在县委第二把手位置上的意图。他诙谐地对焦裕禄说："老焦，你名列书记和县长之间，是尉氏县的'一点五书记'。这就是说，你老焦工作起来，能顶一个半书记啊！"

"我哪有那么大的本事！"焦裕禄有些不好意思地说。

"一点五书记"的安排和叫法，一时成为尉氏上下关注的焦点。历史的一点小小巧合，不经意间给焦裕禄和第二书记兼县长薛德华，出了一道关于党性、胸怀和沟通能力的考题。

说起来，焦裕禄与薛德华是老战友了。1947年年底，两人一起南下入豫，又一起分配到尉氏。次年春天，薛德华在乡下打游击，焦裕禄在尚未进城的县委宣传部当干事。1949年1月，薛德华淮海支前回来任城关区副区长，焦裕禄任大营区副区长，两人开会时经常见面。1950年3月，焦裕禄任团尉氏县委副书记，常到城关区开展工作，与薛德华配合十分默契。山不转水转，时隔十几年，两人又走到一起，自然十分珍惜这个缘分。

骤雨初歇的夏夜，薛德华提醒焦裕禄说："老焦，大家都盯着咱俩呢！"

焦裕禄一怔，不解地问："咱俩有啥可盯的？"

"你是'一点五书记'，大伙儿都在看咱俩咋处嘛！"

"我还真没想这些呢！"焦裕禄坦诚说，"老薛，咱俩都是脑袋别在裤腰带上过来的，能活下来并在一起共事，这是多大缘分啊！说实话，上级这样安排我也没想到。面对党的事业和群众期望，我会摆正位置，做好工作的。"

尉氏县委办公室主任董金岭回忆，一次，他从地委开会回来，夏书记不在家。他向焦裕禄作完汇报，请示有关事项的处理。焦裕禄提出，请薛县长来商量商量。董主任说，薛县长不慎扭伤了脚，不能走路。焦裕禄起身对他说，走，咱们找老薛去！

1962年中央七千人大会后，队为基础的经济核算方式调动了农民积极性。尉氏县城镇尚存一些按行业核算的合作店组，核算单位过大，经营好坏一样取酬，不利于调动从业者积极性。薛德华打算以门市部为单位核算。但改革阻力很大。焦裕禄坚决支持薛德华，提出大胆改革，出了问题由他和薛德华共同负责，他负主要责任。焦裕禄鼎力支持，城镇合作店组改革十分顺利，受到开封地委表扬。

在共同的事业和担当中，薛德华打心眼里佩服焦裕禄，感到他经过工业战线九年历练，政治上更加成熟，胸怀上更加宽广，工作上更加务实，作风上更加民主，不仅是风雨同舟的好搭档、好战友，而且可以交一辈子朋友。

关于"一点五书记"的议论，在焦裕禄令人感佩的举动中，悄然转化为赞叹。焦裕禄与薛德华肝胆相照，共襄大业。

纵贯尉氏南北的贾鲁河畔，有一片尉氏与鄢陵、扶沟三县交界的河滩，过去是乱石滚滚的荒地。尉氏南曹公社靳村社员群众为治理风沙，在三县交界的河滩压柳条、打柳橛一千五百多亩。树木成林锁住风沙后，靳村群众在柳树行里种上了庄稼。

河滩无人耕，耕了有人争。看到河滩变良田，鄢陵马庄、扶沟小岗杨村群众心里不平衡了，也想要一份地。但靳村群众不允。1962年秋，眼看河滩地里的二百亩高粱丰收在望，马庄和小岗杨村群众准备武力抢收高粱，一场大规模械斗即将爆发。夏凤鸣派焦裕禄前往解决滨河三村的危机。

说起承载着厚重历史功过的贾鲁河，焦裕禄的心就难以平静。

1938年和1941年，黄河两度决口南渡，贾鲁河都是主要通道。血泪故道，浸润着沿河人民的深重苦难，铭刻着元末贾鲁治河的是非功过：

> 贾鲁修黄河，恩多怨亦多；
> 百年千载后，恩在怨消磨。

当地人皆知，贾鲁河这条流淌了两千多年的河流，前身是楚汉相争时的

"鸿沟"。1344年，黄河在今山东曹县白茅口决口，七年后，元惠宗至正十一年（公元1351年），元惠宗诏令贾鲁以工部尚书为总治河防守堵口。贾鲁动用人力近二十万，疏旧河、堵小口、浚故道、固堤防，半年余疏浚河道一百四十多公里，堵塞大小口门一百零七处，修筑上自曹县下至徐州堤防四百公里。贾鲁命以二十七艘大船装石，左右与岸系牢，前后互相固定，将"石船堤"凿沉水中上卷大埽压之，共在口门沉大船一百二十艘，终于堵复决口，黄河回归故道。为纪念贾鲁，黄河曹州至徐州河道，史称贾鲁河。

适逢乱世，伏秋大汛展开截河大堤和挑溜等工程，不仅冒自然和技术风险，还有巨大政治风险。朝廷决策白茅堵口时反方即指出："济宁、曹、郓连岁饥馑，民不聊生。若聚二十万人于此地，恐后日之忧，又有重于河患者。"结果不幸被言中，堵口河工果真演绎了"休道石人一只眼，挑动黄河天下反"的历史活剧。由此诱发的元末红巾军大起义，加速了元朝灭亡。

这条承载过不寻常历史的河流，曾经给予焦裕禄以休养生息之利。

1961年春节，经洛矿领导做工作，肝炎腹水的焦裕禄回到阔别十年的尉氏县，在小东门护城河边徐俊雅哥哥徐书礼家养病。

焦裕禄一回到尉氏，心就飞到贾鲁河去了。

贾鲁河流经尉氏，但两岸土地却得不到灌溉；由于曾为黄河故道近七百年，河床堤坝皆高于田野，汛期不能排除积水，还要淹掉大片农田。焦裕禄惦着沿岸人民，安顿好住处，就说去河滩挖中药白蒿，直奔贾鲁河而去。

家人见焦裕禄天天早出晚归，却不曾挖回中药，遂生疑心。后来方知，原来他是踏勘贾鲁河去了，心疼之余，依然是苦劝无效。

焦裕禄在寻访贾鲁河河道中摸清了水患症结，找到县长薛德华一起来到河边，共谋治河计策。回到焦裕禄住处，已是掌灯时分。徐书礼妻子许素贤见县长进门，寒暄两句，故意问："薛县长，你也到河滩挖白蒿去啦？"

薛德华听罢哈哈一笑说："俗话说，二月茵陈三月蒿，现在这个季节谁能挖到白蒿啊！我和老焦是到贾鲁河看水去啦！我们商量，从北曹到马庙，挖渠建闸引水，完工后，干旱能灌溉，汛期能排涝。老焦可是帮咱尉氏大忙了，老嫂子可要给他做点好吃的啊！"焦裕禄和许素贤闻声也一起笑了起来。

不久，焦裕禄经过调养病情好转，返回洛矿投入了工作。

重返阔别多年的贾鲁河，焦裕禄和蔡庄区委书记张庚寅一起来到靳村。

1948年，焦裕禄率土改工作队到彭店区搞土改，彭店区所属的靳村，时常闪现身背短枪的焦裕禄的身影。十几年过去了，靳村的乡亲们都还记得焦裕禄，还像当年一样信任他。

焦裕禄进村后，像土改时那样挨家挨户走访，到河滩踏勘，很快掌握了三个村历史上的纠纷原因和边界划分。他和曾经参加过土改的老农一起锄地，翻红薯秧，在劳动中共话当年穷苦群众拧成一股绳、团结闹翻身的往事，通过做好这些在村里能左右舆论的"主心骨"的工作，引领群众在登高望远中明事理、开心结、长见识。

明月如盘，天青似水。晚饭后，靳村父老陆续聚拢在场院上，听当年彭店土改工作队队长给大家说知心话。一盏亮同白昼的汽灯下，乡亲们渴求的眼睛投射出期待的光。他们见焦裕禄还像当年搞土改那阵子一样，从兜里掏出烟末烟纸，指头一拢卷起一个小喇叭，点燃后深深吸上一口，烟卷便在莲花般盛开的烟雾中欢快地在唇间左右滚动，心里登时踏实了。

焦裕禄不绕弯子，实打实地说："乡亲们，马庄和小岗杨村为啥穷？还不是当年蒋介石在花园口扒口子，黄水泛滥造成的？这些年，党和政府领导咱植树造林，改良土壤，靳村生产条件好了，大伙儿过上了好日子。可咱们不能忘了，天下穷人是一家啊！靳村好过了，有责任帮助村靠村、地傍地的马庄和小岗杨村的兄弟，让他们也早点过上好日子。再说，河滩植树前，人家俩村也有一份河滩地啊！"

贾鲁河的水欢快地流淌着，月光下，靳村父老一脸宁静。

焦裕禄善于抓牛鼻子，讲话在理，工作得法，加上他在群众中的崇高威望，使这场一触即发的危机，得到顺利化解。靳村干部群众发扬风格，在河滩无偿划出七百亩林区给马庄和小岗杨村，临河三村重归于好，亲如兄弟。三村群众喜气洋洋看了一场电影，庆贺纷争圆满解决。

事后，鄢陵和扶沟县委、县人委，专门给尉氏县委、县人委发函，感谢尉氏县委领导同志亲自出面，卓有成效做纠纷的疏导化解工作，当地报纸还对这次纠纷的成功调处作了报道。

第三章　用生命丈量大河热土

一、从"一点五书记"到代理第二书记

在河南省开封地委书记张申的记忆中，没有哪个县委书记的任用和调整，比兰考县委书记更让地委领导头疼和焦心的了。

这是1962年10月，正是金风送爽、万物结实的时节。可在豫东兰考，人们期盼已久的丰收却躲得远远的，连个影子也寻不见。这一年，春天风沙打毁了二十一万亩麦子，入秋洪水淹死了二十三万亩庄稼，盐碱地上十万亩禾苗绝产。全县粮食亩产只有四十三斤，低于解放前的水平，降到了历史最低点。背井离乡的逃荒要饭大军，像破堤而出的水，拦都拦不住……

兰考地处黄河中下游交界处，是豫东有名的重灾区。公元1477年至公元1885年四百多年间，黄河在兰考决口二十九次，改道三次，大堤漫水八次。多少年来，内涝、风沙、盐碱像无形的巨石，压得兰考人喘不过气来。屋漏偏遇连夜雨。就在兰考迫切需要抗灾自救之际，偏偏一线指挥部县委的第一书记又形象不佳，难孚众望。没有抗灾的旗手，哪来抗灾的队伍？开封地委开始考虑兰考换将……

新中国成立后，在建设社会主义的艰难探索中，沃野千里的河南，走过了曲折的道路。1958年"大跃进"后，由于在"反右倾"和此后的纠错中开展过火斗争，全省有一百一十八万干部群众受到错误批判和处分，其中干部三十万人。大批干部在来回折腾中受到伤害，一些地方调整干部竟然到了后备人选捉襟见肘的地步。

开始，开封地委遴选了几个对象到兰考担纲，但都吞吞吐吐表示不愿

去。到重灾区打开局面和改变面貌不易还在其次，迎难而进可能出现的闪失及不可避免的追责，是不少人把赴任兰考视为畏途的主因。最后，地委确定调邻近郑州的荥阳县委书记到兰考挑重担。讵料一谈话，该同志就哭了，不服从组织调动，受到严厉批评。后来，他去了贵州。这时，张申想起了在尉氏工作时的老部下焦裕禄。经地委常委酝酿，形成了干部调整方案。

一将难求之际，张申的知人善任，为焦裕禄走向兰考这片苦难多舛但注定要孕育伟大精神的土地，打开了通道。

1962年11月3日，开封地委常委听取地委书记处书记赵仲三关于兰考县委第一书记问题调查情况的汇报，研究了干部。张申在会上作结论性发言时说，这次调查，坐实了群众反映的一些问题。鉴于该书记已无群众威信，兰考县委领班人亟须调整。会后，开封地委给河南省委发出请示报告：

关于×××、焦裕禄两位同志任免调动的请示

根据工作需要，经地委常委会议研究通过，拟任免调动×××、焦裕禄两位同志的工作：

×××任开封专署林业局长，免去其中共兰考县委第一书记职务；

焦裕禄任中共兰考县委第一书记，免去其中共尉氏县委书记处书记职务。

现将干部任免呈报表随文送去，请审查批示。

中共开封地委（印）
一九六二年十月三十一日

盖有红色大印的报告，附有赵仲三11月2日签字的手拟稿。

1962年11月6日，河南省委组织部干部处华杰，审阅开封地委上报的关于兰考县委书记调整的请示，发现焦裕禄脱离农村时间较长，回县工作时间又太短，于是在任免干部审批表上写道：

该同志据说已离开农村十年了，刚又回到农村才两三个月，马上任第一书记，需考虑。

当天，省委组织部干部处开会研究开封地委上报调整方案。根据初审提出的异议，处里对焦裕禄到兰考任职形成如下意见：

采取两步走的办法，先任第二书记，待熟悉一段后再任第一书记为好。

鉴于初审存疑，省委组织部11月7日开会提出再酌意见：

部办公研究，与地委联系，×是否需马上调离，再研究焦的任职。

接到省委组织部的反馈，张申和地委领导认真分析兰考县委班子现状，统一了坚持调整的思想，决定再向省委反映地委的意见。

1962年11月29日，开封地委组织部干部科副科长贺廷瑞，受命给省委组织部打电话。焦裕禄的一张任免干部审批表，记载了电话内容：

地委意见，焦裕禄任县委第一书记还能担负起来，还是批第一书记。

但是，开封地委反映的意见，未能得到省委组织部认同。

应当说，河南省委组织部根据干部成长一般规律，对脱离农村时间较长，且没有主持过县里全面工作的焦裕禄，直接任重灾区县委第一书记提出疑问，是有道理的。焦裕禄确实也不是开封地委派往兰考领班的第一人选。在上级主管部门对焦裕禄任职提出异议时，开封地委不改初衷，反映出对焦裕禄基本素质的认可。但面对兰考那样困难的局面，焦裕禄到任能否适应，地委领导也心存悬念。

1966年2月13日，穆青、冯健、周原采写的焦裕禄通讯发表第六天，开封地委副书记延新文主持召开地委常委办公会议，研究确定抓学习焦裕禄并抓紧做好焦裕禄迁葬等项工作。会上，延新文宣读了《地委在焦裕禄同志逝世前后对兰考县委和焦裕禄同志本人所进行的工作》的材料。其中写道：

> 焦裕禄同志没有在县里主持过工作，又是刚从工业转上农业不久，地委很不放心，几个主要负责同志不断去兰考检查协助指导工作，张申同志十天左右就给焦裕禄打一次电话，还派书记处书记赵仲三坐镇兰考具体协助开好三级干部会……省委刘建勋、何伟、王维群等同志也先后到兰考作了许多重要指示。

上述文字，真实反映了焦裕禄主政兰考之后，开封地委领导对他信任与担心同时并存的矛盾心态。不过，开封地委领导对焦裕禄的基本素质心里是有底的。忠诚、无私、富于献身精神，是成就事业最重要的保证。这些特质，正是焦裕禄思想的灵魂和骨骼。

时光飞逝，灾情日甚。鉴于兰考换将刻不容缓，焦裕禄又难以一步到位，1962年12月2日，开封地委报请河南省委组织部同意，明确焦裕禄代理兰考县委第二书记，主持县委全面工作，即日赴任。

尉氏县委的椅子还没怎么坐热，又要转赴兰考任职，焦裕禄对此没有任何思想准备。人们记得，他对再次平职调整到最艰苦的地区工作，没有丝毫畏难和消极情绪，而是充满了跃跃欲试的出征冲动。

焦裕禄调离洛矿不久即从洛矿党委书记任上调开封地委任职的赵仲三，找焦裕禄谈话。焦裕禄表示："现在兰考正处在困难的时候，党组织把这副担子交给我，是对我的信任。我相信，那里有党的领导，有三十六万要求革命的人民，什么困难都可以克服，我一定完成党交给的任务！"

赵仲三问到焦裕禄的病情。他说："病这个东西也是欺软怕硬，没有什么了不起，我能顶得住。"

张申找焦裕禄谈话，特意强调："兰考是个重灾区，最苦、最难也最穷，到兰考任职，要有接受最严峻考验的准备。"

焦裕禄说："感谢党把我派到最困难的地方去工作，越是困难越能锻炼人。请组织放心，不改变兰考面貌，我决不离开那里！"

其时，焦裕禄肝硬化腹水虽经治疗有所好转，但肝区还时常疼痛。然而，当进军号角吹响的时候，他毅然出征，扶病走马上任。

焦裕禄赴任前，一进家门就对徐俊雅说："咱们还得走哇！"

"上哪儿？"

"去兰考。"

"我还以为是啥好地方呢，看你高兴得那个样儿！"

徐俊雅虽没去过兰考，但知道那是个遍地沙丘盐碱，因讨饭的多而出了名的穷地方。她更为现实的考虑是，父亲已去世多年，留在尉氏可以经常看望母亲，六个孩子也能得到老人照顾。想到这里，徐俊雅嘟囔说："在尉氏工作不是好好的吗？还挪啥嘞！"

焦裕禄开导妻子说："党叫我去兰考，就是兰考需要我。越是困难的地方越是要去，这才是好同志嘛！"

焦裕禄到兰考报到前，给洛矿党委副书记赵祥庆写了一封信：

> 我已接到地委通知调我去兰考县委了，最近一二日即去兰考了。到尉氏县四个多月，各方面都很好，人情地理熟、干部熟，县委的同志很团结，特别几个书记，在思想上很一致，工作一股劲，思想很愉快。我搞工业八九年，对农村一些方针政策不很熟悉，到尉氏来当助手，我和第一书记轮换下乡和在家坚持工作，感到很愉快，四个多月来情况基本熟悉了。这次又调去兰考，我有点顾虑，有点害怕。到那里人地两生，水平又低，又没做过主要领导工作，担心搞不好。但地委说那里需要，组织已经决定，那就坚决服从，有困难和大家共同克服，不懂的向原有同志好好学习。我从洛阳走时，你告诉我，到县里要搞好团结，要认真学习贯彻党的方针政策，这两条我经常注意了。

尉氏县委开会为焦裕禄送行，第一书记夏凤鸣不舍地望着配合默契的助手问："老焦，你就要离开尉氏了，个人还有什么困难？"

焦裕禄心头打起一个热浪，望着一个锅里摸勺子近半年的领班人说："感谢班长和同志们的关怀。我啥困难都没有，请大家多给我提宝贵意见！"

话别中，大家对焦裕禄都十分留恋。焦裕禄打趣说：

> 党员干部是块砖，哪里需要往哪搬；
>
> 步调一致听召唤，高楼大厦耸云端。

信手拈来的一段顺口溜，引得大家捧腹大笑。

这一天之后，焦裕禄讲顺口溜少了。随着经历复合、眼界开阔、担子加重、情怀升华，他的思维和语言，悄然发生着新的变化。

焦裕禄当年曾对团尉氏县委副书记徐振东说过，他在区里工作，下乡必带党报党刊、本子、钢笔、烟、二胡。以这次调动为分水岭，焦裕禄身上悄悄消失的，还有时常缭绕身边的二胡声。

1991年5月14日，焦裕禄辞世二十七年祭，焦守云在《永久的怀念》一文，谈及"您的歌声如今还令妈妈陶醉，您的二胡声至今仍在我们耳旁萦绕"，解开了父亲身边丝竹之声悄然远去之谜：

> 您是一位有血有肉、有人情味、有艺术细胞的共产党员，您知道吃苦、也懂得享乐，也不是不懂得艺术的"土老帽儿"，然而，为了工作您放弃了享乐，放下了二胡和中山琴。因为您明白，一个共产党员应该为广大人民群众创造有声有色的日子。一个不知道热爱生活、爱妻子、爱儿女的人，怎么能很好地爱人民呢？

焦裕禄眷恋第二故乡尉氏，包括同甘共苦的人民，风雨同舟的战友，以及前后陪伴自己数月的办公室。他办公的三间青砖灰瓦房，位于"辛亥女杰"刘青霞故居民国建筑群中。1950年年底，焦裕禄同徐俊雅结婚的新房，就是隔壁老建筑中的一间阁楼。

刘青霞原名马青霞，是辛亥革命时期中国著名女革命家、教育家和慈善家。世传"南秋北刘"，系指南有秋瑾，北有刘青霞。刘青霞父亲马丕瑶曾为两广巡抚，她十七岁嫁入河南首富尉氏刘耀德豪门，改名刘青霞。青年居寡后屡捐巨额银两在北京和尉氏兴新学、助孤贫，被光绪皇帝诰封"一品诰命夫人"。1906年，刘青霞东渡日本，结识孙中山、黄兴等革命党人并参加中国同盟会，捐资创办辛亥革命党人的喉舌《河南》《中国新女界杂志》。1911年12月，河南辛亥革命在开封爆发，刘青霞捐银三千两资助起义军。1913年，刘青霞拟将全部家财捐给国家修筑铁路，孙中山挥毫为其题词"天下为公""巾帼英雄"，盛赞其爱国壮举。后因时局突变未能遂愿。1922年，冯玉祥任河南督军，刘青霞将财产悉数捐给国家。

在英风流布的女杰故居，焦裕禄每每忆起刘青霞由"一品诰命夫人"，到清王朝的"逆子贰臣"，其贡献和英名可与秋瑾媲美，总是感佩不已。中华民族历来不乏仁人志士，共产党人以天下为己任，以造福人民为主旨，我们的襟怀和节操，应不逊于先贤啊！

焦裕禄怀着这样的情愫，告别第二故乡尉氏，准备赴任兰考。

尉氏县委领导注意到，时令已近大雪，中原大地滴水成冰，可焦裕禄还没有穿上棉衣。兰考北临黄河，风疾沙大，冬天没棉衣怎么行呢？大家想给焦裕禄做套新棉衣，可又担心他不接受。入冬后，县委办公室的同志看到焦裕禄和孩子还穿单衣，打报告给县纺织品公司给焦裕禄批了五十尺布票。他谢绝说，困难时期，干部应带头为国家分忧解难，不能多占供应物资。忍得一时寒，免得百日忧啊！最后，县委常委决定，还是为焦裕禄做一套棉衣。县委第一书记夏凤鸣满怀深情对焦裕禄说："老焦，你家庭困难，同志们都知道。现在已是深冬了，可你还没有穿上棉衣，大家心里都不是个滋味。县委常委已经决定，给你做一套新棉衣，请一定不要拒绝。"

焦裕禄听了班长的话，感动地说："夏书记，同志们的心意我领了，可这个决定我难以接受。冬季，我可以扛过去，请放心。"

尉氏县委请示开封地委，得到地委领导同志赞同。尉氏县委遂派办公室的同志把棉衣送到兰考，并给焦裕禄附了一封信，告诉他，经县委请示，开封地委领导同志同意这样做。焦裕禄看信后说："既然组织上决定了，我服从。感谢上级领导和班子同志的关怀!"

1962年12月6日傍晚,一辆嘎斯51型卡车开进兰考县委大院。头戴火车头棉帽、身穿半旧黑色棉大衣、手提布兜的焦裕禄,下车后打量了一下墙泛碱花的几排平房,循着门前木牌标示的办公室来到组织部。

当年兰考县委组织部干事蔡生茂回忆,那个寻常而寒冷的傍晚,他和组织部干事赵文选、李运祥正围在火炉旁吃饭。看见焦裕禄进门,他以为是来办手续的调动干部,便按豫东人的习惯招呼焦裕禄说:"有啥事?过来吧!吃饭了吗?在这里吃吧!"

"你吃吧!"焦裕禄说着,递过来一张介绍信。蔡生茂接信一看,见上面写着:"兰考县委组织部:尉氏县委书记处书记焦裕禄同志,去你县代理县委第二书记,请接洽。中共开封地委组织部。"

这就是大名鼎鼎的焦裕禄!蔡生茂急忙起身招呼焦裕禄坐下,给他倒了杯水,同兼任县委组织部赵玉岭部长秘书的李运祥商量后,找到正在吃饭的赵玉岭。赵玉岭看罢介绍信,说了句"地委怎么也不给咱打个招呼?"说罢放下饭碗,就到办公室迎接焦裕禄,并交代蔡生茂三人抓紧收拾县委接待室,自己陪焦裕禄和来送行的崔合义及司机去了食堂。

蔡生茂、赵文选、李运祥在接待室拼床铺好被褥,把其他床摞在一旁,点燃了取暖的煤炉。作为不速之客,焦裕禄的突然降临,的确给兰考县委组织部的三位年轻人带来些许忙乱。在那个寒冷的夜晚,长于与干部打交道却把焦裕禄误认为是"调动干部"的蔡生茂,和同事们一起忙碌着,心里留下了对新来的平民书记最初的良好印象。

焦裕禄在县委组织部三位年轻人用单人床拼起来的卧榻上,与堆积在旁边的床为伴,度过了他赴任兰考后的第一个夜晚。徐俊雅调兰考工作前,焦裕禄一直住在这处多床的寓所。

焦裕禄赴兰考履新之日,为期二十二天的县三级干部会议已近尾声。焦裕禄报到当晚,就参加了区委书记讨论情况汇报会。他坐在会场一角,静静地听大家发言,不时在本子上记着什么。当听到有的社、队因灾情严重人口大量外流时,他紧锁的眉峰下时现忧虑之情;当听到有的灾区群众立志苦干不苦熬时,他的脸上又现出欣慰的笑容。与会同志看到陌生而又亲和的焦裕禄，纷纷猜测：是省委或地委来的干部？看穿戴和坐的位置又不像……

汇报会结束后，县委第一书记把焦裕禄介绍给大家，请他讲话。焦裕禄笑着站起身说："我今天傍晚刚报到，参加这个会主要是学习理解上级会议精神，了解基层情况，也算跟大家见个面。我刚到兰考，人地两生，情况不了解。毛主席说，没有调查，就没有发言权。因此，今天我就不说什么了，以后说话的机会还多着呢！"

新任代理第二书记得体适度几句话，为自己的角色定了位。

县三级干部会议期间，焦裕禄抓紧了解兰考的历史和县情。

兰考历史悠久，文化积淀颇丰。五千多年前，黄帝战蚩尤途经兰考；黄帝之子青阳氏殁后葬于青陵岗（兰考红庙镇北）；大禹治水也曾取道兰考。春秋时，兰考名户牖。《论语》"八佾"有"仪封人请见"的记载，"仪"就在今兰考县城东十公里处，故兰考又称"孔子过化"之地。数千年来，兰考屡因黄河改道而析，因县城圮于河患而并。清道光五年（公元1825年），仪封同兰阳合并为兰封县。1954年，兰封县与考城县合并称兰考县。志书所存"一岁三灾，三年大旱，四年大涝"，"三人同行二人同食一人，若有人死不葬煮而食之"等记载，正是兰考灾情的真实写照。

黄河频繁决口形成故道废堤，成为兰考风沙频发的渊源。1958年大炼钢铁树木砍伐殆尽，被遏制的风沙重新肆虐起来。黄河反复改道使地表凹凸不平，致排水不畅形成内涝。黄水泛滥造成地下水含碱量高，形成大片盐碱。由于当年片面确立"以蓄为主"方针，不切实际地提出"挖塘如建仓，蓄水如蓄粮"的口号，河道自然流向被破坏，加剧了内涝和盐碱灾害。有人形容兰考的盐碱地"风吹白云起，六月遍地雪"，夜里走路不用打灯笼。

1959年以来，兰考百姓相携走上逃荒之路。勉强留乡苟延者，也靠挖野菜啃树皮维持生计。焦裕禄到任那年，全县粮食总产仅五千万斤，吃国家返销粮两千多万斤。全县三十六万人口，灾民就占近二十万，其中五万多外流。有首令人心酸的歌谣在兰考不胫而走：春天风沙狂，夏天水汪汪。秋天不见收，冬天去逃荒。以外出逃荒要饭为主要特征的"兰考道路"由此形成，并闻名遐迩。

自然环境恶劣，工作难以开展，干部对改变兰考面貌没有信心，认为兰考的指望，就是国家救济。群众也在那里坐等救济。救灾几乎成了县委工作的全部，从上到下整天发统销粮，发救济款，发救济棉衣，发救济烧煤。上级要求不准饿死一个人，干部的精神普遍很紧张，认为"灾区栽干部，容易犯错误"，纷纷要求调出。

自然与地域交相作用，天灾和人祸互为因果，兰考困难之大，甚至超出焦裕禄的想象。他恍如初次入豫，再度走上新的战场。

县三干会议一结束，焦裕禄就骑自行车下乡了。当时，河南省规定，县一级不得配备小汽车。县领导下乡，远途乘坐公共汽车，就近基本交通工具就是骑自行车。2018年9月9日，焦裕禄在兰考工作时的县人委办公室主任、兰考县委原副书记樊哲民告诉我，1959年，兰考县委第一书记用县交通局一辆苏式嘎斯51型卡车，换了一辆电影《南征北战》中国民党张军长坐的那种美式吉普，结果他坐车走到哪儿，老百姓都喊："张军长来了！"不到仨月，此事被开封地委发现，将车收走。我在兰考县委档案馆看到，当年县交通局给县里打报告称，因缺少一台卡车，导致账物不符。焦裕禄骑的菲利普自行车原产英国，虽已陈旧，但属世界名车，重量只及国产车一半。

冬日的旷野上，风沙弥漫，村落萧疏。焦裕禄所经之处，满目蒿莱，一片肃杀。大片大片的盐碱地。在寒风中抖动的荒草。透过荒村颓屋，间或可见几个倚门窥望的孩子，个个头大、腿细、肋瘦，挺着个圆鼓鼓的小肚子……重灾区贫苦，居然一寒如此！

烈士鲜血浇灌的土地，却没有长出丰饶的果实；人民把命运交给了党，我们却不能保证他们温饱！凛冽的寒风袭来，焦裕禄不禁打了个激灵，想起在县里听到的"十愁歌"：吃也愁，穿也愁，烧也愁，住也愁，前也愁，后也愁，白天愁，夜间愁，出门愁，进门愁，愁来愁去没个头。有人给兰考概括了三句话：灾荒压头，人口外流，干部发愁。群众情绪如何？也有形容：千人千条心，各想各的路。

兰考的灾情的确是严重的。但焦裕禄认为，比灾情更令人忧虑的，是"三害"引发和工作不力带来的人心涣散。人心贵比黄金。显然，凝聚人心比应对灾情更为紧迫！焦裕禄知道，眼下，情况还若明若暗。必须尽快到群众中去，到灾情最严重的地方去！

二、风雪车站夜

1月，正是豫东最寒冷的时节。

1963年1月上旬的一个夜晚，兰考大地北风怒号，大雪纷飞。已是深夜十一点钟了，睡梦中的兰考县委委员接到通知，焦裕禄同志召集大家开会。与会同志到齐后，焦裕禄没有宣布会议日程，他环视众人，平静地对委员们说："走，跟我出去一趟。"县委委员跟随焦裕禄出门，迎着扑面而来的雪花，步行二百多米，来到地处交通大动脉陇海铁路线上的兰考火车站。

虽是朔风刺骨的冬夜，白雪皑皑的车站外面，拖家带口逃荒的灾民依然成群结队，一眼望不到边。焦裕禄领着县委委员，从挂满冰柱的屋檐下，走进空气污浊、人满为患的候车大厅，扑入眼帘的场景如石坠心，几乎令人窒息：大厅连椅上，地板上，到处都是横七竖八躺着的人，挑担子的，提篮子的，背包袱的，扯孩子的……从四面八方汇聚而来的群众，被无情的灾魔驱赶着，携儿带女，啼饥号寒，眼巴巴等着运送灾民前往丰收地区专车的到来。焦裕禄一行默默走上站台，停在站内的几列货车和煤车扒满了灾民，有的披着被子，有的披着破衣服，还有的干脆披块麻袋片……

眼前的景象，多么像二十年前的徐州火车站！焦裕禄触景生情，往事有如轻烟薄雾，在眼前弥漫、飘散，泪水模糊了视线……

1943年9月，在北崮山无立足之地的焦裕禄，举家前往苏北逃荒。在徐州火车站，闷罐车前上下车的难民相互冲撞顶托，焦裕禄一家被裹挟着随波逐流。待到日本站警赶来一阵呵斥，焦裕禄一家好容易挤进车厢，妻子郑氏发现，怀里抱的可怜的儿子连喜，已被车门挤扁了脑袋……

小连喜，曾给焦家带来一线亮色的男丁，襁褓中就在他乡死于非命！痛断肝肠的郑氏母女跳下车，爬到铁轨上欲了此残生，被好心的难民拖出。苍天啊，你为何如此不公，把这么多苦难强加于一家？焦裕禄目睹惨死的幼儿和昏厥在地的妻子及岳母，只觉得天旋地转。最终，身为顶梁柱的男人的责任，使他在飞来横祸面前站了起来。他尽力抚慰家人，挥泪前往苏北……

历史早已翻开新的一页，可为什么令人痛心的一幕又在新中国重现？旧中国，火车站是透视社会灾难的窗口。新中国，火车站同样是检视我们工作的镜子啊！兰考经年累月的灾民潮，人口大量扒车外流，以至被人戏称"铁道游击队的故乡"……恶劣的自然环境固然是元凶，工作中的失误和不足，不是更令人痛心和自责吗？

焦裕禄指着车站上神色仓皇的灾民，心情沉重地对大家说："同志们，我们能把这些群众当作盲流吗？他们大都是我们的阶级兄弟，是穷困逼迫他们走上逃荒之路的。如果有一点儿办法，谁会在风雪寒天痛别故园，远离亲人，厚着脸皮跑到外乡去要饭呢？党把兰考三十六万群众交给我们，我们不能领导他们战胜灾荒，让他们得到起码的温饱，反让他们流离失所，到处乞讨，这是我们的失职。不能责怪群众，我们应该感到羞耻和痛心……"

在1963年1月上旬那个漫天飞雪的寒夜，焦裕禄面对本应在故园安居乐业，但却被迫外出逃荒的父老乡亲，心中泣血，欲哭无泪。他的话，句句像铁钎凿石，震撼人心。他似乎还有很多话要讲，不过，此刻已经讲不下去了。一同前来车站的县委委员，也都深深低下了头。这个时候，大家才明白，焦裕禄在滴水成冰的寒夜，带领大家来火车站的用意所在。

风雪车站夜，这是兰考县委一班人直面灾民反躬自问的一堂课啊！

午夜时分，焦裕禄和委员们在县委会议室交流车站观感。大家在发言中都动了真情，说面对顶风冒雪拖家带口外出逃荒的群众，自己作为县委和部门的领导，心里非常愧疚，深感严重失职，对不起养育了我们的兰考人民。一些同志流着眼泪，反思自己不安心在兰考工作，一心想调到丰收地区去，以及听天由命、无所作为等错误思想，检讨自己忘了本，忘了群众，有负于党的信任和重托。焦裕禄对大家看、思、讲的效果是满意的，趁热打铁说："我们经常口口声声说要为人民服务，今天车站的情景，就检验出我们究竟是怎样为人民服务的。我希望大家都能牢记今晚的情景，这样，我们就会带着深厚的阶级感情，去领导群众改变兰考面貌。"

从风雪车站夜焦裕禄揳入县委一班人思想深处，打开委员们的心灵之门后，焦裕禄的思想便如扬帆出海的航船，一直破浪前行。他感到，兰考的自然灾害固然严重，但更严重的，恐怕还是干部思想上的灾害。不除掉思想上的灾害，自然灾害也难以战胜。

又是一个深晚，焦裕禄辗转反侧，难以入眠。他起身娴熟地卷一支烟，点燃后吸一口走出屋子。思想的触角在向纵深挺进——袅袅青烟中，烟卷十分默契地按主人习惯，在舌唇配合下从右嘴角滚到左嘴角，旋又挪回。焦裕禄在县委副书记张钦礼宿舍门前踟蹰半晌，终于敲响了他的家门。

班长黉夜来访，张钦礼吃了一惊，忙问："老焦，出了啥事？"

"没啥急事，睡不着，找你唠唠。"

张钦礼生于1927年，个头与焦裕禄相仿，面容清癯，眉秀目长，身上透着一股精明潇洒劲儿。抗日战争时期，张钦礼跟随父母在考城、曹县打游击，1943年开始做党的地下工作。1945年，张钦礼年未弱冠即入党，二十六岁任考城县第一副县长，代理过县长。1954年，兰阳、考城两县合并，年仅二十七岁的张钦礼出任兰考县第一任县长，可谓少年得志，一帆风顺。

五十年代中期，兰考县委组织部部长孙跃堂，看上一名兰考籍现役军人的未婚妻，几番眉来眼去，甩掉老婆同她结了婚。那位军人退伍回乡后，孙跃堂怕他惹事，捏造罪名将他打入了监狱。

1957年5月全党开始整风，号召党外人士给党提意见。孙跃堂前妻在县委贴出大字报《韩氏女告状》，上口调侃的行文，掩不住心中血泪：我本是孙跃堂离婚前房，俺俩结婚十余年载，互敬互爱孝顺爹娘，他开始参加革命工作，我也给他帮了大忙，自从他当官有了地位，就和那张某某勾勾搭搭，该女原是军人未婚妻，孙跃堂离婚夺新娘，县委出了个陈世美，咋不见包公来升堂……

韩氏女哭诉，触动了公众道德中的痛点——肚饱眼馋，吃着碗里的，瞅着锅里的。县委组织部部长成了陈世美，机关顿时炸了锅。两位干部贴出大字报，二百多人争相签名。一批乡镇党委书记和乡镇长，联名上书县委、县人委，要求张钦礼站出来当新包公；红庙等乡的干部写大字报表示，愿做新包公张钦礼的"王朝马汉"……

张钦礼批评他们说："你们要我做包公，你们知道包公是做啥的？包公是封建王朝的官吏，我是共产党员、人民公仆……"

恰好开封地委组织部部长王向明来兰考指导运动，听说张钦礼批评了写大字报的机关和乡镇干部，便说张钦礼压制鸣放，给运动泼冷水，应作检查。张钦礼遂贴出大字报，公然申明："新包公我愿当，汴京来了王部长，谁有冤枉谁去诉，包公与你作主张。"

不久，"反右"运动开始，兰考县委机关和乡镇写大字报及签名者悉数落网。全县九百多名脱产干部，三百六十六人被划为右派，大都为韩氏女冤屈打抱不平所累。孙跃堂"引蛇出洞"有功，先是平调东明县，旋即升任县委副书记。张钦礼却因写大字报和为受处理者鸣冤，受到"撤销县委副书记职务，内部控制使用"处分，保留了县长一职。

1958年秋，河南夏粮征购工作会议刮起高指标、高产量、高征购歪风。一连三天，各地、县报的粮食产量和征购数量，像热水中的水银柱噌噌往上蹿，省委第一书记仍不满意。生性耿介的张钦礼在会上放炮说，自己没见过红薯亩产二十万斤，小麦亩产五千斤，芝麻秆能榨出油。夏秋透底征购向农民要粮食，冬春农民还得向我们要返销粮。不能只顾自己脸皮，不顾百姓肚皮。张钦礼"直道以正谏"被逐出会场遣回兰考，大会小会批斗了八个月。

1959年6月1日，河南省委监察委员会正式批示，经省委监察委员会5月18日第九次常委会研究，5月31日报请河南省委批准，同意开封地委监察委员会提出的给予"犯了严重右倾机会主义错误"的张钦礼留党察看一年，行政撤销县长职务的处分，工资待遇由行政十五级降为十八级，送仪封公社老君营村劳动改造。县里每月发给张钦礼十六元钱，还要交生产队八元。张钦礼先是吃大食堂，食堂散伙后吃群众家派饭，饱尝了群众冒着当"盲流"受惩罚危险，外出讨来的发霉发馊的"百家饭"的味道。当年10月，张钦礼被叫回县里，让他揭发因抵制虚报浮夸被撤职的县委书记程约俊。张钦礼抗战时就和程约俊在一起，知道他是一个对党忠诚、不说瞎话的好干部，挥笔写道："折断玉柱换木柱，赤心怎肯害忠良。有话当凭良心讲，自欺欺人理不当。"不辞而别回到老君营。

1960年春，群众因饥饿普遍浮肿，村口路边时见死尸。张钦礼腿肿得一按一个坑，两眼挤成一条缝，以至老婆来了都不曾认出。逃荒群众说，信阳有的村人都快死光了。张钦礼闻之若万箭穿心，面如死灰。

信阳地区1959年至1960年"反瞒产"大规模饿死人后，信阳地委曾给河南省委发电报作了报告。但省委一位领导人阅报后批示，发生问题是坏人的破坏，即将报告入档，故省委其他负责人未能及时看到此报。

国家卫生部和内务部向中央汇报河南灾情后，国务院副总理兼秘书长习仲勋感到问题十分严重，向中共中央监察委员会书记董必武作了汇报。董必武派人到河南调查三个月，给党中央写了报告，毛泽东、刘少奇、周恩来立即作出批示。周恩来彻夜未眠，第二天一早召开国务院紧急会议，心情沉重在会上说，我是总理，我有责任。会后，中央派中监委副书记王从吾、公安部副部长徐子荣、中组部副部长安子文等人组成工作组，急赴信阳调查。

是年6、7月间，中共中央政治局委员、中央书记处书记、国务院副总理李先念，受党中央委派径赴信阳。李先念所到之处，看到人畜口粮和饲料粮都被收购，农民普遍患浮肿病，入村所见妇女没有一个不穿白鞋的，这位战争年代面对险恶环境和部队遭受重大损失未曾流泪的老战士，禁不住流下了热泪。9月下旬，李先念再赴河南等地调查，回京即上书毛泽东。

10月19日，中共中央副主席、国务院副总理陈云到河南作了十天调研。在此期间，23日凌晨二时半，毛泽东急召华北和中南各省市自治区党委第一书记当日进京，晚在钓鱼台主持会议，了解农民生活情况，谈反对"共产风"问题。25日凌晨零点十分，毛泽东在中南海颐年堂同刘少奇、周恩来、陶铸谈河南问题。从23日至26日，毛泽东召集华北、中南、东北、西北四个大区省、市、区党委主要负责人开会，听取农业情况的汇报，讨论了问题严重暴露较早的山东、河南两省的问题。会上，河南省委第一书记吴芝圃汇报的信阳灾情令举座皆惊。"信阳事件"遂东窗事发。11月15日，党中央对省军级发出毛泽东亲自起草的关于彻底纠正"五风"（共产风、浮夸风、命令风、干部特殊风和对生产瞎指挥风）问题的指示。中共中央中南局成立后的第一次会议，专门安排在郑州召开，意在帮助河南省委揭盖子。

秋冬时节，"感时思报国，拔剑起蒿莱"的张钦礼决意为民请命。他给周恩来总理写信，反映河南省委领导带头浮夸，透底征购，大批群众逃荒要饭，有的饿死，吁请总理救救河南人民。夜里，饥肠辘辘的乡亲挤满张钦礼住的草屋，劝他千万别上邮局寄信，以免被截扣，鼓动他进京找周总理，不见总理不回来，还给他准备了路上的饭食，连夜把他送到了内黄火车站。

张钦礼进中南海几经周折，幸得一位富有正义感和同情心的马副厅长相助，于12月9日上午十时见到了周恩来。周恩来接过张钦礼的信，看后第一句话就说："全国两千多个县，你是第一个向我反映真实情况的县长。"张钦礼闻听此言，泪水"唰"地淌了下来。

周恩来看到张钦礼面有菜色，呈浮肿状，不禁神色戚然，安排工作人员带他去吃饭。张钦礼急忙说："总理，不用麻烦了，我来时乡亲们给我带的饭还没吃完，现在就想和你多说说话。"

周恩来让张钦礼拿出带的饭，想看看群众吃的是什么东西。

张钦礼犹豫了一下，从布袋里掏出一个黑乎乎的饭团子。

"给我尝尝！"周恩来伸手要饭团子，张钦礼手一哆嗦，饭团子掉在地上摔得粉碎。周恩来弯腰拾起一块碎渣，仔细看了看，发现饭团子是用树叶、花生皮和少量杂粮做的。他把碎渣放进嘴里，愧疚地说："我这个总理没当好啊！"言讫，泪水潸然而下。

张钦礼当着周恩来的面，"呜呜"地哭了。

张钦礼进京告状，印证了河南"五风"泛滥遗害之广、为害之烈。省委主要领导和相关责任者纷纷去职。张钦礼在洪荒年月为中州黎民苍生打开了逃生之门，无意间却为自己后来下狱埋下了伏笔。

张钦礼回到河南，平反一波三折。他不满意县里平反给他留尾巴，重返老君营劳动。直到新任河南省委第一书记刘建勋派人入村寻访，他才到郑州向刘建勋汇报农村实情，恢复了县委副书记和县长职务。张钦礼把补发的一千二百四十六元工资全部捐出救灾。

焦裕禄到兰考工作时，张钦礼平反复职才四个月。焦裕禄钦佩他无私无畏为百姓请命的凛然正气，诚心问计："老张，你是老兰考了，情况熟。你看，要改变兰考面貌，关键问题在哪里呢？"

张钦礼稍加思索说道："依我看，恐怕还是人的思想问题。"

"对呀！你说得对，是人的思想问题！"张钦礼切中肯綮的话语，使焦裕禄颇有所见略同之感。他兴奋地说："不过，你这句话还没说全，应在'思想'前面再加上'领导'俩字。现在的主要问题是在领导，特别是县委领导。我下乡住在群众家，晚上聊天，我问他们，咱们庄稼人打不出粮食来，你们就愿意常年吃国家的统销粮和救济粮吗？群众回答得好，干部不想辙，我们有啥法？干部不动弹，我们咋使劲？所以，没有抗灾的干部，就没有抗灾的群众！"

张钦礼非常赞同焦裕禄的观点，两人谈得很投机，一致认为，兰考广大群众是不甘心被自然灾害奴役的，他们身上蕴藏着极大的积极性，关键是要解决领导干部的精神状态和思想问题，真正树立改变兰考面貌的雄心壮志，带领广大群众抗灾夺丰收。

张钦礼对焦裕禄建言："战胜'三害'，必须要有一支能打敢拼的干部队伍。我看，眼下还有一个关键问题急需解决。"

"什么问题？"焦裕禄两眼紧盯着张钦礼，急切地问。

"尽快给抵制浮夸风的党员干部彻底平反，使他们甩掉思想包袱，有干事的心境，挺起胸膛，和群众合心合力制服'三害'！"

焦裕禄完全同意张钦礼的意见，又说："毛主席说得好，政治路线确定之后，干部就是决定的因素。干部不领，水牛掉井呀！"

两人这次推心置腹的交谈，一直到三星西斜、鸡叫头遍。

在兰考这个寒气袭人的冬晚，中国共产党在豫东基层一线的两位从战火硝烟中走来的负责人，开襟敞怀交流思想，围绕重振军心的使命碰撞出了火花。他们都为眼前的局面感到忧虑，也因某些政策滞后感到无奈，但挽生民于危亡的担当和奋起抗灾的决心，使他们走到了一起。

这个夜晚之后，焦裕禄决心从领导干部思想革命化抓起，扭住精神状态这个开关，点燃干部内心的热情，唤醒那些昏昏欲睡者。

天降大任前的磨砺执拗而绵长。1962年12月30日，河南省委组织部召开办公会。这次会议研究确定：

焦裕禄的任职，迟一迟再批。

会后填写的焦裕禄的任免干部审批表，留下了"焦裕禄在尉氏是否为第二书记"的疑问。对此，焦裕禄自然无从知晓。他全身心致力于点燃兰考干部心中那盏灯，丝毫无暇他顾。

与此同时，焦裕禄还有备而来，组织重温兰考革命斗争历史。

穆青1966年2月在中国文联作报告说，焦裕禄到兰考后，找战争年代参加过拉锯斗争、打过游击的同志，详细了解兰考的革命斗争历史。这是一方烈士鲜血染红的热土。解放战争中，我军三次攻克兰封城，两次解放堌阳，在与敌人反复较量争夺中，八百多名烈士英勇捐躯，包括一任县委书记和一位游击队司令。考城县委四区一个月就牺牲了好几位区长。第五任区长马福重，受命之日即做好了牺牲的准备，向组织交了党费和自己的东西，上任几天就壮烈牺牲。敌人将他破腹，拉出肠子来挂在树上……

焦裕禄缅怀兰考悲壮的革命斗争历史和前仆后继的先烈，充满深情地说："兰考这块地方，是许许多多好同志用生命和鲜血换来的。先烈们并没有因为兰考人穷灾大，就把它让给敌人，而是一寸土地一寸土地地同敌人反复争夺。那真是一寸山河一寸血啊！党安排我们在这里工作，灾区群众热切盼着我们带领他们打翻身仗。难道我们忍心看着'三害'把群众赶走、逼走，忍心看着烈士用生命换来、用鲜血染红的土地，被自然灾害夺走吗？不战胜'三害'，让兰考百姓过上好日子，我们怎么对得起长眠在这里的烈士，怎么对得起兰考的父老乡亲，怎么对得起党对我们的信任和重托？"

焦裕禄还见缝插针，同县委委员们谈心，帮他们疏通思想。

县林业局局长一直不愿在兰考工作，想调往丰收地区。未能遂愿便小病大养。焦裕禄多次同他谈话，中肯指出问题，鼓励他到艰苦的地方去锻炼。这位局长幡然醒悟，思想彻底翻了个个儿。他为自己过去的表现而难过，羞愧有加地对焦裕禄说："我要写一篇检讨，送到《河南日报》去发表，向兰考三十六万群众公开道歉！"

焦裕禄看到他的转变，欣慰地说："你能认识自己的问题就行了，检讨就不送报社了，还是以实际行动向广大群众作汇报吧！"

县委农村工作部部长孟庆凯，面对灾情畏难发愁，精神状态欠佳。焦裕禄认为，孟庆凯的本质是好的，但应到抗灾第一线去摔打锻炼。他对孟庆凯说："你需要到斗争最前线去，看看贫下中农是怎样生活和战斗的，然后，对照对照自己。"孟庆凯调任城关公社党委书记后，经抗灾斗争磨砺和向群众学习，像是换了一个人。

按照张钦礼的意见，县委把当年抵制浮夸风受处理的党员干部，悉数请到县委招待所，按照头年中央七千人大会的做法，"白天出气，晚上看戏"，大张旗鼓为他们平反。这些蒙冤多年的党员干部，彻底甩掉思想上的包袱，一个个扬眉吐气，余悸尽消。大家高兴地搂着哭、抱着笑，心中的坚冰在实事求是的春风中悄然融化。

焦裕禄对张钦礼的倚重，他善纳群智的领导艺术，脚踏实地的实干精神，模范带头的榜样作用，都使张钦礼极为钦佩。他逢人就说："焦裕禄看问题高人一招棋！"

干部不领，水牛掉井！没有抗灾的干部，就没有抗灾的群众！关键在于县委领导核心的思想改变！从焦裕禄扎到群众中调查和同干部促膝谈心起，这些滚烫的话语就开始掌握人心、照亮思想。后来，人们忆起这场影响深远的变化，发现兰考县委领导核心思想的改变，兰考干部队伍精神状态的提振，都是从风雪车站夜开始的。

"临政务以安民为先。"焦裕禄经常光顾兰考火车站，还因为这里是洞察人口外流的便捷窗口。为遏制灾民外流，县委成立了劝阻灾民外流办公室。劝阻办工作人员，每天在火车站和交通要道堵截、劝阻外流人员，县民政局还在火车站设立了收容站。然而，1963年春，兰考外流人口还是达到了四万二千五百多人。一次，一位省领导来兰考检查工作，一下火车，看到站台上到处都是准备外出逃荒的灾民，当面对焦裕禄提出了批评。焦裕禄诚恳接受省领导的批评，想方设法救灾扶贫、发展生产、稳定群众。与此同时，对眼下在乡确实无法生存的特困群众，又设身处地准予其外出谋生。

东坝头敬老院的雷中江，是毗邻东坝头的雷新庄人。雷中江三岁那年，随父母到江苏省新沂县要饭，直到兰考解放后，才于1949年9月回到家乡。因东坝头地处风口，风沙大，落尘多，走进一别八年的家中，屋里地坪比院子里的地面，足足矮了三十厘米。灾年荒月，雷中江免不了频频外出。

1963年3月下旬的一天，二十五岁的雷中江和两个同乡一起，携带家里织的土布，准备扒货车去安徽用布换吃食。当时，兰考火车站所在的陇海铁路是单轨，只能跑一趟火车，货车让客车，慢车让快车，车站经常停着好几辆货车。灾民们通常顺铁道进站，隐蔽在车站东西两头扳道房旁的闸口，等货车进站后伺机扒车。

那天，雷中江三人在车站东闸口等车，忽见三个人走来，因距离太近已躲避不及。雷中江的心猛地一沉：完了，该咋着咋着吧！

领头的中年人问雷中江："你们是哪儿的？到哪里去？"

雷中江拿出家制的土布，照实对中年人说："俺是雷新庄的，拿自己家里织的布，去安徽换点吃的。"

中年人抚着雷中江的肩膀说："我是县委的，姓焦，叫焦裕禄。我们没做好工作，让你们受苦了。你们去吧，路上注意安全。"

雷中江外流碰上干部未受批评处理，反而得到同情理解和关心，干部还诚恳检讨自己工作没做好，颇有唐人"邑有流亡愧俸钱"的良吏情怀，顿觉嗓子有些痒，眼角也湿润了。雷中江没敢看那个干部的脸，估计他眼里也盈满了泪水。他真正掂出干部"路上注意安全"叮嘱的分量，还在嗣后。

1963年7月15日，兰考县公安局呈送给焦裕禄和县委领导的一份报告，展现了一组令人触目惊心的镜头——城关公社老韩陵大队五爷庙村李富德，外流途中冒险钻火车头被轧掉；仪封公社三合庄村李雪和陈富生，外流时双双被火车轧死；仪封公社代庄村刘耿氏和代洪占，外流期间先后被火车轧死；仪封公社圈头村房月亮，外流跳车被火车轧死；张君墓公社张公安砦村张张氏和张绍其，外流中先后被火车将头轧烂；爪营公社代砦大队袁登山，外出扛粮被火车轧死；红庙公社红庙大队秦家廷，外流抢扒火车被摔死……

若干年后，雷中江才知道，当年在火车站碰到的是县委主要领导。他还听说，因兰考外流人口多，焦裕禄受到上级批评。但县委在千方百计安顿群众的同时，仍实事求是通知社队"对全队人员进行排队，生活困难而需外出者，经过生产队批准，开给证明。"为稳定群众，减少伤亡，焦裕禄还布置将外流亡人案例编成提纲，教育全县群众。这些细节，使他流下了眼泪。

五十五年后的一个秋日，我在东坝头张庄，见到了刚从焦裕禄干部学院授课交流归来的雷中江。当年在车站巧遇焦裕禄的青年，已年满八十，迈入老境。谈及往事，老人不胜感慨："焦书记在兰考时间不长，人们怀念他，是因为他指出了让我们生存的办法。"

2018年5月20日下午，我在兰考县委常委、武装部政委朱晓峰陪同下，来到焦裕禄掀起干部思想转变波澜的兰考火车站。昔日穷困闭塞的灾区，今日坐拥地处欧亚大陆桥和与"一带一路"紧密相连的巨大优势，全方位构筑起立体化四通八达现代交通网络。兰考东临京九铁路，西依京广铁路，陇海铁路贯穿东西，郑徐高铁途经兰考产业聚集区并设兰考南站，连霍高速和日南高速公路绕城交叉而过，从县城一小时可达新郑国际机场。地处枢纽和中原经济区核心地带的优越区位，使兰考成为全国交通最发达的县（市）之一。

兰考火车站党总支书记李文标，带我们穿过候车大厅走上站台，打开手机展示了几幅摄于二十世纪六十年代的车站老照片。昔日破败的车站已旧貌难觅，潮水般的灾民早已成为历史记忆。唯有改造后的候车大厅依稀可寻当年的轮廓。跨越时代的候车大厅，是1963年1月那个风雪之夜，焦裕禄带县委一班人心怀歉疚看望灾民的地方，也是那次载入史册的县委会首项议程现场。兰考干部思想转变就是从这里起步，慷慨激昂奔赴抗灾第一线的！

我们从地下通道来到铁路南站台，旅客中不乏衣着时尚的青年男女。他们是度完周末正返回郑州的兰考大学生。哦，从愁肠百结的逃荒灾民，到阳光灿烂的莘莘学子，从遍地逃票扒车的"铁道游击队"，到比肩继踵的在校大学生，兰考车站的变化，是兰考巨变的缩影。而历史性变化的起点，则是风雪之夜县委一班人面对逃荒灾民愧疚自责的候车大厅。兰考灾民外流的零公里处，也是焦裕禄抓主要矛盾根除"三害"、走出兰考新道路决心形成的滥觞之地。

1990年，峨眉电影制片厂拍摄彩色宽银幕故事影片《焦裕禄》，剧组在火车站拍摄焦裕禄带领县委委员午夜看望灾民那场戏时，一大批来自兰考乡间的群众演员参加演出。当李雪健饰演的焦裕禄和他的同事们走进候车室，面对无数泪别故土踏上逃荒路的灾民，满怀悲切地讲出，这些都是我们的父老兄弟、骨肉乡亲，看到他们大雪天拉家带口外出逃荒，我们心里是啥滋味那段话时，人群中突然响起一位老妇人的哭泣声："焦书记，讨饭苦啊……"顿时，年龄大的群众演员都揩起了眼泪。"焦书记啊……"随着一声撕心裂肺的呼喊，群众演员的情绪完全失控，现场哭泣声、呼喊声大作。

突如其来的戏外戏，感染和教育了在场的所有人，也给这个铭刻着不寻常历史节点的车站，留下了新的感人至深的花絮。

三、河湾有宝，于斯为盛

提振干部精神状态的战役拉开序幕，攻势便迅疾引向纵深。

1963年2月6日，焦裕禄发动参加县委扩大会议的干部给县委一班人提意见，要求意见与本人见面，对能解决的问题当场答复，暂不能解决的问题研究后回复。焦裕禄批评依赖救济和听任群众向丰收地区转移是"越救越灾，越逃越荒"，剖析了"上游太辛苦，下游打屁股，中游最幸福"的错误认识，指出："这种人脑子里有很多怕字，怕苦，怕紧张，怕犯错误，干工作不愿动脑筋，不愿动手，不愿学习，重要的会议不记笔记，对下情一知半解，或者只知不解，人云亦云，信假为真，没有肯定的结论，回答问题总是估计、大概、差不多。这能带领群众改变所在地区的面貌吗？能治理'三害'吗？这是干革命吗？不！这不是干革命，是混革命！"

焦裕禄这番激情充沛、直击要害的话语，像一团跳荡的火焰，把兰考广大干部灰冷有日的心，烧得暖烘烘的。

黄河流经兰考三十八公里，境内黄河防汛好有一比——"豆腐腰"上牵龙，是天字号任务。作为河防第一责任人，焦裕禄上任伊始便朝沐河风，夜枕波涛，轻装简从扎到黄河沿岸集镇村舍察堤防、问民生、尝疾苦。兰考县委工作日志载，1963年2月20日、2月24日、3月12日，在前后二十天的时间里，心忧黄河和河滨父老的焦裕禄，连续三次到东坝头一带检查防汛、生产救灾和粮食统销。

行走田野，问俗追风，焦裕禄了解到，古来黄河改道决口上千次，约三分之一在兰考。北宋以来八百多年间，黄河在兰考决口改道，有记载的就有一百四十三次之多。暴虐恣睢的黄河在兰考横行无忌，留有行河故泛道十一条，现存故堤十九条……

水患如此严重，环境如此恶劣，为什么歌于斯、哭于斯的兰考父老，水来而徙，水去乃还，年复一年，即使贫瘠的土地所获难以果腹御寒，冬春外出讨饭归来，依然深情依附着这片根脉相系的故土？焦裕禄沿河勘察，不时顿足感叹，脑中现出一个硕大的问号。

历史给黄河留下的设问，归根到底还要黄河来回答。

循着母亲河的心灵之约，焦裕禄登上了日夜涛声下渤海的东坝头。时值侵晨，天晴河爽，朝暾初露，洪波涌起，浩浩西来的黄河燃起了熊熊火焰，犹如巨龙涅槃，又似彩虹卧波，跨越高山和大川，把遥远的黄土高原同壮阔的渤海之滨连接在一起。焦裕禄骋目坝头，思接千载，视通万里。治黄是治国的开篇。新中国成立伊始，毛主席首次出京考察，就登临东坝头，极目长天，雄视九曲，躬身问计筹河安澜。时隔近四年，毛主席再登东坝头险工，把执政党对国家民族和子孙万代的深情大爱，洒满黄河最后一道弯……

百年雄关的霞姿月韵，令焦裕禄心旷神怡。眼前逝水与既往流年相对而行，擦肩而过，历史的画卷重又在他眼前徐徐展开——

1952年10月30日清晨，朝霞染红波光潋滟的黄河。毛泽东身着军绿色大衣，戴有檐帽，穿黑布鞋，走下停在许贡庄旁防汛专用线上的列车，舒展一下腰身，对秘书叶子龙说："走，我们到村里看看！"

秋深的晨风凉意渐浓，毛泽东边走边说："这里自古就是穷地方。陕北也苦，可是有地种，有窑洞住。这里不行，地里不打粮食，黄河一决口，什么都没了，苦不堪言啊！解放几年了，不知老百姓生活怎么样？"

许贡庄村外打谷场上，堆着刚刚登场的玉米棒槌、谷子和黄豆角。黎明即起的农民王廷选，正在拾掇收获的秋粮。毛泽东俯下身，拿起一穗玉米棒看了看，问正在忙活的王廷选："老乡，今年的收成怎么样？打的粮食够吃吗？日子过得好不好？"

"今年年成还不错，粮食够吃，日子一年比一年好。"王廷选看着装束和口音显然不是本地人的来客，停下手中的活计回答说。

"村里搞过土改没有？"

"改罢啦！"

"你家啥成分？"

"我家是贫农。"

"村里有几户地主和富农？有几户贫农和中农？"

"没有地主，就有两户富农，十九户中农和贫农。"

"每亩地能收多少粮食?"

"每亩合一百来斤。"

"花生每亩能收多少?"

"好的合两石,雨水不调,合一石多收。"

"一亩地一年交多少公粮?"

"按土质说,一百斤交十多斤。"

毛泽东指着村南的盐碱地问:"按南边这地,一亩交多少?"

王廷选说:"一年交七八斤。"

"打公粮公不公?"

"公,人人都有一份。"

毛泽东闻听此言,走上前去,拍着王廷选的肩膀笑了起来。

贫农董宪停、王常氏、曹邱氏等人,陆续来到打谷场,望着和气又有些面熟的毛泽东笑。毛泽东也笑着向群众打招呼。

毛泽东在打谷场上边走边问:"你们这里没有粮食囤呀?"

群众回答说:"俺这里地孬,打的粮食少。"

少年刘丙堂不眨眼地盯着毛泽东看,神情忽然由专注转为惊喜,冲着在场的大人嚷道:"俺家有他的像!"

众人也认出是毛泽东,竞相喊着:"毛主席!毛主席!"

毛泽东笑着向大家招招手,离开打谷场来到贫农董宪德家。

低矮的院墙内,有三间坐北朝南的草屋。院东有个豆秸垛,西头支着几口大锅。毛泽东环视小院,自言自语:"这一家好一些。"

贫农陈万州用董家的大锅在熬碱。毛泽东问:"这是做啥?"

"熬碱咧!"陈万州擦把汗,望着蔼然可亲的毛泽东说。

毛泽东兴致盎然拿起锅旁的秫秸疙瘩,轻轻搅动锅里的浮沫。

"俺这里全靠这吃饭哩!"陈万州对毛泽东说。

"你们熬了碱,可以到集市上去卖么?"毛泽东问。

"就是打(纳)税太厉害!"

毛泽东问随行省、地领导同志:"农民卖点盐碱,还纳税吗?"

当地领导领会毛泽东的意图,此后农民卖盐碱不再纳税。

女主人李桂香见身材伟岸的毛泽东转过身，急忙把他让进屋。

"我们来看看你！"毛泽东说着，同李桂香拉起了家常。

"家里有几口人？"

"一共三口，老头子董宪德赶集去了，儿子在海南岛当兵。"

"你家今年收了多少粮食？"

"收得不少，这是今年的豆子。"李桂香捧起一捧黄豆给毛泽东看。

"咋跟辣子籽一样大呀？"毛泽东见豆粒又小又瘪，望着随行的地方领导同志，不由轻轻喊出声来。

李桂香叹口气说："今年生蝗虫啦！"

农妇一声叹息，令毛泽东大恸于心。他看着屋里的陈设，只见迎面靠墙摆有一张桌子、两把椅子，墙上一上一下贴着两张像，上面一张是毛泽东像，下面一张是南海大士画像。

毛泽东看着李桂香家贴的两张不协调的像，若有所思地笑了。

新中国的建立，使世代当牛做马的贫苦农民翻了身，有了自己的土地。人民感谢共产党，相信会带领他们建设美好家园，但对黄河灾害能否治理得好仍心存忧虑，免不了乞求神灵保佑风调雨顺。

"这是毛主席像，那是老奶像！"李桂香指着两张挂像说。

毛泽东望着老奶像说："旧社会我家也挂过，现在不兴挂啦！不过你就是挂上，也没有妨碍。她不吃你咧，也不喝你咧！"

李桂香闻听此言，望着酷似墙上挂像的来客，憨厚地笑了。

毛泽东走进李桂香和丈夫住的房间，摸摸床上的被褥，忍不住问道："怎么连个柜子箱子也没有哇？！"

李桂香取下挂在墙上的馍筐，指着筐里的蒸馍让毛泽东看："如今俺的日子好过了，不愁吃，不愁穿！"

毛泽东走出房屋来到院里，看见在打谷场遇到的农民王廷选，便指着附近一座瓦房问："住瓦房那家是啥成分？"

"是贫农。"

"贫农怎么住这么好的房呀！"

"他家烧砖瓦窑。"

这时，赶完早集的董宪德肩背褡子回家来了。董宪德进门就认出了毛泽东，喜不自胜地拉着毛泽东的手，要他在家里吃早饭。

毛泽东握着董宪德的手，微笑着问："你今年多大了？"

"毛主席，我是属马的！"董宪德快活地回答说。

毛泽东朗声笑道："咱俩一样大！"

在众人的欢笑声中，毛泽东问："你们这里都是盐碱地吗？"

"都是盐碱地。地不少，就是不收多少粮食。"董宪德说着，两眼望着毛泽东，满眼都是期待："这盐碱地能治吗？"

毛泽东迎着这个纯朴农民的目光，肯定地说："能治……"

一幅爱民图。一阕陈情曲。一片鱼水情。一本教科书……

人民领袖晨起入村，微服私访，喜煞百姓，陶醉中州。

赴兰考履新以来，焦裕禄从县委领导和资料惟妙惟肖的描述中，无数次回放过这一令人神往的场景。毛泽东夜宿列车、乡场对话、入户体察的细枝末节，如诗如画，深深潜入他的心底。董宪德"盐碱地能治吗"的真情叩问，毛泽东"能治"的郑重承诺和"要把黄河的事情办好"的战略号令，总使他背如悬鞭，肩似荷山，心中涌起背水一战征服"三害"的一腔豪情。

焦裕禄身沐朝晖徜徉东坝头，抚今忆昔，心海像是掀起九级浪。人道是河湾有宝。生活经验证明，河流拐弯的地方，由于河势和水流变化，时有船只翻沉，因而成为宝物汇聚之地。改写了黄河和中原历史的最后一道弯，宝在哪里呢？焦裕禄伫立坝顶，瞩望接天奔涌、洪波叠金的不尽潮头，耳畔响起了熟悉而雄浑的旋律《黄河颂》——那是民族危亡之秋，华夏子民最后的怒吼在大河的回声！兰考最具诗情画意的自然和人文景观，令焦裕禄心游万仞：

——兰考是会盟胜地，公元前651年，春秋五霸之首齐桓公在考城境内的葵丘大会诸侯，齐、鲁、宋、卫、郑、许、曹等国国君和周襄王的代表参加，齐桓公成为中原首位霸主；

——兰考是圣哲故里，考城籍著名政治家文学家江淹，文章华著颇有奇才历仕南朝宋、齐、梁三代，明代"七子"之一王廷相力倡古文、反对士风，影响后世深远；

——兰考是智囊家园，战国时秦国一代名儒池子华，辅佐秦惠文王官拜宰相，军事谋略家陈平六出奇计，襄助刘邦定汉室江山，两位智多星皆出自兰考的茅屋柴扉；

——兰考是礼仪之邦，汉时考城籍大儒戴德、戴圣，合撰《礼记》名闻天下，清代重臣张伯行居官"誓不取民一钱"，荣膺"天下第一清官"美誉；

——兰考是壮士之乡，辛亥志士王梦兰、李心昂舍生取义，流芳中州……

古老而多舛的兰考，像个寒门贵子，当河而立，玉树临风。

那个云蒸霞蔚、气象万千的早上，百年险工东坝头，为焦裕禄打开了认识母亲河的窗口。漫漫五千年，一代又一代中国人披荆斩棘，战天斗地，女娲补天，精卫填海，大禹治水，愚公移山……历尽艰苦卓绝，黄河孕育的中华文明，雄姿英发屹立于世界民族之林！洪水漫漶，灾害频仍，人才辈出，赓续不绝，充满困苦与艰险的黄河最后一道弯，不也是催生和锻造民族精神的圣地吗?!

焦裕禄的目光变得迷离起来：母亲的爱，不只是春风呢喃，软语温存，在黄河一路奔腾咆哮的历史拐点，母亲在留下苦难的同时，也为河湾儿女提供了砥砺英才的砺石。那是一种让一个民族生生不息、代有才出的更为深挚的爱啊！焦裕禄的心，像是被朝霞染红的波涛点亮了：刀在石上磨，人在苦中砺，苦难铸造了兰考和在此生息繁衍者的筋骨，兰考人的性格，就是黄河的性格！那是母亲河给予儿孙子嗣受用无穷的珍罕基因和宝贵馈赠啊！

焦裕禄想起夜宿农家，昏暗的油灯下，须发皆白的老者，虎虎生气的后生，信心犹存的干部，那一双双渴望驱除灾魔、改变现状的眼睛。时代变迁，可那些眼睛还像当年打日本、打老蒋年月，人民群众对中流砥柱中国共产党的热望、信赖和倚重一样真诚，一样炽烈，一样急切！苦难与辉煌交织的历史，面向灾害一次又一次奋起的人民，1952年毛主席视察东坝头后，兰考人民植树封沙，开渠排涝，仅过三年时间，兰考的粮食产量就达到历史最高水平，百姓温饱有余。是后来的瞎折腾，天灾与人祸交互为害，兰考才又滑到历史谷底。兰考人民中蕴藏着驱除"三害"打翻身仗的极大热情，问题是我们当领导的要善于引领，善于点燃这种热情，让人民群众胸中奔涌的无穷无尽的力量，像火山熔岩一样喷发出来！

俯察古今，遍访城乡，焦裕禄深为兰考悠久的历史、灿烂的文化、英雄的人民所折服、所赞叹。这种挚爱与尊崇，化为他在县直机关干部大会上一席激情荡漾、沁人心脾的话语：

"兰考是个好地方，一马平川，前景广阔。有点沙，有点碱，把它治住了，就是一片林，一片青。问题是要有人干，只要干，就可以大有作为！穷不怕，困难也不怕。越是穷，越是困难，就越能锻炼人的意志，越能培养人的革命品格。共产党员，就是要在困难面前逞英雄嘛！舒舒服服，条件那么好，还革什么命呢？"

这些令人开窍鼓劲的话，像翠岗上亮出一杆旗，引领干部冲破饥馑年月的云霭雾瘴，登上拨云见日的高峰。大伙儿兴奋地议论说，这个县委书记跟别人不一样，让人们能够在黑暗中看到光明，在不利条件中看到有利条件，在消极因素中看到积极因素。有的干部甚至情不自禁地喊出了声："这才像个革命领导干部的样子嘛！"

兰考这厢雄心万丈，省城郑州却再生插曲。

1963年2月14日，河南省委组织部干部处建议："可调张汉儒任兰考县委第一书记，焦裕禄任第二书记。"

张汉儒何许人也？在开封地委屡次报请任命焦裕禄未能获准之际，河南省委组织部干部处建议任用他以打破兰考换将困局，史上便有了诸多无处安放的悬疑：这个神秘人选，有着怎样的经历和素质？为什么最终没有到兰考任职？在拍板决策中，究竟发生了什么？

我请教"兰考通"樊哲民。他肯定地说："兰考没这么个人。"

"张汉儒会不会在开封地委机关任职，或是开封地区其他县的领导？"

有着活化石品质的老领导摇摇头说："我没有听说过。"

我请开封市委档案馆的同志帮助查询，结果一无所获。

这时，我想起了曾任过原二十集团军干部处处长的河南省军区政工局局长李小平，请他设法在开封市委组织部查询，未果。我给小平发短信说，张汉儒当时很可能在省直机关任职。省委组织部因焦裕禄未主持过一个县的工作，不同意他一步到位，张汉儒应该当过县委书记。但短信发出后，小平未及时回应。几天后，我再发短信催促。他回短信说，不好意思，因一个非常特殊的情况耽误了一下，我马上请省委组织部的同志帮助查清！果然，小平很快将查明的情况转我。

张汉儒是山西武乡人，时任河南省委农村工作部办公室副主任，1925年生，比焦裕禄小三岁，1939年参加革命，比焦裕禄早七年。战争年代，张汉儒任过区委书记兼区长和武工队队长，新中国成立后，当过河南温县和沁阳两个县的县委书记，还任过省委农委调研处处长。显然，这是一位经受过革命战争考验，基层、机关任职经历和工作经验均丰富，有着第一等履历，领导素质全面的优秀干部！

张汉儒的出现，使兰考的历史面临变数。中国共产党人的伟大精神铸造，阴差阳错走到了十字路口。

1963年2月15日，河南省委组织部办公会审批干部处提出的这一方案，颇费斟酌，慎重有加。会议尊重开封地委意见，决定：

部办公研究暂不批。

几近命悬一线，最终绝处逢生。当我躬身文山史海爬梳时，耳畔恍如听到了飞机临空的轰鸣声。"空降"兰考对象已经选定，就差开舱直降了。成就和发现焦裕禄的那扇大门，眼看就要"咣当"一声关闭。幸运的是，历史贤达，上苍眷顾，那扇大门依旧敞开。

张汉儒后在"文革"罹难，几经颠沛，1978年任河南省平顶山市市委副书记、组织部部长，1979年任河南省农业学院党委常委、副院长。

在我为一连串问号拉直感到欣慰时，惊闻战友小平因患癌症，于2019年10月25日猝然去世，年仅五十四岁！哦，"非常特殊的情况"原来如此！在他帮我破解悬疑时，正值生命的最后时光！

己亥冬月，我来到郑州河南省军区宿舍，带来了中宣部及专家审定的这部书稿，以渗透小平最后心血的书香，遥祭远行的战友。一个政党为高尚精神的牺牲，五十年弦歌不辍，一直赓续到今天！

一波未平，一波又起。1963年3月，河南省委分管农业工作的第二书记何伟，带开封、杞县、民权、东明四县县委书记，专程来兰考调研。

焦裕禄到兰考虽不满仨月，但对何伟丰富的阅历已有耳闻。何伟1934年毕业于汉口华中大学，1936年入党，曾任鄂豫皖区组织部部长，新四军七师政治部主任，东北野战军铁道纵队党委副书记兼政治部主任，广州市委第一书记、市长，外交部部长助理、机关党委书记，驻越南大使兼驻老挝经济文化代表团团长，1962年4月任河南省委第二书记。何伟走进会议室，焦裕禄才知道，省领导挂帅出征，是为拆分"对省地拖累很大"的兰考。

何伟坐定后开门见山说道："兰考解放十几年，面貌没啥大的改变，'三害'把老百姓折腾得穷困不堪。当前，兰考灾情这么重，短期内又没啥好办法，省委初步考虑，把兰考一分为四，兰考周边四个县帮助承担困难，各分四分之一。这个想法先给大家吹吹风。"

肢解兰考的方案一出，周边四县的县委书记纷纷做雀跃状，一致表态愿为省委分忧，无条件接受从兰考分给本县的那一部分。

焦裕禄蒙了。这是他根本不曾想到也无法接受的一个方案。

秦始皇二十九年（公元前218年）阴历二月，始皇帝出西京东巡深入不毛，经兰阳、仪封适逢风沙弥漫、雾塞四野，遂怼称兰考"东昏地"。于是，史上兰考曾称"东昏"。西汉武帝建元元年（公元前140年），兰考设东昏县。尽管古时兰考环境恶劣不受待见，但千百年来所属县份从未从中国县治出列。难道历史悠久的"孔子过化地"，要在社会主义中国永远消失吗？

焦裕禄把张钦礼叫到屋外，搓着双手说："钦礼同志，咱该咋办？我真不忍心看着兰考就这么没了！咱也得表个态呀！"

张钦礼也急得头上直冒汗，听焦裕禄一讲，脸上顿时现出一副豁出去的神情，跺跺脚说："我先发言，有事我兜着！"

"说话要有分寸。你说完，我补充！"焦裕禄叮嘱说。

张钦礼回到会议室，首先发言说："我个人认为，兰考不能瓜分。旧中国兰考也是穷，也是落后，但解放后的1954年，政务院把兰封县和考城县合并成兰考县，而不是分。1950年到1956年，兰考人民并不缺吃少穿，是河南搞虚报浮夸，征过头粮，才使人民背井离乡，逃荒要饭。这不是兰考人民不勤劳，也不是兰考干部没本事，是天灾加人祸造成的灾难。治理'三害'，兰考干部群众是有经验的。只要我们老老实实领着群众干，不搞人整人，兰考县委新班子在焦裕禄同志的带领下，三年时间一定可以领导人民改变兰考面貌，恢复到1956年群众吃穿不愁的水平。三年改变不了面貌，我们自动辞职，不劳省委分配工作，回老家种地去。"

焦裕禄感到张钦礼讲得得体到位，无须赘言，便补充说："我同意钦礼同志的发言。不过我要再加上一句话，三年改变兰考面貌是宽限，力争提前。不达目的，我们死不瞑目！"

开封县委书记周锡禄是焦裕禄的山东老乡，又是南下战友，当年两人一起调洛矿，又一起到哈尔滨学习和到大连实习，看到他和张钦礼力保兰考的执着劲儿，忍不住说："老焦，老张，我不是拔恁俩的气门芯，你们说三年摘掉兰考这个老灾区的帽子，依我看，累不死，也得脱三层皮！"

周锡禄开玩笑时不曾料到，自己的女儿周建新，在焦裕禄故后嫁给了他的长子焦国庆，使老乡、老同学又成了亲家。这是后话。

周锡禄的玩笑话，令焦裕禄和张钦礼热血冲顶。两人站起身说："我们宁愿累死和脱三层皮，也不愿把困难转嫁给兄弟县！"

兰考县委书记和县长的态度，令何伟大为感动。这位翌年5月出任国家教育部部长、体恤部属又极富人文情怀的省领导，从兰考带头人身上，看到一种弥足珍贵的精神。他不急于离去，而是前往许贡庄看望受灾群众，到秦寨看压碱，到张庄看封沙，一连看了八十多个风口、沙丘和低洼盐碱地块。何伟越看越有信心，提出县里解决不了的困难，省委可以帮助解决。

焦裕禄斟酌有倾，谨慎提出："封闭沙丘，挖河排涝和安排群众生活，都需要一些经费物资。请省里帮助兰考解决四十万元经费。"

战斗在抗灾一线的同志不易呀！何伟见焦裕禄下了很大决心，才张口要四十万元，慨然说道："我马上汇报协调，上级能解决更好，解决不了，我就是当裤子、卖鞋、押袜子，也给你们凑够！"

瓜分兰考的动议消解了，省里拨的四十万元也很快到账。县委研究决定，拿出一半钱购买架子车等治沙工具下发社队，另一半钱由蔺永沛副县长带有关部门人员，前往四川、云南、广西等地购买粉条、木薯片等代食品发给群众。癸卯早春的兰考，温暖遍及城乡。

在大力解决县委领导层思想问题的同时，1963年6月27日至7月1日，焦裕禄主持召开了全县公社党委书记、社长和科局长会议,传达地委座谈会和县委会议精神。焦裕禄在会上提出:"我们制止灾民外流,不能光靠'扬汤止沸','扬汤止沸'是暂时的,是治标的办法。要'釜底抽薪','釜底抽薪'才是治本的办法。我们要摘掉灾区的帽子,光靠国家的救济是不行的,必须找出彻底改变兰考面貌的措施和办法来。"会议开得热气腾腾,根据与会同志讨论的成果,焦裕禄归纳了彻底改变兰考面貌的四大举措:治沙、治碱、治水、治虫。焦裕禄乘势而上在会上部署,从7月起,全县对"三害"进行全面勘察和治理,要求各公社做好准备,统一行动。

这次会议之后,焦裕禄又召开全县干部大会,分析形势,明确任务,号召大家迎难而上,切实肩负起自己在抗灾斗争中的责任。

情理交融的教育引导,严肃热诚的思想斗争,唤起人们源自内心的政治觉悟。以县委领导核心为先导,广大干部振奋精神,自觉破除灾害面前畏难发愁、束手无策和消极逃避思想,在严重自然灾害面前站了起来,成为带领人民战胜"三害"的主心骨。到困难的地方去!到灾情最重的生产队去!到最艰苦的地方去!一时间,兰考大地到处回荡着激励人心的行动口号。

1963年7月11日,县委出台《关于切实制止人员外流的意见》,要求干部深入外流人口多的队,教育群众树立自力更生战胜困难的信心;生产生活统一安排,统销包工紧密结合,实行田间农活大段小段包工责任制,缺粮队社员按分期完成的投工、投草、投肥任务凭证购粮;广开副业门路,大搞多种经营;公安局等部门协助车站维持秩序,清理扒车,动员外流人口返乡。

意见中关于以思想教育树立信心,实行统销包工结合,落实包工责任制与凭证购粮挂钩,可谓非常年月赈灾安民的灵丹妙药。

省委第二书记何伟,在开封地委副书记卢嵩陪同下二赴兰考时,7月13日,县委召开公社党委书记会议,部署劝阻外流工作。县、社二百多名干部和省、地两级工作组五十多人,分头深入基层推动各项措施落实。7月15日,工作组指导有关部门在兰考火车站清理西行的两趟货车、一趟客车,共清理下来外流人员三千八百人,属于兰考的只有三十四人。

兰考从抓县委领导核心和干部队伍的思想改变入手,凝聚全县人民抗灾救灾意志的做法,得到省、地两级充分肯定。省委第一书记刘建勋、副省长王维群，先后前来兰考指导，鼓励焦裕禄他们坚定不移干下去。

穷则思变的兰考开始引人注目。《河南日报》总编辑刘问世，带上几位记者，专程赶来采访报道兰考的抗灾及新变化。

焦裕禄给省报总编辑和记者汇报兰考抗灾情况，自信而坚定地说："逃荒要饭的'兰考道路'，不能再走下去了，今后兰考要走新道路。这就是，振作精神，奋发图强，自力更生，艰苦奋斗，抗灾自救，改变面貌。"焦裕禄还介绍了韩村等先进典型，恳切说道："道路在于人走，经验在于总结，士气在于鼓舞。我请求你们这些秀才，在兰考这个落后地区，多报道些积极因素和先进典型，鼓舞群众的士气，振作一下群众的精神！"

焦裕禄捧出心来的一番话，令刘问世怦然心动。根据焦裕禄的讲述，他让刘俊生做向导，亲赴城关、仪封等地采访，之后分工记者邓质刚、薛庆安及刘俊生写综合消息和通讯，自己围绕"兰考新道路"撰写社论。几个人奋战数昼夜，拿出了综合消息和反映韩村精神的长篇通讯，刘总编写的《奋发图强　自力更生　抗灾自救》的社论也大功告成。这组重磅报道在《河南日报》一版刊发后，像久旱后下了一场透雨，使焦渴的兰考焕发生机。

云帆高悬，东风浩荡。焦裕禄在全县干部群众大会上激情宣示："兰考逃荒要饭的旧道路封闭了，抗灾自救的新道路开辟了。省委领导给我们拨灯指路，《河南日报》为我们鸣锣开道，省委和地委领导机关为我们摇旗呐喊，我们还有什么理由躺倒不干！？县委已经向上级党委表态啦，决心领导全县人民大干、苦干三五年，改变兰考面貌，不达目的，死不瞑目！"

四、有心寻得"赛狸猫"

1963年春上的一天，焦裕禄和李中修骑自行车到红庙公社土山寨村，进村前看到一群愁眉苦脸的乡亲，抱着头蹲在地里不吭声。焦裕禄不知道群众遇到了啥难事，急忙下车上前询问。

生产队长一见焦裕禄，满腹委屈一股脑儿向他倾吐："焦书记，咱村的群众作大难了，大白天老鼠就成群结队祸害地里的玉米，下夹子放药都不顶事。这样下去，今年的收成算是没指望了！"

焦裕禄听后替乡亲们着急，可一时也苦无良策。他安慰大家只要想办法，总能战胜鼠害，骑车默然前行。走不多远，发现路边卧在地里的老汉，忽然全身跃起，双手迅若疾风，眨眼工夫就从草丛中捉出一只硕大的老鼠。

焦裕禄十分惊喜，上前一问，得知老汉姓赵。不待他细问，早有"快嘴驴"小伙嚷嚷道："这老爷子，打小就有空手捉老鼠的绝技，人称'赛狸猫'。别说村里村外的老鼠怕他，连猫都恨他！"

"猫为啥恨他？"焦裕禄眉峰一挑，兴趣陡生。

"从猫嘴里夺食呗！""快嘴驴"越说越劲："前一阵子，老汉端了窝老鼠，美得胡子都快翘到天上去了！可走到十字路口，却给一群猫拦下了！那猫一个个龇牙咧嘴，不住声地叫唤，恨不得生撕了你吞下去！好汉架不住一群猫啊，老汉只好乖乖交出战利品，一只猫给个大老鼠，那群猫这才让道，甩着尾巴欢呼而去……"

老汉涨红着脸吼："臭小子，再瞎咧咧我就拧断你的脖子！"

焦裕禄差点笑岔了气，当即邀赵大叔到土山寨村帮助灭鼠。

老汉爽快地答应后，焦裕禄让他坐在自己骑的自行车后座上，带着他重返土山寨。县委书记请来灭鼠高手，群众一个个乐得跺足击掌。焦裕禄和村里商量调动群众灭鼠积极性的办法，规定抓一只老鼠奖励两分钱或折成粮食，凭老鼠尾巴领取和兑换。办法一出，群众脸上笑开了花。

"赛狸猫"大显身手，村里男女老少齐上阵，猖獗一时的鼠害迅速匿迹。焦裕禄对村干部说："困难其实就是个鸡蛋，外面看是硬的，一砸开里面是软的。只要相信群众，就没有解决不了的问题。"

"赛狸猫"回村后越发得意，逢人就说他坐过焦书记的自行车。

"在办公室拍疼脑袋找不到办法，到群众中就会迎刃而解！"

焦裕禄忘不了在洛矿经历的一件事：1956年12月，一金工车间建成安装设备，自重六十吨的大行车怎么进车间，成了难题。厂长纪登奎把这项任务，交给运输科副科长孙峰。孙峰赶到现场，看到横在车间门前的庞然大物，顿觉一筹莫展。他找焦裕禄想办法，焦裕禄笑着说："告诉你一个秘诀，这就是，没有办法，就到群众中去！"

焦裕禄和孙峰到车间开"诸葛亮会"，集思广益找到了办法。大伙儿凭借车间的露天铁路专线，采用千斤顶升高、轨道平车两头抬、进入车间用木杠滚筒手工推进等办法，奋战十多个小时，终于把大行车等几座大型设备安全顺利运进车间，使其有条不紊各就各位。

1962年12月9日，焦裕禄骑自行车来到县城东北有名的风口沙区——城关公社牛王庙村。焦裕禄走访困难户和召开座谈会后，径直来到了生产队的饲养屋。一进院儿，就看见一个面如重枣、鬓若银霜的老汉在铡草。焦裕禄知道，这是队里的饲养员萧位芬。从老人那双枯枝样粗糙的大手可以看出，这是豫东灾区风沙里滚出来的一条硬汉。焦裕禄停好自行车，上前夺过铡刀就铡草。老人见焦裕禄干庄稼活很在行，捋捋胡须，问他姓啥？从哪里来？焦裕禄说，自己是从县里来的老焦。萧位芬见老焦铡草累出了一头汗，想烧水给他喝。焦裕禄笑着对老人摆摆手，抄起扁担就去挑水。

焦裕禄挑满水缸，天色已晚。他擦擦头上的汗说，今晚不走了，就住饲养屋。萧位芬搓着双手，面有难色：要说不叫老焦住，这话说不出口。要叫老焦住吧，这养牲口的地场实在没法留客呀！

焦裕禄看出了老人的心思，亲热地对他说："老人家，您就把我当成自己的儿子吧，咱是一家人，可别见外！"

晚上，牲口棚里一灯如豆。焦裕禄在牛槽前边搅拌饲料，边夸奖老人牲口喂得好。焦裕禄说："牲口是咱集体的半个家业，农民种地离不了，不管想啥法儿，也得把牲口发展起来！"

萧位芬吧嗒了几口烟袋锅，咂摸着嘴说："发展牲口，就得种花生。常言说，草膘料力水精神。养牲口除了精料，还离不开草。种花生有花生秧，有秧就有草，有草就不愁支槽拴牲口！"

果然人如其名！原来老人是用闺女绣花的功夫侍弄庄稼和养牲口，怪不得起个女人名呢！焦裕禄乐了，接过话头说："小时候，我就跟着爷爷用花生打油。花生秧和花生皮，都是喂牲口的好饲料啊！"

老人见焦裕禄拉的都是百姓呱，念的也是庄稼经，便向他敞开了心扉。焦裕禄得知，队里最困难时，萧位芬腾出家里一间房，接回队里三头牲口，卖猪、卖鸡蛋买来小米熬汤喂牲口。母驴生驹后没奶，他就掰开小驴驹的嘴喂米粥和羊奶。小驴驹长大后，对老汉比对母驴还亲，天天围着他转。老伴去世后，萧位芬干脆搬进牲口屋，一心一意侍弄牲口。如今，队里的三头牲口已繁殖成十四头。焦裕禄料定萧位芬这个庄稼把式肚子里有货，便向他请教治理"三害"计策。萧位芬从工作人员那里得知老焦是新来的县委书记，打怵说："俺是个大老粗，恁大的事儿，能拿个啥主意啊？"

焦裕禄说："您老年长，有经验。我就是专门向您请教的！"

老人眯着眼，又吧嗒了几口烟袋，沉吟道："挖穷根得种花生，要想富得栽桐树。咱这儿风沙大，种泡桐能挡风压沙。泡桐和庄稼间作，就能保收成。可过去没人领着大伙儿一块儿种泡桐，一家一户种，三三两两不成片。泡桐不成林，风沙挡不住啊！"

焦裕禄的心"咯噔"一下，觉得眼前亮堂了。

第二天天不亮，焦裕禄舀瓢水洗把脸，就爬上了村南一座沙丘。见到大队党支部委员、治安主任曹修亭，就谈起了泡桐树。曹修亭拉着焦裕禄去看前些年种的泡桐林。郁郁葱葱的树下，麦苗长势喜人。焦裕禄弯腰从麦垄抓一把土，用力一攥，土就成了团。焦裕禄心中一喜，对曹修亭说："老曹，给村党支部书记说说，吃了早饭，先开个支部会，统一一下大家的思想！"

焦裕禄在牛王庙村萧位芬的饲养屋住了三宿，牛棚里的锦囊妙计变成面上可行的思路。这次调研的一个重要成果，是焦裕禄撰写的城关公社巩固集体经济、发展农业生产情况的报告。报告分析了当前农村基层形势、集体经济状况、各阶层思想动向，论证分析了种植泡桐的有利条件：一、桐树是根生天然育苗，刨一棵生百棵，源源不断，年年生根发芽，可陆续移栽。二、不用投资，不用打药治虫。三、栽植桐树技术性不强，按一般操作规程即可成活，五六年便可成材，见效快，收益大。四、桐树旱天能散发水分，涝天又能吸收水分，可以林粮间作，以林促粮。五、当地群众有栽种桐树的习惯，不用说服动员。

报告还对大力发展牲畜，从四个方面提出了建议。

华言虚，至言实。县社两级干部读了这个言之有物的报告，反复揣摩那些人人心中似有、个个笔下却无的对策，工作路数变得清晰了，信心像春苗拔节在周身滋长。时令虽在隆冬，但报告洋溢的求实进取精神，像自信的阳光洒满基层干部心头，使他们鼓起了大干一场的劲头。

1963年早春时节，从黄河上刮来的风，依然粗粝寒凛，但人们分明感到，今年春天的气息，比往年来得要早，也更浓烈些。

2月中旬，焦裕禄下乡回来，在县委常委会上提出，沙地可栽树，"死洼地"可种苇，不成庄稼的盐碱地可种香春柳。他饶有兴味讲起了香春柳名字的来历：香春柳原名三春柳，春、夏、秋三季各开一次花，一年过三个春天，开三次花，所以叫三春柳。兰考人把"三"字念成"香"字，遂称香春柳。班子里几个土生土长的老兰考，听焦裕禄这么一说，家乡白茫茫的盐碱窝，竟成了一年三季春花连绵的好去处，对焦裕禄这个初来乍到的山东人，短时间就摸清香春柳底细很是佩服。会上，焦裕禄还念起了泡桐经："兰考三大宝，泡桐、花生、枣，泡桐占的分量最重。兰考适宜种植泡桐的土地有五十多万亩。日本鬼子侵略中国时，专门在兰封城里建了桐木加工厂，把在当地掠夺的桐木加工成板材运往日本。种泡桐不仅防风固沙，改善农业生产条件，而且桐木可以出口换汇，支援国家建设。"

县委常委会结束后，焦裕禄特意约上张钦礼来到县木材公司，听公司负责人介绍泡桐的采购和出口情况。当他们了解到每立方米桐木板价值一百多元，如果出口，每立方米桐木板可换回两吨钢材，一点二六立方米桐木板可换回一吨肥田粉，四十八点八五立方米桐木板可换回一辆四吨载重汽车时，两人高兴得笑出了声。

这些充满诗情画意的憧憬，使人们由衷感到，与自然界的春天相偕相生，昔日因"三害"而雨泣云愁的兰考大地，干部群众心中那个由信心催生的美好春天，就要到来了。

五、亲手掂掂"三害"的分量

焦裕禄到兰考后发现，大家都讲灾情重，但全县有多少风口？多少沙丘？多少河流？是否淤塞？一概若明若暗，不甚了然。焦裕禄暗忖：除"三害"却搞不清灾害状况，这不是瞎子摸象吗？

1963年1月的一个早晨，凛冽的寒风刀子样刮得人脸生疼。焦裕禄带县委办公室李中修，骑自行车沿黄河故堤奔陈寨方向而去。北风刮过，路旁的沙浪簌簌向南滚去，麦苗的根须像枯黄的胡茎露了出来。焦裕禄说："前天我在城关公社听群众说，沙丘一搬家，庄稼没了妈。越冬小麦脱水就会死亡，得想法治住沙丘搬家！"

　　两人又走了一程，眼前出现了一片连绵不断的沙丘。焦裕禄望着波涛般起伏的沙丘问："你知道全县有多少这样的沙丘吗？"

　　李中修茫然摇摇头说："没详细统计过。"

　　焦裕禄说："打仗要先摸准敌情，知己知彼，扬长避短，才能取得胜利。兰考要根治'三害'，也要先摸清灾害的底数！"

　　首探风沙不久，一个大风天，焦裕禄又带李中修前往风口仪封公社。两人顶风骑行了七八里地，在汤坟村东大堤攀上可通视半个县的测量架。举目北望，白茫茫沙丘下的河滩足有两千多亩地。焦裕禄指着腾空而起的三股黄沙说："那三条黄龙，就是三个风口。"

　　焦裕禄在测量架上做完记录，又问李中修："小李，这儿是你的家乡，这河滩一带，原来有没有树啊？"

　　"有哇！"李中修手指东北方向说，"就在那儿！当年大炼钢铁给毁了！"

　　焦裕禄找到了河滩植树挡沙的历史依据，高兴地说："在这片沙丘栽上树，打起一道防风墙，这两千多亩地的庄稼就能保住！"

　　两人从风沙弥漫的测量架下来，一路北行，脚下尽是沙窝。推车向前走一步，又被风刮得退两步。焦裕禄的帽子被风吹跑了，李中修跑着捡回帽子，见焦裕禄头上已出汗，劝他："老焦，歇会儿再走吧！"

　　焦裕禄依旧奋力前行，领头在沙窝里向前拱了二里多路。

　　眼前出现了一个穹隆样突起的沙丘，李中修说："这儿原先是个村庄，因地处风口，村里人抵不住风沙侵袭，相继搬走了，只剩一个老太太孤门独户在熬时光。也不知是啥时候，狂风大作，沙暴骤起，小屋被沙土掩埋了，老太太也被活活埋在沙丘底下……"

　　焦裕禄听李中修说着，素怀悲悯的心，像被重重刺了一下。

　　这次实地探查，直到夜霭初上时分，才告结束。

1963年3月29日，开封地委再次报请河南省委，任命焦裕禄为兰考县委第一书记。地委组织部在干部任免呈报表任免理由一栏写道：

原县委第一书记×××有错误，需处理调动；该同志（指焦裕禄）现已在兰考县委负责，有能力可以胜任该职。

河南省委组织部同意焦裕禄由"代"转"任"，但仍囿于"分两步走"的思路。1963年4月25日，河南省委组织部通知开封地委，省委批准焦裕禄任兰考县委第二书记。开封地委组织部将省委组织部的这一通知转发给兰考县委，已经是这一年的5月6日了。

第一书记阙如，主政兰考五个月的焦裕禄，继续主持县委工作。

从代理县委第二书记，到担任县委第二书记，焦裕禄创造了兰考县委领导班子历任班长中从未有过的任职记录。他却坦然视之。共产党人的职务，就其本质而言，是一种责任和担承。没有第一书记之名，却负第一书记之责，这不是组织上一种更大的信任吗？

焦裕禄边调研边提振干部思想，力推他主政兰考且求变心切的地委领导却有些沉不住气。1966年2月13日，地委副书记卢嵩在会上说："1963年麦收前，兰考工作是没有什么起色的，很乱，人口外流等。当时他（指焦裕禄）对情况吃得不透，地委对焦的汇报中插话，批评得很严肃，焦压力很大，对他有很大促进。那一次焦下了决心，深入了解情况，采取积极措施。"

1963年6月21日至22日，开封地委领导集体召集兰考县委领导，听取焦裕禄汇报，然后作了四点指示：一、当前工作以生产救灾为中心，保人、保畜、保生产，树立自力更生、战胜困难的决心。二、从长远讲抓好五项工作：除涝，立即调查作出规划，今冬明春解决涝灾；治沙，保好现有林，采种育苗，发展国家、集体、社员三方面造林；治碱，采取碱地糁沙、翻地、晒垡、刮碱等方法进行改造；治虫，采取毒饵诱杀办法消灭虫灾；多种经营，在搞好农业前提下，适当多种经济作物。三、扶植穷队，集中力量打歼灭战。四、在领导上，一要吃透情况，心中有数；二要彻底改变干部作风，困难情况下干部更要艰苦，对不劳动、特殊化、脱离群众的，要批评教育和处理；三要围绕县委中心工作，充分发挥各部门作用。

针砭之痛和点穴之畅，促使焦裕禄和县委一班人变压力为动力，在深入调查中求解除害良策。焦裕禄等县委领导，带领机关干部、技术人员和当地老农组成联合调查队，分类调查"三害"，首战即查风沙。

兰考的风口多始于黄河故道。风逐飞沙，漫天皆黄，风口宽达十几里甚至几十里。1963年7月初，焦裕禄带领风沙调查队，千里跋涉勘察风口沙丘和沙荒地，拉开了全面摸清"三害"老底前哨战的序幕。大风扬沙天气，焦裕禄领着大家背上干粮，追着黄龙走，顶着狂风行，为搞清风的行踪及对流沙和农作物的影响，经常要连续追逐几天，甚至追出县界，从兰考一直追到睢县和杞县。有时一个风口要探好几次，才能搞准弄清，绘图编号。

工业战线九年历练，那些从失之毫厘的失败中淬炼的科学精神，像夜暗中闪烁的星辰，给焦裕禄提示进取方向和坐标。面对扑朔迷离的"三害"成因及其相互关联，他的耳边响起了在哈工大学到的马克思的名言："一种科学只有在成功地运用数学时，才算达到了真正完善的地步。"治理"三害"，靠经验主义粗放式管理和习惯性做法不行，沿袭"差不多""大约摸"的概略估计不行，必须一丝不苟掌握精确数据，老老实实按科学规律办事。在队伍配置上，焦裕禄坚持领导、机关干部、技术人员、老农"四结合"，为科学探求治理"三害"规律提供坚强组织力量保证；在勘察方法上，焦裕禄坚持田野调查的实地验证、数据统计、综合分析、绘图标示同时并举，参阅历史资料和向有经验的人问计相结合，最后形成形象直观的勘察图表。

7月初的一天，狂风骤起、飞沙漫卷。焦裕禄招呼调查队员抓住时机外出查风口。大家准备好干粮和水壶问："这次去哪儿?"

"哪儿风沙大，就去哪儿。"焦裕禄以欣赏的神情看着他的团队，征询地问："仪封公社沙丘多，咱们今天去仪封怎么样?"

"好，就去仪封!"调查队顶着一阵紧似一阵的狂风出发，只见萧索的村庄在迷蒙的沙尘间若隐若现，带着土腥味儿的尘埃呛得人喘不过气来。忽然，西北方向腾起一股赭黄色的沙柱，拔地而起，直冲云霄，俄顷又分作两股，一股直趋东南，一股旋驰西南。

焦裕禄手指风沙起处问大家："起风的是什么地方?"

有熟悉这一带地形的队员应声答道："是黄河滩!"

焦裕禄接着问："那儿有什么村庄?"

"那儿是爪营公社朱庵村!"另有队员肯定地说。

"这两股风沙会落到哪里去呢?"焦裕禄又问。

调查队员们语塞了,有的嘟囔道："现在还不清楚……"

焦裕禄眯眼望着风沙弥漫处,大声说道："大家想嘛,风有风路,沙有沙路,水有水路,人有人路。这风沙起落和来去,也有自己的路子。治理风沙,先要摸清它的来龙去脉!"

调查队来到三面环沙的朱庵村,在村北村东分别勘察了占地四十亩和三十亩的两个大沙丘,又马不停蹄奔张庄村,勘察了"下马台""裤裆岭"。

沙丘连绵,焦裕禄的心也像沙丘一样波荡起伏。

在这紧靠东坝头的村落,张庄人依偎在大河最后一道弯,日啖沙尘,夜饮雾霭,世代生息在河患和风沙阴影中。对张庄,焦裕禄总有一种难以名状的情感。焦裕禄把张庄作为联系点,不仅因为这里河险灾重,地貌特殊,张庄人为生存经历了更多磨难和奋争,还因为张庄毗邻毛泽东两莅兰考视察黄河登临过的东坝头。那里是中国有史以来第一个执政党,以为天下开太平、为人民谋福祉的勇毅和情怀,全流域规划治理,一手挽大河进入抑害弘利时代的运筹帷幄之地。东坝头还是焦裕禄南下渡过黄河天堑的地方。在曙色依稀的黎明,他的人生和黄河一起在这里拐弯。每逢到东坝头和张庄,焦裕禄都要开襟敞怀,让心灵在清风河涛中经受荡涤和冲刷。

焦裕禄思绪纷萦走下"下马台"和"裤裆岭",不顾眉眼口鼻灌满沙尘,带领大家循风沙遁去的方向穷追不舍,一直追到城关公社胡集村东头。他们发现,风沙过后,地里的庄稼几近掩埋,有些已被连根拔起。这一天,直到太阳西斜,风平沙落,焦裕禄一行才带着画好的风沙路线图,以及搜集标注的数据,满身疲惫返回县城。

经过四十一天奔波,焦裕禄带调查队跋涉上千里,查清了全县所有风口、沙丘、沙丘群、沙龙、沙荒地和受风沙危害的耕地情况。调查认定,全县最高的沙丘,是爪营公社张庄村高九点九米的"下马台"。

8月初,焦裕禄获悉上旬几乎天天有雨,便开会研究决定,县委常委带领二百六十名干部，兵分十路勘察洪水流势，他点起一拨人马继续出征。大家劝他："水不比沙，整天在水里泡着对你身体很不利。在家指挥吧！"

焦裕禄爽朗一笑，对调查队员说："不入虎穴，焉得虎子？我要摸透兰考一千一百一十六平方公里土地的情况，亲手掂一掂'三害'的分量。吃别人嚼过的馍没味道！这回要寻根究底，找到洪水老家去！"

调查队员们知道，平时连调查报告和讲话稿都点灯熬油亲自动手的焦裕禄，面对追根溯源勘察"三害"这桩大事，必定事必躬亲。大家钦敬中伴着怜惜，跟着他顶风冒雨踏上了新的征途。

8月2日起，白帐子雨接连下了七天七夜，兰考大地洪水漫溢。大雨滂沱中，焦裕禄带调查队正要出门查水情，县人民医院主任医师王养性登门巡诊，发现焦裕禄的肝炎有新发展，提出要他到医院住几天。焦裕禄说："现在正是查水路的时候，时机稍纵即逝，别说住院，就是在家休息一天都不成！肝炎也是欺软怕硬，我有个压迫疗法，比吃药都灵。"说完，焦裕禄挽起裤腿打着伞，带着队伍消失在风雨中。他们走过被水围困的窦寨、杜庄、王孙庄，还到了遍地积水的许楼、惠窑、高皂头。有好几次，他都靠别人打伞遮雨，运用在洛矿学的绘图知识，在激流中勾画洪水流向图并标号作注。

黄昏时分，焦裕禄一行来到金营大队。大队党支部书记李广志见焦裕禄浑身湿透，吃惊地问："下这么大的雨，你咋来的？"

焦裕禄晃晃手中探水用的木棍，笑道："我坐这条船来的！"

李广志瞅着焦裕禄蜡黄的脸，知道他的肝病又犯了，心疼地劝他先进村休息一下。焦裕禄却忙着把勘察中绘制的图拿出来，告诉李广志哪儿要挖条河，哪儿要开条沟，交代得一清二楚。

"从来没见过一个县委书记这样艰苦深入！"李广志感叹说，"这些工作本应由我们队里来做，老焦你想得比我们还周到！"

焦裕禄说："蹲下来才能看见蚂蚁，深下去才能发现问题！"

看看该吃晚饭了，李广志请焦裕禄一行进村，他去派饭。

"算了，下雨天，群众缺烧的，不麻烦了。"焦裕禄说着，带着调查队员，蹚着汪洋一片的积水踏上了归程。

焦裕禄带队伍披雨衣，撑雨伞，穿胶鞋，打赤脚，高挽裤管追着洪峰走，常常一走就是一天。雨越是下得大，越要蹚激流、涉洪峰。一群人追洪水有时追出省界，追到山东。多少年后，调查队员仍难以忘怀的是，在勘察水情的日子里，焦裕禄经常带他们在截腰深的水中察看洪水走向，蹲在泥水中歇息和吃干粮，有时晚上就找个高点儿的土堆打个盹。那个淫雨连绵的夏秋，兰考人看到，焦裕禄总是烟蓑雨笠，涉水蹚河，浑身上下湿漉漉的。

1963年7月6日，河南省委批准荥阳县委副书记、县长程世平任兰考县委副书记、县长；兰考县委副书记、县长张钦礼任开封专署林业局局长。程世平后来撰文回忆，他赴任兰考前，开封地委书记处书记赵仲三找他谈话，说兰考县委给开封地委打报告，要求调整充实县委班子。地委物色了四五个干部，他们均以各种理由推托，不愿去兰考。地委决定让焦裕禄选人，他点谁就派谁。赵仲三找焦裕禄点将，他说，你把荥阳老程给我派来吧！赵仲三问，他要是不愿意来呢？焦裕禄说，你找他谈吧，我想他不会不来，我了解他。程世平听赵仲三一讲，知道了自己工作变动的原委和前后经过，心头一热，大有知音唤我去兰考之感，表示兰考再苦我也认了。

可焦裕禄却不放张钦礼走。地委张申书记打电话找焦裕禄，是县委办公室干事张思义喊的人。他证实，焦裕禄不同意调走张钦礼，说兰考除"三害"，他是个离不开的角儿。张申问，程世平任兰考县委副书记、县长，已经是二把手，张钦礼不走，只能当副书记做三把手，他能接受吗？焦裕禄说，根据我对张钦礼同志的了解，他能正确对待。地委同意焦裕禄的意见，报省委批准后，张钦礼仍留兰考工作。

河南省委档案馆存档的张钦礼的一张任免干部审批表记载："王向明部长来谈：地委已和张钦礼同志谈了，免去县长专任县委副书记可以。"

开封地委常委会记录显示，1966年3月1日，地委书记张申主持召开常委扩大会议学习讨论焦裕禄事迹，地委委员、统战部部长张瑶光在会上发言说："地委调张钦礼，焦不同意，主要是因为张熟悉情况……"

1963年7月29日，兰考县委接开封地委组织部通知，经省委批准，张钦礼免兼兰考县县长（仍任县委副书记）。此后，开封地委报请河南省委组织部，将兰考县委副书记孟照芝调出另行安排工作。

多年来，在兰考、开封乃至河南流传着一种说法，焦裕禄因与张钦礼关系紧张，故县委给地委打报告，要求把张钦礼调走。这也成为张钦礼反焦裕禄的重磅炮弹。以上事实，可将此说证伪。

张钦礼不兼县长除却冗务，成为兰考专事除"三害"的大将。

1963年7月，焦裕禄提议将县劝阻灾民外流办公室，改称除"三害"办公室。7月16日，县委发出通知，县成立除"三害"领导小组，张钦礼任组长，副县长蔺永沛、张奇任副组长，小组成员有县人委办公室主任樊哲民等四人。通知要求各公社建立相应组织，密切上下联系，有力推动治理"三害"工作顺利进行。

兰考低洼易涝，全县的土地，涝洼和有盐碱的三分天下有其一。老百姓说，这些地，旱了收蚂蚱，涝了收蛤蟆，不旱不涝收盐碱，就是不见收庄稼。一个星期天下午，焦裕禄从地委开会回来，见李中修在值班，急忙招呼他说："咱到铁道南去看看盐碱地吧！"

两人骑车翻过铁路，眼前是光秃秃、白花花的大片低洼地。焦裕禄下车俯身抓把土，搁在嘴里尝尝，连声说："咸，真咸！"焦裕禄边品边对李中修说："下乡的时候，我向群众学了一招，用舌头舔盐碱土，咸的是盐，凉的是硝，又苦又辣又骚的是马尿碱。"

焦裕禄对盐碱知之深、解之切，令李中修不由感到惊讶。

焦裕禄告诉李中修："6月份我到堌阳公社秦寨大队，看到碱地里的三春柳长得很茂盛，就向一位老农讨教。老农说，三春柳耐碱，碱越重就越茂盛。从他那里知道，碱的种类很多，碱性也不同，因而很不好治理。就是这次拜师，我不光跟老农学会了识别盐碱这一手，还把他创造的翻淤压碱绝招，在秦寨大队推开了。"

1963年7月24日，焦裕禄主持制定了兰考《关于治沙、治碱、治水三五年的初步设想（草案）》。《设想》贯彻"造林防沙、治涝排碱"方针，坚持中近期治理目标与科学方法相结合作出规划：

治沙主要办法是造林。广造农田防护林、乔灌结合林、前挡后拉林、四面围攻盖顶林、经济林、农桐间作林，三五年恢复1958年前林区面积，五年后起防风固沙作用。先堵风口，后治一般，有点有面，点面结合，缺片补片，缺行补行，缺株补株。

治碱须总结运用群众有效经验，试验性接受外地经验和技术。作物种植要因地制宜，宜粮种粮，宜菜种菜，宜草种草。疏通渠道减少积水，开沟澄水降低地下水位。多施有机肥，深耕、伏耕、晒垡治理次生碱。先治次生碱，再治淤区半成品，后治老碱窝。

治水主要治理内涝，适宜"小型为主、群众自办为主、整修配套为主"方针，本着舍少求多、舍坏救好、充分协商、互为有利、不使水灾搬家原则，充分运用土地集体所有制有利条件。

县委讨论《设想》时，焦裕禄要求大家开动机器，畅所欲言，不要把金子闷在肚子里。会议集思广益，通过了《设想》。上报前，焦裕禄加了一段话："我们是全心全意为人民服务的，为人民服务是具体的，不是抽象的。兰考是我们光荣的工作岗位，我们对兰考的一草一木必须发生深厚的感情，一定要把这个地区的工作做好，不达目的，死不瞑目！当前兰考的灾情如此严重，我们必须有伟大的革命胆略、冲天的干劲和实事求是的工作作风。"

河南省委领导看到兰考县委的初步设想，高兴地说，这个规划和设想很好，兰考县委的决心很大，省委坚决支持！

焦裕禄带队纵横跋涉五千余里，基本摸清了风沙和涝灾底数。兰考共有八十四处风口、一千六百座沙丘、六十一个沙丘群、十七条沙龙、二十四万亩沙荒地、二十六万亩盐碱地、三十六万亩涝地。沙地、涝地、盐碱地总计八十多万亩，而当时兰考耕地总共不足一百万亩。全县有十三条大河、一千二百六十六条小河，还有较大阻水工程一百六十四处、长二百八十九公里。勘察中对所有风口、沙丘、洼地和淤塞河道，都绘图编号。

1963年8月23日，兰考县委给开封地委和河南省委上报了《关于对沙荒、沙丘、风口分布情况和对农作物危害程度的勘察报告》。

焦裕禄坚持调查、规划、治理一体化，在研究治理流沙时，北京林学院毕业的县林业局女干部王金花说："苏联治沙专家察哈洛夫，在卡拉库姆地区用5%的沥青加水制成沥青乳剂，用灭火车喷洒，沥青乳剂凝固后可封住流沙。"案例像滚油锅里撒了一把盐，激活了会场。大家掰着指头算了一笔账，兰考没有灭火车，到外地租车，加上沥青乳剂制作成本和人工费，治一亩流沙需二百六十元。全县共有二十四万亩沙荒地，二万二千八百亩大沙丘，用沥青封沙所需经费是个天文数字！另外，沙地喷洒沥青后不能种庄稼，农民吃什么呢？

"王金花敢说敢讲值得表扬。"焦裕禄肯定了她开放活跃的思维，话锋一转说，"不过，这个办法适合苏联卡拉库姆地区，不适合中国兰考。咱们还得向群众问计，向有经验的劳动者寻求治沙办法。"

1963年7月的一天，焦裕禄率领调查队员，又一次来到爪营公社张庄。远远看去，张庄村外的沙丘王"下马台"，像一峰剔除了筋骨的骆驼，裹着混沌的黄沙，懒洋洋躺在风口上。这个旧时依例"武官下马、文官下轿"的沙丘，埋着下马台和三里庄两个村子。不远处那个巨蟒似的大沙梁，埋着有二十七户人家、一百零七口人的彭家村。清咸丰至新中国成立百余年间，兰考像这样毁于风沙的村庄，竟有六十三个之多！焦裕禄的心情变得沉重起来，两腿像是灌了铅，汗水把衣服也湿透了。社会主义建立，使受苦受难的人民政治上翻了身。但生活在河弯的百姓，还没有真正从风沙奴役和欺凌下解放出来。风沙猛于虎——河滨枕水人家，依偎着飘忽不定的黄河本已朝不保夕，偏又年复一年还要遭受风沙吞噬和祸害。人道下井挖煤苦，世代生吞土、死眠沙的兰考人，其实是苦上加苦啊！

"下马台"南有一片坟地，坟冢多被风沙刮得露出了棺材和白骨。荒冢白骨间忽见一坟隆起，赭土如幔，芳草青青。这是谁家的坟？为什么没有被风刮开？焦裕禄急忙向张庄大队党支部书记黄世昌打听，得知这是张庄大队所属的官庄村魏铎彬母亲的坟。焦裕禄像寻获了一个重大科学发明者一样，急忙让他把魏铎彬找来，拉着他的手一五一十问清，去年清明，魏铎彬为解除母亲的坟常被风刮开的苦恼，用了一个早晨的工夫，从坟旁沙地下面翻出淤泥，把母亲的坟包了足有四尺厚，从此，坟头再也没被风刮开。

莫非翻淤可以制服风沙？焦裕禄问清兰考沙荒地下普遍有一层厚厚的淤泥，一道电光石火瞬间从心头闪过。他兴奋地说："一个人一早上可以封一个坟，我们依靠集体的力量，千人万人齐上阵，干上一年、两年、三年，用淤泥封住沙丘，栽上树，种上草，岂不把骇人听闻的沙丘变成了良田？"

魏铎彬的创举，很快化为张君墓公社赵垛楼大队小面积翻淤压沙试验，群众两天封闭了一个三十亩大的沙丘，经受了大风考验。接着，爪营公社张庄三百多名干部群众苦干七天，封闭了一个一百六十多亩的大沙丘。完工当晚刮起了七级大风，持续了九个小时。第二天天刚蒙蒙亮，焦裕禄和干部群众赶到现场一看，一夜大风，封闭的沙丘纹丝不动，附近的麦苗也未受风沙侵害。而邻村未封闭的沙丘周围，麦地里压的沙土足有半尺厚。接着，张庄"下马台"大面积封沙试验也乘势而上开工，周围几个村的群众大干一个多月，把毗邻几村的十七个沙丘共上千亩地，全部盖上一层半尺厚的淤泥。此后，张庄多次历经七级以上大风，封闭的沙丘再也没有飞沙扬尘。

翻淤压沙试验成功后，县委在赵垛楼召集沙区四十五个大队党支部书记，推广两个村翻淤压沙经验。焦裕禄组织查摆风沙危害，给风沙综合梳理了六大罪状：其一，扒坟掘墓；其二，逼人搬家；其三，填平水井；其四，堵塞河道；其五，打毁良田；其六，害人眼睛。焦裕禄所列风沙的第六宗罪，是指当地人易患沙眼病，征兵时很多适龄青年因此被淘汰。

现场会后，全县迅速掀起群众性治沙高潮，奋战一个冬春，封闭了危害最大的一万六千六百亩沙丘，种上槐、杨等乔木和灌木。焦裕禄说："沙丘危害兰考人民千百年，现在我们给它'贴上膏药''扎上针'，风沙再也不能作威作福了。不过，从治病的角度来说，这还只是个救急的办法，还要做很多艰苦的工作。"他评价三项治沙措施说："造林固沙，百年大计；育草封沙，当年见效；翻淤压沙，立竿见影。三管齐下，才能根治风沙危害。"

一位孝子的护坟创举，照亮了兰考锁住风沙绿化荒原的道路。至此，焦裕禄治理"三害"的思路已然成形：植树造林、翻淤压沙，锁住危害百姓千百年的风沙；疏浚河道、开掘水渠，通过排水减轻盐碱对农田的危害；林粮间作、涵养生态，建设林茂粮丰的兰考新家园。攻坚突破口爪营公社张庄村，成为兰考除"三害"前沿阵地和试验场。

1963年9月17日，兰考县委发出《关于建立治理沙、碱、水办公室的通知》，明确在县委除"三害"领导小组领导下，县委设立办公室，卓兴隆任主任，其他八人分别负责治沙、治碱、治水工作，并要求各公社上报治理"三害"领导小组成员和负责日常工作人员名单。县、社领导小组和办公室及专管队伍的建立，使兰考"三害"治理有了头脑敏捷、躯干健全、手足灵活的组织领导机构。

同月，兰考县委给开封地委和河南省委报送了《关于排涝治水的报告》，报告8月2日至8日，兰考连降四百毫米大雨，过水面积三十五万亩，水围村庄一百五十个，降雨量比涝灾严重的1962年同期增加一倍。但由于7月底前全县完成骨干排水渠三条，支渠一百九十条，正修复十二条老渠，雨水下泄很快，因涝绝收的"死洼地"仅六万五千亩，比1962年减少五万七千亩，预计收成好于去年。

1963年11月19日至30日，焦裕禄组织县、社六十四名干部和技术人员，兵分九路普查全县盐碱地面积及分布情况，并到现地和大家一起测算数据。12月14日，兰考县委给开封地委和河南省委写出《关于盐碱地的普查报告》，报告全县共有盐碱地二十六万二千六百九十九亩，占九十万亩耕地总量的29.2%，分为重碱、中碱、轻碱、碱荒四个等级，重碱地八万零七亩，分为牛皮碱、马尿碱等六种类型。普查采取边调查、边规划、边治理的办法，因地制宜、因情施策，通过深翻、冲沟、起碱、刮碱四种办法，有针对性地治理不同类型和等级的盐碱地。

河南省委和开封地委接到报告后欣喜地看到，这个重灾县除"三害"任务艰巨，但方向对头，精神可嘉。他们对兰考充满信心和期待。

六、河畔飘起"四面红旗"

万事俱备，只欠东风。摸清"三害"底数并制定规划后，怎样才能尽快除害拔根呢？夜阑人静，焦裕禄又在秉烛夜读。来到兰考，焦裕禄白天下乡调研，回来读毛著，晚上"过电影"，晨起记笔记。独具特色的"过电影"，成为理论联系实际和学习成果向工作转化的生动过程。

这个夜晚，焦裕禄灯下潜心研读，眉峰不禁飞扬起来："一般和个别相结合，领导和群众相结合""从群众中来，到群众中去，集中起来，坚持下去"，毛主席说得多好啊！精辟的话语，在他心头打开了一扇窗。他对张钦礼兴奋地说："有办法了，有办法了！"

张钦礼不明就里，急忙问："啥事有办法了？"

焦裕禄说："根据毛主席的教导，发动群众战胜'三害'，必须把群众中好的东西集中起来，树立榜样，才能带动面上群众治理'三害'运动前进，光是县委一般号召是不行的。"

此后几次县委会，焦裕禄反复宣传这个思想。县委决定，县委委员下去蹲点调查，集中群众智慧推动全县抗灾斗争健康发展。

焦裕禄身体力行，全县一百四十九个生产大队，他跑了一百二十多个。在村里的茅屋、土炕和牛棚，在翻淤压碱的田间地头，他和群众同吃、同住、同劳动。河南农民吃晚饭习惯于端着碗扎堆边吃边唠。焦裕禄晚上住在哪里，哪里就熙来攘往，热闹非凡。他落脚的地方，成了倾听群众呼声、了解社情动态的"民意客栈"。一些典型线索，也在与群众零距离接触中吹糠见米，及时得以发现。

1963年6月底的一天，焦裕禄召开公社党委书记会议，听取典型情况汇报。这次会议，源于焦裕禄要求下发的一个电话通知。十天前，焦裕禄给张君墓等公社的党委书记打电话，了解正反面典型情况，可几个书记都说不出个所以然。他让县委办公室通知各公社党委书记，亲自摸一两个正反面典型，一周后上报。但一周时间过去了，典型线索却没有报齐。焦裕禄召开会议，意在通过听汇报掌握典型线索，带动书记们运用典型指导和推动工作。

汇报会上，仪封公社党委书记崔殿普发言说："俺公社的工作一般化，没有突出的好典型，也没有突出的坏典型，属于中游。"

焦裕禄问："你下去摸了没有？"

崔殿普说："整天下去摸，也没摸着。"

焦裕禄从布兜里拿出6月26日的《河南日报》，指着头版头条刊登的《实行精耕细作，多向田间投工》报道说："你看，这是什么？"这篇由刘俊生和记者薛庆安写的消息，介绍了仪封公社耿庄大队第十五生产队发展多种经营、千方百计增收的做法。焦裕禄念完报道大意，问："殿普同志，这不是你公社的突出典型吗？"

崔殿普脸上有些挂不住，急忙解释说："俺公社就这个队搞得好，其他的队都不行，这个队没啥代表性。"

焦裕禄说："如果能总结这个队的经验，使后进队学有榜样，赶有目标，就能促使后进变先进，怎么能说没有代表性呢?"

会场里寂然无声。焦裕禄的话声声入耳:"榜样的力量是无穷的，抓典型、带一般，抓两头、带中间，是领导干部应掌握的工作方法。不抓典型，没有重点，一味'撒胡椒面'，工作势必像'老和尚的帽子平铺塌'。我们要像豫剧大师常香玉那样，有《花木兰》《拷红》几出拿手戏，学会运用典型来指导和推动工作。"

大家正听得入神，焦裕禄又拿出6月25日的《河南日报》，读了一版刊登的爪营公社的一则新闻:《兰考栗庄大队通过典型对比发动群众扑灭蝼蛄》。栗庄晚秋作物遇虫害后，从去年第十生产队种麦拌药防虫害受到启发，及时撒饵和利用灯光杀灭了蝼蛄。

焦裕禄还没念完稿子，在场的书记们就七嘴八舌议论起来——我们天天在基层，但却看不见身边的典型，焦书记却能随时掌握活蹦乱跳的线索! 看来，我们还是想成事、苦无心啊!

别开生面的汇报会，像一面镜子，照出了书记们惯于按经验抓工作的差距，又像现场培训，使他们开始学会用典型引路打破一般化工作套路的方法。这次会议，成为焦裕禄树立"四面红旗"的先声。

城关公社韩村，多年来像是跟内涝、风沙、盐碱嘎了亲，一年四季"三害"总是不住脚地来串门。1962年秋，全队每人只分了老秤十二两（旧制十六两一斤）高粱穗。史所罕见的灾情，使群众情绪处于一触即溃的边缘。

这年冬天，焦裕禄来到韩村，边察看灾情，边给群众鼓劲:"小鸡两只爪可以挠食吃，人有两只手，只要想办法劳动，就不会没啥吃。"在焦裕禄的鼓励和开导下，韩村人经过讨论，找到了割草自救的办法。虽说开始有人缺乏信心，认为一斤干草只卖一两分钱，不顶大事，但村里的干部带头割草，五六天时间就挣了一千四百多块钱，使群众看到了希望。全村人奋战一冬一春，割草二十七万斤，卖掉后养活了自己和牲畜，还买了七辆架子车，添置了十多件农具。韩村人自豪地说:"摇钱树，人人有，全靠自己一双手。"

1963年春，焦裕禄总结了韩村人割草自救的事迹，在县委下发的通报中写道:"韩村人生产自救的胜利，说明了一条真理:事在人为，人定胜天。它给我们以很大的启示:在困难面前应该有不怕困难、不向困难低头、积极斗争的雄心壮志，才能克服和战胜困难。"焦裕禄把韩村人自力更生、生产自救的做法，誉之为"韩村的精神"。

当年11月29日，焦裕禄再到韩村，和干部群众一起制定除"三害"规划。韩村人按照焦裕禄帮着制定的规划，拉淤土盖住三亩大的沙丘，把十五亩盐碱地压沙改造成两合土，在一百四十亩洼地挖了九条排水沟和一条近八百米长的排水渠，在沙地里造了五十亩防风固沙林。韩村人见招拆招除"三害"，粮食产量增长两倍多，除留足口粮、种子和饲料外，还留有储备粮。荒年勉力自救的韩村人，终于打了翻身仗。

1963年6月，焦裕禄到堌阳公社黄口大队独角楼村检查春耕，社员正在翻淤压碱。一位社员告诉他，1953年深翻压碱，麦子长得有一人高，亩产三四百斤。另一位社员算了一笔账，年轻时他一天翻过一分地，现在按四人一天翻一分地，全队八十多个整劳力，一天能翻二亩地，一年用三个月时间翻地，全队三百多亩盐碱地，两年就可全部翻完。

黄口大队算细账、使长劲的做法，引起了焦裕禄极大的兴趣。他在县三级干部会议上，专门介绍了黄口大队的做法，号召全县向黄口大队学习，以愚公移山的精神改造盐碱地。

这个月底，焦裕禄到堌阳公社秦寨大队了解治理盐碱的情况。秦寨是个有名的老碱窝，素来受水和碱双重危害。1962年，全队每亩耕地，只收了三十多斤粮食。在大队党支部会议上，焦裕禄介绍了与秦寨邻近的黄口大队深翻压碱的情况，扳着指头给大家算账："假如翻一亩地增产二百斤，翻三千多亩地就能增产六十万斤粮食。你们和黄口村挨村、地靠地，土质也大体一样，黄口能改造盐碱地，秦寨为什么不能？你们开个干部群众大会讨论一下深翻压碱，黄口点了个捻，你们能不能放个炮？"

焦裕禄借黄口说事，把秦寨的火烧起来了。秦寨大队党支部层层开会发动，在全村统一了三年把全队盐碱地深翻一遍的思想，叫响了"现在多翻一锨土，秋后多吃万粒粮"的口号。整劳力太阳没露头就下地，星星满天才收工，掀起了轰轰烈烈的深翻土地热潮。

焦裕禄再到秦寨，昔日白花花的盐碱地不见了，赭红色的淤土上，一畦畦辣椒、小葱、茄子、白菜青葱翠绿，煞是可爱。村子里空荡荡的，看不到一个青壮年。一打听都翻地去了。天热活重，群众生活怎么样呢？焦裕禄一连串了几户群众家，掀开锅看看，锅底长着锈，灶膛没一点儿热乎气。再看看粮食囤、米面缸，家家差不多都见了底儿。他心头有些苦涩，连口水也顾不上喝，径直来到深翻土地现场，只见社员们正顶着烈日，挥汗如雨苦干。焦裕禄脱掉上衣，跳下齐腰深的壕沟，一边挖土，一边问一位老人："大爷，天这么热，群众生活又苦，干这么重的活能受得了吗？"

老人看着发沾泥土、汗湿衣衫的焦裕禄，神闲气定说道："俺们不能干一天，就干半天，不能翻一锨，就翻半锨，好比蚕吃桑叶，一口一口地啃，功夫到了，就能把盐碱地翻个个儿。"

焦裕禄由衷感叹："你们是愚公移山的决心，蚕吃桑叶的办法，县委大力支持你们！"当他得知秦寨缺少深翻工具，便让县供销社送来一批铁锨和镢头，嘱咐大队安排好群众生活，还交代刘俊生给秦寨写篇报道。

张君墓公社赵垛楼大队低洼易涝，1960年到1963年，该队连续遭灾，七季基本绝收。1963年8月的一天，焦裕禄冒雨来到赵垛楼。腿有残疾的大队党支部书记赵培德，辗转几处在一片汪洋的豆地里找到焦裕禄时，他已经看好了挖排水沟的位置，手指地南头对赵培德说："从那里挖一条南北走向的排水沟，就能救活这片豆子。"

焦裕禄走着看着，全大队六个自然村，他一连转了五个。在回回营西地，焦裕禄察看地势，给排水支招："这里可以挖条南北沟。"在韩香庙北地，焦裕禄纵观水势说："这里可以挖条东西沟。"转到赵垛楼东地，焦裕禄指着不远处说："那里应该挖条南北河。"

焦裕禄遍察水势后问赵培德："大队连年遭灾，根子在哪里？"

"灾根就是内涝和风沙。"

"是啊！既然看准了，就要抓住死不丢，制定好规划，坚决拔掉灾根！"

在焦裕禄现地指导下，赵垛楼大队群众连日苦干，从五千九百亩被淹农田抢救出五千五百亩庄稼，随后陆续开挖大小河沟四百七十五条，在涝洼地修建条田三百三十亩，基本解除了涝灾威胁。

1963年8月21日，焦裕禄重返赵垛楼，看到队里的变化，喜不自胜地说："赵垛楼的社员干劲真大，值得全县学习！"当晚，他在大队部点着小煤油灯，放倒板凳坐着，趴在床上熬了一宿，向县委和地委写出《一个七季受灾的特重灾队，今年生产一片繁荣景象的调查报告》。报告8月25日印发全县，"赵垛楼的干劲"闻名兰考。

为了在赵垛楼树立群众看得见的榜样，焦裕禄把身残志坚、在绝境中带领乡亲抗灾夺丰收的赵培德树为"模范党支部好书记"，还把带领全家一个春天为牲口刨了一万多斤茅草根的刘宗行及王明发、王自兴、吴俊起、沈祥德五位老汉，树为"五老将"。老黄忠挂帅，全村顿现万马奔腾景象。

秋后，焦裕禄惦着穷棒子队双杨树大队，赶来察看种麦情况。

1961年以来，红庙公社双杨树大队连续遭灾，1963年基本绝收，秋种时牲口少，连下地的种子都没有。双杨树村人穷志不穷，组织社员割了十二万斤草，自筹一千五百斤麦种，社员卖鸡蛋、卖小猪、卖草、卖树集资六百八十一元，队里投资五百二十元，买了八头牲口、一百二十头小猪、四十杆木杈、两张耩地耧。开始队里养不起牛，有兄弟俩出三十元钱买下，自己吃红薯叶，省下救济粮喂牲口，几个月把牛喂得膘肥体壮。有人让他们把牛高价卖掉，兄弟俩把牛交回队里，只收了买牛的三十元钱。焦裕禄来到双杨树大队，被情义千金的兄弟俩感动了。当他看到在缺少大牲口的情况下，队里每天出动上百人拉犁耕地种上了麦子，便让机关总结双杨树大队的经验，并写下了一段有骨头有肉的批语："摆在我们面前的两条道路，一条是依靠集体，依靠群众，在党的领导下，奋发图强，自力更生，发扬'穷棒子'精神，找出受灾的原因，实事求是地制定克服困难的具体措施，带领群众鼓足干劲，向灾害做顽强不屈的斗争，就没有克服不了的困难；另一条是在困难面前缺乏信心，缺乏'穷棒子'精神和革命干劲，单纯依靠国家救济和外援。结果，不但困难克服不了，更重要的是把人的思想搞坏了，困难就越来越大。红庙公社双杨树坚持集体经济，依靠人民公社的力量，克服了种种困难，充分做好了麦播准备工作，他们的道路走得对。"

红庙公社坝子生产队，也是焦裕禄的联系点。焦裕禄组织队里群众学习毛泽东著作，树立自力更生思想。坝子生产队不要救济，不要贷款，咬紧牙关苦干，成了一个硬骨头队。焦裕禄亲自修改坝子生产队的事迹报告，经县委研究，以县委文件的形式通报全县予以表彰。后来，由于坝子生产队出现了瞒产问题，退出了先进典型行列。"坝子的风格"遂成为一个历史概念。

1963年10月5日，兰考县委在冷冻厂召开全县大小队干部会议，树立和表彰韩村、秦寨、赵垛楼、双杨树"四面红旗"。会场布置令人耳目一新，主席台中央悬挂毛泽东画像，上有会标"兰考县自力更生奋发图强誓师大会"，两旁竖写"为有牺牲多壮志伏水锁沙；敢教兰考换新天沧桑巨变"两行大字。焦裕禄借用毛泽东诗词的壮美意境和豪迈情怀，抒发豁上性命也要彻底改变兰考面貌的坚强决心。主席台毛泽东画像两侧没有按惯例装饰红旗，而是别出心裁悬挂着四帧红色条幅，上面分别写着"韩村的精神！""秦寨的决心！""赵垛楼的干劲！""双杨树的道路！"四行醒目大字。

大会开始后，焦裕禄宣布欢迎"四面红旗"领头人和模范人物代表上台，全场掌声雷动，鞭炮齐鸣。"四面红旗"的代表和赵垛楼的"五老将"，从主席台两侧鱼贯而入，焦裕禄等领导为他们披红戴花，颁发奖状，奖给每人一把铁锹，奖给"四面红旗"所在村党支部各一套《毛泽东选集》，每个村奖励十辆架子车。在兰考万名领导骨干和中坚面前，焦裕禄充满激情地说："韩村的精神，秦寨的决心，赵垛楼的干劲，双杨树的道路，这就是兰考的新道路！是毛泽东思想指引的道路！"焦裕禄把表彰四个先进单位，称作"插红旗，树标兵，拨亮一盏灯，照亮一大片"，号召全县人民学习四个样板，发扬他们的革命精神，在全县范围内向"三害"展开英勇斗争！

磅礴于兰考大地那场豪气干云的除害兴利人民战争，使焦裕禄的英雄形象在大河最后一道弯闪发出耀眼光彩。穆青当年在京作报告描述，兰考表彰"四面红旗"那天，焦裕禄特别兴奋，肝疼得也很厉害，衣服都解开了。他坐着讲话不对劲儿，站着讲话肝又疼得受不了，索性右脚踏在椅子上，用膝头顶着肝部，斜着身子大声疾呼锁住风沙，制服洪水。直到现在，大家一闭上眼睛，想起焦裕禄在会上讲话那种不信东风唤不回的劲头，还深受感染。

大河之滨飘起"四面红旗"，成为兰考抗灾斗争史上的重要转折。全县大小队干部会议，成为扭转兰考局势的枢纽。过去面对严重自然灾害，很多人思想消极，畏难发愁占上风，现在大家的情绪转向积极踊跃，对改变兰考面貌充满信心；过去抗灾救灾缺乏统一领导，现在四面八方齐动员，万众一心，同仇敌忾，向"三害"展开英勇突击。大会之后，县里树立的四个标兵一马当先，其余村队急起直追，呈现出万紫千红进军来的喜人景象。兰考县委和县人委审时度势，及时为先进单位颁发"奋发图强的嘉奖令"和"革命硬骨头队"命名书，声势浩大的除"三害"浪潮汹涌澎湃，席卷城乡。

就在兰考人民决战决胜向灾害进击之际，1963年秋，豫东一场大雨引发毁灭性水灾，危害之大超过了近些年兰考历次水灾，全县城乡一片汪洋。面对突如其来的重大考验，焦裕禄带领县委一班人，当仁不让站在救灾第一线，日夜组织抢排积水，迅速分发救灾粮款。有县委这个主心骨和奋战在一线的干部骨干，这次严重水灾并未引发全局性恐慌，更没有像往常那样导致人口大量外流。兰考的干部群众开始成熟了，他们不仅已从心底树立起战胜自然灾害的信心，而且具备了同灾害反复较量的恒心和韧劲。

焦裕禄亲手掂一掂"三害"的分量，为科学探索治理"三害"规律和有效对策，创造了最为重要的条件。到1963年年底，全县造林两万一千零十四亩，育苗七百七十三亩，四旁植树一百四十六万亩，打防风带一百八十六条，堵风口八十三处。到1964年1月，全县新挖和疏浚较大河道一百六十条，基本恢复了水的自然流系。经县核查，全县共改造盐碱地九万亩，其中深翻压碱一万四千七百八十九亩，盖沙压碱三千四百三十二亩，冲沟躲碱、起碱、刮碱、降低地下水分改良土地七万一千七百七十九亩，涵养了弭灾丰产的生态。1963年，兰考夏粮产量比上年翻了一番多，夏粮征购增长十倍多，秋季虽然遭受罕见涝灾，全年粮食仍增长37%。

兰考的天蓝了，地绿了，水宁了，庄稼人重又鼓起心劲，在世代生息的家园挥洒汗水、播种希望。

当年与焦裕禄搭档的程世平，后来回首这段历史时写道：

　　我们在宣传、学习焦裕禄精神时，往往偏重于一心为人民、唯独没有他自己的品格，却忽略了他深入实际、调查研究的一套独创性的科学工作方法。兰考的灾情那么重，光有不怕苦不怕难的精神是远远不够的，还必须拿出战胜困难的办法。

七、喊着爹叫着娘为百姓服务

1963年12月9日晚，兰考下起了纷纷扬扬的大雪。县委办公室李中修等人正在火炉旁取暖，焦裕禄突然推门进来，心事重重地说："这大雪天，我们在屋里有火烤，可全县人民住得咋样？有没有棉衣？村里的牲口咋样？"

李中修拿过焦裕禄的钢笔，记下了他口述的六条指示：第一，所有农村干部必须深入到户，访贫问苦，安置无房住的人，发现断炊户立即解决。第二，所有从事农村工作的同志，必须深入牛屋检查，照顾老弱病畜，保证不冻坏一头牲口。第三，安排好室内副业生产。第四，参加运输的人畜，凡是被风雪隔在途中的，在哪个大队的范围，由哪个大队提供食宿，保证吃得饱、住得暖。第五，教育全体干部，在大雪封门的时候，到群众中去，和他们同甘共苦。最后一条，把检查执行的情况迅速报告县委。

李中修下达完电话通知，到焦裕禄办公室给他送还钢笔，看见他在屋子里转来转去，时而站在窗前看着漫天飞雪出神，直到夜深还没有休息。

第二天一早，焦裕禄召集几位县委领导同志和部分机关干部开会。人们发现，焦裕禄脸色不好，眼皮浮肿，显然夜间没有休息好。焦裕禄动情说道："现在雪越下越大，群众的安危冷暖面临的困难也越来越多。大雪封门的时候，我们不能坐在办公室里烤火。共产党员应该在群众最困难的时候，出现在群众面前，在群众最需要帮助的时候，去关心和帮助群众，把党的关怀和温暖送到他们心上。"

焦裕禄把参加会议的同志分成四组，各组由一名县委领导同志率领。跟随焦裕禄的李中修和刘俊生抓紧备好救济粮条子、布证和现金，焦裕禄抓起一根探路木杆，三人顶风冒雪上了路。

焦裕禄刚出县委大门，一阵风雪袭来，焦裕禄身上穿的那件黑色旧大衣，被寒风吹得鼓胀了起来，像是展翅欲飞——他多想插上翅膀，冲破风雪严寒，一下子飞到困难群众家中！

焦裕禄三人出城向南穿过陇海铁路，首先来到城关公社金营大队，慰问了军属靳美英和生活困难的伊凤梅两户群众。走出门来，恰与走访群众归来的金营大队党支部书记李广志相遇。

"老李，咱们会师了，你们这样做很好，现在正是为群众雪中送炭的时候。"焦裕禄对认真按上级要求雪天慰贫的李广志予以嘉许，随后来到城关公社高皂头村，慰问了一户丈夫病故的军属。三人出村折向西南，走在前头的焦裕禄一脚踏进积雪覆盖的冰窟窿里，拔出脚来时，鞋袜已被冰水湿透。"原来雪地也有伏兵啊，咱们绕路走吧！"焦裕禄打趣说。

漫天皆白，哪有路可寻？三人左冲右突，好不容易才绕了过去。

行进间，李中修突然发现，其他人的棉帽帽耳都放下来了，唯有焦裕禄的"火车头"棉帽帽耳没放下来。旷烈的北风卷着雪花兜头扑来，焦裕禄半边脸到脖子根儿堆了一团雪，右耳冻得出了血。李中修迎风高喊一声："老焦，快把棉帽耳朵放下来！"

"我不冷，身上还冒汗呢！"

"你脸上堆了一团雪，耳朵都冻破了，咋能不冷？"

焦裕禄伸手一摸，右耳后脖颈处果真窝着一坨冰，用手胡噜了好几下，才剥离干净。"好家伙，冻得真结实啊！"焦裕禄开怀一笑说。

李中修和刘俊生沿焦裕禄的脚印在雪地走着，目睹此情此景，看着他不时以手抚肝，心里难受得像猫抓，但又不知该怎样劝说和安慰他。

"花篮的花儿香，听我来唱一唱。来到了南泥湾，南泥湾好地方……"风雪旷野，蓦然响起了焦裕禄高昂清越的"铜音儿"！李中修和刘俊生惊喜互望，欢呼了一声，跟着唱了起来。三人唱完《南泥湾》，又唱《白毛女》选段，歌声冲破风雪，在茫茫原野上回荡。

李中修和刘俊生正唱得酣畅，焦裕禄问道："你们说，现在的情景，像不像电影《万水千山》里的一个镜头？"

"像！"李中修和刘俊生的回答是从心底喊出来的。

"那把你们放到艰苦环境中锻炼，你们有没有意见啊？"

"没有意见，艰苦环境也是磨刀石嘛！"

"干部就是要在艰苦环境中成长，暖棚哪能长出万年松啊！"

三人走进城关公社惠窑村，妇女队长崔秀琴说啥也不肯要救济，带焦裕禄看了几户生活条件较好的群众。她诚恳地对焦裕禄说："比比重灾队，我们的困难不算大，把救济粮款送给更困难的队吧！"

焦裕禄感叹着，同李中修和刘俊生一起，来到黄河岸边的城关公社许贡庄。这里是兰考历史闪光一页的书写地。安卧村外通往东坝头的黄河防汛铁路专用线，曾承载过缔造新中国的执政党治理黄河的宏图大略，见证了夙夜在公心忧黎元的人民领袖的殷殷深情。十几年过去了，1952年10月底那个早上，毛泽东走下专列，不打招呼进村入户体察民情、叩问百姓疾苦的情景，许贡庄人至今还记在心上。焦裕禄分完救济棉衣，还剩七斤粮。社员们说，给队长吧，他一年到头领着我们风里来、雨里去，怪辛苦的。队长说，我是党员，我不要，给别人吧！大家推来推去，最后说给饲养员，老头儿年纪大，牲口喂得好。焦裕禄和队干部把七斤粮送给饲养员，老汉说，牲口主要是闺女胖妮喂的，她一天到晚在外面割草卖钱，买粮喂牲口，自己吃不饱。最后好说歹说，胖妮才把粮留下。

踏雪访贫，焦裕禄在朔风呼啸、雪花飞舞的田畴村野，触摸到一种振奋人心的精神风骨。他感喟着，对随行的两位年轻人说："毛主席倡导的自力更生精神，革命的硬骨头精神，已经在兰考干部群众心中扎下了根。有了这样的精神，再大的灾害也不怕！"

中午时分，焦裕禄一行来到城关公社梁孙庄。走进一个低矮的柴门，屋里有个老大爷因病躺在床上，老大娘的眼睛也因白内障看不见了。焦裕禄拉着老大爷的手坐在床头，得知老人名叫梁俊才，亲热地问："老人家，您的病怎么样了？家里生活上有什么困难？"

老人使劲睁开昏花的眼睛，望着身边这个陌生但却和蔼可亲的中年人，颤声问："你是谁？"

李中修给老人介绍："这是咱县的县委书记焦裕禄。"

"那你是个官啊！"老人仔细看着焦裕禄，自言自语说。

焦裕禄深深俯下身，凑近老人脸庞，看着他满脸的沟壑和沧桑，掏心窝子说道："我不是什么官，我是您的儿子！"

那一瞬间，老人胡须一抖，心像是被一股春天的暖流融化了。俄顷，他抓住焦裕禄的手，颤声问："这大雪天，你来做什么？"

焦裕禄真挚说道："是毛主席叫我来看望您老人家！"

啊，是毛主席派来的！老人胸口一热，翕动着嘴唇说，入秋村里遭了水灾，但副业搞得还不错，群众都能吃上饭。自己家虽然没劳力，可有社会主义，天就塌不下来。说着，他眼中溢出两行泪水："要是在旧社会，我这把老骨头早不知扔到哪儿去了！"

我的善良刚强的父老乡亲！你们宁可把盐碱一样苦涩、石头一样粗砺的困难咽到肚子里，也不向政府吭一声啊！焦裕禄望着坚毅如山、慈爱似父的老人，心中不由热浪翻滚："老人家，现在是新社会，有共产党领导和社会主义国家，眼下的困难都能克服！"

焦裕禄与随行同志一嘀咕，拿出二十元救济款塞到梁俊才手中，给他身上扯了扯被角，亲热地对他说："老人家，这点钱您买点东西吃，补一补身子。今天我就给队里打招呼，天好了，就给您老修房子！"

梁俊才拉着焦裕禄的手，眼里溢着泪水："旧社会大雪封门，地主老财来逼租，撵得我串人家房檐，住人家牛屋，如今……"

焦裕禄宽慰老人说："党和政府正千方百计想办法，全县广大群众也在齐心协力抗灾，兰考受灾受穷的日子，很快就会得到改变！"

这时，梁俊才双目失明的老伴，窸窸窣窣摸了过来，一定要亲手摸摸毛主席派来的好干部。焦裕禄蹲下身，仰起脸，任老人那双粗糙的手在自己脸上游走，似舐犊，又似跪乳，撼人心灵，催人泪目。

眼前这一幕，使李中修和刘俊生喉头发哽，但心中都汪着一腔激情。

焦裕禄出门的时候，梁俊才说啥也要起床送他，瞎眼老伴也摸索着送到门口。老人流着泪说："旧社会，见官就是三分灾。如今，县委书记冒着大雪上门问寒问暖，还是人民政府爱人民啊！"

左邻右舍闻讯也赶来了，一迭连声感叹着，把焦裕禄三人送出老远。

焦裕禄和队干部安排好梁俊才老人修房后，又踏雪前行。

这一天，许楼、田庄、柳林、陈孙庄、王孙庄，也留下了他们的足迹。

三人回县路上，天已经擦黑了。整整一天，焦裕禄忍着肝痛，顶风冒雪走了九个村庄，慰问了几十户群众，没吃群众一口饭，没喝群众一口水，没烤群众一把火。灯火阑珊时分，他走进县委机关大院，身上被风雪打湿的大衣已冻成一坨，脱下来搁在椅子靠背上，都硬邦邦不打弯了。机关食堂的老炊事员心疼地说："焦书记，这么大的风雪，你一天没吃没喝，我这是第四回给你热饭了！"在他眼中，国家的衙役焦裕禄，早已是农民的仆人了。

"爸爸是喊着爹叫着娘为群众服务的！"2017年11月的一天，焦守云谈起以行孝之心侍奉人民的父亲，十分真挚地对我这样说。

"与人善言，暖于布帛。"在雪拥村舍、粮绝炊断的严冬，面对卧病在床的耄耋老人，焦裕禄从心底喊出"我是您的儿子"这一滚烫的话语，超越血缘亲情，春雷般回响在豫东平原。奔波风雪寒天的共产党人，用自己血肉之躯挥发的热度，将时刻以人民安危冷暖为念的党的宗旨，真切实在地传导到草庐村野，让冬天里的春天降临父老乡亲心中。

这种视人民为父母的炽热情怀，在穆青1966年4月发表于《人民文学》上的散文《重返兰考》中，再次从字里行间流露出来：

> 1963年冬天，土山寨一连八季绝收。毁灭性的自然灾害压得很多人喘不过气来。一个风雪天，焦裕禄踏着半尺厚的积雪，走进王连备的茅屋。这时，王连备一家七口，缺衣少食，生活十分艰难。焦裕禄走进门来拨拨灶下没有火，看看锅里没有饭。他转过身站在床前，掀开那条破旧的毯子，只见三四个孩子穿着单衣挤在草窝里。他抱起一个最瘦小有病的女孩，摸着孩子的小脸，眼泪止不住地往下直掉。他说："这都是自然灾害这个强盗给我们带来的苦难……"他给王连备一家批了救济布，救济款，嘱咐他快给孩子们把棉衣穿上。几天以后，他第二次又来王连备家，具体解决了给孩子看病的困难。这时，焦裕禄同王连备并肩坐在灶窝里，他指着地上的一根草棍对王连备说："咱们贫农可不能像这个草棍这样老躺在地上不动。"说着他把草棍慢慢扶直起来。他说："国家的救济就好比这样扶你一把，要想站起来，还得靠自己。"他问王连备："你能出力吗？"王连备说："能，庄稼人有的是力气。"第二天，他就派人给王连备送来一把铁锨和一辆架子车，让他去给粮站拉脚。以后，王连备家生活有了着落，孩子的病也治了，两口子便积极地参

加了除"三害"的斗争。

过了些时，焦裕禄又来了，一进门便问："孩子的病好了吗?"王连备两口子一同说："好多了!"焦裕禄看到孩子果然比以前胖了，心里有说不出的高兴："会跑吗? 来，下床走几步我看看。"孩子下床走了几步，焦裕禄连忙把孩子抱起来，紧紧地搂在怀里。王连备两口子看在眼里，感动得什么话也说不出来了。

就这样，在短短几个月时间内，焦裕禄一连到王连备家探望了六次。……

以后，王连备听说焦裕禄病倒了，曾几次利用到县里拉粮的机会想去看看他，但几次都没有找到。有一次他又到县委去问，有人告诉他说焦书记下乡去了，他只好失望地走出来。这一次他拉了八百斤粮食，车子非常重。走到县城北门外的一个高坡时，他走走停停累得浑身大汗，怎么也拉不上去。正在这时候，他忽然觉得车子一轻，一股很大的推力一直把他推上了坡顶。他连忙回过头来一看，不禁吃惊地叫道："焦书记，是你呀!"焦裕禄猛抬头一看，也笑着说："呵呀，连备，我还没看出是你哩。"原来焦裕禄和几个同志骑着车子从乡下回县，看到他拉不上去，就一齐下车帮他推起来。王连备一把拉着焦裕禄，往路边一坐，说："我正要来看你哩，听说你病了，好了没有? 看你瘦成这样子，还帮我推车子……"

焦裕禄说："我没啥病，瘦是叫自然灾害欺负的，什么时候咱们把自然灾害制服了，我就会吃胖的。"说罢，哈哈大笑起来。停了一会儿，他又用责备的口吻对王连备说："你身子没恢复好，为啥拉这么重的车?"

两个人亲亲热热地谈了老半天，才恋恋不舍地分手。从这次以后，王连备再也没有看到过焦裕禄。……

焦裕禄逝世的消息传来，王连备一家大小难过了好几天。以后，他就把对焦裕禄的怀念变成力量，全部用在劳动上。当年焦裕禄给他的那把铁锨，木把已经磨细了好多。每次当他攥住这把铁锨，他就想起了老焦。

树高叶茂，系于根深。我在前后三年的采访中，曾无数次叩问镌刻在中州大地的历史记忆，泛舟时光之河淘洗和撷取焦裕禄难以尽述、无从确数的爱民善举，朦胧的感悟渐次清晰——像孝敬父母一样挚爱人民群众，是焦裕禄精神的本质和闪光点；而人民群众的哺育，则是焦裕禄精神形成的基础和根脉。在焦裕禄思想深处，一个信念坚如磐石：人民群众不仅是执政者的衣食父母，也是共产党人的精神教父。正是兰考百姓直面灾害的勇敢、坚忍、抗争和风骨，赋予了焦裕禄以精神之钙和智慧之源；而基于感恩和反哺的排民忧、解民难、除民苦、遂民愿，又是焦裕禄深怀寸草春晖的拳拳之心，用生命火炬照亮兰考希望之路的不竭动力。毫无疑问，人民哺育、党的培养和自觉砥砺，是焦裕禄精神的三个重要来源。

为民者民必记之，惠民者民必感之，乐民者民必爱之。兰考百姓从焦裕禄慈眉善目的神情、平实质朴的话语、心忧百姓的举动中，认定他是为国为民生能舍己的好人。当年，兰考一位老大娘，曾拉着焦裕禄的手说："儿啊，你可真是共产党的好官啊！"

八、博弈，在"悬橄督抚"故乡

兰考历史上出了个有名的清官，人称"悬橄督抚"，他就是被康熙皇帝誉为"天下第一清官"的张伯行。张伯行生于1652年，卒于1725年，字孝先，号恕斋，晚号敬庵，清康熙进士，历任福建、江苏巡抚，官至礼部尚书。

张伯行被黎民百姓传为美谈的是，他任福建巡抚时，为杜绝送礼者，曾亲撰《却赠檄文》，张贴于巡抚衙门和居所院门：

> 一丝一粒，我之名节；一厘一毫，民之脂膏。宽一分，民受赐不止一分；取一文，我为人不值一文。谁云交际之常，廉耻实伤；倘非不义之财，此物何来？

这篇被誉为从政"金绳铁矩"的廉政檄文,为世代传颂。

中国数千年小农经济体制衍生的传统文化心态,就是对"清官"先天的渴望与崇拜。古来改朝换代最为频繁的中原,政治黑暗和腐败盛行,使得百姓的青天梦愈燃愈炽。

焦裕禄来到张伯行家乡兰考时,这位廉吏已经谢世二百三十七年。令他始料不及的是,"天下第一清官"的"金绳铁矩",以及张伯行家乡的贫穷,并不能阻挡当地腐败的滋长。

兰考县委书记处原书记李凤祥,生活腐化被撤职不思悔改,堕落到抛弃妻儿老小,脱离组织,拐骗妇女隐于哈尔滨醉淫饱卧、避事去愁,被组织找回开除党籍;

兰考县民政局原局长、交通局原局长钱永才,1941年参加新四军,1943年入党,战争年代十三次负伤,六次立功,当过营长,1955年转业兰考后贪污公款两万多元,利用职权滥用社会救济款,淫邀艳约奸污妇女八人,被开除党籍,判刑入狱;

兰考县人民医院外科护理员孔维礼,在灾民多病药品匮乏年月,盗窃倒卖价值两万多元的药品、医疗器械牟取暴利……

革命在埋葬旧制度时,并未根除与之伴生的腐败。它潜入新中国制度的缝隙,在潜滋暗长。焦裕禄认识到,腐败不是封建王朝和剥削阶级的专利,共产党人并非先天具有拒腐防变的免疫力。

党员领导干部和国家公职人员的腐败,令人触目惊心,那些依附在穷乡僻壤政权末端的腐败毒瘤,似乎更令人焦灼不安。

1963年元旦,一封反映城关公社盆窑大队干部经济问题的来信,引起了焦裕禄重视。他亲往调查,发现该队一些干部不仅多吃多占,还公然贪污,放高利贷,雇工剥削,严重损害了党的形象。焦裕禄指导城关公社党委严肃查处有问题的干部,向全县发出《看盆窑大队部分党员干部的思想作风恶劣到何种程度》的通报,严厉批评"有少数人已没有一点共产党员的气味了,他们的所作所为和过去的地主、保长无大差别,简直坏极了"。通报要求,各级要"坚决搞好生产队的分配,认真解决和端正干部的作风"。

过了不几天,有个社员到县委反映队干部问题。值班员让他回去按级反映。焦裕禄说："群众来县委就是想找我们谈谈。我们应当为群众做主，别让他们失望。让他讲吧！"焦裕禄听完这个社员的讲述，得知他所在生产队队长用公款吃喝，两天前喝醉酒把队里的牛卖了还账。群众给他提意见，他还打人，村支书也不管。

第二天，焦裕禄就带干部到这个村里调查，恰好在街头碰到这位喝得醉醺醺的生产队长，正蛮横地要社员到他家猪圈里起肥。焦裕禄找到村支书，核实该队长的问题后，要求召开社员大会听取群众意见。会上，群众纷纷反映这个生产队长的违纪问题和霸道作风。问题查清后，"酒肉队长"被撤职，村支书也受到了焦裕禄的严厉批评。

1963年2月16日，焦裕禄下乡路过张君墓公社王大瓢村，发现几家房顶晒有牛皮，便进村查询。群众反映，牛是因没草喂饿死的。经了解，该村连续三年受灾，人口外流严重。而干部时有吃喝，自己留用的统筹粮高达四千多斤。问题很清楚，是干部特殊化导致人心涣散、人口外流并饿死牲口！

焦裕禄责成张君墓公社党委认真查处该村干部吃喝贪占问题，严肃处理多吃多占的干部，收回了干部私留的统筹粮，明确统筹粮发放必须经群众评议，理顺了群众情绪。村里拿出部分统筹粮以工代赈，规定交队十斤草可换一斤粮，调动了社员割草和挖茅草根的积极性。几天工夫，队里收草几万斤，喂牲口有了草料，统筹粮发放公开透明，村里风气和干群关系为之一新。

个别领导干部堕落，少数基层干部蜕变，焦裕禄看到，在同"三害"较量的同时，兰考还面临着一场更为艰难而深刻的斗争。

他的思绪，飞向了百里之外的开封。焦裕禄到地委开会，这座历尽劫难的古城，总是令他陡生家国之忧。巍峨的铁塔，颓败的龙庭，还有忠诚与奸佞交织的杨家湖与潘家湖，古城开封最令人嗟叹的，不是宋代世界最大城市曾令人神往的繁盛，也不是层层叠叠被泥沙掩于地下的城池，而是深深刺痛古今国人心灵的靖康之耻。

公元1127年，北宋宋钦宗靖康二年四月，金军破东京城生俘宋徽宗宋钦宗父子及赵氏皇族、后宫嫔妃和贵卿朝臣三千余人。公元1130年7月，金军押解徽钦二帝至黑龙江依兰五国城，囚禁于城中"坐井观天"，幸存后宫嫔妃被赏赐金兵。公元1135年和公元1155年，徽钦二帝先后客死他乡。

靖康之乱导致了北宋灭亡，岳飞在《满江红》中的泣血陈词成为千年绝响："靖康耻，犹未雪，臣子恨，何时灭！"

置身开封这一思接千载的历史讲堂，焦裕禄时觉警钟长鸣。封建王朝人亡政息，归根结底是因为骄奢淫逸、人心尽失。焦裕禄忘不了自己苦难的身世，忘不了为建立新中国，党领导人民经历了怎样的奋斗和牺牲。从博山、尉氏到兰考，哪一片土地不是烈士的鲜血染红！战争年代，党没有执政资源，靠什么把千百万劳苦大众团结在自己周围，汇聚成排山倒海、再造乾坤的力量？还不是靠共产党人前仆后继、英勇牺牲，唤起最广大被压迫、被奴役的民众浴血奋战，才掀掉了压在头上的三座大山，救人民出水火？"战胜易，守胜难。"昨天的民心，是共产党人流血牺牲换来的；今天的民心，依然需要共产党人廉洁奉公、勤政为民来赢得。江山永固，事业长青，必须同一切危害党的腐败行为作不妥协斗争，使党和人民始终保持当年的鱼水深情！

汴梁怀古，焦裕禄感受到面向千秋万代的历史责任。

"上邪下难正，众枉不可矫。"焦裕禄要求将李凤祥等反面典型作为活教材，特意安排有的反面教员现身说法，讲述自己蜕化变质的过程。当钱永才讲述自己如何腐化堕落时，有观众问："这个人现在哪里？"钱永才老老实实说："就在这里，我就是钱永才。"三个反面教员的典型案例，还被制成宣传图片，在全县各公社和集镇巡回展览，使广大干部群众都受教育。

焦裕禄还亲自动手，利用活生生的事例编写了教育材料《两头牛》。城关公社杨山寨大队队长到县里参加四级干部会议，伙同另外三人吃了五斤肉，个人不掏钱，用队里的小牛犊顶了账。另一个生产队队长王金成来卖猪，看见这头小牛犊，就用超过小牛犊价值的猪，换回小牛犊喂养，九个月后，小牛犊长大又交给生产队，作为集体财产。焦裕禄给教育材料加了按语，对比两个队长截然不同的做法明辨是非，同时指出，养大的牛应作价付款。

知政失者在草野。焦裕禄走村串户，发现有些机关干部利用手中权力或通过熟人，把家属安排在附近生产队，不参加劳动，分生产队的粮食，还向队里要自留地。有个银行营业所主任，通过多给生产队贷款，把家属安排在队里参加分粮分地。困难年月，党员干部搞特殊，无异于在群众心口插刀！焦裕禄立即组织起草了《关于机关干部开荒和干部家属安排的通报》，旗帜鲜明狠刹干部特殊化歪风。焦裕禄还亲自出面，纠正干部特殊化问题。

张君墓公社党委副书记王遂安，把家属安排在生产队参与分配，还向队里借过绿豆。有一次下乡过河不愿蹚水，让人把他背了过去。县委要求干部雪天入户访贫，王遂安就骑着公社配种站的马到村里去。雪深路滑，马不敢走，只好半路返回。群众说他"吃饭让人端，骑马让人牵，过河让人背"。1963年4月，驻张君墓公社"四清"（即清政治、清组织、清经济、清思想）工作队准备处分王遂安。焦裕禄说："我先找他谈谈吧！"

不久，焦裕禄下乡来到张君墓公社，同王遂安谈话到深夜，语重心长对他说："你想过没有，一个共产党员忘了群众的利益，多么危险！多么可耻！先烈们为了解放兰考这片土地，能付出鲜血和生命，难道我们能在自然灾害面前当怕死鬼、当逃兵？难道我们就不能痛改前非，和群众一起建设好这块土地？"王遂安愧疚地流着泪说："焦书记，我错了，请你以后看我的行动吧！"焦裕禄安排王遂安到灾害最严重的赵垛楼大队去锻炼，给他创造改正错误的机会。王遂安到赵垛楼后弃旧图新，一心扑在救灾工作上，多次召开会议对群众进行形势政策教育，讲清外流的危害，发动群众进行生产自救，有效制止了人口外流。为解决群众生产工具不足的困难，王遂安提出卖掉自己的自行车。焦裕禄没有同意，但肯定了他到赵垛楼后的工作。

1963年1月3日晚，十一岁的焦国庆看完戏回家，焦裕禄问："这么晚了，你干什么去了？"焦国庆说："看戏去了。"焦裕禄问："哪来的票？"焦国庆说："售票员叔叔向我要票，我说没有，他问我是谁，我说焦书记是我爸爸，他就让我进去了。"焦裕禄批评焦国庆后，循循善诱说，剧团叔叔阿姨在舞台表演也是劳动，看戏不买票等于剥削他们的劳动果实。焦国庆认错并表示今后不再看白戏后，焦裕禄掏出两毛钱，要他第二天送到戏院，向售票员叔叔承认错误。

焦裕禄喜欢看戏，但平时难得有时间进剧院。1963年1月14日晚，焦裕禄忙完工作，走到兰考礼堂门口买戏票。售票员不认识焦裕禄，卖给他一张二十七排的票。戏开演后，礼堂负责人见焦裕禄坐在后面，便请他到第三排坐。焦裕禄说："我买的票在后面，为什么要坐三排？贫下中农轻易不看戏，把好座让给他们吧！"

后来，焦裕禄了解到，前县委第一书记经常带老婆孩子和保姆来剧院"看白戏"，一来一大群，把第三排塞得满满的，第三排预留遂成惯例，群众戏称他是"老三排排长"。这位书记带家人看戏，还形成了他不到场不开演的潜规则。有时不懂"规矩"的观众看到开演拖时，就鼓掌催戏。知道内情的孩子就大声嚷："别拍了！南院的大官还没来，拍烂巴掌也没用！"

焦裕禄闻听剧院里的腐败，眉毛不由拧了起来。县领导凭特权"看白戏"，这可不是小事情。群众就是从身边党员的言行举止，来认识共产党的。在群众眼中，党员干部的言行就是党的形象！

堤溃蚁孔，气泄针芒。焦裕禄决意从身边群众关注的具体事情抓起，立规矩，明是非，严督查，坚决刹住领导干部及亲属"看白戏"之类的歪风！

1963年1月18日，焦裕禄亲自动笔起草了《关于鼓足干劲搞好生产做好工作勤俭过春节的通知》，以县委、县人委的名义下发。通知明确要求党员干部做到"十不准"：一、不准用国家和集体的粮款大吃大喝，请客送礼。二、不准参加封建迷信活动。三、不准赌博。四、不准挥霍浪费粮食，用粮食做酒做糖。五、不准用集体粮款或向社员摊派粮款演戏、演电影。谁看戏谁拿钱，谁吃饭谁拿粮。六、业余剧团只能在本乡、本队演出，不准借春节演出为名，大买服装、道具，铺张浪费。七、各机关、学校、企业单位的党员干部，都要以身作则，勤俭过年，一律不准请客送礼，不准拿国家物资到生产队换取农、副产品，不准用公款组织晚会，不准送戏票。礼堂十排以前的戏票不能光卖给国家机关干部，要按先后顺序卖票，一律不准到商业部门要特殊照顾。八、不准利用职权，到生产队或其他部门索取物资。九、积极搞好集体的副业生产，增加收入，改善生活，不准弃农经商，不准投机倒把。十、不准借春节之机，大办喜事，祝寿吃喜，大放鞭炮，挥霍浪费。

"十不准"条条剑指问题，有人看后面红耳赤，群众看后拍手称快。十条禁令要求明确，抓手具体，便于监督，成效立现。"看白戏"之类曾大模大样在兰考招摇过市的潜规则，销声匿迹了。

物质菲薄年代，诱惑和考验人的，往往是不那么起眼的"一"。焦裕禄可贵的政治清醒在于，始终守住"一"的底线，一丝一厘公私分明，锱铢必较严于律己。

1963年1月中旬，焦裕禄下乡回来，家人告诉他收到六十元救济款。焦裕禄一问，原来，县直机关党委考虑到他家生活困难，就把他列入了救济名单，经县委办公会研究批准张榜公布。焦裕禄连夜找机关党委负责人退回救济款，中肯地说："我行政十四级，在县委机关工资最高，妻子还挣钱，怎能吃救济呢？救济对象应是工资低、身体有病、家有突出困难的干部。"

机关党委重新研究救济对象，重点照顾了八位最困难的同志。

转眼就是入夏。省里有位李处长到兰考，调查来信反映焦裕禄多占福利费的问题。张钦礼把县直机关发放救济款的情况，一五一十作了说明。李处长调查核实后，赞扬焦裕禄不谋私利，对这件事处理得也很好。不久，省委办公厅一位领导同志打电话给焦裕禄说，省委相信你们，就放心大胆地工作吧！

1963年春节前夕，兰考肉类和副食品供应紧张。县委办公室一位同志给焦裕禄家送来几斤猪肉。焦裕禄问："人人都有份吗？"

"书记们工作忙，顾不上打肉，这是照顾领导同志的。"

焦裕禄说："谢谢同志们，我家的肉已经买好了。请你拿回去，看看办公室还有哪位同志没买肉，就照顾他吧！"接着，焦裕禄又嘱咐他说："以后可不要单独照顾领导同志了。"

过了两天，县酒厂派人给焦裕禄送来四瓶酒，说是厂里的新产品，请焦书记尝尝，给提提意见。

焦裕禄说："我是个不爱喝酒的人，品不出好坏啊！"

酒厂的同志说："你先尝尝，提不出意见就算。"

焦裕禄看酒厂的同志执意要给，说："那好吧，你把酒送到机关食堂，让大家都来提意见，不是比我一人尝效果更好吗？"

酒厂的同志出门前，焦裕禄又对他交代："谁喝酒谁拿钱。"

城里有个水坑，焦裕禄建议城关镇种藕养鱼，还帮助镇里贷款联系鱼苗建起养鱼场，放进几万尾鱼苗。焦裕禄常到渔场转，帮助他们出主意解决困难。半年后，鱼长到斤把重。渔场为感谢焦裕禄，派人用桶装了十多条活鱼送到焦裕禄家，说是给焦书记补补身子。徐俊雅执意不收，送鱼人不由分说，把鱼倒进盆里就走了。

孩子们回家看到鱼，高兴地直嚷："俺要吃鱼！俺要吃鱼！"

恰好焦裕禄下班回来，看到孩子们嚷着吃鱼，问清情况后说："鱼塘是集体的，鱼是叔叔们辛勤劳动喂大的，我们怎么能吃呢？如果大家都不守规定白吃鱼塘的鱼，集体事业能办好吗？"

焦裕禄让焦国庆把鱼送回了渔场。在爸爸教育下，几个孩子懂得了白吃人家的东西是不对的，占公家便宜更不应该。

1963年10月，兰考县干部调整工资级别，普调结束后，还剩两千六百元指标供县委领导调级用。当时，有的县委书记已是行政十三级。焦裕禄1959年12月在洛矿第二次调级时，由行政十五级调整为行政十四级，已经四年。县委其他七名领导，四个行政十五级，三个行政十六级，大家多年没调级了，心里也都盼着动一动。

焦裕禄为县委领导调整工资级别事，专门召开了一次常委会。他在会上坦诚说道："这次调级，调好了会起积极作用。现在该我们常委调了。我有个建议，目前国家处在困难时期，我们党员领导干部要为国家分担忧愁和困难。这次常委同志是不是不调了，把调级指标送到地委。"

焦裕禄的提议，得到县委一班人赞同。

开封地委领导得知兰考县委领导普调让级，感动地说，兰考八名领导干部一心为公，自觉为国家分忧解难，这在全国也难找啊！

人情中国，应对亲友请托是干部的共性难题。焦裕禄也未能免俗。他在老家有个识字解文的哥哥，多次来信要求给在家务农的孩子找个工作。正是城乡各地普遍"瓜菜代"的年月，徐俊雅再次接到来信，忽觉信中一撇一捺都墨分五色，绘成山乡袍泽的苦难丹青。她的思绪飞向了焦裕禄的尉氏岁月。

1962年春，焦裕禄到尉氏县十八里公社申庄大队袁庄村驻队。队里种了几亩西瓜，派伤残军人、回乡干部袁平负责管理。西瓜瓜秧遮地时，焦裕禄隔三岔五到西瓜地里帮着拔草施肥。

袁平1945年参加新四军，参加过淮海战役，两次负伤后转到地方工作。1962年春，国家经济困难，袁平从县水利局下放回乡务农。对此，他心里一直结着个疙瘩。焦裕禄到瓜地劳动时，引导袁平正确对待回乡劳动，启发他发扬光荣传统，自觉为国分忧，袁平的心气顺了。可到西瓜快落秧时，焦裕禄却不到瓜地里来了。

西瓜熟了的时候，袁平想到顶着日头在瓜地干活的焦书记，用架子车拉了十几个西瓜送到县委。不巧，焦裕禄下乡去了。办公室干部刘二明，在大营区当过焦裕禄的通信员，满口答应帮着转送。

焦裕禄回县看见办公室里的西瓜，弄清是袁平送的，便让刘二明把西瓜退回去。袁平接到县委办公室的通知，急忙赶到县里。

"咋着啦？队里委托俺给焦书记送几个瓜，还让拉回去？"袁平生气了，不顾刘二明阻拦，一路打听着把瓜送到焦裕禄家。

"西瓜是群众的劳动成果，我不能收。"焦裕禄正说服袁平，几个孩子回家来了。袁平从车上抱下一个瓜，从厨房抄起一把刀，把瓜一切几块塞给了孩子。焦裕禄脸色一变，把瓜从孩子手中夺了回来，教育孩子说："你们没为集体劳动，怎么能吃集体的瓜？"

袁平气呼呼说："焦书记，孩子没劳动，你不是劳动了吗？"

焦裕禄见袁平生了气，忙解释说："乡亲们的情我领了，但党对我有要求，集体的西瓜我不能收啊！这样吧，切开的西瓜我留下，其余的麻烦你带回去，替我谢谢大家！"

袁平拉起车子往回走，焦裕禄又追上来，把几毛钱塞到袁平手里。袁平把钱往地上一扔，走了。没过几天，焦裕禄骑自行车下乡路过袁庄时，顺便把钱交给了生产队。

夏去秋来，又到了红枣收获的季节。一天，焦裕禄下班回家，看到桌上放着一袋红枣，便问枣是哪儿来的。徐俊雅告诉焦裕禄，原来他在大营工作时树立的劳动模范王小妹，看到焦裕禄开会时犯了肝病，打听到红糖泡枣能治病，特地捎来一袋给他治病调养身子。

王小妹是焦裕禄1950年年初发现的典型。那天，大营区区长焦裕禄到上王村去，看到十六岁的王小妹在独自犁地，感到很惊奇，便主动上前询问。王小妹的哥哥姐姐早亡，父亲常年在外做工，从小就跟爷爷学干农活，犁地、耙地、耩地、喂牲口样样皆通。焦裕禄赞扬王小妹勇于向封建思想作斗争，鼓励她教会更多妇女干农活，为社会主义建设出力。来年春天，王小妹作为特等劳动模范，出席了尉氏县劳模大会，还作为妇女解放的典型，参加了河南省首届团代会。会议期间，焦裕禄推荐她到省广播电台作典型发言。

1960年，王小妹在水台村驻队，因反对干部吃喝挨了整。焦裕禄一回尉氏，王小妹就找他哭诉。焦裕禄安慰她说：“你受委屈我很同情，相信你不会反党。党的个别组织工作中有时会有过激过头的做法，但党总归是要实事求是的，搞错了的会纠正。组织上不是已经澄清你的问题了吗？我们是共产党人，党的事业是高于一切的，个人的得失，永远要放在后面……”

在焦裕禄疏导下，王小妹开阔了心胸，摆脱了个人得失的羁绊。

1962年8月，在尉氏县第三届人民代表大会上，王小妹看到焦裕禄用拳头顶着肝部，头上直冒冷汗，心便“突突”跳个不停。她一打听，得知焦裕禄犯了肝病，于是开始留心搜集治疗肝病的偏方良药。

几天后，焦裕禄在县里见到王小妹，向她致谢后，问枣是哪里来的。王小妹说是自己买的。焦裕禄心里不踏实，问枣多少钱一斤，王小妹说五分钱一斤，共买了六斤，当时就把钱交给生产队队长了。焦裕禄吁口气说：“现在是困难时期，也是考验干部的时候，咱可不能往生产队伸手，白吃白拿群众的劳动果实啊！”

王小妹告别焦裕禄时，焦裕禄塞给她三毛钱，说：“小妹同志，谢谢你对我的关心，这是你买枣的钱，请收下吧！”

即使有恩于人，也不接受受益者有悖原则与纪律规定的感恩。这就是焦裕禄。温故尉氏，徐俊雅心里有了定盘星。但想到焦裕禄哥哥的不易，她还是把信给了丈夫。

焦裕禄对哥哥素怀感恩之心，时常想起自己离乡后，哥哥茹苦含辛侍奉母亲的情景。他不是不食人间烟火的神仙。同众多来自穷困故乡的干部一样，当亲友投来乞求的目光时，他同样感到了道德与亲情角力那种近乎撕裂的痛苦。但这种感觉只是在头脑中倏忽一闪，便消弭殆尽。他提笔给哥哥写了一封情深意长的信，说明不能违反政策用人的道理。

徐俊雅望着多年同甘共苦的丈夫，感慨中又多了一份认同。

经历了又一次亲情的挑战后，徐俊雅对丈夫的认识又深了一层。面对四面八方的诸多诉求，置身汪洋大海般的人情社会，焦裕禄把坚强的党性，融入立身处事的行为准则，既能在最难坚守的亲情关前设卡关闸，又善以春风风人般的情怀和令人信服的话语，赢得亲友理解，从而尽释怨尤。

她似乎更准确地找到了做这样一位父母官贤内助的定位。

焦裕禄刚给哥哥发了信，徐俊雅哥嫂又带着儿子新太到兰考走亲戚来了。焦裕禄当然记得大舅哥嫂迫于生计求他给侄子安排工作的事。看到几年未见的近亲，他像有说不完的话，仿佛回到了其乐融融的尉氏岁月。他告诉侄儿，晚饭后找他聊聊。徐俊雅哥嫂见孩子姑父要找他聊天，觉得事情八成有门，脸上笑绽的褶子活像两朵盛开的大菊花。那是一个春风沉醉的晚上，布谷鸟的叫声悠扬而婉转。新太以为姑父给自己安排好工作了，风卷残云吃过晚饭，便欢天喜地进了姑父的房间。徐俊雅给丈夫和侄子倒好水，没打扰他们谈话出了屋，但边做针线活儿，边往卧室窗玻璃上瞅。透过灯光投射在窗帘上的剪影，她对谈话内容和效果，也猜出了几分。开始，新太的头是低着的，声音也显低沉；过了一会儿，新太的头抬起了一些，偶有高声；最后，新太的头完全扬了起来，开朗的话语中时有笑声。月落星起，鸡快叫了，窗帘上的剪影终于消失了。门开时，新太满面春风地走了出来，对徐俊雅说："姑，俺想通了，农村同样可以大有作为，俺一定听姑父的话，在农村干一辈子。"

焦家饶有兴味而又令人神往的窗帘剪影，成为"悬橄督抚"故乡沉重博弈中的轻松佳话。从补票、还瓜、却酒、送鱼，到让级、退救济、付枣钱……这些看似无关宏旨、实则牵动人心的举动，书写了困厄年代的兰考圣经。它使县委大院发出的"十不准"等号令，一呼百应，落地生根。

兰考的这场考验，已经过去了五十多年。今天，人们忆及心不动于微利之诱、目不眩于五色之惑的焦裕禄，对比折戟兰考荒年的原县委书记处书记和民政局局长，不禁要问：同样的环境，同样的考验，为什么有的枪林弹雨中的英雄，经不起糖衣裹着的炮弹的攻击，而焦裕禄却始终谨守入党时的初心，保持金刚不坏之身？徐俊雅说，那时候，像焦裕禄这样的干部是很多的。

焦裕禄拎一只布兜到兰考上任时，走下战场的中国共产党人进城才十三个年头。作为从拿枪杆子到握印把子执政者的代表，粗粝能甘、纷华不染的焦裕禄的可贵在于，始终保持了党员和"好官"的良知，对那个年代干部懒、馋、占、贪、变的蜕化轨迹有着高度警觉和内省，对"为政者动人以行，不以言"的金箴有着清醒认知和践行自觉。不得不说，焦裕禄能够经受执政和各种诱惑考验，信念、美德、自律是立于不败之地的三根支柱。历史证明，加强执政党的建设，谁也不能代替党员自身修为。不懈学习、志存高远、崇尚简朴、不离劳动，正是焦裕禄在执政条件下初心常在守纪有恒的密码。

九、化作鹃啼带血归

焦裕禄赴任兰考前，地委书记张申找他谈话，曾给他打"预防针"，提醒他到兰考工作，要做好经受"三个最"严峻考验的准备。党性渗入骨髓的焦裕禄，虽表态感谢组织信任，把自己派到最艰苦的地方去工作，但他真正领悟老领导"三个最"的告诫，还是在全身心融入兰考的历史与现状，深度触及各种矛盾之后。

作为县委书记，焦裕禄必须按照党的路线方针突出"以阶级斗争为纲"，但现实最紧迫的任务是抗灾救灾，解决全县三十六万群众的吃饭问题；兰考的特殊难题是阻止灾民外流，焦裕禄在领导治理"三害"、改善生产条件稳定群众的同时，也要面对现实，允许部分在乡确实无法生存的群众外出讨饭；焦裕禄要最大限度凝聚力量同严重自然灾害作斗争，同时也要实事求是总结"大跃进"以来人为失误的教训，纠正恶化生态环境的错误做法；巩固以人民公社体制为标志的集体经济是县委的重要职责，但为度荒年和调动积极性，焦裕禄也要顺应生产力发展水平，采取确定林权和从种到收全程管理大包工等措施，以调动群众积极性；焦裕禄奋力扭转兰考被动局面，渴望媒体宣传重灾区出现的积极变化提振军心士气，但由于短期内难以杜绝灾民外流招致上级批评，为减少饿毙违规购议价粮和用救灾代食品顶换国家统销粮受到通报；焦裕禄肝病日趋严重亟待治疗，但刻不容缓的救灾又使他秉持"我不下地狱谁下地狱"信条，义无反顾奋战救灾第一线……

内外交织的矛盾，沉重的工作负担，令焦裕禄心力交瘁。他很少再编顺口溜，挂在家中墙上的二胡依然保持缄默。徐俊雅尤为担忧的是，焦裕禄的肝病出现了反复。而病情逆转，则始于1963年夏秋之交，焦裕禄带领干部群众抗击那场史所罕见的特大暴雨。

　　看到焦裕禄依然日甚一日地抱病操劳，徐俊雅又痛又急，含泪警告他说："你要是再不抓紧治病，我就到开封地委去告你！"

　　焦裕禄怔住了。他望着茹苦含辛十几年的妻子，疲惫的脸上漾开一丝笑容："哪能啊，老夫老妻的，那样影响多不好！"

　　此后，焦裕禄依然故我。面对严重自然灾害、干部队伍中错误思想和自身沉疴日重多重挑战，焦裕禄扮演了以生命殉党的事业的悲壮角色。

　　在杜鹃啼血、秉烛冲刺的日子里，他经历了怎样的痛楚？

　　2018年12月13日，我在尉氏县访问曾随父亲给焦裕禄治过病的县卫生局原局长、中医专家杨培生儿子杨文明。他回忆说：

　　　　1962年9月的一天，父亲接待了焦书记。他脸色乌青，腹部水肿，县医院确诊为肝硬化腹水。父亲建议他住院治疗，焦书记不同意，说，什么事都没有群众的事大，兰考群众需要我！他答应中药保守治疗，继续坚持工作。父亲负责配药，我负责煎药送药。煎药把握火候很重要。每次煎药我都非常细心，先用猛火煎至沸腾，然后收至小火煎成一碗，用消毒纱布滤渣倒入碗内，让焦书记服用。煎药时，我把对焦书记的敬意倾注进去，也把对他的祈福融合进去。这样的好书记，一定会药到病除。

　　　　一次，我给焦书记送药，他下乡发救济粮款刚回来，因肝痛，额头上满是汗珠。我忙为他倒水，劝他去省里医院治疗。焦书记说："就要入冬啦，全县还有很多群众没有过冬棉衣和粮食。在群众最需要我们的时候，我怎么能离开工作岗位啊！"

　　　　我再次给焦书记送药时，父亲说好久没见焦书记了，要和我一起去。走进他办公室，焦书记趴在办公室桌上，手里攥着一张报纸。父亲拍着他的肩膀轻声喊："焦书记……"他闻声醒来，眼睛通红，说："对不起啦，昨晚睡得晚，刚才看文件睡着了！快坐吧！"父亲为他量完腰围说："脸色好转了很多，腹水也少了，有效果啊！可您不能只顾工作，不顾身体啊！我知道劝不了您……"我也说："焦叔叔，您的病应该多休息，别再……""我没事的！"焦书记说："你爸不是说了嘛，我气色好多了。现在正是群众最需要我的时候，怎能去养病呢？就这样保守治疗吧！"经过两三个月治疗，焦书记的病明显好转，不再喝汤药了，父亲又为他配制了药丸。

兰考县委原副书记刘呈明撰文回忆，1963年6月的一天中午，焦裕禄带着儿子跃进，约他和县委监委书记潘子春到铁路南搬运站澡堂洗澡。从浴池出来，焦裕禄披一条毛巾坐在床上说："呈明同志，你看我的肝上长了个小龟头，比鸡蛋黄大点。"刘呈明看了看，问："痛不痛啊？"焦裕禄说："有时候痛，有时候不痛。""你快去看看吧！"刘呈明着急地说。焦裕禄说："现在除'三害'刚展开，工作这么紧张，我怎么能离开呢？"刘呈明发现，从那以后，焦裕禄每次肝痛，都用手猛按胸前第三个衣扣右侧的部位。

殷允岭、陈新著的《焦裕禄传》，记述了焦裕禄发病的情形：

1963年8月，国家商业部长姚依林代表国务院慰问受灾的河南省时，他对他的病就十分自知了。当时的省委第一书记刘建勋，开封地委书记张申陪同来兰考。焦裕禄及县委部分领导人，陪同姚依林部长来到了堌阳公社。在那里，部长与省委书记七八个人围成一桌，受到了四个菜的招待，但没上任何酒类。在那次参观中，焦面色蜡黄，以手抚肝。对于部长的问话，几乎全由周鸿典社长代答。中午安排休息，焦裕禄一头倒在了公社副书记秦振邦的床上，疼痛难忍中，小便失禁，竟将床席浸湿了一片。

桑榆晚年，徐俊雅忆起焦裕禄病情的发展，仍痛惜不已：

老焦的肝病还是1959年在洛阳发现的。组织上安排他住院治疗，他偷偷跑回厂上班。送他到疗养院疗养三个月，他一个月就回厂了。到兰考后，为治理"三害"，让人民过上好日子，他风里雨里查风口、探水情，肝病一天比一天厉害。我说了多少次让他到医院看看，他总说现在工作忙，过一段再说。眼看老焦一天比一天瘦，桌子上、床边放的小东西日渐增多，茶缸盖、鸡毛掸、长把刷子，都是用来压迫止疼的。

一天晚上，他在家写材料，我发现他用刷子把顶住肝部，看样子疼痛难忍。我坐在他身边劝他："老焦，你的肝脏疼得厉害了吧！先休息一下，明天再写不行吗？"

"不要紧，我能顶得住。疾病就像困难一样，你越怕它，它就越欺负你。"他连夜写出一万多字的工作报告。多少年来，老焦一直坚持自己动手写文件。他常说："重要文件不能委托秘书去写，特别是讲话、作报告，更不要别人写好，自己在那里干巴巴地念。吃别人嚼过的馍没有味道呀！"1964年3月，老焦的肝病突然严重，下乡时突然晕倒在三义寨公社。当即被送到县人民医院，医生诊断为肝病急性发作，必须马上转院。县委决定送他到开封卫校附属医院。我赶忙给他收拾几件替换衣服，催他快走。他说："你不要带啥东西，到开封检查一下，拿点药，就赶快回来。"

焦守云《我的父亲焦裕禄》一书描述父亲遭受病痛折磨时写道：

大家发现他冬天穿的棉袄，第二第三个扣子不扣，原来是方便把手伸进去，摁住肝部，那样就能稍微舒服点。

有一天他跟我母亲说："俊雅，我这肚子里长了个疙瘩，你一摸它一缩，像老鳖的头样的。"母亲说："那你抓紧时间检查呀！"他说查肯定要查的，不过这段时间太忙了，等过了这一段再去查。

后来肝上的瘤子越长越大，他发现摁住它就会好受一点，所以大家发现他开会的时候总是那个样子。虽然不文雅，但他觉得疼痛会舒缓一点。再后来，他手里抓住什么就用什么，像钢笔、鸡毛掸子等身边随手可用的东西。他最早使用的茶杯盖，就用茶杯盖上的疙瘩顶着肚子里的疙瘩。他那时很瘦，肚皮很薄。他摸到瘤子就用茶杯盖使劲往里杵。他用得最多的是刷衣服的刷子，一头顶着肝，一头顶着藤椅。他这样顶着老歪在这个地方，就感觉不到疼痛了，这个时候就可以写字翻书。有时候他会忘记身上还顶着个东西，站起来想上个厕所，那个刷子就掉地上了，疼痛突然释放，毫无防备，他就从椅子上一屁股坐到地上了，疼得能蜷成什么样就蜷成什么样，有时候就蜷成了"句号"。这种情况下，他要在地上挣扎好一阵子才能起来，然后再摁住，弯着腰去做其他的事，受老罪了。

在肝病日渐沉重之际，经济上的负担也在困扰着焦裕禄。1963年7月25日，焦裕禄在县委常委生活会上说："经济上有些困难，原在尉氏欠账六十元，前段岳母有病住院，又借八十元，现在还欠镶牙的三十元。自己想从福利费中借三十元，还了镶牙账。哥来要钱，也没有钱给他。孩子去年回家到现在，只寄了三十元。"

1963年11月24日，开封地委报请河南省委，任命焦裕禄为兰考县委书记，免去其兰考县委第二书记职务。上报的干部任免呈报表任免理由写道：

　　兰考县委缺书记，该同志去兰考这一段工作搞的（得）尚好，可以胜任书记职务。

1964年1月26日，焦裕禄到地委开会，肝痛得满头大汗。地委书记张申让他住院，他说："年初要安排一年的工作，哪能住院？"

中医给焦裕禄开了药方，他得知每剂药三十元，嫌贵没让买。县委的同志背着他取了三剂。焦裕禄说："兰考是个灾区，群众生活很苦，吃这么贵的药，我咽不下去！"执意不再服第四剂药。

翌日，1月27日，开封地委接河南省委组织部通知，经省委批准，焦裕禄任兰考县委书记。此时，县委已不再设第一书记。

流光似水。焦裕禄的兰考上任之旅，却九曲连环，穿荆度棘，绵长中充满变数。从焦裕禄1962年12月6日主政兰考，到名正言顺成为县委书记，差十天就是一年零两个月；若从1962年10月31日开封地委报请他任兰考县委第一书记算起，则长近一年零三个月。

后来的历史证明，焦裕禄分两步走上任，不仅是在实践中考察识别干部的稳妥步骤，客观上也是砥砺和成就焦裕禄的砥石。

实至名归时，距焦裕禄病逝仅三个月零十七天时间。

焦裕禄不是命运的宠儿，前行的路也并非坦荡如砥、鲜花盈野。但无论顺与逆、畅与塞、快与慢，他都处之泰然，心无旁骛。焦裕禄通讯通过罕见的自然灾害、干部队伍中消极错误思想和自身严重疾病三种考验，层层递进，相互交织，成功塑造了焦裕禄光彩照人的高大形象。当我在浩如烟海的档案文献中爬罗剔抉时，又清晰感受到焦裕禄经受的第四种考验——岗位与职级的考验。任副处十一年由城市平调乡村，患有肝病平调重灾区兰考，数番报任县委书记未获批准，在大连、兰考两次让级……这些考验与烽火岁月出生入死迥然不同，但却更为深刻。为期一年的考察式使用及衍生的插曲，同焦裕禄通讯中展现的三种考验一道，化为凤凰涅槃中的特殊淬炼与洗礼；而他面向特殊考场所展现的风范与情怀，则成为永远的焦裕禄最能打动人心的背影。雪落无声，风过无痕，是坚强的党性、醇厚的美德，使他具备了宠辱不惊、去留无意的境界。不是所有人都能经受这一考验的，包括某些战场上堪称英雄的人。焦裕禄做到了。他以杜鹃啼血的殉道精神恪尽职守，把负重前行的兰考岁月，演绎成一曲砥节奉公、舍生济民的大义之歌。

我在大河两岸穿巡，耳畔每每响起焦裕禄"要像杨柳一样，栽在哪里活在哪里，根深叶茂"的心声。这棵从北崮山石缝里冒出的幼苗，饱受冰刀霜剑威逼，也从故园获得优秀文化的滋养。战争年代不怕牺牲，和平岁月不计得失，当逢春枯木在党哺育下迎着风雨抽枝展叶时，严峻的挑战、迥异的环境、复合的经历，便赋予焦裕禄不避贫瘠、茁壮成长的禀赋和感恩组织、报效人民的品格。逾越生死，淡泊名利，茂林繁盛，折射的是太阳的光辉。

生命的余晖朦胧而温煦。在与死神的赛跑中，焦裕禄像慷慨悲歌的勇士，坚毅果决，呼啸猛进，开始发起最后的冲刺。

1964年2月初的一天，焦裕禄再次来到东坝头附近的张庄。昔日最大的风口沙洲，始见绿意阑珊，逶迤起伏的沙丘"下马台"，翻淤压沙后已经由黄变红，蹿出土的小树苗错落有致，茁壮挺立。焦裕禄见此情景面露喜色，回县即口授简明总结提纲：

治沙：沙区没有林，有地不养人，这是基本情况。有林就有粮，没林饿断肠，这是重要性。以林促农，以农养林，农林相依，密切配合，这是方针。造林防沙，百年大计；育草封沙，当年见效；翻淤压沙，立竿见影；三管齐下，效果良好，这是方法。

治水：兰考地形复杂，坡洼相连，河系紊乱，这是客观情况。以排为主，排、灌、滞、台、改兼施，这是方针。舍少救多，舍坏救好，充分协商，互为有利，上下游兼顾，不使水害搬家，这是政策。夏秋两季观察，冬春干燥治理，再观察，再治理，观察治理相结合，这是方法。

治碱：分清轻重，区别对待，这是方针。翻淤压碱，开沟淋碱，打埂躲碱，台田试种，施有机肥，种耐碱作物，这是方法。

近乎宝典的智慧结晶，是焦裕禄用透支生命的那管笔写下的。

焦裕禄肝病日趋严重，冥冥中生命之神在向他告警，又似在提示着什么。一个大雪纷飞的傍晚，久客他乡的游子思乡恋母之情骤然充溢胸间。眼看甲辰龙年春节到了，焦裕禄踏着厚厚的积雪，走进程世平的办公室。

程世平以为焦裕禄有要事相商，急忙把他让到火炉旁。

"老程，春节你回老家过年吗？"焦裕禄刚一落座就问。

"我没有回家过年的习惯。"

"你要不回去，就值班看门。"焦裕禄告诉程世平，"我好多年没回老家了，打算给地委请个假，节前带全家回去看看老母亲。"

程世平想到焦裕禄父亲去世早，南下到河南十多年没怎么回过老家，不由慨叹一声："老焦呀，你是该回去看看老母亲了。"

焦裕禄望着程世平，局促不安地搓着手，脸上露出为难的神情，踌躇半晌才说："老程，能借点钱给我吗？三百块就够了……"

程世平感到惊讶。他知道焦裕禄家境不宽，日子过得紧巴，但想不到当书记的连回家的路费也凑不够！他心中一阵酸楚，急忙说："好，我马上叫人事科准备。三百不够吧，要不要多带几个？"

"够了，够了，加上工资足够用的。钱我回来就想法还你。"焦裕禄往火炉前凑凑，又说："路上能省就省点。"

屋里炉火正旺，程世平身上有些发热，正解棉衣扣，不经意间瞥见焦裕禄直打哆嗦。他心里一惊，忙问："老焦，你病了？"

"没有，就是有点冷。"焦裕禄掩饰地笑着说。

程世平摸摸焦裕禄的衣服，又是一惊："大冷天穿个空心袄，连件秋衣也不套，咋不冷哩！八面透风还不把你冻坏啦！"

焦裕禄苦笑一下："老程，我没啥衣服往里套啊！"

"扯布做一件嘛。"

"没布证，钱也紧，将就着吧。不少群众还没棉衣呢！"

程世平说："那不中。没证我给你找，说啥也得做件秋衣套上。要不回家老娘见了像啥样子！"程世平不由分说，硬拉着焦裕禄来到商店，扯了一身降价处理的秋衣布。

雪下得渐渐大了，密密匝匝的雪花，像漫天银蝶起舞翻飞，伴着焦裕禄渐行渐远的身影。程世平目送焦裕禄远去，钦佩和苦涩杂糅心间。老话说，千里来做官，为了吃和穿。老焦啊，你这个共产党的"县太爷"，律己之严到了近乎苛刻的程度。说你和群众同甘共苦，其实你比群众吃的苦还多啊！

1964年2月11日，癸卯兔年农历腊月二十八，焦裕禄携妻儿踏上返乡之旅。动身前一天，火车站主任货运员徐福有因事到县委，办公室有个干部顺便对他说，焦书记全家要回山东老家过年，上车时请给安排一下。徐福有说："安排一下当然可以，但焦书记不一定同意啊！"果然，那天焦裕禄带家人来到车站，徐福有绕着圈子提出，小孩上车爱睡觉，得给小孩找个座位。焦裕禄笑道："为什么非得给小孩找个座位？咱的小孩头上也没长出个花来，还不跟旅客的小孩一样？那样做，不是爱护他们，而是害了他们。"

列车到站后，焦国庆争着上车，立刻被焦裕禄制止住了。等旅客们快上完车时，焦裕禄和家人才挤上火车。为了省钱，全家人在车上吃从伙房打的白面和黑面馍，连碗热汤都没舍得买。

焦裕禄一家从博山八陡火车站下车，雇一辆马车返回北崮山。崎岖蜿蜒的山路上，清脆的马蹄声和着车轮欢快的吱扭声，无可遏制地勾起游子浓浓的乡情。岳庄南村，岳庄村，岱庄村……哦，洒满童趣的岳阳山，已经遥遥在望。马车驶入北崮山村，焦裕禄伫立家门前，默默注视着早已荡然无存的

216

油坊旧址，似在寻觅沉入地下有年的青石碾。半晌，他才慢慢走进焦家小院。

徐俊雅写的《党和人民的利益高于一切》，记述了这次省亲的情景：

　　　　1964年春节前，那天我正在做饭。老焦一进门就高兴地对我说："组织上批准我探家了，咱们可以回山东老家过年了。这么多年，也该带你和孩子回家看看。"我嫌拉大带小路上不方便，主张少带几个孩子。可老焦坚持要把六个孩子全部带回去。一路上，他指着一块块烈士纪念碑，对孩子们讲革命先烈同日本鬼子、国民党反动派英勇斗争的故事。到老家的第二天早上，他不顾天气寒冷，踏着积雪，带领全家上祖坟了。到了坟地，他指着一座坟对孩子说："这是你爷爷的坟，你们知道你们的爷爷是怎么死的吗？他是被地主的阎王债逼得上吊死的，那年我才十几岁。后来我被日本鬼子抓到抚顺煤窑做苦工，在日本侵略者和汉奸的刺刀威逼下，每天在煤窑干十五个小时以上的苦工。后来逃出虎口，也不敢回家，又逃荒要饭到江苏宿迁县，给地主当长工，你们看，解放前哪有咱穷人的活路。看看现在，咱们的生活多么幸福，你们要不好好学习，怎么对得起解放咱穷人的共产党啊！"孩子们听得一个个眼里噙着泪水。这时，我才明白，他坚持要把孩子全部带来的良苦用心。

焦裕禄带妻儿痛悼父亲后，边走边说："当年，党领导矿工和农民组织游击队打日本鬼子。一次，几个游击队员被鬼子围在山上，子弹打完了就用石头砸，虽然全部壮烈牺牲，但受到沉重打击的鬼子再也不敢小瞧中国人了。"他指着路旁的纪念碑对孩子说："这就是为牺牲烈士立的碑。他们用生命换来了新中国，你们只有学习好，把祖国建设好，才对得起他们啊！"

焦裕禄在岳阳山给妻儿上的家国同构的一课，徐俊雅和孩子都牢牢记在心上。许多年后，焦家两代人谈起这次故乡之行，都清晰地记着当时的情景，心中总是回荡着焦裕禄铭诸肺腑的叮咛。

焦裕禄携妻儿祭扫完祖坟和烈士墓，就挨家挨户看望烈属和老战友。抬脚间先来到烈士焦念松家。焦念松是焦裕禄小学同学，两人都是陈毓津老师的学生。1947年8月，焦裕禄渡河北上奔赴渤海区，焦念松随岳阳区中队到西河镇为我军医院设营，不幸遇袭牺牲。1950年春和到大连实习前，焦裕禄两次返乡，都看望过烈士母亲岳帮桂。这回，他给老人带了下药的冰糖和爱吃的锅饼，进门就亲热地问奶奶身子骨结实不？生活咋样？老人欢快地说，吃穿都不缺。焦裕禄满屋里瞅着，问老人有没有炭烧？有没有零钱花？老人说，队里很照顾我，没啥困难。看到儿子发小，老人又想起牺牲多年的念松，泪水流了出来。焦裕禄开导她说："奶奶，我们今天的好日子，还不是烈士用鲜血换来的？大家都怀念着他们，你有念松这样的好儿子，应当感到光荣啊！"

焦裕禄来到卧病在床的焦其焕家，焦其焕要起身，焦裕禄忙让他躺下，说："得上医院治才行。"焦其焕说："我是老毛病了，不碍事。"他端详着焦裕禄说："你没变样！来家也没歇歇就跑来看我。你没忘了我们呀！"焦裕禄动情说："那能忘了吗？当年咱一块儿当民兵的情景，我还常常梦到呢！"

走了一户又一户，焦裕禄找军属焦念卿的母亲拉家常，又去看望当年一起当过民兵的焦念钦，最后来到当年一起打石雷的村党支部书记陈壬年家。老战友一见面，焦裕禄顾不上多寒暄，就问今年村里生产搞得怎么样。陈壬年说，村里的生产还不错。焦裕禄又问，生活呢？陈壬年说，比前几年好多了！焦裕禄拍拍陈壬年的肩膀，推心置腹说："老伙计，咱村是有名的穷村，人家叫穷北崮山。旧社会挑担的有百十挑，下窑的也有五六十口。毛主席领导咱们翻了身，生活有了很大提高，但还不算富裕呀！咱得下决心改变面貌！"陈壬年感动地说："过去的事，你都还记着呀！"焦裕禄说："记着，永远也忘不了！我们这里山多，但我看山上的树还不多，山该怎么利用？是不是可以大量造林？最好还搞一部分经济林，既可保持水土，又可增加收入，而且是长期的收入。这样，就可以逐步改变自然面貌。"焦裕禄谈了治山，又谈治水。他回忆起过去干旱的年景，到十三里外去挑水的往事，感慨地说："水是农业的命脉，有足够的水，粮食产量就上去了，还能保证稳产。"说到兴奋处，焦裕禄抓住陈壬年的手，两眼炯炯有神："治山治水，依靠谁去做呢？依靠贫下中农！咱村贫下中农多，这就是优势啊！"

在北崮山那个寒冷的春节，陈壬年听焦裕禄讲着，心里像是烧起了一把火，浑身暖融融的。离开家乡这么多年，焦裕禄还是忘不了村里的街坊邻居，还对村里的生产生活这么关心！算起来，焦裕禄参加革命时间不短了，可穿戴还和村里的老百姓一样。他没好意思问焦裕禄当啥官，只问他负责啥工作。焦裕禄告诉他，自己在县里工作。后来焦裕禄逝世后，报纸电台开始宣传他的事迹，陈壬年才知道，焦裕禄原来是河南省兰考县县委书记。

2017年8月26日，在北崮山焦家老屋，焦裕禄侄媳妇赵心艾，给我和博山焦裕禄纪念馆馆长焦玉星描述焦裕禄挈妇将雏回家过年的情景。她絮絮不休地讲着，努力在渺远岁月的记忆之河打捞四散飘零的流光遗痕，忽而停下来怯生生问："这我能讲吧？"看到我们鼓励的神情，又接着说下去：

1964年快过年的时候，俺叔焦裕禄带着婶子和孩子回北崮山过年，看娘来了。俺是焦裕禄大哥没过门的儿媳妇，俺对象焦守忠叫俺过来见叔。那年冬天很冷，叔戴个有耳朵的旧棉帽子，身穿黑色旧大衣，脚蹬老汉鞋。俺在北崮山这三天，俺叔没大着家。他忙着去见村支书，拜访村里的老人，看年轻时一块儿当民兵的伙伴，还带老婆孩子到山上祭祖，在父亲坟前给全家人上课。

年夜饭全家人吃的是年糕，一人眼前一点红糖，还有黍子米。初五吃的煎饼窝头，有馍，里面白面很少。村里有来串门的，见了俺叔几个孩子，有的顺手掏个三毛两毛的压岁钱。守忠就劝他们："你还不知道俺叔那脾气？他对孩子要求严，不让要！"

俺叔没一点当官的架子。村支书陈壬年和叔是发小，一块儿当过民兵，两人很投契。一见面，他就问："这些年，你在外面干啥？"叔说："咱庄户人能干啥？干活呗！"陈壬年见叔穿的棉袄磨得发亮，说："你咋穿成这样？"叔笑着说："咱干活出力的，风里来雨里去，不就这样嘛！"两人拉了一个多钟头，末了，陈壬年盯着叔的脸问："你是不是有病啊？"叔说："有啥病？我没病！"

说出来不怕你们笑话，俺那时思想狭隘，觉得当县委书记的叔回来过年，见了没过门的侄媳妇，多少还不给两个？头天见面，叔人怪和气，可就是不提见面礼的事儿。俺琢磨，兴许是叔刚回来，亲戚里道应酬多，想不到这芝麻粒子大的事儿。谁知第二天，叔还没提这档子事儿。第三天，叔还像没事儿一样。俺那心里就不乐意了。邻舍百家谁不知道俺有个当大官的叔啊！人家要是问，你叔回来给了你啥见面礼，俺怎么说？俺这脸往哪儿搁？叔家里孩子是多，日子过得不宽快。可没有多，还没有少啊？给个三块两块的也行啊！可叔到末了也没表这个态。俺就窝着一肚子火走咧。

过了不到仨月，河南来电报说叔的病厉害啦。守忠叫我来家看门，他送奶奶去郑州，赶上了俺叔没咽气。守忠给他用手绢擦汗，手绢都湿透了。再后来，报纸广播里开始宣传俺叔，听听他拖着个病身子给老百姓操持，想想那年春节回来他穿的那身旧衣裳，俺那眼泪就止不住地往下淌。俺明白了，叔光想着为人民服务啦！有几个钱都给了贫困群众啦！过后俺也想通了，别说叔没啥钱，就是有点钱，俺也不应该要啊！叔来家过年，病已经很重了，他的身子提示他，回来跟家里老少爷们辞路啊！

最后的乡情醇似醪、甘如饴，以至瑞雪覆盖下的故园，每一个角落都感受到了赤子依依惜别的缠绵绮旎。焦裕禄却并不自觉。1964年2月28日清晨，焦裕禄一家从北崮山村外乘公共汽车前往八陡，从那里转乘火车返回兰考。出门时，年迈的母亲依旧拿着小笤帚给儿子仔细扫身，倏忽间竟生出几分踟蹰不安。老人发现，儿子比过去明显消瘦了，眼里满是对故土和父老乡亲的不舍。令她怅然若失的，还有她带了几年的孙女焦守云，这次也要回兰考上学。相见时难别亦难，老人打发孙子焦守忠把叔叔一家送到汽车站，倚门望着她百般疼爱的禄子和妻儿的身影消失在长长的街巷尽头。

焦裕禄从山东回到兰考，牵挂已久的贺李河疏通，又提上了日程。贺李河通畅与否，是兰考东半县排涝的牛鼻子，而解决这个问题，需要山东菏泽地区曹县和商丘地区民权县密切配合。3月1日，焦裕禄在县直机关和部分社队党员干部会议上明确，用打淮海战役的办法开挖贺李河，并作为当前的重点工作之一。会后，焦裕禄到北沙河造林工地找张钦礼商量："钦礼同志，贺李河连着山东和河南两个省、三个地区的三个县，疏通河道中的跨区协调和利益调处是关键。你战争年代在这一带打过仗，群众关系好，周边情况熟，我想让你到这几个地方跑一跑，这人的关系一通，水路也就通了。"

张钦礼赶到山东菏泽地委汇报，建议为使贺李河的水由兰考李馆村经菏泽曹县顺利排入赵王河，兰考、曹县同时开挖河道，兰考投资在李馆村后建节制闸，遇大水可关闸先排下游积水，然后开闸排上游积水。节制闸以下河道由曹县开挖。菏泽地委领导认为兰考的建议很好，全力支持工程实施。曹县以下河道涉及商丘地区民权县，张钦礼又马不停蹄前往商丘地委汇报。

1963年8月，河南遭遇新中国成立后最严重的水灾，豫东商丘洪涝尤甚。为避免"信阳事件"重演，河南省委第一书记刘建勋，打算派一名省委常委到该地区工作一段时间。省委常委、书记处候补书记、省委秘书长纪登奎自告奋勇下沉商丘。张钦礼赴商丘，恰遇焦裕禄在洛矿时的老领导纪登奎坐镇。共同的阻水之患，使空降大员格外理解兰考的苦衷与诉求。

商丘地区地势低洼易受涝灾，1958年"大跃进"人为改变河道自然流向，遇涝行洪愈加困难。纪登奎决心拆圩扒堰，但对毗邻的安徽几县的阻水工程却无能为力。安徽省委第一书记李葆华理解商丘关切，无奈有关地县囿于局部利益软顶硬扛，疏通水道受挫。纪登奎求助于来河南调研的国务院副总理谭震林。谭震林修书一封，要他持信到安徽找李葆华。纪登奎见短期解决问题无望，便趁毛泽东莅豫视察"告御状"，向他汇报了边界阻水难题。

毛泽东说："你讲的问题不小，但也好办，叫李葆华来嘛！"

李葆华当晚接通知后，翌日乘机抵郑。纪登奎首先向李葆华表示歉意，再三说明，向主席汇报跨省水利纠纷，实在是迫不得已。

刘建勋、李葆华、纪登奎达成拆除边界阻水工程意向后，下午一起去见毛泽东。一见面，毛泽东就问："你们还打仗吗？"

李葆华说："不打啦！听登奎同志说，主席叫我来，是为了解决两省边界的水利问题。请主席放心，我们已经商量好了，按河南提的要求办，我回去召集有关地县的领导开个会，不堵水了。"

"问题解决了？好嘛！"毛泽东示意爱将落座，开始讲古：葵丘就是今天的兰考，春秋时是宋国国土。宋国国都就是现在的商丘。商丘原是商朝国都，商朝第十九位君主盘庚迁殷，把国都迁到安阳去了。周襄公姬郑元年，齐桓公召集诸侯到葵丘开会，诸侯推举齐桓公为盟主，并且缔结了盟约。盟约中有一条，各国不能在边界筑堤阻水，要疏通河流，联合治水。

毛泽东借春秋时葵丘结盟诸侯约定不阻水，谈笑风生间立起了以古鉴今的镜子。三位省领导在长知识、受陶冶中深受教益，同感共产党的领导干部，确实应有远超封建诸侯的襟怀和眼光。

刘建勋、李葆华向毛泽东表示，一定顾全大局，团结治水。

不久，陶铸、钱正英、刘建勋、李葆华、纪登奎等人，到河南永城等县实地察看，现场研究拆堤排水。1964年2月13日，纪登奎大年初一赴合肥，李葆华亲自出面协调，双方顺利达成协议。纪登奎感慨说："葆华真不愧是李大钊的儿子！"1964年，毛泽东见到李葆华，当面对他进行表扬，要他到北京介绍团结治水的经验。

张钦礼到商丘，正值跨省边界水利遗留问题圆满解决。纪登奎听取了老部属所派特使的汇报，完全支持兰考借道行洪的想法。民、兰、曹三县商定，成立治理贺李河指挥部，统一组织协调施工。工程上马后，三县共出动民工近三万人。焦裕禄、张钦礼、潘子春等县委领导到李馆节制闸工地参加劳动，和民工一样挖土、拉架子车、背水泥。身体羸弱的焦裕禄背水泥时不堪重负摔倒在地，晕了过去。张钦礼、潘子春急忙跑过来，把焦裕禄挽到工棚，喝过热水后，几个人轮流把他背到附近公社医院。医生检查后说，焦书记的肝病很重，已经腹水，建议赶快回县住院治疗。焦裕禄起初不肯走。几个县委领导认为不能再拖了，焦裕禄服从了大家的决定。

1964年3月14日上午，焦裕禄在兰考县委常委生活会上总结去年县委的工作后，语重心长说道："去年我们的工作取得了不小成绩，地委多次表扬，这是对我们的鼓励和鞭策，现在要特别注意经得起表扬的考验。今年要立志站起来能走路，要很好地总结去年的工作，抓主要矛盾，走群众路线，搞调查研究，把工作做好。"

接着，焦裕禄开始汇报思想："我个人的思想是，在兰考一天就干好一天，集中力量把工作做好。但最苦恼的是自己身体不好，现在又有个腿疼，扁桃腺也肿，肝也疼，身体不好工作搞不上去。生活上别的问题不大，这次回家借了三百元，这个月可还一百元。小孩多，穿的问题很大。工作作风上有些老毛病容易犯，就是粗，有些急，这样有时就有些脱离实际。有时对下边的困难考虑不够，批评不够恰当。"这是他最后一次向组织剖白自己。

严冬悄然遁去了，春天重又回到豫东平原。东坝头上，黄河岸边，疏密有致的泡桐树，争相缀满了含苞欲放的蓓蕾。忽如一夜春风来，千树万树便争先恐后绽放出喇叭样的花朵，白的像玉兰，紫的似荆花，云一样飘逸，霞一般绚烂。迎风怒放的桐花，与争奇斗妍的杏花相互映衬，给大河最后一道弯平添了无限春意。

县委常委生活会前一天，焦裕禄下乡回来在县委大院里与人交谈，忽觉迎面走来的女同志有些面熟。嗬，这不是当年在《血泪仇》中与自己演对手戏的王殿英嘛！1948年年初，淮河大队到达豫皖苏边区后，同班战友各奔东西。这个演出时不肯穿借来的破棉衣的丫头，算来十几年没见面了！不等焦裕禄打招呼，在开封地委监委任监察委员的王殿英，已亲热地喊起老班长来。她进院时就看见多年未见的焦裕禄，左手按着腰腹部，身体前倾在和人说话。走近时发现，焦裕禄脸上枯瘦无光，与南下路上的英武形象已判若两人。当年，大家是那样年轻，一转眼已是人到中年。人生若只如初见……王殿英感叹着，急忙问："老班长，你又黄又瘦，是不是工作太累了？"

"这段儿我只是肝疼，身上没劲儿，不想吃饭。"焦裕禄望着阔别多年的同班战友，回答云淡风轻。

"肝有毛病要多休息，这段儿别再下乡了！"王殿英着急地说。

焦裕禄轻轻一笑，把自己的心思向老战友和盘托出："党派我到灾区来工作，救灾如救火啊，在家我哪能坐得住！"

中午吃饭时，焦裕禄把炊事员盛的饭菜推到王殿英面前，自己动手烫了半碗米面炒面。王殿英这才知道，最近一个月，焦裕禄根本吃不下馍和菜，每顿饭都是靠一碗米面糊对付。第二天，焦裕禄就到爪营公社检查工作去了。五天后，焦裕禄赶回县里开会，见到王殿英说，开完会他还要下去。

县委常委生活会后一个星期，1964年3月21日，焦裕禄骑车去三义寨公社检查工作。随行的张思义、李中修感到反常的是，往常下乡，焦裕禄总是骑车走在前头，这次却落在后头。上坡时，焦裕禄强蹬几下没骑上去，一头从车上栽下来。张思义等人急忙把蜷缩在地的焦裕禄扶起来，心疼地劝他："老焦，还是回去吧！"

焦裕禄摇摇头，一手按腹，一手推车前行。张思义、李中修默默跟焦裕禄走着，没有人知道他在想什么。那一刻，他想起母亲"天上一颗星，地上一个丁"的叮咛了吗？他想起身负重伤的赵一曼在冰天雪地同日寇激战的情景了吗？他对自己践行"小村总理"理想的探索感到满意吗？

到达三义寨，公社党委书记见焦裕禄脸色发青，心怦怦跳着说："老焦，找个地方休息一下吧！"

焦裕禄吃力地说："不休息啦，还是先听你们的情况……"

听汇报时，焦裕禄左手抵着肝部，做记录的右手不住地颤抖，钢笔几次掉到地上。汇报中，公社党委书记声音喑哑，随行人员眼圈潮红。

听完汇报，焦裕禄不顾别人劝说，坚持要看候寨的拉沙盖碱、南马庄的副业生产、孟角的翻淤压碱……可一出公社大门，再度袭来的剧痛使他天旋地转，晕倒在地。急性发作的肝病逼迫焦裕禄不得不放弃实地查看计划，拖着病体返回县城。这个充满希望的春天，焦裕禄和他的战友正满怀信心乘势而上，准备"站起来走路"，可狞厉的病魔已经不肯给他更多时间了。

开封地委发现焦裕禄病情加重，几次通知他住院治疗。县委召开紧急会议讨论焦裕禄病情，决定为了对党负责，焦裕禄同志必须住院治疗。沉病在身的焦裕禄服从组织决定，但依然心绪难平：除"三害"刚有点眉目，我不能离开这里呀！非争取麦子丰收不可！

3月22日，焦裕禄逝世前一个月零二十二天，县委安排统战部部长苏清善、组织部干事赵文选送他去开封治病。但焦裕禄部署完工作并找人谈话后，又骑车下乡了。路上，焦裕禄肝疼得厉害，只好弯腰推着自行车走。谁都没有想到，这是他最后一次下乡。

3月23日，焦裕禄逝世前一个月零二十一天，经开封地委一再催促和兰考县委领导苦苦相劝，焦裕禄同意去开封卫生学校附属医院查病。行前，县医院王养性主任怕他再变卦，特地找到他说："焦书记，你要不住院，我就不上班了。"焦裕禄握着他的手，默默点了点头。

干部群众得知焦裕禄外出查病，纷纷赶来送行。人们看着焦裕禄乌中带青的脸色，不祥的阴影笼罩心头。尽管肝疼难忍，焦裕禄仍不坐救护车，坚持步行去火车站。有个拉架子车的老汉挤过来说："焦书记，上车吧，我拉你上车站。"焦裕禄感激地看着老汉，摇摇头，弯着腰向车站走去，走几步就停下来，回头看看县委大门。

从县委大门口到兰考火车站，只有二百六十米远。焦裕禄忍着剧痛，冷汗淋漓走了半个小时。在火车站门口，焦裕禄努力抬起身，凝望着熟悉的候车室和熙熙攘攘的人流，眼中闪过一丝晶莹。

兰考火车站，这是焦裕禄多么熟悉的地方！难忘1963年年初那个风雪夜，焦裕禄带领县委一班人来这里看望背井离乡逃荒灾民的情景。从那时起，火车站成了他观察灾情世相的便捷窗口，成了深孚众望的中国共产党人带领不屈不挠的兰考人民呐喊着向"三害"宣战的地方，成了兰考县委班子和干部队伍思想转变的起点……

焦裕禄舍不下为除"三害"方战正酣的三十六万兰考人民，舍不下勾起他辛酸往事，进而促使他拼命工作造福百姓的兰考火车站。在他看来，此去开封只是短期就医，指日可归，县委还有一大摊子事儿等着他呢！他根本不曾想到，此一去自己将永不回还……

焦裕禄慢慢走进站台，对送行的同志挥挥手说："大家别担心，我的病不要紧，很快就会回来，请回吧！"说着，握住了卓兴隆的手。行前，焦裕禄正输液，卓兴隆问他还有什么指示。焦裕禄说："除'三害'是党交给我们的光荣任务，全县人民眼巴巴盼着我们带领他们早日打赢这场硬仗。你要注意了解掌握情况，我看病回来，就听你们除'三害'情况的全面汇报！"

此刻，卓兴隆用力握了握焦裕禄的手，无声地表达了自己的决心。开车铃声响了，焦裕禄已经没有力气上车了。卓兴隆等人架着他登上车尾的守车。在火车汽笛声中，几个人匆忙跑下车，一个个揪着心，目送焦裕禄乘坐的火车缓缓向西驶去。

十、此生不渝，魂系沙丘

焦裕禄人离开了兰考，心依然留在那片火热的土地上。

王殿英听说焦裕禄来开封查病，急忙赶到医院看望。这时，焦裕禄行动已很困难，可见到王殿英仍说："我的病要是和上次咱们在兰考见面时一样，就不来了。我想过几天确诊后就回去，一面工作，一面治疗。现在正春耕大忙，只要能吃饭，我马上就回去！"

王殿英的眼睛泊在泪水中，涌泉交汇竟织起遮蔽视线的水帘。

徐俊雅晚年的回忆，记叙了焦裕禄到开封治病的情景：

> 在开封住院时，老焦心里很着急，一再要求医生快点检查。他对陪同来的同志说，现在正是春耕生产季节，农活很忙。在这里住着急死人。只要能吃饭，我马上就回县里。你们先回去吧！

然而，苍天并不遂人愿。鉴于焦裕禄病情严重，开封地委决定，把他转送省城郑州的医院治疗。焦裕禄想做完检查就回兰考，一面治疗，一面工作。地委派组织部部长王向明向他反复说明，去郑州是为了尽快治好病，更好地为人民工作。焦裕禄这才同意转院。

1964年4月2日，焦裕禄转送郑州。入河南医学院附属医院内科前，焦裕禄曾在省委第一招待所暂住。这天晚饭后，省委第一书记刘建勋叫上公务员黑留长，两人步行穿过三个小区和三条马路，来到省委第一招待所，代表省委领导看望慰问了焦裕禄，叮嘱他务必树立信心，安心治疗。

据当年河南医学院附属医院内科教研组副主任段芳龄回忆，焦裕禄入院后，医院诊断为原发性肝癌。为寻求最佳治疗方法，经省委批准，4月8日，焦裕禄转往北京诊治。经首都医学专家诊断，焦裕禄肝癌已届晚期，4月19日转回郑州。徐俊雅回忆这一过程，笔触沉重如山：

> 老焦的病情不断恶化，肝大由四厘米增大到八厘米，医生怀疑是肝癌。我陪他到河南医学院附属医院。入院后，诊断为原发性肝癌。省委决定将他转院到北京治疗。中国医学科学院日坛医院的诊断结果是："肝癌后期，皮下扩散。"医生说："赶快送焦裕禄同志回去，他最多还有二十多天时间。"从北京返回郑州后，老焦把送他到北京看病的苏清善同志叫到跟前说："你明天就回去吧，把我

的病向县委汇报一下，就别来了。这里有我爱人照顾就行了。人多了也使不上劲儿，不如在家乡做点儿工作。"老焦的病越来越恶化，癌细胞扩散，肝痛更难忍。常常疼得他满头大汗，在床上蜷曲成一团。每一次看到他这样，我的泪就像断了线的珠子一样往下滚。"老焦啊，实在不行，就打一针止痛针吧。"他摇摇头说："再等等吧，疼得厉害时再说。"他怕我伤心难过，疼得厉害时，就偷偷用热烟嘴烙皮肤，以转移疼痛，常常烧得红一块紫一块。

静谧的夜晚，徐俊雅不由又想起结婚时没绣完的鸳鸯枕头，心立刻被紧紧攫住，悔恨与自责潮水般在胸中泛起。结婚时不成双的鸳鸯枕头，成了她纠结一生的心病。

焦裕禄的肝癌以惊人的速度扩散，阵发性疼痛频频变成持续性疼痛。他颧骨高耸，眼窝深陷，身体急剧消瘦，因疼痛豆大的汗珠不断从额头滚下，从床这头滚到床那头，连嘴唇都咬破了。折腾到最后耗尽浑身力气，就跪在床上，用膝盖顶着肝部勉强睡一会儿。

徐俊雅给焦裕禄换背心，一拧一把汗水，忍不住哭诉："老焦，你疼得这么厉害，又不让打止痛针，你知道我心里有多难受！"

焦裕禄抚着她的手说："打止痛针能管多大会儿？这次打完了，过一会儿疼起来，还得再打，这得浪费多少钱啊！"

又一阵剧痛袭来，焦裕禄脸上肌肉痉挛，疼得直打滚。

"俊雅，给我点支烟……"入院后，焦裕禄遵医嘱同烟绝了缘。徐俊雅以为丈夫要吸烟缓解痛苦，点燃递给了他。刚一转身，忽听"嗞"一声响，一股皮肉焦煳味弥漫开来——丈夫将烟头按在自己胳膊上！目睹这一残酷的"疼痛转移法"，徐俊雅"哇"一声哭起来。余烬未消的烟卷也忍不住暗自啜泣：多么悲催啊，不能按主人习惯游弋唇间使他欢乐，反而残忍地烧灼肌肤给他再添新痛！护士闻声进屋含泪说："焦书记，马上给你打止痛针！"

焦裕禄被送进医院隔音室。徐俊雅泣不成声说："老焦，在隔音室里，你要是忍不住，就喊一喊吧，不会影响其他病人！"

焦裕禄胳膊上的血管渐渐硬化，护士打针怎么也扎不进去。焦裕禄对医生说："不要担心我疼，只要对治疗有利，什么措施都可以用。"最后，医生只好在他的脚脖上，用刀划开一个两三厘米长的口子，从腿部往身上输液。

当年河南医学院附属医院内科护士樊镜珍回忆，危重的病情破坏了焦裕禄的食欲，他每天只能喝一点牛奶和果子露，有时勉强吃些面食，又很快吐出来。樊镜珍含泪对焦裕禄说："人是铁，饭是钢，您应该多吃点东西，想吃什么就告诉我们，好给你做。"

焦裕禄脸上现出一丝笑容："不用麻烦了，医院伙食够好了。"接着，他又轻声问："小樊，你知道兰考县受灾群众吃的是什么吗？"樊镜珍沉默着。焦裕禄说："吃红薯干！而我现在吃的是什么？我感到非常满足，而且觉得有些过分。"焦裕禄说着，把脸转向窗户，望着窗外晴朗的天空，似乎是对樊镜珍说，又像是在自言自语："兰考人民会吃得好的，一定会吃得好的……"

这时，樊镜珍再也控制不住自己的感情，眼泪像断了线的珍珠滚落下来。她怕焦裕禄看见引起情绪波动，捂着嘴快步走出了病房。

徐俊雅泪水浸透的回忆中，时见揪心扯肺、不忍卒读的记述：

> 为了能赶快治好病，早日回兰考，和兰考人民一起战天斗地，造福三十六万兰考人民，老焦多大的痛苦都能忍，多大的罪都能受。可是病魔却无论如何也赶不走，看着日渐消瘦的他，我的心全碎了。我一背脸就想哭，在他面前我还不敢哭，强打精神，强装笑脸。无论怎样也瞒不过他的眼睛，他还劝慰我："你哭啥，我不要紧，我给人民做的工作太少了。我还得再干些年，不改变兰考的面貌，我决不能离开那里。"

随着焦裕禄不断转院，兰考人民的心，日甚一日地往上提溜着，脸上的阴云越来越浓。当焦裕禄确诊肝癌晚期的消息传来，大家的心又一下子沉到井底。人们忧心如焚赶到郑州看望焦裕禄，他总是说："不要来回跑了，我有病不能工作就够难过啦，这么多人再为我耽误工作，我心里不安哪！"

> 每次县里的领导和群众来看他，老焦都有许多说不完的话，他问

县里的工作、生活情况，问张庄的沙丘封住了没有？赵垛楼的庄稼淹了没有？秦寨盐碱地上的麦子长得怎样？老韩陵的泡桐树栽了多少？一次，由于他问这问那，说话太多，过于疲劳，昏迷过去了。等他醒来，拉着身旁的一位同志的手说："刚才我梦见兰考的小麦大丰收了。你这次回去，一定把秦寨盐碱地上的麦穗拿一把来叫我看看。"

徐俊雅回忆所述焦裕禄牵挂兰考的灾情，是他从北京返回郑州时，听列车广播豫东下了大雨引起的。直到这个时候，焦裕禄仍把病重入院，当成鏖战中的间歇，远征中的小憩，壮怀激烈人生中一段徐纡转进的插曲。他决不肯向病魔低头，更不轻易言败，像一个匍匐在地的勇士，随时准备从病榻上一跃而起，重返日思夜想的兰考，骑上他的菲利普，继续驰骋在热火朝天的除"三害"第一线。

窗外传来鸟儿的啁啾声。焦裕禄敧枕倾听，循声望去，一团紫色的雾、白色的云扑入眼帘。焦裕禄的眼睛霎时变得明亮起来，他从旁逸斜出的泡桐树枝上，看到了迎风怒放的泡桐花！泡桐花开，清香溢远，那是焦裕禄无数回在梦中编织的最令他陶然入醉的兰考美景。生长在黄河之滨的泡桐树，在严酷自然环境的物竞天择中，也具备了黄河一样的品格，不避贫瘠，不畏盐碱，所求甚少，奉献甚多，以最短的生长周期蔚然成林，涵养水土，遮蔽风沙，装饰生活，远播清音……站在人生终点处，焦裕禄望着竭诚奉献的泡桐树和芳华初绽的泡桐花，感悟到一种超越生命本体的力量。

焦裕禄从北京转回郑州，县委领导心头就坠上了一块铅。听完统战部部长苏清善汇报，县委领导轮流到郑州看望焦裕禄，并安排焦裕禄子女到医院探视。焦裕禄小女儿焦守军，成年后忆起那次探视这样写道：

> 1964年年初，爸爸的病越来越重，后来被党组织送进了河南医学院附属医院，但开始一段时间，我和弟弟依然认为爸爸下乡去了。当我随同县委领导到医院看望爸爸时，我并没有意识到什么，爸爸亲切地叫着我的小名，伸出颤抖的手抚摸着我的头发，问我的学习怎样，教导我长大要接好革命的班。我看到爸爸的额头上渗出

许多虚汗，非常吃力地给我讲话。由于很久没有见到爸爸了，年幼无知的我跟爸爸说个没完。最后还给爸爸讲一个同学的父亲给她在郑州买了一件新的塑料雨衣，让爸爸出院时也一定要给我买一件带回兰考，爸爸微笑着答应了，可他好一会儿没有讲出话来。事后妈妈告诉我，我刚一离开病房，爸爸再也忍不住了，第一次流下了眼泪。因为他知道自己的病难以治好，也不可能再上街给自己的小女儿买雨衣了，答应的事情怕要落空了。我真难以相信，这竟是我同爸爸相见的最后一面。

焦守凤是1964年5月4日那天，由县委安排专人带领到郑州看望爸爸的。在她印象中，爸爸历来刚强，即使得点什么病，也会很快治好。前不久，焦守凤自己做主考取了县农业银行，现正参加学习培训。怎么给爸爸说这件事呢？焦守凤心里敲着小鼓走进爸爸病房，含泪叫了一声"爸……"，就握住了病床上焦裕禄枯瘦的手。

"小梅，你怎么来了？你不是在参加学习培训吗？"

"爸爸，你都知道了？我……"

"你做得对，孩子长大了。"焦裕禄颇感欣慰地说。

对大女儿，焦裕禄隐隐有一种负债感。乳名小梅的大女儿是前妻所生，从小跟奶奶在老家过艰苦生活，上小学时已过七岁了。焦守凤初中毕业考高中，全县只招收四个班，总共不到一百七十人，而参考的有七八百人，五个才录取一个。焦守凤没考上，躲在家里不想出门。焦裕禄起初想让她到尉氏和尚庄农场劳动，她不愿去。后来又提出让她学理发，她更嫌丢人。有人介绍焦守凤去当小学教师、邮电局话务员和商店营业员，可爸爸不同意，要给她找个劳动强度大的职业锻炼一下。一天晚上，焦裕禄给女儿讲起了家史，讲只有在艰苦磨炼中摔打才能成人的道理。在爸爸开导下，焦守凤到县食品加工厂当了一名临时工。焦裕禄特地找到张树森厂长，要求一定把女儿安排到最苦最累的酱菜组，说这对改造她的思想有好处。

有一回，焦守凤挑着酱菜去送货，路上恰遇骑自行车下乡回来的爸爸，委屈的泪水瞬间冲出眼窝。爸爸没说话，径直过来接守凤的担子，要替女儿挑上一程。但倔强的守凤抓住扁担没给，挑起担子走了。她知道，自己奋力前行的背后，有爸爸长长的目光。

在艰苦的劳动中，焦守凤闯过了思想关、苦累关和体力关，对人生有了新的感悟，逐渐明白了爸爸让她苦中摔打的良苦用心。

焦守凤见一向精神的爸爸瘦脱了形，不由吃了一惊，意识到爸爸的病情十分严重。焦裕禄拉着她的手，柔声说："小梅，你参加工作了，要听妈妈的话，帮助妈妈带好弟弟妹妹。"

难道爸爸……焦守凤心中掠过一丝不祥的阴影。作为焦家长女和姊妹中第一个成人，她知道自己的责任。这时，焦守凤听爸爸说："俊雅，我饿了，给我弄点吃的吧！"

徐俊雅一听丈夫想吃东西，心里挺高兴，急忙出屋去准备。

焦裕禄怜爱地看着已成人的女儿，把窝在心里几天的话掏了出来："小梅，你已经长大了，有句话爸爸得跟你说了……"

"爸，有什么话，您就说吧！"

焦裕禄吃力地抓住焦守凤的手，两眼望着像受惊的小鹿一样的女儿，颤声说："孩子，爸爸怕是不行了……"

焦守凤的心猛一沉，惊恐地睁大眼睛："爸，你会好起来的……"

焦裕禄抚着女儿的双手，眼前闪过颠沛流离苏北的情景。自知不久于人世的父亲，仿佛把天下父母心都揉进了最后的叮咛："小梅啊，你是大姐，从小跟爸爸住地主窝棚，弟妹们还小，你要跟妈妈一起把他们抚养成人。"

"爸……"焦守凤悲痛欲绝，泪珠子滴在爸爸赢弱的手臂上。

这时，徐俊雅端着一碗牛奶走过来说："老焦，你喝一点吧！"

焦裕禄强喝了两口牛奶，怎么也咽不下去。他推开碗，摘下腕上在大连购买的山度士牌手表，颤抖着给焦守凤戴上，说："你参加工作了，这块表就送给你吧！看见表，就看见了爸爸。"焦裕禄喘几口气，又嘱托女儿："我的那套《毛泽东选集》，就作为礼物送给你吧，那里面毛主席会告诉你怎么工作，怎么做人，怎么生活……爸爸交代你的话，记住了吗？"

焦守凤哽咽着点点头，心里难受得什么话也说不出来了。

1964年5月10日，河南医学院附属医院向焦裕禄亲属和兰考县委发出了焦裕禄病危通知书。当人们最担心的结果不以人的意志为转移终于到来时，最痛苦和最难以接受的，还是焦家三代人。

焦裕禄白发苍苍的母亲李星英，踮着小脚，带着大儿子焦裕生和孙子焦守忠，急如星火从山东博山北崮山老家，赶到河南医学院附属医院；焦裕禄大女儿焦守凤和大儿子焦国庆，从培训班和学校，哭着喊着赶来郑州，陪伴妈妈送爸爸最后一程。

焦裕禄在病房看到满头白霜的母亲颤巍巍走来，一股久违的亲情从心底泛起，但很快被锥心般的痛苦湮没了。时光之河在眼前迅速回流——孩提时，母亲在油灯下、草屋前的谆谆教导，又伴着那首歌谣回响在耳边："天上一颗星，地上一个丁……"

娘啊，十七年来，儿走到哪里，都没忘记你的嘱咐。虽说自古忠孝难两全，可想想这些年自己忙于工作，对你照顾太少，儿心里难受啊！您老人家一辈子孤苦伶仃，没享过啥福，四十年前饱尝青年丧夫的痛苦，风烛残年又将经受老年丧子的打击。眼看病重不治的儿子奄奄待毙，白发人要送黑发人，这是一种多么残酷的折磨！想到这里，焦裕禄眼中溢出了泪水。

知子莫若母。李星英从儿子的泪水中，读懂了他的心思，自己却一滴泪也没有淌。她伸出枯瘦的双手，抚摸着儿子瘦削的脸庞，那一瞬间，儿子从襁褓到童年到少年到青年的模样，一一在眼前掠过。她替儿子揩干脸上的泪水，跟随奶奶从山东老家来的孙子焦守忠，急忙掏出手绢，替叔叔擦去脸上和脖子上细密的汗珠，转身一攥，手绢竟挤出了汗水……

获悉焦裕禄病危，省委组织部部长张健民，开封地委组织部部长王向明、副部长程约俊，在省委会合后一起赶往医院看望焦裕禄。

五月中旬的郑州，天气已经转热。在开往医院的汽车上，张健民心情沉重地说："这可能是最后一次看望了，是不是向焦裕禄同志讲明他的病情较重，可能会治好，也有可能治不好，万一治不好，看他还有什么要对组织讲的？"

王向明和程约俊两人均赞同张健民的这一想法。他们认为，焦裕禄同志一向很坚强，到了这个时候，需要向他讲明病情。

车行至北下街口，王向明对程约俊说："老程，到开封办事处你就下车，和专署人事处王祖德商量下焦裕禄同志的后事办理。"

张健民和王向明来到医院，病势危重的焦裕禄使劲睁开了干涩而沉重的眼睛。省地两位组织部长分别代表省委和地委，向焦裕禄表示亲切慰问。焦裕禄微微颔首，握住他们的手。组织部历来是干部之家。焦裕禄心里清楚，两级组织部门的主要负责人一起来院探视自己，意味着什么。从北京回到郑州以后，焦裕禄就意识到自己来日无多。但就这样离去，他还是心有不甘。此刻，焦裕禄问了一句入院后从未问过的话："请组织上告诉我，我得的是什么病？还能不能治？"

张健民坐在焦裕禄床头，强抑悲痛说："裕禄同志，党为了治好你的病，已经尽了最大努力。根据医生诊断，你的病是肝癌后期，皮下扩散。目前，国内外治疗这种病，还没有什么好办法。你对组织上还有什么事情要讲，请尽管讲吧！"

焦裕禄听罢张健民的话，十分平静。入院后，从医生痛惜而无奈的目光里，从徐俊雅强装笑脸但却掩饰不住的悲戚中，他对自己的病况已了然于心。他的身体的强烈示警，也使他清晰地意识到生命之烛行将熄灭。作为把自己的一切都交给党的党员，作为为新中国的建立殊死搏斗过的战士，死，原本是无可畏惧的。毕竟，自己看到了革命胜利，亲身参加了新中国建设。幸存者最大的偏得，莫过于此！岁有春夏秋冬，人有生老病死。没有冬雪晶莹，哪来春花烂漫，夏荫浓烈，秋实丰硕？没有终老代谢，哪来少年成长，青年茁壮，盛年辉煌？此刻，焦裕禄最感遗憾的是，当他和县委一班人，同三十六万兰考父老一道，怀着敢教兰考换新天的豪情，再接再厉准备发起新的进攻时，他却再也不能回到战马奔腾、人声鼎沸的战场了。这场将改写兰考历史的战役，多么激励人心！可战幕刚刚拉开，高潮尚未到来，自己就不得不怀着终天之憾从战斗序列中退出。世间还有什么比这更令人痛苦的吗？

焦裕禄抬抬头，用尽气力说："感谢党的关怀，组织的救治。我没完成党交给的任务，没实现兰考人民的期望，对不起党，对不起兰考人民……"

"你在兰考的工作很好，"张健民眼里噙着热泪说，"省委和地委领导同志，对你的工作都很满意。你已经出色地完成了党交给的任务，你不愧是一个真正的共产党员！"

焦裕禄一阵激动，昏迷了过去。当他醒转过来，两位部长问他对组织上还有什么要求。焦裕禄似有千言万语，但他只断断续续向组织提出："我死后不要为我多花钱，省下来支援灾区……我活着没有治好沙丘……死后希望组织上把我运回兰考……埋在沙丘上……看着兰考人民把沙丘治好……"

一瞬间，时间仿佛停止了，病房里一片死寂。病马嘶枥，壮志犹存；此生不渝，魂系沙丘。两位组织部长对焦裕禄的崇高境界和优良品德素有耳闻，及至当面听到焦裕禄的临终遗言和后事交代，分明看到了一颗高山仰止、景行行止的赤子之心！

他才四十二岁，正是生命如日中天、事业炉火纯青的黄金韶华。张健民和王向明不禁为党能培养出焦裕禄这样优秀的干部而感到骄傲和自豪。这是属于一个党的财富啊！他们望着弥留之际的焦裕禄，使劲点点头，强抑着泪水，眼睛却模糊了起来……

焦裕禄再次醒转过来，看到了一双美丽的眼睛。这双善解人意又尽显东方女性美的眼睛，是什么时候烙进自己心灵的？

焦裕禄想起来了，是十四年前那个草长莺飞的春天，在河南省委团校学员宿舍简陋而温馨的洗衣房里，年方十八花儿一样的姑娘提出，自己扮演小芹，邀他扮演小二黑……他本有些为难，毕竟两人相差十岁，可他拒绝不了那双会说话的眼睛。1953年，豫剧《小二黑结婚》上演了。剧中小芹清新悠扬的唱段，便成了徐俊雅的最爱。

俊雅啊，我心底那个唱着"清凌凌的水来，蓝莹莹的天，小芹我洗衣裳来到河边"的战友和伴侣！省团校培训的惊鸿一瞥，团尉氏县委婚礼上的我拉你唱，洛矿逼仄小巢的甜蜜厮守，大连海滨布拉吉追逐浪花的浪漫假日……十四年心心相印，十四年共担苦辛，幸福的真谛似乎不在于朝朝暮暮耳鬓厮磨两情相悦，而是长得使你望不到头的爬坡、重得令人难以承受的拉犁。

俊雅啊，在共和国和她的子民勒紧腰带的年月，你操持这个祖孙三代、人逾十口的家，吃了多少苦，受了多少累，又默默消化了多少委屈！记得有一次，你从机关食堂提了一桶热水洗衣服，我不高兴了，批评你剥削炊事员的劳动。话说出口又有些后悔，感到言重了。那时，你脸红了，毫不迟疑地把热水提了回去，从此再也没有去食堂提过热水。十冬腊月，你用刺骨的冷水洗衣服，手上裂的口子鲜血淋漓。你知道吗？那一道道血口子，疼在你的手上，也疼在我的心上。忘不了啊，1960年年初在洛矿，你心疼家中吃不饱饭的孩子和老人，全家早餐人均一碗的玉米粥，你舍不得喝，说到厂里去吃。其实，厂里根本不供应早餐。食堂中午和晚上供应的四两馍，你也常常忍饥挨饿带回家，说你已经吃得很饱。可厂里通知你去陪苏联专家跳舞，身为厂团支部宣传委员，因饿得头昏眼花竟然无力出席。这些非常年月的点点滴滴，衍化成苦涩而甜蜜岁月里的针脚和感动，缝在心头，印在脑中。

俊雅啊，十四年来辗转南北，因专注于事业而无暇顾家，除大连实习全家度过的一段短暂惬意时光外，丈夫几乎没有尽到为你挡风遮雨的责任，而你却无怨无悔，如影随形追随着我东奔西走，频繁迁徙，不仅以似水柔情，滋润了重荷在身的我那颗干渴的心灵，而且以柔弱的肩膀，挑起了照顾老人和抚养孩子的重担。岁月流逝，伉俪情深。每当我想起你在灯下补我那些"千层底"袜子，因难以再补赌气扔掉，但气消了之后又悄悄拾起来继续缝补，直扎得手上血痕斑斑，我的心就有说不出的内疚。你才只有三十二岁，可鱼尾纹已经过早地爬上了你的眼角。这一辈子，你嫁给我，后悔吗？如果人生可以重新开始，你还会像当初那样选择我吗？

焦裕禄带着深深的眷恋和不舍，凝望着风雨同舟的战友和共担困苦的伴侣，颤声说出了最后的嘱托："俊雅……咱的孩子都还小，我死后，担子都压在你身上了……你辛苦一点，教育好孩子……多叫他们参加劳动，把他们培养成革命事业接班人……生活上要艰苦一些，不要随便向组织伸手……"

爱侣永诀之际，"小芹"与"小二黑"，就那么默默地相互凝视着。山水迢迢，风烟漫漫，万千往事潮水般去而复归，那些令人神往的人生断片，宛如蒙太奇在"小芹"眼前一一闪过：雅乐队习练西洋军乐的风华少年，南下路上的文艺青年，剿匪除霸勇擒黄老三和巧弭暴乱的英武指挥员，跨界转型的优秀车间主任，风雪寒天对老人喊出"我是您的儿子"的模范县委书记，辞世前震撼宣示"死了也要看着你们把沙丘治好"的大河赤子……泪眼婆娑中，"小芹"脑中又浮现出那只不成双的绣花枕头，悔恨和自责再次袭满心头。她握着焦裕禄的手，心中默默念叨着：人生长恨水长东。裕禄呀，要是人生能重新开始，你能听我一句劝，在工作中注意一下自己的身体吗？

焦裕禄再一次从昏迷中醒过来后，把焦守凤和焦国庆都叫到身边，用瘦弱的手摸摸这个的脸，拉拉那个的手，难舍难离。

1964年5月14日9时45分，焦裕禄在郑州河南医学院附属医院内科与世长辞，享年四十二岁。焦裕禄临终时，妻子徐俊雅及长子长女，母亲李星英及长子长孙，兰考县委组织部副部长张先志和干事赵文选，县委办公室干事凡世琰在场。

张先志将焦裕禄病逝的噩耗，向省、地、县三级作了报告，随后带凡世琰到郑州德化街殡葬用品商店购置棺木衣物。两人花二百八十八元七角，为焦裕禄选购了一口棺材。棺材天板和两侧墙板均为独木，但底板为横拼而成。他们担心不够坚固，但又无其他成品可选，只好还用那一口。焦裕禄入殓穿的深蓝色直贡呢中山装，系一百三十三元两角购得，与徐俊雅在大连所购那套衣服颜色相同。

张先志和凡世琰回到医院，徐俊雅已哭得站立不住。张先志和赵文选一力劝慰，凡世琰噙泪为焦裕禄更衣。

天人永诀的"青青子衿"，永世不竭的"悠悠我心"。徐俊雅瞥一眼依稀入梦的焦裕禄，一袭深蓝呢装的夫君恍如得令远征，正欲乘风归去……

医院太平间，凡世琰凝望安卧在灵床的焦裕禄良久，独自将他抱起，仿佛怕惊扰了正在小憩的兰考人民的儿子，轻轻将他放进棺材里。一具永不知疲倦的躯体，一个壮心不已的灵魂，安息了。

在无数英烈血沃中原的大河之滨，正值英年的焦裕禄在人生最成熟的年华倒下了。他在武装夺取政权的残酷斗争中幸存，却在党和人民共度时艰的和平年月为百姓温饱安康献身。他是在"赶考"路上壮丽凋谢，用生命仰天长啸，以出色业绩向党和人民交出优异答卷的战士。在中国共产党跨世纪的伟大精神铸造中，焦裕禄高擎火炬呼啸猛进，以感动一个国度人民的高尚牺牲，使党秉持的人民至上的执政理念迸发出耀眼的光彩。

凡世琰回县后，找到后来筹建焦裕禄展室的李国庆，给他详细讲述了焦裕禄后事料理经过。2018年5月20日，李国庆在兰考焦裕禄同志纪念馆，对我忆起焦裕禄入殓的细枝末节，仍老泪纵横。

焦裕禄逝世后，开封地委专门派了一辆吉普车，把徐俊雅从郑州送到兰考县委家属院门前。徐俊雅哭着进院时，少不更事的焦守云，正在院里一幢存麦秸草的楼房二层给小伙伴唱吕剧。邻居家一位叔叔上楼找到焦守云，对她说："别唱了，你妈回来了。"

焦守云急忙跑下楼，恰逢妈妈边哭边往家走，哭得周围人似乎都听见了她哀婉欲绝的声音。小小的守云不知道是咋回事，跟着妈妈进了屋。大姐守凤一把拉住她，把她头上的红头绳拽下来，就手在针线笸箩里找个白布条，给她把头发重新扎了起来。焦裕禄刚一离去，焦守凤就按照爸爸的嘱托，开始帮妈妈带弟弟妹妹了。

似乎是一夜之间，焦家的子女长大了。姊妹几个跟着妈妈哭过后，一个个都悄没声地帮妈妈做事。他们都外出捡过煤核和柴火，焦守凤和焦国庆有空儿还去帮人家铲煤。十三岁的焦国庆个子挺高，干一天活能挣好几毛钱，拿回家都交给妈妈。

焦裕禄逝世后，人们在他的笔记本上看到这样一段话：

> 我想，作为一个革命战士，就要像松柏一样，无论在烈日炎炎的夏天，还是在冰天雪飘的严冬，永不凋谢，永不变色；要像杨柳一样，栽在哪里活在哪里，根深叶茂，苗壮旺盛；要像泡桐那样，抓紧时间，迅速成长，尽快为人民贡献出自己的力量。

松的气节，杨的生机，柳的品格，桐的情怀，这是焦裕禄情之所至的自我写照，也是夫子自道的光荣与梦想。

当年在尉氏县委和开封地委书记任上，先后三次大胆起用焦裕禄的伯乐张申，晚年回首焦裕禄披肝沥胆扶病为党工作，直至病重不治犹心系事业和人民的感人经历，以沉重的笔触写道：

> 我感到沉痛和内疚的是，那时不清楚他的病严重到那样的程度，直到发现他的病情危重时，才命令他住进医院。我和续凯

（张申妻子，开封专署副专员）去看他，他强打精神挣扎着从躺椅上坐起来，用尽全身力气问工作问同志好，我们不让他起来。他喃喃地吐出："肝区好像有块生红薯顶在里面，很难受。"这时，我感到他的病情十分严重了，却仍念念不忘党的工作、人民的生活。此后，党尽了最大的努力对他进行抢救，但是病魔终于夺走了他的生命。当听到关于他的噩耗，真使我感到心肺欲裂，又一次泪洒前身。

2014年5月12日，张申在郑州出席影片《永远的焦裕禄》首映式，见到焦守云，双手捧着她的脸，百般挚爱地说："宝宝呀，宝宝！你是你爸爸的好宝宝，也是我的好宝宝！我这一生做了一件好事，给党培养了一个好干部焦裕禄；也做了一件坏事，不知道你爸爸有病，把他派到了最艰苦的地方。他没给我说自己有病，说了我不会派他去，他会多活几年，也可能像我一样，活到现在。"

张申——最早发现焦裕禄的伯乐，在与爱将天人相隔五十年后，对他的英年早逝仍充满自责。那是重新审视革命加拼命的年代，一种更趋科学和人文关怀的反思吗？

2017年4月8日，张申病逝于郑州，享年九十八岁。

张申离世前五年，2012年1月，发现焦裕禄的另一位伯乐赵仲三，卸任北京起重运输机械研究所党委书记近三十年，以九十七岁高龄在北京辞世。赵仲三1970年5月离开开封地委，调河南安阳主持该市工作，1973年5月调京，重返工业战线。

张申和赵仲三调离开封地委后，领导职务都止于地市级。桑榆之年，他们的心是宁静和充实的。云在青天水在瓶。两位历经烽火岁月的老兵同感骄傲的是，他们在尉氏和开封，都曾为焦裕禄的成长和创业铺路搭桥，倾注心血。革命一生有此际遇，足矣。两位仁者壮别他们毕生为之奋斗的事业时，均年近期颐，似有天意。

历史的评骘是一杆最公平的秤。仰望中国共产党铸造焦裕禄精神的巍峨纪功碑，张申和赵仲三的名字赫然在目，令人肃然起敬。

十一、迟到的"兰考专版"

1964年春节后的一天，焦裕禄把刘俊生叫到办公室，指着《人民日报》上一篇关于思想革命化的报道说："俊生，我看了报上关于思想革命化的报道，很受启发。我看，咱们县委决心领导群众除掉'三害'，就是思想革命化的一个具体表现。"焦裕禄对刘俊生交代说："你到《河南日报》汇报一下，看能不能突出报道一下兰考的除'三害'，鼓鼓群众的劲儿？"

刘俊生受命来到河南日报社，向总编辑刘问世详细汇报了兰考除"三害"的情况，以及县委书记焦裕禄的建议。刘总编听完汇报后，当即中肯地表示："兰考除'三害'斗争很有成效，我们商量一下，然后向省委作个请示，再给你答复。"

十多天后，刘总编告诉刘俊生，省委领导同志认为兰考除"三害"搞得很好，同意报社发你们县一个专版。刘总编明确了专版稿件的内容和种类，县委书记围绕除"三害"写一篇文章，再写一篇重头消息和通讯，另外配些诗歌和照片，争取二十天之内把稿件送到报社来。

刘俊生返回后向焦裕禄汇报，他高兴地说："好！这是省委对我们的关怀，也是报社对我们的鼓励。抓紧组织力量写好稿子！"

刘俊生列出撰稿通讯员名单，焦裕禄审定后立即召集通讯员开会部署。

焦裕禄在会上作了动员，要求以高度的责任感写好稿件，把兰考发生的新变化宣传出去，把在外逃荒的群众吸引回来。刘俊生讲了报社对"兰考专版"的要求，通讯员各自认领了写作题目。焦裕禄说："县委的文章由我来写。题目是《兰考人民多奇志，除掉"三害"保丰收》。"说到这里，他稍一停顿又说："还是把题目改成《兰考人民多奇志，敢教日月换新天》吧！"

会后大家分头采访写作，半月后稿件陆续交到刘俊生手中。刘俊生拿着稿子送焦裕禄审定，同时想看看他的文章写好了没有。

刘俊生走进焦裕禄办公室，看见他正伏在桌子上，左手拿茶杯顶着疼痛的肝部，右手执笔在写东西。看见刘俊生进来，焦裕禄放下笔，神情痛苦地说："俊生呀！看样子，这篇文章我完不成了。我的病越来越重，肝部这一块硬得很，疼得支持不住。"

刘俊生见焦裕禄因肝痛在颤抖，心里很难过，一时不知说什么好。少顷，刘俊生问："焦书记，那报社约写的稿子怎么办？"

焦裕禄忍着疼痛说："你先把大家写好的稿子送给报社，这篇文章，让张钦礼书记写吧！"

刘俊生望着桌上的稿纸，上面写着文章题目：《兰考人民多奇志，敢教日月换新天》。下列四个小标题：一、设想不等于现实。二、一个落后地区的改变，首先是领导思想的改变。领导思想不改变，外地的经验学不进，本地的经验总结不出来，先进的事物看不见。三、榜样的力量是无穷的。四、精神原子弹——精神变物质。

刘俊生眼前一亮：这气吞山河的标题，已经勾勒出一年多来兰考这场伟大斗争的筋骨脉络，字里行间凝结着一个党的好干部对革命事业的忠诚与担当，袒露了兰考人民好儿子对父老乡亲的殷殷深情。显然，这是描绘兰考最新最美画卷的大文章！刘俊生多么希望焦裕禄能够完成这篇非同寻常的文章啊！可看看焦裕禄晦暗无光的脸膛，还有他因痛楚而佝偻的身躯，又把溜到嘴边的话咽了回去。

刘俊生没有想到，这是焦裕禄有生之年写的最后一篇文章，准确地说，是一篇没有写完的文章。虽然，焦裕禄写的文章刚开了个头，病魔就迫使他放下了手中的笔，但刘俊生坚信，这篇没有写完的文章准备描绘的宏伟蓝图，已经清晰地镌刻在兰考大地上，成为广大干部群众的共同意志。焦裕禄虽然因病抱憾中断了文章写作，但兰考人民是会按照他遵循科学规律、集中群众智慧提出的设想，用改天换地的汗水和实绩，在兰考大地上续写好这篇文章的。刘俊生定定神，又问："张书记的文章咋写呢？"

焦裕禄略加思索，条分缕析说道："文章是否可按五部分内容来写：一、基本情况；二、认识过程，县委在灾荒面前的态度；三、吃透情况，县委改变面貌的决心；四、由点到面，经过试验全面展开，而不是盲目行动；五、下一步的打算。"讲完文章的结构思路，焦裕禄又专门对刘俊生交代："文章究竟怎么写，由张书记定，写好署他的名和俺俩的名都中。"

刘俊生找到张钦礼作了汇报，讲了焦裕禄设想的文章题目。

张钦礼说："我可没老焦那水平，这个题目我怕写不好。"

刘俊生说："焦书记说了，你写就按你的想法。"

张钦礼急着去地委，打算回来后再写。刘俊生说，报社催得急，时间来不及。他建议，可让卓兴隆先写个初稿，然后再修改。

"这倒是个办法！"张钦礼对卓兴隆讲了自己的想法，又让刘俊生讲了焦裕禄的思路，卓兴隆很快写出了《根除沙涝碱三害，是彻底改变穷困面貌的根本大计》一文。张钦礼审阅修改后，署上焦裕禄和他的名字，嘱刘俊生送焦裕禄审阅修改后再定稿。

二十世纪九十年代末期，刘俊生在他写的回忆文章中，记述了焦裕禄临终前对"兰考专版"始终牵萦于心的情景：

1964年5月初，我到《河南日报》送稿，一位编辑转告我，兰考的赵文选从河南医学院附属医院打电话找你，叫你去一趟。我来到医院，走进病房，看到焦裕禄眯缝着眼半躺在床上，便轻声喊："焦书记！"焦裕禄吃力地抬手指指凳子，示意我坐下。我把凳子挪近他身边，关切地问："焦书记，吃东西了没有？""吃不下去呀！"焦裕禄有气无力地说。我看着他蜡黄消瘦的面孔，心里很难过。一个多月不见，焦书记已全然没有过去神采飞扬的面容和干脆洪亮的声音。焦裕禄问："咱县除'三害'那组稿子，报社还发不发？"我告诉他："这次我到报社送稿，专门问过。总编室同志说，兰考的专版暂时不发了。""什么原因呢？"我对他讲了原因："编辑说，省里准备通报兰考挪用群众救灾粮问题，不能省里批评，报社表扬。"焦裕禄沉默后说："这说明，我们工作做得还不好。发不发是省委的事，发了对我们是个鼓舞，不发是个鞭策。前几天刮了几场大风，又下了一场大雨，沙区的麦子打毁了没有？洼地的秋苗淹了没有？"我告诉他："咱封的沙丘，挖的河道起作用了，麦子没打死，秋苗也没淹。"焦裕禄问："老韩陵的泡桐树栽了多少？"我说："林场育的桐苗全栽上了，都成活啦!"焦裕禄又问:"秦寨盐碱地上的麦子咋样?"我急忙告诉他:"我刚从那里采访回来,群众看到深翻压碱后种的小麦,都高兴透了,形容说:今年的小麦长得平坦坦的,像案板一样,这边一推,那边动弹。"焦裕禄面露笑容说:"再来时,捎把秦寨的麦穗让我看看。"这时,徐俊雅端着一碗面汤走来,后面跟着拿针管的护士。我起身告辞:"焦书记,我走了,你好好休息吧!"没有想到,这是我与焦裕禄见的最后一面。

刘俊生入院探望焦裕禄,正值"兰考专版"难产之际。他已清楚地意识到焦裕禄病情的危重。焦裕禄"一日不死,一日忧责未尽"的冰魂雪魄,令他震撼,也令他心碎。他不忍按张钦礼之嘱,将他修改过的文章送焦裕禄过目,在他伤口上再揉一把盐。回到兰考,刘俊生把文章送县委档案馆存档。

1964年6月25日,刘俊生终于从头天的《河南日报》二版,看到了焦裕禄无缘一见的"兰考专版":原定一个整版压缩为半个版,原先准备的配套成龙的通讯、文章、诗歌,只发了刘俊生、徐耀先和《河南日报》记者薛庆安写的通讯《翻淤压沙 改地换天》,文中三个小标题,均采用中国古典小说章回体形式,通讯开头放有记者拍摄的兰考县小麦丰收的照片。刘俊生反复看着报上的稿子,泪水止不住往下淌:"焦书记,兰考人民的好书记!您组织的稿子发出来了,发出来了!您要是泉下有知,就睁开眼睛看看吧!"

但焦裕禄已经看不见了。这一天,距他辞世刚好四十天,"五七"过后五天。显然,焦裕禄极为关注的"兰考专版",是因"挪用群众救灾粮"而搁浅的。那么,这一问题是怎么发生的呢?

程世平回忆,当时兰考实在是太穷、太困难了。灾民外流劝阻一批又走一批,干部队伍思想混乱,动荡不安。兰考干部想调出,调来的又不愿赴任。干部队伍亟待解决的思想和实际问题,还有如何稳定饥肠辘辘的受灾群众,搞得焦裕禄寝食不安。

"兰考总不能再饿死人了!看着父老乡亲在受苦,我的心比刀剜还难受!"1963年1月23日,焦裕禄满含期望地对县供销社主任孙天相交代:

"孙主任，拿出一部分救灾款，组织人员到外地搞一些代食品，让群众过好春节，吃到起码的东西……"

孙天相带着焦裕禄的重托，组织一百四十八名干部，分赴广东、广西、湖北、江苏、四川、黑龙江等地，采购了几十万斤粉条、粉面、苜蓿片、红薯片、蚕豆，保证了春节供应，让大灾久灾后的兰考人民，过了一个"像模像样"的好年。

焦裕禄刚刚涉险走过政策边缘，接着又组织到生死边缘逛了一遭。

1963年秋，焦裕禄、张钦礼下乡调研，仪封公社吕拐大队党支部书记陶云彬说，村西北盐碱地长了不少一人多高的青棵子，结的果实像绿豆角儿。焦裕禄等人随他来到那片绿植前，农业技术员韩庆云认出是田菁，籽可榨工业用油，皮可当麻用，秸秆可烧。

焦裕禄问："田菁籽人能吃吗?"

陶云彬和韩庆云表示不能确定。

张钦礼说："田菁耐碱，可改土，如果籽能吃，可是一宝啊!"

焦裕禄和张钦礼商定，先在干部中小范围试吃。自愿参加试吃并签字的，有焦裕禄、张钦礼、潘子春、蔺永沛四名县领导，还有卓兴隆等四名机关干部。县委机关食堂将三斤田菁籽加少许粮食磨成粉，做了二十个馍，计划每人吃两个，其余四个喂一头猪。

焦裕禄赶到食堂，见田菁馍已吃光，便问："我那一份呢?"

"你那份我们替你分吃了。"张钦礼望着焦裕禄说，"我们几个身强力壮，抵抗力强，你身体弱，就别冒这个险了。"

焦裕禄被感动了，要求大家留在办公室，随时观察身体反应。

晚上八点，田菁的毒性开始发作，试吃的人无一例外上吐下泻，浑身瘫软。焦裕禄立即安排将他们送医院急救，医生检验后确认为氰化物中毒。经洗胃洗肠和输液，几个人午夜时分先后转危为安。

张钦礼等人次日出院后得知，吃田菁馍的老母猪又吐又拉，躺在窝里直喘粗气。焦裕禄打电话报告了地委领导，主动承担责任。县委给地委写了检讨报告，并将中毒事件通报全县，讲明田菁含氰化物，人畜均不能食用。兰考群众闻讯尽皆感叹：哪朝哪代有这样冒死替老百姓觅活路的好官啊!

焦裕禄得知有干部在抗灾一线殉职，便找人事科戴科长询问。戴科长说死了两个。焦裕禄要他凭党性说实话，戴科长才道出已死二十七个干部的实情。焦裕禄的头"嗡"的一声，顷刻被失职的愧疚淹没了。常委会上，他沉痛地说，党把兰考的干部交给我们，我们却对他们关心不够，致使这么多干部病亡。我有负党的重托，对不起干部和他们的家属啊！焦裕禄要求，对死者及家属要妥善安排，对全县干部进行一次体检，把权力交给医生，该休息的休息，该住院的住院，口粮要设法给予照顾。

焦裕禄让程世平和县委办公室主任刘长友请示地委，为了兰考干部群众，就是冒一点犯错误的风险，也要买些议价粮回来。但尚未付诸实施，因有人告状，省、地联合工作组来兰考调查此事，了解到购议价粮只是动议，尚未实施，因而没有作为问题来处理。

程世平后来回忆，当时是谁告的状，焦裕禄和自己都很清楚。他曾十分气愤地对焦裕禄说："有意见为什么不在常委会上提，背后打黑枪？我看这是思想品质问题！"

焦裕禄素知程世平心中的丘壑经纬，劝导他说："老程，咱是应急措施，难免会有不妥之处吧！怎能不让人家说话呢？"

程世平忿犹未消。他望着为救苟延于生死线上的百姓和干部，不惜铤而走险的焦裕禄，胸中像打翻了五味瓶，心酸、苦涩、委屈、无奈，一齐涌上心头。中央七千人大会开过一年多了。在"信阳事件"导致饿殍遍野的河南，清算和纠正1958年遗祸深重的"五风"并不轻松。作为在重灾区一线工作的县委领导，程世平深知，抗灾治灾，凝聚人心，需要好班子和强干部，但更需要符合实际和民心民意的路线政策来支撑。当政策的祥光瑞霭尚不能普照四方时，焦裕禄作为县委领班人，要把按政策规定行事与力保干部群众起码生存需求统一起来，这个钢丝有多难走啊！半晌，他摇头叹息说："老焦啊，我算服了，你的胸怀就是比一般人宽啊！"

在程世平看来，焦裕禄胸中始终藏着浩瀚无垠的大海。晚年，他仍撰文认为，看了那么多关于焦裕禄的影视、戏剧、书籍和文章犹难惬怀，"依然没有完全说出我心目中的老焦。"电影《焦裕禄》上映后，程世平为影片中虚构的对立面"吴县长"与自己在兰考的角色"撞脸"纠结过。银幕上的"吴县长"给焦裕禄使绊子时，他恰好在兰考县长任上。传记影片是纪实的，这让后来的人们怎么看待自己的人品呢？但想到与焦裕禄共事二百八十天同志加兄弟的情谊，又释然了。他用这样一句话来述怀："心底无私天地宽。"

2018年9月12日，我在开封市委档案馆，看到了河南省委1964年5月12日发出的《关于兰考县挪用救灾代食品补助干部的通报》（豫发【64】144）。纪年的阿拉伯数字本无温度。不过，时隔五十四年再看通报，当我的视线触及通报落款的年月日，居然感到一丝莫名的寒意——阴差阳错铸无情，河南省委通报发出这一天，辗转于郑州河南医学院附属医院内科病榻的焦裕禄的生命，还有最后两天时间！

河南省委在转发省委监察委员会的报告时指出：

> 兰考县委私自动用救灾代食品顶换国家统销粮，补助干部的做法是错误的。省委同意省委监委提出的处理意见。越是在困难的情况下，越要教育干部关心群众的疾苦，同群众同甘共苦，率领群众生产自救，克服困难，度过灾荒。兰考县委的做法恰恰相反，片面地强调干部生活困难，擅自动用代食品从农村统销粮中顶换成白面，将干部口粮标准普遍补助到四十斤，在群众中造下了很坏的影响。这种违反政策的做法，值得各地警惕。为了挽回影响，接受教训，纠正错误，请开封地委责令兰考县委写出书面检讨，并将县委检讨和处理结果报送省委。

河南省委监察委员会的报告，是根据兰考方面1964年4月15日的来信，于4月18日派农村监察处处长李祥林等人，会同省粮食厅和开封地委监委、专署粮食局人员到兰考调查后形成的。报告说：

> 今年2月底，县委书记处书记兼县长（应为县委副书记、县长）程世平同志，在县委常委会议上传达地委生产救灾工作会议精神时，说地委张申书记指示：在安排好灾民生活的同时，干部有困难也要解决。于是提出拿出一部分粮食补助机关干部。在具

245

体研究补助时，程世平说："县常委会议决议，从供销社拿出红芋干十万斤，交粮食局从农村统销粮中兑换成白面，安排干部、职工生活。价格问题，高于牌价，低于议价，红芋干每斤按一角二分计算，供销社亏损由上级拨给代食品亏损款解决。怎样补助，由粮食局提出具体意见。"会后，粮食局从供销社提取红芋干十万斤，按一斤二两红芋干折一斤面粉，共折白面八万三千三百三十三斤，并于3月6日拟出具体补助方案。交粮食局的红芋干每斤价格一角二分（供销社共亏损七千二百九十多元），粮食局售给群众的价格是每斤六分六厘，粮食局计亏损五千四百元。为了不赔钱，粮食局将补助给干部的白面，由每斤一角六分五厘提高到二角三分。方案报县人委救灾办公室主任批准，于3月7日通知各粮管所开始供应，至9日补助面粉已全部购回。

今年元、二月份，县委、县人委机关，到登封、荥阳两县购买小麦、玉米一万多斤补助了干部。在县委、县人委的影响下，县直各部门也都由救灾办公室开证明，纷纷到登封农贸市场抢购粮食。地委领导同志讲安排灾民生活，干部有困难也要注意解决，这是对的。但县委认为这就是对非农业人口的普遍照顾则是错误的。

根据调查了解的情况，省监委的报告提出了四项处理建议：

一、提请开封地委责令兰考县委写出书面检讨，由开封地委根据检讨情况酌情进行处理，并将处理结果及县委的书面检讨报送省委。二、该县供销社亏损的七千二百九十元四角八分代食品款，不能用上级拨给的救灾代食品亏损款解决，应由全县吃到补助粮的干部和职工全部拿出。三、补助干部的面粉已经吃掉，不再退还，但县供销社现存巩县支援该县干部的粮食一万斤，红芋干二万五千斤，3月份补助干部剩余的四千九百三十九斤面粉，交县粮食局统一管理，解决灾民的生活急需。四、为了吸取这一教训，建议省委将这一问题通报全省。

从河南省委通报可以看出，兰考挪用救灾代食品红芋干补助干部职工问题，是县委常委会作出决议，省、地联合工作组调查后被阻止，焦裕禄病重入院后，程世平决心再度启动所致。明知上级已高度关注并明令禁止，为何还要一意孤行？莫非是因为灾年荒月，较之生存门路还多些的农民群众，干部职工有时连把树叶子也没处撸吗？或许是认为，总不能让他们像老百姓一样去"蹭大轮"（扒火车）、拖要饭棍吧！

焦裕禄不是此举的动议和付诸实施者，却是最初决策的拍板者。焦裕禄素来视政策纪律如生命，是什么因素使他在如此敏感的时刻和问题上，失去了一夫当关的应有品质和守纪如铁的惯常风格呢？答案只有一个，那就是兰考干部队伍中已经随风飘逝，但却无时无刻不在他眼前晃动的二十七条鲜活生命的影子。焦裕禄因拍板决策挪用救灾代食品，以及对"元、二月份"县委、县人委机关"到登封、荥阳两县购买小麦、玉米一万多斤补助了干部"负有重要责任，作为"该县的主要领导同志"，在通报中受到不点名批评。

为保留兰考抗灾救灾的骨干力量，焦裕禄对购议价粮和挪用救灾代食品要承担的政治风险，是有充分思想准备的。但此举导致"兰考专版"流产，则始料不及。显然，这击中了焦裕禄心底最柔软的地方。

2018年5月16日，我在郑州《河南日报》资料室，从报社存留的合订本上，看到了焦裕禄翘首以盼但惜未寓目的"兰考专版"。合订本呈赭黄色，封面上的包浆隐约可见。资料室负责同志善意地提醒说，由于年代久远，报纸已变硬变脆，翻阅时请小心。我目睹已不成其为专版的那篇兰考通讯，心如枯槁，欲哭无泪。

焦裕禄抱病组织"兰考专版"，是由《人民日报》的报道引发，而主持报道的《人民日报》副总编辑兼总编室主任李庄，又是1966年2月宣传焦裕禄时，该报八篇社论的主要撰写者。两人缘悭一面，却又不无交集。诚然，历史的常态是"月有阴晴圆缺"。然而，焦裕禄纵死犹念"兰考专版"，李庄倾情讴歌焦裕禄却未能窥知其心曲，这种终天之憾，纵是铁石心肠，也会令人捶胸顿足。

第四章 中国良心的邂逅与撞击

一、省林业工作会议跑了题的发言

1964年5月16日至20日，河南省委省人委召开的全省沙区林业工作会议，在商丘地区民权县举行。会议开始当天上午，安排民权、兰考、西华、宁陵四个沙区造林先进县领导同志介绍经验。

兰考县委副书记张钦礼第二个在会上发言。按照要求，发言时间不超过一小时。与会代表注意到，这位来自河南最贫穷县份的资深县委领导，眼圈红肿，面色苍白，满脸都是掩饰不住的痛惜。

此刻，张钦礼显然还没有从与焦裕禄永诀的巨大悲怆中走出来。他步履沉重地走上台，一开口就双泪长流，沉痛向大家通报："5月14日，兰考县委书记焦裕禄同志，因患肝癌抢救无效，不幸在郑州逝世。我在县里参加筹备追悼会后，赶来参加这次会议。"

当年到会采访的《河南日报》记者、原河南省广播电视厅厅长李光照撰文回忆，张钦礼衔悲饮痛的开场白，一下抓住了与会者的心。特别是听到焦裕禄临终前嘱托"我死后只有一个要求，要求组织上把我运回兰考，埋在沙堆上。活着我没有治好沙丘，死了也要看着你们把沙丘治好"，如同迅雷闪电贯通全场，摄人心魄。

张钦礼发言刚开了个头，焦裕禄宵衣旰食昼夜操劳的情景就浮现眼前。仿佛被一股莫名的冲动所驱使，他甩开手中的材料，思想犹如脱缰之马，沿着焦裕禄留下的足迹扬鬃奋蹄驰骋起来——

焦裕禄一到兰考，析事论理就高人一筹，引导大家从灾区的不利条件看到有利因素，看到转化和发展，鼓励说兰考是个大有作为的地方，问题是要干，要革命，要立志在困难面前逞英雄！他认为，抗灾的决定性力量，是三十六万勤劳勇敢的兰考人民。那种看不见群众内心革命热情，看不见群众战胜自然灾害的迫切要求，看不见群众战胜灾害能力的悲观失望情绪，是缺乏群众观点的表现。

兰考"三害"肆虐多年，但底数不清。焦裕禄带领调查队，顶着狂风追寻风沙去向，先后跑了五千多里路，查明全县有八十四个风口、一千六百座沙丘和二十四万亩沙荒地，一一绘图编号。全县十三条大河、一千二百六十六条小河的丰枯通淤，也都摸得溜清。根据兰考海拔六十一米，地势西高东洼，西南角是北水南流的实际，县委确立了以排为主，排、灌、滞、台、改兼施的平原治水方针。

兰考二十六万亩盐碱地，土地含碱量高达千分之二十六点四，远超千分之五以下才能种庄稼的标准。焦裕禄带队摸准了全县五大片七类盐碱地的真情实况，县委制定治理"三害"规划，出台护林造林意见，确立了"以林保农，以农养林，农林密切结合"的方针，提出护林造林并举，力争三年内恢复林木面积，五年内得到收益，七年后农副业生产达到历史最高水平。

工业战线九年历练，使焦裕禄养成了调查研究、试验先行、典型引路的科学方法和求实作风。翻淤压沙、林粮间作，都是在张庄和朱庄种"试验田"取得经验，然后逐步在全县推开，在面上开花结果。

兰考是个穷县，有限的树苗种在哪儿？有的主张种在县城周围和集镇公社驻地，领导来能看到兰考的变化和成绩；有的主张种在风口沙丘，保住庄稼，多打粮食，减轻国家负担。但这被认为是有粉不搽在脸上，搽在腚上。两种意见争论不休。焦裕禄说了两句话：先顾吃饭，有限的树种在风口沙丘；后顾好看，有条件时再绿化环境、美化城市。大家一听，都没啥意见了。

焦裕禄善从长远谋事。他看到泡桐封沙固土、涵养水分的作用和经济价值，就作为战略产业来抓。1963年，他在县、社干部会议上提出，今年全县移栽三万亩桐树，育苗四百到五百亩，明年可栽五万亩。桐苗移栽后，桐坑可发一百万棵苗，后年可栽十二万亩，共计二十万亩，争取全县所有宜栽土地都栽上桐树。广种泡桐，是根治"三害"的关键一招，也是给子孙后代留的摇钱树和聚宝盆。

穷县造林，贵在人才。省林业科学研究所朱礼初和魏建章，1963年到爪营公社张庄苗圃搞泡桐繁育研究。焦裕禄三次上门看望，得知两个南方青年生活不习惯，便开导他们说，从南方到北方，有个适应过程。泡桐是兰考一宝，全县四十万亩农桐间作土地，这样优越的条件江南少有，可以大有作为！焦裕禄指着一棵泡桐树，意味深长地对他们说，泡桐长得茂盛，根必须扎得深。你们在群众中扎下根来，事业就会像泡桐树一样根深叶茂！焦裕禄惦着两位南方籍大学生的生活，县委开会时提议，县委伙上有一部分大米，咱们北方人吃惯了杂粮，把大米让给林科所两个大学生吃，把他们的杂粮转到咱们伙上，大家一致同意。两个大学生到粮管所买粮，给的全是白米，他们不肯要。营业员说，焦书记为此专门来过一趟，说这是党的决定。两人感动得哭了。他们扎根兰考，运用"桐木生南国，杨柳截枝发"的知识，借鉴杨柳截枝插播方法，泡桐插播试验取得成功，帮上百个大队建起苗圃，培育了几十万株幼桐。全县农桐间作面积扩大到一万五千亩，增长三倍多。焦裕禄辞世后，记者采访朱礼初，问他怎样看待当初的选择。他说："来到兰考，我后悔；留在兰考，不后悔。"

焦裕禄下乡参加劳动，常蹲在地头和群众吃他们讨来的"百家饭"。那些五颜六色的干粮有的已发霉，是搓掉绿毛黑斑，掺着野菜下锅的。焦裕禄端着"百家饭"，悲怆无言，大口吞咽，泪水簌簌掉进碗里。他知道，这些难以下咽的"百家饭"，是背井离乡的群众走街串巷，露宿风餐，把人的尊严踩在脚下才讨来的。就是这样的饭，也是干重活时才能吃得上。在群众吃糠咽菜啃树皮的年月，只有焦裕禄这样与群众同甘共苦、心心相印的人民公仆，才能真正把他们感召和凝聚起来，形成男女老幼齐上阵的局面。

我们和焦裕禄朝夕相处，平时说到群众生活，他能说出一大串贫农的名字，谁家缺煤，谁家缺粮，就连哪个孩子需要鞋子，他都一清二楚。他下乡常"丢"衣服，去世后两个农民哭着找到家里，家人一看，来人穿的正是焦裕禄的衣服！"岂曰无衣，与子同袍。"焦裕禄见不得群众困难，常常一急眼就脱下身上的衣服送人了。

作为县委书记，焦裕禄严以律己近乎苛刻，确实清廉如水、公明如镜。

老百姓从他身上看到了什么是党的优良传统和作风，认识了真正的共产党，从而铁下心跟着这样真心实意为老百姓谋利益的党，根治"三害"，再造兰考。我跟焦裕禄一起工作，经常听他说："同志们，跟我上！"从没听他说"给我上！"他对我说，"跟我上"是共产党的优良传统，"给我上"是国民党作风。他总是身先士卒，以身示范，把人格魅力渗透到行政号召和领导力中。兰考封沙育林的成效，很大程度来自焦裕禄的形象感召力。

焦裕禄肝病不断加重，可他看到人民在受难，便把病痛置之度外，豁上命领着群众除"三害"，让老百姓早一天过上好日子。他在兰考的四百七十五天，是同"三害"英勇搏斗的四百七十五天，是同畏难发愁思想不懈斗争的四百七十五天，是同病魔顽强抗争的四百七十五天！他犯病时拿硬东西顶压腹部止痛，坐的藤椅顶出个大窟窿。他骑车下乡因肝疼摔倒在地，爬起来用车座抵住肝区，身子伏在车上继续往前走，真正是春蚕到死丝方尽……

在人生最后的日子，焦裕禄像背着死神冲锋的勇士，以生命之火照亮兰考救灾图强的道路。兰考一天也离不开焦裕禄，可在全县除"三害"斗争最需要他的时候，他却突然撒手走了。兰考的天塌了，老百姓哭得肝胆俱裂，昏天黑地。为什么老百姓对焦裕禄比亲人还亲？就是因为他头拱着地为兰考父老乡亲造福，是兰考人民名副其实的好儿子！我们跟着老书记干，浑身有使不完的劲儿，兰考县委班子出了这样的好班长，我们都感到脸上有光！

张钦礼虽然上学不多，但善于学习思考总结，说话带钩，会抓人，素有铁嘴之称。涕泗横流中，他声情并茂地讲着，会场鸦雀无声。焦裕禄事迹像贯通人心的冲击波辐射全场，与会八专（署）两市林业局局长、全省沙区县党政一把手和林业局局长悉数被慑服，无不泪光闪闪。

一个小时过去了，张钦礼的讲述方渐入佳境。当他意识到自己发言已超时，且游离了经验介绍主题时，猛地从沉湎已久的情境中挣脱出来，手足无措望着主持人。主持会议的河南省副省长王维群，正听得血脉偾张。这个发言看似跑题，但从根本上说又没有跑题。要治沙，先治人。没有一股子牺牲奉献精神，没有对灾区人民的深厚感情，没有科学求实的方法，哪能找到治沙良策？这正是焦裕禄用生命换来的兰考经验的精华所在。王维群对张钦礼点点头，声音有些沙哑："钦礼同志继续讲吧，你的发言不受时间限制！"

张钦礼擦擦眼泪，继续讲述他所知道的焦裕禄。时间在他动情而鲜活的讲述中流逝，跑了题的发言整整讲了两个半小时。当他在全场的抽泣声和掌声中走下台时，王维群说："张钦礼同志的发言为什么感人至深？就是因为焦裕禄同志视灾区人民如父母，像人民的儿子一样，拼上老命寻求风沙治理之路。有这样一种精神，还有什么沙区不能治理？"他稍事停顿，然后宣布："会议的主题转换一下。下午，与会全体同志讨论焦裕禄同志的先进事迹！"

这是焦裕禄辞世后，其模范事迹首次在较高层次和较大范围得以传播。上午休会后，王维群专门召集与会记者，对他们交代说："下午你们不要参加会议了，专门采访张钦礼，了解焦裕禄的事迹。河南要彻底改变贫困落后的面貌，只树立大队党支部书记这个层次的典型不行，非得树立焦裕禄这样的县委书记的旗帜，学习焦裕禄除'三害'的艰苦奋斗精神不可。"

当天下午，新华社河南分社记者鲁保国，同《河南日报》记者李光照及河南人民广播电台记者一起，与张钦礼谈了半天，晚上向王维群作了汇报。王维群说："回去后，要向省委常委汇报，建议在全省开展学习焦裕禄的活动，到那时你们再作报道。"

李光照回到《河南日报》后，向社领导汇报了会议情况和王维群的指示。社领导说："那就等省委通知吧！"

1964年6月，《河南日报》兰考籍编辑郭兆麟，向兰考县委刘俊生约稿，要他围绕纪念七一写个好的党员干部。刘俊生向县委领导汇报后，确定写焦裕禄。这正是他想写的人。写稿中，刘俊生突然产生了一种难以遏制的冲动，把焦裕禄坐过的带窟窿的藤椅搬到自己宿舍，接着找徐俊雅问："焦书记穿过的旧鞋袜在哪儿？"

徐俊雅说："你问那干啥？我看见那些东西就难受，早扔啦！"

刘俊生忙问："扔哪儿啦？"

"扔到屋后草窠子里啦！"

刘俊生跑到焦裕禄家屋后，捡回一双焦裕禄穿过的破旧不堪的棉鞋，还有一双千层底袜子。他收存焦裕禄用过的藤椅和鞋袜，是为了激励自己写好稿子。不想这三件遗物还有他给焦裕禄拍摄的照片，成了他思想苦闷时开导自己的良师益友，无意间也保留了最能展现焦裕禄精神光辉的珍贵文物。

那个寻常但却难忘的夏日，哀思未竭的刘俊生文如泉涌，一气呵成写出《党的好干部——记焦裕禄二三事》。郭兆麟收到稿子后，感到写得不错，但又觉此稿发在党的生活栏未免可惜，建议补充材料发一版。刘俊生另起炉灶，写了一篇三千字的稿子送到报社。翁少峰副总编说，宣传县委书记的稿件需经省委审批。七一前后，稿子未能发出。

1964年8月7日，河南省委第二书记文敏生，在省委三级干部会议上讲话时，热情赞扬已故兰考县委书记焦裕禄，充分肯定了焦裕禄带领干部群众在拼搏中走出的"兰考新道路"。他说：

> 兰考县是个老灾区，过去有过所谓"兰考道路"，灾民外出逃荒出了名，到处都有兰考人，不是兰考县的灾民，也说是兰考人。但是，自去年麦后，这个县自力更生，艰苦奋斗了一年多，情况发生了很大变化。去年夏季粮食总产一千七百万斤，今年夏季总产达到三千六百万斤；去年夏季统销一千四百万斤，今年夏季统销二百七十万斤；去年夏季征购三十二万斤，今年夏季征购三百五十二万斤。兰考县的面貌为什么能改变这么快呢？主要是他们的方针、道路正确，抛掉了过去逃荒的老道路，提出了除"三害"改变灾区面貌的新道路，鼓足干劲，采取革命化的措施，把革命干劲和科学精神结合起来，坚决干下去。他们为了查清水的来势流向，越是下大雨，越是沿河查看，终于摸清了河流的情况。原县委第一书记焦裕禄同志，共产主义风格高，有英雄气概。他临死的时候告诉县委的同志说，沙碱没治好，死不瞑目，死后要把他埋在沙丘上。这是多么好的同志！像兰考这样改变面貌的县，其他地区也会有的，像这样的公社、大队、生产队会有一批。这就是说，现在已经有了一批大寨式的社、队，有一批焦裕禄式的好干部。这次会上印发了一些材料，就是这样的好典型。

文敏生讲焦裕禄"临死的时候告诉县委的同志说，沙碱没治好，死不瞑目，死后要把他埋在沙丘上"，可与1964年5月听过张钦礼"跑了题的发言"、后任省广播电视厅厅长的李光照撰文回忆张钦礼发言披露了焦裕禄埋骨沙堆遗愿，给与会者极大震撼一事相互印证。以上两个确凿事例，比穆青三人1965年12月到兰考采写焦裕禄，分别早一年零七个月和一年零四个月时间，从不同角度形成了交叉证据，说明焦裕禄的遗愿也对张钦礼讲过。

1964年8月29日，张钦礼写了长达八千字的《关于兰考人民除"三害"斗争中焦裕禄事迹报告》，亲送省委办公厅主任郝友三。省委办公厅将这份报告打印分送省委领导同志。这份报告引起省委第一书记刘建勋的重视。

转眼就是金风送爽的10月，新华社国内部张应先调任河南分社副社长。社长尚未到任，张应先主持召开分社记者情况汇报会，研究制订宣传报道计划。发言中，五个月前曾在民权参加过省林业工作会议的农村组记者鲁保国，讲到了他所知道的焦裕禄，汇报了他带领兰考人民英勇抗击"三害"的感人事迹。接着，高飞、戴德义两位记者，也介绍了他们间接了解到的焦裕禄的有关情况。记者们一致建议，抓住这一重大线索，迅速组织宣传报道。分社决定，成立由张应先、鲁保国、禄祖毅三人组成的焦裕禄报道小组。

恰好新华社国内部农村组一位负责同志到郑州，张应先给他汇报了采访焦裕禄的打算。这位负责人听了先是一愣，随口说道："怎么，你还想去报道死人啊？"张应先理解，这位素来稳健的组长的态度，显露了他对重大典型宣传的一种谨慎。张应先说："谁说死人不能报道？只要事迹典型，对人民群众有教育意义，人死了也可以宣传。雷锋、王杰的报道，不都属于这一类型吗？焦裕禄的事迹生动感人，搞了这么多年农村报道，遇到几个像焦裕禄这样的县委书记呢？"这位负责同志听后无言，同意分社的宣传打算。

省委领导在全省会议上赞扬焦裕禄，成了新闻报道的好由头。新华社焦裕禄报道组急赴兰考，最先找了张钦礼。"可把你们给盼来了……"张钦礼紧抓着记者的手，给他们讲述他心中的焦裕禄。县委办公室副主任卓兴隆，拿出了焦裕禄组织制定的除"三害"规划。刘俊生陪记者跑了焦裕禄树立的"四面红旗"等社队，在胡集村南泡桐林展示了焦裕禄在这里的留影。记者还到焦裕禄两度住过的河南医学院附属医院采访。浸透在人民群众泪水中的焦裕禄，以及人们对他山高水长的怀念，深深打动了记者。

1964年11月19日，新华社播发张应先三人采写的焦裕禄事迹人物消息，同时播发一篇供地方报纸刊用的三千多字的稿件。

11月20日，《人民日报》在二版左下角，以《在改变兰考自然面貌的斗争中鞠躬尽瘁，焦裕禄同志为党为人民忠心耿耿》为题，以一千七百多字的篇幅，报道了焦裕禄的先进事迹。当天，中央人民广播电台广播了新华社报道焦裕禄的通稿。

《人民日报》、新华社和中央人民广播电台宣传焦裕禄，在河南引起很大反响。河南省委号召全省干部向已故的前兰考县委书记焦裕禄同志学习，指示《河南日报》加强对焦裕禄这一典型的宣传。

还是11月20日，《河南日报》总编辑刘问世急召刘俊生到报社，告诉他说，根据省委指示，报社决定突出处理新华社播发的焦裕禄事迹"地方稿"，并围绕焦裕禄事迹和精神，与刘俊生交流了一个下午。11月22日，《河南日报》一版头题刊发新华社"地方稿"，用黑体字加了"中共河南省委号召全省干部向已故前兰考县委书记学习"的醒目副标题，配发了刘问世撰写的《学习焦裕禄同志为人民服务的革命精神》的社论。刘问世告诉刘俊生，《河南日报》拟开辟一个学习宣传焦裕禄的专栏，专栏题目就是社论题目。此后，该专栏在《河南日报》连发十四期，至1965年2月结束。张钦礼写的《怀念我们的好"班长"》的文章，在该专栏刊出。

新闻媒体的宣传坚定了张钦礼的决心。1964年11月25日，张钦礼在县直机关全体党员干部会议上，作了学习焦裕禄同志革命精神的专题报告。他在讲述焦裕禄模范事迹后，要求从七个方面进行学习。其中第二个方面"学习他心里装着全体人民，不辞劳苦，全心全意为人民服务的高贵品质"中的第一句话，后来融入焦裕禄通讯中最为出彩的标题——"他心里装着全体人民，唯独没有他自己"。冯健称周原写的这个标题"令人拍案叫绝"。

1964年12月19日，张钦礼在《河南日报》发表《学习焦裕禄同志的革命精神，彻底改变兰考县的自然面貌》的署名文章。焦裕禄因病未写完并委托他写的文章，经七个月心血和泪水酿制，最终以这一题目见诸报端。

转瞬到了1965年1月。《河南日报》农村部副主任黎路来到兰考，与刘俊生一起顶风冒寒采访，写出通讯《焦裕禄啊，我们怀念您》，于1月27日在《河南日报》二版见报。稿件主题鲜明，事迹鲜活，生动感人，成为省报学习宣传焦裕禄专栏的压轴之作。

中央和地方主流媒体的宣传，使焦裕禄的感人事迹走出兰考，为中原乃至更大范围的人们所知晓。

1964年11月10日，开封地委发出《关于学习已故的前兰考县委书记焦裕禄同志为人民服务的革命精神的通知》。这是中国共产党历史上，第一个由党组织发出的号召学习焦裕禄的红头文件。

时令已是隆冬，焦裕禄精神传播引发的热流，正方兴未艾，在中州大地涌动。奔腾的大河，呼唤着又一个春天的到来。

2018年清明节，我在焦裕禄墓前碰到一位皓首老人。焦守云告诉我，这就是1964年在民权县省林业工作会议上听过张钦礼"跑了题的发言"，并最早参与宣传父亲的新华社记者鲁保国，今年已八十五岁。从1966年迁葬以来，他每年清明都来看望父亲，风雨无阻坚持了半个世纪。

一朝相知，终生仰望。鲁保国的虔诚与坚守，增辉了一个国度的"无冕之王"！

二、"河南三剑客"逐鹿中原

1965年12月6日，新华社分管国内宣传的副社长穆青，新华社国内部工业组组长冯健，相偕踏上从北京开往中原的列车。

穆青和冯健都是中州人民的儿子。

穆青祖籍河南周口，从小受到良好家教。祖父穆延桢1904年秋考中举人，被清政府授予五品文官，候补期因科举制度废除仕途梦破灭，于1920年举家迁往蚌埠。翌年3月15日，穆青出生。祖父为他取名穆亚才，冀望他为国成才，并自任启蒙老师，为他订画报、习书法、延拳师。1930年穆延桢病故。穆青父母守孝一年，携儿女回到穆青祖母娘家河南杞县。穆青入留学德国和奥地利的经济学博士王毅斋办的大同小学，一直读到初中。

杞县素称"诗乡文国"，是汉代文学家、书法家蔡邕和女儿蔡琰故里，北宋以降至明崇祯七年（公元1634年）出了五个状元，与哥哥宋庠一科两状元的宋祁，以"红杏枝头春意闹"佳句赢得"红杏状元"美誉。

杞县又是豫皖苏抗日根据地发祥地。立志"挽国魂于童蒙"的王毅斋，以大同中学为中共地下党组织活动基地，使乱世圣土荟萃了一批饱读诗书又富家国情怀的热血青年。其中有：中共河南地下党负责人之一、著名语言文字学家和教育家郭晓棠，后任山西牺盟总会雁门战时工委主任兼雁北十三县游击司令的地下党员梁雷，在此笔耕避难的作家姚雪垠和赵伊坪。山河飘零年月，"少年心事当拿云"的穆青，幸有良师引导博览群书、激扬文字。郭晓棠时常宣读穆青范文，让他参与编辑学校抗日文学刊物《群鸥》。"染于苍则苍，染于黄则黄"。抗日和革命的种子，已悄然播入少年穆青心头。

1937年夏豫东大水，经年不消，冬日的杞县仍汪洋一片。十六岁的穆青泣别父母，乘一叶扁舟远离桑梓。12月4日，他与三位同学乘火车到潼关，从风陵渡过黄河，在山西临汾西郊刘村镇八路军驻晋办事处穿上了军装。填写登记表时，穆青想，自己的名字穆亚才太俗气了，得改一下！他打量着刘村南门这所紧凑深邃的院落，看到标语上有青年两字，感到"青"字不错，于是顺应两个字取名潮流，写下了"穆青"这个崭新的名字。

1938年秋，穆青经临汾八路军学兵队三个月训练，分配到驻岚县的八路军一二〇师宣传队，成为一名专事演唱和宣传鼓动的文艺兵。是年冬天，穆青随一二〇师一部开赴冀中，任"战火"剧团文化教员。1939年5月，穆青在冀中敌后成为中共预备党员。

才华为舟终渡人。1939年11月，穆青因战地通讯《红灯》发表于《八路军军政杂志》创刊号引起注意，被选调延安学习，经九天跋涉，于1940年6月30日到达延安，进入鲁迅艺术学院深造。

从烽火连天的太行山，步入延安革命艺术沙龙，面对图书馆琳琅满目的中外文学名著，仰望十九世纪俄罗斯文学灿若群星的大师，穆青贪婪地扑在《战争与和平》《安娜·卡列尼娜》《猎人笔记》等名著上，废寝忘食吸吮营养，如痴如醉领略书中独特的社会批判精神、深厚的人道情怀和迷人的艺术魅力。在穆青看来，古老而苦难深重的俄罗斯民族，同中华民族有着灵魂上的某种契合。俄罗斯文学的滋养，赋予了穆青准确把握和描述人物心理的能力，也使他后来的作品弥漫着浓郁的人道主义情结。穆青的短篇小说处女作

《搜索》，发表在文艺刊物《草叶》上，小说《夜渡》《夜船》，发表在《解放日报》上。多梦的青春年月，穆青在朦胧中放飞自己的作家梦。他渴望与缪斯女神一路同行，做一名人类灵魂的工程师。

1942年7月，组织决定穆青到《解放日报》工作。这与他的理想大相径庭。穆青说，自己性格内向，不善与人打交道，不宜当记者。经鲁艺老师何其芳、陈荒煤、严文井做工作，穆青仍想不通。人生十字路口，淙淙延河水荡涤着学子心灵。一个落霞似火的黄昏，鲁艺院长周扬与穆青漫步延河畔，告诉他，记者与作家，并无严格界限。爱伦堡和高尔基，都当过记者。说到性格，周扬一语如重槌击鼓：党员个性必须服从党性！入党三年的穆青心头一震，愣住了。翌日，他告别鲁艺，背起背包走进清凉山《解放日报》。

冯健誉之为"女才子"的新华社记者张严平，在《穆青传》中为梦碎鲁艺的穆青，发出了这样的叹息："命运老人把一条可以一眼望到底的坦途对穆青关闭，给他开启的却是另一条层峦叠嶂的山道。它注定他一生都要攀登，因为他踏上了清凉山。"

列车驶上郑州黄河铁路大桥，冬日浅、散、乱的河道，在阳光下像一面破碎的镜子，两岸萧疏的林木和村舍，似乎看不出多少活力。刚刚遁去的三年自然灾害，还在城乡一些角落拖着一条尾巴。如何根据党中央"调整、巩固、充实、提高"八字方针，进一步发掘蕴含在人民中的那种泰山压顶不弯腰的英雄精神，用群众喜闻乐见的报道，激发全社会的热情，推动正在复苏的国民经济持续向好？此前宣传的雷锋、王进喜，给尚未完全恢复元气的共和国注入了不可估量的力量。那么，放眼中国最广袤的农村，能够从人们心底唤起深厚而持久激情的英雄，又在哪里呢？穆青寄希望于故乡。

毫无疑问，从清凉山攀缘而来的穆青，正经历着记者生涯中堪称非凡的一次攀登，也是二十年来最严峻的挑战。生活应验了周扬记者与作家搭界的箴言，鲁艺两年的文学濡染和熏陶，成为他受用一生的内功。此行产生的焦裕禄通讯，成为文学滋养新闻雄辩而真切的证明。

在1965年年末那个景色晦暗的冬日，在呼啸南下的列车上，与铿锵车轮声一样心绪难平的，还有新华社记者冯健。

冯健原名樊煦义，生于河南新野，其父为当地名望甚高的教师，常在大户人家执教。近水楼台先得月的冯健，自幼受到父亲的精心教育。抗战临近尾声，1944年，十九岁的冯健远别桑梓，长途跋涉到达大后方重庆，考上了从南京迁来的中央大学政治系，在校期间受中共地下工作者影响，积极投身学生运动。冯健在党旗下举手宣誓，是在1948年春。那时，冯健就读的中央大学，已随国民政府还都迁回南京，烟花三月的古城金陵正风雨飘摇。履行入党手续时，他取意"锋剑"改名冯健。大学毕业前夕，冯健受中共南京地下党组织派遣，以到安徽采石矶镇教中学为掩护，从事党的开辟工作。不料1948年8月19日，国民党中央通讯社受命发布通缉令，樊煦义的名字赫然在列。冯健匆忙出走，想乘夜色安然遁去，偏偏朗月不解人意澄照四野，于是一腔怨尤化为四十多年后的散文《我曾怨过月光》，怒怼月亮生死关头"为坏人掌灯笼"。冯健大学学的是国际政治，那是培养外交官的专业。进入豫西解放区，中共中央中原局组织科对冯健这个凤毛麟角的大学生的到来喜出望外，将其分配到刚创建的新华社开封分社。于是，不知新闻"五个W"①为何物的冯健，现蒸现卖开始了自己的记者生涯。嗣后，冯健从开封南下，参与新华社江西分社和《江西日报》筹建工作，到新华社中南总分社当记者，1958年奉调进京，供职新华社国内部。

十年磨一剑。在战争与和平的双重淬炼中，冯健思想的锋芒愈加犀利。他参与了百年不遇、举国关注的1954年长江抗击特大洪水的报道，以"收官"之作《英勇搏斗一百天》，饱蘸激情讴歌大无畏的江城人民，荣膺武汉市防汛抗洪二等功臣称号。1964年冬，冯健与首都其他新闻单位的同业一起，冒着零下四十摄氏度的严寒到大庆油田采访，写出了脍炙人口的通讯《永不卷刃的尖刀》《在岗位上》。年届不惑的冯健，以意蕴丰厚、激情勃发、充满理性、行文严谨饮誉报界，是新华社一员能干大活儿的骁将。

冯健后来想起，这次受穆青"钦点"与他同行，或许是穆青考虑到自己比较熟悉河南农村。此次出京，穆青本要去西安，为新华社即将召开的全国分社工作会议做准备。之所以绕道郑州，绝非为乡情所羁，而是打算组织采写一篇反映豫东抗灾风貌的报道。穆青期盼，在历史上苦难深重、至今仍未

---

① 五个W：何时（When）、何地（Where）、何事（What）、何因（Why）、何人（Who）。

完全摆脱灾害的中原大地，能够找到为党和国家提振军心士气的先进典型。眼下，这位经验丰富的大将，正缜密运筹，寻找最佳目标和突破口。

郑州市花园路85号，新华社河南分社办公楼会议室。1965年12月6日，穆青在这里召开了一次别开生面的记者见面会。来自一线的记者各展其能，侃侃而谈。穆青不喜欢"炒冷饭"，喜欢"抓活鱼"。他要求大家多讲些从基层来的带着露珠的鲜活素材。

会议室敞开的玻璃门后，记者周原正向隅而思。不料穆青冷不丁说道："周原，你不要以为打成过右派就没有发言权了！"

"领导没有指定我发言……"周原正逍遥于自己的精神世界，对穆青点将毫无准备，嘴里搪塞着，心中的不安却纤毫毕现。

穆青是喜欢这个刚直不阿的同乡的，尤其欣赏他沙里淘金的本事。1962年春，周原在省里一次会上听了新乡县七里营公社刘庄村党支部书记史来贺发言，眼睛兴奋得放光。他循踪而至采访一周，写出通讯《刘庄的道路》，《人民日报》头版头条配社论刊登。刘庄这个一向不为人知的小村，从此名扬天下，史来贺成为遐迩闻名的先进典型。穆青知道周原赴豫北灾区采访了七个月，刚返回分社，肚里笃定有货，于是急切而充满信任地说："周原，你讲吧！"

这令周原颇感意外。莫非如今还有不嫌弃"摘帽右派"的领导？

周原原名乔元庆，1928年生于河南偃师一个书香世家，祖父乔竹坡是抗日英雄吉鸿昌至交，中原沦陷时耻于做亡国奴含恨自缢。周原的父亲乔冠生毕业于北京大学，曾任河南《民国日报》主笔，赴延安后在范长江领导的国际新闻社任特派记者。1942年5月，乔冠生随八路军副参谋长左权赴战地采访，不幸喋血太行，身首异处。

1944年夏，皮定均率部挺进中原开辟豫西根据地，周原看见正在宣传鼓动的八路军，像常年流浪的孤儿遇见了亲人，哭喊着扑上去："我要跟你们走！我要跟你们走！"几天后，皮定均派人把周原接到解放区。周原投身革命并以部队为家，1945年入了党。

家学渊源和几代忠烈，铸造了周原勤学笃行和公正无私的品格。1947年，十九岁的周原到开封做党的地下工作。翌年开封解放，组织上拟安排他出任区委书记。周原却选择当一名记者，随军南下到新华社海南岛分社工作，1952年回京。新华社拟留周原在总社工作。他却提出：既然当记者，何不到离基层更近的分社去？

1956年，周原离京到郑州任新华社河南分社记者。他一头扎到新中国第一个大型工程三门峡水利枢纽工地，潜心采访。不料工程尚未开建，附近二十里外就在兴建一座新城，浪费惊人。周原怒不可遏，连发三篇内参，结果此后被打成右派，开除党籍，留用察看。周原举刀断指，血书明志。但接踵而来的，是更加不堪的羞辱和无休止的批斗。同情周原的河南分社领导胡敏如，把他交给林县县委书记杨贵。当晚，周原被悄悄送进一个小山村。

残酷打击和沉沦社会底层，没有挫掉周原与生俱来的忠勇与刚正。太行深夜，周原浸着血泪的心声在昏暗的油灯下流淌：

> 一腔怒怨，在人的身上造成的力量是不可估量的。无理的迫害，只能使弱者躺倒。能在遭难时站起来，才是生活的强者。只要自己不放弃努力，什么也剥夺不了生活本身的力量。

周原记录心灵历史，也打造精神支柱。他像一只被洪水冲到犄角旮旯的蜗牛，偏安一隅，反倒静心啃了若干马列老祖宗的大部头，博览中外文学名著，写下了近百万字习作。1962年春，周原作为"摘帽右派"重回河南分社工作。落难数年的修炼和磨砺形同重塑，周原一旦重新拿起手中的笔，立刻显示出过人才情和超常深刻。

穆青点将所蕴含的那份信任，把周原骨子里那种士为知己者死的侠义之情，真真切切地唤醒了。他口若悬河，仿佛又回到了豫北原（原阳）延（延津）封（封丘）老灾区，七个月采访耳闻目睹的典型场景和事例，幻灯片似的一幕一幕在会场还原和再现。

周原豫北之行感受最深的是，沿途所闻都是"灾区栽干部，谁来谁倒霉"的抱怨。所到之处，差不多都笼罩着一片消极情绪，基层干部多吃多占成风。周原讲情况竹筒倒豆子，点问题直刺实质："灾区的确困难重重，问题的关键在于，地、县两级有些领导干部，只看到消极面，被困难压弯了腰，有的甚至放弃了领导！"

会场鸦雀无声，气氛变得凝重起来。

"当然，灾区也有积极因素。"周原举例说，原阳县农村有位老太太，经常在粮店一坐就是半天。人们问她坐在这里干啥？她说，俺年年吃国家救济粮，啥时候能提一兜自己种的粮食来这里坐坐，心里也舒坦些。周原说："这是什么？这是灾区的希望之光！"

周原足以唤起记者职业良心的灾区实情回放，把蛰伏穆青心底的那股豪气激荡了起来。他潇洒地一挥手，激昂地说："在河南当农村记者，不去灾区采访，不和灾区人民同呼吸、共忧患，就不是好记者，就是失职！"

穆青掷地有声的话语，引来一片掌声。周原的眼泪"唰"地淌了下来。整整八年了，从1957年被打成右派到今天，谁把自己当过人？知识分子最怜惜的羽毛——尊严，早已荡涤殆尽。现在，总社领导对自己如此信任和看重，这是怎样的一种知遇之恩？

周原直面灾情的讲述，牵动穆青视线东移。再访中原，一直闪耀在穆青心中的太行银河林县红旗渠，又在他眼前潺潺流淌，恨不能即刻前往采写。考虑到这些年豫东去得少，报道更少，第二天临行前，穆青让新华社河南分社社长朱波通知周原，让他先到豫东灾区摸情况，物色采访线索，自己和冯健到西安筹备新华社全国分社工作会议，十天后回到郑州，就听周原的汇报。

周原受领任务当天，径赴豫东灾区采访。

三、撞大运的记者抱了"金娃娃"

周原从郑州乘长途公共汽车前往豫东，第一站先是到了穆青家乡杞县。不料，县委书记白天忙着参加三级干部会议，晚上又舍不下戏院子里那台戏，派了个脑袋空空不掌握情况的水利局长来见他。这令周原大失所望。出师不利，心气儿很高的周原有些急了。

第二天，天刚蒙蒙亮，周原就拎着包跑到杞县汽车站，在附近的小食摊上吃了一碗元宵。周原放下碗筷，扭头看见一辆公共汽车准备开出。他抓起提包，嘴也顾不上擦，一个箭步蹿上了车。汽车出站上了路，周原忽然想起来问："同志，这车是去哪儿？"

售票员用奇怪的目光打量着周原，没好气地说："兰考。"

兰考就兰考，反正是豫东的地儿！周原暗自嘀咕着，兵败杞县的挫折感开始淡忘，心中又升腾起新的希望。

车到兰考站，周原发现，兰考县委大院，原来就在汽车站旁边！他心中窃喜，掏出在汽车上临时填写的空白介绍信，满怀希冀走进县委大院。说来也巧，周原一进院，迎面碰上了县委办公室的刘俊生。一问，此君正是自己要找的县委新闻干事。刘俊生看了周原的介绍信和记者证，急忙把他领进办公室，麻利地沏上了一杯热茶。

直到此时，周原在杞县遭遇的不快才算荡涤净尽。他十分踏实地仰坐在椅子上，呷口茶水，舒展身躯，向刘俊生说明来意："我们新华社副社长穆青同志，打算组织采写一篇反映豫东地区改变灾区面貌的报道。他让我先来探探路，打个前站，摸摸线索，调查一些情况……"

刘俊生脸上掠过一丝惊喜，脱口打断周原的话："你们快来吧！俺兰考开展除'三害'斗争，把县委书记都活活累死了！"

1955年，程场小学校长刘俊生在《兰考报》发表一则简讯，报道学校除"四害"取得"显著成绩"，消灭麻雀八十九只，鸟蛋六十一个。他收获了平生第一笔稿酬，数额为一角。这篇仅几十字的处女作，为刘俊生打开了另一扇人生之门，1960年春调县报工作，年底报纸停刊到县委搞报道。数年历练，刘俊生于青涩中见成长，已熟谙"倒金字塔"思维方式，说事先拣重要的。开口甩出救灾累死县委书记猛料，的确收到了先声夺人的效果。

周原"咕咚"咽下口中的茶水，忙问："谁为除'三害'累死啦？"

"俺们的县委书记焦——裕——禄！"刘俊生语气加重，声音有些异样。

周原忽地站起来，瞪大眼睛再问："焦裕禄是怎么累死的？"

刘俊生把周原领到隔壁自己住室，从箱中取出一双旧棉鞋和破袜子，"这是焦裕禄无数次修补、穿了好几冬的旧鞋袜。"接着又从柜上拿下一把藤椅，给周原介绍说："除'三害'斗争进入高潮，焦裕禄肝病也越来越重，他坐在这把藤椅上工作，肝疼得厉害了，就用硬物抵在椅靠上顶住肝区止痛，天长日久，藤椅被顶了个大窟窿。"

刘俊生望着藤椅，触物伤情，泪珠子噼里啪啦一个劲儿地往下掉。

周原凝视藤椅上的破洞，仿佛瞬间被击穿。虽然他尚未意识到，这把椅子将开启中国新闻史上一次重大寻访和发现，但十八年记者生涯南北转战形成的直觉告诉他，焦裕禄正是自己要寻找的那个人！

新华社同仁有云，周原的采访，冯健的编辑，穆青的情怀。眼下，被用将用长的穆青派到锋线的周原，正发挥自己善于发现、善于捕捉、善于突破的优长，咬定目标便迅速揳入纵深。中午开饭的铃声响了，周原像没听见，仍坐在藤椅上紧追不舍向刘俊生发问。

头一天的采访收获颇丰。多年的经验告诉周原，一个一碰就响的大典型，正隐约崭露出峥嵘头角。连日奔波的疲劳，被意想不到发现的惊喜淹没了。周原庆幸自己在杞县遭到冷遇，以至使他急三火四离开，近乎盲目地蹿上了开往兰考的那班车。他甚至还有些感激与长途汽车站毗邻的县委大院，正是这一优越区位，才使自己一进院就神差鬼使碰上了脑子里有货、嘴巴会抓人的刘俊生。

他记起落魄太行时，夜读马列老祖宗，马克思说过的一段话："如果偶然性不起任何作用的话，那么世界历史就会带有非常神秘的性质。这些偶然性本身纳入总的发展过程中……其中也包括一开始就站在运动最前面的那些人物的性格这样一种偶然情况。"

他还记起1815年6月18日，滑铁卢那场神秘的雨。反法联军在比利时小镇滑铁卢与法军对决，冥冥中似有天助，一场不期而至的雨使战地变成泥潭。法军辎重寸步难行终致覆亡，拿破仑被放逐至圣赫勒拿岛，从此退出历史舞台。在铸剑为犁的日子里，拿破仑那些威风八面的大炮与战车，化为滑铁卢景区的一尊雄狮。唯有那场终结拿破仑帝国好运的神秘降雨，时时引人在时光隧道回溯与沉思。

穿巡风烟弥漫的历史长河，偶然因素对重要历史事件的诱发及对历史进程的推进，有如灵光闪现，耀人眼目。

从今天的角度来看，在共和国洪荒未泯的非常年月，如果穆青没有使命感、责任感驱使下的逐鹿中原，并把关注的视线投向豫东；如果形同"撞大运"的周原，在杞县出师不利没有阴差阳错赶上开往兰考那班公共汽车；如果兰考县委新闻干事刘俊生，没有对焦裕禄发自心底的敬佩和掌握大量素材及珍贵遗物，并且在巧遇周原后以直抵人心的叙说打动记者；如果穆青、冯健、周原没有与焦裕禄某些相近经历，饱经战火锤炼对党和人民无比忠诚而心有灵犀……作为国家行为的发现和宣传焦裕禄，作为执政党建设长远大计的焦裕禄精神的跨世纪铸造，很可能都无从谈起。

后几天的日历，都是周原在以泪洗面的采访中翻过的。

兰考对焦裕禄了解最多的张钦礼，谈起已故的老书记，就像开了闸的水龙头一泻如注，从清晨淌到黄昏，从白天流到黑夜。他好像钉在那里一样，滔滔不绝讲了十八个钟头。张钦礼声泪俱下地讲，周原抽抽搭搭地记，那些尽现党性与人性之美的事例、细节和语言，以滚石下山之势猛烈撞击着记者心扉，使周原感到难以承受之重。多少年后，周原回首记者生涯中这次最重要的采访，认为焦裕禄的事迹，张钦礼讲得最详尽、最系统，也最生动。

经常跟焦裕禄下乡的县委办公室秘书李中修，讲起焦裕禄忍着肝痛，带机关干部查风口、追流沙、辨盐碱，冒雨与赵垛楼大队干部商量涝洼地排水，晚上就着小煤油灯，趴在床沿上彻夜赶写这个七季受灾的重灾队的调查报告，泪水浸透了手绢；卓兴隆回忆焦裕禄肝病日趋严重时，忍着常人难以忍受的痛苦，夜以继日领导兰考人民除"三害"的历历往事，禁不住哽咽失声；赵文选谈起焦裕禄在北京确诊肝癌晚期，仍不断询问，几场大风大雨后，兰考沙区的庄稼打毁了没有？洼地里的秋苗淹了没有？难受得几番语塞；刘俊生讲起自己目睹焦书记抱病履职尽忠为民的种种切切，几近失控，抱头痛哭。命运沉浮中的世态炎凉，走南闯北中的千人千面，赋予了周原敏锐洞察人心和准确辨识人性的眼睛。连日访谈，一种从未有过的感动，照亮了焦裕禄的价值：一个辞世一年半的县委书记，能赢得这么多人从心底淌出的眼泪，其中蕴藏的情感和意义该怎样评估？

采访重大典型，不可不考察主要讲述人。有自己独特验证方法的周原，拉着张钦礼去了一个地方——东坝头旁的张庄村。这里是兰考翻淤压沙创举的开蒙之地，也是焦裕禄和张钦礼尝疾苦、知冷暖、慰民心的联系点。

周原随张钦礼来到张庄，在村头碰到一位老态龙钟的大娘。

"大娘，身子骨还扎实吧？"张钦礼亲热地打招呼说。

"听声音像是张县长吧？来，靠近点，让我摸摸你的脸。"

张钦礼乖乖地俯下身子，像儿子贴在娘的怀里。

"孩子，瘦了，你可别累着。"老人摸着张钦礼的脸说。

这一幕，周原看得鼻子发酸，心里头却热乎乎的。

不料，周原跟张钦礼到群众家吃派饭，进屋却看见桌上有碗热腾腾的鸡汤！周原只觉得血蹿脑门：老百姓饿得肚皮贴着脊梁骨，县领导却到群众家喝鸡汤！你张钦礼是什么人啊！刹那间，耿直倔强的周原，对张钦礼的作风和人品，产生了深深的怀疑。这让他怎么相信张钦礼那十八个小时的讲述啊！他不想再继续采访下去了。

张钦礼看见鸡汤，脸上的笑模样霎时不见踪影，挥手叫人端下。可在场的五位老贫农，谁也不动弹，一个个擦眼抹泪不作声。

一位年长者和着泪水说："老县长在俺村蹲点，和老少爷们一块封沙丘。顿顿和俺们一块吃那外出讨来的'百家饭'。老县长走后，俺们抱头大哭一场，发誓等日子好过了，说什么也要煮只老母鸡给县长补补身子……"

周原胸中的火气消除了，他眼睛有些发涩，心里却踏实了。

张钦礼分明是焦裕禄身边的一杆秤啊！周原从与老书记搁伙计的副书记身上，掂出了焦裕禄的含金量。他急返郑州汇报，恰遇穆青、冯健从西安返回。周原随口抛出几个沉甸甸的例子，焦裕禄有棱有角的形象，便赫然矗立眼前。穆青不禁心向往之。

此行中原，穆青有过采访林县人民在太行山腰开凿红旗渠伟大壮举的打算。周原在兰考的发现，使他看到了那个苦寻无着的瑰宝，正抖落尘埃，静静地躺在大河最后一道弯熠熠闪光。

仿佛一道灵光闪过，穆青迅疾领悟了焦裕禄的典型意义和价值。在共和国刚刚告别饥馑，国民经济尚未恢复，特别是作为国民经济基础的农业还面临严重困难之际，报道不屈不挠同自然灾害作斗争，带领群众恢复振兴农村经济的典型，正当其时。显然，眼下去兰考，比去林县更为必要、更为急切。穆青像一个全局在胸的战役指挥员，下决心调整部署挥师豫东，把兰考作为战役新的突破口。

翌晨，穆青一行乘河南省委常委、省委书记处候补书记、省委秘书长纪登奎派的吉普车，开始了值得青史纪传的豫东之旅。行前，新华社河南分社社长朱波见车小人多，提出周原是否不去了。穆青让朱波坐在前面副驾驶位置，自己和冯健、杨居人、周原四条汉子挤在后面。穆青上车后明确，我们这个采访组，周原是秘书长，到哪里采访，在哪里停，全听周原的。

周原后来说起穆青对他的信任，无限感喟，几近涕零："我很感激穆青。那时我还是右派，虽说摘了帽，在人们心目中仍是右派。他敢重用我，这一点很不简单。在感情上我一辈子也忘不了！"

周原带着吉普车，不到十天跑完了豫东开封、杞县、睢县、宁陵、民权五个县。在宁陵，穆青首次采访了植树模范"老坚决"潘从正。这是在宁陵蹲过点的《人民日报》记者常工给他推荐的典型。但穆青此行关注点并不在此。吉普车从民权掉头向西，直取目的地。

穆青决意毕其功于一役，决胜兰考，实现自己的新闻理想！

四、穆青、冯健、周原泪洒兰考

1965年12月17日上午，穆青、冯健、周原走进兰考县委大院。中国顶级记者的抵达，预示着伟大精神铸造标志性节点的到来。

穆青到兰考那天，适逢寒流来袭，豫东气温下降到零下十一二度。他们下榻的县委招待所，兰考人管那里叫"北京饭店"，可房子四面透风，晨起被子上落了一层沙土，几个人冻得够呛。

再说张钦礼、卓兴隆等人，见穆青等大记者驾到，一则以喜，一则以惧。在兰考，张钦礼算是个见过世面的角儿，此刻心里也不住地打鼓，悄悄把周原拉到一边问："恁多北京来的大记者，咋个讲法？"

"给我咋讲，就给他们咋讲，是啥讲啥，一句不要夸大。"

"讲焦书记还用夸大？"几个人嘟哝着，眼圈不由红了。

正在东坝头附近张庄村采访的刘俊生，接到新华社记者来县采访的电话，急忙赶回县委。他拿出给焦裕禄拍摄的四张照片对记者说，跟焦书记下乡，他都让带上照相机，但他从不允许把镜头对准自己，让多拍群众，鼓舞他们同"三害"斗争的热情。这四张照片，除焦书记手扶梧桐树那张是经他允许拍摄的，其余三张都是趁焦书记不注意时，偷偷拍下来的。

穆青手捧四张照片，仿佛触摸到了逝者依稀尚存的余温。他仔细端详这位比自己小一岁的已故县委书记，清癯的面容，浓密的眉毛，一双深邃而睿智的眼睛，使人总可以读出来自丰富内心世界的热情、坚毅和隐忍。穆青注意到，焦裕禄屈指可数的兰考留影，一个共性特点，就是披着衣服敞着怀！穆青猜想，这大约是焦裕禄经常劳动养成的习惯，也为方便用手按压疼痛肝区的缘故吧！镜头定格的焦裕禄，都在下乡途中和劳动中。这个特定场景，使穆青准确把握了焦裕禄在兰考的位置：他在人民中，他在劳动中。虽素昧平生，阴阳两隔，但穆青感到，自己的心与焦裕禄是相通的。

穆青端详着刘俊生珍藏的焦裕禄的三件遗物，思想的舟楫驶入了情感的好望角。他手抚残破的藤椅，满含痛楚地看着椅靠上的窟窿，想象焦裕禄怎样靠椅子和硬物顶托肝部抑制疼痛；他拿着焦裕禄穿过的旧棉鞋和补丁摞成千层底的袜子，眼前闪现出逝者走过的沙丘、碱窝和河川。鞠躬尽瘁、死而后已的高风亮节，艰苦朴素、克己奉公的革命风范，心系人民、完全彻底的公仆情怀，因把善举和美德刻在百姓心上而虽死犹生的焦裕禄，不正是自己苦寻多年吃的是草、挤出的是奶的"孺子牛"吗？

历史天空中，总有一些名字像星辰在闪烁。穆青主持新华社国内部工作后，一直致力于寻找彰显时代强音、振奋民族精神的英雄。1963年3月14日，他在新华社国内分社电话会议上说："在困难岁月里，中国人民艰苦斗争的顽强意志，不畏艰险的英雄气概，蓬蓬勃勃的革命朝气，是最值得珍视的。这是中国人民宝贵的精神财富，是中国人民的骄傲。反映这种伟大的精神面貌，也就是为了发扬这种精神，继承这种精神财富。不仅用以教育我们这一代，而且要教育我们的子子孙孙，永远保持这种革命品德和革命朝气。"

此后，新华社国内部派几路记者下去"打大老虎"，采写了一些体现时代风貌的典型。但穆青总感到，这些"老虎"级的大典型，虽然抓住了生活主流，发出了时代强音，但毕竟反映的还是一个侧面。那个能够振奋国民精神，使人坐不住起而行的民族脊梁式的英雄，又在哪里呢？千呼万唤始出来，现在，经过深耕实察，一个完满体现共产党人崇高境界和优良品德，较之浴血奋战年代英勇捐躯者毫不逊色的英雄，已经活灵活现立于眼前！

"郡县治，天下安。"善于从政治上权衡取舍题材的穆青想到，中国是个农业国，把全国两千八百多个县委领导班子搞坚强，对于乡村振兴和国家治理，有着不可估量的重大战略意义。这些年，新闻战线成功树立了工人、战士、农民等先进典型，在全国产生了巨大影响。如果党和国家的英雄画廊增添一个优秀县委书记的典型，那将是一件怎样振奋人心的事情啊！焦裕禄既能牢牢站立在党的宗旨的政治制高点上，又能用渗透血肉的真善美影响和感染人民群众，这样顶天立地的县委书记，是属于一个时代、一个国家的。在共和国困厄未消、挑战犹存的年月，在党领导人民咬紧牙关奋力爬坡之际，多么需要宣传这样一心为革命、一心为人民的英雄战士，宣传在严重自然灾害面前，昂首挺胸、巍然屹立的硬骨头精神！

穆青品读焦裕禄的遗照和遗物，定下了一个坚定的决心。

2017年10月10日下午，我同穆青四子穆也平前往北京八达岭穆青次子穆晓方处，寻找穆青的工作资料。层峦耸翠的八达岭山区，秋雨初霁，寒意乍现。我不顾频频揩去清涕的尴尬，在蕴藏丰厚的精神之海游弋，意外发现了刘俊生1998年12月写的《〈县委书记的榜样——焦裕禄〉报道的前前后后》手稿。文中有这样一段记述：

> 1965年12月17日下午，在兰考县委会议室，由张钦礼向穆青、冯健、周原等介绍兰考除"三害"斗争和焦裕禄事迹。他介绍一阵后，指着我说："这位是我们县委的通讯干事，叫刘俊生。他经常跟焦裕禄下乡，前一段，对焦裕禄的事迹，又作了搜集和整理，他掌握的材料比较多，让他汇报一下吧！"

> 当时，我的心情很紧张，也很激动。汇报的重点是焦裕禄的感人事迹。当我汇报到焦裕禄去世后，几十位贫下中农到郑州革命公墓焦裕禄墓旁哭坟时，穆青坐不住了，站起来离开座位，双手插在兜里，低着头，在室内来回踱步，不时掏出手帕擦泪。特别是爱动感情的周原，竟发出了抽泣声……

这天下午介绍后，穆青对随行的记者说："我参加工作二十八年了，没有哭过，这次被焦裕禄事迹感动得流出了眼泪。焦裕禄精神太感人了，这是党的宝贵财富，虽然报道过，还得重新组织报道，报道不出去，就是我们新闻工作者的失职……"

到了开饭时间，工作人员连续催促，穆青声音沙哑地说："不吃了，吃不下去。"在大家极力劝说下，记者们才围到了饭桌旁，多数人没有动筷，便默默离去。

周原随即找到我和张钦礼，转达穆青的意图："原来打算搞的那篇报道不搞了，转入焦裕禄事迹专题采访，今晚要把了解焦裕禄事迹多的人召集起来继续谈。"

当晚，张钦礼、卓兴隆、李中修、张思义、赵文选和我都参加了座谈会。座谈会开始大家都还强作镇静，当诉说焦裕禄事迹时，在场的人全散了架，张钦礼哭，穆青哭，个个都成了泪人，哭声、抽泣声中断了介绍，泪水滴湿了笔记本。座谈会开到半夜，眼泪也流了半夜。穆青擦了擦眼泪说："干脆休会……"

第二天，穆青又召集县直和各公社负责人座谈，继续采访。县委明确我全程陪同，穆青召开座谈会我负责通知，穆青下乡我做向导，穆青找参考资料我去借阅。几天采访，穆青掌握了大量素材，但他还不满足，提出要到最基层亲眼看看治理"三害"的成效究竟怎样，亲耳听听人民群众心目中的焦裕禄究竟怎样。

张钦礼陪穆青察看了焦裕禄带领群众开挖的沟渠、深翻的盐碱地、封闭的沙丘群，访问了几十位基层干部群众，看了群众分的丰收果实，有群众拿出花生果请他们品尝，还在农民家吃了一顿便饭。采访结束后，我们把穆青等记者送到回城路上……

2017年8月6日上午，我冒酷暑赶到刘俊生家。五十年人事倥偬，青葱岁月以"倒金字塔"式讲述把焦裕禄引入周原视野的年轻新闻干事，已垂垂老矣。然这些年，刘俊生笔耕不辍，拾取在焦裕禄身边的往事鳞爪，或形诸笔墨在报刊书籍发布权威信息，或现身荧屏独家阐发对焦裕禄精神的理解。

说到半个世纪前那次意义重大的采访，刘俊生的记忆依然鲜活如初。

很少能有那样真切、那样感人、那样难忘的采访了——

说起已故去一年多的县委书记，人人雨泪，个个啜泣。县长哭，科局长哭，公社书记们哭，机关干部和知情群众似乎哭得更凶。

访谈中，一幅幅感人至深的画面，在穆青眼前交替呈现：

风沙最大的时候，正是焦裕禄骑着自行车，带领风沙调查队查风口、探流沙的时候；雨水最大的时候，也是焦裕禄和他的团队冒雨涉水追寻洪水流向的时候；风雪最大的时候，还是焦裕禄带领机关干部分头走村入户慰问困难群众的时候……

穆青特别欣赏焦裕禄不畏困难、乐观幽默的精神：暮色将临，焦裕禄冒雨赶到金营大队。党支部书记李广志见他浑身淋湿，吃惊地问，下这么大的雨，你是咋来的？焦裕禄晃晃手中的探水木棍笑道，我是坐这条"船"来的！

栩栩如生的画面，令穆青心驰神往。

在县城，穆青请县委负责同志谈，请科局长和公社负责同志谈，请县委机关工作人员谈，整整谈了两个白天和两个晚上。第三天，穆青让周原继续留在县城采访，他和冯健同张钦礼等人，乘车去了焦裕禄生前无数次光顾的东坝头，遍访焦裕禄走过的一些村庄、风口，在茅屋下、田埂旁，同焦裕禄的老农朋友促膝长谈。

在爪营公社张庄，穆青和冯健走进饲养员姬庆云家牛屋，铺上麦秸，扯条招待所带来的被子，和喂牲口的老农打着滚就过了夜。

穆青、冯健与群众交谈，谈一个哭一个，一个比一个哭得厉害。

"焦书记完全是为我们兰考贫下中农累死的！"

"同志啊，我说句迷信话吧，如果能让他多活十年，再领导我们兰考十年，我们就彻底翻身了。"

"如果有可能的话，我愿意把我的寿命折给焦书记十年，我少活十年，让他多活十年，他对兰考老百姓有用处啊！"

"你能不能给上面说说，把焦书记的坟给我们搬回来吧，离我们近一点，我们早早晚晚可以去看看，也好去烧烧纸啊！"

斯人已逝一年零七个月了，远行的孺子牛，仍活在兰考人民心中！

穆青一路感叹着，来到波澜不惊的东坝头。严冬的黄河，浮冰载雪，寂然无声，静谧中愈显浩茫气象。在穆青眼中，塑造中原哺育中华的黄河，是激荡古今、夸耀世界的民族精神谱和国家文化志，而阅尽风涛、饱经忧患的东坝头，则是内蕴无穷、品读不尽的一部大书。新中国百废待兴之际，毛泽东在这里提出了治国安澜的大课题，在党和国家不懈探索、统筹治理中，焦裕禄不负领袖教诲和党的重托，立足一县一域，出色实施了除"三害"这一治黄配套工程，在没有战争的年月，以不逊于战争年月的牺牲，为执政的中国共产党争得了荣誉。非亲非故的普通群众，愿折己寿续他命，人民的口碑和挚爱，是给拼将全力为百姓谋福祉的人民公仆的最高奖赏啊！

东坝头附近的张庄，淤泥封住的大沙丘"九米九"上面栽植着茂密的刺槐林。看林老汉赵发财告诉穆青，这一带清朝时是黄河故道，附近原先有个彭庄给风沙埋掉了。赵发财爷爷一辈子就想发财，结果穷死了；父亲也想发财，还图吉利给他起名叫发财，可总也发不了财。后来来了焦书记，领着大伙儿封沙植树，挖井开河，还种果树、建果园，现在真的要发财了。

张庄是焦裕禄和张钦礼在群众心中扎根的地方，封沙压碱的时候，张钦礼就曾脱光了膀子，和群众一起抬土拉泥。穆青住过的房东姬庆云老人，特地找到张钦礼，说啥也要张钦礼和客人到家吃顿饭。

张钦礼故意问："为啥非要去你家吃饭呢？"

老人摇头叹息，不堪回首说道："过去你到俺家吃饭，俺得打发孩子出去要饭，才能管你顿饭。现在你到家看看俺吃的啥吧！"

穆青听了不禁一怔。一问，原来，张钦礼过去到姬庆云家吃派饭，发现饭里有红薯块、萝卜头、菜叶子……遂心生疑窦，问房东家小女孩："你家的饭里为啥掺和了这么多东西？"

女孩实话实说："这是俺跑老远的路，从好几家要来的。"

张钦礼的心猛地一缩，端碗的手一哆嗦，把饭碗搁在桌子上了。

村里四邻八舍闻听此事，一个个捶胸顿足。县领导没白没黑领着治沙，咱却连顿饭都管不起，怎么对得起这些把心掏出来交给百姓的好官！大伙儿发誓，等日子过好了，一定管他们吃顿好饭！

"县领导到群众家吃的派饭，竟是讨来的'百家饭'！"穆青从张钦礼吃派饭的心酸往事，体味到多年来兰考干部群众生活的困苦。近朱者赤。穆青透过焦裕禄副手的人品官德，看到了焦裕禄当年怎样带领县委一班人，与群众一块苦、一块干、一块过。

穆青跟张钦礼来到姬庆云家。老人叨念着焦裕禄、张钦礼领他们封沙育林拔穷根，使群众过上了好日子，和家人忙着蒸馍，煮芋头，炒鸡蛋，炸花生米，还买了白糖，非要让他们吃顿饱饭不可。

穆青的张庄之行，是一次独辟蹊径的深度采访，也是对焦裕禄及兰考县委班子的一次真实考察。追根溯源的抠底把脉，资深记者获得了采写重大典型最重要的底气。

在堌阳公社牛场村，老实巴交的孔令换对穆青、冯健说，当年家里没钱买统销粮，老婆生孩子后两三天没吃东西，央求他买点红糖冲碗水喝好下奶。他攥着家里仅有的两毛钱跑到供销社，谁知糖一斤一包不零卖。血气方刚的汉子双手抱头流了泪。在场的焦裕禄震动之余，买了两斤红糖，扯了五尺布，到孔令换家看望，还交代堌阳公社救济孔令换家几十元钱，保证了母子平安。两位记者听到了孔令换发自心坎的声音："焦书记真比亲爹还亲啊！"

在场的七十多岁的老人秦有礼，面对穆青、冯健连声叹息："焦书记真是咱庄稼人的贴心人啊！可惜好人不长寿，他怎么早早地就去世了呢？要能顶替的话，我情愿替他去死……"

又是一位心甘情愿替焦裕禄去死的百姓！世间还有什么东西能比人的生命更宝贵呢？这是多大的功德！多深的感情！

城关公社韩村生产队副队长孙少甫说，自己常年干重活，穿鞋费，常打赤脚。焦裕禄把他领到家里，指着窗台上晒的几双鞋说："你挑吧，哪双合适就穿哪双。"孙少甫挑了一双黄军鞋。打那以后，孙少甫记住了焦裕禄的好，几天不见就想得慌。焦裕禄惦着长年打赤脚的乡亲，让县供销社到县直机关和企事业单位，把人们不穿的旧鞋搜集起来，共收了两千多双，洗净补好送到乡下，几分钱一双卖给农民。有的人实在没钱，就拣双合脚的穿走。

穆青、冯健了解到，焦裕禄病重入院的消息传开后，他曾解衣推食倾情救助的百姓，纷纷涌进县委大院，争着要去医院看望他。县委领导出面劝说人们也不听，东村的刚走，西庄的又来了，泪水再度打湿了采访本。访谈干

273

部群众几十人，焦裕禄的形象开始变得有血有肉、立体饱满起来。

焦裕禄那些形象深刻、富于哲理的语言，使穆青、冯健如获至宝，抄在采访本上，反复品味。"干部不领，水牛掉井""吃别人嚼过的馍没味道""榜样的力量是无穷的""没有抗灾的干部，就没有抗灾的群众"……他们从这些凝聚着经验、智慧和品格的话语中，看到了一个优秀领导干部的先锋作用、艰苦作风和科学方法。

穆青认为，真实是新闻的生命。他说："人物通讯决不可有任何虚构。一篇人物通讯，哪怕只有很微小的一点虚构，其后果将是灾难性的。"

当人们讲到，焦裕禄在城北黄河故道南坡帮拉车人推车，穆青就找参加推车的曹庆端印证此事并询问细节。有人谈到，焦裕禄下乡听汇报做记录，因肝痛钢笔掉在地上。穆青便问，当时谁在场看到了？在什么地方？笔掉了以后，焦裕禄是什么表情？

采访中，穆青激动得难以自持的是，李中修讲到大雪封门之际，焦裕禄忍着肝痛，粒米未沾，滴水未进，一连转了九个村子。当走进城关公社梁孙庄梁俊才家时，病卧在床的老人问他，你是谁？大冷天来做什么？焦裕禄说，我是您的儿子！是毛主席叫我来看您的！

"我是您的儿子！"焦裕禄滚烫的话语，像雾海中闪亮的一盏灯塔，把穆青骏马驰骋般的思想照亮了、理清了，冰清玉润的赤诚剖白，又像天外响起的一声长笛，把穆青灵魂深处最真挚的情感唤醒了、激活了。

"一个县委书记，与老百姓的关系亲密到这种程度……"

穆青掏出手绢擦着眼泪，心中涌起一种难以名状的情感。他不禁忆起抗战胜利后，自己亲身经历的一件永生难忘的事——

1945年年底，穆青随新华社挺进东北先遣小分队赴辽西，在没膝深的雪地行军，靴子和裤子冻成了冰疙瘩，双腿失去了知觉。晚上，小分队宿营后，穆青急于脱脚上的靴子，不料靴子和腿已冻在一起，怎么也脱不下来。房东老汉急忙告诉他："你的腿脚已和靴子冻在一起，硬脱会把皮肉撕下来，也不能用热水泡，否则肉会烂掉，腿脚也保不住。"老汉端来一盆冷水，把穆青的脚和靴子浸在水中，待冰融化后，小心拽下靴子，解开自己的棉袄，把穆青冰凉的双脚塞进怀里，用手慢慢揉搓和按摩，直至穆青双脚发痛发热，恢复知觉。那个夜晚，老汉温煦的胸膛暖彻穆青心怀，看着昏暗油灯下慈祥的老人，他想到了远在千里的父母，热泪夺眶而出……

穆青七十九岁那年，在散文《从延安到东北》中深情写道：

> 多少年过去了，这个雪原上的小屋，这个如慈父般的老人，一直深深印在我的脑海里，我常常告诫自己，你的双腿甚至生命都是老百姓保护下来的，今生今世，无论任何时候都不能忘记他们。

穿过炮火硝烟，走遍大江南北，源于雪原小屋的圣洁情感，在穆青心中积淀成一个不可移易的信念：勿忘人民！

这是穆青最喜欢写的四个字，也是他笔耕一生的信条。

焦裕禄的心声，引发了穆青对烽火岁月党同人民血浓于水深情的追忆。患难见真情，烈火识真金。在衣食紧缺的艰难时光，革命战争年代为党和国家毁家纾难的人民，依然不失爱国如家的拳拳之心！

采访中有个干部告诉穆青，在断粮最严重的时刻，老百姓饿得晕在家里，而周围就是国家的粮库，但他们宁愿饿死在床上，也没有一个人动国家一粒粮食。第二年收成好了，有个老大娘用手巾兜着一点粮食要去交公粮，粮库不收，老大娘就哀求说，这些年，俺一碗端了好几个省的粮食。今年俺有了收成，就让俺这点儿不起眼的粮食，跟国家的粮食掺和掺和吧！

在血火交迸岁月远去十几年后的今天，焦裕禄重又演绎了革命战争年代共产党人舍身为民的感人一幕，人民群众还像当年那样热爱我们的党。这种重于山、深于海的真情，多么宝贵，又多么令人欣喜！党群之间这种金子般的情谊，不正是吾党长兴、江山永固的命脉与根基吗！

心系人民，勿忘根本，是人民这个凝结共产党人使命与情感的契合点，使穆青与焦裕禄生死融通，心心相印。

穆青说，我和焦裕禄心灵相通，就在"人民的儿子"上。那时，穆青或许还没有意识到，当他决意再现焦裕禄惊天地、泣鬼神的英雄事迹时，中国共产党人一次具有划时代意义的伟大精神铸造，已经悄然掀开新篇。穆青等人在奋力开掘焦裕禄精神之际，不经意间也把自己的名字写入了历史。

夜幕降临，寒气愈加逼人。当赵文选讲到焦裕禄临终前向组织提出，死后把自己运回兰考，埋在沙丘上，活着没有治好沙丘，死了也要看着你们把沙丘治好时，全屋人都呜咽失声。素有"激情社长"美誉的穆青，胸中炽热的情感，终于被焦裕禄神奇引信般的遗言引爆了。他冲着推门而入的周原劈头吼道："写！现在就写！立即写出来！"

"谁写？"

"你写！"

"不等迁坟了？"

"不等了，马上写！"

"怎么写？"

"就原原本本地写！"

穆青激情似火，意犹未尽："像焦裕禄这样全心全意为人民服务的县委书记，群众这么热爱他、怀念他，是很少见的。他身上体现了共产党人的全部优秀品质，共产党员应该做到的，他全做到了。我们一定要把他写出来！不写出来，就对不起人民！"

五、开封交际处的灯火

在兰考采访的日子里，穆青一行与人们说起焦裕禄，立刻会引来一串感人至深的故事，随之就是记者与访谈者交互感染的涌泉般的眼泪。采访愈深入，穆青、冯健、周原哭得便愈厉害，甚至到了吃不下饭、睡不着觉的地步。载着丰富情感、淌自心底的泪水，似乎与年龄、阅历正相关。穆青成了几位记者中流泪最多的人。

焦裕禄感人事迹震撼力和冲击力之强，穆青面对焦裕禄这一道德和人格至尊情感之脆弱，使他都没有勇气去见照理说此行必访的徐俊雅。用穆青自己的话说，他不敢去。一方面，穆青不忍在徐俊雅心头结痂处再揭创口，怕她过于难过；另一方面，穆青觉得自己难以承受直面焦裕禄风雨同舟伴侣时，感情冲击波的撞击。鉴于焦裕禄战斗生活的兰考引发的汹涌情感，短期内已使他们无法理智驾驭思维之舟，穆青决定移师离兰考较近的开封，在那里写出焦裕禄通讯初稿。

1965年12月21日中午，穆青一行在爪营公社张庄村吃过饭，张钦礼和刘俊生沿黄河大堤把穆青等人送到前往开封的公路上。

当日傍晚，穆青一行住进开封交际处。

1954年10月，河南省省会由开封西迁郑州前，这栋古建风格的宾舍，主要用于接待援助中国重点建设项目的苏联专家。交际处东邻，便是名冠中国古代寺院之首的大相国寺。相国寺旧址原是战国时信陵君宅邸，唐代重建时，极重佛教的唐睿宗御笔亲书"大相国寺"。北宋年间，处于鼎盛时期的大相国寺，以皇家寺院的显赫地位雄踞天下，是世界最大佛教活动中心。寺内种菜小厮鲁智深，曾在这香火鼎盛、梵音低唱的禅宗圣地，演绎过倒拔垂杨柳的骇世壮举。那时，穆青和同行眼里，始终晃着穿鸡心领毛衣的焦裕禄敞怀叉腰的影子，哪有什么闲情逸致到汴京名寺发思古之幽情！当晚，穆青等人就开始讨论稿子怎么写。材料太丰富，事迹也太感人，但一进入谋篇布局阶段，几个人眼前就像卧着三只斑斓猛虎，令他们无法坦然前行。

第一只虎是，没有新闻由头的"冷饭"怎么炒？

穆青在郑州看过周原找来的有关焦裕禄的报道，即1964年11月《人民日报》刊登新华社播发的人物消息，以及《河南日报》刊登新华社通稿时配发的社论。搞新闻忌讳"炒冷饭"。焦裕禄去世已一年零七个月时间了，现在报道这位已故县委书记，似缺乏新闻由头。

走出兰考的情感漩涡，来到乡情和童趣记忆无处不在的汴梁古城，思想上素来绝少拘束的穆青，心绪犹如空谷中一泓幽静的积水，沉潜、深邃、安详。他对这个技术性障碍看得很淡，说："管他有没有新闻由头，事情太感人了，这就是新闻。"

第二只虎更令人小觑不得，那就是稿子中写不写自然灾害？

这个今天看来不成问题的问题，当时却令几位业界名宿左右为难。那个年代，新闻报道和文艺创作要求正面宣传，通过展示光明给人民以信心和力量，不能写阴暗面给社会主义抹黑。殷鉴不远，自1957年"反右"和1959

年"反右倾"以来，新闻界多有因报道灾情和人民痛苦而触霉头者。新华社杜导正、纪希晨等九名记者，因发表对"三面红旗"的看法而受到批判，其中七人受到处分，直到1961年才得以平反。更令人心悸的是，功高勋重的彭德怀元帅，因直谏"大跃进"的问题，成为"庐山反党俱乐部"头面人物而罹难。但萦绕穆青心中的却是恩格斯的名言：现实主义文学除细节的真实以外，还要再现典型环境中的典型人物。严重自然灾害是兰考典型环境的底色。不写灾情，怎么营造塑造典型人物焦裕禄必需的典型环境？

穆青的政治水平与担当，正面临从业以来最严重的考验。

夜阑人静，穆青回顾兰考见闻，感到焦裕禄遇到的困难，既非常典型，又是中国农村普遍存在的。那些因为黄河千百年来频频泛滥带来的"三害"，特别是他们实地了解的历史上沙进村没、沙飞人亡的惨剧，以及兰考百姓年复一年冬出夏归大面积逃荒要饭，都是确凿存在的事实啊！品读焦裕禄在兰考的全部奋斗，差不多都与内涝、风沙、盐碱严重自然灾害紧密相连。不写疾风，遑论劲草；不写灾荒，哪来的焦裕禄！他们认真研究中央的宣传口径，鉴于全国经济已开始复苏，对三年困难时期一个县的灾情是可以公开报道的。况且，面对严重灾情，焦裕禄带领干部群众同"三害"展开了不屈不挠的斗争，这个主题是积极的。穆青深思熟虑后作出决断："写！"同时要求注意把握，写灾立足于抗灾，写穷立足于治穷。

第三只虎威胁似乎更大，那就是写不写阶级斗争？

穆青作为政治家一级的国家通讯社领导和大记者，当然知道这个敏感问题的分量。1962年8月中央北戴河会议重提阶级斗争，9月召开的党的八届十中全会提出，在无产阶级革命和无产阶级专政的整个历史时期，在由资本主义过渡到共产主义的整个历史时期（这个时期需要几十年，甚至更多的时间），存在着无产阶级和资产阶级之间的阶级斗争，存在着社会主义和资本主义这两条道路的斗争。这种阶级斗争是错综复杂的，有时甚至是很激烈的。在中央强调阶级斗争必须年年讲、月月讲、天天讲和以阶级斗争为纲的形势下，不写阶级斗争，的确要冒很大政治风险。

穆青冷静分析后认为，兰考面临的主要矛盾，是坐等饿毙还是奋起抗灾自救。他不能忘却"大跃进"年代报纸跟风逐潮助长浮夸风的惨痛教训，那是烙在人民记者心头永远的痛。既然重灾区的阶级斗争并不突出，怎么能为跟形势臆造子虚乌有的主题呢？他以超越时代局限的勇气毅然拍板："兰考阶级斗争不突出，我们不写！"

事非经过不知难。其实，穆青心中承受的压力，是局外人难以想象的。艰难中作出正确抉择，定盘星是源自清凉山的实事求是精神。

1943年7月，在中央总学委副主任、中央社会部部长康生主导下，延安审干运动变成了"抢救运动"，半月时间挖出特嫌分子一千四百人。"抢救运动"野火般四处蔓延，《解放日报》大部分人都受到审查，一位科长因逼、供、信，愤而刎颈自杀。

一天，穆青到枣园采写毛泽东接见一位劳模的新闻。穆青赶到时，劳模还未到，毛泽东已在窑洞前的院子里等候了。

毛泽东和蔼地笑着，问穆青叫什么名字。穆青回答后，毛泽东问，是不是"左为昭，右为穆"那个穆，青春的青？看到穆青不住地点头，毛泽东又说："我们党内有一个与你同名同姓的同志，他从广州去法国勤工俭学，回国后不久就被国民党杀害了，他是一个很好的同志。"

沉默片刻后，毛泽东又问："穆青，你是哪里人？"

"报告主席，我是河南杞县人。"穆青以战士的口吻回答。

穆青的籍贯，触动了毛泽东对中原厚重历史的情思。他不无幽默地说："那是古杞国，杞人忧天的地方。穆青，你忧天吗？"

穆青乐了，率真回答："主席，我不忧天。"

毛泽东问过报社的伙食情况，接着又问："报社整风运动搞得怎么样，审查了多少人？"

穆青脱口说道："百分之七八十的人都受到了审查！"

毛泽东愕然："有那么多人受到审查？"

"真有那么多！我们采访部十七八个人，只有三四个人未被审查。"领袖的平易近人，使穆青勇气倍增，憋在心里的话一泻而出："主席，我也不相信会有那么多特务。我有个同学，在河南开封时，我们就一起搞救亡运动，后来到延安又一道上'鲁艺'，一道在报社工作，怎么一下子变成了特务？"看到毛泽东鼓励的眼神，穆青继续畅言所思所想："延安是进步青年向往的地方，那么多人从全国各地汇集到延安，主要是投奔党和参加革命的。当然可能混进了个别坏人，但大多数人可能没什么问题。"

毛泽东赞同说："如果大多数人都不可靠，共产党还有什么伟大可言？革命还有什么凝聚力？整顿党的作风，同时审查一下每个人的历史这是可以的，但不能扩大化，更不能搞逼、供、信。现在已有不少同志向中央反映这一问题。我说搞错了，要平反；戴错了帽子，要把帽子摘下来，要脱帽鞠躬。你回去跟博古同志讲一下，搞错了的，一定要平反，要赔礼道歉。"

毛泽东接见劳模后留他们吃饭，并频频给劳模和穆青夹菜。

回到报社，穆青把毛泽东谈话的主要精神，向博古秘书和报社采访通讯部裴孟飞部长作了报告。不久，报社传达了毛泽东在党内的重要讲话精神，要求正确看待投奔延安的青年和知识分子，干部审查不能扩大化，对搞错了的同志要脱帽鞠躬。

穆青在枣园亲聆毛泽东谈话，心中扎下了实事求是的根子。

1957年反右，上海分社社长穆青不违心迎合，不看领导眼色，未在分社打一个右派，还解脱了鸣放中被诬为"三角鼎"的三位记者。风暴旋涡中安然无恙的上海分社，与打了七十多个右派的沪上新闻单位形成鲜明对比。上海市委第一书记柯庆施，就上海分社"反右"问题找穆青谈话。他未作任何传达，独自承担消化压力。那一年，新华总社划了八十三个右派，二十九个分社中二十七个划有右派，唯独上海分社和山西分社没有右派。

历经近二十年浸润滋养，实事求是精神已化为一种新闻良心。

在纷繁万象的生活中抓住了对的题材，还要在排除干扰消解矛盾中下一个对的决心。今天，站在历史的高峰回首五十多年前汴梁那个冬夜，穆青确定焦裕禄通讯不以阶级斗争为主题，其意义怎么估计都不过分。

党的八届十中全会强调以阶级斗争为纲，焦裕禄作为县委书记，不可能不抓阶级斗争。从兰考馆存资料看，焦裕禄确实也组织了阶级斗争典型事例分析，举办了旨在反对"和平演变"的阶级教育展览。但面对那么多群众日夜在死亡线上挣扎的严峻局面，焦裕禄的工作重心和主要精力，还是放在治理"三害"、恢复生产、救助安顿困难和外流群众上。焦裕禄能够这样做，得益于纠正1959年"反右倾"错误后，河南省委、开封地委也都秉持这一理念，有适宜的小环境。穆青确定不以阶级斗争，而是以治理"三害"等矛盾为主线来写焦裕禄，不仅抓住了焦裕禄典型的本质，准确反映了兰考现实，而且客观上超越时代局限赋予作品恒久的生命力，为焦裕禄精神铸造奠定了坚实宽广的基础。

周原后来讲到，没有穆青参加，焦裕禄这篇稿子是发不出来的。他所处的地位和自身的责任，决定了他要担当很多东西。

在确定焦裕禄典型主题时，穆青想到，毛主席在西柏坡时，为什么把总参谋部和新华社放在身边，由中央直接掌握这一文一武两个部门？就是因为它们太重要了。战争年代报纸出版发行很困难，就靠通讯社和广播传播信息，推动全国工作。那时候，新华社起着向全国大进军吹冲锋号的作用，是对敌斗争的重要武器，也是党联系群众非常直接的桥梁。现在，三年困难时期造成的创伤尚未平复，但调整中的国民经济向好趋势已经开始显现，是吹冲锋号的时候了！

决心下定以后，穆青开始摆兵布将，分派任务：周原写焦裕禄通讯初稿，冯健写豫东抗灾风貌通讯《劲草迎风》，新华社新闻研究所杨居人写社论，新华社河南分社社长朱波写短评。

古城开封的夜色，是凝重的。周原在桌前摊开稿纸，两赴兰考采访的情感喷涌、碰撞、沉淀、升华，继而化为鲜明的思想红线和生动的人物形象。于是，追洪水、查风口、探流沙归来的焦裕禄，风尘仆仆站在自己眼前，众多说不尽、道不完焦裕禄与他们骨肉亲情的兰考乡亲，声泪俱下站在自己的眼前。那些感心动耳又令人唏嘘不已的兰考故事，像汪洋恣肆的江河湖海，奔来眼底又注于襟怀，几经撞击回旋，终于化作涓涓细流，从他的笔尖一泻而出。黛夜走笔，周原伏案疾书，泪水常常不由自主打湿了稿纸。

这一天，开封交际处二楼的五个房间，灯火彻夜通明。

穆青姐姐穆镜涵，在《忆我亲爱的弟弟穆青》一文，追述了穆青等人当年开封写作的经过：

1965年年底，穆青突然到开封看我。我问他有什么事，怎么事先也不写个信来？他说，他到兰考去采访，顺便来看看我。我问他，去兰考采访什么？他说，听说焦裕禄的事迹很感人，想亲自去看看，马上就下去。几天以后，他在开封宾馆给我打电话，约我去吃饭。饭前，他将采访焦裕禄的情况大致和我说了一遍，我被感动得流了泪，他也几次说不下去。我对穆青说，你们干脆就在开封写吧。一是离地委近，二是咱俩可以多说说话，这个机会难得，我也可以每天给你们送夜餐。他说，好，就在这里写。他和冯健、周原合作的焦裕禄那篇报道，初稿就是在开封写成的。

张严平的《穆青传》，为当年开封交际处的挑灯夜战存照：

穆青不停地在几个房间走动，像个"监工"。半夜他走进周原的房间，看到稿纸上有一句话："他心里装着全体兰考人民，唯独没有他自己"，不禁击掌叫绝："好！这样的话多来几句！"

后半夜，穆青见他们四个人写得正酣，便在自己的屋里埋头记日记。这已是他多年的习惯了。在这一天的日记中，他一边流泪一边记下采访焦裕禄这些日子的种种印象、感受。这些文字有的后来就用进了那篇通讯中。"文革"抄家时，他所有的采访资料几乎丧失殆尽，一天他偶然从儿子的课本堆中发现了这本日记，上面斑斑泪痕依稀可见。这期间有一个小插曲。家住开封的穆青的大姐穆镜涵得知弟弟来此地写稿，便到宾馆看他。只见弟弟双目红肿，两颊塌陷，站在那里一动，挽着的裤腿上沙土直往下掉。她心疼得不得了。再看看一行人个个都一样。那时候宾馆伙食清汤寡水，于是她回家烙了饼，又在街上买了一只烧鸡，送到宾馆给他们当夜宵。"文革"中这成为穆青的一条罪状，说他带着一群记者住高级宾馆吃烧鸡，大吃大喝。此辱令穆青恶心了很久。这是后话。一天一夜没有停笔，一万二千字的初稿，周原挥泪一气呵成。

1965年12月26日上午，穆青一行赶到河南省委第二招待所，周原回家改稿。下午四时，穆青向省委第一书记刘建勋作了汇报。

刘建勋是河北沧县人，革命战争年代任太行第二地委书记兼军分区政委，南下时任人民解放军第十二纵队政治委员，新中国成立后任湖北省委第二书记、中共中央农村工作部副部长、广西壮族自治区区委第一书记兼广西军区政委、中共中央中南局书记处书记等职。在新中国成立初期的"封疆大吏"中，刘建勋青年时代即出类拔萃，1949年不满三十六岁开始辅佐李先念主政湖北，困厄年代屡屡扮演"救火队长"的角色。1957年广西饿死了人，刘建勋受命赴桂履新，到任后深入调查，调整政策，允许农民耕种房前屋后土地，稳住了大局。毛泽东说，刘建勋有文有武，是一个会下残棋的人。1961年5月下旬至6月中旬，刘建勋在北京参加中央工作会议，一天夜间已服安眠药在北京饭店睡下，突然被电话铃声惊醒，于是应召赴中南海面见毛泽东。第二天，刘建勋对身边工作人员说，主席、中央决定派我去河南，你先跟我直接去郑州吧！中共中央总书记邓小平找他谈话时说，建勋啊，你命苦，1957年广西出了问题，饿死人，要你去，现在河南饿死人，又得你去！刘建勋治豫善抓短板，始终关注全省二十五个灾区县，而重灾县中的重灾县兰考，又时时牵动着他的心。正是在兰考艰难奋起中，他更加全面地认识了焦裕禄这个在洛矿即给他留下良好印象的干部。

穆青给刘建勋汇报了采访情况，周原读了焦裕禄通讯初稿。刘建勋深知焦裕禄在兰考救灾中的关键作用。焦裕禄入院时他亲自看望，下葬时亲临追悼，足见垂爱。穆青他们获得了最宝贵的支持——刘建勋的表态。

张严平在《穆青传》中写道："他不是一个完人，最具魅力的一面隐含着他的弱处。当他至性至情的时候，便也有顾及不到的地方。"

发现焦裕禄已逸出常规，没有哪一级党委正式推荐过；宣传焦裕禄也打破了常规。完全沉浸在焦裕禄精神世界的穆青，来不及走程序去开封、兰考征求意见，当晚就和冯健携稿返京。

攻坚突破后，穆青的视线开始延伸。虽然他尚未意识到，豫东兰考不寻常的发现，将会给党和国家带来怎样的改变，但他清楚地知道，在北京和新华社大本营，有更重要的事情等着他去协调。

六、吴冷西力挺穆青秉笔直书

1965年12月27日上午，穆青回京顾不上休息，就赶到王府井人民日报社，向报社总编辑兼新华社社长吴冷西汇报。

吴冷西是中国共产党新闻事业的奠基人之一，1919年12月生于广东新会县。少年时，吴冷西在广州读中学，1937年赴延安入抗大，次年加入中国共产党。1938年6月，吴冷西到延安马列学院任研究员，1939年调中共中央宣传部，任编审员和党中央机关刊物《解放》编辑。1940年，毛泽东指名调吴冷西到身边编辑《时事丛书》。1941年9月，吴冷西调中共中央机关报《解放日报》，开启了长达六十多年的报人生涯。1946年5月，《解放日报》与新华社合并，吴冷西负责新华社国内部工作。1949年2月，吴冷西随中央机关进京，任新华社总社副总编辑，同年10月成为新中国第一位新华社总编辑。1951年12月，吴冷西任新华社社长。1957年6月，吴冷西任《人民日报》总编辑兼新华社社长。

穆青与吴冷西的友谊始于延安清凉山。1942年7月，吴冷西在《解放日报》新闻部当编辑，穆青在《解放日报》通采部当记者，两人隔一个窑洞办公。在穆青心目中，勤学苦干的吴冷西，颇受领导器重和同仁尊敬。1944年，陕甘宁边区召开劳动模范大会，吴冷西作为中直机关推荐的劳动模范，光荣出席了这次大会。

抗战胜利后，穆青调往东北，吴冷西则留在新华社总社。1949年4月，穆青从《东北日报》调任新华社特派记者，与已任新华社副社长兼总编辑的吴冷西重逢。延安一别，转瞬数年；京华聚首，故友情深。阔别近四年，两人像是有说不完的话。谈到穆青1948年10月写的《一枪未放的胜利》，吴冷西兴奋之情溢于言表："你那篇解放长春的通讯，写得很好，是我改了题目亲手编发的。"得知穆青将随四野南下，吴冷西热情鼓励他说："这是一次有重大历史意义的采访，希望你继续努力，报道好解放全国的最后一战。"

四野南下势如破竹，一直把红旗插上海南岛。穆青也不负厚望，南下途中佳作频传,从5月到12月,先后发表了《狂欢之夜——长沙市民欢迎解放军入城速写》《记湖南的和平解放》《衡宝之战》等几十篇通讯特写,汇集成《南征散记》出版。

1950年7月,穆青从前线回到北京,任新华社编委、农村编辑组组长。此后不久,吴冷西主持新华社工作。穆青在吴冷西直接领导下工作,1950年冬出任新华社华东总分社第一副社长,主持工作;华东总分社撤销后,穆青任新华社上海分社社长。

穆青起初对到上海工作惴怵不前,表示对这一任命实在不敢接受,主要是对上海这个"十里洋场"太不熟悉,担心情况复杂应付不了。

吴冷西说,去吧,你需要在这种环境多加锻炼,经受摔打。

虽经点拨,穆青赴沪仍惴惴不安。及至真的置身"十里洋场",在根据地和解放区如鱼得水的穆青,与上海同仁黾勉苦辛,朝乾夕惕,居然使上海分社景色日新。1956年,吴冷西听取穆青工作汇报后,派人帮助他们总结经验在全国推广。一时间,新华社上下掀起学习上海经验的热潮。

漫漫二十余年,穆青在吴冷西领导下,工作一直很愉快。

眼下,在举足轻重的焦裕禄报道关键问题亟须定夺的节骨眼儿上,在穆青职业生涯的重要关头,爱将走进了主帅的办公室。穆青从来没有像今天这样,需要吴冷西的鼎力支持与帮助。

不巧的是,那天吴冷西很忙。听到穆青提出汇报兰考采访情况,他没有表现出穆青期待的关注,嘴里只蹦出俩字:"没空。"

"我只要半个小时。"穆青的请求急迫而恳切,不待吴冷西表态,硬是像打楔子一样,从他已排满的日程中挤了进去,专拣干货讲,以过去少见的快语速,即席汇报了半个小时。

吴冷西从穆青速射炮一样密集的信息轰炸中,迅速作出了判断:焦裕禄是一个独具特色十分难得的重大典型。吴冷西显然已经意识到了穆青向他汇报的用意所在:从前方回来的新华社首席记者,请社长在报道的主题和文中涉及的敏感问题上把关定向。

吴冷西追随领袖多年,纵览风云无数,是何等敏锐人物!

焦裕禄通讯能不能写真实的灾情?可不可以不写兰考客观上表现并不突

出的阶级斗争？穆青汇报中提出的两个十分尖锐的问题，实际上涉及要不要坚持党的实事求是的思想路线，触及1958年"大跃进"以来，党报在新闻宣传中极为深刻的经验教训。

1957年6月1日，毛泽东找新华社社长吴冷西谈话，告诉他中央再三研究，希望吴冷西到人民日报社去工作，加强那里的领导力量。吴冷西说，自己最近十多年来一直搞新闻工作，没有搞理论，对学术问题、文艺问题懂得更少，不适宜到《人民日报》去。毛泽东给吴冷西十天时间考虑。十天后，吴冷西仍表示自己不愿意到《人民日报》，但愿意服从中央的决定。毛泽东要他先到《人民日报》做胡乔木的助手，工作一段时间后，中央将正式宣布他任《人民日报》总编辑，同时兼任新华社社长，把两个单位的宣传统一起来。毛泽东郑重告诫吴冷西，要有"五不怕"（即不怕撤职，不怕开除党籍，不怕老婆离婚，不怕坐牢，不怕杀头）的精神准备，敢于实事求是，敢于坚持真理。从1956年到1966年年初，吴冷西列席了这十年间党中央的许多重要会议，很多时候毛泽东都让吴冷西列席中央政治局常委会议。

吴冷西忆起，1958年6月，随着农业、钢铁、煤炭生产相继放卫星，"大跃进"形成高潮，浮夸风四处泛滥。《人民日报》和新华社的宣传，开始还比较谨慎，之后也随了大流，客观上对于助长浮夸风和共产风，起到了推波助澜的作用。有鉴于此，毛泽东提出，现在报纸宣传报道上要调整一下，不要尽唱高调，要压缩空气，这不是泼冷水，而是不要鼓吹不切实际的高指标，要大家按实际条件办事，提口号、定指标要留有余地。

1958年11月22日晚，毛泽东与吴冷西、田家英谈话说，办报的、做记者的，凡事要有分析，要采取实事求是的态度。做新闻宣传工作的，记者和编辑，看问题要全面。要看到正面，又要看到侧面。要看到主要方面，又要看到次要方面。要看到成绩，又要看到缺点。这叫作辩证法，两点论。现在有一种不好的风气，就是不让讲缺点，不让讲怪话，不让讲坏话。任何事情都有两面性。好的事情不是一切都好，也还有坏的一面，反之，坏的事情不是一切都坏，也还有好的一面，只不过主次不同罢了。

新闻宣传经验教训的比较鉴别，从正反两个方面，把实事求是的思想深深揳入吴冷西心中。任何时候，新闻宣传都要忠实于客观存在的事实，都要从本质上反映事物的本来面目！吴冷西同意焦裕禄通讯中如实适度反映兰考灾情，也不必迎合宣传主调写阶级斗争。当然，事关重大，他打算向中央请示。当吴冷西听到焦裕禄事迹动情处，身不由己站起来说："写！发！"

吴冷西鼓励穆青把稿子写好，同时先在新华社内部作个报告。

周原后来慨言："没有穆青，焦裕禄这篇东西写不出来。首先是敢于突破禁区。没有人敢写饥饿逃荒。这是一大突破；敢于不强加阶级斗争，这又是一大突破。这要有政治胆略，从政治上高屋建瓴，驾驭这个题材。"

穆青在稿件立意定向上的担当，有吴冷西坚强臂膀的支撑。

当日，穆青在周原用新华社竖格稿纸写的初稿上批示："打清样八份，望尽快打出。"有吴冷西支持，穆青底气充盈，轻松笃定的批示透着几分急切。他嘱冯健待清样打出后，发新华社国内部有关同志征求意见，然后先动手修改，自己则专心准备焦裕禄事迹报告。

穆青走进青砖青瓦的新华社礼堂作报告，新年度的日历已翻开有日。民国初年，宣武门西大街因建有"国会议会大厦"，俗称"国会街"，新华社礼堂这座民国建筑亦因此有"国会议场"之说。1923年9月，直系军阀曹锟以五千元一张选票收买国会议员，以四十万元收买国会议长当上"贿选总统"的丑剧，就在此上演。

在这所记录民国历史的礼堂，穆青作过、听过无数次报告。这次报告则与以往不同。焦裕禄扣人心弦的事迹，迅速降低了听众泪点，开讲不久，情感海啸就突如其来，风起水涌，顷刻淹没了礼堂。穆青在台上讲得泣下沾襟，员工在台下听得一片抽噎。这是礼堂移主新华社以来，从未出现的场景。穆青的报告，实际上是嗣后宣传效果的预演，达到了投石问路的目的。报告远超预期的强烈反响，使穆青对搞好焦裕禄典型宣传充满信心。

这是共和国新闻史上前所未有的奇观：来自京华腹有诗书壮志凌云的新闻记者，与一位英年早逝赍志而殁的县委书记，双方素昧平生却仿佛一见如故，同频共振。借助从延安来、从太行山来、从冀鲁豫和豫皖苏来的相似经历，循着为人民谋福祉的心灵之约，生者与死者一脉同源，心手相牵。长期砥砺，偶尔得之。丰富的革命斗争实践和党的新闻工作经验，使穆青等人一旦发现大河之滨灵光四射的"这一个"，便当仁不让成为精神原子弹的引爆者。

与以往媒体宣传的典型迥然不同，焦裕禄重大典型的确定和宣传，不是地方党委推荐上报的，也不是领导同志批示"钦定"的，而是有着高度政治责任感和敏锐洞察力的记者，在定向寻访和偶然发现中卷然面世的。记者的苦心寻找、独具慧眼、敢于担当，起了关键作用。这是记者的幸运，也是党的新闻工作彪炳青史的突破。

七、英雄蹈海何惧洪流

吴冷西同意穆青按预想主题写焦裕禄后，穆青心中的石头落了地。他和冯健乘势而上，奋勇进击，抓紧对焦裕禄通讯进行修改。

1966年2月，冯健执笔以新华社兰考采访小组名义，写了《焦裕禄的革命精神教育了我们》的文章，披露了通讯修改过程。

周原主笔形成的通讯第一稿，没有小标题。全文按内容分为八节：一、风尘仆仆的焦裕禄来到兰考县委；二、风雪天送粮；三、树立四个抗灾斗争样板；四、风雪夜看车站；五、追洪水、查风口、探流沙；六、同病魔作斗争；七、住院、探病；八、哭坟；兰考新貌。稿子以焦裕禄主要事迹为贯穿线，按时间顺序来结构。

按王国维《人间词话》所云治学三境界，此时的焦裕禄通讯稿，尚处于第一境界："昨夜西风凋碧树。独上高楼，望尽天涯路。"

穆青、冯健在讨论如何修改初稿时感到，通讯中故事虽生动感人，但对焦裕禄的病痛、探病和哭坟等处写得太多，文字超过全篇的五分之二。全文笼罩着一种悲切之情，读后使人感到压抑。另外，稿子没有交代兰考严重的灾情，缺少塑造焦裕禄英雄形象所必需的典型环境，因而难以收到在"疾风"中凸显"劲草"的效果。对焦裕禄如何认真学习毛主席著作，用以武装思想、指导工作和解决问题，写得也不够。文中写了焦裕禄同病魔顽强斗争的精神，但没有写出他为什么能做到这样，文中写了焦裕禄同兰考干部群众心贴心的血肉感情，但没有写出这种感情是怎么来的。这样，就不能从本质上来表现焦裕禄，焦裕禄的高大形象还没有在稿子中站起来。

会诊统一思想后，穆青确定由冯健修改，很快形成了第二稿。

在新华社，冯健素以"严""细"闻名。修改中，冯健的这两个特点，集中体现在两大改动上：

第一，通讯开头就以沉重的笔触，突出描绘兰考的严重灾情，点明焦裕禄就是在这样的关口，受党委派来兰考履职的。经过铺垫和烘托，在同严重自然灾害斗争的特定背景下，焦裕禄知难而进的性格特征开始凸显，稿子中焦裕禄的形象开始站立起来了。这之后，稿子又改了五次，但描写灾情的开头，再也没有动过。

第二，压缩稿中住院、探病、逝世、哭坟等节的文字，加强了焦裕禄认真学习毛泽东思想，用以解决本地区、本部门问题的内容。

这一稿的结构，仍是没有小标题的八节，内容是：一、焦裕禄去兰考正是那里灾情最严重的时刻；二、统一县委领导思想；三、追洪水、查风口、探流沙；四、总结、推广四个抗灾斗争样板；五、更大的灾害袭来，风雪天送粮；六、焦裕禄怎样教育干部；七、同病魔斗争；八、住院、逝世、哭坟；兰考新貌。

通讯第二稿思想深度有明显加强，但读来仍嫌不够集中鲜明。特别是焦裕禄作为县委书记的典范，如何学习和运用毛泽东思想，解决本地区本部门问题方面的内容，依然显得薄弱。

第二次修改有重要调整和突破，但仍在向高峰进军途中，尚属王国维描述的第二境界："衣带渐宽终不悔，为伊消得人憔悴。"

紧接着，穆青、冯健又马不停蹄对稿子进行了第三次修改。

这次修改后的稿子仍分八节，但一个重要变化是每节加了小标题，从而使各小节的主题思想更加鲜明，同时归并了部分事实材料。除开篇一节着力铺垫焦裕禄在灾害最严重时到兰考外，其余七节的小标题是：一、没有抗灾的干部，就没有抗灾的群众；二、追洪水、查风口、探流沙；三、榜样的力量是无穷的；四、群众最困难的时候，要出现在群众面前；五、书记要善于当"班长"；六、没有写完的文章；七、我活着没治好沙丘，死后把我埋在沙堆上。这一稿的一个重要调整，是把教育干部从第六节调整到第一节，意在突出焦裕禄重视抓领导干部思想革命化，并突出这场思想斗争。

此次修改，注意瞄准焦裕禄的职业特征，从五个方面较为鲜明地表现了焦裕禄认真学习毛泽东思想，联系实际解决本地区、本部门问题的情况：一是焦裕禄不怕苦、不怕死，全心全意为人民服务的世界观，赴汤蹈火为人民献身的精神；二是焦裕禄与农民群众骨肉相连的阶级感情，同呼吸，共命运，心连心；三是焦裕禄善于当"班长"，正确执行党的民主集中制；四是焦裕禄把大无畏的革命精神同扎扎实实的科学态度结合起来；五是焦裕禄发动群众，依靠群众，从群众中来，到群众中去的优良的工作方法。穆青、冯健认为，从这五个方面，运用大量细节抓住本质描写，就能比较真实地反映焦裕禄在兰考的拼搏和奋斗，焦裕禄的形象开始变得高大起来。

通过矛盾和斗争塑造形象，让蹈海英雄直面横流彰显本色，是改稿中的新飞跃。经过对焦裕禄在兰考一年多工作情况的回放和反刍，穆青、冯健感到，焦裕禄始终面临着三场尖锐的斗争：一是严重自然灾害亦即"三害"的挑战，二是自身病魔的挑战，三是一些干部错误思想倾向的挑战。写好这三场斗争，是升华焦裕禄英雄形象、展现焦裕禄丰富内心世界的关键所在。

描写焦裕禄同严重灾害作斗争，通讯开头勾勒了兰考灾后的苦难景象，在典型环境中书写焦裕禄彻底的革命者的豪情壮志："一时就有天大的困难，也一定能杀出条路来""革命者要在困难面前逞英雄"。后面着意写焦裕禄在风沙最大时，带头查风口、探流沙，暴雨频仍的日子率先涉水察看洪水流势和走向，喊出"锁住风沙，制伏洪水"的口号，大雪天访贫问苦，踏雪高唱《南泥湾》……

通讯中写焦裕禄同肝癌作顽强斗争，共有六处描写，每一处都注意同紧张艰苦的抗灾斗争相结合，由浅入深，层层递进，随着焦裕禄病情的恶化和抗灾斗争的深入，展现他不屈不挠同病魔作斗争的革命精神，直至被送进医院，斗争引入高潮。

为了反映焦裕禄同错误思想作斗争，通讯通过风雪车站夜他率一班人看逃荒灾民，组织干部学习毛泽东著作，缅怀兰考革命斗争史，县委领导核心之间的争论，以及同干部谈话等情节，多侧面表现焦裕禄在同怕灾害、怕困难、怕犯错误等思想斗，在同严重自然灾害面前束手无策、无所作为的懦夫思想斗的过程中，帮助干部群众自力更生战胜"三害"的坚强决心和顽强毅力。

第三次修改是思想制高点上的点石成金，稿件进入了王国维描述的治学第三境界："众里寻他千百度。蓦然回首，那人却在灯火阑珊处。"

1月13日，穆青在《县委书记焦裕禄》清样上作了较多修改，第二节小标题改用焦裕禄原话"没有抗灾的干部，就没有抗灾的群众"，并作了大段改写。穆青改毕在清样左上方写道："即改清样打十二份，画红线处均为小标题，请改排四号黑体字。"

后来，穆青、冯健回忆第三次修改的过程，深有感触地写道：

> 这时候，我们对焦裕禄的认识比以前深刻了，我们不仅认识了焦裕禄同志的服装仪态，音容笑貌，而且也在相当程度上认识了他的世界观，他的立场、观点、方法和感情了。

第四次修改属于锦上添花，体例和结构未做大的调整，主要解决两个问题：一是解决稿子中只有事实的客观叙述，增加必要的议论和感情抒发，使稿子更加尖锐、鲜明和泼辣；二是改写最后两段纯客观和自然主义的描述，力求多一些力量，少一些悲痛。

通讯开始笼罩全篇的"帽"这一部分，在"革命者要在困难面前逞英雄"一段之后，增加了一小段，着重点出焦裕禄"能从困难中看到希望，能从不利条件中看到有利条件"的品格。

第一节，将小标题改为"关键在于县委领导核心的思想改变"，使主题思想更加突出鲜明。文中增加了一段叙述："一连串的阶级教育和思想斗争，使县委领导核心，在严重的自然灾害面前站起来了。他们打掉了在自然灾害面前束手无策、无所作为的懦夫思想，从上到下坚定地树立了自力更生消灭'三害'的决心。"

第二节，将小标题改为焦裕禄的口头禅："吃别人嚼过的馍没味道"，使内容更加生动恰切。这部分增写了一段文字："这种大规模的调查研究，使县委基本上掌握了水、沙、碱发生发展的规律。几个月的辛苦奔波，换来了一整套又详细又具体的资料，把全县抗灾斗争的战斗部署，放在一个更科学更扎实的基础之上。"

第三节，"榜样的力量是无穷的"，增加了几段文字，其中一段写道："他在群众中学到了不少治沙、治水、治碱的办法，总结了不少可贵的经验。群众的智慧，使他受到极大的鼓舞，也更加坚定了他战胜灾害的信心。"

第四节，在记叙焦裕禄风雪寒天下乡为群众送粮以后，从记者的角度，增写了一段抒情文字："焦裕禄心里多么激动啊！他看到毛泽东思想像甘露一样滋润了兰考人民的心，党号召的自力更生、奋发图强的精神，在困难面前逞英雄的硬骨头精神，已经变成千千万万群众敢于同天抗、同灾斗的物质力量了。"

第六节，用文中的一句话，将小标题改为"他心里装着全体人民，唯独没有他自己"，更加酣畅淋漓地揭示焦裕禄的宗旨意识和全心全意为人民服务的情怀。

稿子的结尾是修改的重点，因而进行了彻底改写，以解决纯客观描述的自然主义问题。在表现焦裕禄住院的几段文字里，删去了"他骨瘦如柴，面色铁青，剧烈的肝痛，使他头上、胸前不停地渗出黄豆般的汗珠。医院怕他因剧痛而喊叫，特地让他一个人住在隔音室里"一段叙述；同时，增加了三大段文字，专门独立成稿末的一节，小标题是"他没有死，他还活着"。这三段文字，叙述兰考人民在1965年取得的抗灾斗争的胜利，叙述焦裕禄的革命精神已经变成强大的物质力量，收到了用时代最强音，歌颂兰考人民的革命精神，歌颂焦裕禄永远活在千万人心里的效果。

第四次修改，总共改动了三个小标题，增加了十九处议论和抒情的文字。经过这样一些修改后，通讯后半部分消除了原来那种低沉、悲戚的气氛，而代之以昂扬之气和铿锵之声，整篇文章的基调变得悲壮有力，焦裕禄的形象愈显鲜明和高大。

稿子第五次修改，重点是推敲文字，认真订正事实。

穆青、冯健在反复修改中，注意准确把握焦裕禄的形象定位。为展现焦裕禄党的优秀领导干部和县委书记的形象，一方面浓墨重彩写他不怕死、不怕苦，全心全意为人民服务，知难而进和严于律己、廉洁奉公的革命精神，一方面注重写他的领导作风和工作方法，用心刻画他抓人的思想革命化，正确执行党的民主集中制，善于当"班长"，从群众中来、到群众中去，"不吃别人嚼过的馍"和抓典型、带全盘的科学方法。稿子大标题最后定为《县委书记焦裕禄》，文中的小标题，也尽量与焦裕禄的身份定位相一致。

稿子整体修改完毕，穆青派周原重返兰考，进一步听取县委领导的意见，根据补充采访的新发现，在稿中增添了焦裕禄学习毛泽东著作的习惯和方法等细节。至此，他们才认为，经过数番修改和不断深化，基本上完成了对焦裕禄质的认识。稿件修改中的"三个洞悉"，也渐渐清晰起来：洞悉国内外形势和全国宣传动向，以了解典型的普遍意义；洞悉典型的全部材料，以抓住典型的特殊意义；洞悉有关的反面材料，作为正面宣传的放矢之的。

胜利在望，沙场宿将穆青用尽丹田之力，对稿子作最后修改，以强有力的冲刺，完成这次重大战役的收官之战。

正值三九严寒，北京夜间气温常降至零下十几摄氏度。穆青虽贵为新华社副社长，但家中设施仍甚简陋。白天处理工作，夜幕降临，穆青便置身"寒舍"，穿一身厚厚的棉衣伏案改稿。他全身心与焦裕禄携手同行，时而跟着他追逐风沙，辗转盐碱，跋涉洪水，时而又和他一起夜访车站，问计牛棚，雪天慰贫……前半夜，穆青虽被冻得瑟瑟发抖，但尚可坚持；后半夜饥寒难耐，如坠冰窖，只得钻进被窝，背倚床头，就着一盏台灯，以硬物托稿修改，依旧是字斟句酌，推敲不已，每个段落必欲一字不易，方肯罢休。

穆青认为，记者应当是精神美的传播者，写出好的东西，抓住永恒的主题，投入自己的感情，才能感动人。修改中他着眼思想、内容、文字统一，逐段逐句切磋琢磨，整段加进了焦裕禄教育儿子不看白戏、不搞特殊化的故事。通讯全文共分为八个部分，其中六个部分采用焦裕禄讲过的话作小标题："关键在于县委领导核心的思想转变""吃别人嚼过的馍没味道""榜样的力量是无穷的""当群众最困难的时候，共产党员要出现在群众面前""县委书记要善于当'班长'""活着我没有治好沙丘，死了也要看着你们把沙丘治好"。这些意蕴丰沛、生动有力的话语，真实袒露了焦裕禄对党和人民无比忠诚、无限挚爱的高尚情怀，大大增强了作品的思想性和感染力，对于塑造呼之欲出的焦裕禄形象，起到了重要作用。

穆青、冯健、周原文学素养极高，堪称散文圣手。为写好这篇通讯，文字锤炼可谓呕心沥血，其中尤以穆青倾注的心血为大。他说过，虽然这个题材很沉重、悲壮，我也要用文学手法去写。当年写《雁翎队》，就是用了文学手法，作品才有了生命力。抓住生动感人的情节和细节来塑造人物，形象才能饱满，具有强烈感染力。

在努力扮靓焦裕禄通讯的过程中，穆青秉持自己散文化的新闻风格，孜孜以求炽热高洁的意境和优美隽永的行文，但与解放战争中挥戈马上急就的战地名篇，风格已迥然不同——不见了《空中飞来的哀音》中的嘲弄，《月夜寒箫》中的洒脱，《在河南故乡》中的悲愤，《淮河两岸》中的壮阔，《五峰山上的俘虏图》中的谐趣，而是代之以深沉的基调、排奡的气势、激昂的情愫、白描的笔触。

穆青认为，质朴的白描手法，有时要借助语言的音响和色彩来加强效果，但主要依靠事实、形象、思想来打动读者，力求豪华落尽见真谛，平凡之中见深刻，沉静之中见热烈。作品一经完成后，读者从中看到的只是真实的生活本身，看不到斧凿的痕迹。

穆青还力求把叙述同描写结合起来，以描写带动叙述，描写为叙述张本，描写为叙述开路，多呈现有故事和情节的典型画面，力避把读者带入冗长沉闷叙述的"长胡同"。

穆青善于积累群众生动鲜活的语言，这次采访，长期职业生涯的养成使他获益甚夥，稿中形象、准确、传神和富于地方特色的群众语言俯拾皆是："白帐子猛雨""捉住苗""截腰深的洪水"，庄稼在盐碱中"渍死了""用蚕吃桑叶的办法""窗户纸刚刚透亮""亲自去掂一掂兰考的'三害'究竟有多大分量"，追寻风沙和洪水去向"一直追到沙落尘埃、水入河道，方肯罢休""思想上也翻了个个儿""常常开襟解怀，卷着裤管，朴朴实实在群众中间工作、劳动""锁住风沙，制伏洪水"，等等。为从豫东百姓话语中提取这些令读者过目不忘的语言，穆青下了常人难以想象的苦功！

我从穆青当年的采访本上看到他记于兰考的一首顺口溜："老黄牛青云直上，小毛驴趾高气扬，大骡马挂职下放，拖拉机离职休养。"后来，穆青在谈新闻如何巧用群众语言时，提出记者要经常搜集、学习、记录群众语言，最好用群众语言来概括，引用了这首顺口溜，说："现在，情况发生了变化，这首顺口溜变成了'老黄牛青云直上，大骡马趾高气扬，小毛驴远走他乡，拖拉机重上战场。'"

在为焦裕禄通讯画龙点睛和润色打磨那些日子，穆青修改过的稿纸，密密麻麻布满了颜筋魏韵的小字，像漫天飞舞的大雪，堆满了书桌，覆盖了书房。新华社新老同侪对穆青极为尊崇，平时习称其"老头儿"。有人瞥见穆青修改过的一堆稿纸，对他开玩笑说："老头儿，人家死了盖党旗，你死了我们从头到脚给你盖稿纸！"

在亲自捉刀反复雕琢的同时，穆青还让冯健继续润色稿件。

穆青对通讯稿连改几遍，直到自己满意。他记忆十分深刻的是，稿子改完那天，无意中抬头一看，卧室石灰墙上出现了一片巴掌大的污渍——那是多少个深晚和侵晨，自己倚着床头改稿，头上的油渍在墙上留下的印记。

1966年1月19日，焦裕禄通讯稿基本改竣。穆青考虑到这一典型十分重大，加之文中涉及的人物事件繁多，为慎重起见，确定派人速将稿子清样送到郑州，让周原马上带着清样赶到兰考，核对文中所涉事实。穆青对送稿人再三嘱咐："必须保证全部事实绝对无误！"

八、汴梁平地起风波

穆青等三记者对焦裕禄的采访和写作之顺利，好一似大河行舟，飞流直下，一日千里，颇有"轻舟已过万重山"之感。不料，这篇顺应兰考人民呼声，伴着眼泪、蘸着心血写成的力作，在北京改定后送河南征求意见，却一波三折，陡生漪澜。

1966年1月20日早上，周原打电话给刘俊生，让他马上赶到郑州新华社河南分社。刘俊生上午赶到分社，周原给他介绍情况并交代任务："穆青回北京后，由吴冷西带领，向中央有关领导人汇报了焦裕禄事迹。中央领导同志表示，同意树立焦裕禄这个典型。新华社打算，要像宣传雷锋和王杰那样，不惜时间，不惜版面，大张旗鼓、突出连续地宣传报道焦裕禄。穆青让你协调做好三件事：第一，征求开封地委和兰考县委对树立宣传焦裕禄典型的意见。第二，焦裕禄的先进事迹报道后，将会在全国引起很大震动。开封地委和兰考县委应有个思想准备，要先行一步，组织开展学习焦裕禄的活动，不然会被动。第三，注意搜集焦裕禄的遗物和照片。"

刘俊生中午赶回兰考县委大院，连饭也顾不上吃，就去找县委主事的领导汇报。不巧，这位领导正在乡下抓"四清"。刘俊生先向张钦礼作了汇报。张钦礼听后很高兴，嘱咐刘俊生说，事关重大，一定要到乡下去一趟，给县委主事的领导当面作个汇报。

县委主事的领导，1942年参加革命，1952年曾与焦裕禄在陈留地委机关共事，1965年5月由开封专署经委第一副主任和副秘书长调任现职。他赴任兰考之际，正值政治风云变幻莫测的年月。到职刚三个月，就赶上了"四清"。1965年8月，开封地委从地直机关和兰考、巩县调集两千多人，组成"四清"工作分团进驻兰考。地委常委、地委某部部长任兰考"四清"工作分团团长，县委主事的领导任副团长，以主要精力抓"四清"。

刘俊生跑到乡下，找到县委主事的领导，向他原原本本汇报了周原传达的新华社的宣传打算。他听完汇报，皱起眉头哼了一声，少顷又说："兰考是典型？白茫茫的盐碱地，大片大片的沙荒能是典型？宣传出去叫人家来看啥？这事我做不了主，你向地委×部长汇报吧，他是地委常委，又是兰考'四清'工作分团团长，他同意，我没有意见！"

县委主事的领导夹枪带棒一番话，给刘俊生兜头泼了一盆凉水。那时候，涉世未深的年轻新闻干事尚不能完全理解，在焦裕禄主持制定的治理"三害"规划刚刚开始实施，兰考农业生产基础条件尚未得到根本改变，人民群众的生活依然十分困苦的情况下，焦裕禄作为重大典型在全国宣传以后，八方来朝的冲击和乏善可陈的现实，将给他这个当家人带来多大的压力，而要把人们热切期待的宏伟蓝图化为现实，他又将疲于奔命付出怎样难以想象的努力……

翌日上午，在去开封的公共汽车上，刘俊生意识到，焦裕禄通讯征求意见不会一帆风顺，到地委可能还要面临更大压力。不过，他对这篇稿子心里是有数的。稿中所涉事实，是焦裕禄用生命和赤诚写在兰考大地和人民心里的，没有丝毫夸大和拔高。穆青是新闻大家，政治上把关和拿捏分寸堪称一流。再说，树立和宣传焦裕禄这个典型，是中央领导同志同意的呀！想到这里，刘俊生心里有些踏实了，走出开封汽车站，便直奔开封地委某部。

1月21日中午近十二点，刘俊生在部办公室恰好碰到了熟悉的地委某部新闻科李科长。李科长弄清刘俊生来意后，领着他来到地委常委、地委某部部长家，向他报告说："兰考的同志向你汇报工作。"

"汇报什么事？"部长扫了一眼刘俊生，坐着没挪窝。

刘俊生像根木头似的杵在那里，讷讷地说："新华社打算，把焦裕禄作为全国县委书记的典型，像雷锋、王杰那样来宣传……"

"别说了！"刘俊生没说完，就被部长打断了。穆青一行在兰考的采访，他已关注有日。"焦裕禄到兰考才多长时间？干出了啥成绩？兰考是啥典型？宣传出去，叫人家来看你的啥呀？看你的沙荒？看你的盐碱？看你俩人伙穿一条裤子？不知道张钦礼是咋给人家胡汇报的！我不同意！我不听！你去给地委书记汇报吧！……"

这一通连珠炮，砸得豫东小城来的刘俊生头有些发蒙，两腿站立不住，差一点摔倒。他稳了稳神，耷拉着脑袋，不知道自己是怎么走出部长家的。尽管刘俊生事先有思想准备，但地委分管部长对宣传焦裕禄如此反感，情绪如此激烈，还是出乎他的意料。

刘俊生有些懊恼，心里暗忖：人家新华社领导带记者顶风冒寒到兰考，辛辛苦苦写了焦裕禄的稿子，这是开封地区和兰考县多大的荣耀啊！可县委主事的领导冷嘲热讽，地委分管的部长大动肝火，难道焦裕禄这个典型就不树了？焦裕禄的事迹就不宣传了？

一阵寒风吹来，刘俊生的头脑渐渐冷静了下来。他慢慢悟出，焦裕禄这个重大典型，不是河南省委、开封地委和兰考县委正式推荐的，而是新华社记者跑面"撞"上的。穆青带记者赴河南，发现这个典型并被深深打动之后，未及与开封地委和主管部门沟通，即动手采访写作，成稿后也未专门派员来开封地委征求意见。这就难免授人以柄。这位部长是从延安来的老资格，在兰考搞"四清"半年了，了解不少情况，对困难和问题的一面看得多一些。焦裕禄突然要走向全国，他本来就缺乏心理准备，工作程序上的缺失，又使他感到自己的尊严和"一亩三分地"被漠视，怎能不反感呢？

刘俊生想着，心里渐渐生出一丝怨尤。树立这么大的典型，北京新华社该来一位领导，到地、县两级征求意见，至少河南分社的领导该出一下面。让我这个县里搞新闻的小萝卜头出面协调，真是赶鸭子上架，强人所难啊！可转念一想，焦裕禄宣传已是箭在弦上，只要事实立得住，不是谁能挡得住的。既然走到这一步，那就硬着头皮去找地委书记！

刘俊生央求好心的李科长带他去找地委书记。李科长慨然应允，带他来到地委副书记延新文住处，给他指了指门。刘俊生敲开门见到延新文，向他汇报了来意，将周原交代的话复述了一遍。延新文听后脸上现出喜悦的神色，爽快地说："那好哇！这是大好事！出这么个人物，是开封地区的光荣。我这就去找张申书记，下午常委办公会研究春节后各县召开四级干部会议问题，你直接到会上汇报。"

山重水复之际，骤现柳暗花明，刘俊生自然喜不自禁。他满怀感激地向延新文道别，跟着他一前一后出了家门，眼看着延新文径直找地委书记张申去了，这才稍稍放下了自己那颗悬着的心。

整整三十二年后，刘俊生这样描述自己当时的心境：

> 遇上这样一位负责的领导人，我犹如在湍流中抓到一根长篙，长出了一口气，顿时感到浑身轻松。这时，我觉得腹饥口渴，便到寺后街路南小饭铺，痛快地吃了一碗羊肉泡馍，身上开始温暖起来。我回到地委大院，等候着地委常委办公会议的召开。

1966年1月21日下午两点三十分，开封地委常委办公会议准时召开。参加会议的有张申、延新文、卢嵩、孙化三、赵仲三、秦一飞等地委常委。刘俊生被工作人员领入会议室后悄悄落座。会场来了个衣着简朴神情恓惶的年轻人，与会领导同志纷纷露出迷惑不解的目光。刘俊生从未参加过如此高级别的会议，怀里像是揣着个兔子，额头和手上一个劲儿往外冒汗。

刘俊生局促不安在汇报席上坐定，延新文向与会同志介绍说："兰考县来的这位同志名叫刘俊生，今天向地委汇报一件事情。新华社穆青副社长等记者到豫东灾区采访，考察中发现兰考县已故县委书记焦裕禄同志，可以作为全国县委书记的重大典型来宣传。考察了解情况及确定的经过，以及新华社方面的意见，请刘俊生同志汇报。"

延新文作介绍的过程中，刘俊生感到所有与会领导同志的目光，"唰"的一下转向了自己。他没有准备汇报材料，临阵未免有些惊慌失措，不知所云，但使命所系和任小学校长以及从事新闻工作常与领导同志打交道的历练，使他很快又镇静下来。这是多么关键的一个机会呀！只有汇报好，地委领导同志才能理解和支持，焦裕禄才能宣传出去。我要如实反映兰考人民的感情，充分表达兰考干部的心愿！刘俊生后来这样记述自己的汇报：

> 在紧张的开场白后，一旦言及主题，我又变成口若悬河了。因为焦裕禄活在我心中，他的事迹铭刻在我心上，我动情动容地描述了焦裕禄的音容笑貌，介绍了记者的采访过程，以及中央领导和新华社对宣传报道焦裕禄的意见。

刘俊生汇报完，地委常委、某部部长首先发言。他说："我是驻兰考'四清'工作分团团长，我最了解兰考的情况。现在，那里是大片大片的内涝、沙荒、盐碱，农业产量很低，群众没吃没喝没穿，人口大量外流，工作没有什么起色，算不上什么典型。"

会场气氛仿佛凝固了。某部部长的当头炮，令满座尽惊。

张申初则愕然，继则释然。焦裕禄准备在全国宣传，开封地委事先没有得到任何消息。中午，延新文找他，要求在下午的会议上安排汇报此事，他才知道。或许是记者匆忙间疏忽了，作为地委管宣传的部长，在重大典型宣传上被绕开，心里肯定像被塞进了一块半头砖。况且，作为兰考"四清"分团团长，他对兰考的现状比其他人了解得更清楚、更透彻。在这种情况下，他持反对态度，甚至表现出明显反感情绪，可以理解。党员领导干部在党的会议上光明磊落申明自己对某件事情的态度，是正常的。不过话又说回来，焦裕禄是国家通讯社抓的典型，事迹过硬，中央领导同志已经同意宣传，即使在工作程序上有不周之处，开封地委也必须旗帜鲜明地支持并全力配合。

张申轻轻呷一口茶，思绪闪回辽远的畴昔。作为扶持焦裕禄首次走上领导岗位的尉氏县委书记和县长，张申对这个老部下可谓知根知底。从主政大营剿匪除霸，到率民工队征战淮海，焦裕禄无私无畏的牺牲精神和大智大勇，给他留下了难以磨灭的印象。抗美援朝中，尉氏县公祭旧社会死于非难的亲人。张申时任陈留地委宣传部部长，安排焦裕禄写篇祭文在会上宣读。届时，焦裕禄读得声泪俱下，会场一片抽泣声，连轻易不动感情的张申也泪水涟涟。张申至今记得那篇祭文的开头："我们都是在旧社会受苦受难的劳动人民，终日风打头雨打脸，过着非人的生活，那度日要比度年难哟……"焦裕禄读罢祭文，振臂高呼口号："为死去的亲人复仇，决心抗美援朝，保家卫国！"公祭大会甫一结束，全场就掀起了报名参军热潮。

张申记忆犹新，焦裕禄初到困难重重的兰考，地委领导不无担心，不断帮扶指导，他也隔三岔五给焦裕禄打电话。1963年冬，兰考工作走上轨道，他在地委电话会议上表扬了焦裕禄深入基层调查研究的作风；1964年3月，地委在尉氏召开开封地区东六县现场会，他在会上再一次表扬了兰考县委，肯定了他们吃透情况、抓改变面貌的关键性措施和领导包点的工作方法，号召各县向兰考县委学习，学习"新兰考道路"。张申比别人更清楚，兰考之变固然与省、地两级的指导帮助有关，但更重要的是焦裕禄牺牲健康和家庭，同一班人带领广大干部群众豁上命干出来的！

1964年开春，焦裕禄到地委开会，张申见他脸色乌青，心里"咯噔"一下，急忙问："你的身体怎么样？"

焦裕禄据实以告："我的肝上一直像杵着个生红薯。"

张申心里一沉，知道焦裕禄的病情已经很严重了，嗓门不由高了起来："那你快到医院去看啊！"

焦裕禄面有难色："现在正是春耕大忙时节，离不开……"

张申命令说："你必须马上到医院检查，不能再拖了！"

经地委一再督促和县委做工作，焦裕禄到开封入院检查，张申和妻子续凯到医院看过他。后因病情严重，焦裕禄又转往郑州检查治疗。但张申没有想到，焦裕禄的病情急转直下，开封一别，竟成永诀……

张申感到，实践证明，地委派焦裕禄去兰考的决心是正确的。焦裕禄对党忠诚,为革命能舍弃个人一切;焦裕禄对人民感情深,能从骨子里自觉实践党的宗旨;焦裕禄作风艰苦深入,能在困难面前打开局面;焦裕禄清正廉洁,到哪儿都能带好班子和队伍。事关干部大节的几条,他都具备了。在开封地区十一个县委书记中,焦裕禄参加革命、入党最晚,但工作最出色。世界上的事情就是这样,鲥鱼多刺,海棠无香,瓜甘蒂苦,美枣生棘。哪有十全十美之人呢?为了扭转兰考的局面,焦裕禄拼尽全力,豁出了身家性命。而且他到任后,兰考干部队伍和整个情况确实发生了很大变化。哪能要求人家年把时间,把黄河千年灾害和以往工作失误带来的问题都解决好呢?!想到这里,张申心平气和说道:"不能那样说吧!兰考的现实还很困难,但人民正在改变这种局面。自然面貌不好,焦裕禄精神很好嘛!"

部长反问说:"报上宣传以后,叫人家来看啥?"

张申一派大将风度,如数家珍:"赵垛楼的治水,秦寨的深翻压碱,张庄的翻淤压沙,这都是焦裕禄抓的典型嘛!对兰考治理'三害'的成绩,省委和地委不是多次表扬过吗?"

那位部长又问:"兰考才有几个这样的好队呢?"

张申微微一笑,说:"星星之火,可以燎原嘛!"

"我不同意!焦裕禄精神很好,但没有变成物质。兰考有什么好学的?一宣传兰考好,一定会有人撇嘴摇头!"部长一扫惯常的矜持,情绪激动。

这时,一直在会场冷静观察和思考的副书记延新文开了腔:"我看哪,这是两种思想的斗争。有些人就是看不惯新生事物!"

地委书记处书记赵仲三,是焦裕禄在尉氏和洛矿工作时的老领导。会上,他也旗帜鲜明表态赞成宣传焦裕禄。

常委会上始料不及的交锋,促使张申在岁月钩沉中重新认识焦裕禄。焦裕禄殉职后,随着兰考抗灾成效显现,张申对他的认识,已超越阅历、性格和禀赋,上升到人生境界的感知与透视。面对严重灾情,焦裕禄拖着沉疴日重的病体,发扬黄继光奋勇堵枪眼、董存瑞舍身炸碉堡的精神,带领干部群众同心苦斗,其贡献和精神山河寓目,日月可鉴。在重灾区开封,多么需要发扬这种受命不畏难、爱民能舍己、拼搏敢争先、律己当楷模的精神!

"我认为焦裕禄是个好同志。"张申介绍了大家不很熟悉的焦裕禄的历史，"焦裕禄1948年年底率队支前淮海，完成任务出色，参加土改和剿匪除霸斗争，能在复杂环境中打开局面。选调洛矿工作九年，表现一直很好。调回尉氏工作有成绩，有威信。兰考缺县委书记，派别人哭鼻子不去，他服从组织决定带病赴任，鞠躬尽瘁，献出了生命。焦裕禄逝世当年，《人民日报》《河南日报》都报道过他的事迹，省委号召向他学习，《河南日报》还发过社论嘛！地委也发过学习焦裕禄的通知。我看这是个好典型，可以宣传！"

张申的介绍和表态，使会场的气氛开始活跃起来——

"焦裕禄这样的好干部，中央和省委都同意宣传，咱们为啥不同意呢？"

"焦裕禄确实是一位好书记，宣传他是好事情！"

"有了焦裕禄这种精神，就可以改变开封地区的自然面貌！"

地委常委一班人思想趋于统一后，张申因势利导说："焦裕禄出在开封，是开封地区的光荣，我们应当先学一步。"

会议确定，地委准备发出进一步开展学习焦裕禄活动的决定。

1966年2月11日，在河南省委召开的二届三次全会上，张申参加分组会议讨论发言时，就焦裕禄逝世后开封地区开展学习活动的情况作了自我批评，自责"有眼不识泰山"，反思了地委在这个问题上的教训：

在学习焦裕禄同志这个问题上，我们突出政治不够，政治上不敏锐。1964年焦裕禄同志逝世以后，地委虽发出通知，号召全区党员干部向焦裕禄同志学习，但是决心不够，缺乏具体组织，对于一些错误的思想障碍，也没有及时地进行严肃批判和坚决斗争。结果，两年来，没有把焦裕禄这面旗帜真正举起来。

省委全会2月12日简报摘登张申发言，有两行字用了黑体：

对于一些同志的错误言论斗争不力，想着慢慢解决。原因是怕搞过火，怕伤害同志之间感情，影响团结。

九、以革命的名义

1966年1月22日下午，刘俊生赶往郑州新华社河南分社，把地委听取汇报讨论和县里审稿情况向周原作了汇报。周原感到不可理解，即打电话向穆青汇报。穆青意识到事情的复杂性，派人给周原送来清样，要他快去兰考，请县委领导逐句核实文中内容，详细听取意见。

1月23日上午，周原带着北京送来的长篇通讯《县委书记焦裕禄》的清样，乘车径赴兰考。张钦礼看到清样后，主持县委常委会认真审读，组织大家进行了讨论。县委常委会通过了此稿。

县委主事的领导在西关"四清"分团，没有参加审稿会。周原让刘俊生再找他汇报并请他审阅稿件。刘俊生找到县委主事的领导。他皱皱眉，召集"四清"分团党委委员通读稿件，征求意见。委员们提出了一些修改意见。县委主事的领导总结说："同意发表这篇稿子，但需要进行修改。稿子中对社会主义兰考描写得太凄凉了，什么'一眼看不到边的黄沙'呀！什么'洼窝里结着青色的冰凌'呀！什么'白茫茫的盐碱地'呀！什么'枯草在寒风中抖动'呀！……整个稿子可用三句话、六个字概括：一句是，共产党领导兰考十六年都没有改变面貌，焦裕禄到兰考只有一年多时间，就改变了面貌。看来，焦裕禄比共产党的本事还大呀！第二句是，写兰考面貌改变，是宣传县委集体领导的功劳，还是只写焦裕禄一个人？第三句是，兰考是县委集体领导，还是焦裕禄一个人领导？整个稿子的调子太低，通篇说的是：灾、难、病、苦、死、逃……"

县委主事的领导虽说不情愿地表态同意发稿，但转念想到，在兰考，诸如此类的重要事项，他是无权决断的。于是，他又急忙找到地委常委、某部部长，汇报了新华社记者周原来兰考征求对焦裕禄通讯意见的情况。果然不出所料，部长明确无误地表露了自己反对的态度。县委主事的领导回过神来，意识到宣传后自己面临的挑战，又赶到县委大院，找到张钦礼说："你压根儿就不该在县委常委会上通过焦裕禄的稿子！快给新华社穆青打个电话，或者写封信也可以，要他们不要发那篇稿子了，一定不要登报！"

张钦礼有些意外。他平心静气地说："这个电话我不能打。我当不了新华社的家，人家也不会听我的。同意发表焦裕禄通讯，是县委常委会的意见。开会前向你报告，你说有事没参加会。事后派人给你送稿子，你开会征求'四清'分团党委委员意见，大家讨论后同意发表。现在又让我找人家撤下同意发表的稿子，这不是出尔反尔吗？再说，个人否定党委集体作出的决定，违反组织原则，我也不好给大家解释呀！"

县委主事的领导耐着性子说："钦礼同志，咱们得面向兰考现实，想想宣传后的效果。稿子要是登了报，我们就不好办了！"

张钦礼再次申明自己的苦衷，表示实难从命。

"这是我和部长共同的意见。"县委主事的领导加重了语气。

然而，任凭顶头上司百般劝导，张钦礼依然不为所动。

县委主事的领导恼羞成怒，涨红着脸说："你眼里还有没有领导？我这个书记在兰考说了还算不算？"言讫，猛地转过身，悻悻而去。

刘俊生把征求意见的情况报告了周原。周原迅速向穆青作出反馈。穆青意识到领导层在宣传问题上的分歧，为慎重起见，确定由周原携新改出的清样再赴兰考，进一步征求县委一班人的意见。适逢张钦礼主持召开县委常委扩大会议，参加会议的有县委委员三十余人，周原等人列席会议。张钦礼拿着稿子在会上念，很快就泪如雨下，声音嘶哑。县委办公室副主任卓兴隆接过稿子念，结果哭得更厉害，根本念不下去。接下来换上周原念，也是几次哽咽失声。念稿人一个比一个哭得厉害，出席和列席会议者干脆大放悲声。三个人接力念稿，总算念完了。经与会全体同志共同把关，最后，除订正了稿中几个人名和地点外，大家都认为事实全部准确，一致举手通过。

开封地委常委同意宣传焦裕禄，兰考县委委员认可通讯稿，并未消弭盛怒于汴梁的风波。它打个旋儿重返原生地，在兰考升级发酵，掀风播浪。

1966年1月25日，兰考"四清"分团通知张钦礼前往开会。张钦礼径赴西关"四清"分团驻地，地委常委、某部部长和县委主事的领导及分团三十余人，已入场坐定。思维的触角现场逡巡后迅速作出回应，会场气氛沉重且压抑。张钦礼从众人目光中判定，今天会议的议题，应该是1月23日要求新华社撤稿未遂风波的延伸。他意识到，这场对垒，有备而来阵营整齐的老领导一方，与单刀赴会的自己已形成一边倒的不对称格局。

主持会议的县委主事的领导一开腔，就印证了张钦礼的判断。他向与会者通报了新华社准备在全国宣传焦裕禄的打算，接着请地委常委、某部部长、兰考"四清"分团团长作指示。

部长忧心忡忡注视着会场，语调舒缓而低沉："焦裕禄是个好同志，这我没有异议。但好同志能不能大张旗鼓在全国宣传，还要综合考虑各种因素。大家知道，兰考历史上是豫东黄河故道上的一个老灾县，又是三年困难时期的一个重灾县，自然条件恶劣，农业生产落后。焦裕禄从上任到病故，总共就一年零五个月多一点的时间。除去到开封、郑州、北京看病住院，还有回山东老家探亲的两个多月时间，他在兰考实际工作了不到一年零三个月。焦裕禄就是不吃饭、不睡觉，又能干多少工作？他就是条龙，又能吸多少水？他就是浑身是铁，又能打多少钉子？谁会相信，不到一年零三个月，就能改变一个历史重灾县的面貌？反正我是不信，只有鬼才相信！"

张钦礼望着语调渐趋激昂的部长，默默地听着。对这位延安来的老革命、真马列，多少年来，他仰之弥高，钦敬有加。

曾奉身军旅并长期从事宣传文化工作的赵文浩，当年经《中华新闻报》秘书长王炳尧引见，得以结识张钦礼，数年间无数次对他进行采访。赵文浩经常听张钦礼说，开封地委某部部长，延安时期曾在中共中央机关工作，见过大世面，思想政治水平高，善于独立思考，不盲从，敢于发表不同意见。在历史的重要时刻，张钦礼素来钦敬的老领导的发声，果然不同凡响。

"兰考的现状大家都清楚。"部长的声音充满忧患，"现在，全县内涝、沙荒、盐碱到处可见，逃荒要饭成了兰考人的职业，扒火车是兰考人的特技，外地人都管兰考人叫'蹭大轮'的。这样一个老灾县，穷得两个人伙穿一条裤子，外出逃荒要饭的叫都叫不回来，还把焦裕禄作为全国的大典型来宣传，登了报，上了广播，你叫人家来兰考看啥？这样的典型岂不害死人！"

张钦礼听着，忽觉被灼了一下。定睛望去，他发现，部长的目光闪电般扫了过来。尖锐的诘问随之而来："张钦礼同志向记者介绍情况最多，我看掺水使假不少。你把兰考县委的成绩，说成焦裕禄一个人的，把兰考几年的工作，浓缩进焦裕禄任内一年多时间。这不是欺世盗名吗？你心里到底是咋想的？是不是想从中捞点什么？"

张钦礼知道满腹经纶的部长看不上他这个从小没喝多少墨水、从乡下游击队来的土包子。可这并不影响他对部长的敬重。听到部长对他介绍焦裕禄事迹动机的揣度，顿觉像个被无端指责的孩子，心里满是委屈。

"我完全拥护部长的讲话！"县委主事的领导似乎怕被人当成随便搭戏的群众演员，抢过话茬说，"兰考的情况部长讲得一针见血，我不多说。我想问问张钦礼同志，部长和我请你出面找新华社撤下焦裕禄的稿子，我差不多快要求你了，可你就是不打这个电话。这究竟是为什么呢？我想，无非是稿子一见报，焦裕禄成了全心全意为人民服务的典范，从此光宗耀祖；你作为焦裕禄的'亲密战友'，也跟着风光；穆青他们名扬天下，又能拿一大笔稿费，真是名利双收啊！可我呢？你们想过我吗？我就是三头六臂，累死也填不满兰考这个穷坑！兰考有了成绩，那是焦裕禄的功劳，兰考落后面貌改变不了，是我无能。这好事都是你们的，背黑锅的是我。我指挥不动你，地委常委、部长说话，你也不听。请问张钦礼同志，你心里还有没有组织？有没有领导？咱兰考到底谁说了算？"

会场响起了嗡嗡嘤嘤的议论声。瞬间被推上风口浪尖的张钦礼意识到，一场真刀实枪的对决，正不以他的意志为转移，无可回避地摆在眼前。这是张钦礼平生从未经历过的场面。恍惚间，他觉得自己像个被推上前线端着火枪的武士，阴差阳错把枪口对准了亦师亦友的老领导。他竭力想规避这种亲痛仇快的局面，可此刻已经由不得他。"吾爱吾师，吾更爱真理。"张钦礼仿佛被一只无形的手所驱使，在一种近乎撕裂的痛苦中，闭上眼睛搂下了扳机……

子弹在飞。随着枪口喷出的火焰，在震耳欲聋的爆炸声中，一束束弹丸划着红黄交织的弹道，无情地射向自己尊崇的偶像。那些被燃烧的火药赋予极大能量的弹丸，粒粒瓷实，颗颗炽热，于是，整个豫东乃至中原，都听到了它那洞心穿肺的骇人呼啸声。

"不错，焦裕禄同志在兰考只有一年零五个月，准确地说，他在工作岗位上只有一年零三个月时间。但在这不算长的时间里，他创造的精神财富和物质财富，比我们在座的人都要多、都要好。为了早日除掉'三害'，尽快造福人民，焦裕禄同志拖着病体，挂着棍子，背着干粮，冬不避寒，夏不避暑，带领调查队没日没夜奔波，饿了啃口自己带的干粮，渴了趴在河边喝口水，累了蹲在地上打个盹，跋涉五千多里，摸清了灾害底数。两位习惯于在办公室听汇报，很少到群众中摸实情、察疾苦的领导同志，你们做得到吗？"

革命名义下的兄弟阋墙，显然脱出了传统文化和世俗观念的窠臼。三位曾经战火的共产党人，围绕要否大力宣传焦裕禄展开激烈交锋。控辩双方都认为自己真理在胸，实事求是，维护党和人民利益，对兰考和历史负责。不同的是，博弈者有的悄然戴上了历史的有色眼镜，有的坦诚打起了个人得失的小九九，有的融入了太多感情色彩。面对从延安清凉山走来，喝过延河水并亲聆毛泽东教诲，在影响一个时代的典型即将问世时敢于向国家通讯社说"不"的部长，张钦礼依然在摆事实中抒发己见：

"1963年12月9日夜那场大雪，焦裕禄同志当晚就让县委办公室发出通知，要求干部进村入户访贫帮困。第二天一早，焦裕禄等县领导就带干部下乡，他一天走了九个村子。在梁孙庄梁俊才大爷病床前，焦裕禄说出了'我是您的儿子'的肺腑之言，使他感动得老泪纵横。1963年春在贺李河建李馆节制闸，焦裕禄的病已很严重，在工地上背水泥晕倒在地。潘子春和我把他扶到工棚，劝他休息。他说，眼下正是除'三害'的关键时刻，我怎么能休息呢？等制服了'三害'，我完成使命，家什报废，就彻底休息！他服从组织决定去开封看病那天，肝疼得太厉害，是弯着腰走到火车站的。生命垂危时，县里派人去医院看他，他还惦着老韩陵的泡桐栽了多少？张庄的沙丘封完了没有？秦寨的盐碱地翻了多少？让捎把秦寨的麦穗给他看看。焦裕禄上任时，兰考问题如山，自然环境比现在要恶劣得多。但他从来没有'背黑锅''填穷坑'之类的抱怨和牢骚。临终前，他对来看望的县委领导说，兰考是灾区，我死后不要为我多花钱。活着没有治好沙丘，死后希望组织上把我运回兰考，埋在沙丘上，看着你们带领人民把沙丘治好。这是多么崇高的境界！这样感人至深的共产党人典范，难道不应该树立和宣传吗？"

会场鸦雀无声，张钦礼也哽咽失语，几次以手拭泪。

"焦裕禄在兰考虽然只工作了一年零三个月，但历史从来不以时间长短论英雄。宋代的包文正任开封府尹，也是一年零三个月。但'包青天'的美名千年传颂，包公祠遍及中国。新华社确定宣传焦裕禄，不是因为我张钦礼口吐莲花，巧舌如簧左右了他们的判断，而是他们从兰考干部群众的真情倾诉中，认准了老百姓打心眼里疼惜和赞颂的那个人。穆青、冯健、周原三位大记者，从事新闻工作几十年，阅人无数，抓重大典型有丰富的经验。为了吃透搞准焦裕禄这个典型，他们在兰考城乡采访了多少人，考察印证了多少现场啊！宣传焦裕禄，不光是兰考、开封和河南脸上有光，我们整个党和国家，都会为之骄傲，跟着提气！至于当前兰考的自然面貌还很落后，那是历史原因造成的，需要有一个转变的过程。只要兰考广大干部群众发扬焦裕禄同志那样一种精神，讲求科学，埋头苦干，不折腾，不整人，精神是会变成物质的，最新最美的画图一定会出现在兰考大地上。所以，宣传焦裕禄的稿子，不是我，也不是你们想撤就能撤下来的。决定权在北京，也在兰考老百姓心里！"

张钦礼气势如虹一席话，把全场的人镇住了。方才还居高临下的地委某部部长和县委主事的领导面面相觑，一时无言以对。而被那只看不见的手胁迫着向老领导开火的张钦礼，在把火枪中的子弹一扫而光之后，则像害了一场大病，浑身的衣服都被汗水湿透了，眼泪也淌了下来。会场的议论声不绝于耳。人们的心灵天平开始发生新的倾斜。那一天，张钦礼的整个身子像是不受头脑支配，不知道自己是怎样离开会场的。

未及征求开封地委意见，这或许是穆青采写焦裕禄百密一疏留下的瑕疵。当系于权柄的尊严自觉被忽视，当基于一己得失的考量莫名膨胀，始于典型宣传认识的分歧，便异化成超出事情本身并掺杂着历史积怨的冲突。天边，乌云正在悄悄聚集。伏笔已经埋下，雷声隐隐可闻。在"文革"暴风雨到来前夜，这场后来在动乱中失控以至白热化的斗争，在兰考拉开了序幕。

十、留一条"光明的尾巴"

1966年1月31日上午，穆青在苦心孤诣修改的《县委书记焦裕禄》改稿清样上用毛笔批道："即改清样打十份，画红线处均留小标题，请改排四号黑体字。穆青 31/1"当日，踌躇满志的穆青将改后的焦裕禄通讯清样呈送吴冷西，并用毛笔修书一封：

冷西同志：

　　《县委书记焦裕禄》一稿，我们又改了一遍，主要是补充了一些材料，加强了有关毛泽东思想的部分。结尾的自然主义也冲洗了一些，整个看来比上一次清样要好一点。此稿子省委、地委均表同意，并在兰考县县级干部会上读了两遍，反映也很好。所有事实均核实无误。请你最后再看看斟酌定稿吧。〔修改的重要部分我用红笔划（画）了记号〕现在稿长一万五千多字，但很不好删，我意长就让它长一点吧，像焦这样动人的材料多一点篇幅我看是值得的。另有两个问题想请你定一下：

　　现在的题目太客观了，想改为：《县委书记的榜样——焦裕禄》或《党的好干部　人民的好儿子——记中共河南省兰考县县委书记焦裕禄》。两个题目各有好处，都涉及到对焦的评价，请你斟酌一下，圈一个，或另外想一个也可以。

　　我们想在此稿见报后，作些连续报道，初步考虑的内容有（:）A（.）河南省号召学习焦裕禄(开封地委已经开始)（;）B（.）发表一些读者来信（;）C（.）组织兰考县委一些干部写点文章（;）D（.）访问兰考贫下中农（;）E（.）介绍兰考几个硬骨头队(;）F（.）介绍兰考现貌及抗灾经验。

　　当否，请批示

　　敬礼

穆青

31/1

颜体风骨、魏碑笔意的墨迹，疏密有致布满白纸红字的新华社信笺。

吴冷西全神贯注看完焦裕禄通讯修改稿，大恸于心。他流着眼泪对家人说："多少年没有看过这么感人的好稿子了！"吴冷西圈阅了穆青写给他的信，并圈定了信中所拟第一个标题，在信首左侧批示：

就这样发表好了。同意后续报道，要早发表。吴

吴冷西作完批示并将信退穆青处理后，品咂再三，觉得稿子结尾"哭坟"一段还是过于凄惨，使人有压抑之感，遂郑重建议穆青："稿子尾巴不能耷拉下去，要翘起来，有一点昂扬的气概。"

"哭坟"一节文字，是反复浓缩从情感世界析出的味精。实在说，穆青对那个悱恻动人的结尾，还真有点偏爱，舍不得删。

业内有云：编辑都有一颗杀人的心。意指报刊囿于篇幅，编辑常对来稿大力压缩。终日砍头斫尾，渐成辣手。处理来稿如此，一旦刀口向内，又将如何？编采合一的穆青自然也不能免俗。要砍削心血酿制之作，无异于自断股肱。但穆青毕竟是理性的智者，不是情感的衙役。几十年的工作砥砺和政治考量告诉他，吴冷西的建议是对的，那个可以赚足读者泪水的"哭坟"结尾，必须忍痛割爱。

根据吴冷西的意见，穆青在"他没有死，他还活着"一段，压缩了1965年春，兰考二十几位贫农和干部到郑州革命公墓（今郑州烈士陵园）焦裕禄墓前"哭坟"的描述，全文减至一万三千字。

这样一篇扛鼎之作，又是那样一个哀婉凄恻的"豹尾"，从采访之初，我就对"哭坟"记挂在心，刻意搜寻。无奈岁月迢递，山重水复，几番努力竟遍寻无着。深藏心中的遗憾终难释怀，五赴河南时，在《走进千家万户的焦裕禄》一文发现了"哭坟"的文字：

人们直盯着坟头，跌跌撞撞，扑了上去，几个老贫农趴在坟头，号啕痛苦得谁也拉不起来……贫农们的泪水，润湿了坟头的黄土，润湿了坟头的青草。天，似乎阴了；风，格外冷了；四野寂然无声，野草低下了头，静听着贫农们的声声号啕。过路人擦着眼泪，悄悄走开了……

这段文字，与冯健所撰修改体会文章中的引文，比较接近。

或许是我"上穷碧落下黄泉"的寻觅感动了上苍，2018年，我在《穆青自述》中，找到了出自穆青手笔的"哭坟"描述：

> 几个老农，一起扑在坟上，号啕痛苦得谁也拉不起来。他们一面哭一面喊："焦书记呀，你是我们的好书记，你是活活为我们农民累死的。困难的时候，你为我们操心跟着我们受罪，现在我们日子过好了，你却一个人躺在这里。焦书记，跟我们回去吧！再看看今天兰考变成了啥样子。我的好书记，咱们治住了沙，咱们再也不吃统销粮，咱们自足了，你的心愿咱们做到了！"

穆青这段描述，写在1965年12月10日至20日赴豫采访的一个小本子上，实则是采访后畅抒胸臆的真情倾泻，也是通讯中需工笔描绘的"华彩乐段"的备忘书写。"文革"抄家，穆青的资料笔记被洗劫一空，唯有这个小本子夹在儿子的课本中劫后余生，恍若传奇。

2018年9月10日，我访问了兰考县委原副书记樊哲民。这位当年"哭坟"的现场目击者回忆说，1965年5月，他作为兰考县委农村工作部副部长，跟县委副书记刘呈明，带县二十六位代表到郑州参加省贫代会。一天中午，代表们买了一个花圈，乘大会派的一辆大客车，到郑州革命公墓瞻仰焦裕禄墓。那天中午，刘呈明要参加碰头会汇报情况，由樊哲民组织前往。代表们抬着花圈走进公墓，怀着急切的心情分头寻找，很快找到了焦裕禄墓。

5月的风轻轻拂过墓园，代表们聚拢在写有"焦裕禄同志之墓"的墓碑前，瞅着芳草萋萋的坟茔，一个个神色凄然，默不作声。一转眼，人们日思夜想的好书记，离开兰考人民一年了。这一年，饥饿的影子正从兰考退去，苦难的大地开始获得新生。当欢声笑语重新出现在兰考百姓中间时，他们却再也看不见可亲可敬的焦书记了……

樊哲民让大家在墓前站成两排，由他主持敬献花圈，然后三鞠躬。来自兰考二十多个社队的代表，带着父老乡亲的无尽哀思，向心中的领路人鞠躬，再鞠躬，又鞠躬。万千感恩，无限痛惜，都凝聚在这古老、庄严、虔诚的膜拜和礼敬之中。樊哲民见已到该返回住处的时间了，深情地注视着焦裕禄的墓碑和坟冢，转身正欲离去，忽听"扑通"一声，接着听到墓前有人失声痛哭："焦书记啊，你是为俺兰考人民活活累死的呀，如今俺们的日子好过了，你却一个人躺在这里……"樊哲民定睛看去，发现哭坟者是来自张君墓公社周庄大队的代表张全岭。他心头一颤，急忙和几位代表上前劝说，张全岭却抱着墓碑，怎么也拉不起来。哭声引爆了人们久蓄的情感，几个劝说者也在坟头泣不成声。眼看该返回开会了，刘俊生身背相机赶过来说，该跟焦书记合个影了。于是大家七手八脚把张全岭架起来，刘俊生招呼代表们在焦裕禄墓前站好，记录下了这永生难忘的一刻。

中国传统文化中，"哭坟"是最能酣畅淋漓抒怀和打动人心的情节。孟姜女哭长城，泪倾墙颓始露夫骸；祝英台哭梁山伯，殉情坟冢双双化蝶……穆青初访兰考，最令他心碎的情节也是"哭坟"。我在兰考焦裕禄干部学院看到的电视教学片《我眼中的焦裕禄》，穆青忆及当年兰考贫农代表到郑州革命公墓"哭坟"，泪水打湿了墓碑，有的双手抠得坟土哗哗下落的情景，仍然情难自已，几近失声。

在压缩"哭坟"结尾的同时，穆青、冯健着力增强誓将遗愿化宏图的昂扬之气，在文末增写了三大段，成为独立一节。其中一段用了四个激情澎湃而又铿锵有力的排比句："在这篇文章里，兰考人民笑那起伏的沙丘'贴了膏药，扎了针'，笑那滔滔洪水乖乖地归了河道，笑那老几辈连茅草都不长的老碱窝开始出现了碧绿的庄稼，笑那多少世纪以来一直压在人们头上的大自然的暴君，在伟大的毛泽东时代，不能再任意摆布人们的命运了。"

经过修改，结尾由凄切转向悲壮，出现了"光明的尾巴"：

> 焦裕禄同志，你没有辜负党的希望，你出色地完成了党交给你的任务，兰考人民将永远忘不了你。你不愧为毛泽东思想哺育成长起来的好党员，不愧为党的好干部，不愧为人民的好儿子！你是千千万万在严重自然灾害面前，巍然屹立的共产党员英雄形象的代表。你没有死，你将永远活在千万人的心里！

于是，大河上下霞光万道，共和国天庭一片光明。

穆青瞥一眼桌上的月份牌，哦，已经是1966年2月4日了！

焦裕禄通讯发表若干年后，穆青曾经这样感叹："我找了多少年，就想找一个典型，真正按照我们共产党人的理想、追求、要求做的，那种合格的共产党员的典型。终于找到了'这一个'。写焦裕禄，我真是倾注了全部精力和感情。我不是在写焦裕禄这个人，我是按照一个共产党员、一个县委书记的榜样在塑造他，是通过他那些实事，把他挖掘出来，表现出来。"

穆青忆及当年发稿前的感觉说："就好像是随着这位死者、这位优秀的共产党人、这位心灵的至交重新活过一遍，自己心中许许多多的东西都在焦裕禄的身上找到了。"

穆青暮年对话青年记者，说起焦裕禄仍意犹未尽："我们是把焦裕禄作为一个共产党员的典型来写的。突出了他作为一个党员领导干部身上的许多优秀品质。这是一个真正的共产党员的形象，我们三个人是含着热泪写这篇文章的，我们把全部的思想感情都融入焦裕禄的事迹里面去了。为什么？因为他体现了我们的思想。"

生者和死者心灵的相通，构成了焦裕禄通讯独具魅力的情感力量。

1966年2月6日，吴冷西通过并签发了穆青改毕的焦裕禄通讯第七稿。这一天，距穆青、冯健联袂南下中原，刚好两个月时间。

许多年后，吴冷西忆及焦裕禄通讯修改过程，颇多感慨：

穆青同志给我看过初稿，初稿中那种强烈的感情，使我一边看，一边流泪。我们党的这样一位县委书记的事迹，深深地感动了我。我对家里的人讲，多少年没有读过这样感人至深的作品了。后来，我和穆青同志商量，都感到光有那种沉痛、悲伤的朴素的阶级感情还不够，还要把这种感情升华到鼓舞广大人民群众不怕牺牲，排除万难，去争取胜利的决心和信心，要加重这方面的分量。于是又有了第三次、第四次……修改。七易其稿之后，才有了我们后来看到的作品《县委书记的榜样——焦裕禄》。读到这长篇通讯的人，不仅为人民群众对焦裕禄的那种深厚的阶级感情所打动，也为焦裕禄领导人民群众克服困难的坚强信念和那种不怕困难、不怕牺牲的艰苦奋斗的精神所鼓舞。这篇通讯说明，穆青同志不仅与人民群众共患难，一起经受苦痛，心怀悲伤，而且把这种悲痛，这种对焦裕禄同志的哀思，提炼到一个更高的高度，使我们一方面受到感动，一方面又鼓舞更大的勇气、更大的信心。

五十一年后，我在新华社历史陈列馆重大典型展柜前驻足，焦裕禄通讯送审稿清样上，周边大段添加的钢筋铁骨、妍美流畅的蓝字，系出自穆青手笔；潇洒签批和个别改动的红字，则是吴冷西手迹。两位新闻大家的红蓝遗存，有机和谐统一于足以存史的焦裕禄通讯清样，蕴含其中的书卷之美和文史价值，令人美不胜收、赞叹不已。

穆青对吴冷西在焦裕禄宣传中所起的重要作用，无日或忘。我在穆青次子穆晓方处看到穆青在《人民日报》发表的《挥泪送冷西》一文剪报，穆青亲笔作了"2002年8月13日《人民日报》第十三版"的注记。文章说：

> 1966年，有关焦裕禄的报道，应该说冷西同志也给了我很大的帮助和支持。那时，他既是新华社社长，还是《人民日报》的总编辑。当我们采访回来向他汇报时，他很感动，决定先让我在社内作个报告，然后集中精力把稿子写好，再由《人民日报》配社论一同发表。稿子出来后，冷西同志曾多次审阅，并提出了一些宝贵的修改意见。但在最后定稿时，由于当时的政治，是否能如实地反映兰考的灾荒，实事求是地对待所谓阶级斗争等敏感问题，我们实在难以做主。这时，又是冷西同志带我找到彭真同志，当面陈述了我们的观点，最后，由彭真同志拍板决定。所以，在焦裕禄这篇报道产生的整个过程中，不仅倾注了冷西同志的心血，更是在他的全力支持下才得以面世。

1996年10月20日，吴冷西在"穆青新闻作品研讨会"开幕式上讲话，谈到穆青《十个共产党员》一书时说："这本书，我非常认真地看了，其中的人物有些是我熟悉的，有些我也多多少少参与了一点。比如焦裕禄和辉县县委书记郑永和。"

2019年1月20日下午，我赴京二访冯健时，他告诉我，当年吴冷西审稿时还亲自动手，对焦裕禄通讯"哭坟"的结尾作了修改。

有人说，吴冷西是焦裕禄通讯的第四作者。而穆青等人则深知，吴冷西在焦裕禄通讯所涉重大敏感问题的把关协调上，在独具慧眼理性驾驭作者情感，努力提升作品昂扬向上的基调和开掘作品催人奋进的力量上，都发挥了更为重要和不可替代的作用。

十一、彭真果断拍板推出焦裕禄

吴冷西支持按计划写焦裕禄，极大坚定了穆青的信心。然而，启动焦裕禄宣传这一重大工程，有待历史选择一位拍板决策者。

2017年8月14日上午，我就吴冷西向中央请示焦裕禄宣传问题的经过，首次访问冯健。冯老说，鉴于通讯所涉敏感问题吴冷西难以最后做主，又无法形诸笔墨成文请示，吴冷西带着穆青，向中共中央政治局委员、中央书记处书记、中央政法领导小组组长、全国人大常委会副委员长兼秘书长、全国政协副主席、北京市委第一书记、北京市市长彭真，汇报焦裕禄宣传打算，专门汇报了通讯中写灾情不写阶级斗争两个重要问题。彭真这位1923年入党，大革命时期党在北方地区的主要负责人，当年领导晋察冀抗日根据地名满天下的资深革命家，仔细听取了吴冷西的汇报，认真审阅了焦裕禄通讯清样，以他特有的政治眼力和担当果断表态：发！

吴冷西请示彭真，是因毛泽东曾当面指示吴冷西，《人民日报》有事情要多请示，日常的工作由小平同志主持的中央书记处管。同时，也与党的八大选出中央书记处后，彭真协助邓小平在书记处负总责有关。邓小平在一次会上曾说："彭真实际上是党的副总书记。"当时，中央在外地开会期间，彭真常留京主持书记处工作。

吴冷西决定焦裕禄通讯请彭真定夺，或许还因为当时彭真受命兼任了一

315

项新职。中央文献出版社出版的《彭真传》记载：

> 1964年7月初，毛泽东在杭州召集彭真和康生、陆定一、吴冷西谈外事工作。谈话中，他提出成立一个小组来领导这项工作，让陆定一当组长。陆定一说："我干不了，我见事迟，不能当组长。"他提议由彭真当组长，毛泽东同意了。毛泽东最初提议的小组成员只有陆定一和周扬，这样加上彭真就有三个人。陆定一建议再加上几个人，毛泽东就说，那在座的都是吧！这样，就加上了康生和吴冷西共五人，叫五人小组（后称"文化革命五人小组"）。

冯健说，吴冷西和穆青是一天晚上到彭真家中向他汇报请示的。

中央文献出版社出版的《彭真年谱》，在详述彭真1966年2月7日繁忙工作日程时，专门用三角号标示记载了一项重要内容：

> 审定《人民日报》于当日发表的《县委书记的榜样——焦裕禄》长篇通讯。9日，中共北京市委发出学习焦裕禄的通知。通知说：河南省兰考县前任县委书记焦裕禄同志是一个伟大的共产主义战士，他对革命无限忠诚，为人民鞠躬尽瘁，表现了共产党员、党的干部应有的优秀品质。号召全市干部、党员特别是领导干部学习焦裕禄，做毛泽东同志的好学生。

1966年2月7日的《人民日报》，于当日凌晨四时四十七分开印。报社夜班给焦裕禄通讯配好社论并组版，应在子时之前。午夜至凌晨四时，是报社留给彭真审定焦裕禄通讯及社论的"时间窗口"。作为日理万机的党和国家重要领导人，彭真夤夜审定报纸大样，为焦裕禄重大典型问世签发"准生证"，令人感佩。《穆青自述》一书中，穆青回忆彭真审稿时说：

> 后来，人们的评论文章说，没写阶级斗争和敢于写自然灾害和贫穷，是突破了两大禁区，是胆识。连周原也说，没有这种胆识，

焦裕禄出不来。其实，我当时也捏着一把汗。幸亏有吴冷西支持我的观点。临发稿时，因事关重大，他带我找到彭真家中，向彭真汇报了我们的看法，彭真最后审定了这篇通讯，支持了我们的观点。

穆青在自述中言明，焦裕禄通讯是"临发稿时"，吴冷西带他到彭真家中，向彭真汇报他们的看法，彭真审定了通讯稿。《彭真年谱》记载，彭真1966年2月7日审定《人民日报》于当日发表的焦裕禄通讯。两处权威记载证明，彭真先后两次审定了焦裕禄通讯。

《彭真传》对焦裕禄通讯拍板审定过程，记述翔实而明确：

> 2月7日是彭真十分忙碌的一天。……这天，《人民日报》和新华社同时发表了穆青等写的长篇通讯《县委书记的榜样——焦裕禄》和社论《向毛泽东同志的好学生——焦裕禄同志学习》。这是彭真决定发表的。这篇通讯稿写成后，穆青等对能否公开发表，曾有两点担心：一是写了兰考县的灾荒惨状，是否会被认为暴露黑暗面？二是没有写阶级斗争，是否有悖于当时宣传的主线？吴冷西为此请示彭真。彭真仔细阅读后当即拍板发表并要求配发社论。

"彭真仔细阅读后当即拍板发表并要求配发社论"，说明彭真听吴冷西汇报时，看到了焦裕禄通讯清样，但未看到《人民日报》社论。

根据以上两书所述，吴冷西、穆青请示彭真，应是穆青、冯健基本改完焦裕禄通讯，吴冷西审阅清样认可之后。从周原1月20日要刘俊生到地、县两级征求意见，告诉他焦裕禄宣传已经中央领导同意看，吴冷西、穆青请示彭真，应在1966年1月18日左右。2月6日夜至7日凌晨，人民日报社呈报纸大样请彭真审定通讯和社论。

彭真果断拍板启动焦裕禄宣传时，这位身处工作一线和矛盾漩涡的党和国家领导人，正面临着难以想象的巨大政治压力和风险。

1965年11月10日，上海《文汇报》突然发表《评新编历史剧〈海瑞罢官〉》，指名批判《海瑞罢官》的作者——著名明史专家、北京市副市长吴晗。后来的历史证明，正是这篇由江青亲自组织、出自上海《解放日报》编委姚文元之手的文章，拉开了"文化大革命"的序幕。就在毛泽东把发表这篇文章看作是"甩石头"，决心发动"文化大革命"之际，彭真没有急于让《北京日报》和《人民日报》转载姚文，而是召开北京市委书记处会议听取大家意见，慎重调查了解吴晗的历史，认定吴晗与庐山会议及彭德怀并无关系。

12月22日下午，毛泽东在杭州同彭真、康生、杨成武等谈话时，尖锐指出，吴晗的《海瑞罢官》要害是"罢官"，彭德怀也是"海瑞"。彭真当即向毛泽东报告说，我们经过调查，没有发现吴晗同彭德怀有什么组织联系。这次谈话之后，彭真觉得事关重大，要求单独同毛泽东谈话。翌日，毛泽东约见了彭真。据薄一波回忆："由于彭真同志的坚持，毛主席只好说吴晗的问题两个月之后再做政治结论。""正因为毛主席同意（尽管比较勉强）先不对吴晗的问题做政治结论，所以才有1966年2月3日彭真同志召集的'文化革命五人小组'会议。"彭真在这次会议上指出，已经查明吴晗与彭德怀没有联系，《海瑞罢官》与彭德怀没有联系，因此不要提庐山会议。学术批判不要过头，要慎重。要摆事实，讲道理，以理服人。会后由中宣部副部长许立群、姚臻执笔形成了"文化革命五人小组"《关于当前学术讨论的汇报提纲》（后通称为"2月提纲"）。

1966年2月8日，焦裕禄通讯发表次日，彭真与陆定一、康生等飞往武汉，向毛泽东汇报中央政治局常委会讨论同意的《关于当前学术讨论的汇报提纲》。毛泽东问彭真，吴晗是不是反党反社会主义呀？彭真说，吴晗当然有政治错误，但和彭德怀没有牵连。

彭真不察言观色，不见风使舵，敢于当面向领袖讲真话，终于招致大祸。因江青、康生等人诬陷挑唆，彭真被打入"彭（彭真）罗（罗瑞卿）陆（陆定一）杨（杨尚昆）反党集团"，投入监狱，成为"文革"祭坛上最早的牺牲者之一，蒙冤十二年始得平反。

身处危境推出焦裕禄，是彭真蒙难前最值得历史纪传的拍板。

一蓑风雨任平生。展望中国共产党人铸造焦裕禄精神幽深迷离的历史窗口，多少风雨历程尽收眼底！

十二、首席记者的珠联璧合

1966年2月4日，改定的焦裕禄通讯出现了"光明的尾巴"。如释重负的穆青，用毛笔给《人民日报》副总编辑兼总编室主任李庄写信，附上了焦裕禄通讯清样，还有自己给吴冷西的信和他在信上的批示。穆青的信全文如下：

李庄同志：

此稿冷西同志已经看过，他认为可以定稿了，并希望能早日发表。他改动的个别地方我也照改过来了。现将冷西同志的批件奉上请阅。

如果社论问题不是太大，我想是否可在七日或八日见报，如何安排望告诉我一声！

敬礼

穆青

四日

此稿发表后，如何组织后续报道，我在给冷西同志的信上已提出一些意见，他已表示同意。请你再考虑一下，有何要求请提出来我好继续组织。

又及

穆青返京后，在请示和斟酌最紧迫的写灾情不写阶级斗争这个敏感问题后，凝神聚智倾力于稿子修改锤炼。现在，他又走出第三步棋，给吴冷西和李庄写信，协调发稿和后续报道问题。

李庄展笺读信，犹如开启了一瓶馨香馥郁的醇酒，那种历久弥深的情谊，在眼前悄悄弥漫开来，沁人心脾又回味悠长。李庄同穆青，相识、相交、相知可谓久矣深矣。两人不仅是老同行、老战友，还是志同道合、心意相通的业界知己。

李庄是河北徐水人，生于1918年，长穆青三岁。他们在抗日烽火中交集于太行根据地，新中国成立后又先后作为首席记者在党的中央新闻机构领衔。穆青对李庄的才华和人品极为敬重，李庄也为穆青这些年来取得的成就由衷高兴。近些年，他们各自都在潜心发现堪称国家和民族脊梁的英雄。焦裕禄的出现，无疑回应了一个时代的呼唤，李庄颇有大喜过望之感。

李庄作为焦裕禄通讯第一读者，完全沉浸在作者营造的艰苦而激动人心的环境中了。随着文中扣人心弦的描述，他仿佛来到黄河岸边风沙弥漫、洪水肆虐的兰考，同焦裕禄和兰考干部群众一起共赴那场艰苦卓绝的斗争。那一幕幕荡涤五脏六腑又令人感奋不已的场景，热气腾腾呈现于自己眼前。

从获悉穆青等人发现焦裕禄后，李庄对稿子已期待有日。显然，这位在抗灾一线殉职的县委书记，是继毛主席的好战士雷锋之后，又一个极具冲击力并将产生深远影响的典型。李庄感到，从1949年进城以来，已经很久没有读到这样能从心海深处掀起情感风暴的报道了。这篇通讯不仅是激励人心的英雄谱，而且道出了"大跃进"和三年自然灾害以来，郁结人们心中的一些东西，因而特别能打动人。按照彭真指示，吴冷西已对报纸配发社论作出部署。作为《人民日报》首席记者和夜班掌门人，怎样安排好焦裕禄首次宣传和后续报道，特别是组织写好系列社论，他感到了沉甸甸的责任。

李庄于抗日战争初期在太行山参加革命，是《人民日报》创始人之一。从1938年起，李庄先后在《民族革命》半月刊、《胜利报》、《晋冀豫日报》、《新华日报》（华北版、太行版）、晋冀鲁豫《人民日报》、华北《人民日报》当记者、编辑、编委。1948年，党中央决定将华北《人民日报》改组为党中央机关报，李庄以华北《人民日报》编委身份进入新组建的班子，历任《人民日报》编委、总编室主任、副总编辑、总编辑。

抗日战争、解放战争和抗美援朝期间，李庄采写了大量脍炙人口的新闻通讯。揭露和谴责国民党给黄泛区人民造成巨大灾难的《为七百万人民请命》，1946年5月15日在晋冀鲁豫《人民日报》创刊号发表，受到晋冀鲁豫中央局书记邓小平赞扬。1949年9月，李庄逐日采写中国人民政治协商会议第一届会议新闻特写，以《"中国人从此站立起来了"》等八篇通讯，全程见证并记录了新中国成立的历史时刻。1950年7月，李庄受命担任中英法三国记者国际采访团领队，在美军仁川登陆前入朝，多次出入汉城，冒着生命危险深入朝鲜半岛南部采访；此后，他又率《人民日报》记者团两赴朝鲜战地，是中国新闻工作者抗美援朝战地采访第一人。《美丽的河山，英雄的人民》《"三八线"上》《被人们欢呼"万岁"的部队》等，是业界和读者称颂的战地新闻名篇。他写的《"皇家重坦克营"的覆灭》，成为大学新闻专业指定参阅文章。我少年时代求学时，在语文课本上学的记叙文范文《任弼时同志二三事》，就出自他的手笔。

《人民日报》乃至业界尽人皆知，李庄主张新闻单位领导不但要拿好"红笔"给人改稿子，还要拿起"蓝笔"经常写稿子。李庄正是"红"笔"蓝"笔交替使用，并能真正做到两翼齐飞的通才。

李庄当记者，善于敏锐捕捉有价值的线索，第一时间写出冒着热气的新闻。李庄在朝鲜当战地记者，白天与官兵聊天打牌随机采访，听说晚上或次日有人回后方，马上躲到清静处写稿，赶在回国汽车开动前交稿。1951年2、3月间，他在《人民日报》发表的《在汉城》等通讯，都是半天或一个晚上草就，真正倚马可待。

李庄当编辑，善于慧眼识金，"立片言而居要"，现蒸现卖写出精准透彻的评论。有人说，《人民日报》优势在评论，评论优势在李庄，他是新闻评论或曰是对评论进行修改、创议、把关的专家。

新闻界业内有句行话，好稿子是改出来的，也是编出来的。"编"既指对稿件剪裁取舍和润色加工，也指对重要稿件配发言论画龙点睛。高人一筹的编辑给重头稿件配发言论，犹如良驹配好鞍，猛虎添双翼，可有效深化和升华稿件主题，收到点石成金之效。

李庄主持夜班工作，每天报上的评论，从社论、评论员文章，到编者按、编后，几乎都经过他的手。他不仅善于宏观驾驭，大处着眼，而且如同水银泻地，严谨细密。他从不放过一个字的推敲，也从不放过一个标点符号的订正，常常文章已经上版又打电话来，要求把某个字或某个标点改过来。

"红""蓝"相谐，编采皆精，加之稳慎辩证和勇于担责，李庄一肩挑起了为共和国报界旗舰值更守夜的职责。

穆青等人笔下的兰考灾情，唤起了李庄对三年困难时期记忆犹新的感受，忍不住捧一掬热泪；作者倾情描绘焦裕禄为驱除"三害"披肝沥胆直至生命最后一刻，那些融参天大义于悲悯情怀的画面，像排空巨浪撞击着李庄心扉。当然，经历过战争年代血火考验，又饱尝新闻生涯苦辣酸甜，李庄在思维海洋中理性扬帆已成职业自觉。他已注意到通讯写灾情而没有写阶级斗争。而在1966年，阶级斗争之于《人民日报》，是一个异常敏感的问题。

1966年2月，中国政治形势山雨欲来风满楼。1965年11月，上海《文汇报》发表姚文元的《评新编历史剧〈海瑞罢官〉》。李庄模模糊糊感到，要出什么大事了。

1959年，毛泽东在八届七中全会上提倡学习海瑞精神，《人民日报》得风气之先，约请明史专家吴晗在本报连发《海瑞骂皇帝》《论海瑞》两篇文章。毛泽东肯定了吴晗的文章，读者反映亦好。李庄不解，吴晗编的《海瑞罢官》与在《人民日报》发表的两篇文章异曲同工，怎么成了遭挞伐的"毒草"了呢？他估计姚文有来头，便请示在京的一位中央领导人是否转载。得到的答复是，姚文不代表中央的意见，不必转载。毛泽东看到报纸未转载姚文，令上海将其印成小册子向全国发行。在京主持中央工作的领导人获悉后，告知北京各报转载姚文。《人民日报》遂于1965年11月30日，将姚文登在《学术研究》版。文章见报前，吴冷西亲拟九百多字的编者按，言明"准备就《海瑞罢官》这出戏和有关问题在报上开展一次讨论"。

1966年1月19日，《人民日报》发表一组来信，其中三封赞成姚文，两封表示反对。2月3日，《人民日报》刊出《对新编历史剧〈海瑞罢官〉一文的质疑》，文中写道："姚文元同志捕风捉影，牵强附会，把自己的主观臆断说成是剧作者的主观意旨，恐怕不是无产阶级应有的严肃的战斗的科学态度吧！"显然，这种书生意气式的政治"失误"，使《人民日报》愈加被动。

1962年9月下旬，在党的八届十中全会上，毛泽东提出，在整个社会主义历史阶段，资产阶级都将存在，并存在资本主义复辟的危险。毛泽东要求，阶级斗争必须年年讲、月月讲、天天讲。1965年元旦，《人民日报》的《新年献词》强调："一切工作都要以阶级斗争为纲"。阶级斗争为纲，成为各项工作的总方针和新闻宣传的主旋律。

李庄隐隐感到，《人民日报》前任社长兼总编辑邓拓，就是在"以阶级斗争为纲"不断升温之际调离的。毛泽东当面批评邓拓"死人办报"后，邓拓调离报社已成定局。李庄晚年在书中写道，邓拓党性很强，受了苛重的、不切实际的批评，照样在报社传达毛泽东原话，从未有过任何怨言。他的涵养和风度是惊人的。邓拓受批评翌日，李庄有事请示去他办公室。邓拓一人枯坐桌前，看见李庄，似在对他说，又似在独白："共产党人不能涉足空门，想必是六根未净。"李庄一时不知该说什么，随便闲扯几句便匆匆退出。邓拓调离报社时，上下普遍感到惋惜。邓拓慨然赋诗：

> 笔走龙蛇二十年，分明非梦亦非烟。
> 文章满纸书生累，风雨同舟战友贤。
> 屈指当知功与过，关心最是后争先。
> 平生赢得豪情在，举国高潮望接天。

邓拓真情告白，在嗣后爆发的"文化大革命"中引发无穷祸患，以至付出生命代价。李庄认为，邓拓也许不是未曾想到后果，坦露真情只为践行"生欲济人应碌碌，心为革命自明明"的誓言。

《人民日报》堪称中国政治的晴雨表和最敏感神经。焦裕禄通讯推出之际，正值《人民日报》处境困难之时。李庄心明如镜，处理这篇分量极重但与宣传主调相悖的稿子需要稳慎。新华社发稿前，吴冷西和穆青已就稿子主题和敏感点向彭真汇报并得到首肯，形成了撰写"一批社论"的打算。有了尚方宝剑，依据从通讯中读出的深远题旨和丰富意蕴，李庄开始考虑如何给好马配好鞍，撰写一批能深刻揭示典型本质特征和重大意义的系列社论。

李庄给穆青回电话，对新华社发现焦裕禄表示祝贺，赞同他给吴冷西信中提出的六点设想，通报《人民日报》宣传焦裕禄，将紧密联系实际配发系列社论，连续报道各地开展学习活动情况，希望新华社发挥独家优势，继续提供好的稿件。李庄还谈到，准备把焦裕禄宣传同正在开展的《实现县委领导革命化》的讨论结合起来。鉴于焦裕禄宣传万事皆备，李庄建议，新华社2月6日播发焦裕禄通讯，《人民日报》7日配社论在一版头条刊出。

十三、李庄领写《人民日报》社论

1966年2月6日下午，新华社播发了穆青、冯健、周原写的长篇通讯《县委书记的榜样——焦裕禄》。正值农历正月十七，元宵节的花灯鞭炮刚给乙巳年打了个结。腊尽春回时节，寒风依然砭人肌骨。但焦裕禄通讯带来的浓浓春意，人们很快就感受到了。

下午三时许，《人民日报》总编室收到新华社发来的焦裕禄通讯电讯稿。李庄浏览电讯稿后，按惯例主持召开各部主任和总编室值班编辑参加的编前会。作为对焦裕禄事迹知悉最早并对焦裕禄精神理解最深的读者，李庄虽已先睹为快，但再度寓目，还是深为焦裕禄高情远致的品格和文中直抵人心的力量所折服。编前会上，大家争相阅读稿子，赞叹之声不绝于耳，一致同意作为明日一版中心内容突出处理。

夜霭渐浓，华灯初上。中国新闻史上一个不寻常的时刻，悄然降临王府井大街五十一号《人民日报》。这样一篇行将震撼三山五岳的宏文力作，党中央机关报该怎样突出处理？按彭真要求，报社确定为焦裕禄通讯和学习宣传配发系列社论，首篇社论应当怎样撰写？夜班编辑把目光投向李庄。

1966年2月6日傍晚，在一稿激起千重浪的中国第一报夜班，每临大事有静气的李庄再显宿将之风。经通盘权衡和缜密思考，李庄决定，2月7日报纸头版头条，以毛泽东《为人民服务》中的名言"我们为人民而死，就是死得其所"为通栏标题，之下左侧六栏横题放焦裕禄通讯两千四百字，其余转至二版整版刊出。通讯作者名字前冠本报记者。当时规定，新华社记者稿件除以本社记者名义发通稿外，《人民日报》刊登时署名均冠本报记者。但《人民日报》记者采写的稿件，不以新华社记者名义发表。通讯文首放焦裕禄头像照片。报眼下面右侧两栏竖题配发社论。报眼《今日要目》栏，头条二条放焦裕禄通讯和社论标题。一版下部放两则时政要闻，其中《周总理给一批小选手发"风格奖"》要闻配有图片。

社论是报纸的旗帜。当时，《人民日报》各编辑部包干写评论的做法，得到毛泽东肯定。但重要评论常由总编辑亲自动手，或由其挂帅从全社抽调精兵强将撰写。李庄后来在回忆文章中写道：

> 这些社论一般在千字左右，一篇谈一个问题，坚决芟除枝蔓；尽量减少人们已经熟悉的申述性话语，而以论断性语言表达作者的观点。这些社论一般不谈政策，多谈思想、作风，不必送阅，因此出手很快。常常是夜间十点多钟，几个人集体研究当晚要用的重要新闻、通讯，共同商定评论题目、论点，指定一人执笔，翌晨一点左右集体研究、修改，发排上版。

为焦裕禄通讯配发的首篇社论，1966年2月6日由后任报社编委和理论部、记者部两个部主任的萧航执笔。萧航撰写的社论《最强有力的领导——一论县委书记焦裕禄的工作精神和工作方法》，当天夜班早早排出小样，主标题为初号宋体字，副标题为四号楷体字。社论初稿共分十五个自然段，约两千八百字。李庄修改时勾掉了主副标题，重拟标题《向毛泽东同志的好学生——焦裕禄同志学习》。显然，这个标题严整、庄重、大气，无论政治性还是思想性，都远胜原题。从后来的宣传效果看，新拟标题并去掉囿于工作精神和方法的副题，不仅提升了主题，加重了分量，而且使社论成为统领焦裕禄宣传的总论，是此后连续发表的七篇社论的纲和魂。

李庄的功力和过人之处在于，对社论初稿立意和主题做近乎颠覆性的调整，居然举重若轻，不另起炉灶，只是顺势而为，整个删掉了原稿第七、第十一两个自然段，删除了第九、第十、第十二自然段中的部分内容，增写了新的结尾，将第十自然段的两行文字，勾至第九自然段结尾，又在相关段落添加了十三处简短文字，改动了若干字句。经李庄之手增删后的社论，共分为十三个自然段，近两千五百字。整篇文章焕然一新，俨若重构。

《人民日报》原副总编辑李仁臣说，稿子进了李庄办公室，好像进了理发店，出来后光鲜漂亮多了。经他朱笔点石成金的稿子不计其数，有经验的编辑记者知道李庄在上夜班，凡是出彩的标题，十有八九出自"老李"之手。他有一种大将的从容、硬汉的魅力，让人觉得夜班有李庄，就可以放心；稿子由李庄改，就可以放心；即使出了点事，有他在也不至于下不了台。

临门一脚的老到深湛和精准娴熟，源于从太行到京华的刻苦砥砺与千锤百炼。李庄以太行磐石般的坚强党性，放弃了自己更为倾心和钟爱的作家梦，除了偶尔下基层调研和采访，像一根力荷千钧的钢钉，终年累月纹丝不动焊在王府井大街五十一号《人民日报》夜班，从报社到煤渣胡同宿舍，一成不变机械而单调地循环在这一固定轨道上。世俗的欢乐，被压缩到几乎可忽略不计的空间。家中三个尚未成年的孩子，有时可怜巴巴地向他索取天经地义属于他们的父爱，他也显得那样悭吝。李庄结发于太行根据地的妻子——《人民日报》编辑赵培蓝，在怀念李庄的一篇文章中写道，二十世纪五十年代，三个孩子都在寄宿制小学上学，一周回家一天，星期天总想让爸爸妈妈带着去公园，李庄也有这个心愿。但他下夜班都在凌晨，上午八九点钟还睡不醒。三个孩子围在床边，这个揪揪耳朵，那个拽拽胳膊，小女儿在他的头发上编小辫，也还叫不醒他。好不容易等他起来，简单洗漱一下，带着孩子去中山公园时，时间已经不多，看看金鱼，看看别人划船，就要往回返。经过王府井，他总是让赵培蓝一人带着孩子回家，自己又到报社上班去了。了解李庄工作和生活特点的报社同仁说，这样的李庄，是近乎可怕的。

夜已经很深了，窗外大街上刚刚驶过最后一班公共电车，"哧哧"作响的电缆闪发出的蓝色光焰，在灯火阑珊的大街显得格外耀眼。那个深晚，在王府井大街国民党北方重要党报《华北日报》原址，中国共产党第一批有幸跟随毛泽东进京"赶考"的新闻战士李庄，因焦裕禄通讯而在心海掀起的波涛，依然激越澎湃。

在先是"一声炮响上太行"，后又"一肩行李下太行"的李庄身上，融入血脉浸入骨髓的，还是"进城情结"和"太行情结"。焦裕禄进城不失战士本色，始终保持革命战争年代冲锋的姿态，在他心中引起了强烈共鸣，唤醒了悄然栖居心底的圣洁情感。

1949年1月31日中午，北平和平解放暨人民解放军入城日，华北《人民日报》采访科长兼新华社北平分社社长李庄，作为首批进城地方干部，带领分社记者陈迹、柏生、金凤，分乘三辆卡车从西直门进入北平。卡车中有十七年后播出焦裕禄通讯的齐越，他随范长江进城后，前往接管国民党北平广播电台。"阴阳割昏晓"之际，死亡与新生转换之迅疾，以至新旧双方均难适应。北平，这座经历了明清两个朝代二十几位皇帝的历史名城，昨天还飘扬着国民党青天白日旗，今天已在人民利益的代表者控制下获得新生。李庄进城时，街上的沙包、"拒马"尚未完全撤除，人民解放军和国民党起义部队共同执勤。虽未赶上北平人倾城出动欢迎解放军的壮观场景，但从满街零落的纸旗，可以想见欢迎盛况之热烈。李庄著文追忆：

> 车到新街口，遇到三个中年男子，安步当车，步履从容，看样子是欢迎解放军后兴尽回家的。三人都是四十上下年纪，两人戴眼镜，都着蓝布长袍，从做派看是知识分子，三人尽情谈笑，时不时哼着"解放区的天是明朗的天"，此情此景，强烈地掀起我这个新闻工作者的冲动。想到汽车不能停留，只得继续赶路，但是心里一直在想：北平原是华北"剿总"所在地，昨天还挂着青天白日旗，特务横行，行人缄口，他们这歌是从哪里学的？随口而出，十分自然。几小时后我接管国民党的中央社北平分社，明白了一些道理。

根据分工，新华社总编辑范长江负责接管国民党北方重要党报《华北日报》，李庄负责接管国民党中央社北平总分社并组建新华社北平分社。当晚，两人来到北平市委书记彭真处，研究创办中共北平市委机关报《人民日报》北平版事宜。彭真考虑，干部刚进城，情况不熟，人少事多，《人民日报》北平版先出对开两版为宜。范长江和李庄想到，国民党《北平日报》无人看还出对开四版，故而颇有些气不过，提出《人民日报》北平版一定要出对开四版，否则稿件也无法安排。宁可少睡觉一人顶两人用，也要保证正常出报。从善如流的彭真同意了他们的意见。2月2日，《人民日报》北平版出版当天，北平各报都登出抢眼新闻《接管开始 范长江接管〈华北日报〉李庄接管中央社北平分社》。李庄两个弟弟在北平做党的地下工作，同他中断联系已十多年，看到报纸方知大哥还活着，并且随军进了北平。

1949年1月31日晚九时，范长江、李庄到达西单石碑胡同国民党中央社北平分社。两人分别讲话后，范长江马不停蹄赶往王府井大街，接管地位仅次于国民党《中央日报》的《华北日报》。北平分社为中共接管人员准备了面条汤，李庄考虑到围城多日的北平供应困难，婉言谢绝了。饥肠辘辘的接管者吃着发霉的玉米饼，居然异常香甜。此举在李庄看来天经地义，而北平分社人员却难以理解。

北平解放首日，城里尚有数万国民党散兵游勇。李庄命在楼上腾房给警卫排战士作宿舍，但夜间无处觅铺草，遂提议铺上原社长丁履进办公室的地毯。分社原庶务主任拟将地毯给接管组干部休息用，说士兵该忍着点。李庄表示，应先考虑战士的休息问题，接管组有几个沙发即可，办公桌拼起来也能睡觉。不料此事竟成为北平分社人员多日议论的话题。有人甚至说，这就是共产党打败国民党的重要原因。李庄听分社人员说，抗战胜利后蒋介石到北平，欢迎之热烈有说"万人空巷"的。可一个"劫收"彻底毁了国民党。重庆飞来的接收大员无不"五子登科"，大捞特捞。丁履进也"劫收"日本"同盟社华北总理处"赃物合十万银圆。北平被围后，国民党军在东单广场修一简易机场，丁履进赶"末班车"乘机逃跑。

十多天后，李庄前往东四钱粮胡同，接管国民党虽无党报之名却有党报之实的《北平日报》，来去都背同一床被子，接管转任飘然一身。四年间亲历两次反差强烈的接收，北平分社人员列队为李庄送行时不胜感慨："眼见为实。共产党确与国民党不同，真是受了一次看得见、摸得着的教育啊！"

一晃进城十七年了，当年太行根据地老房东的热炕头余温尚存，可那里的山川林岭已开始变得有些模糊……李庄不安地看到，随着党在全国执政时间的延长，一些干部的思想也在变化。焦裕禄光辉形象的震撼问世，将唤起人们心中多少沉睡的东西啊！

时近子夜，二校过的一、二版大样，送到报社镇关守门核心人物李庄办公室。作为党中央喉舌的虔诚守夜人，作为报社政治和技术安全的最后底线，李庄呷口茶，继续全神贯注审改大样。

2月7日凌晨，彭真审定的大样退回《人民日报》。李庄不禁忆起1949年1月31日晚，彭真召集范长江和他商量创办北平市委《人民日报》的往事，一丝温馨从心头漾起。凌晨四时许，李庄签署报纸付印后走出办公室，迎着满天璀璨的星斗来到印刷车间。海德堡大轮印机欢快地轰鸣着，散发着油墨清香的报纸流水般从他身边掠过，载着激荡一个国度的辉煌符号——焦裕禄的几十万份报纸，即刻将发往首都及邻近地区。那一瞬间，身材伟岸的李庄忽然觉得，自己像一个目睹诞生无数的助产士。他无声但却幸福地笑了。

李庄注意到，这一期《人民日报》，是第6422号。

1948年6月15日，晋冀鲁豫《人民日报》与《晋察冀日报》合并，新组建的《人民日报》为华北中央局机关报，同时担负党中央机关报职能。从6月15日凌晨，毛泽东题写报名的《人民日报》在河北省平山县西南里庄一间农舍诞生，李庄这个忠于职守的助产士，在神圣的产婆《人民日报》身边，寸步不离守更值夜，日复一日接生希望，放飞思想，已时逾十七年零五个月。

焦裕禄通讯配发社论的标题，实际上也是《人民日报》关于焦裕禄宣传的总基调和主题。从1966年2月7日到4月5日，《人民日报》在一二三版共刊发二十八期、一百零九篇学习焦裕禄的报道和文章，无一例外都以李庄改定的社论标题作专栏题目。

与穆青等人所撰通讯不谋而合的是，通讯修改中的一个重点和难点，是如何反映焦裕禄学习运用毛泽东思想，解决本地区本部门的问题。李庄精心修改的社论，恰好回答了这个至关重要的问题，言通讯未畅言，升华了通讯主题，为之增色不少。

焦裕禄通讯发表后，反响之强烈超出预期。全国各地读者打电话写信赞扬焦裕禄形象感人至深，一致认为这个典型抓得好。

一篇背离阶级斗争宣传主调又直面灾情的重大敏感报道，经李庄巧配社论得以稳妥刊发，轰动全国。在暴风雨降临前夜，焦裕禄通讯处理之炉火纯青，足见匠心之一斑。

2月9日至3月3日，李庄组织配发了七篇社论，其中2月20日前发出六篇：2月9日一版中央，左侧在《向毛泽东同志的好学生——焦裕禄同志学习》竖放统题下，放兰考县和河南、辽宁两省开展学习活动的报道，右侧是第二篇社论《要有更多这样的好干部》；2月11日三版，在《向毛泽东同志的好学生——焦裕禄同志学习》通栏标题下，整版报道各地学习活动，右上放董必武《学焦裕禄同志》诗歌，下放第三篇社论《最可贵的阶级感情》；2月13日一版，中下位置在竖放固定统题下，放两篇学习活动报道，下面是第四篇社论《在用字上狠下功夫》；2月14日一版，中下部在横放固定统题下，放三篇学习活动报道，右下是第五篇社论《用整风精神学习》；2月20日一版，报眼下放第六篇社论《调查就是解决问题》，同时配发报道内乡县委《先调查 后决定》的消息。

1966年2月21日，《人民日报》编委会和新华社编委会就焦裕禄重大典型后续宣传，给陆定一和中央打报告：

2月7日，新华社和《人民日报》发表了《县委书记的榜样——焦裕禄》长篇通讯，震动了全国，广大干部的反应尤为热烈。各中央局，各省、市、自治区党委，国务院各办和各部的政治部，连续发出决议或通知，号召向毛泽东同志的好学生——焦裕禄同志学习。新华社广泛地报道了各个战线普遍学习的热潮，《人民日报》已发表六篇社论。不少省、市报纸也发表了社论，并且开辟专栏，反映各个战线的同志们学习焦裕禄同志的情况和心得。此事反应还在继续发展。

我们认为，焦裕禄同志为广大干部树立了一个活学活用毛泽东思想、全心全意为人民服务的榜样，这对于促进广大干部学习毛主席的著作，促进干部的思想革命化，改进干部特别是县级领导干部的工作作风和工作方法，具有重大的意义。《人民日报》和新华社拟抓紧这个典型，推动活学活用毛泽东思想这一伟大学习运动的深入和提高。

我们打算继续大张旗鼓地、扎扎实实地宣传焦裕禄同志在毛泽东思想哺育下的成长，他的模范事迹和优良品质；宣传各个战线，特别是县委学习焦裕禄同志的活动和效果；宣传一些焦裕禄式的好干部、好县委；并针对当前干部思想革命化方面的一些问题，对照焦裕禄同志的模范事迹，继续写一批社论。

我们在宣传中准备以干部特别是县级干部作为重点，进一步解决干部思想革命化和县委领导革命化的问题。关于县委革命化的讨论，也密切结合学习焦裕禄的事迹。

我们计划在宣传中强调下面几项内容：

一、活学活用毛主席著作，在用字上狠下功夫，事事以毛泽东思想挂帅；

二、树立无产阶级世界观，全心全意为中国人民和世界人民服务，怀着深厚的阶级感情，与群众同命运、共呼吸；

三、树立雄心壮志，在三大革命运动中，敢于斗争，敢于胜利，战胜一切困难，不断前进，不断创新；

四、坚持党的群众路线，改进领导方法，深入调查研究，坚持"从群众中来，到群众中去"的方针，相信群众，密切联系群众；

五、善于坚持民主集中制，当好"班长"，团结同志，开展批评和自我批评，坚持原则、齐心合力、搞好工作；

六、永远保持一个普通劳动者的本色，艰苦朴素。

在宣传中要继续充分反映这一学习的深入发展，特别是反映各地县委以焦裕禄同志作为镜子，用整风的精神，检查思想，检查本地区、本单位的工作，找出同焦裕禄同志的差距，提出缩小差距的措施，采取改进工作的行动。同时，也要适当注意避免简单化和形式主义等毛病。

2月25日，中共中央政治局候补委员、中央书记处书记、国务院副总理、中宣部部长、文化部部长陆定一，在报告上批示："报中央书记处。"陆定一在报告中"宣传一些焦裕禄式的好干部、好县委"后，加括号写下"重要。但勿浮夸"；在"关于县委革命化的讨论"后，加括号写下"县委革命化的讨论，是否就以焦为中心"两则意见。

中共中央政治局常委、中共中央总书记邓小平，当日收阅报告后，随即对焦裕禄后续宣传拍板决断，挥笔批示："同意。"

焦裕禄通讯推出两周后，《人民日报》和新华社编委会从请示后续宣传的角度，给陆定一和中央打报告，为已问世的"孩子"正式办了出生证。

根据中央领导同志批示和宣传计划，《人民日报》2月23日二版，在《向毛泽东同志的好学生——焦裕禄同志学习》的通栏标题下，整版报道各地开展学习活动情况，左上头题放第七篇社论《最有力的领导》；3月3日一版，中下部右侧在横放固定统题下，放两篇学习活动报道，左侧是第八篇社论《思想改造永无止境》。

2月20日一版发表的第六篇社论《调查就是解决问题》，由李庄亲自操刀。在李庄看来，焦裕禄"吃别人嚼过的馍没味道"的闪光语言，焦裕禄不顾病痛查风口、探流沙、测水情的革命精神，触及了颇令自己焦灼的时弊，闪耀着马克思主义思想的光辉。调查研究是中国马克思主义产生的基础。这篇通讯通篇展现的焦裕禄艰苦深入的工作作风，不正是映照进城以来自己忧虑日深的干部作风，以及党群关系问题的一面镜子吗？

1957年年底至1960年年初，李庄到苏联任《苏中友好》杂志总顾问和专家组组长，回国后调任报社农村部主任。出国两年多时间，李庄感到对实际十分隔膜，要求到外地调查。获准后，他先是到了山西，因为这里生死相依的老战友多，便于了解真实情况。但他很快感到，"大跃进""反右倾"后人们学乖了：人越多话越少，人越少话越多。座谈会上讲的，同"咬耳朵"说的，差别太大。在太原，李庄与过去在根据地睡一条炕、现在省里任要职的老战友私聊，了解到因食品短缺，省委机关也出现了浮肿；在太行山八路军前方总指挥部和中共中央北方局驻地武乡县，他与1943年一起反"扫荡"的县委办公室主任叙旧，惊闻上边来人在公共食堂吃馒头和当地美食烩菜，全村老少要连喝几天稀粥补缺。李庄打算好好同农民拉拉家常，可陪同者如影随形，致使农民不敢说真话。怎样使农民能像战争年代一样敞开心扉掏心里话？他感到，进城以后，当年舍命掩护自己的老房东，正在疏远。

一年多后，李庄升任报社副总编辑兼总编室主任。随着责任的加重，那种融入血脉永世不易的根据地情结，与党群关系现状冲撞带来的焦灼与不安，日甚一日咬噬着他的心。李庄刚参加过毛泽东指定吴冷西组织的一次调查。在北京房山县，他们了解到干部强迫群众密植，要求播种量增加一倍。群众明知不行，又不能违抗，就把一半棉籽煮熟，同生棉籽掺在一起，拌上草木灰，瞒过干部监督过秤下种。最终一半棉籽出苗，避免了过密的损失。还有"大跃进"中深为群众诉病的公共食堂，弊端丛生却被目为"农村社会主义的阵地"，实则成为"夹在党和农民间的一个疙瘩"。

入夜，一个洪钟般的声音在李庄耳畔回响："太行山人民碗里要是不掺点糠，我们就要吃石头了！"这是当年刘伯承传遍太行根据地的口头禅。李庄自诩吃太行小米十多年，是太行农民养大的。人民是共产党人的衣食父母，也是党永远立于不败之地的血脉和根源啊！可这些年，心系人民这个党最重要的起家之本，被一些同志忽视了，不注意调查研究和倾听群众呼声，忘记了一切从实际出发。他不得不痛苦地承认，战争年代生死相依易，和平岁月水乳交融难。现在的党群和干群关系，确实不如根据地时期和刚解放那几年。而在茹苦含辛调查研究中知民需、解民难的焦裕禄，恰好树立了活生生的榜样！骨鲠在喉，不吐不快，2月19日夜，李庄伏案疾书，一气呵成写出第六篇社论《调查就是解决问题》，次日在一版报眼下见报。从报社存档资料可见，李庄起草的第六篇社论，写在报社二百字一页的竖排方格稿纸上，共写了六页半纸。社论从内乡县委学焦裕禄在调查研究中解决幸福渠施工方案切入，分层次展开阐述：

——焦裕禄同志党性坚强的第一个表现，就是理论与实际的密切联系，他遵照毛泽东同志"没有调查就没有发言权"的教导，认真地、周密地对兰考县的全面情况进行调查研究，根据实际情况，制定了战胜"三害"的方案。内乡县委在兴建幸福渠渠首工程发生激烈争论的时候，就用焦裕禄同志作镜子，对照检查自己的领导作风和工作方法，找到了解决问题的途径。

——毛泽东同志告诉过我们，许多做领导工作的人，遇到困难问题不能解决，该怎么办呢？就是"迈开你的两脚，到你的工作范围的各部分各地方去走走，学个孔夫子的'每事问'，任凭什么才力小也能解决问题，因为你未出门时脑子是空的，归来时脑子已经不是空的了，已经载来了解决问题的各种必要材料，问题就是这样子解决了。"内乡县委按照毛泽东同志的教导做了，兴建幸福渠渠首工程的方案也就顺利产生了。

　　——在我们面前，有着许许多多未被认识的必然王国。如果我们不是按照毛泽东同志的教导，像焦裕禄同志那样，去认真地对待这个必然王国，那么，在我们工作的不同方面，就会有不同程度的盲目性，就不会有自由。我们必须努力从这种不同方面、不同程度的盲目性中解放出来。系统地、周密地对我们从事工作的领域进行调查研究，掌握第一手资料。这就是从必然王国到自由王国的必经之路。

　　——进行调查研究，掌握第一手资料，进而解决问题，需要付出艰巨的劳动。焦裕禄同志为了掂一掂兰考县"三害"的分量，带头走遍全县大部分村庄，顶风沙，冒严寒，涉洪水，不分日夜，不顾疲劳，不怕危险，查风口，探流沙，测水情。他的这种革命精神，这种科学态度，这种群众路线的工作方法，使他终于能够认识兰考县"三害"的规律，从必然王国走向自由王国。

　　——调查研究是全党的事情，首先是各级领导干部的事情。我们党的广大干部，在毛泽东同志教导下，多年来是重视调查研究的。但是，对于调查研究在任何情况下、任何工作中的头等重要性，并不是所有同志都已经完全懂了的。因此，在我们许多同志中，粗枝大叶的、漫画式的、缺乏系统的周密的了解，自以为是的主观主义作风，空疏肤浅的形式主义作风，并没有彻底消灭。党中央关于调查研究的决定早就指出："粗枝大叶、自以为是的主观主义作风，就是党性不纯的第一个表现；而实事求是，理论与实际密切联系，则是一个党性坚强的党员的起码态度。"

2月20日凌晨，李庄起草的社论排出小样。他审阅后在小样左上角签署意见："今日一版用"。

3月3日见报的第八篇社论《思想改造永无止境》，2日夜间小样标题是《永做革命的促进派》，李庄将标题改为《领导干部更要学习焦裕禄》，添写了七段内容。但见报时这个针对性很强的标题，出于某种考虑改掉了。而2

月23日发表的第七篇社论《最有力的领导》，标题为萧航2月6日夜起草第一篇社论所拟。李庄当时删去了这个标题，但将这一思想在此阐发。

穆青认为，焦裕禄使自己找到了很多想找的东西。李庄又何尝不是如此！他坚信，今天的新闻，就是明天的历史。中国知识分子与生俱来以天下为己任的情怀，撑起精神世界的根据地情结和太行风骨，使他在山雨欲来风满楼时，慨然写下中国新闻史上的非凡篇章。这种情结和风骨，也成为他后来罹难时的精神皈依和支柱。

李庄曾云，自己"有在敌人重重包围的根据地进行武装斗争的经历"。1942年5月下旬，日寇对我太行山腹地进行残酷"扫荡"，八路军前方总指挥部和报社部分编辑及印刷工人，被包围在辽县（今左权县）东山几个山梁上，左权将军等领导和报社人员，包括随队采访的周原父亲乔冠生等五十多人壮烈殉国，血洒太行。当晚，幸免于难的李庄强抑悲痛，代表报社领导向集结于小山村的编辑记者传达分散突围决定，用短促有力的话语告诫大家，一定谨慎行事，同时机智灵活，终使幸存者全部脱险。

没齿难忘的太行山，在你千山万壑的褶皱中，有李庄人生的遒劲根基；在你山高水长的流韵里，有李庄永不枯竭的力量！

1966年年初的一天，李庄与穆青在黄河风陵渡不期而遇。风陵渡地处晋、秦、豫三省交界的黄河大拐弯处，素有"鸡鸣听三省"之说。志书载，古时黄帝与蚩尤战于中条山，遇大雾迷失了方向。危急中，大臣风后研制出指南车，黄帝得以突围并打败了蚩尤。后黄帝感念其功，将风后葬于中条山旁的古渡。1937年冬，穆青由此过黄河参加八路军，李庄素来也对这一承载丰厚的渡口深情缱绻。两位老战友意外邂逅太行根据地，禁不住豪情勃发，一起引吭高歌《在太行山上》，仿佛又回到了烽火太行的艰苦岁月。

当时，《人民日报》国际部主任罗尔庄，正陪同到各地参观的越南新闻代表团在此待渡，也为这壮怀激烈的场景所感染。

焦裕禄躬身实践党的根本宗旨，穆青、李庄、冯健、周原四位铁肩担道义的报人，呕心沥血打造焦裕禄鞠躬尽瘁为人民的感人形象，"剧中人"与"编剧人"生死契阔，殊途同归，成就了楷模树碑、圣贤著文的佳话。曲终奏雅时，领军采写焦裕禄通讯的穆青，牵头急就焦裕禄宣传系列社论的李庄，两位亲身经历过延安和太行根据地整风的首席记者，回望相向而行的足迹，遂觉焦裕禄光耀日月的高尚品行，正是他们梦寐以求理想的活化。

在倾情领写八篇社论的同时，李庄还组织了"十赞焦裕禄"的系列署名言论，在《人民日报》第六版连续刊发。1966年2月10日，刊发《掏尽红心为人民——赞焦裕禄》；2月12日，刊发《"忘我"和"有我"——二赞焦裕禄》；2月13日，刊发《无私者最无畏——三赞焦裕禄》；2月17日，刊发《同群众心贴心——四赞焦裕禄》；2月19日，刊发《最乐观最坚强的人——五赞焦裕禄》；2月23日，刊发《钢刀岂怕石来磨——六赞焦裕禄》；2月26日，刊发《"过电影"——七赞焦裕禄》；2月28日，刊发《好儿子·好学生·好领导——八赞焦裕禄》；3月2日，刊发《这一代和下一代——九赞焦裕禄》；3月4日，刊发《激励前进的动力——十赞焦裕禄》。这一天刊发的最后一篇署名言论，比八篇社论收官之作刚好晚一天见报，可谓异曲同工，双双鸣金。八篇社论加十篇言论，这种气势、规模和力度，在典型宣传中可谓空前绝后。

焦裕禄重大典型的精彩亮相，使穆青、冯健、周原、齐越名声大噪，享誉全国。而惯于为他人作嫁衣裳的李庄，在分享成功喜悦后，依旧隐身幕后做无名英雄，黄卷青灯，笔耕不辍，孜孜不倦为他人作嫁衣裳。不过，他也有属于自己的偏得：焦裕禄的到来，使李庄颇有雪中送炭之感。

1965年，经过调整的国民经济出现转机。10月18日，《人民日报》头版在《实现县委领导革命化 建设社会主义新农村》大标题下，整版推出《实现县委领导革命化》专栏首期讨论，并加按语指出："县委领导革命化问题，是我们整个农村革命化的关键。"讨论反响热烈，到1966年2月，全国两千多个县（旗、市），有九百零四位领导同志投稿一千八百多篇。见报稿件抓问题，言之有物，党报与群众的联系大为增强。但李庄感到，栏目越办越难，深入讨论面临巨大障碍。随着姚文元《评新编历史剧〈海瑞罢官〉》的发表，李庄素来崇敬有加的几位领导人，正受到严厉的批判。阶级斗争的调门越来越高，随意罗织罪名整人有愈演愈烈之势。"黑云压城城欲摧"时，焦裕禄典型的应运而生，使他顿生"甲光向日金鳞开"之感。

焦裕禄形象闪亮登场，拓宽了"实现县委领导革命化"讨论的视野，丰富了话题。2月14日,《人民日报》发表的第五篇社论《用整风精神学习》中说:"本报关于县委领导革命化的讨论,在最近期间,准备比较集中地反映各地县委学习焦裕禄同志促进领导革命化的材料"。李庄后来撰文说,把焦裕禄宣传与县委领导革命化讨论相结合,使讨论更加有的放矢,更加明确地为县委领导革命化立起了一面镜子,同时也利于避开一些敏感的问题。

在此之前三年,《人民日报》关于思想革命化的报道,因切中领导干部思想脉搏,在全国引起热议。李庄所不知道的是,在远离北京的兰考,有一双炯炯有神的眼睛,始终关注报道并自觉推进县委班子思想革命化,以生命的余晖照亮兰考奋起的道路,留下了"兰考人民多奇志,敢教日月换新天"的豪迈誓言。终日在《人民日报》夜班字斟句酌辛勤把关的李庄,自然不知道思想革命化报道给生命倒计时的焦裕禄的启迪,更无从获悉报道引发的"兰考专版"的曲曲折折。但知音莫逆于心,李庄在记者的泣血之作中,感受到了焦裕禄燃生命之火重新书写兰考历史的悲壮与决绝。他与焦裕禄虽未曾谋面,但神交有日。只是当年记者健笔勾勒,纵横写意,无暇顾及《人民日报》思想革命化报道引发焦裕禄气贯长虹文章构想的细节,致使李庄无从知悉焦裕禄看到报道后的所思所想,未能演绎北京与兰考新的故事。假如当年李庄了解了焦裕禄"挪用救灾粮"前前后后的情况,对他设身处地体悟"七品芝麻官"的不易,更好地丰富拓展思想革命化报道,使此后开展的县委领导班子革命化讨论更加精彩,必然大有裨益。无奈,历史不能假设。

焦裕禄通讯轰动全国,连作者也始料未及。2017年8月14日,我在北京访问参与采写焦裕禄的冯健时,这位业界巨子忆及当年焦裕禄宣传如火如荼的往事,感慨说道,焦裕禄重大典型在全社会引起强烈共鸣和认同,除了本身事迹过硬和感人,经过"大跃进"和三年困难时期的中国,在呼唤给全民族带来信心和力量的英雄等因素外,作为党中央喉舌的《人民日报》,是新华社稿件落地最有影响力的载体,《人民日报》除突出处理焦裕禄通讯并连续深化报道外,不到一个月连发八篇社论,起到了定调发令的关键作用,在全国有无可替代的号召和引领作用。这是过去从未有过的,以后也没有过。主笔社论的李庄功不可没。冯健对李庄充满敬意和感激。

2019年1月20日,我再访冯健时,他认为焦裕禄的成功推出,一是得益于《人民日报》等媒体相助,二是焦裕禄是客观存在的,记者反映了生活中真实的英雄。冯健说,自秦始皇废分封、立郡县以来,县作为中国政权架构的重要层级,在社会治理和贤臣名相造就中作用甚大。焦裕禄就是这一层级锤炼的优秀社会管理人才。

焦裕禄通讯和《人民日报》系列社论的发表,奏响了大力弘扬焦裕禄精神的高亢基调。1966年2月下旬,《红旗》杂志第四期发表评论员文章《焦裕禄同志是活学活用毛泽东思想的好榜样》;2月10日,《解放军报》发表社论《向焦裕禄学习,做党的好干部》;2月12日,《工人日报》发表社论《学习焦裕禄,彻底革命化》;2月12日,《中国青年报》发表社论《像焦裕禄同志那样干革命》。全国各省市自治区报纸,各大军区和军兵种报纸,纷纷转载《人民日报》社论并发表学习焦裕禄社论。

《河南日报》转载《人民日报》系列社论,2月10日发表《学习焦裕禄同志的革命精神》,2月17日发表《做智勇双全的革命闯将》,2月18日发表《必须向下作调查》,2月21日发表《榜样的力量是无穷的》,3月12日发表《看准了就大干》,3月31日发表《把学习焦裕禄同志的运动深入开展下去》六篇社论。其中2月10日、21日和3月12日三篇社论,均出自在民权听过张钦礼"跑了题的发言"的李光照手笔。

河南人民广播电台2月7日起举办"向毛主席的好学生焦裕禄同志学习"专题广播节目。截至2月28日,专题广播开播二十天,电台收到听众寄来的听后感和信件两千六百二十五件,接到要求重播或询问播出时间的电话一百六十九次。

山东《大众日报》悉数转载《人民日报》系列社论,并于3月7日发表社论《领导干部必须带头学好用好毛主席著作》。

李庄《人民日报风雨四十年》一书对焦裕禄宣传有如下回忆:

　　《人民日报》1966年2月7日一版登载了穆青、冯健、周原三同志合写的长篇通讯《县委书记的榜样——焦裕禄》,同时登载焦的照片和社论《向毛泽东同志的好学生——焦裕禄同志学习》。在我的记忆中,新中国成立以来,我们宣传过许许多多先进人物,规模大，范围广，影响深，以此为第一人。《人民日报》发起的影响相当广泛的"县委领导革命化"讨论，从2月中旬起同学习焦裕禄结合起来，内容更加充实、亲切，给县委同志们提出了一个活生生的学赶榜样。两三个月时间，从来稿来信情况看，学焦裕禄的浪潮不仅遍及地方党政机关和党政干部，党政军民学、领导机关和基层单位的干部都学焦裕禄。《人民日报》对此连续写作社论七八篇，读者也给予好评。

在时逾半个世纪的焦裕禄宣传中，《人民日报》作为第一小提琴手，始终引领宣传主调和节奏，顺应时代呼唤不断掀起高潮。

河南师范大学副教授陈莉莉博士与孙丽柯写的《焦裕禄精神集体记忆的建构历程》说，《人民日报》对焦裕禄精神的宣传，有三个高峰期。首个高峰期出现在1966年至1968年。这三年共刊发焦裕禄精神文章三百四十二篇，其中1966年三百篇，1967年十四篇，1968年二十八篇，年均一百一十四篇。1969年到1988年，二十年间刊发焦裕禄精神文章一百五十六篇，年均七点八篇。1989年—2008年是第二个高峰期。这二十年共刊发焦裕禄精神文章九百五十九篇，年均四十七点九五篇。2009年至2014年是第三个高峰期。此间共刊发焦裕禄精神文章五百八十篇，年均九十六点七篇。

焦裕禄宣传力度之大、时间之长、效果之好，创造了《人民日报》重大典型宣传的历史，给中国共产党孕育和铸造焦裕禄精神，贡献了具有"现象级"品质和里程碑意义的重大成果。

2002年春，李庄卸任《人民日报》总编辑十六年之际，那个当年别出心裁在共和国第一大报夜班掌门人头上编小辫的小女儿李东东，赴宁夏回族自治区任党委常委、宣传部部长。四年后，2006年3月3日，八十八岁的李庄缠绵病榻两年余，病逝于北京医院。

李庄驾鹤西行前夜，李东东在银川结束当日的公务活动，忽觉坐立不安。抬腕看表，指针指向晚上九时。后天是周末，她已预订返京看望父亲的机票。似乎是第六感觉使然，李东东忽然把航班改签为次日，旋又由下午改为上午，最终改为早晨。飞机准时在首都机场降落后，李东东驱车进城，沿长安街直奔北京医院。十时三十分，车行至北京饭店南侧，姐姐李晨又一次电话询问："走到哪儿了？赶快吧，爸爸还在坚持着，等着你……"

李东东赶上了与弥留之际的老父亲最后的晤面与诀别。

下午三时五十四分，李庄在家人环绕和守护中安然离去。相濡以沫五十九年的老伴赵培蓝，趴在李庄耳边轻轻说："你这一辈子太辛苦，太累了，你休息吧！我不和你告别，你托个梦告诉我走到哪儿去了，我这就去找你，永远和你在一起……"

李庄走了，可在人人抱荆山之玉、个个怀灵蛇之珠的《人民日报》，人们觉得那个共产党员的李庄，士兵的李庄，报人的李庄，农民的李庄，穿西装的李庄，穿圆领衫的李庄，本色的李庄，还和他们在一起，还在夜班值更、管事儿。向李庄遗体告别那天，报社新老领导和编辑记者都来了，连印刷厂的老工人也来了。

望着静静安卧鲜花丛中的李庄，报社领导看到的是共产党员的李庄。《人民日报》同仁公认，在报社领导中，李庄上夜班最多，做检讨最多，同时骨头也最硬。报社很多人都听他讲过这样一句话：总编辑要学会写检讨。作为《人民日报》坐镇夜班的大将，他既稳慎操刀，又勇于担责，尽量不把总编辑推到第一线和风口浪尖。

就在《人民日报》对姚文元《评新编历史剧〈海瑞罢官〉》一文处置陷入极大政治被动之际，李庄参与删节5月4日《解放军报》《千万不要忘记阶级斗争》社论的"空前错误"，使他几坠深渊，也使《人民日报》雪上加霜。这篇社论披露了毛泽东准备发动"文革"的诸多思想，李庄虽不知此文经毛泽东一再修改，但鉴于此文相当严谨，建议全文照转。主持工作的副总编看到版样主张大加删节。李庄担心删出纰漏，同一版主编在稍嫌重复处删除五百余字，谁知竟闯下大祸。翌日，康生在会上严厉指责并追究此事，说《人民日报》出此大错绝非偶然，同报社领导人长期处于中间状态有关，声色俱厉追查原因和动机。李庄已习惯出错时勇于担责，常做检讨。但这次反复检讨就是通不过，工作也被调整，虽未撤销副总编辑职务，但被派充无事可做的专管农业机械化报道的组长。此后，姚文元《评三家村——〈燕山夜话〉〈三家村札记〉的反动实质》等黑文，都是其他报刊先登，《人民日报》

转载。不少同仁感叹：中央党报不在王府井了。事态后来发展到康生提出，《人民日报》的检讨要登报公之于众，报社一度压力骤增。那几天，李庄真是度日如年，寝食俱废，只觉得昏天黑地。四天后有了转机，毛泽东从国内外影响考虑，决定可以不在报上公开检讨，但要认真吸取教训，不能重犯类似错误。全社闻讯无不如释重负，李庄更是喜极而泣。

在人生最后的驿站，夜班编辑看到的是背倚太行衔命而行的战士李庄。1978年5月11日，《光明日报》发表特约评论员文章《实践是检验真理的唯一标准》。这一直击"两个凡是"要害的檄文，在中国掀起巨大波澜。经胡耀邦指导，中央党校再撰宏文《马克思主义的一个最基本的原则》作进一步阐释，消释各种误解和疑虑。由于中央分管宣传工作的领导坚持"两个凡是"，《人民日报》不宜直接发表此文。主持军委日常工作的秘书长罗瑞卿表示，此文先作《解放军报》特约评论员文章发表，如有什么责任，由他一人全部承担。罗瑞卿十分重视此稿，同胡耀邦电话斟酌修改六七次，约定各报在军报发表翌日转载，《人民日报》在军报发表当天转载。

李庄当年在抗大学习，校长林彪去苏联疗伤，副校长罗瑞卿主持全面工作，故与他有师生之谊。李庄对罗瑞卿的道德文章十分钦仰。文章见报头晚，罗瑞卿三次给已出任《人民日报》总编辑的李庄打电话。

首次通话时，罗瑞卿询问，当天有无适当版面？如果稿件过于拥挤，军报可以等一两天，务必同日见报。

罗瑞卿第二次来电话，嘱李庄和值班编辑细看《解放军报》特约评论员文章清样，如有意见及时提出，他斟酌修改还来得及。

罗瑞卿第三次来电话，询问版面怎样安排。

李庄说拟放一版下部，五分之二版面，通栏题，五号楷体字。

罗瑞卿急忙问，一版上部放什么？

李庄回答说，是华国锋主席会见阿曼外交大臣的新闻和照片。

罗瑞卿同意报社对特约评论员文章的安排，嘱咐版面如有变动，不管到什么时候，一定告诉他；校对要好好看，编辑也要细看。说着，罗瑞卿口气变得严肃起来："有一个错字，唯你是问。"

李庄瞬间找到了抗大学员的感觉，当即向老校长报告说："我们一定加倍仔细，请校长放心!"

罗瑞卿大约久违"校长"这一亲切称谓，稍有沉吟。

李庄又说："想起抗大的生活，我还是愿意叫你校长。"

罗瑞卿轻轻叹息一声："我已经老了，你也不是青年了。"

庄严肃穆的八宝山灵堂，没有悲怆的哀乐，而是回响着李庄吟唱终生的《在太行山上》的雄浑旋律。灵堂挽幛上写的是：

能写能编能论声满报坛存世万篇辛苦文字

为人为文为事有口皆碑欣留一缕清白家风

新华社为李庄发了讣告消息，开篇是他战争与和平中的素描：

乱世能横戈立马，以笔代枪；

盛世能夙兴夜寐，殚精竭虑。

一幛一联，准确概括了李庄的职业生涯和革命一生。

生前友好故旧感念，李庄1983年出任《人民日报》总编辑，1986年主动要求退居二线，在中国新闻界，经历和见识如此丰富的老报人不多；到李庄卸任时，长期担任《人民日报》领导职务，最后从总编辑位置上安全着陆且功德圆满者，仅此一人。

李庄作为《人民日报》创始人之一，见证了中国第一报的诞生与发展，并为之辛勤耕耘了四十年。他活在《人民日报》的历史中，理所当然镌名焦裕禄精神铸造的光荣史册。

第五章　震撼华夏的生命绝响

一、齐越声音响彻中国

1966年2月6日下午四时，中央人民广播电台著名播音艺术家齐越，接到录制重要稿件的通知，匆匆赶到复兴门外广播大厦。

拟录稿件预定2月7日上午十点播出，晚九点重播，8日、9日继续重播。全国各地人民广播电台联播节目发了预告，并撤销了7日晚上九点后的文艺、新闻和援越抗美专题节目。齐越知道，非重大事件和盛大节日组织特别节目，一般不会打乱原有节目安排。这种做法，新中国成立以来十分罕见。

齐越一看稿子，身上的血忽一下热了起来。年初，供职新华社的妻子杨沙林告诉他，穆青将在社里作焦裕禄的事迹报告。穆青的才能和声望，使齐越对这次报告极为期待。他和妻子一起，聆听了穆青激情飞扬的讲述，在热泪长流中受到一次崇高的精神洗礼。这对齐越来说是久违的。这次报告，使齐越产生了一种预期的播讲冲动。

齐越原籍河北省高阳县，1922年2月生于黑龙江省满洲里。其父齐肇豫通俄文，曾任中东铁路黑龙江外交署翻译、胪滨县县长，九一八事变后拒绝出任伪黑龙江省省长，携妻儿逃至北平。1941年，齐越从北京师范大学附中毕业赴大后方，1942年8月入西北大学外语系学俄文，参加了地下党组织的秘密读书会，成为学生运动骨干。1946年4月19日，在校警举枪欲向游行学生射击的危急关头，齐越奋勇上前夺枪，被校方开除并通缉。

齐越由石家庄入邢台解放区，到《人民日报》国内资料室记录电讯稿，后任编辑。艰苦的太行岁月，齐越以日记铭志寄心。

1947年元旦，齐越打开日记本，为根据地战地节日勾勒速写：

> 清晨，钟声响彻云霄。报社同志聚集一堂举行团拜。晚饭大会餐。会餐后晚会开始。报社负责人之一李庄同志举行婚礼。合唱表演唱出了青春的活力，轻松愉快。

齐越不曾料到，十九年后，自己同已出任《人民日报》副总编辑兼总编室主任的李庄一起，创造并见证了焦裕禄宣传的历史。

1946年年底，党中央撤离延安前，决定在瓦窑堡和太行山适当地点建立新华广播电台第一、第二战备台。恰好我军缴获国民党一架误降焦作的飞机，将机上所载美制RCA300瓦长波导航台改装成发射台，在河北涉县西戌、武安县沙河等村子的窑洞里，建起了第二战备台。

1947年3月18日晚，毛泽东、周恩来撤离延安。翌日，我军主动放弃延安，第一战备台接替工作。4月1日，第二战备台接替工作，以陕北新华通讯社和陕北新华广播电台的呼号，继续向国内外进行中英文专稿和口语广播。太行山重又响起了希望和胜利之声，粉碎了国民党妄图摧毁我电台的梦想。

是年4月至6月，新华社工作由晋冀鲁豫组织的"临时总社"负责。李庄作为负责人之一，由《人民日报》调"临时总社"工作。齐越因参与第二战备台筹建并播音，于是与李庄有了太行之谊。

延安新华广播电台自1940年12月30日开播，基本是清一色的女播音员。出色的女播音员各有千秋：孟启予的声音尖锐泼辣，语调富于变化，擅长播送毛泽东幽默辛辣的文章，以至重要文稿经常注明"孟播"；钱家楣的声音悦耳流畅，富有感情色彩。1947年4月中旬，转战陕北的毛泽东，在一农家小院听钱家楣播送蟠龙大捷和真武洞祝捷新闻及评论，当她痛斥蒋介石悍然发动内战时，语调激昂严厉，播到活捉国民党旅长和召开祝捷大会时，抑制不住内心喜悦，语调热情洋溢。毛泽东对钱家楣赞叹不已："这个女同志好厉害，骂起敌人来真是义正词严，讲到我们的胜利也很能鼓舞人心，真是爱憎分明，这样的好播音员要多培养几个！"

延安女播音员富有魅力的声音，甚至成了瓦解敌人的利器。1946年6月，国民党空军上尉刘善本驾机飞抵延安后，特地要求见见那些声音十分熟悉的女播音员，感谢她们帮助自己弃暗投明。

1946年，延安新华广播电台曾有一名叫王琚的男播音员，不久即离开。为适应解放战争经常播报战况和评论需要，齐越等四个能说北平话的男编辑进入了视线。1947年8月16日晚，孟启予交给齐越两篇记录新闻，讲解后帮他练习两遍便开始试播。齐越因紧张声音有些发颤，但由于少年时参加朗诵受过锻炼，终以口齿清楚和声音浑厚洪亮而入选，成为党第一位站住脚的职业男播音员。齐越乐意播音，心里还藏着一个不为人知的秘密：他与妻子已数年音信不通，他想通过播音，让敌占区的同志转告妻子自己还活着。

此后，齐越的声音伴随中国革命建设进程，成为独具特色的历史见证。在摧枯拉朽的解放战争中，他用声震寰宇的播讲，将毛泽东的新年文告《将革命进行到底》传遍五洲四海。在开国大典重要历史时刻，他和丁一岚在天安门城楼连续站立播讲六小时。四野战士李振友南下途中在昆明郊外听到广播，激动之余给齐越写信。来自天安门城楼的声音架起了两人终生友谊的桥梁。齐越病重时，李振友两次从牡丹江赴京看望。抗美援朝中，齐越声情并茂播出魏巍的《谁是最可爱的人》，一沓沓来信从冰天雪地的朝鲜战场飞到北京。1952年11月15日，志愿军战士崔鲜疆，从炮火连天的上甘岭坑道给齐越写信说，他们每晚翻过一个山岗，到收音员那里聆听来自祖国的声音。12月15日，经一位女播音员三次呼唤，齐越利用广播给崔鲜疆回信。播讲毛主席的好战士雷锋事迹，齐越热力四射的声音，有力引领了神州大地学雷锋热潮。面对熠熠生辉的楷模焦裕禄，齐越再次感到了历史责任之重。

齐越说过，播音运用有声语言，不仅仅是个技巧问题。播先进人物事迹，如果播音员与先进人物没有共同的感受，不是同呼吸、共命运，不是真正动心，你无论如何是感动不了听众的。

焦裕禄通讯长达一万三千字，齐越凭着听穆青报告的预热，凭着1964年到1965年在山西五台县农村与群众"三同"半年多时间的体验，凭着从业近二十年丰富的播音经验，只看了一遍稿子，就进入了焦裕禄的世界。值班录音员和新闻部编辑，都毫不怀疑齐越能一气呵成完成录制任务。他们从录音间长方形夹层玻璃窗，注视着小录音室中齐越丰富的表情。然而，意外的事情发生了：齐越的声音由平静而激昂，而颤抖，而呜咽，最后竟完全失控，放声痛哭起来，录音员和编辑也泪眼模糊。齐越冲玻璃窗一摆手，示意暂停，走出录音室吸一口气，努力抑制住悲痛激奋的情绪，十分钟后重新坐到话筒前。此后，齐越播讲几度泣不成声，录音多次中断。录音员和编辑也趴在操作台上哭成泪人。央广领导和播音员默默伫立窗外，注视着过去从未有过的一幕，边听边擦眼泪。终于，齐越以发自丹田的声音，念完了稿子最后一句话："焦裕禄同志，你没有死，你将永远活在千万人的心里！"

在广播大厦录制完焦裕禄通讯后，身心俱疲的齐越一回到家，就对妻子杨沙林说："太感人了，我简直难以控制！"

一连几天，齐越一直沉湎于通讯描写的情景，不时拭泪。

"感人心者，情言声义。"焦裕禄通讯录音时长七十一分钟。一个多小时的演播，只有播音员的声音元素，要自始至终抓住听众，这在今天的传播语境中是难以想象的。齐越在大气磅礴诵读言传的同时，又激情澎湃与听众进行意会交流，酣畅淋漓展示了自己善于驾驭篇章、人物塑形和声音共情的能力，使焦裕禄的事迹磁石般吸引了广大听众。

邵燕祥夫人、央广编辑谢文秀评价齐越播报的焦裕禄通讯写道：

> 齐越被我们认为是既能义正词严播评论，又能一泻千里播通讯特写的全才。他播《县委书记的榜样——焦裕禄》那篇名文时，听众来电话来信不断，为那篇动人心弦的特写，也为齐越卓越高超的感人至深的表达水平。当编辑的，一般比较理智，但那一次录音时，守在播音室外的一位从不轻易流露感情的老编辑，也被他的情绪感染得流泪了。

1966年2月7日，一个光辉的名字——焦裕禄，传遍中国大地。

河南兰考，2月7日上午，县委门前的高音喇叭，响起了齐越高亢激越的声音。人们纷纷驻足聆听广播中讲述的熟稔而感人的故事，连大街上行驶的车辆都停了下来，足足停了一百多辆。车上的人，都被他们熟悉和爱戴的那个人的事迹所深深吸引。

那天，穆青在北京给兰考挂了三个长途电话，得知全县各社队除原有广播网外，都拉了专线收听中央台的广播。齐越播讲时，除火车过往的汽笛声和车轮声，到处都寂静无声。连一向嘈杂热闹的街头和十字路口，也听不见任何声响，集市上的叫卖声也消失了，人们不期而同停下手中的买卖，专心收听广播。数不清的高音喇叭下，五行八作的人们屏息静气，凝神谛听，通讯播完后，高音喇叭附近的人动也不动，似乎还在等着听电台播送焦裕禄新的故事。良久，人们才默默离开，但依然低头不语，沉浸在对衷心爱戴的好书记的追思与缅怀中。

齐越声音引发了人们对刊登焦裕禄事迹报纸的渴求。2月7日中午，载着当天《河南日报》的列车一驶入兰考车站，县邮电局职工就争分夺秒卸载分发报纸，以最快的速度送到读者手中。城乡读者拿到报纸一睹为快，未及读完，已是泪流满面。许多人虽听过多遍广播，拿到报纸后还是反复品读，在咀英萃华中感受伟大与崇高。城乡各邮局门口，都排起了购买报纸的长队。从2月7日到9日，兰考县城和各公社新增零售报纸两万六千多份，不少人一次购买几份报纸寄给亲友阅读。兰考县委办公室干部王保华，上街买了五份报纸供家人学习。2月7日，县邮电局的投递员带着刊载焦裕禄通讯的报纸，刚一来到红庙公社双杨树大队，就被正在劳动的社员们围了起来。投递员说"今天有零售报纸"，马上就有三十五个社员把钱递到他的手中。

兰考县爪营公社张庄大队的干部群众，收听广播和看报纸后，得知焦裕禄病危时还在问到医院看望他的同志，张庄的沙丘封完了没有？大伙儿纷纷流泪了。他们说："咱队的沙丘虽然都封住了，但邻队的沙丘还没有完全封好，咱们应该帮助他们！"于是，在一个大风天里，他们帮着坝头大队，把一个十多亩的沙丘用淤泥封好了。

齐越播讲和报载的焦裕禄通讯，唤起兰考人对焦裕禄兰考岁月的美好记忆。那些日子，十里八乡的群众见面都说："焦书记又回来了！"

尉氏县委书记夏凤鸣、县长薛德华、县委办公室主任董金岭，还有曾与焦裕禄一起工作过的基层干部高峰、张敬立、刘法德、张庚寅、陈莲青，以及从乡下赶来的殷克敬、王小妹，在县委会议室听完齐越广播的焦裕禄事迹，个个激奋不已。根据夏凤鸣提议，大家又参加了县委扩大的学习会。

日月之梭如此迅捷，一晃，焦裕禄离开尉氏三年多了，他到兰考报到的情景，仿佛就在昨天。但转瞬间，曾经风雨同舟的战友已阴阳两隔。往事纷萦，夏凤鸣极力抑制着自己的感情说："刚才，大家都听了中央台的广播，咱们再学学报上登的焦裕禄事迹。董主任给大家念念吧！"

董金岭把几份《河南日报》分给县委委员，操一口标准的豫东话念着，泪水"吧嗒吧嗒"滴落在手中的报纸上。当他念到北京的医学专家，为焦裕禄作出癌症晚期的诊断时，禁不住呜咽了。董金岭哭着念完通讯，夏凤鸣重又念了通讯的开头——那是奠定全篇激昂沉郁风格的基准音符："1962年冬天，正是豫东兰考县遭受内涝、风沙、盐碱'三害'最严重的时刻……党派焦裕禄来到了兰考。"夏凤鸣噙着泪花对大家说："同志们，党是派焦裕禄同志从咱尉氏到的兰考……尉氏学习焦裕禄，应该走在全国前头！"

1966年2月16日，夏凤鸣在《河南日报》发表《放到哪里就在哪里闪闪发光》的文章，抒发他对焦裕禄的感佩和思念之情。

3月2日，董金岭写的《难忘的半年》一文在《河南日报》发表，深情回忆了焦裕禄躬身调查问计、一丝不苟做事和维护集体领导的往事。

尉氏县彭店村刘庚申的母亲听了齐越的广播，又揪心扯肺想起了"二儿子"焦裕禄。1948年2月13日，焦裕禄带十几个工作队员进村搞土改，听说他家穷得叮当响，就把行李卷儿提进门，张口就喊刘庚申母亲娘。从此，焦裕禄成了刘家的二儿子，家里断顿他送吃的，家里缺柴他送烧的，吃饭娘不动口，焦裕禄不动筷。一次，焦裕禄买了个夹牛肉的烧饼送到娘嘴边，说："娘，我给你捎了个烧饼，吃吧。"老人说："孩子，你没几个钱，还给娘捎这干啥？"焦裕禄说："你是俺娘哩，就是有一个钱，也应想着给娘捎点儿东西吃。"在焦裕禄培养教育下，刘庚申当上了民兵，入了党，后来当了干部。焦裕禄离开彭店后，刘家像丢了个亲人似的。焦裕禄去世后，刘庚申一家寝食不安，刘庚申母亲思念尤甚。吃饭时老人便说："还有一口人没回来呢！"于是就在桌子上多放双筷子，说："这是老焦的！"

焦裕禄工作过的洛阳矿山机器厂，干部职工收听广播和阅读报上刊载的焦裕禄光辉事迹，往事历历唤起人们追思绵绵。厂党委书记赵祥庆说，焦裕禄同志在厂工作前后九年时间，时刻想着工作，处处想着群众，从没有听他叫过苦、喊过难，也从未听他提出过个人要求。这种公而忘私的彻底革命者的精神，永远值得我们学习。

1966年3月10日下午，焦裕禄工作过的洛矿一金工车间数百名职工，专题举行悼念大会。车间党总支书记和六个生产班组代表发言，深切缅怀焦裕禄这位车间好领导和工人的贴心人，一致表示，接好焦裕禄同志的班，尽快把一金工车间建成大庆式的车间。

在洛矿生产调度科，人生爬坡时节得益于焦裕禄伸手帮扶的调度组长，同家人一起含泪接连听了三遍齐越的广播，焦裕禄倾注一腔热情，帮助自己走出曲折、闯过坎坷的往事，又一幕幕浮现眼前。他永远忘不了焦裕禄同自己的雪夜恳谈，循循善诱三个多小时，彻底打开了自己缠绕胸中的心结，唤醒了趁年轻立志打翻身仗、把坏事变好事的热情。焦裕禄病中还把自己叫到床前，询问思想工作情况，回尉氏养病还来信鼓励自己努力学习工作。这位调度组长含泪表示，永远不忘焦裕禄的教诲，一定像他那样工作和生活。

1966年2月7日，大连起重机器厂干部职工收听齐越广播，焦裕禄带领群众敢教兰考换新天的英雄气概，使人们油然忆起他在大起厂刻苦钻研、勤奋实践的往事。机械车间姜枫椿含泪在焦裕禄送给他的照片背面写道："学习焦裕禄，听党的话，跟党走，不怕困难，永不变心。"厂党委作出向焦裕禄同志学习的决定，厂报、广播站、座谈会、版画展、文艺演出，成为有声有色的学习活动载体。工程师郑连生填词作曲的《焦裕禄是咱大起人》，成为全厂传唱不衰的金曲。厂工人业余美术组刘敬瑞、王其昌、范明耀、崔翔等人，撷取焦裕禄在大起厂工作和生活片段，创作了十四幅版画《我们的"政治主任"——焦裕禄同志在大连起重机器厂》，发表在1966年4月17日的《旅大日报》上，在厂内外引起热烈反响。这组版画现藏国家博物馆。有的大起人不远千里来到兰考，在焦裕禄墓前缅怀可钦可敬的老主任。焦裕禄精神成为大起厂企业文化光彩夺目的核心内容，焦裕禄工作过的机械车间更是把弘扬焦裕禄精神作为传家宝。

齐越富有磁性的声音吸引亿万人民悉心倾听，像润物无声的春雨悄然滋润人们心灵，甚至影响了青少年的职业选择和人生走向。

上海浦东摆鱼摊的老林一家八口，挤在收音机旁听齐越播讲焦裕禄通讯，个个泪流满面。妈妈忽然发现，九岁的小儿子林栋甫不见了。正焦急间，忽听从阁楼上传来孩子的呜咽声。

"怎么啦？栋甫！"家人焦急地喊着。

"焦裕禄太好了，他不该死……"小栋甫抽噎着说。这个小小的男子汉，不愿让人看见他哭，跑到阁楼上悄悄流泪去了。

林栋甫患有小儿麻痹症，成年后到上海房管所当修理工。他喜欢配音，但报考北京广播学院已超龄，便给齐越写信诉说心中的苦闷。齐越介绍他到上海人民广播电台面试，但未能录用。他与齐越书信往来，在忘年交流中汲取奋进的力量，还赴京登门向齐越求教。在齐越鼓励指导下，林栋甫最终成长为上海电影制片厂著名配音演员。

开封徐府坑街小学教师娄玉舟，和同事一起收听齐越播讲的焦裕禄通讯，时而热泪涌流，时而扼腕叹息。娄玉舟借来一台601型录音机，齐越重播时录了音，大伙儿一起反复聆听，久久沉浸在对焦裕禄的崇敬和缅怀中。1980年，对齐越景仰已久的娄玉舟，从河南大学中文系考取北京广播学院，成为齐越教授的开门弟子。娄玉舟获硕士学位后，到中央电视台工作。

1966年2月7日，复旦大学女生樊云芳满怀激情收听了齐越播讲的焦裕禄通讯，给齐越写信描述收听广播后的感想，表示立志当一名人民记者。后来，她果然如愿以偿，到《光明日报》当了一名记者。由于工作出色，樊云芳被评为全国优秀新闻工作者。

北京郊区农民王文华听了齐越播讲的焦裕禄通讯，抑制不住内心的激动，写信给中央人民广播电台，畅谈自己和家人的感受：

敬爱的扩（广）播员同志：

我是中越公社霍营大队梁（良）庄生产队的贫农社员，我听到你们广播的县委书记焦裕禄同志的光辉事迹，使我深受感动。我一连听了三次还是不够，我又组织全家听两次。晚饭后我们全家开始讨论，题目是焦书记为谁死的？他为什么这样不要命地去工作？虽然我们的发言是东一句西一句，但是得出来的结论是一致的。大家认为焦书记的死是为了我们穷人过好日子，他代（带）着病风里来雨里去不怕辛苦不怕累，为了我们贫农过上幸福的生活牺牲了自己的生命，虽然他人死了，但是他的精神永远是存在的、（，）全县三十多万人已经征服了自然灾害，这是毛主席思想的胜利，虽然焦书记是河南省的干部，我们是河北省的社员（，）总之（，）天下贫农是一家，我们表示要以实际行动来追念这位永垂不朽的好干部。

　　我父亲今年八十三岁啦，在外受了一生的苦，解放后才过上了幸福的生活，他感动的（地）说，我活着也不能干什么，能替焦书记死了多好！我大儿子王寅五（，）十六岁，中学上了二年参加了生产，他是只要一下班，家里的零活全不愿做，自从听了扩（广）播，不但每天都干，而且是主动的不用大人支使、（。）二女儿王彦十二岁（上）小学六年级，学校离家六里多路，每天都是她母亲早起给她做饭，这次她自动的五点多钟就起来为全家做饭，自己反而代（带）着头天（的）剩干粮去上学，这是多么可贵的表现呀！我爱人提出把自留地用的粪全部投到队里支援春播。我也表示多读毛主席的书听党的话，站稳立场，时时刻刻敬（警）惕阶级敌人向我们的进攻，我认为焦书记的事迹是伟大的毛主席思想的光辉胜利、（。）象（像）这样焦裕禄式的好干部是我们学习的好榜样、（。）最后敬希你们都多扩（广）播几次，特此敬礼

　　文化小（少），白字多，请原谅

社员　王文华敬礼

二月十一日

　　根据信中"中越公社霍营大队梁（良）庄生产队"这一线索，2018年6月29日，我在北京市昌平区回龙观街道办事处文华东路良庄家园，找到了王文华的女儿王彦。

　　昌平县1956年1月由河北省通县地区划归北京市管辖，随后，北京市在郊区陆续建立了十一个人民友好公社，各自承担与对应国家交往的民间外事任务，中越人民友好公社由原北郊农场改称。

王彦生于1954年4月，按农历算三月，后取俗语"燕来不过三月三"之意改名王燕。她告诉我，生于1925年的父亲王文华已于2011年故去。王燕1969年初中毕业务农十年后，到北京群英服装厂工作，2004年退休。

当年的良庄生产队，今已成为"首都后花园"昌平区一个小区。王燕与退休的老伴王保华赋闲在家。秋之宁静和丰饶，得益于春之耕耘。虽然历经动乱时光，但人生可塑性最强年月受焦裕禄影响，严格的家教和给班里带烤火柴、给学校拾粪等培塑养成，铸就了王燕在家听父母话、在校听老师话、在厂听厂长话的行为规范。王燕1991年在服装厂入党，一家两代六口出了五名党员。除老两口外，还有在北京未来城工作的儿子和儿媳、在清华同方工作的女婿三名党员。显然，少女时代植入王燕心灵的焦裕禄精神，已随血缘和亲情在代际传承中荫及后人。当年曾被王文华来信感染的齐越，倘知他的虔诚听众王文华后人走过的人生道路，也会感到欣慰吧。

生于1925年的冯健，因年事已高，近几年已极少会客，连中央电视台摄制专题片也难以出镜。我因焦裕禄之缘得以两次拜见老人家。2017年8月14日，冯健在北京寓所对我忆起当年齐越广播产生的巨大反响，无限神往地说："那几天，中国到处都回响着齐越的声音！"

显然，这是一个智者的声音点燃一个民族灵魂的历史记忆。

播出焦裕禄通讯，是齐越播音生涯中影响最大和最重要的一次播讲。多少年后，许多听众谈及自己的发展曾有裨于齐越播讲的焦裕禄等英雄人物的事迹，无限感慨地说，我们是听着齐越的广播长大的！

1981年12月19日，齐越到兰考向焦裕禄墓敬献花圈后，辗转找到焦家小院。当徐俊雅把眼前鬓发斑白的来宾，同当年用极富魅力的声音把焦裕禄事迹传遍中国的齐越融合在一起时，不禁泪如雨下。齐越对徐俊雅慨言："焦裕禄精神是中华民族的伟大精神，有人民在，焦裕禄精神就会永存！"

临别时，齐越与徐俊雅及子女在院中石榴树前合影留念。他想通过在焦家小院的这张留影，把对焦裕禄精神的景仰，永远储于心间。

1993年11月7日，七十一岁的齐越在京病逝，骨灰按遗愿分葬于他劳动生活过的河北沧县姚官屯乡姜庄子村和山西五台县大建安村。记录时代声音者，终将被时代所记录。2017年4月，沧州师范学院以齐越教育馆为中心，以有关专业为依托成立齐越传媒学院。在焦裕禄精神如日月经天、江河行地的今天，用生命播音的齐越，也随着焦裕禄精神传播而被人民铭记。

1998年12月25日，齐越故去五年后，在京召开了一次纪念座谈会。这次活动缘起于展现齐越播音生涯和播音教学工作的画册《把声音献给祖国——齐越的播音生涯》的出版。中共中央政治局原常委宋平，为画册题写了书名；时任中宣部副部长徐光春，出席座谈会并讲话。与会嘉宾多是齐越生前故旧和战友，齐越桃李满天下的弟子，也踊跃出席座谈会。

座谈会上首发的画册中，有一张齐越1954年在莫斯科与苏联功勋播音员列维坦的合影。苏联卫国战争时期，列维坦经常代表苏联最高统帅部和斯大林元帅发布战报或文章，希特勒恨死了列维坦，发誓占领莫斯科后，第二个要绞死的就是列维坦。讲一口流利俄语的齐越，见列维坦虽无仙形道体，倒也骨骼不凡，丰神迥异，遂与他倾心交流，相谈甚欢。两位在祖国声誉比肩的播音艺术家各自用母语，一起朗诵高尔基的《海燕》……

穆青扶病参加了座谈会。作为党在烽火岁月培养的第一代新闻战士，穆青一直战斗在西北和延安，而齐越的足迹则从陕北延伸到河北平山滹沱河畔。穆青深知，齐越作为中国共产党培养的第一代播音艺术家，他的声音是随着解放战争的节节胜利，响彻中国大地并植入国人心间的。从乱石峥嵘的太行山涧，到红旗飘舞的天安门城楼，齐越的播音或如江涌奔腾不羁，或如钟鸣余音绕梁。他献给祖国的声音，是中华民族风雨历程心音的跳荡，是新中国豪迈行进时代跫音的壮美回响。他在用生命播音的长期实践和艰苦磨砺中，造就了爱憎分明、刚柔相济、严谨生动、亲切朴实的齐越风格，成为新中国播音风格的标志，也是国家和人民饶有特色的珍贵记忆。

穆青忘不了，1966年2月的一天，他到外地采访，车厢广播传来齐越播讲的焦裕禄通讯，那雄健浑厚、激情似火、足以把一个时代的精神送抵民族心灵的声音，使焦裕禄光彩照人的形象，丰神秀逸屹立在眼前。穆青的眼泪一下子流出来了。作为一个对播音内容理解最深的听众，他真切感受到了播音艺术对新闻作品效果的放大和再塑功能。

座谈会上，穆青因患嗓疾没有发言。在倾听新朋故旧讲述齐越或久远、或亲近、或显著、或细小往事的过程中，那个远去五载的老朋友的身影，依然英姿勃发，活龙活现跃动于眼前。为共同事业奋斗凝聚的真情天长地久。铸造焦裕禄精神的伟大工程，已经超越世俗的友情和利益纠葛，将他们紧紧连接在一起，永生永世不可分离。

二、裂变在人间

1966年2月7日，中共中央书记处候补书记胡乔木，在上海一口气读完焦裕禄通讯和《人民日报》社论，一种久违的激情和畅快感充溢全身。很久没有读到这样令一个国家振奋的报道了！

当晚，胡乔木让秘书东生给穆青打电话，转达他的意见：这篇通讯写得很好，非常感人。新华社应多发这类宣传先进典型的报道，以榜样的力量鼓舞群众前进。一个老记者，带几个年轻记者一起采访，进行传帮带，这种方式很好，应当好好总结经验。有关焦裕禄的报道要连续进行：一是通讯在全国人民中引起的强烈反响和开展学习活动等情况；二是焦裕禄事迹的补充报道，如调兰考前的工作情况，焦裕禄成长过程等。写时要注意他曾有过哪些缺点和错误，不要把他写成一个天生的马列主义者，那样会不真实的。

吴冷西在谈到下一步的深入报道时，也要求写焦裕禄成长过程注意一分为二，不要把他写成一个天生的共产党员。

有"中共中央第一支笔"美誉的胡乔木的肯定，使穆青很受鼓舞。他迅速开会部署，新华社记者兵分三路，一路去博山，写焦裕禄从普通农民成长为共产主义战士；一路去尉氏，写焦裕禄参加剿匪反霸和土改斗争；一路去洛阳大连，写焦裕禄挺进工业战线。显然，博山焦裕禄，是写革命怎样铸造他的灵魂；尉氏焦裕禄，是写斗争怎样锻打他的筋骨；工业战线焦裕禄，是写转型怎样赋予他科学思维；兰考焦裕禄，是写事业怎样激励他献身人民。穆青当月重返兰考，写出散文《再访兰考》，发表在4月号《人民文学》上。

新华社河南分社临时迁到兰考在一线发稿。一篇报道焦裕禄的稿件需带到开封邮电局发往北京，一列客车上的几百名旅客，心甘情愿让列车晚点几分钟，也要带上稿子再开车。车到开封，邮电局局长亲自到车站接稿，局里十位女报务员，排队坐在发报机前等着发稿。

为便于宣传焦裕禄，河南日报社拟调刘俊生到报社当记者。周原听说刘俊生要走，立即找到张钦礼说："焦裕禄事迹宣传后，兰考的任务更重，刘俊生熟悉情况，不能调报社！"周原又找到刘俊生，以釜底抽薪的决绝，坚决阻断其调报社的念想："穆青社长要求抽调你到新华社河南分社帮助工作，我已和张钦礼商量好了。"

刘俊生到河南分社帮忙，任务有四：一、陪同采访；二、提供线索；三、查阅资料；四、编写素材。周原还专门找刘俊生谈了一次话，作古正经同他约法三章：一、先不要考虑自己写回忆录；二、不要接受其他记者采访；三、不要暴露新华社报道计划。刘俊生作为熟悉焦裕禄的县委新闻干事，是记者必访之人。为此，周原没少剋他。两头受气的刘俊生也满肚子苦水。

1966 年春，曾令国人热泪滂沱的焦裕禄通讯，还有《人民日报》排奡有力的八篇社论，像惊蛰的春雷，使华夏儿女前所未有地感奋起来。

国家代主席董必武，读焦裕禄通讯有感而发，挥毫写下一首五言长诗，刊登在 1966 年 2 月 11 日的《人民日报》上：

> 学焦裕禄同志
>
> 兰考存"三害"，多年患未除，
> 勇哉焦裕禄，受命困难摅。
> 首抓领导班，思想同一趋，
> 思想革命化，万难排无余。
> 为了摸情况，县委走各区，
> 访贫兼问苦，同吃亦同居。
> 亲历邑四境，形势指掌如，
> 灾重可救止，领导决心须。
> 群众性积极，奋发愿驰驱，
> 农村潜力大，往日久忽诸。
> 君今一提倡，前进辟坦途，
> 水知来去迹，疏浚理河渠。

风口在何处？膏药贴沙墟，

台田暨沟洫，碱洗即成腴。

结合干群力，建设绘蓝图。

蓝图非臆造，施行利见初。

自力以更生，粮食云足粗，

惜君撄痼疾，功莫赌全数。

长抱肝癌痛，劳累损其躯。

不避风雨恶，不作饥寒呼。

关注人民事，忘身直若无。

阶级观点强，斗争岂容诬？

死犹念沙丘，坦骨欲与俱。

学毛有独到，自与常情殊。

吾党悼焦君，模范孰能逾？

1966年2月9日，董必武再度挥毫，赋诗赞颂焦裕禄：

又一首

吾爱焦裕禄，毛公好学生。

利人如不及，忘我若无情。

路线依群众，方针视斗衡。

一心为革命，敢与困难争。

6月29日，中央军委副主席林彪为焦裕禄题词："向焦裕禄同志学习，活学活用毛泽东思想，一心为人民，一心为革命的伟大共产主义精神。"

时任全国人大副委员长郭沫若，也填词盛赞焦裕禄：

水调歌头·赞焦裕禄

红日照天下，涌现振奇人。尽管病魔缠绕，奋起棒千钧。甘愿粉身碎骨，敢于五洋捉鳖，倒海索奇珍。兰考焦裕禄，耿耿铁精神。

盐碱净，内涝治，风沙驯。弦歌声起，杨柳东风万户春。借问津梁何处？万事认真实践，全意为人民。群众中来去，天地共翻身。

焦裕禄重大典型横空出世，有精神原子弹在神州爆炸之说。1966年2月13日，《人民日报》发表余铭撰写的《无私者最无畏——三赞焦裕禄》，赞叹："又一颗精神原子弹爆炸了。"文章说：

焦裕禄同志写的文章的最后一个小标题是：精神原子弹——精神变物质。焦裕禄同志的革命精神已经在兰考变成了改天换地的物质力量。在全党的干部开展学习毛泽东思想的高潮中，焦裕禄同志的事迹是一个新的推动力量，我们将会看到这颗精神原子弹的连锁反应，更多的焦裕禄式的干部必然会涌现出来。

巨大的冲击波中，读者来信雪片般飞到报社和广播电台。

1966年2月16日，武汉市总工会宣传部部长徐子洲，在《武汉晚报》撰文，1948年，焦裕禄调大营区任副区长，我奉命继续南下。他发现我的手枪老掉了牙，就把自己从敌人手里缴来的"三八"式手枪换给我，还把一条子弹塞到我手里。在敌我斗争极为尖锐、敌人活动还很猖獗时，枪比什么都宝贵。可裕禄同志首先考虑的是他人的需要。这不是一条普通子弹，它饱含着革命同志之情，焕发着一个优秀共产党员先人后己崇高品德的光彩！

武汉市洪山区区长、当年尉氏县彭店区区长薛在德，2月28日在《武汉晚报》发表文章，回忆1948年一天傍晚，他到老乡家找焦裕禄，进门便看到他在烧水。水在旱区可宝贵了！水烧热了，焦裕禄先端给老乡，大人孩子洗完了，水成了"米汤糊"，焦裕禄才用毛巾沾水擦了擦身。还有一次，焦裕禄听说彭店有个反革命，潜逃到几十里外，便连夜带领民兵前去捉拿。几个人摸着黑深一脚浅一脚赶到目的地，焦裕禄不顾危险，抢先从围墙爬了进去，生擒那个反革命分子，又火速踏上了归程。领导见焦裕禄辛苦了一个通宵，让他好好睡一觉。焦裕禄答应着，一回头又投入了新的工作。

黑龙江省勃利县勃利镇公社党委书记田垚成，给《人民日报》写信说，焦裕禄事迹通讯他流着泪读了几遍，又组织全家六口人整整学了一夜。当他读到焦裕禄身患重病还坚持工作，在风雪天访问贫下中农时，他的爱人流着泪问他："你虽然不是县委书记，可你是公社党委书记，你的心是否和贫下中农贴在一起？"爱人出其不意一问，使田垚成愈感痛心。他写道，平时我总认为自己是二等甲级残废军人，已为人民流过血，因而，工作不艰苦，不深入。焦裕禄同志为我们树立了榜样。我决心像他那样，活学活用毛主席著作，促进公社党委革命化，领导全社人民改变勃利镇面貌。

河南省修武县方庄公社中国大队第五生产队队长王黑顺，读了焦裕禄通讯后，给《河南日报》写信说，过去，我嫌队里水利条件差，又有一半地是石头蛋蛋，怕搞不出名堂，不愿意当队长。学了焦裕禄事迹，拨亮了我思想上的灯。我找老贫农商量，大家说，秦寨大队用蚕吃桑叶的办法，一镢头一镢头改造了盐碱地；赵垛楼大队七季基本绝收，依靠贫下中农夺得丰收。我们也有一双手，只要听毛主席的话，大干、苦干、巧干，也能提高产量，改变面貌。在焦裕禄精神鼓舞下，队里制定了改变落后面貌的规划，贫下中农表示，要团结得像铁疙瘩一样，齐心协力摘掉穷队帽子。

1966年2月17日，在首都文艺工作者学习焦裕禄座谈会上，中国京剧院一团副团长袁世海说，学了焦裕禄同志的事迹后，心里很不安，很惭愧。他干革命不为名，不为利，不怕苦，不怕死；而我平时参加演出，往往是为了名，为了利。早晨起来第一件事就是看报，看看报纸广告上有没有自己的名字，放在什么地位。晚上演戏也早去一会儿，到剧场门口看看戏报上自己名字排在什么地方；如果排得靠后，自己就不痛快，晚上的戏就兴许唱不好。焦裕禄同志处处没有"我"字，我是处处离不开"我"。我要像焦裕禄同志那样好好学习毛主席著作，彻底改造自己的旧思想。在《红灯记》中饰演李铁梅的中国京剧院青年演员刘长瑜，在座谈会上说："焦裕禄同志真是像鲁迅说的一样，吃的是草，挤出来的是奶；我吃的是奶，却没为革命作出什么贡献。今后我要像焦裕禄同志那样，做毛主席的好学生。"

春天的兰考，芳菲盈野。一批批记者、作家、编辑、画家、导演、演员……像辛勤的蜜蜂，争相从各地飞来采撷和酿造。1966年2月11日，北京电影制片厂编辑部主任申述等来自京津方向的文艺工作者，齐集郑州准备开赴兰考；2月12日，中央新闻纪录制片厂副摄影师顾思忠、北京电视台冀峰等会聚郑州，协调到兰考摄制纪录片和电视片；当日，人民文学出版社编辑邢菁子和该社上海分社编辑室副主任吴真分别抵郑，约请河南作家创作焦裕禄长篇小说；2月13日，以创作电影剧本《李双双》驰名中国的李准，到兰考创作焦裕禄电影文学剧本；上海人民艺术剧院五位艺术家，赶赴兰考创作焦裕禄话剧剧本；河南省文联主席、党组书记于黑丁，率河南作家到兰考采访，其中年仅二十二岁的作家暴风（暴桂福），四十六年后创作了享誉京城和中原的现代豫剧《焦裕禄》。

　　1966年春夏之交，新迁葬的焦裕禄墓前，悄然走来一位刚届知天命之年的陕北汉子。他叫刘蕴华，笔名柳青。这位1936年入党、行政十级的作家，1952年从北京到陕西长安县终南山下落户，娶愿意陪他扎根农村的高中生马葳为妻，融入了土里刨食的关中农民。1960年，柳青以长篇小说《创业史》（第一部）震动中国文坛。《创业史》原本打算写四部，计划1964年写完第二部，在刊物连载后听取意见，1965年出书，1969年完成第四部。然而，旷日持久的运动改变了中国社会进程，打断了柳青的写作计划。1963年到1965年6月的"四清"，柳青所在长安县，县、区、社、队干部按敌我矛盾处理上千人，其中逮捕法办五十九人，开除党籍和公职五百二十八人，自杀一百六十二人。柳青慨叹，紧靠西安的长安"得天独薄"，"剃头匠们都在这里磨刀、试刀"。政治氛围、社会环境和个人心境的变化，使他文思枯竭。与生活原型朝夕相处的作家，继续进入他熟悉的角色却极为困难。"四清"结束时，《创业史》第二部尚未收尾。冬去春来，麦子返青，为避花粉诱发哮喘和肺病，柳青依例准备出去"躲病"。焦裕禄通讯发表，像一声惊雷震彻八百里秦川，柳青极为感奋。1966年2月，他主持陕西省作协召开的学习焦裕禄座谈会，讲了三点认识：

　　　　第一点，焦裕禄无论在哪里工作，工厂或农村，都是按照毛主
　　席"没有调查研究就没有发言权"的教导，一切从头做起，从调查
　　研究开始。调查了解情况也是个很吃苦的事，作为县委书记可以发
　　各种指示，但未必解决问题。焦裕禄深入实际，一切从实际出发。

焦裕禄能改变兰考的面貌，重要的一点，他有深入了解实际情况的基础。联想到文艺界，文艺工作者按照毛主席的指示到实际中去，如果他们也能从头开始，做几年默默无闻的工作，这不仅有利于实际工作，对作家来说，也是搞创作必需的。

第二点，焦裕禄认为他周围的同志都是有用的人，为了一个共同的目标奋斗，就要组织他们，团结他们，即使是反对他的同志也要尊重他们，不计较他们。对待犯错误的同志，首先不是考虑怎样惩办，而是进行改造，使他们成为为共同目标努力工作的人。他不仅自己革命化，也使县委革命化，主要是改变思想。改变思想不是个容易的事情，不是个方法问题，也不仅仅是个世界观问题，还有思想感情问题，在改变兰考的过程中改变兰考人的精神面貌。

第三点，焦裕禄在工作中，无论是和生产队长，还是支部书记在一起谈话，经常是问答式，对别人进行启发和诱导。不像有些干部，到公社、生产队总是训导式，没有平等的态度，不深入了解就很快做出肯定的结论，不尊重群众的意见。不尊重农民，不能平等对待他们，没有亲近的感情，怎么能做好农村工作？

柳青认为，作家有生活、政治、艺术三个学校。三个学校同时开课，永无毕业终业期。人物是一尺，生活是一丈。敲文学的门，要先敲生活的门。生活是前院，文学的门在后院。生活是一楼，必须首先有生活的感觉，然后才会有政治和艺术感觉，所以政治是二楼。上了二楼眼界才能开阔。生活感觉上升到政治和艺术感觉，才能写出东西。《创业史》后续创作举步维艰，是时候"上二楼"了。柳青决定到河南兰考去，实地感受焦裕禄精神，从中汲取情感和力量。

由于自己的愿望与对国内形势的预感并不一致，柳青怀着探究和求解之心先来到北京。然而，一到京城，过去无话不谈的老朋友戒备的神情、吞吐的话语，特别是暌违已久的故友相逢，说不上几句话就急忙打开办公室门，以示并无"策划于密室的阴谋"，使他痛感北京绝非久留之地。他对中国青年出版社《创业史》责任编辑王维玲说："看来一场大的斗争不可避免，再来的风暴不会小!"

柳青带着惆怅,从北京来到兰考焦裕禄墓前。一张珍贵照片,定格了那时作家的神情举止:柳青兀立焦裕禄墓碑东侧,因谢顶而宽阔的额头泛着睿智与沧桑,眼镜后的目光透着淡淡的忧郁。柳青在大河之滨的原野上寻觅焦裕禄的足迹,在沙丘盐碱地里感受英雄成长的典型环境,心中重新燃起完成描绘农村变革历史长卷的激情。

父亲对兰考的描述和感怀,使在北京大学无线电电子学系读书的长女刘可风的心,飞向了兰考。当年12月,二十一岁的刘可风从北京乘车南下。列车从京沪线转入陇海线西行后,旅途劳顿,刘可风睡着了。醒来时,发现车停罗王站,一问,已驶过兰考两站。乘务员看见窗外停有东行列车,告诉她乘这趟车可以到兰考。刘可风跑下车,东行列车已经关门,即将开行。文雅娴淑的北大女学子不知哪来的一股劲儿,像一个矫健的铁道游击队员,追着已经启动的列车,纵身跃上车门踏板!车速愈来愈快,旷烈的寒风兜头扑来,刘可风的身体几乎要飘起来。她死死抓住冰冷的车门扶手,像一只壁虎紧贴在车门上,不时扭头背风喘口气,终于"挂"在车厢外到达兰考。刘可风在焦裕禄墓前,看到了父亲摄于兰考照片中那个矮小的墓碑。

柳青从兰考回到陕西,就被"文革"狂涛卷入运动,完成《创业史》第二部的计划落空。数年蹉跎,柳青痛失全身心支持他成就文学事业的爱妻马葳,他在长安县皇甫村的生活基地被摧毁,健康也被动乱所吞噬。劫后余生的柳青,唯一的愿望是写完《创业史》。然而,1977年6月,《创业史》第二部上卷出版后,柳青已病入膏肓。1978年5月,柳青在北京住院时恳求医生说:"再给我一年时间,让我再写一年吧!"然而,悭吝的上苍最终未能让生命之光照亮柳青期待的第六十三个春秋。1978年6月13日,柳青怀着未能写完《创业史》全书的巨大遗憾,与世长辞。柳青离去后一年,《创业史》第二部下卷于1979年6月出版。陪伴了父亲最后九年的刘可风,积十年之功写出《柳青传》,把父亲的遗憾落到了纸上,呈现了一个时代的精神创业史,也留下了柳青在非常年月追怀焦裕禄的真实记录。

河南省委宣传部统计,截至1966年2月16日,中央和兄弟省市新闻文艺出版部门,共计十九个单位八十八人,河南省新闻文艺出版部门,共计十二个单位四十三人，先后到兰考县采访和创作，已完成各种文艺作品五百七十九件，采用七十三件。

由于采访人员均要求系统介绍情况，兰考县颇有应接不暇之势；到焦裕禄家访问拍照的人也太多，徐俊雅和子女有时甚至都不能休息。为保证高效有序采访和创作，省委宣传部、省文化局和省文联组成联合工作组赴兰考现场办公解难，帮助兰考解决了两台采访用车，拨给一批接待用的被褥。

虽然嗣后因"文革"爆发，创作周期较长的电影和长篇小说中途夭折，但问世作品仍很可观。《人民日报》于1966年2月14日选载反映焦裕禄事迹的美术作品《全心全意为人民〈县委书记的榜样——焦裕禄〉》素描组画，2月23日发表李瑛的长诗《一个纯粹的人的颂歌》，3月21日整版刊登《毛主席的好学生焦裕禄》木刻组画，4月20日发表峻青的散文《兰考春色》。《工人日报》2月13日整版刊登连环画《毛主席的好学生——焦裕禄》，3月24日用两个整版刊登表现焦裕禄先进事迹的美术作品。《中国青年报》2月15日以一个半版的篇幅，刊登连环画《毛主席的好学生——焦裕禄》。《文汇报》2月20日用两个版发表任彦芳的长诗《改天换地录》，2月27日整版刊登表现焦裕禄先进事迹的美术作品。中央新闻纪录电影制片厂以最快的速度，摄制完成长纪录片《光辉的榜样——毛主席的好学生焦裕禄》在全国上映。3月30日，焦裕禄同志事迹展览在郑州开幕。

各种风格的舞台剧捷足先登，以群众喜闻乐见的形式，将焦裕禄亲切感人的形象呈现于舞台。1966年3月，南京市文化局等单位联合举办"学习焦裕禄"音乐诗歌演唱会。中央民族乐团、燕山越剧团、中国歌剧舞剧院、中国儿童艺术剧院，在京联合演出"歌唱毛主席的好学生焦裕禄"专场晚会。3月8日，河南睢县越调剧团在商丘演出八场现代戏《焦裕禄》，三个月连演二百多场盛况不衰。4月，内蒙古艺术剧院话剧团创作演出七场话剧《焦裕禄》。两个月后，雁北文工团创作演出八场歌剧《焦裕禄》。上海人民艺术剧院话剧二团、上海人民艺术剧院，创作演出了十场话剧《焦裕禄》。郑州市话剧团创作演出八场话剧《焦裕禄》，该剧还为南京市话剧团等文艺团体演出。哈尔滨歌剧院创作演出七场歌剧《人民的好儿子——焦裕禄》。西安市狮吼豫剧团创作演出大型革命现代戏《焦裕禄》。开封市组织创作的八场大型革命现代戏《焦裕禄》，由开封市豫剧一团、武汉市豫剧团、济宁地区豫剧团等文艺团体演出。

讴歌焦裕禄的剧目纷纷登场之际，新中国文学史上著名流派"山药蛋派"创始人、以小说《小二黑结婚》《三里湾》《李有才板话》蜚声文坛的山西作家赵树理，1966年春为焦裕禄事迹所感动，也为走出创作困境，决意写一部上党梆子剧《焦裕禄》。

1964年5月初，赵树理到山西省陵川县黑山底大队体验生活后，创作了剧本《十里店》，通过一个生产大队农业与副业争劳力的故事，反映了群众与某些多吃多占、贪污受贿、以权谋私干部的矛盾和斗争，触及了群众关心的党风建设主题。当年9月，该剧参加山西省现代戏会演，只在内部演出一场，即被禁演。此后一年多时间，赵树理六易其稿修改《十里店》，但始终没有通过，"文革"中成为他的一大罪状。赵树理参加革命后写的第一部反映现实生活的剧是《万象楼》，写的最后一部完整的剧是《十里店》。他在看批判自己的大字报时叹息说，我是生于《万象楼》，死于《十里店》！

1965年11月，赵树理作为分管文化工作的县委副书记，到南村公社峪口大队长期蹲点。来年春天，他从思想文化战线发出的信号，预感到一场大的政治风暴即将来临。焦裕禄通讯发表后，全国各地热浪滔天，人民儿子的光辉形象，使他看到了干部队伍的希望之光。他要求晋城剧团排演《焦裕禄》，并派人找来河南焦作豫剧团演出用的一个剧本，可看到剧本后，又感不甚理想。"焦裕禄也是个普普通通的人嘛！他虽在群众之上，却始终在群众之中。"他认为，剧本把焦裕禄神秘化了，写成超凡脱俗之辈了。赵树理决定放下手头的事情，重写一个《焦裕禄》剧本。这年4月，花甲之年的赵树理直奔豫东兰考，沿着焦裕禄的足迹走访农村和农户，体验风沙与艰苦。赵树理现身兰考，《小二黑结婚》的编剧和本色男女主角，算是都齐活了。无奈编剧与男主角天人相隔，对痴情扮演小芹的女主角也浑然不知，以至失之交臂。中国文坛双星柳青和赵树理，两位大众做派的人民作家千里迢迢远赴兰考，去无声、走无踪，没有在河南留下任何痕迹。

赵树理回到晋城，利用晚上时间创作剧本《焦裕禄》，办公室兼卧室的灯光时明时灭，创作与睡眠交替进行。赵树理"文革"遭受批判时，写的第三次检查，即洋洋三万余言、后冠以《回忆历史，认识自己》题目收入《赵树理全集》的那篇文章，谈及《焦裕禄》剧本创作的起因极为简略：

> 有一次回到县城，见晋城剧团排焦作市豫剧团的剧本《焦裕禄》，觉着在技术上和上党戏有些出入，手又痒痒起来，便决定改编一次。这次本打算只在技术上改得便于上党剧团演出，可是又看了几遍之后，觉着剧本把重点放在焦之死上，便觉内容上也有改动之必要。于是就重新翻阅书报杂志上所有关于焦的资料，重新布局。

今天看来，赵树理饱经磨难突发创作《焦裕禄》剧本冲动，主要因其被焦裕禄的高尚情怀所打动，也有试图颠覆人们对他光写"落后人物"习见的动因。兰考归来，他与县剧团商定，剧本写出一场，剧团排练一场。第一场脱稿后，他让人去听本子，双手拍着大腿打着锣鼓点，几乎不打磕巴背下了全场台词。戏在火车站开场，火车也戏曲化了。听完本子，赵树理说："人家都批评我净写落后人物，这回我要写一个以英雄人物为主人公的戏。"

1966年5月中旬，《焦裕禄》前三场戏已经写出，唱词精练，朗朗上口。第二场戏焦裕禄夜访张钦礼时，有这样一段唱词：

> 张同志你既然生在兰考，对兰考详细情况早已明了，那许多消极因素被你看到，作一个负责人难免要心焦。须看到好中有坏，坏中有好，咱们要一分为二详细解剖：论群众三十六万留多去少，在难中艰苦奋斗勇敢勤劳。为抗灾也有许多发明创造，封沙丘翻碱地排水挖壕。这经验没有把它总结成套，任凭它在各地点点滴滴翻来覆去自长消。干部们对工作前途渺渺，自不免影响情绪常把头摇。依我看主要问题在于领导，党委的责任心急需提高。党既然让我们领导兰考，那就得把困难全揽全包。好条件要大家积极去找，与群众战天斗地决不辞劳。干部们看到咱领导可靠，那就能听号令不再动摇。

1980年，当年应邀听本子的李近义，在《赵树理写〈焦裕禄〉的时候》一文中回忆："第三场下大雨那一场，写得更精彩。屋里屋外，房上房下，处处有戏，使焦裕禄所处的环境充满了浓郁的生活气息，感到他既是群众中的普通人，又是群众的领路人。"

　　赵树理的《焦裕禄》刚写完第三场，被晋东南地区剧院请去修改急用的《两教师》，此后"文革"铺天盖地展开，饱蕴作家"易帜"热望、怀胎十月行将问世的佳作即被无情腰斩，成为赵树理戏剧创作的绝笔。

　　赵树理和柳青带着缅怀与忧思赴兰考，又带着希望和力量分别回到山西和陕西农村。由于预感的政治风暴比他们的估计来得要早，两人均未及把兰考之行的收获，转化为完整的创作成果和完成鸿篇巨制的动力。尤为遗憾的是，那时赵树理并不知道他笔下不朽的文学形象"小二黑"和"小芹"，曾为青年焦裕禄和徐俊雅传情达意的媒介并引领见证了携手并进。他最终未能实现在舞台上塑造真实可信的焦裕禄形象，从而改变人们印象的夙愿。

　　随着新闻和文艺宣传不断升温，全国各地汹涌的人流摩肩接踵，潮水般涌向兰考。陇海线途经兰考的快车，以往在兰考站不停车。鉴于滞留郑州火车站的参观学习者人山人海，1966年2月23日，国家铁道部发出公告，陇海线上所有快车到兰考一律停车，以满足全国人民学习焦裕禄的需要。铁道部还决定，增开郑州至兰考专线列车，每天早晨六点从郑州发车，下午六点从兰考返回。

　　铁道部发布公告当日，新华社播发一条新闻：《铁道部应乘客要求决定陇海路上的快车在兰考停站》。新闻开篇写道："向来不在兰考车站停站的陇海路上的各次快车，从二月十七日起在兰考停站了。这是铁道部应乘客要求决定的。"新闻说："这几天，每当快车开进兰考车站的时候，几乎所有的车窗都打开了。车上的旅客向窗外凝视，有的走下车来观看一番。"新闻注意从车厢撷取镜头："从兰考上车的旅客，一进车厢，大家便连忙让座；有些人把他们包围起来，要他们讲焦裕禄的光辉事迹，表示要向焦裕禄学习。"

　　焦裕禄效应惠及兰考，甚至在电信领域亦有显示。穆青在北京作报告时讲到，从1966年2月以后，全国各地打往兰考的长途电话，接转速度明显加快。邮电局的长途话务员，一听用户是要兰考的长途电话，态度格外热情，千方百计尽快帮助接通。

人们感念焦裕禄，也都想见见报道焦裕禄的记者。于是，穆青和冯健频频走进中央和国家机关及驻京单位作报告，各会场都挤得水泄不通，台上摆满了麦克风。他们讲的发现焦裕禄的过程，通讯之外焦裕禄的故事，以及对焦裕禄精神的理解，资讯丰富，生动鲜活，征服了广大听众的心。正在北京求医的河南豫剧表演艺术家高洁，听穆青作报告时边听边哭，激动不已。她给兰考县委写信说：

> 我实在按捺不住内心的激动，这封信是非写不可。这些天，我的心紧紧地被焦裕禄同志的光辉事迹吸引着，每学习焦裕禄的事迹，可恨的泪水就蒙住了我的眼睛，滴湿了手中的报纸。擦擦眼泪再读时，实在无法克制自己的感情，我伏在桌子上哭了，哭吧！痛快地哭了一场。

> 我在北京听了穆青同志的报告。整个报告不是听下来的，是哭下来的，我哭得头疼，中午连饭也没吃，但我知道不能只停留在崇敬和流泪上，要把对焦书记的崇敬心情和眼泪变成力量，想尽一个共产党员的一点心意。能够在兰考的生产救灾上做点什么呢？首先是搞好本身工作，支援兰考兄弟。其次还想寄点钱去，能买点农具用到生产上也是好的。我还有一个强烈愿望：请求县委把兰考一个最穷的队介绍给我，作为我的家，建立关系，长期联系，相互鼓励，能互相给一些精神力量，或做点其他支持，也算是给兰考面貌的改变添上一砖半瓦，是向焦裕禄同志学习的一个小小的行动。

报告会后，高洁给兰考寄来六百本书，兰考没有拒绝；她又化名"豫松"给兰考寄钱，结果退了回来。兰考县委规定，为自力更生，艰苦奋斗，不接受外地汇款。但有张千元汇款单是个例外。汇款人署名"余学焦"，汇款地址为"东半球"，以至无法退回。

周原后来说，为什么焦裕禄通讯那么感人，多少人流泪？这离不开时代氛围。人们埋在心底不敢说的东西一下子宣泄出来，触痛了人们的共鸣点。产生的震动和社会反响，是我们始料未及的。

焦裕禄事迹和精神的广泛深入宣传，在海外也产生了很大影响。美国、苏联、日本、意大利、新西兰、印度、越南、智利、阿尔巴尼亚、坦桑尼亚、柬埔寨、老挝、几内亚等国的官员、记者和学生，以及联合国的来宾，不远万里纷纷来兰考参观学习。

七十六岁的越南劳动党主席胡志明，读焦裕禄通讯写了题为《中国经验》的文章，向越南人民介绍焦裕禄的崇高品德和革命精神。文章包括四个方面内容：焦裕禄身体不好，但为完成党交给的任务一直忘我工作；为调查灾害根源，焦裕禄迎着沙尘，冒着大雨去查风口和察看洪水流势；焦裕禄走到哪里都要访贫问苦，与社员同吃同住同劳动，发现好的典型立即推广；焦裕禄肝痛日益加剧，却不肯放下工作住院治疗，直至在工作岗位殉职。

华籍美国人、河南大学外语系教授吴雪莉，不仅自己满怀期待赶赴兰考学习焦裕禄，还邀请母亲远涉重洋来到中国，实地参观学习感悟焦裕禄精神。这位中国名字叫吴多瑞的母亲常住非洲，是世界和平理事会委员，虽已年逾七旬，但不顾天气炎热前往瞻仰焦裕禄墓，到书店购买宣传焦裕禄的书籍，还到农村观看兰考新貌，在许贡庄召开老年妇女座谈会，交流对焦裕禄热爱人民精神的理解。在兰考期间，吴多瑞写了《学习焦裕禄的感想》，连同她在兰考活动的照片，一起寄往遥远的非洲大陆。

三、青山遮不住

焦裕禄重大典型强势推出后，学习宣传活动犹如春江放排，飞流直下，一泻千里。奔涌的浪潮中，亦有不尽如人意的回流。

开封地委常委、某部部长看到报载的焦裕禄通讯，在兰考"四清"分团大会上说："焦裕禄到兰考满打满算一年零五个月，现在兰考到处是沙荒盐碱，群众穷得两人穿一条裤子，逃荒要饭成了兰考人的职业。通讯把焦裕禄捧上天，水分不少。都是张钦礼瞎胡说，穆青瞎胡写的。"

兰考县委主事的领导听了广播，看了报纸，颇不以为然。他说："哎呀，稿子中把兰考写得太好了！什么沙丘披上了绿装呀，什么滔滔洪水归了河道呀，什么盐碱地上长出了好庄稼呀……其实，兰考的沙丘盐碱地没改造的还多着呢！你说我'左倾'也好，右倾也好，反正我没看出兰考有什么改变！"在"四清"分团大会上，这位兼任副团长的领导接着团长的话茬说："我早知道周原是摘帽右派，就不让他参加我们的县委会，就把他赶出兰考了！"

新华社记者为配合焦裕禄宣传，采写了一篇题为《兰考新貌》的通讯，送县委主事的领导审稿。他看后双眉紧蹙，把周原拉进屋子说："1965年兰考获得好收成，七分靠天，三分靠人，天的因素第一。兰考农业上没啥硬功夫，来了水，我还是没办法。现在报道了，叫人家来兰考看什么？焦裕禄精神是好，但没变成物质呀！"

周原屏息敛气，详陈己见："兰考除'三害'的胜利，在于精神面貌的改变，同时已经开始变成物质。至于农田的硬功夫，那是进一步建成稳产高产田的问题。好收成是怎么来的？是向灾害宣战的结果。说好收成是天的因素第一，是不妥的。外地人来兰考看什么？看穷则思变，看不向灾害低头的革命精神。在这样困难的条件下，能迎难而上，坚持革命，就了不起！"

两人辩至深夜，谁也未能说服谁。神色严峻的周原强调，这篇通讯能否发表，对焦裕禄重大典型的宣传影响很大。但县委主事的领导坚决不同意稿子发表。《兰考新貌》遂胎死腹中。

随着来访者日众，接待乏力和介绍捉襟见肘的矛盾日益突出。有人对县委主事的领导建议，加强对接待工作的领导。他却另有所思："怎么现在参观的人还这么多呢？老焦这家伙后劲不小哇！"

1966年2月底，文化部电影局组织北京电影制片厂导演水华、成荫等人来兰考，准备把焦裕禄搬上银幕。先期到达的作家李准下基层采访后五易其稿，拿出了《焦裕禄》电影剧本大纲。张钦礼等县领导看后均感不甚理想，认为平、散、乱，但还是希望把剧本改好。

李准把电影《焦裕禄》剧本大纲送县委主事的领导审阅，请他提出修改意见。他看后连连摇头，在剧本上批了一大段话："把焦来兰一年写得变化之速，这就不符合逻辑了！……表现了一个焦来一年就变了样，这就肯定了一个焦，否定了十六年党的领导。"

看到剧本大纲描写"四面红旗"的情节，他又写道："像老焦树的这旗帜，叫我是不敢树的，我是没这胆量。这几面红旗哪里突出呢？"

河南省委宣传部开办《学习和宣传焦裕禄同志英雄事迹简报》，将各级开展学习活动情况印发省委常委和参加省委全会的同志。

2月9日印发的1号简报，打头的是开封地委的学习动态：

开封地委

《县委书记的榜样——焦裕禄》在报纸上发表后，当天晚上，地委常委专门召开了会议，研究如何在全区开展学习焦裕禄同志英雄事迹的活动，并作出了决定。9日晚上，给各县发了电话通知。10日晚上又召开了电话会议，要求各县县委常委连夜开会进行学习和讨论。张申同志在省开会，两天打回七次电话，安排学习。地委确定两个书记，两个秘书长，一个宣传部副部长具体抓，并成立了办公室。11日上午，地委负责同志向地专直全体干部作了学习焦裕禄的动员报告。12日，地委分片召开县委书记会议，专门学习焦裕禄同志的英雄事迹。地委正组织三班文化艺术工作者编写焦裕禄英雄事迹的剧本和歌曲。一班写剧本，已写出初稿；一班写曲艺唱词，已写出四篇；一班编歌曲，已编出一首。

2月11日印发的3号简报，是指名道姓的批评专号：

×××同志有抵触情绪

电台广播《县委书记的榜样——焦裕禄》那篇通讯时，兰考县委副书记张钦礼同志组织全体干部收听，并建议正在集训的"四清"工作队的同志也收听，但负责兰考县"四清"工作的开封地委××部部长×××同志却说："'四清'工作队忙的（得）很，没有时间听，以后再说吧。"×××同志在新华社记者采访焦裕禄同志英雄事迹期间，就有抵触情绪，一直不主动予以协助，并批评县委通讯干事说："现在搞这个干什么？就是你县委给人家（指新华社记者）随便说，你们兰考有啥可宣传的？"他还在地委常委会议上说："焦裕禄的精神很好，但未变成物质，兰考有什么好学的？！"

2月14日印发的6号简报，有一个十分醒目的标题：

雷打不动

开封专署林业局局长×××，是焦裕禄同志前一任的兰考县委书记，因犯错误调动工作的。当焦裕禄同志英雄事迹发表时，他正开县林业局长会议，林业厅通知他组织到会人员认真学习，他对大家一字没提。地委农工部召开战线领导骨干会议布置学习焦裕禄，他却让人事科长黄瑞峰去参加会，并且撒谎，说林业厅叫他办个事情，其实是在家修改一个不紧要的小文件。人事科长开会一回来他问："是不是学习焦裕禄？！"人事科长说："就是。"他推辞说："那你跟老朱（办公室主任）研究吧！"地委副书记卢嵩同志作学习焦裕禄同志的动员报告，地直党委会通知他两次，他都借口有工作，没去参加。直到12日止，他没有参加过一次学习焦裕禄的活动。

新华社记者向穆青报告了发生在河南的不正常现象。穆青极力克制自己的情绪，说："不像话，这是在干扰新华社宣传焦裕禄！"

这些现象，引起了河南省委主要领导同志的注意。省委办公厅通知开封地委和兰考县委有关领导，到省里汇报学习焦裕禄的情况。

兰考县委主事的领导接到赴郑州汇报学习情况的通知后，气不打一处来，脸阴得像抹了锅底灰，冲着张钦礼说："你把天捅了个大窟窿！省委叫去汇报学习焦裕禄情况，得跟省委要点东西补窟窿。"他开出了一张清单：一百万元钱，五百台八匹马力的柴油机，五十万公斤粮食。

开封地委和兰考县委有关领导同志，相继赶到省委常委会议室。省委第一书记刘建勋见到他们后说："省委让地、县两级负责同志来，主要是听听焦裕禄同志事迹发表后，各个方面的反映。"

兰考县委主事的领导首先发言："焦裕禄是个好同志。但他改变兰考的计划刚开头，他就死了，后面的任务大着哩！我可没本事填这个坑。焦裕禄来兰考才多长时间？党领导兰考十几年都没改变面貌，他一年就改变了，焦裕禄本事比党还大呵！"他复述了审阅焦裕禄通讯清样时"三句话""六个字"的评价，掏出要钱要物的报告递给了刘建勋。

开封地委常委、某部部长第二个发言。他以知情者的口吻说："我在兰考搞'四清'半年了，知道不少情况。焦裕禄做出了啥成绩？张钦礼的话有水分，穆青的报道不真实，我早就不同意宣传。"

开封地委书记张申等人，汇报了开展学习活动的情况。

刘建勋听完大家发言后说："目前，学习焦裕禄精神有三种情形：一是悲痛万分，认真学习，结合本地区、本部门实际，制订自己的学习计划、工作计划；二是黄河里尿泡随大流；三是不但不好好学习，还制造流言蜚语，说焦裕禄的坏话，干扰新华社工作，制造麻烦添乱子。焦裕禄是自力更生艰苦奋斗的典型，你们倒好，一张口就是一百万元钱、五百台机器、五十万公斤粮食。省委没有这些东西给你们。你们说焦裕禄的计划才开了个头，省委认为这个头开得好。万事开头难，开头就不得了！按你们的说法，马克思也算不得什么，他支持的巴黎公社，只有几十天时间就被反动势力打垮了。可巴黎公社的精神却永放光芒。如果焦裕禄的计划都完成了，还要你们干什么？躺在人家的功劳簿上享清福？有的人老说人家穷得两个人伙穿一条裤子，我相信这种个别现象是会很快改变的。"

省委第一书记旗帜鲜明而又犀利畅快的一番话，使在座的人都掂出了其中的分量。开封地委书记张申表态，焦裕禄出在开封，是开封党组织和开封人民的光荣。回去以后，我们马上成立学习焦裕禄委员会，由地委副书记卢嵩当主任，一定学出成绩，向省委汇报。

随行的兰考县委办公室副主任张明常，振笔疾书全程记录。

两位唱反调者脸色十分难看。他们认为，是穆青和张钦礼向省委告了状，今天才挨批。兰考县委主事的领导一出门就对张明常说："今天的事你都知道，回去不要对任何人讲，要拿党籍担保！"

青山遮不住，毕竟东流去。尽管乍暖还寒，涌动大江南北的热潮偶遇冷风，春天毕竟还是不可阻挡地到来了。

1966年2月7日，焦裕禄精神春风化雨洒江天的日子。

这场绵邈而神奇的春雨，纷纷扬扬，飘飘洒洒，尽情地覆盖长城内外，轻柔地润泽三山五岳。当无远弗届的广播和报纸将焦裕禄的名字，传遍祖国城乡和四面八方后，在春风春雨无声浸淫下，数不清的人们的人生坐标，悄然发生转折。以至几十年后，人们重新回首那次影响了一生的倾听和阅读，都惊异地发现，那场好雨知时节的全民洗礼，其实正是一个国家和民族精神的拐点。

焦裕禄通讯引发的连锁效应，推动全国各级党组织建设像春潮澎湃，逐浪前行。中央各部委，全国各中央局，各省、市、自治区，解放军各军兵种和各大军区，纷纷发出向焦裕禄同志学习的决定。

2月8日，河南省委发出《关于学习焦裕禄同志的通知》。

2月9日，开封地委继1964年11月和焦裕禄通讯见报当天两次作出学习决定后，又一次发出《进一步开展学习焦裕禄同志活动的决定》。

2月12日，开封地委再次发出《进一步开展学习宣传焦裕禄同志活动的通知》。《通知》坚持问题导向，瞄准症结，直击要害：

> 省委指出：在开展学习和宣传焦裕禄同志的运动中，必然会出现两种思想、两种态度的斗争。这在我区尤为重要。为此，地委决定建立以卢嵩同志为首的学习和宣传焦裕禄同志的领导小组，下设办公室，已经正式办公。兰考县委也应迅速建立领导小组……

丙午早春，冷风虽使奔涌中原的热潮泛起漪澜，然而，中国共产党人势不可挡的精神铸造，依然在华夏大地揭开了气势恢宏的篇章。

素来得风气之先的北京，最早在春雨滋润中收获了点滴入土的神奇功效。北京中关村八一学校，1947年始建于河北省平山县晋察冀军区驻地，是由聂荣臻亲手创办的子弟小学发展而来，有着光荣传统的一所名校。当焦裕禄通讯引发的热流迅速荡涤大江南北，瞬间点燃沉积亿万人民心中的激情时，八一学校也被京城奔涌的热流所裹挟，沉浸在感动和亢奋中。2月7日，报上刊登的焦裕禄通讯，自然无一例外成为各班级政治课的统一教材。

初中一年级教室，一位不满十三岁的少年，被教政治课的张老师读的焦裕禄通讯深深打动。通讯深沉激昂的基调，感人肺腑的故事，晓畅隽永的语言，紧紧攫住了他和同学们的心。随着张老师抑扬顿挫的诵读，这位名叫习近平的同学由凝神到动容，由感动到激昂，热泪夺眶而出。当张老师念到焦裕禄肝癌晚期仍坚持工作，疼痛难忍时就用硬物顶着肝部抵在椅圈上，以至办公室藤椅右侧被顶出一个大窟窿时，习近平同学显然受到极大震撼。

从那一天起，焦裕禄勤政为民、无私奉献的高大形象，就牢牢矗立在习近平心底。陕北七年知青岁月，入清华大学深造，在中央军委机关工作，任县、市、省委书记，进入党中央领导层，漫漫征途中，见贤思齐的习近平，心中始终闪现着焦裕禄勤勉务实、清廉自矜的身影。焦裕禄高山仰止的高大形象和万民景从的感人风范，成为习近平以身许党、砥砺前行的不竭力量。

历史需要在不断回望中，领悟某些特定节点蕴含的深邃意蕴。

今天，置身中国特色社会主义新时代，回首1966年早春一个人感动一个国家的盛况，重温北京少年热泪沾巾，大河绝响在少年心田播下的种子悄然生根发芽，半个世纪已然长成福荫共和国参天大树的历史，你会由衷感叹，正是从那一天起，焦裕禄精神通过对中国共产党未来领袖的早期塑造，影响和改变了中国。

历史地看，当年兰考爆炸的精神原子弹的内涵，已超出焦裕禄通讯的轰动效应，日益体现在党的宝贵精神财富对塑造国民精神的巨大作用上，体现在对国家栋梁人物基础性影响转化为执政党革故鼎新深厚力量上。这是精神原子弹神奇裂变和化育功能的证明。

精神原子弹震撼神州，固然是因为国之英杰、党之俊才不同流俗的节操感人至深，从文化传播视域看，还在于穆青等中国文化的优秀承载者，自觉遵循文化传播规律，出色运用民族化、大众化语言，摒弃佶屈聱牙故作艰深的字眼，杜绝令国人蹙眉拗口的欧化句式，通篇行文朴素、明快、简洁、上口，善用中国传统的白描手法状物写人，于平实叙事中又时显哲理之光辉，因而收到了雅俗共赏、老少咸宜、妇孺皆知的传播效果。跨越世纪一甲子，人们愈益清晰地认识到，影响广泛而深远的《县委书记的榜样——焦裕禄》，是正本归宗、重拾初心的生动党课，是出神入化、独领风骚的新闻绝品，是精妙绝伦、成风化人的上佳教科书，是青石勒史、锦绣镌文的报告文学翘楚，当之无愧创造了中国新闻乃至文化传播史上的奇迹。

随着焦裕禄精神对党的建设影响日深，作为党与人民情感纽带的焦裕禄，已经把党的为民初心人格化了。这为中国有史以来第一个把人民高举过头顶的执政党，把根本宗旨与民族传统美德相融相通，在水乳交融中创造党群同心、政民相亲的新文化，更好地实现人民群众的利益进而巩固党的执政基础，提供了极为珍罕的媒介。

四、在人民中永生

焦裕禄逝世后，河南省委确定，按好的县委书记待遇，安葬在郑州革命公墓。此间，焦裕禄遗愿归葬兰考埋在沙丘事，曾被提起过。省民政厅领导说，葬在郑州不比葬在兰考规格高？

1964年5月16日，焦裕禄追悼会暨安葬仪式在郑州革命公墓举行。省委第一书记刘建勋，省委常委、组织部部长张健民，省委副秘书长苗化铭，开封地委书记处书记赵仲三、组织部部长王向明，洛矿党委副书记赵祥庆，兰考县委副书记、县长程世平，开封地区除兰考外各县县委书记，徐俊雅和长子长女，李星英和长子长孙等，参加了仪式。

天下着雨，因临时停电，追悼会用汽车电瓶给扩音器供电。

追悼会由曾任兰考县委书记的开封地委组织部副部长程约俊主持，曾在尉氏县委、洛矿和开封地委任焦裕禄领导的赵仲三致悼词。

1964年5月14日上午，正在登封县检查工作的赵仲三获悉焦裕禄病危，急赴郑州。赵仲三与焦裕禄1953年前后脚调入洛矿，又在洛矿党委书记任上送焦裕禄回尉氏，不久自己也调开封地委工作。焦裕禄十八年革命生涯，十六年与赵仲三有交集。他多么希望焦裕禄转危为安，继续为党贡献聪明才智啊！可令人万分痛惜的是，当他赶到医院，焦裕禄已停止了呼吸……

兰考县的焦裕禄同志追悼会，由县委办公室负责筹办。

追悼大会会场需悬挂两条挽联。县委办公室主任刘长友要筹备组的同志每人想一联，谁编得好，就用谁的。大家围桌而坐，冥思苦想，倾情撰写，有的忍不住发出了抽泣声。刘长友见众人已写出一两条，沙哑着嗓子说："大家念念吧，咋写就咋念。"屋子里遂响起忍悲含泣的诵读声："革命正气万古春，艰苦奋斗永世存；立场坚定忠于党，服务人民献终身；忠诚革命贯平生，留得丰功万古存；对革命事业忠心耿耿，为人民服务奋斗一生；为人民杀敌寇挥戈鲁豫，干革命搞建设奋斗一生……"正进行比较选择时，卓兴隆送来了除"三害"办公室撰写的一副挽联："挥泪继承壮士志，誓将遗愿化宏图。"众人眼前不由一亮，一致赞同采用这副精练准确有气势的挽联。

5月22日上午，焦裕禄同志追悼大会在兰考礼堂隆重举行。县委副书记、县长程世平致悼词，焦裕禄亲友代表发了言。

追悼会前，会场出现了一个小花絮——张君墓公社翟庄村七十六岁的翟华祯老大爷爬上主席台，给焦裕禄像献上自己扎的一个小花圈。老人哭喊着说："焦书记，我来看你了……"

兰考"四清"分团成员，按照团领导指示，均未参加追悼会。

焦裕禄如愿魂归兰考，埋骨沙丘，是在他故后一年零九个月。穆青等人采写焦裕禄，成了烈士夙愿得偿的媒介。穆青从河南返京前，向省委第一书记刘建勋反映了兰考人民的呼声和愿望，建议尽快将焦裕禄迁葬兰考。

省委对穆青的意见很重视，打算办好三件事：

一、授予焦裕禄同志以革命烈士称号；

二、尽快将焦裕禄迁葬兰考，按他的遗愿埋在沙丘上；

三、在兰考举办焦裕禄事迹展览，或办一个展览馆。

1966年2月1日，河南省民政厅批复了兰考县委、县人委1月30日上送的请示报告，同意授予焦裕禄同志以革命烈士称号。

2月2日，河南省委研究决定，焦裕禄墓迁回兰考。

根据河南省委的决定，省民政厅征求地、县两级意见，于1966年2月18日，会同兰考县民政局形成了迁移焦裕禄坟墓的安排：

一、新墓地确定在兰考县城北沙丘上，不用征购土地。

二、新墓地只种植几种常青树（松、柏、黄杨、冬青），周围种泡桐，除挖穴、封墓、立碑（墓碑由郑州革命公墓移去）外，不搞其他建筑物。

三、迁墓和安葬分别举行两次仪式。

（一）迁墓仪式在郑州革命公墓举行，参加人：省委、开封地委、郑州市委、兰考县委等领导机关负责同志，省会各界代表和焦裕禄同志家属，总人数二百五十至三百，花圈十至十五个。

（二）安葬仪式在兰考新墓地举行，参加人：省委、开封地委、兰考县委和各公社党委负责同志，贫下中农和四个典型村代表，焦裕禄同志家属，在兰考访问的来宾（自愿参加），当地群众，总人数五百人左右。花圈数量与郑州迁葬仪式大致相同。

四、迁墓时间：初步安排2月21日上午十时在郑州革命公墓举行迁墓仪式。22日中午在兰考新墓地举行安葬仪式。

五、棺木用汽车由郑州直运兰考（后改用火车运送）。

焦裕禄迁葬兰考前，省委第一书记刘建勋派省人委副秘书长、办公厅党分组书记赵致平负责选址。兰考有一千六百个沙丘，赵致平组织开封地区和兰考县领导进行研究，大家忆起焦裕禄在东坝头附近的张庄村找到翻淤压沙良策，并推广全县，都感到葬在那里比较合适。赵致平带大家实地考察，发现张庄离县城有十多里远，且不通公路，今后组织纪念活动交通不便，便问："有没有离公路近的沙丘？"众人说有，于是选址视线又聚焦兰菏公路东侧高场北地沙丘的兰考县烈士陵园。这里长眠着为解放兰考牺牲的八百多名烈士。焦裕禄与先烈们葬在一起，亦很有意义。赵致平一行赶到现地，发现此处离县城也有十二三里地，仍觉不够理想。

这时，张钦礼说，我反映个情况。有一次，老焦领我到县城北黄河故堤"土牛"察看风沙。他登高四顾，高兴地说，这个地方真好，站得高，看得远，可以清楚地看到风从哪里起，沙从哪里落。老焦还说，人有人路，风有风口。将来我死了，要是能埋在这里多好！当时，认为这是句玩笑话。其实，很多人都是生前自己选墓地。听说南京的中山陵，就是孙中山生前自己选的地方。赵致平等赶到"土牛"下一看，大家异口同声说好，认为葬在这里既符合焦裕禄的心愿，又便于日后瞻仰和管理，遂将此地定为焦裕禄墓地。

墓地确定后，张钦礼即通报墓地所在的城关镇北街大队。大队党支部书记韩排岭高兴地说："毛主席的好学生能埋在我们这里，是北街群众的光荣。"恰在此时，铁道部通知，3月1日起，禁止通过铁路运送尸体。为确保2月底前完成迁葬，县委抽调财委主任赵甫坤负责平整墓地，县直机关干部和群众踊跃参加，十天时间削去"土牛"顶部五米，向南推土八千二百立方米，平整面积一千一百平方米。随后，在墓区北侧按郑州革命公墓规格开掘基坑，用砖砌成二点七米长、一点一米宽、一点三米深的墓坑，墓区边长十米，内地基抬高三十厘米，周围用青砖砌起一点二米高的花墙。

施工结束后，经县委批准，确定抽调政治上可靠的张诗德、胡永德两名老党员看护墓地。两人日夜精心守护，一日三餐都由老伴送饭，下雪时才到墓地西南角城关镇袁罗锅村草庵子里躲避。

兰考县民政局干事刘国华到郑州起灵时，县委领导交代，焦书记1964年下葬时，用的棺材不太好，这次换口好点儿的棺材。刘国华赶到郑州革命公墓，办好有关手续，在九排陵墓南数第四排、西数第十个位置，找到了焦裕禄的陵墓。动手起灵前，公墓一位有经验的工作人员告诉刘国华说，夏天不化尸，因为地下是凉的；冬天化尸，因为地下是热的。焦裕禄入园埋葬已三个年头了，棺材在地下经过了两个冬天，挖出来不会是原样了。

果然，当他们在陵墓南头挖坑移出棺材后，发现棺材两头一大一小两块木板"堵头"，还有棺材下面的垫板，已开始糟烂，棺材向外流着水，尸气也弥漫开来。刘国华心里很难过，按行前县委领导的要求，提出换一口新棺材。公墓工作人员说，现在尸身已不全，遇到空气更不成形，除非火化，才好换一口新棺材。

把焦书记的遗骨火化了？刘国华惊愕地张大了嘴巴：那回去怎么跟兰考人民交代呀！这么大的事自己做不了主，得向县里报告！最后经请示和斟酌，确定对棺材进行加固处理，按传统工艺，用皮灰、沥青和胶熬制黏合材料，填补黏合了棺木破损开裂处；用新木板托底，又在棺材中间和两头加了三道铁箍，最后刷了朱漆。

迁墓仪式推迟至 2 月 26 日上午举行。省委第一书记刘建勋率出席省三级干部会议的地、县负责同志，省会和兰考县各界代表，徐俊雅和长女焦守凤、长子焦国庆参加。根据省委的安排，当天中午，郑州铁路局向兰考发出挂有四节车厢的专列，一节载有前往兰考的省、地、市和有关部门领导同志，一节载有焦裕禄灵柩和护灵的亲属，一节载有郑州国棉三厂的军乐队，一节载有花圈和工作人员。车头前挂着饰有黑纱的焦裕禄遗像，车厢两旁贴着"向毛主席的好学生——焦裕禄同志学习"的巨幅标语。

为一位县委书记迁墓动用专列，在共和国历史上尚属首例。

焦裕禄生前克勤克俭，自己和家人从不占国家一分钱便宜。当他如愿以偿重返兰考时，党和人民给予自己的儿子以最高礼遇。

焦裕禄长子焦国庆，忆及 1964 年和 1966 年在郑州目睹父亲下葬和起灵的情形，用既悲痛又害怕来形容自己的心情。2017 年 8 月 4 日下午，他在开封寓所给我描述了永生难忘的两个场景：

> 1964 年 5 月 14 日上午，父亲与世长辞后，遗体立即装殓入棺，灵柩临时停放在一个汽车车库里。由于天气炎热，灵柩周围堆着一些冰块。后来，就安葬在郑州革命公墓了。安葬时，天下着雨，家里是妈妈、大姐守凤和我三个人去的。1966 年 2 月底，父亲的遗骨从郑州迁回兰考安葬时，灵柩从郑州革命公墓墓穴中起出，大概因一年多前下葬时，天下雨受了潮，我看到灵柩已有些朽烂了。于是，临时给灵柩加了三道箍，并重新进行油漆，然后送到火车站，用四节车厢的火车运到了兰考。

1966 年 2 月 26 日下午，载着焦裕禄灵柩的专列抵达兰考火车站东闸口。苍天含黛，大河鸣咽。焦裕禄魂归兰考之际，县城万人空巷，火车站人山人海，街道两边挂满了挽联，成千上万的兰考百姓自发披麻戴孝。当载着焦裕禄灵柩的解放牌卡车一出现在街头，悲痛万分的人群像一股湍急的浪潮，呼啦一下涌了上去，瞬间将灵车淹没。精壮的汉子和孱弱的妇孺老弱，不顾一切冲上前去，齐刷刷跪倒一片，哭声惊天动地。经维持秩序的人员现场疏导，灵车重又徐徐向前开动。匍匐棺前的群众挥泪如雨，退一步，叩一个头，棺两边的群众则扶棺前行，椎心饮泣。人们用嘶哑的声音哭喊着："焦书记，你是为俺们活活累死的，兰考人民对不住你！"

火车站离墓地有三里路，灵车整整走了两个半小时。

当年兰考"四清"分团成员李国庆证实，按照"四清"分团领导的指示，兰考"四清"分团成员，均未参加迁葬仪式。

焦裕禄灵柩抬至墓穴旁，悲痛欲绝的兰考百姓跪成一片。几个群众不顾一切跳进墓穴，周围自发围起两道人墙阻止棺木入穴。人们舍不得他们的好书记，扯着嗓子哭喊："焦书记，回来啊！"死活不让下葬，纷纷表示要替焦裕禄而去。县领导流着泪劝说聚集在墓地的群众："乡亲们，焦书记为咱兰考人操尽了心，他太累了，就让他好好歇息吧！"

跳到墓穴里的群众闻声悲痛地放声大哭。最后，在工作人员劝导下，情绪失控的群众好不容易才离开了墓穴。

灵柩安放墓穴时，拽绳的人千般不舍，万般痛楚，怎么也不愿往下放绳子。棺木一点点下沉，周遭的哭喊声像海潮喧哗，又似沉雷轰鸣。当棺木终于沉入墓穴后，数不清的群众冲上前来，墓地再次爆发震撼苍穹的哭喊声："焦书记，回来啊！""人民的好书记，回来啊！"俄顷，墓穴覆盖上水泥墓盖，人们又齐刷刷跪下，虔诚地磕头，捧起黄土轻轻撒向英灵栖息的墓圹。铁锹等掩埋工具静静闲置在一旁。飞扬的黄土遮蔽了早春的阳光。带着大河浸润的热土，和着人们从心底淌出的泪水，焦裕禄与兰考大地融为一体。

大河长哭，云水泪奔。一个光耀千秋的赤子，静静安卧在母亲温暖的怀抱里。在兰考地坼天崩的这一天，百姓们慷慨抛洒的滚滚热泪，好像使黄河最后一道弯的水都涨了几分。

焦守云成年后，忆起当年令家人痛不欲生的迁葬，这样写道：

> 给父亲迁葬的时候，我跟着，拽着母亲，见她哭得一会儿上不来气，要撞在棺材上跟着他走。奶奶也来了，就不哭，她时刻注意着母亲。

"要不是你爸爸临终前对我的托付，我早随他去了……"每逢忆起当年迁坟那撕肝裂胆的时刻，徐俊雅便哀婉凄切地对子女这样说。焦裕禄逝世后，徐俊雅终日以泪洗面。孩子们见得最多的场景，是母亲对着父亲遗像默默流泪。搬家时，徐俊雅首先把焦裕禄遗像擦干净，再贴身抱到屋里。徐俊雅终生自责并难以释怀的是，当年她同焦裕禄结婚时，没有绣完那对必不可少的鸳鸯枕头。结婚时只绣一只枕头，成了徐俊雅至死不能原谅自己的一件憾事。她把结婚时不成双的鸳鸯枕头，视为丈夫早逝的谶兆。

兰考县焦裕禄同志纪念馆，有一张现场抓拍的照片，时隔半个多世纪，依然具有洞穿肺腑、摄人心魄的力量。照片记录的是，1966年2月26日迁葬时，现场一位农民抱着幼子，父子两人悲戚万分、失声痛哭的情景。这位父亲名叫张传德，红庙公社葡萄架大队前杨庄村贫农社员，儿子名叫张继焦，当时尚不满四岁。

1963年麦子黄梢时节，张传德家突降横祸，不满一岁的儿子张徐州得了重病，冷热无常，抽风抖颤，面色青紫，奄奄待毙。

还在头一年春天，张传德带已有身孕的妻子张香到江苏要饭，6月25日在徐州郊野为孩子接生。他用近乎原始的方法，抄起割草镰刀在火上一燎，割断那根连接母子的脐带，把这个不合时宜的荒年来客接到人间。或许是儿子问世太过艰难，于是孩子大号取自降生地名。逃荒路上添丁，张家在外乡愈加艰难。七天后，张传德跺跺脚，拖妻携子爬上了返乡的西行列车。

连年灾荒，兰考人家家衣食窘迫，张传德家更是几天揭不开锅。在缺医少药的穷乡僻壤，谁也闹不清这孩子得的是啥病。眼见孩子行将不治，张传德绝望地抹抹脸，甩一把眼泪，自个儿踅到村外，好歹捡了一束谷秆，又翻出一根草绳，心一横，草草将瘦得皮包骨的孩子裹好，塞进筐子里，准备上工时将孩子扔到村外。

人世间最伟大的爱是母爱。此刻，在豫东平原这个一贫如洗的农家，母爱的恩泽再一次闪发出温馨的光芒。泪眼蒙眬中，张传德妻子张香透过包裹着孩子的谷秆，见小徐州青紫色的脸上鼻翼还在翕动，泣声说："他爹，孩子还有口气，等你下工回来再扔吧！"

张传德不忍地看看气若游丝的孩子，颤声说："咱家里连饭都吃不上，下了工孩子就活过来了?"说着,拎起筐子就要出门。

幸运之神往往眷顾那些最不幸的人们。就在张传德准备出门时,一位面容清癯、眉宇英武的人走了进来。正在附近查风口、治流沙的兰考县委当家人焦裕禄,入村慰贫解难,循着哭声来到张传德家。焦裕禄见张香眼睛哭得通红,关切地询问:"家里出了什么事?"

张传德叹口气,指着手拎的筐子说:"孩子病得没救了,想趁上工扔到村外去……"

焦裕禄急忙伸手轻轻触摸孩子口鼻,隐隐感到一丝若有若无的热气。他惊喜地对张传德说:"老哥,快把孩子放下,孩子还有气哩!咱贫下中农的后代,只要有一点希望,就要把他救过来!"说着,掏出本子撕下一页纸,给县医院高芳轩院长写信,嘱他千方百计把孩子治好,要张传德持信快送孩子去医院。焦裕禄的到来,使心如枯井的张传德胸中漾起希望的浪花。可他瞅着这个比自己年长的中年人,不知道他是干啥的,心里又嘀咕,你写信能管用?

焦裕禄看出张传德心里不托底,拉他来到有电话的葡萄架大队,用摇把子电话与县医院高院长通话,要求全力抢救病儿。张传德弄清是县委书记在救孩子,像是苦海中遇见了菩萨,急忙用独轮车推上孩子,向四十五里外的县城赶。路上,他买了一盒火柴,走一程划一根,看看孩子还有没有气。半夜时分,孩子终于送进县医院,经王养性主任等医生抢救,转危为安。

焦裕禄一直惦着小徐州,下乡回县后,接连三次跑到医院看望,嘱咐医生说:"这是农民的后代,一定要把他的病治好!"

二十五天后,小徐州病愈出院。焦裕禄赶来替张传德付了医药费,抱起喜笑颜开的小徐州,像自己的亲儿子被救活一样高兴。

1965年严冬,穆青、冯健、周原联袂赴兰考采写焦裕禄事迹。周原闻听张徐州在焦裕禄关怀下得到新生的故事,极为感奋。张传德为感恩焦裕禄,打算给儿子改个名。众人七嘴八舌议论,建议改为张卫焦。周原一番斟酌,做主给张徐州改名张继焦。

一个垂死的农家病儿,在县委书记关怀下起死回生,张传德从梦幻般的经历中,对焦裕禄及党领导的人民政府有了彻骨入心的认识。中国有这样的党执掌政权，是国之幸、民之福啊！可谁知天不假年，兰考人民的好书记年纪轻轻竟抱病而去！张传德抱着张继焦，顾不上歇息赶到迁葬现场。小继焦见到熟人，已会说父母教的两句话："孩子，你的病是谁治好的?"

"系赵福记（是焦书记）。"

"你长大了干什么?"

"该办兰考满冒（改变兰考面貌）。"

黄河岸边重灾区的一位普通农民，对一位已故县委书记的怀念，几十年间超越世俗人伦绵延不竭，甚至为幼子改名以为回报，其中蕴含的娓娓动听的故事，俨然一曲深情绵邈的鱼水新歌。几十年来，张继焦不忘党恩，努力工作，在各个岗位都努力践行焦裕禄精神，成为来兰考寻访者最想见的人之一。1990年，张继焦调兰考焦裕禄同志纪念馆工作，后任副主任。张继焦像对待亲生父母一样，尽心竭力照顾徐俊雅，徐俊雅也对有着璞玉浑金品格的张继焦视同己出，亲热地称其为"老七"，就连张继焦找对象、盖房、结婚、生孩子，都亲自张罗和操持。徐俊雅过世后，焦家由长子焦国庆主持，把妈妈留下的八万多块钱一分七份，张继焦也得到一份。

在兰考百姓心中，焦裕禄的爱民善举像天上的星辰，数也数不清，而像张继焦这样幸遇菩萨度人命运神奇转圜者，并非个例。

迁葬现场衔悲饮泣的戴留柱，见证着另一个感人故事。1963年2月初的一个雪夜，戴留柱随爷爷来到兰考火车站，准备扒车去洛阳。步行十多个小时，戴留柱脚磨破了，又被冰凌扎破了腿，痛得直哭。焦裕禄看到戴留柱的腿流着血，让人找医生给他包扎，给戴留柱买来食品，发给他一件救灾棉衣。戴留柱到洛阳不久，夜里患了急性肺炎。爷爷哭着对当地卫生院院长说："俺是兰考来的灾民，求院长救救孙子！"

院长说："怎么能证明你是兰考灾民？再说，治肺炎的特效药红霉素，院里也没有啊！"

爷爷想起在兰考火车站遇到焦裕禄，急忙说："俺从兰考来的时候，孙子在火车站伤了腿，县委焦书记还让人给孙子包扎呢！"

院长给兰考县委打电话，焦裕禄接电话想起了在火车站救助的戴留柱，感谢院长对灾民后代的关心，要求设法找药给孩子治病，药费由县里解决。

院长火速联系红霉素，一个多小时后戴留柱输上了液，一周即痊愈出院。

半年后，戴留柱爷爷带他回兰考找到焦裕禄，感谢他救孙子命的大恩大德，还拿出带的柿饼给焦裕禄吃。焦裕禄起初不肯吃，后来推辞不过尝了两个。戴留柱爷爷回家给乡亲们分柿饼时，发现装柿饼的兜里有两角钱，感叹说："救命恩人尝俩柿饼还给钱，有这样的干部，真是人民的福气！"在焦裕禄墓前，戴留柱爷爷流着泪说："焦书记啊，这个孩子就是你打电话在洛阳救过来的，从今往后，孩子改名叫恩焦，俺全家人永远都忘不了你啊！"

城关公社姜楼村民兵营长谷天恩的儿子，有着与戴留柱相似的命运遭际。迁葬仪式上，谷天恩忆及当年焦裕禄拯救自己儿子的往事，悲痛得说不出话来。1963年春，谷天恩不满一岁的儿子谷海田患肺炎，因无钱住不上院。恰好焦裕禄到医院看病，见谷天恩夫妻抱着牙关紧咬的孩子暗自啜泣，遂找来院长，掏出五块钱，嘱医院全力抢救。儿子出院后健康成长，而仅过一年余，焦裕禄却英年早逝……

兰考县焦裕禄同志纪念馆第二张撼人心魄的照片，是焦裕禄到兰考后，最早结识的萧位芬老大爷迎灵时痛不欲生的情景。萧位芬是焦裕禄能掏心窝子的庄户朋友，也是他到兰考头一回下乡就获取除"三害"真经的老师。根据县里要求，为维持迁葬现场秩序，除统一安排外，单位和个人都不要带花圈。可萧位芬根本不管有什么规定，和村干部抬着他买的花圈就来到焦裕禄墓地。老人一看见焦裕禄的遗像就哭，泪水涟涟说道："庄户人的好书记，你是活活地为俺兰考百姓，硬把自己给努（累）死的呀！困难的时候你为俺农民操心，跟着俺们受罪，现在，俺们好过了，全兰考翻身了，你却一个人在这里……"直到仪式结束，老人还止不住眼里的泪水。

1966年2月26日下午四时，兰考县委在城北黄河故堤焦裕禄墓地举行追悼大会。会场挂的挽联上联是：挥泪继承烈士志，下联是：誓将遗愿化宏图。横幅是：焦裕禄同志永垂不朽。会场飘扬的四面红旗分别写着"韩村的精神""秦寨的决心""赵垛楼的干劲""双杨树的道路"。参加追悼大会的有六千人，焦裕禄熟悉的贫农萧位芬、刘宗行、王连备、孙玉堂、孟全修、孔令换，头天夜里就赶到县里。追悼会上，河南省、开封专署和兰考县负责同志及各界代表献了花圈，王连备和孔令换代表焦裕禄熟悉的群众，给焦裕禄献花圈。追悼会开始，军乐队奏哀乐，数千名群众为焦裕禄默哀。

兰考县委副书记张钦礼在追悼大会上致悼词，河南省委书记处书记、副省长赵文甫，代表省委、省人委在会上讲话。开封地委书记张申、堌阳公社大付堂大队党支部书记杨世森等人，也在会上讲了话。

秦寨大队老贫农孟全修参加追悼会时，地里的麦子正要返青。他未能带来焦裕禄渴望一见的新麦麦穗，而是带来一把当年焦裕禄奖给他的铁锹。1963年秋，焦裕禄高度赞扬"秦寨的决心"，并将秦寨树为全县的红旗，孟全修领到了焦裕禄奖的铁锹。两年多来，孟全修用这把铁锹深翻六亩老碱地，还深刮了若干盐碱地。他和乡亲们的铁锹磨秃了，队里的粮食产量却逐年递增，总产量由1963年的二十二万斤，上升到1965年的九十多万斤。迁葬那天，孟全修带着铁锹在焦裕禄墓前表达秦寨人的坚强决心，一定以更大的干劲向盐碱窝开战，不根除"三害"决不罢休。

老韩陵村青年张根生、张二宝、张根众，带着精心挑选的三棵泡桐树来到现场。焦裕禄在老韩陵蹲点时，到草庵子看望三位小护林员，称赞他们是小英雄，勉励他们好好学习。人生春天欣逢春雨滋润，三位少年与几千棵泡桐树一起茁壮成长，成了村里封沙育林的主力。三人把从村里带来的三棵泡桐树种在焦裕禄墓前，让三棵小树在焦裕禄身边长成参天大树。

日暮时分，迁葬现场山呼海啸的哀思潮退却后，忽听从焦裕禄墓前传来一声凄楚的哭喊声："爹啊……"人们循声望去，只见一个身披重孝的农村少妇，正双手插在焦裕禄坟上号啕大哭。人们顿感诧异：没听说过焦书记有这么个女儿呀！经询问，哭坟者是堌阳公社牛场村农民孔令换之妻。

将近两年前，家中缺衣少粮的孔令换之妻产后不下奶，对丈夫说："孩子他爹，给我买点红糖冲碗水喝吧！"孔令换攥着家中仅有的两毛钱跑到供销社，却见柜台里的红糖一斤一包不零卖。血气方刚的汉子寻死的心都有了。然而，目击这一场景的县委书记焦裕禄，拿着刚买的两斤红糖、五尺布，走进了他茅椽蓬牖、瓦灶绳床的家。当中国共产党在兰考的代表，在贫困群众最无助、最无奈的时候，捧着一颗滚烫的心，雪中送炭走进家门时，一种逾越血缘的亲情，便像甘甜的清泉滋润了困顿中百姓的心。他们明白了，当年打仗时，那些为了解救受苦受难的老百姓，活着把脑袋别在裤腰带上跟敌人干，死时肠子被敌人扯出来挂在树上也不皱眉的共产党还在兰考，只是老焦这个当家人，比起当年那些铁疙瘩似的共产党，似乎更善解人意，更知冷知热。眼下的日子是难，可比起受剥削受压迫的旧社会，还是强多了。跟着这样的党，还有什么过不去的坎？还有什么克服不了的困难呢？

焦裕禄迁葬兰考时，孔令换之妻身披重孝到坟上哭爹的感人故事，在兰考流传得很广。在兰考焦裕禄同志纪念馆，生于1931年的金牌讲解员李国庆，含泪对我讲起这件往事，依然激情难抑，声音发颤。李国庆说，他不会讲普通话。但我知道，每当党和国家领导人和其他重要嘉宾到来时，他用地道的兰考话作的直抵人心、无可替代的讲解，都曾那样不可抗拒地征服了所有在场人的心。几十年来，随着他那富有穿透力、震撼力、感染力的讲解，农家女戴孝哭坟的故事，传遍了祖国山南海北。怀着朝圣之心来参观瞻仰的人们，从这一极具象征意义的故事中悟出，在没有战火淬炼的和平环境中，焦裕禄精神这一强健了一个政党筋骨的钢铁是怎样炼成的，在兰考这片一度被贫困和饥馑压得抬不起头来的土地上，三十六万人民齐心协力降伏"三害"的力量是怎样凝聚起来的。当时刻以人民苦乐安危为念的县委书记，像孝敬父母一样殚精竭虑为人民群众操劳，鞠躬尽瘁，死而后已；当蓬首垢面的平民百姓，在焦裕禄英年早逝后视其为再生父母……这样的党群关系所构筑的执政根基，谁能动摇？这样水乳交融的情感所形成的深厚伟力，谁能战胜？

2018年4月5日，焦裕禄故后第五十三个清明节，焦守云来到松柏环绕的父亲墓前，依传统奠仪表达女儿的深切怀念后，给我讲起迁葬活动结束后，在万人面前没掉一滴泪的奶奶重返墓地，挥泪与儿子告别的情景——

那一天，迁葬现场人山人海的场面终于消散之后，刚强如铁的李星英突然瘫软下来，变得羸弱无比。明天就要回山东老家了，年逾七旬的老人，让孙儿们用一辆架子车拉着她，重新回到儿子刚刚安卧的明末黄河故堤。

西风残阳，寒鸦噪晚。满脸浸透了悲苦的李星英，抱着儿子冰冷的墓碑，像是抱住了儿子瘦骨嶙峋的身躯。老人泪如泉涌，恸哭失声，嘶哑而无力地喊着："禄子，这是咱娘俩最后一次在一起说话啦！娘老啦，走不动了，以后再也不能来看你啦……"

这是老人在终生引为自豪的儿子谢世后，第二次放声大哭。

焦裕禄在郑州病逝和下葬时，李星英没哭。县委领导来看她，相约谁都不许哭。见面后，大家问声"老母亲好"，泪水就憋不住了，一个个竟然呜呜地哭出了声。

老人劝几个县领导："同志们，不要哭，哭是没有用的。"

过了几天，老人问县领导："裕禄完成党交给的任务了吗？"

县领导说："完成了，完成得很好，很出色。"

老人又问："裕禄对得起毛主席了吗？"

县领导说："对得起啦，很对得起毛主席啦！"

老人点点头，眼圈红了。

过了一段时间，待老人心情稍稍平复后，有人问她当初为啥不哭？老人说："俊雅还年轻，又带着六个孩子，将来所有的事都要靠她一个人。我在那里哭，俊雅怎么活呀！"

可陪伴老人的儿孙知道，儿子病逝后，老人从郑州回山东，在博山八陡火车站一下车就瘫倒在地，手抠着黄土哀号："我的儿呀，我的儿呀……"令人心悸的痛哭，连天地闻之也改换了颜色。这次迁葬结束后，她直哭得昏天黑地，暮霭四合。

"非此母不能生此子。"焦守云每逢谈起奶奶垂暮之年的两次恸哭，都忍不住热泪长流：父亲的一世英名，也得益于两个伟大的女人，一是妈妈的牺牲奉献，二是奶奶从小教育得好。爷爷被地主讨债逼死时，父亲被抓，大伯在外，奶奶一个小脚女人，说服族人和乡亲，毅然替儿子为丈夫顶包打瓦，送终发丧，一肩撑起了支离破碎的家。后来奶奶无比骄傲为公家做事的有出息的儿子，一下子没了，她内心的痛苦是无法用语言形容的。塌天灾祸降临时，奶奶首先想的是别人的感受和怎么稳住这个家，把痛苦嚼碎咽到心里。奶奶的刚强、隐忍等美德和处事行为方式，影响了父亲一生。

这一天，对兰考人来说，是个被滂沱泪雨浸泡得草木衔悲、日月无光的日子。有多少人哭得泪干肠断？直到很多年以后，在兰考，不能轻易提焦裕禄的名字，一俟言及，人们就伤感，就落泪。

焦裕禄去世不到一个月，兰考的麦子就成熟了。举目四野，麦浪滚滚，一派丰收景象。县委领导同志抚摸着焦裕禄的遗像，想起他临死前还惦着秦寨盐碱地的麦子长得怎样？要他们拿一把秦寨的麦穗来看看的情景，泣不成声地说："要是焦书记能看到这么好的收成，他该有多高兴啊！"

穆青等人到兰考采访焦裕禄时，兰考的粮食产量已经达到和超过历史最高水平的1955年。从死亡线上挣扎过来的人们，看见田野里被覆盖的沙丘，看见开始成林的树木，看见被驯服的河道，就油然想起了焦裕禄。大家纷纷议论着，要给焦裕禄立碑。

红庙公社土山寨村群众酝酿给可亲可敬的好书记立碑时，王连备和大伙儿结队来到村前的桥头。河里的水在静静地流淌着，人们的思绪又回到了那个滴水成冰的严冬。那年冬天，焦裕禄就是在这里，看见一个腿上长疮的社员蹚着冰水过河，心里难受得像针扎，亲自动手帮助土山寨村建起了这座跨河桥。乡亲们看见桥，就想起了焦裕禄的举止行状和音容笑貌。王连备流着眼泪对大伙儿说："这座桥，就是焦书记的纪念碑。"

乡亲们听着王连备的话，一齐点着头，禁不住呜咽了。

焦裕禄迁葬后的第一个清明节，全县十多万农民赶到兰考城北明末黄河故堤，以泪相祭长眠沙丘的好书记。绵绵春雨中，从高场北地烈士陵园到焦裕禄墓地，哀乐声不绝于耳。哦，和平年月，中国共产党人的牺牲还在继续！为了早日让人民过上好日子，焦裕禄在抗击严重自然灾害的战斗中，把一腔热血洒在兰考大地上了！

这些年，在中央电视台《百家讲坛》精彩阐释焦裕禄精神的郑州大学教授周文顺，为备课到兰考挖掘焦裕禄事迹，一位参加过当年焦裕禄迁葬仪式的老汉对他说："我们真觉得打心底里对不住老焦。人家是县委书记，还有病，放着那么好的日子不过，来陪咱农民受那份罪。他把自己的心肝，都埋在了盐碱地里啦，埋在沙滩里啦。老话说，三年清知府，十万雪花银。可老焦这个共产党的'县太爷'，自个儿啥都没落下。种下的树苗，他没有看到它们长大；种下的麦子，他连一碗面汤都没喝上。因而他走了以后，俺兰考人看着桐树，心就发痛，吃口馍，大伙儿都想哭！"

半个多世纪以来，从祖国各地赶来兰考祭奠、瞻仰和拜谒焦裕禄的人们，伫立青松翠柏环绕的焦裕禄陵墓，瞩望和流连最久的，是墓穴后屏风墙上毛泽东的手书"为人民而死虽死犹荣"九个大字；引用和回味最多的，是著名诗人臧克家1949年11月1日写的《有的人——纪念鲁迅有感》一诗中意蕴隽永的名句："有的人活着，他已经死了；有的人死了，他还活着。"在焦裕禄陵墓前和焦裕禄同志纪念馆，这首诗和宋代欧阳修圣贤者"虽死而不朽，逾远而弥存"的佳句，无数次被人们吟诵着，在心海掀起万丈波涛。

巍巍故堤，莽莽黄沙，苍苍翠柏，耿耿丹心。在人民博大温暖的怀抱里，一生喊着爹叫着娘为百姓服务的焦裕禄，得到永生。

五、毛泽东在天安门接见焦守云

在兰考，人们亲热地管焦裕禄次女焦守云叫"二姐"。"二姐"出生时取名焦迎建，两岁那年跟奶奶回山东老家长住。焦裕禄哥哥焦裕生，觉得侄女还是应按"守"字辈取名，于是取《水浒传》中"谁无暴风劲雨时，守得云开见月明"诗意，为她改名守云。

二姐知名度高，主要因为她当年在天安门城楼受到毛泽东接见。

1966年8月8日，兰考县城关镇中学校长王文彬带学生进京串联，想带上焦守云。徐俊雅说，守云才十三岁，还不会照料自己呢！王文彬打包票说，吃住和安全都在他身上，终于说服徐俊雅放行。

焦守云进京遇到的最大难题，是没有像样的衣服可穿。焦裕禄过世后，徐俊雅带着六个孩子，还要赡养两位老人，祖孙三代靠徐俊雅五十多元工资，还有五个未成年孩子每人每月十三元补助过日子，生活拮据。心灵手巧的徐俊雅用汽油把红卫兵赠的"战旗"和袖标上印的黄油漆字洗掉，巧加连缀，做成褥子和衣物供家人用。

从开封赶来的焦守凤，从身上脱下上衣给了妹妹，可焦守云穿着姐姐的衣服，足足大了有两号。焦守凤把衣服下摆向上折起一块，用针线缝了一圈。焦守云穿着姐姐改制的上衣去了北京。几天后，人们从报上刊登的毛泽东在天安门接见焦守云的照片中，清晰地看到了焦守云衣袖上的大补丁。

王文彬一行9月14日从郑州乘火车抵达北京，住在清华大学。不知是谁透露了焦守云来校的消息，清华大学报告了周恩来。

第二天，9月15日，毛泽东第三次在天安门城楼检阅红卫兵。一大早，焦守云就随清华大学学生兴高采烈奔向天安门广场。

焦守云来到红海洋般的天安门广场，来自全国各地的红卫兵听说焦裕禄女儿来了，呼啦啦把她围起来，要她签名，拉着她问这问那。这时，有人挤过来对她说："总理要你上天安门城楼，跟我走吧。"焦守云一听，高兴坏了，立即跟他挤出人群，几经交接，在天安门登城楼处上了电梯。

焦守云进入天安门城楼休息大厅，周恩来、邓小平、陈云等党和国家领导人，纷纷站起来同她握手。在座的还有中央文革小组第一副组长江青。周恩来亲切地问焦守云："你今年十几岁啦？"

"我今年十三岁了。"

"在学校上几年级？"

"小学六年级。"

"你妈妈身体好不好？"

"妈妈身体还好。"

"你家姊妹几个？"

"我有两个哥哥，一个姐姐，一个妹妹，一个弟弟。"

"六个！六个！"周恩来双手伸出六个指头，左右比画着说。

几位中央领导同志慈爱地望着焦守云，都轻轻笑了起来。

对地处黄河中下游接合部的兰考，周恩来并不陌生。决荡中原的黄河，那里是周恩来生命和事业的一部分。解放战争中，国共双方围绕黄河归故的折冲樽俎，几经跌宕，何其艰难！

1946年年初，一个名叫塔德的美国人，悄然出现在花园口决口前的黄河行河故道。这位联合国善后救济总署中国分署工程顾问兼黄河委员会顾问，奉命为"黄河回归故道"进行勘察，从而披露了一个惊天阴谋——国民党政府为配合发动内战，打着"复兴建国"的幌子，准备堵复1938年人为造成的花园口决口，妄图"以水代兵"，淹没、分割冀鲁豫和山东解放区，使之成为新的黄泛区！

从1938年6月9日，蒋介石密令国民党军队炸开黄河花园口河堤，黄河涛声远去已近八年。鲁豫两省境内黄河故堤，抗战时多有被日伪用作封锁沟和封锁墙者，风雨侵蚀损坏十之有三；两岸防险坝埽上的砖石，大部被拆建日伪碉堡工事，早已破烂不堪；悬河河床遍布凹凸不平的沙丘，高者逾丈，低者盈尺；昔日黄水汤汤的黄河三角洲，长达二百余里的淤塞地块被垦为农田，其间建有三百四十七个村庄，人口达十余万。冀鲁豫解放区沿河的河南长垣到山东齐河县，有八百一十三个村庄，三十万七千四百五十七口人，山东渤海区沿河亦有三百四十七个村庄，十万五千多人口。

中共中央虽知黄河归故会给解放区带来无穷祸患，但考虑到豫皖苏黄泛区人民的痛苦和黄水久注淮河，必致淮河淤塞南泛长江，势将危及大半个中国，故原则赞成黄河归故，由周恩来与国民党会商，在解放区复堤整险和河床居民迁移后方可堵口移河，力避灾害搬家。

为应对黄河归故挑战，1946年2月22日，晋鲁豫区根据中共中央指示，成立了黄河故道治理委员会（后改称晋鲁豫区黄河水利委员会），由王化云任主任，统一领导解放区复堤整险。

1946年3月1日，国民党当局悍然在花园口动工堵口，全国舆论大哗。后迫于压力，国民党政府派员赴新乡同参加军事调处的周恩来、马歇尔、张治中洽谈，商定国共各派代表谈判，并签署了复堤浚河堵口的开封协议和菏泽协议，但时过不久，两个协议被国民党当局撕毁。

5月中旬，周恩来在南京同国民党代表达成南京协议，同塔德达成"六点口头协议"。此间，解放区四十多万民工奋战月余，将大堤修复到花园口决口前的标准。1946年6月23日，国民党政府单方面实施堵口工程抛石合龙，7月上旬以失败告终。

7月中旬，周恩来抵上海，就国民党当局应拨施工粮款和河床迁移费等问题进行谈判。10月5日，花园口恢复堵口。为延缓堵口合龙，争取复堤物资，我党推动举行了国共张秋和邯郸会谈。1947年1月9日，周恩来发表声明，号召全国同胞和国际正义人士紧急制止国民党政府堵口放水，拨付解放区应得钱粮器材，迫使联总表态。国民党政府不得不陆续拨付一百九十亿元工程款和河床居民救济费。

1947年3月15日，历经三次堵口失败，花园口决口合龙。

在一年零三个月间，刘邓大军驰骋冀鲁豫战场，歼灭国民党军第三师，先后发起巨野、金乡、鱼台战役，两次对陇海路实施大破击，粉碎了国民党三十万军队进攻，牢牢拖住了国民党王敬久、王仲廉两个集团军。黄河归故时，刘邓大军已安然开赴黄河北岸休整。

江山易主后，大河出平湖一直牵动着毛泽东和周恩来的心。1961年8月，三门峡水库关闸蓄水。适逢库区上游连降暴雨，黄渭并涨，潼关以上严重淤积，渭南一带库区生产受损，治黄议论随之蜂起。毛泽东闻讯感喟，黄河是伟大的，是我们中华民族的起源，人说不到黄河心不死，我是到了黄河也不死心。他提出，请一位地质学家、一位历史学家和一位文学家为伴，徒步策马考察黄河。

1964年12月，周恩来在京主持召开治黄座谈会，确定"上拦下排"和"大放淤"两种意见各自作出规划，进行拦泥和放淤试验。会议决定，三门峡水库功能由蓄水拦沙调整为滞洪排沙，大坝左岸增建两条隧洞，改建四根发电引水钢管，加大泄流排沙以解除库区淤积燃眉之急。黄河下游用四年开展大修堤，重点修建兰考东坝头控导工程以调整黄河流势，减轻对封丘、兰考河段堤防的威胁。

黄河泥沙治理，给中国共产党人上了难忘的一课。缀网劳蛛的探索者们蓦然发现，对黄河规律的认识，与中国社会主义的寻路，竟然如此相似乃尔！兰考治理内涝、风沙、盐碱"三害"，是治黄大业的一部分。黄河泥沙问题解决依然任重道远，而兰考那场气壮山河的斗争，已取得可喜成果。令人惋惜的是，焦裕禄壮志未酬，便以身殉职……

关于黄河的历史回溯，触动了周恩来的满腹衷肠。他疼爱有加地望着焦守云，嘱咐她说："回去代我向你妈妈问好！"

焦守云感到，眼前的周恩来伯伯既可敬，又可亲。情急之下，她把自己胸前戴的印有焦裕禄头像的像章取下来，踮起脚，小心翼翼别在周恩来胸前的衣服上……周恩来低头望着给他戴像章的焦守云，眼中漾满了慈祥的光芒。随后，他用手摸摸胸前的焦裕禄像章，笑着说："很好，很好！"

邓小平望着满脸稚气的焦守云，眼中满是欣喜和怜爱。在中共第一代领袖集团中，邓小平是最早知道焦裕禄，并在疾病诊治上给予关怀的成员。

1948年7月，山东南下干部中原支队五千四百人抵达河南临汝、宝丰。中共中央中原局第一书记邓小平喜不自胜地说："南下干部的到来，胜过十万大军！"焦裕禄正是山东首批南下干部翘楚。1964年4月，在兰考任民政局局长的老部下向他汇报焦裕禄病情和事迹，请求救助。他专门给中组部交代，即组织医疗专家给焦裕禄会诊。可惜为时已晚，面对肝癌晚期的焦裕禄，医生已回天无力。焦裕禄通讯见报后，邓小平对焦裕禄的高尚品行有了更为翔实的了解。1966年2月25日，接到《人民日报》和新华社编委会写给中央的关于继续宣传焦裕禄的报告，他即刻批示同意。

下午五时十五分，毛泽东身穿草绿色军装，同林彪一前一后登上了天安门城楼。林彪、周恩来在大会讲话，首都红卫兵和各地学生代表相继发言。毛泽东在万众欢呼声中，大步走向天安门城楼东西两侧，频频向百万红卫兵招手致意。霎时，沸腾的天安门广场好似巨浪排空，呼啸掠过，欢呼声、口号声震耳欲聋。焦守云随着狂热的人们欢呼跳跃，两眼紧盯毛泽东，沉浸在从未有过的激动中。

中央文献出版社2003年出版的《毛泽东传》载，1966年9月13日晚，身体不适的毛泽东给林彪、周恩来、陶铸写了一封信：

卧病三天，尚有微温，今天略好。可在明天（十四）或后天（十五）上午十时或下午五时在天安门广场开七十万人大会。我能起床，即去见见群众，不能起床，则请你主持，我不去了。

9月15日下午，病后初愈的毛泽东还是登上了天安门城楼。

焦守云看见走到眼前的毛泽东，心怦怦跳着，流着眼泪高喊："毛主席万岁！"她伸出细瘦的胳膊想同毛泽东握手，可由于个子太矮，被人挤得东倒西歪。有个记者见状递给她一个凳子，焦守云刚爬上凳子，身着灰旗袍的王光美走了过来，一把将她从凳子上拉下来，径直走到毛泽东面前说："主席，这是焦裕禄的女儿！"

由于欢呼声口号声如雷贯耳，毛泽东没听清王光美的话，扭头"啊"了一声。王光美提高嗓音又重说了一遍。毛泽东旋即转过身，望着身材瘦小但惹人注目的焦守云，脸上的忧虑和沧桑瞬间化为怜爱和慈祥。

从兰考焦裕禄同志纪念馆馆存毛泽东接见红卫兵纪录片片段可见，1966年9月15日那个欢呼声浪穿云裂石的黄昏，毛泽东在天安门城楼上颔首望着身高只及他胸口、梳着当年中国城乡习见的"识字班"头的焦守云，拉着她瘦小的手，眼中露出怜恤和恻隐之情。

他显然已有些疲倦。不过，眼前这位在豫东抗击灾害中悲壮殉职的县委书记的女儿，还是勾起了他五十年代两赴兰考的记忆。

开国后三度秋风萧瑟时，毛泽东利用休假之机，首次离京出行。1952年10月30日清晨，毛泽东在兰考县东坝头附近走下专列，步入许贡庄农民董宪德家，实地察民生，当面问民忧，切身知民难。当与毛泽东同庚的董宪德问"这盐碱地能治吗"，那一刻，他感到这个朴实农民热切的目光像一把锥子，把悬河两岸百姓的忧伤和企盼，一下子扎进了他的心里。农民的儿子毛泽东，素知中原黄泛区人民生活多艰。然而，当他亲莅濒河农舍，体察农民家徒四壁和所收无几的境况，目睹他们终年劳作犹难果腹，不得不向灾害渊薮盐碱讨生活的无奈景象，还是受到了强烈震撼，禁不住连连惊叹。"民者，邦之命脉，欲寿国脉，必厚民生。"革命胜利使人民当家做主，可黄河安澜后还要使人民早日过上好日子，国家才能长治久安！一晃，十几年过去了。那次随机入村访问，豫东农民恳求国家治理盐碱的目光，时常闪现在毛泽东眼前。而尤令毛泽东牵肠挂肚的是，他在开封"林公堤"抓起的那把泥沙。那显然是来自黄土高原深壑巨涧的客土。"九曲黄河万里沙，浪淘风簸自天涯。"黄河的问题，恐怕都出在这经年累月不远万里下泄中原的泥沙上……

"要把黄河的事情办好！"这是毛泽东兰考之行亲身体察黄河历史创口后，源自心底的强烈意愿，也是执政的中国共产党人，对黄河沿岸人民，对全中国人民作出的如山承诺。从兰考回京后，毛泽东对叶子龙说，黄河孕育了中华民族，也害苦了成千上万的中国老百姓，我们一定要治理好黄河！在毛泽东关怀下，黄淮海平原贫瘠土地改造惠及豫、鲁、皖、苏四省农民，兰考开挖兰杞、兰东、兰商三条引黄灌渠，对抑制"三害"产生了积极成效。但要根治灾害，还需长期努力。看着焦裕禄穿补丁衣服的女儿，可以想见这位抱病履职的县委书记，带领人民抗灾除害经历了怎样的磨难！

在毛泽东看来，典型本身就是一种政治力量。此刻，他拉着焦守云的手，快步走到有警卫战士执勤、其他人不便过来的地方，转身向身后的林彪点了一下头。林彪明白毛泽东要他一起同焦守云合影，急忙走过来，站在毛泽东左侧，三人一起合了影。随后，毛泽东拉着焦守云的手走向观礼台，和其他党和国家领导人一起，接见各地来京的三百多名学生代表，同他们合了影。照相时，焦守云被安排在毛泽东、林彪、周恩来等领导人前面。

鉴于来京红卫兵太多，中央决定晚八时三十分增加一场接见。

下午六时许，毛泽东等中央领导人及红卫兵代表，来到天安门城楼休息厅。厅内茶几上摆有烟茶和各式点心，很多点心焦守云没有见过。由于没吃午饭，此时焦守云已经很饿了。但她不敢动盘子里的点心，也没心思动，目不转睛地望着坐在沙发上的毛泽东。毛泽东吸着烟，同双手捧着茶杯的林彪在交谈。过了一会儿，毛泽东起身去卫生间。年幼的焦守云忽然生出一股与年龄阅历不相称的勇气，几乎是跑着迎上前去，用自己那双瘦小单薄的手，紧紧握住毛泽东那双旋转乾坤的大手，清脆而响亮地说："毛主席好!"

毛泽东朝她点点头，慈父般的笑容在脸上漾开去。

在中国政治舞台的神圣领地，来自豫东小县尚有些懵懂的少女焦守云，如入梦境般坐在天安门城楼休息大厅，静静注视着红太阳般的伟大领袖，忘记了饥饿，忘记了疲劳，沉浸在亢奋和幸福中。当毛泽东再次起身去卫生间时，焦守云又一次忘情地迎上前去，握住毛泽东宽厚的大手，向他问好。

不知过了多长时间，一位记者模样的人走到焦守云面前，告诉她要进行采访。焦守云尚不能完全理解何为采访，但知道离开天安门城楼的时刻到了。可她还没有看够毛主席，故而不情愿地站起身。后来她才知道，约她采访的，是《人民日报》记者。焦守云恋恋不舍地望着坐在沙发上的毛泽东，随记者走出休息大厅。这时，身穿军绿色薄呢大衣的江青赶过来，用纸包起小几上的四个包子，塞给了焦守云。焦守云随记者乘电梯下天安门城楼登上汽车，才感到饿得有些发慌了，于是狼吞虎咽，眨眼工夫就吃掉了手中的四个包子。

当晚，焦守云在人民日报社接受采访。第二天，9月16日，《人民日报》二版中部左侧位置，刊登记者为她代笔的文章《让兰考人民分享我见到毛主席的幸福》。9月18日，《人民日报》在六版头条位置，发表毛泽东、林彪同焦守云合影的大幅照片。照片说明是："毛主席和林彪同志同来自兰考的小红卫兵焦守云合影。焦守云是毛主席的好学生焦裕禄同志的女儿。她见到了最敬爱的伟大领袖毛主席，激动地说：这是我最大的幸福，我一定要像爸爸那样，活学活用毛主席著作，永远听毛主席的话，做毛主席的好孩子。"

《毛泽东年谱》记载了毛泽东9月15日接见焦守云的活动：

> 同日下午，在天安门接见北京和来自各地的百万红卫兵和革命师生。林彪、周恩来发表讲话。毛泽东在天安门城楼同三百多名学生代表一起照相，并同焦裕禄的女儿焦守云单独合影。

毛泽东看到焦裕禄通讯有何态度？他决定接见焦守云的经过和细节是怎样的？由于当事人和知情者均已谢世，也未能找到确凿的记载，读者关心的这些问题，很可能已成永久的悬疑。不过，从焦裕禄通讯见报后高强度的宣传持续甚久看，历来关心党报并非常善于运用党报指导工作的毛泽东，对焦裕禄这个典型及其宣传，显然是认可和赞赏的。焦裕禄是为落实"要把黄河的事情办好"的号召殉职的，毛泽东的意志与他的奋斗是契合的。毛泽东在天安门这个中外瞩目的重要场合接见焦守云，同她合影留念，还拉着她的手到观礼台同其他党和国家领导人合影，足见他对焦裕禄的重视与肯定。他和焦守云的合影在《人民日报》六版头条位置以很大篇幅刊出，也印证了这一点。因为按照规定，这张照片须经毛泽东审阅才能发表。

1966年9月15日晚，天安门广场广播"毛主席已离开天安门……"红卫兵陆续离去，可焦守云还没回来。王文彬急得六神无主，疑虑像断了线的纸鸢，在心中上下翻飞：焦守云上没上天安门？现在她在哪里？找不到焦守云，回去怎么给她妈妈交代？王文彬原地打着转转，嘱咐学生手拉手坐在广场，自己在天安门附近找来找去，最后走进天安门东侧一家废品回收公司。一位热情的同志打电话询问了几个单位，获悉焦守云已被送回清华大学。王文彬赶到清华大学，得知她已被天津大学红卫兵"抢"到学校作报告，于是带领学生绕道天津，接上焦守云，乘火车经徐州返回兰考。

焦守云从北京荣归兰考，小城宛若烈火烹油，鲜花着锦。一下火车，人们就抢握焦守云被毛泽东握过的手，争看她和毛泽东的合影。不知什么人还按这幅照片画了一幅真人大小的画像。人们抬着毛泽东接见焦守云的画像，簇拥着焦守云，敲锣打鼓在县城转了一圈，幸福和欢乐溢满大街小巷。

徐俊雅一手牵着焦守云，一手擦着眼泪啜泣道："你能受到伟大领袖毛主席的接见，这不仅是咱全家人的幸福，也是兰考人民的幸福。你爸爸要是知道，他也会为你高兴的……"

焦守云从北京带回的热流，温暖着兰考城乡每一个角落。她走到哪里，人们都涌上前来跟她握手，拿出笔记本，让她用与毛主席握手的手签字，鼓舞自己沿着毛主席指引的革命道路前进。

"那天真是辛苦了我这双手，因为大家都要握一握毛主席握过的手。"五十一年后，焦守云缅想当年，言谈中仍溢出几多感慨。

1966年9月26日，兰考县委召开庆祝大会，焦守云在会上介绍了毛泽东接见她的情景，随后到兰考一些社、队和开封、郑州等地作报告。

庆祝大会喜中有悲，令人嗟叹。带焦守云到北京的城关镇中学校长王文彬，在会上介绍毛泽东接见红卫兵盛况时，讲到自己站的地方远离天安门城楼，刚能看见毛主席，远远看去，天安门城楼上站的人，头就像豆粒一样大……一言不妥，被撤职开除，数年后到县化肥厂当一名工人。

张钦礼想讲话，但县委主事的领导未允准。1966年中共中央发出"五·一六"通知后，头年8月进驻兰考的"四清"工作分团摇身一变，正副团长分任县"文革"领导小组正副组长。任副组长的县委主事的领导不等上级通知，便急不可耐开展运动，发动机关写批判张钦礼的大字报，铺天盖地贴满县委大院。张钦礼说："你可以写大字报批判我，但不能剥夺我讲话的权利。"两人争执不下一起去了开封。县委主事的领导受到地委领导批评，回来被迫撤下批判张钦礼的大字报，并在县委常委会上作了检讨。

1966年10月1日，焦裕禄长子焦国庆在天安门见到毛泽东。

后来，周恩来总理还接见了焦裕禄长女焦守凤。周恩来一见焦守凤，就高兴地对她说："你长高了，也长胖了！"焦守凤知道总理把她当成妹妹焦守云了，急忙说："总理，那是我妹妹焦守云！"

六、历史螺旋中的风风雨雨

历史常在阴差阳错中把人打回原点。

1966年8月9日，穆青再次登上新华社大礼堂主席台时，不再是颁奖或作报告，而是作为"黑帮分子"接受造反派批斗。

那个蒙垢饮羞的夏日，曾上演历史闹剧的这所民国建筑，再现野蛮与丑陋：穆青等新华社领导胸挂名字打叉的黑帮牌子，头扣纸糊的高帽子，按规定双腿并拢身体前倾，做"喷气式飞机"动作……

这一天，距焦裕禄事迹通讯发表轰动全国，正好半年时间。

穆青获罪，除了"光抓稿子，不抓脑子"，一门心思走"白专道路"，主要还是因组织炮制"大毒草"——《县委书记的榜样——焦裕禄》。火眼金睛的造反派甚至还看出，穆青在贺龙手下一二〇师当过兵，焦裕禄通讯发表在1966年2月，显系有意暗合贺龙等策划的"二月兵变"；穆青等人写的焦裕禄通讯，避而不谈阶级斗争，大肆渲染自然灾害，分明是"恶毒攻击党的领导，给社会主义抹黑"。

长达四个小时的批斗，年大体弱的副社长邓岗不堪折磨昏厥在地。穆青愤而蹲下搀扶邓岗，结果，胸前挂的牌子被猛拽了几把，拴牌子的细铁丝勒得他脖颈鲜血淋漓。游行示众后，穆青被抄家，全家被勒令搬入建筑工地一间半简易工棚，入住时地面和墙壁都没干。

穆青在京罹难的同时，正在河南郑州的周原也被揪斗。造反派举着周原当年为写血书自残的手，恶毒奚落说："这个老右派，就是用这只残缺不全的爪子，写出了焦裕禄通讯这篇大毒草！"

兰考"揪斗穆青战斗队"直抵北京新华社，不料提人时碰了壁。他们被告知，在北京批判穆青可以，中央不发话，揪到兰考不行。扫兴而归的战斗队员折返郑州，在新华社河南分社扭住了周原。押往火车站途中，周原急中生智冲着满街人喊："我是《县委书记的榜样——焦裕禄》的作者，他们要抓我，否定毛主席的好学生焦裕禄……"义愤填膺的群众一拥而上驱散战斗队，周原趁机逃脱。

有家难归的周原，不得已还是去了兰考，乱世中反弹琵琶，潜入巩固的根据地——兰考农村，游走于对焦裕禄有深厚感情的"堡垒户"中。心地善良的百姓，像抗战中掩护子弟兵那样保护周原，老少爷们争着给周原站岗放哨，送"百家饭"。风声紧时，"光腚猴"们就带上周原钻青纱帐，啃干粮，喝凉水。周原留下的脚印和自行车辙，群众都赶紧拿笤帚扫掉，确保人去无痕。置身古道热肠的兰考百姓中间，周原出于义愤，一气呵成写下七千多字的长文，以确凿事实澄清焦裕禄宣传历史真相。文章在兰考传开后，引起很大轰动，传到北京还上了西单阅报栏。

动乱中终日忧叹的，还有兰考的刘俊生。1967年12月，他到北京送稿，在新华社大院看到大字报上历数穆青的四大罪状：用夸大灾情的手法，把解放十几年的兰考，丑化成昏天黑地、民不聊生的人间地狱；放出"吃别人嚼过的馍没味道"这支毒箭，篡改毛主席"没有调查就没有发言权"的著名论断，公然同毛泽东思想唱反调；通讯中的焦裕禄不讲民主、独断专行，成了高人一等的救星和凌驾于群众之上的英雄，严重歪曲焦裕禄形象；焦裕禄是带着党的八届十中全会精神来兰考的，是靠狠抓阶级斗争打开局面的，通讯不写阶级斗争，只写生产斗争，故意抽掉阶级斗争这个纲……

看了这些莫须有的罪名，刘俊生只觉心慌气短，天旋地转。

无边的夜暗中，汩汩流淌在人们心底的真情，犹如闪烁在天空的寥落星辰，给炼狱中的人们带来希冀和慰藉。

穆青落难的消息传到兰考，萧位芬、张全岭、孙玉堂等老农难过得掉了泪。哥几个凑堆儿商量："咱们到北京去一趟吧，去给毛主席说说，给穆青讲个情，不能当官，就回兰考种地吧！"

穆青在北京的处境，令远在开封的姐姐穆镜涵寝食难安。在患难和离乱中相依为命的姐弟俩，有着超越血缘的特殊亲情。

1930年，穆青爷爷患急症在蚌埠去世，临终前嘱咐家人，他死以后，此地无生活来源，快回河南杞县投亲；一定要照顾好穆青，他将来肯定会成才。穆青随父母回杞县后，在大同小学读书。穆镜涵谨记爷爷之嘱，每晚陪弟弟读书至更深，直到穆青睡着书掉在地上，她给弟弟掖好被子才休息。

穆青1937年投笔从戎参加八路军，姐弟俩一别就是十二年。

在驻山西的八路军一二〇师，穆青于大战开始前，收到姐姐亲手织好寄来的毛衣。一向崇尚楼船月夜、铁马秋风的穆青穿上毛衣，回信时一副铁血男儿气概：愿姐姐寄的毛衣，染上敌人的血！

1940年，穆镜涵收到穆青寄自延安桥儿沟鲁迅艺术学院的信，得知弟弟在艰苦的游击战争中得了胃病，每顿饭只能吃半茶缸稀饭，身上爬满了虱子，禁不住痛哭失声。她用奶奶留下的皮衣，给穆青改制了一件皮背心，又用土布做了两件衣服和一双鞋子给穆青寄去。可等穆镜涵跋涉百里给穆青买到胃药时，河南到西北的邮路已经不通了。

直到1949年5月，穆青随四野南下重返开封，才与姐姐见面。在饱受蹂躏的故乡，穆青饱蘸深情写下了通讯《在河南故乡》。

1957年，穆镜涵的丈夫、河南省副省长王毅斋被打成右派。为宽慰姐姐，穆青在上海和北京工作时，多次接她到家中长住。

穆青遭难，姐姐揪心。穆镜涵写信告诉穆青，要到北京亲眼看看他过的日子，不然的话会急死！穆青急忙回信说，姐姐，你千万别来，他们会打死你的！现在他们每月只给我十五元生活费。

穆镜涵闻讯心如刀绞，立刻把当月的工资全部给弟弟寄去。

不久，穆青又忍不住给姐姐写信说，姐姐，你来吧，我经常想你，我想见见你！穆镜涵随即赶到北京。穆青见到姐姐欣喜若狂，而姐姐眼中的弟弟，则络腮光头，又黑又瘦，酷似落发为僧的出家人。当得知穆青是怕被批斗时揪头发扯掉头皮，才被迫剃了光头，穆镜涵的心碎了。那些日子，穆青早出晚归参加劳动，晚上回来总是故作轻松同姐姐说笑，借以掩饰内心的痛苦，也免得她难受。患难姐弟相互扶助着，在京度过了一段艰难时光。

穆镜涵临走前，满腹心事对穆青说："我走前有几件事不放心，想和你谈谈。你答应我，我就走，不答应我，我就不回去了。"

"姐姐，你说吧！"穆青望着白霜过顶的姐姐，鼻子发酸。

穆镜涵手抚弟弟初现沧桑的脸庞，眼前浮现出穆青儿时的模样。那时，全家随爷爷在蚌埠，穆青因缺乏营养很瘦弱，但很漂亮，雪白的皮肤，淡蓝的眼白，高高的鼻子，一头棕色卷发，成了爷爷奶奶的宝贝。世事无常，英俊少年落难一至于此！

穆镜涵嘱咐穆青："第一，将来无论党如何处理你，你都不能走绝路。要相信党，相信群众，也要相信自己。你的问题早晚会弄清楚的。"穆镜涵说着，已是泣不成声。

穆青含泪说："姐，我答应你，我决不走绝路，你放心吧！"

穆镜涵又说："第二，不管将来你是坐牢还是流放劳改，千万不要主动要求去边疆。将来我们去看你，不但经济上不允许，咱年纪大了，就是健康也不允许呀！"

穆青听后犹豫了一下，最终说："好，我答应你不去边疆。"

穆镜涵盯着穆青交代："第三，你要主动要求回河南，这样不但咱这一代，就是咱家的第二代和第三代，也会照顾你的。"

穆青脸抽搐得走了形："姐姐，我都答应你，你放心吧！"

言讫，姐弟俩抱头痛哭……

报道焦裕禄者相继罹难，焦裕禄殉职的兰考，也浊浪排空。

1966年9月16日，毛泽东在天安门接见焦守云第二天，来兰考串联的北京大学等六所院校和两所博物馆的红卫兵，在县委大院里看到批判张钦礼的大字报，迅疾以"北京《毛主席的好学生——焦裕禄同志英雄事迹展览》筹备委员会全体红卫兵和革命战士"名义，赫然贴出《〈县委书记的榜样——焦裕禄〉一文是一株修正主义的大毒草》的大字报。大字报耸人听闻地写道，《人民日报》发表的《县委书记的榜样——焦裕禄》大通讯和《向毛泽东同志的好学生——焦裕禄同志学习》的社论，是一株反党、反社会主义、反毛泽东思想的大毒草，贩卖修正主义的黑货，歪曲了焦裕禄同志的英雄形象，阉割了毛泽东思想的灵魂——阶级斗争的理论，恶毒攻击了党的三面红旗。我们要质问那些混蛋、王八蛋们：

一、通讯为什么不提阶级斗争？为什么通篇连阶级斗争的影子都找不到？这是谁提供的材料？你们到底是些什么东西？

二、你们这些混蛋们，为什么把叛徒马福重吹捧为"革命烈士"，挂上了"英雄"的招牌？这又是哪个混蛋介绍的情况？

三、你们为什么不写兰考解放十几年来，在党和毛主席英明领导下取得的伟大成就？把兰考描绘得荒凉凄惨，这是对英雄的兰考人民的最大污蔑，恶毒攻击了三面红旗，攻击了党和毛主席的英明领导。写通讯的混蛋和介绍情况的王八蛋，居心何在？

四、焦裕禄同志是党的民主集中制的模范执行者。可是，从大通讯只看到被歪曲的"焦裕禄"在忙忙碌碌地进行个人奋斗。我们要质问那些混蛋们：你们为什么不表现县委的集体领导？

五、通讯在有些问题和情节上，无中生有捏造事实，进行造谣撞骗，企图捞取政治资本。这些家伙是资产阶级的头号大扒手！

写大通讯的人根本没下去深入了解，而是在个别人中兜圈子，在县委办公室吃着鸡蛋，在开封啃着烧鸡，闭门造车，写出了这株大毒草。这些混蛋到底是什么东西呢？穆青是已经被新华社革命同志揪出斗争过的黑帮分子，周原是摘了帽的大右派。这些家伙有什么资格来写毛主席的好学生焦裕禄同志的英雄事迹呢？这些家伙怎么能写出歌颂无产阶级的革命英雄的文章呢？

与此同时，兰考县委机关红卫兵，也贴出《最热烈响应北京大学等八个单位和学校的紧急呼吁》的大字报。堪称姊妹篇的两张大字报一面世，犹如在火药桶里投炸弹，立即掀起轩然大波。大字报被印成大字号传单，在兰考、开封、郑州、北京等地散发……

红卫兵架起轰击焦裕禄通讯的大炮，有的炮弹则就地取材。

1966年3月1日，在开封地委学习焦裕禄常委扩大会议上，地委一位副书记发言说："焦裕禄同志的品质确实是很高的，我们地区应该学得更好。现在有个问题要定一下，张钦礼应该怎样看待。张钦礼算不算焦裕禄的亲密战友，张钦礼和焦裕禄的意见是否一致，是否有焦裕禄那样的精神。有几个问题要查清：马福重的情况（指焦裕禄通讯写的考城五区区长马福重是否为烈士），去郑州探病（指焦裕禄临终对张钦礼讲死后请组织运回兰考，埋在沙丘上的嘱托），（张钦礼）提出'除三害'的情况。"

地委常委、秘书长接着发言说："×××同志（兰考县委主事的领导）交来一份兰考县直机关'四清'中给张钦礼同志提的意见，主要是说他个人主义严重，处处表现自己。"他向与会同志宣读了兰考交来的这份材料。

一位任地委委员的部长接着发言说："在反映情况（指焦裕禄通讯写兰

考的情况）时，应该反映县委的情况、活动、作用，不应该突出张钦礼。"

这些情况表明，冰冻三尺，非一日之寒。还在焦裕禄通讯刚刚发表、"文革"爆发前夕，围绕张钦礼"亲密战友"定位等问题，经兰考"四清"分团主导炒作，已在兰考、开封形成舆论热点，并在发酵、放大中扩散。

兰考传单引发的舆论风潮，引起北京高层关注。国务院办公厅给河南省委下达通知，作出了查清真相的六条指示。

河南省委接通知后，决定委托第三方开封师范学院组织力量调查，按国务院办公厅要求，重点查清焦裕禄通讯是否属实？张钦礼是不是焦裕禄亲密战友？兰考县委主事的领导是怎样的人，他接焦裕禄的班，为何不赞成宣传焦裕禄？……学院选择四名毕业生参加调查，由确定留校的杨捍东任组长。

在郑州河南饭店二楼，省委副书记、副省长王维群对杨捍东交代说："调查不能带任何主观色彩，要客观再客观，翔实再翔实，不能有任何瑕疵。如果出问题，我法办你！"

杨捍东表示："省长你放心，我不是兰考人，在那儿无亲无故，不可能带主观色彩。调查水平有高低，但材料翔实没问题，不会说假话。至于水平，还请省长谅解。"

1966年10月10日起，杨捍东带领调查组，三十三天跑了兰考和山东曹县二十四个村庄，走访了二百一十多名知情干部群众，记录了十三本调查笔记。为核准马福重的身份，四人步行上百里到曹县查阅档案，弄清了马福重牺牲的时间、地点，又到曹县小杨口村，看了马福重家挂的烈属牌，连夜在曹县界牌村南找到了马福重的坟茔，划火柴清楚地看见了墓碑上"马福重烈士之墓"七个字。

这年11月中旬，杨捍东四人返回郑州，苦干三天四夜写出一篇九千字的调查报告，基于确凿事实得出郑重结论：焦裕禄是过硬的好典型，焦裕禄通讯是好文章，张钦礼是焦裕禄的亲密战友之一，兰考县委主事的领导不认可焦裕禄，属于思想认识问题，应给予批评……血气方刚的杨捍东秉笔直书，写出并散发了《兰考问题必须火速解决》的传单。

两种针锋相对的观点一交锋，兰考的局势愈益风潇雨晦，危机四伏。

暗流汹涌、众声喧哗年月，调查焦裕禄宣传这个敏感棘手的问题，已经远远超出几个涉世未深大学生的政治经验和承受能力。随着兰考不同观点派别斗争的升级和演化，后来担任兰考县委副书记的杨捍东，在张钦礼判刑入狱后，也被无端开除党籍和公职，判刑五年……

1966年8月，兰考县筹办焦裕禄革命事迹展览馆，抽调刘俊生参加。县委机关干部魏善智去北京出差，刘俊生让他去新华社问问穆青，怎么看兰考办焦裕禄展览馆的事？穆青让魏善智转告刘俊生："焦裕禄是毛主席肯定的，是党中央树立的，宣传焦裕禄是对的。如果谁宣传先进人物，就说谁是政治扒手，今后谁还敢去宣传典型呢？"刘俊生得了准信儿，心里的石头落了地，像当年配合焦裕禄事迹采访报道一样，心气十足投入焦裕禄展览馆筹办。

人世间的喧嚣，使英灵也不得安宁。静静伫立在黄河故堤上的焦裕禄墓碑，十几年间几经立废修改，墓碑被接连刮掉两层皮。

焦裕禄由郑州迁回兰考时，河南省民政厅按照省委、省人委批准的迁葬计划，将郑州革命公墓焦裕禄墓前的石碑，运到兰考城北黄河故堤，重新竖立在焦裕禄墓前。石碑高一点二五米，碑文共一百七十四个字。各地来兰考瞻仰焦裕禄墓的红卫兵，看到墓碑很矮且碑文简单，遂提出疑问："为啥给焦裕禄立这么小的碑？"

得到的回答是："焦裕禄是正县级，墓碑只能立这么高……"

瞻仰者厉声斥责："什么级别不级别！毛主席的好学生就是最高级别！"

1967年10月，兰考县委副书记张钦礼以兰考县委的名义，给河南省委写了一份关于更换焦裕禄墓墓碑和整修陵墓的请示报告。张钦礼找到省委第一书记刘建勋，当面作了汇报并递交了报告。

刘建勋说："现在正搞'文化大革命'，很乱，等安定以后再说吧！"

张钦礼说："现在虽然很乱，但都不乱焦裕禄，哪派群众组织都对焦裕禄非常崇拜！给焦裕禄立碑，都不会干扰……"

刘建勋觉得张钦礼讲得有道理，便叫来省委副书记纪登奎，把张钦礼拿来的报告递给他："老纪，你来审批一下这份材料！"

纪登奎一向关心厚爱焦裕禄，细阅报告后挥笔批示"同意"。

按河南省设计院陈雨林总工程师设计的方案，焦裕禄墓区和墓型整修为"凸"字形，墓台由二十五厘米抬高至五十二厘米，陵墓拱顶敷以二十厘米厚的钢筋水泥层，外贴拱形汉白玉，墓碑由一点二五米增高至二点七五米，净增一米半。焦裕禄墓整修后旧貌换新颜。

1971年，张钦礼调往信阳，新任县委书记认为，焦裕禄墓碑系县工代会、贫代会、红代会1968年5月14日所立，内容多有不妥，责令将碑文洗掉。陵园请技工用砂轮把墓碑脱去一层。碑文洗掉后，县里却无下文了。焦裕禄墓前的光板石碑，整整立了两年。

1974年，张钦礼再次主政兰考，让县委副书记杨捍东起草碑文，经县委常委审定后上碑。李国庆请郑州市解放路小学教师唐玉润书写，延请北京郊区石匠刻制，日期仍写1968年5月14日。

1982年，兰考县委领导决定，以县委、县政府1982年10月维修的名义重拟焦裕禄墓碑文。于是墓碑又扒一层皮。李国庆请开封书法家张本逊书写碑文，请河南密县工匠刻制上碑。工人用电动砂轮磨洗碑文时，正在瞻仰焦裕禄墓的外地领导同志问："你们这是干什么？"

正在墓地的刘俊生回答说："修改碑文！"

几位领导同志大惑不解："为什么要修改？"

"县委领导认为碑文不符合当前的形势……"

一位领导同志摇头叹息说："碑文是历史的见证。任意修改碑文，这不是不尊重历史吗？碑文要适应形势，天天改也跟不上。"

1971年9月，林彪反党集团自我爆炸后，周恩来抓住有利契机，力促一大批被打倒的老干部重新站起来工作，穆青命运出现转机。1972年9月8日，穆青任新华社党的核心领导小组成员、新华社副社长。

1986年春，穆青和周原重返兰考。穆青看到墓碑左下刻的"1982年10月修改"的字样，不解地问："怎么写这个年月立碑？"

刘俊生说："当时领导把群众组织立碑改为县委县政府立碑。"

穆青说："难道群众不能给焦裕禄立碑？焦裕禄1964年逝世，时隔十八年才给他立碑，让后人怎么考查？这还尊不尊重历史？"

陪同瞻仰的县委书记窘迫之余说："这都是过去的人干的。"

七、菲利普，你在哪里？

1966年，按照河南省委指示，兰考县开始筹办焦裕禄事迹展览。当年焦裕禄身边工作人员刘俊生负责此项工作。筹办焦裕禄事迹展览，一项核心和基础性的工作，是搜集焦裕禄的遗物。

焦裕禄病逝时，各级并未想到日后宣传布展问题，忽视了遗物搜集与保护。焦裕禄生前写了不少学习笔记，但他逝世后，这些笔记都作为涉密材料销毁了。后来，新华社记者找到两本，由于兰考潮湿多碱，本子纸张霉变，字迹已无法辨认。好在焦裕禄很多思想和语言，在干部群众中已广为人知，深深铭刻在兰考大地上。

刘俊生保留了焦裕禄坐的藤椅和穿的鞋袜等标志性文物，但陪伴焦裕禄跑遍兰考的菲利普则下落不明。耽于想象的人们天生就倾向于把一切物体人格化，焦裕禄坐骑更是几近英雄化身。刘俊生遍访兰考和开封，菲利普仍无踪影。县委领导提出，实在找不到原物，就找一辆同款车作代用品，填补这一实物空白。刘俊生仍未放弃寻找菲利普原车。这一找，就是三十多年。

寒来暑往，流年似水。刘俊生在寻找菲利普的漫长岁月中，送走了自己的青年时代，迎来了充任社会壮工的中年。然而，纵使他踏破铁鞋，曾与焦裕禄如影随形的菲利普，依然杳如黄鹤。

来自兰考的苦苦寻觅，终于迎来一个意外的转机。

2000年夏某日，兰考南彰镇政府办公室副主任师纪生，登门拜访刘俊生。刘俊生出门迎客时，留心看了一下师纪生骑的自行车，不由"哎呀"一声叫起来——黑色的车身，简约的构造，车把嵌的经典PHILIPS品牌，这不正是自己久觅不得的菲利普原车吗？！

"谢天谢地，终于找到了！终于找到了！"刘俊生把客人让进屋，把菲利普自行车推进院，开始细述事情原委和自己的苦衷。经师纪生介绍，刘俊生得知，这辆自行车并不是焦裕禄骑的那辆菲利普，而是另有来历。

师纪生父亲师绍宗，是一位传奇人物。1940年秋，时任二十九军三十七师师长吉星文随从文书的师绍宗，奉师长之命去河南扶沟吕潭镇接师长太太，途中回考城后城子村探亲，受户清云等中共地下党员影响，毅然放弃在军界的前程，参加了党领导的抗日地下工作。岁末的一天，师绍宗在家中接待了抗日部队的陈参谋。由于汉奸告密，日寇把师绍宗家十八间楼房烧抢一空，二十六口人的殷实之家一夜间陷入绝境。师绍宗决心拉队伍与日寇拼个你死我活。在地下党负责人蔡子平、徐西朋、户清云支持下，师绍宗利用富裕人家看家护院枪支建起一支地下抗日武装，在有抗日倾向的土顽军马逢乐部取一番号，师绍宗任中队长，从此走上抗日救国道路。

1941年春，日寇疯狂"扫荡"我鲁西南抗日根据地，设在后城子村的冀鲁豫五分区情报站联络员师振海被杀害。地下党组织决定，在后城子村重建联络站，指定师绍宗为联络员，给他明确了四项任务：掩护和营救革命干部和军人脱险；护送我上级首长安全过境；搜集和转送武器弹药；刺探敌军事部署和活动情报。

这年8月，日寇"扫荡"逼近我考城县委驻地五大庄一带，县委把掩护考城县政府党组书记兼县大队队长李荣村、县委副书记徐宗雨、县委组织部部长马振清等十三位县区干部的任务，交给了师绍宗。村里汉奸成群，鹰犬密布。师绍宗把这批干部藏于家中新盖的三间草屋，垒严门窗，日夜看护。日寇持续"扫荡"半月，一天，土顽军特务大队长、豫东"剿共"司令马逢乐之子马宏图，带十几个匪兵闯进家中，意欲闯进新建的草屋。师绍宗哥哥师绍光是马逢乐师爷，故常以看哥哥为名前往马部刺探情报。危急关头，师绍宗佯装大怒，痛斥家有豪宅的马宏图看家中草屋，是有意寒碜和羞辱自己，冒死将马宏图赶出家门，从而化险为夷。反"扫荡"结束后，李荣村通过户清云，在曹县桃源镇户清云家介绍师绍宗入了党。

1944年秋，师绍宗受党派遣潜入伪县联队队部，以当文书为掩护，继续搜集情报，与户清云单线联系。数年勉从虎穴，师绍宗渴望上战场酣畅淋漓同敌人厮搏，但户清云告诫他说，你这颗置于敌人心脏的闲棋冷子，其作用抵得上千军万马！师绍宗记住了户清云的话，主动同汉奸队长吴克禄搭近乎并常走动，从中了解情报，密写后交迁来县城的侄子送出，到五大庄交给户清云。我游击队及时获悉敌人动向，始终掌握对敌斗争的主动权。师绍宗看到，日伪到解放区"扫荡"时，有个伪军总骑一辆菲利普自行车，神气活现在前面带路。他暗自发誓，胜利那天，一定要让菲利普为我所用！

1945年日寇投降，菲利普终于落到师绍宗手中。他按照党的指令，打入国民党考城县政府任文书，继续做地下工作，经常骑菲利普前往秘密联络点送情报。1947年2月，师绍宗从叛徒手中救出蔡尚友等四位战友，还帮二十七名革命积极分子脱险。1948年春节，户清云向师绍宗宣布，县委书记徐宗雨已任命他为考城县人民政府第一科科长，待形势稳定后即上任。

在师绍宗孤悬敌营的日子里，菲利普建功不菲；虎穴穿行、刀尖行走的师绍宗，也与自己的坐骑结下了生死不渝的深厚感情。

1948年4月12日，在敌人预置重兵的"白楼合击"中，考城县委书记徐宗雨和地下党负责人户清云，在突围中壮烈牺牲。痛失单线的师绍宗从此脱党，成为离群孤雁。这年10月，考城县最后一次解放，南彰区区委书记徐西朋调任兰封县长。徐西朋与接任区委书记的张钦礼交接工作，专门向他交代了师绍宗等三名受党派遣打入敌营的地下党员。

1951年镇压反革命，考城县代理县长张钦礼，带公安局长杨续钦前往监狱检查工作。审阅待处决反革命分子名单时，张钦礼意外发现了老领导交代的地下党员师绍宗的名字。因师绍宗被捕晚，故排在名单后面，否则早已人头落地。张钦礼顿时惊出一身冷汗，当即令杨续钦刀下留人："师绍宗是我们的地下党员，马上释放！"

彼时，师绍宗申诉无果，已羁押有日。及至闻听狱警呼叫"师绍宗，出来！"不由一怔，意识到该上路了。他定定神，拖着脚镣向外走去。又听狱警喊："带上你的行李！"师绍宗愣住了。打入死牢的囚犯，每天都有几个被提出枪毙，但还没有谁带着行李出去过。莫非要转移羁押地点？师绍宗带着疑惑收拾好行李，刚拎出囚室，就听狱警对他宣布："师绍宗，你被释放了！"

短短几分钟时间，师绍宗由准备伏法，到或许暂且不死转押他处，再到被宣布无罪释放，大有摸了一回阎王鼻子又还阳之感。

师绍宗出狱后，张钦礼提议他任县文化馆馆长。因党籍悬而未决，未能赴任。嗣后，政治运动频仍，师绍宗的党籍问题遂成悬案。1975年，师绍宗被作为"老牌反革命"上报逮捕。张钦礼看到县公安局呈报的嫌犯名单，大笔一挥将其名字勾掉。后来，张钦礼屡受冲击自身难保，师绍宗梦断故园。

人生暗夜，患难与共的菲利普，成了师绍宗的精神伴侣。

1978年，党的十一届三中全会春风频送，耄耋之年的师绍宗苦尽甘来，县政府纠正了他被错划的地主成分。1990年，县委组织部认定师绍宗为党派出的"情报人员"。1993年，师绍宗受株连回乡务农多年的儿子师纪生，落实政策任南彰镇办公室副主任。师绍宗把菲利普交给五十一岁的儿子，嘱他骑上这辆车为国家和人民竭诚尽职，聊补自己人生之缺憾。

2000年12月，张钦礼到南彰镇参加有救妻之恩的抗日老英雄王志新追悼会，意外看到了师绍宗送的花圈。他急忙找到从未谋面的师绍宗，向在场的县领导介绍他的冤情。县委给省委组织部写了给师绍宗恢复党籍的报告，李荣村等当年的地下党领导写信给省委组织部反映情况，《河南日报》记者写内参为师绍宗鸣不平。但世事多艰，师绍宗还是于2004年12月抱憾而终。临终前嘱咐儿子："死后接我回家（家即党组织），一定补足党费……"

为了实现父亲遗愿，师纪生退休后骑上菲利普，重访父亲战斗过的山东曹县，终于在父亲入党的户庄村，找到了当年与父亲同一个支部的老党员李毅光这个证人。2019年6月29日，曹县桃源镇党委经多方调查取证，做出了师绍宗为户庄村党支部书记户石勇（1940年至1941年）时期党员的结论。那一天，看到仙逝多年主人的"回家"梦求仁得仁，度尽劫波的菲利普也驰骋得更欢。

二十世纪九十年代，兰考盛行进口自行车热。有人想用几辆新自行车换菲利普，也有人出高价买车，师绍宗都没点头。他想用这辆车教育后人，牢记革命艰辛和胜利来之不易，世世代代跟党走。

得知焦裕禄事迹展览馆需要菲利普，师绍宗决定无偿捐赠。不料有的亲人提出，菲利普已属文物，就是捐，公家给辆摩托车不为过吧！师绍宗说，菲利普的价值不是金钱能衡量的。把它放到最能体现价值的地方，是菲利普的光荣，也是师家的光荣！

兰考县焦裕禄烈士陵园管理处主任赵强和刘俊生，登门看望师绍宗，拿出一笔钱，诚恳地对老人说："菲利普属于珍贵文物。几十年来，您老为保管它花费了很大心血，这点心意请收下吧！"

师绍宗脸上的笑容消失了，缓缓说道："菲利普跟了我大半辈子，是我风雨人生的见证，也是我的传家宝。我和它的关系，就像唐朝的秦琼与黄骠马一样。现在，焦裕禄事迹展览馆需要，我能不支持吗？能有这样一个好归宿，是菲利普的荣幸，我哪能收钱！"

屋子里很静，仿佛能听见人的心跳声。赵强和刘俊生却从侠骨柔肠的菲利普主人胸中，听到了大河奔腾不息的波涛声。

不久，兰考焦裕禄烈士陵园管理处，给师绍宗颁发了无偿捐赠菲利普自行车的荣誉证书。精美证书成了师家传家宝终身有托的见证。

2001年7月1日，《中华新闻报》秘书长王炳尧采访师绍宗，感佩之余劲书"河槐一柱"四个字，称他为顶天立地的英雄。

2002年，中国书法家协会常务副主席张飙为师绍宗的传奇经历所动，为他题词："任凭坎坷千里路，向阳青松一片心"。

菲利普演绎的传奇跨越了两个世纪。那辆有幸成为焦裕禄坐骑而使人产生强烈感情联结的菲利普，依然去向成谜。随着时间推移，人们开始极不情愿地相信，菲利普已载着焦裕禄敢教兰考换新天的雄心壮志驶入历史深处。然而，因英雄标识难觅而生的巨大失落，犹如洪波翻涌，使整整一代人心绪难平，忆念愈深。当这种眷恋移情师绍宗捐赠入馆近二十年的菲利普时，两辆型无二致但命运各异的单车，又衍生出一种壮美之中见凄迷的复杂情感。

这是精神瑰宝与历史传奇交相辉映的动人篇章。

八、兰考传奇情撼中州

焦裕禄和一班人带领兰考人民绝处求生，治理"三害"杀开一条血路：翻淤压沙锁住黄龙，浚河挖渠纾解洪涝，勘察盐碱寻根摸底……然而，治理盐碱之役刚刚展开，焦裕禄便出师未捷身先死。

1964年3月23日，焦裕禄病重入院时，根据他的建议，开封地委确定，由县委副书记、县长程世平主持兰考县委工作。当年12月4日，程世平因事去职，兰考的剧情遂轮到张钦礼出场。焦裕禄到兰考前，开封地委考虑兰考换将，未把年轻资深的张钦礼纳入视线。现在，历史给了张钦礼一个机会，他开始主持兰考县委的工作。

1965年5月17日，张钦礼主持召开兰考县三级干部会议，组织代表赴安阳地区林县参观，听县委书记杨贵擘画"建起红旗渠，引来漳河水，誓将林县山河重安排"宏图大计。从南太行眺望黄河，张钦礼的头脑展开了飞翔的翅膀：黄河携带黄土高原丰富的有机质从兰考穿境而过，1958年挖的人民跃进渠总干渠和渠首闸，配套的兰杞、兰东、兰商灌渠和兰考五干渠都还在，为什么不能以黄河之利除黄河之害，引黄灌淤改造盐碱地，让黄河给兰考送来满河福、遍地粮呢？浩浩荡荡的取经大军从林县返回兰考，张钦礼在三干会上提出了一个响亮的口号："黄河欠债黄河还！"

会议期间，张钦礼带领与会全体代表，在焦裕禄像前庄严宣誓：学习焦裕禄精神，继承焦裕禄遗志，完成焦裕禄未竟的事业，坚决制服"三害"，实现焦裕禄规划的宏伟蓝图！

"三夏"刚过，张钦礼与潘子春、卓兴隆分别带调查队出征。

兰考县监委书记潘子春身高一米八二，生得虎背熊腰，能打一百二十多路大红拳，抗战中只身夺取过日军六五式重机枪并横扫敌寇，人称大老潘。当年，大老潘跟张钦礼去许河集打鬼子炮楼，攻坚爬梯子时，把刚上身的一条新裤子从裤裆豁到裤腿，回来就要张钦礼赔。张钦礼说，胜利后扯布给你做条新裤子，穿上好好嘚瑟嘚瑟。可总也没兑现。勘察出征前，大老潘又叨咕起赔裤子的事。可叨咕归叨咕，活儿没耽误。

张钦礼与潘子春一同骑车经过魏东干渠渠坝那天，天热得像下火，调查队员个个衣服湿得像浸了水。突然，张钦礼发现潘子春一头栽倒，连人带车摔下渠去。"老潘！"张钦礼一声惊呼，跳下车，飞身扑到渠底，见大老潘躺在泥水中直喘粗气。调查队员喊着"潘书记"，往他嘴里塞了几粒仁丹。一会儿，大老潘睁开眼，定定神说："我不要紧，一会儿就好。早上没吃饭，天又热，出汗多，眼前一黑，就滚这儿了……"大老潘缓过神来，瞥一眼火烧火燎的腿，失声惊叫："我的裤子……"众人这才注意到，人高马大的大老潘裤子烂得没法看了。"这让我咋进村啊！"大老潘话刚出口，就听张钦礼说："等除'三害'胜利了，赔你条新裤子。""我不信。"大老潘嘟囔说：

410

"打许河集鬼子据点时……""那回是那回，现在是现在"，张钦礼说着，让人帮大老潘脱下裤子，送到附近赵垛楼大队缝纫组补好了。

焦裕禄带队徒步踏勘，是顺着洼地给洪水找出口；这次重新丈量兰考大地，是沿着等高线给引黄灌淤探路子。三队人马10月1日会师黄河大堤，屈指一算，七十多天跋涉五千多里，哪里是提水灌淤区，哪里是自流灌淤区，哪里是打井灌溉区，已了然于胸。

引黄灌淤工程一起步，就遇到修建闸门桥涵缺砖的困难。张钦礼把各公社领导叫到县委，指着办公室和院子里铺的砖说："都在这儿呢，快派车来拉！"县委带了头，各社队纷纷在屋里院外起砖，群众拆围墙和猪圈献砖，仅三义寨公社就筹集了上百万块砖，1966年率先进行引黄灌淤试点，第二年即淤平占地上千亩的潭坑，1968年试种水稻，最高亩产过千斤。

世事如棋，乾坤莫测。1966年9月中旬，北京红卫兵到兰考串联，看到"四清"分团发动写的大字报，有抨击张钦礼"捏造焦裕禄事迹"的内容，遂燃起否定焦裕禄通讯的野火。杨捍东受命调查予以澄清，斗争的矛头又转到张钦礼身上。"四清"分团挖地三尺清了八个月，没有清出张钦礼的"四不清"问题，又把他划入四类干部中属"敌我矛盾"的第四类干部。

1967年2月26日凌晨，正在乡下组织引黄灌淤的张钦礼突然被捕。因怕群众半路劫人，警车绕道民权、杞县，把张钦礼押到兰考县城投入监狱。三天后，兰考上千名支持张钦礼的干部群众相继被捕，县里的监狱放不下，就押在杞县、东明县和山东曹县的监狱。张钦礼被关押审讯五个多月，拉出去在全县和曹县批斗上百场。随着张钦礼落难，引黄灌淤工程陷入停顿。

八十五岁的兰考县委原副书记樊哲民回忆，张钦礼被押到张君墓公社批斗那天，戴着脚镣手铐站在大卡车上。沿途，两名军人把上了刺刀的半自动步枪交叉架在他脖子上。批斗会开始后冷了场。主持人示意公社老副书记郝安居揭发。郝安居慢悠悠走上台，正色揭发道："张钦礼，抗战那阵子，你在这一块打游击，和群众关系不错，老百姓都说你好。但是，你有些老思想，确实该好好批判一下。你知道不？你妹妹对你意见大了！她那个孩子想让你给安排个工作，你怎么就不给安排呢？难怪她逢人就说，有你这个县长哥，还不如有个杀猪的屠子亲戚。有个屠子亲戚，还跟着吃挂下水呢。和你

411

这个当县长的兄妹一场，能沾啥光呀?"话音未落，全场爆出一阵哄笑声。主持批判者脸涨得通红，一脚把郝安居踹下台去。

人们正笑得前仰后合，大李庄村农民李玉合用报纸裹一包东西跳上台，拿腔作调说:"张钦礼，你带乡亲们没白没黑挖贺李河，可把俺们累死了!河挖好了，能排涝了，庄稼不淹了，俺也能吃饱饭了，可再也吃不上国家返销粮了，不批你批谁?"在一片喝彩声中，李玉合把手中的东西往张钦礼怀里一塞，说:"这六个熟鸡蛋，是专门肃你流毒的，饿了你就吃一个!"说罢转身跳下台，撒腿就跑。主持批判者急忙差人去撵，哪里撵得上?!

2018年12月23日上午，张钦礼的"铁杆陪斗"杨捍东，在尉氏县城给我复述了当年批斗张钦礼开场时惯常的对白:"张钦礼，你是不是骗子?"

"我咋骗?"

"你编造焦裕禄事迹!"

"我说的都是实话。"

于是拳脚代替发问，两人耳朵均被打坏。张钦礼被打常激起民愤，开场便连着收场。有时群众现场起哄:"给老县长弄把椅子坐坐!"主持人也只好同意。张钦礼一落座，会场就响起一片掌声。

张钦礼下狱后，父母合计着为他准备了炒面、花生米和花生饼，由老父亲背着，头戴星星去县城探监。老人四更天动身，从张庄摸黑走二十里路到孙营，赶上了开往兰考的公共汽车。候车的乡亲们纷纷让老人先上车。掏钱买票时，有人说:"大爷，不用买了，我替你买过了。"老人还没找到买票人，又有人塞过来十块钱，说:"老人家，你家的事我们都听说了，你这是进城看张书记吧? 这你拿着，是俺的一点心意。"那年月，十块钱是一个人一月的生活费，老人说啥也不要。那人自我介绍说:"俺是南彰公社孙桥村的，闹灾荒时，家里灶上几天没冒烟，张书记访贫到俺家，救了全家人的命。现在俺日子好过了，他落难了，这点钱你买点好吃的给张书记，说俺全村人都问他好!"一时间，车上人都念起张钦礼的好。司机对老人说:"大爷，以后你看张书记就搭我的车，免票还管饭!"

人生跌宕如过山车的张钦礼入狱后，时时谨记焦裕禄临终时"你们要坚决地干下去"的嘱托，日日思虑"黄河欠债黄河还"的大事业。兰考县监狱狱警姚振喜发现,张钦礼和堌阳公社原书记吴思敬,放风时违反狱规蹲在地上直嘀咕。姚振喜上前制止时看到,两人正用草棍在地上画图,研究改进引黄闸门。姚振喜心头一热,不由对张钦礼肃然起敬:原来这个名声很大的"反革命",人在高墙,扛枷戴镣,仍在为黎民苍生的衣食温饱操劳!从那天起,姚振喜认定张钦礼是个好人,与他成了忘年交。张钦礼出狱后,姚振喜时常前去看望;张钦礼过世后,姚振喜不断到张庄墓园祭奠他。

动乱中苦撑危局的周恩来,始终关注着兰考和林县。1967年7月28日,周恩来令河南省军区将张钦礼救出送往北京。张钦礼半夜被从牢房提出架上吉普车,自忖大限已到,行至县界要求停车,说死也要死在生我养我的兰考。随行军人说,你的脑袋没问题,明天不把你送到北京,我们都要掉脑袋!

7月30日晚十点,周恩来在人民大会堂安徽厅接见张钦礼和焦守凤。七年前,张钦礼赴京为民请命衣衫褴褛,浑身浮肿,如今骨瘦如柴,伤痕累累。周恩来与张钦礼坐在一张沙发上,仔细察看他的伤势,询问被殴打情况,安排入院检查治疗,让他与林县县委书记杨贵在京西宾馆调养近两个月。10月30日,兰考成立河南第一个县级革命委员会,张钦礼任主任,不久又被任命为开封地革委副主任,省革委常委、省贫下中农协会主任委员。

1968年年初,开封地革委按规定给张钦礼配了一辆苏式嘎斯69小汽车,司机赵奇将车开到兰考,每天吃完饭就钻进车里等候张钦礼用车。可在驾驶室坐了一个多月,张钦礼也未用过一次车。樊哲民听张钦礼说,坐在车上看着和群众只隔一层玻璃,但离群众就远了,群众想跟你说话都没机会。骑上自行车,随时可跟群众说话。在张钦礼如鱼得水享受骑自行车联系群众之便时,忍无可忍的赵奇找到他说:"给你配车你不坐,我老在驾驶室里等着,这样下去我不失业了?"张钦礼先是一愣,随即不无歉意地对赵奇说:"都怪我粗心!要不你把车开回开封吧,那里人多,有人坐。"赵奇委屈地说:"车是配给你的,我怎么好开回去?"张钦礼想了想说:"那好吧,既然车是配给我的,我来安排吧!"于是,他把车以两万元的价格卖给县邮电局用来拉邮件,赵奇则背起行李返回开封。

隔了俩月,河南省革委办事组给张钦礼配了一辆华沙牌轿车。张钦礼没让车开到兰考,就作价两万五千元卖给开封专署公路局。两辆车共卖得四万五千元钱，加上县里万把元的专项资金，用这笔钱给全县四十二个穷队各打一眼机井，盖一间房，配上水泵、柴油机，由专人管理，旱时浇地，农闲时磨面榨油轧花搞副业。张钦礼依旧当他的自行车书记。

张钦礼主政兰考期间，引黄灌淤大步推进。到1970年，全县灌淤面积达五万多亩，三义寨淤区水稻连年高产，被誉为"兰考的江南"。该公社南马庄第五生产队，从丰收的稻子中挑最大个儿的稻穗打出大米，用木箱装好寄往北京，说是让党中央、毛主席尝尝。

1971年3月，河南省委一位穿军装的领导人，称兰考县委是"生产党"，"以生产压革命，犯了路线方向错误"，给张钦礼封个信阳地革委副主任兼大别山区防空指挥部指挥长虚衔，软禁在山中金刚台一座古庙。

林彪反党集团自我爆炸后，1972年10月17日至19日，朱德夫人康克清赴兰考明察暗访，到焦裕禄树立的"四面红旗"大队和率先引黄灌淤的三义寨公社访谈，发现有上千名宣传维护焦裕禄的干部因观点不同被撤职，三百多人被隔离软禁在外地，十六名干部群众被逮捕入狱。在老韩陵村，焦裕禄生前好友萧位芬对她说："有些人光想砍倒焦书记这面红旗……"

康克清的到来，给兰考落难干部群众带来了福音。10月18日，兰考县为从监狱放出的十六名干部群众召开平反大会。康克清在会上讲话说："要保兰考焦裕禄这面红旗，谁要砍兰考这面红旗，就叫他埋葬在红旗下！"

康克清回京后，向中央政治局作了汇报，周恩来问及张钦礼的情况。康克清说，据兰考人讲，张钦礼在大别山一个什么地方，下落不明。周恩来即令河南省军区司令员张树芝到大别山寻找张钦礼，三天内护送到京，不得有误。张树芝派人从金刚台找到灵山寺，遍寻山中险要无踪影，只得请总理宽限三天。这时，信阳军分区王政委报告，有人在信阳地区机关家属院见过张钦礼。原来，九一三事件后，张钦礼突然发现终日寸步不离黏着自己的"秘书"悄然遁去。于是，被软禁五百四十天的张钦礼独自下山，搭乘一辆军车返回信阳。张树芝即令王政委将张钦礼送到郑州，旋又护送进京。

1972年10月18日，党中央召集河南省委常委、河南省军区党委常委在京批林整风。杨贵和张钦礼以河南省革委常委身份中途赴会。

《周恩来年谱》载，1972年11月2日，周恩来"主持中共中央政治局会议，研究河南问题"。当晚，在党中央解决河南问题会议上，周恩来接见与会的河南省委常委、河南省军区党委常委，指着河南省委穿军装的那位领导人说："你为什么对林县、兰考这么恨？为什么要砍林县、兰考两面红旗？为什么毛主席培养的干部你都要打倒？"周恩来认为，横跨天堑的南京长江大桥和盘绕在太行山千嶂绝壁上的红旗渠，是新中国创造的两大奇迹。周恩来不无义愤地说："你说小小的红旗渠有什么了不起，小小的红旗渠你修了几条？我听了你整他们的情况，心里难过死了。"

1972年11月4日，中共中央同意《中共河南省委关于继续深入开展批林整风运动的请示报告》并作批示。河南省委请示报告提出，继续高举林县、兰考两面红旗。毛泽东审阅刊登中央批示和河南省委报告的中发【1972】42号文件时批示："同意。"

1973年2月，张钦礼出任开封地委书记、兰考县委第一书记、兰考县革委主任。劫后余生再复出，张钦礼眼前整天晃动着焦裕禄带队追洪水、查风口、探流沙的身影，耳畔时常响起焦裕禄死后葬在兰考沙丘，看着你们把风沙治好的临终嘱托。一诺千金的生死之托，那是兰考除"三害"方战正酣时，猝然倒下的总指挥，对战友托付的最重要的政治责任啊！战火硝烟早已远去，但这场将从根本上改变兰考命运的宏大战役，依然呼唤着前仆后继的共产党人。老书记在看着继任者怎样跑好决胜之役的关键一棒呢！县委一班人率先统一思想并分赴各个战场，全县已下马的上百项引黄灌淤工程迅速启动。红旗飞舞、人声鼎沸的工地上，到处传唱着同一首歌：

> 数九寒天北风紧，焦裕禄同志冒雪出了门。挨家挨户来探望，风里雪里查灾情。你没吃俺一口热茶，也没吃俺一口饭，你心里时刻装着俺们兰考人民。焦裕禄呀好同志，你真是俺们知心人……

1974年，兰考西部八个公社汛期完成引黄灌淤任务。1975年，兰考粮食总产超过三亿斤，是1962年的六倍，结束了长期吃国家统销粮的历史，开始给国家交售余粮。1976年麦收前，兰考东部三条引黄干渠完工，汛期大灌超过二十万亩，全县三十六万亩盐碱沙荒和低洼地，普遍覆盖了几十公分以上厚的肥沃淤土，农业生产基础条件得到根本改观。萌生于1958年的引黄灌淤构想，在冲天一跃中极大拓展并完满落实，毛泽东期待的兰考县和浙江兰溪县一样的美景，开始成为现实。当年，兰考给国家交售余粮三千万斤，皮棉一百万斤，油料八十万斤，并开始给国家上缴财政收入。

1974年12月，已到外贸部工作的姚依林再到兰考，看到喜人变化后说："兰考能吃饱饭了，可大庆石油工人还没肉吃。你们能不能支援一下大庆呀？"张钦礼召开会议，决定无偿支援大庆一千头猪、六十万斤粉条、白酒果酒各六十吨。县委副书记杨捍东和王德庸、徐俊雅分任正副团长，带十二节车皮慰问品赴大庆。这年春节，黑龙江省尽力倾斜仅供应大庆五百头猪。"兰考专列"给大庆带来的惊喜，成为乙卯春节兰考人最具成就感的佳话。

在惊涛骇浪席卷中国的年月，生逢其时的张钦礼随波逐流，几经沉浮；而当狂潮骤然退却之后，他则像被遗忘在海滩上的一枚曾经绚烂过的彩贝，瞬间滚落泥沼。覆巢之下，安有完卵。在"文革"这一全局性的失误中，全程在场并任过省、地、县要职的张钦礼，自然难以独善其身，无法规避时代赐予他的荒谬和错误。1972年10月29日，张钦礼在中央召集的河南省来京负责同志汇报会上说："我在兰考县工作中的缺点错误很多，有的甚至是严重的缺点错误，什么时候我都不否认，而且有决心克服这些缺点错误，更不以批判××（省委穿军装的领导人）而否认我过去工作上的缺点错误。"

1977年10月28日，张钦礼领导职务悉数被免，次年秋在东坝头张庄引黄工地被带走。新华社高级记者、周原夫人陈健在《张钦礼一案的前前后后》中写道："当刑警给他戴上手铐时，他放开嗓门，对着蜂拥围过来的民工高喊：'苍天有眼，焦书记在地有灵，兰考发生的一切，他都看到了。今天是1978年10月16日，记住这个日子，这是一个人妖颠倒的日子……'"

专题片《焦裕禄和他的亲密战友》，有令大河最后一道弯惊愕无语的场景：天低云暗的引黄工地上，成千上万浑身沾满了泥土的民工，把警车围了个水泄不通，他们愤怒地高喊："焦裕禄和张钦礼都是我们的好书记，一个带我们治沙排涝，一个带我们引黄灌淤，当年有人批判焦裕禄通讯是大毒草，现在又来抓张钦礼。他到底犯了什么错？今天不说清楚，你们休想离开工地！"面对群情激愤的民工，刑警怕局势失控，只好央求张钦礼："张书记，我们也知道你是冤枉的，可这是上头定的，我们奉命执行公务，也没办法。您在兰考威信高，求您说句话，让群众给让条路吧！"

张钦礼站在土堆上，望着满脸悲苦的父老乡亲，深深给大家鞠了一躬，凄然说道："乡亲们，别为难咱们的公安干警了！我跟他们走，请大家让开路。我相信，上级党组织是会把问题搞清楚的，是会给一个公正的说法的。"话音未落，工地上响起一片恸哭声。经刑警同意，张全岭等三人火速回家烙了一包葱花油饼，拿了一小袋花生，"扑通"一声跪在张钦礼面前，呜咽着说："张书记啊，你跟我们过苦日子落下了饿伤病，一犯病就头晕、出冷汗。这点吃的你带上，路上饿了就吃几口吧！"张钦礼也跪在地上，仰望蓬首垢面的河滨父老，悲愤无语，泪水溢出了眼窝。

张庄是焦裕禄和张钦礼与群众休戚与共的根据地，是他们与百姓打断骨头连着筋的地方。人们眼看着戴上手铐的张钦礼走向警车，一个个相携哭诉："张书记啊，老县长！你可早点回来啊！我们还等着你和大伙儿一块过好日子呢！"几位刑警目睹此情此景，也禁不住流下了热泪。

"等等，张书记！"张钦礼正欲上车，一头汗水两腿泥的东坝头公社党委书记张广顺叫住了他。张广顺看到，张钦礼免职一年时间了，可一天也没忘记焦裕禄的嘱托，整天裤子高挽过膝奔走在工地上，双腿裹着厚厚的黄泥。他的泪水涌了出来，啜泣说："老书记，看你这腿……让我给你洗洗吧！"说着，让人端来一盆水，又有人搬来几块砖。张钦礼心怀感激地在砖上坐下，张广顺蹲下就要给他洗脚，张钦礼哪里肯依！刚想挣脱，双脚已被张广顺的大手摁进盆里，"豁哧豁哧"洗了起来。张广顺的泪珠子"吧嗒吧嗒"掉进盆中的浑水里，边洗边说："老书记，让我伺候你这一回吧！"张钦礼的眼泪夺眶而出，周围的抽泣声也响成一片，像风掠过滔滔大河。

张广顺一连换了两盆水，张钦礼的腿才露出了肤色。周围的人们不由齐声惊叹：这是两条什么样的腿呀！满腿上下没有一根汗毛，那是长期在引黄灌淤工地劳作，被黏稠的黄河胶泥粘掉的；皮肤绽裂得像历经无数寒暑的树皮，新疤压着旧痕，裂口渗着鲜血……张广顺浑身颤抖起来，他再也无法控制自己，一头扎到张钦礼怀里，抱着他的双膝，孩子似的哭了起来。

"老书记，你吃苦了！你为兰考百姓出了一辈子力，做了一辈子好事，我们到啥时候都忘不了你！"张广顺的话像火药捻子，把人们的情绪点燃了，引爆了，偌大的工地浪潮汹涌，山呼海啸。

张钦礼站起身，再次鞠躬壮别乡亲们，转身毅然登上警车。

从焦裕禄扶病总结群众创造探索"贴膏药""扎针"治沙方略，在兰考最困难的年月开启了治理"三害"的破冰之旅，到张钦礼冲破艰难险阻毅然上马引黄灌淤，背水一战奋力推进大面积根治盐碱，把焦裕禄绘就的宏伟蓝图完满落地化为辉煌现实，这场近乎悲壮的接力，犹如"野火烧不尽，春风吹又生"，几次被打断但最终顽强地赓续下来。当冰冷的镣铐无情地锁住张钦礼的双手，为他奔波引黄灌淤工地的劳作画上句号时，兰考百姓翘首以盼的治理"三害"的最后一战，又当命运几何呢？

载着张钦礼的警车开到县委招待所，各社队闻讯赶来的群众很快又聚集了几万人。当时在场的县法院副院长肖百孝回忆，会武术的城关镇北街大队党支部书记韩排岭，在张钦礼住的房间把着门，不让任何人进入。从县委招待所大门外街上，到通往城外的各条公路，方圆五里之内都有群众把守，逢车就查，严防将张钦礼拉走。后来，警察还是通过张钦礼出面做工作，才将警车开出招待所院子，不走公路走小路，把张钦礼拉到郑州看守所关押。

1977年到1980年，兰考县由开封划归商丘地区管辖。当年兰考县委主事的领导，时任商丘地委副书记。肖百孝说，对张钦礼先抓捕、再治罪的违法行为，遭到一些办案人员坚决抵制。兰考县纪律检查委员会副书记杨崇德对他说："张钦礼的事麻烦了，县公安局三个承办人都不肯在承办人责任表上签字，是一位非承办人签的字。"不久，此人被提拔为县公安局副局长。

1979年12月24日，河南省商丘地区中级人民法院一审以"反革命罪"判处张钦礼有期徒刑十三年。这条"反右"时"漏网"、"反右倾"时"死"而复生、"文革"中几番起落屹立不倒的汉子，终于被重重地击倒了。

张钦礼上诉后，1980年8月25日，河南省高级人民法院终审否定了商丘中院对张钦礼"反革命罪"的判决，改判"煽动打砸抢、迫害干部罪"，仍维持十三年刑期。1990年5月，张钦礼被释放时，河南省高级人民法院又将其罪名改为"文化革命煽动罪"。

彻底否定"文革"，是中国告别昨天走向未来的必然选择。当历史无情地把包括张钦礼在内的"文革"风云人物扫下政治舞台时，善良的兰考人民不忍直视张钦礼的政治之殇，而对他竭诚支持宣传焦裕禄念念不忘，对他心系百姓百折不挠打造万顷良田念念不忘，对他锱铢必较严于律己念念不忘。清官难断家务事。张钦礼却以善断家务事感动了兰考。有两件事流传甚广。

张钦礼的妻子刘秀枝，战争年代入党。她所在的县供销社，几次推荐她任领导职务，都被张钦礼阻止。1975年，县委常委研究任命刘秀枝为供销社副主任，张钦礼外出回来，恳求县委收回了成命。

张钦礼女儿想参军。那时大学尚未恢复招生，当兵是青年人的最佳选择，女兵更是炙手可热。张钦礼对女儿说，你和农民的孩子本不在一条起跑线上，县里就两三个女兵指标，把机会让给她们吧！

张钦礼入狱后，东坝头村凑盘缠选了俩代表，带上几斤水果糖，到新安县省第四监狱看望他，一见面就说："全村人都知道你在这里坐牢，但选县长时，村里有二十六人投了你的票。"兰考四个以爆玉米花为生的农民，每人买了两个夹两根油条的烧饼去看张钦礼。监狱看守不让进，他们就跪在监狱门口哭诉："老县长是为兰考人民坐的牢，他在台上我们不会给他跪下，他在牢里我们跪下是向他行大礼。"看守被感动了，把张钦礼叫出来。张钦礼看到四个素不相识的农民，还有他们手拿的夹油条的烧饼，"扑通"一声也跪下了。五个人相视无言，痛哭失声，在场的看守也泪流满面。

兰考百姓说，张钦礼浑身是戏。在中原"文革"鸢飞鹘落、白云苍狗的舞台上，他无疑扮演了最具悲剧性的角色。吊诡的是，张钦礼在政治风暴中几度折戟，又几度戏剧性绝处逢生，把英雄与败寇、天堂与地狱、座上宾与阶下囚转换的人间悲喜剧，演绎到极致。没有谁像他这样大红大紫，大起大落，达则京畿论政，塞则草根为伍，历尽耻辱与荣耀、滑坠与飞扬、毁灭与重生。他的傲骨和宁折不弯，注定了他一生倔强、一生坎坷、一生备受攻讦。

张钦礼被捕前，一位省领导找他谈话。一介耿汉全无官场上的弓马娴熟，应酬权变，毫无悔意。2002年11月26日，张钦礼在申诉中写道："省委分管政法工作的×××副书记找我谈话时说：'有人揭发你张钦礼，挖空心思捏造焦裕禄事迹，欺骗全党，欺骗全国人民。'我解释说：'×副书记只说对一半。心思是挖了，但没有捏造。焦裕禄事迹哪一条是我捏造的？请×副书记明示！'×副书记怒不可遏，拍案而起：'你这个态度，矛盾要转化！'"张钦礼全然不顾人世明晦，依然坚持己见。

这场改变了一个国家历史走向和几代人命运的劫难，也是张钦礼个人的祭坛。特定时代的至暗时刻，无情遮蔽了人民公认定律的灵光。当波谲云诡的历史裹挟着"反右""反右倾"的沉重积淀，围绕焦裕禄宣传展开一场昏天黑地的搏斗时，错不至于下狱的张钦礼的桀骜，便成为悲剧的催化剂。张钦礼注定要成为那个下地狱的人。纵使他心系百姓、律己至苛，又经周恩来三次搭救，最终未能避免铁窗冷月、抱憾而终的结局。

张钦礼的落难，是一个时代的悲剧。透过这一足以令几代人反刍和省思的沉重历程，人们总会看到，1957年"反右"和1959年"反右倾"以来，历史留下的那条长长的影子。

九、未竟事业中的民念民怀

1990年5月14日，兰考纪念焦裕禄逝世二十六周年，嘉宾中出现了原开封地委常委、某部部长和原兰考县委主事领导的身影。

初夏的阳光洒满庄严的焦裕禄纪念园。墨绿的泡桐和苍翠的松柏竞翠叠秀，交互映衬，给黄河故堤注入无限生机。煦日和风轻拂着两位老领导稀疏的银发，令兰考故旧不由喟叹人生之须臾、流光之无情。天地悠悠，过客匆匆。命运与时空的交错如此巧合：当他们出现在活动现场中心时，远在豫西的河南省第四监狱，张钦礼的刑期已近尾声。没有人知道，两位与兰考扑朔迷离过往有着不解之缘的领导者，置身旧地是否想起二十四年前，他们与张钦礼在兰考"四清"分团驻地那场飞沙走石的对决。由喧阗而归于宁静的时光，已经悄然流逝了四分之一世纪。焦裕禄的形象历久弥新，演化成一个国家和民族的精神图腾。而当年唇枪舌剑的论战，则朦胧远去，成为历史档案中引人沉思的一页。对重大典型的认识，往往要经过一个历史过程。雷锋、王杰、刘英俊等英模的牺牲，开始都曾被认为是事故。一些闻名全国的典范，不也是从存有分歧到逐步认同吗？从当年不赞成宣传焦裕禄，身居要职理应参加兰考的焦裕禄追悼会和迁葬仪式，却双双拒绝参加并禁止兰考"四清"分团成员涉足，到赋闲后不一定非要出席这次纪念活动，却双双莅会，显然，焦裕禄精神塑造执政党和改变中国的现实，已为他们所接受。

当然还有一些欲说还休的事情。当年塞进心里头的那块半头砖，似乎还没有完全取出来。但毕竟已届夕阳残照，暮景桑榆，那些扯不断、理还乱的陈年旧事，也看得淡了。在无须光顾什么秀场和作何姿态，借以表白和证明自己的年月，两位老员外不顾年事已高和身体抱病，专程从外地赶到兰考，心怀虔敬肃立在焦裕禄墓前，深深鞠躬并默哀，在兰考人眼中，这就够了，足以说明一切。

令人嘘唏的兰考往事，那些纷乱如麻的是非曲直和恩恩怨怨，还有绝不仅仅属于个人和家庭的灾难，给痛睹纷争而有心无力的老兰考，留下几多遗憾、几多嗟叹？看来，疗治时代之殇、"文革"之祸，也如病去抽丝，只能由岁月之河平创抚痕，消解去雠。

1966年3月1日，开封地委书记张申主持召开地委常委扩大会议，以整风的精神讨论如何学习焦裕禄。地委常委、某部部长发言时说："学习焦裕禄，分工到兰考，担子更重了。"馆存会议记录显示，他讲了五个问题：

一、焦裕禄抓主要矛盾，我抓得不那么突出。有的有个好的开头，有个好的愿望，结果没很好抓下来。没有彻底革命精神。焦裕禄是任劳任怨，自己不是完全忘我，毫无怨言。这一点，焦裕禄政治上完全成熟了。自己受不得批评，受不起误会，比焦裕禄差劲。自己搞思想工作，没有把这个旗帜树立起来，政治嗅觉很差。

二、学习，以毛主席思想之"矢"，射三大革命之"的"。我学得不好，也未督促大家学。领导落后于群众，地方落后于部队。有的落后死角，就是忙忙碌碌的事务主义，辛辛苦苦的官僚主义。

三、树立典型人物不够，这也是突出政治不够……这点与焦裕禄比，差得很远，在思想上工作上都差得远。

四、我到兰考半年了，究竟怎么抓，除涝搞到啥标准弄不清。缺乏这方面知识，缺乏钻研，也没有像焦裕禄那样去调研。省里这次会议，是掀起学习焦裕禄高潮的会议，是转折的会议，也是精神变物质的会议。现在对水吃透了点，治沙、治碱都有了办法。因此，就有条件较快地上纲（要），争取三、四年上纲有可能……三年上纲是低纲，四、五年上高纲。

五、兰考的工作，分工我去，尽力搞好……

屈指算来，某部部长这次触及思想的对照检查发言，距1月25日兰考"四清"分团驻地那场惊心动魄的论战，仅三十五天。这还是一个多月前，那位几度在会上振振有词阐述为何不宜宣传焦裕禄，并对张钦礼兴师问罪大加挞伐的老革命吗？看上去已完全判若两人。历史不止一面，需要纵观横切。当这位从清凉山上走下来的延安人，在开封地委常委扩大会议上拿起焦裕禄这面镜子对照检查自己时，人们相信，当初因一叶障目坠为群众尾巴甚至成为宣传障碍的部长，又找到了自己的位置。这样光明磊落知错改错的领导者，张钦礼出狱后仍不失对他的钦敬，就毫不奇怪了。

张钦礼服刑时，穆青等写信给河南省委书记杨析综慷慨陈词：张钦礼是焦裕禄的亲密战友，焦裕禄去世后，他带领兰考人民引黄灌淤，为改变兰考贫穷落后面貌做出了极大贡献。他是发现和宣传焦裕禄第一人。张钦礼十五岁参加革命，这样一个从枪林弹雨中走出来的人，一个被周总理三次接见并搭救的县委书记，怎么能是反革命呢？至于"文化大革命"，是毛主席亲自发动、中央政治局通过的，怎么能是一个县委书记煽动的呢？张钦礼我们比较了解，我们愿以一个老共产党员的身份，保证他的人格。

1990年5月20日，兰考纪念焦裕禄逝世二十六周年活动结束六天后，经穆青等人奔走呼吁，河南省委研究批准并履行司法程序，张钦礼提前半年，蹒跚着走出河南省第四监狱大门。

张钦礼出狱后，穆青把他请到北京设宴抚慰，周原陪他到深圳、珠海等地参观游览。1998年至2000年，张钦礼连续三年作为特约嘉宾参加全国宣传工作会议，中宣部领导和几家大报总编与他亲切晤面。1998年5月23日，在中国记协机关报《中华新闻报》创刊五周年座谈会上，铁木尔·达瓦买提副委员长亲切接见了张钦礼。张钦礼多次出席中国记协召开的会议，在记协杭州会议上作过长篇发言，受到热烈欢迎；他赴记协长沙会议，会场挂出醒目的标语："热烈欢迎焦裕禄同志的亲密战友张钦礼同志！"

那一刻，张钦礼望着标语上"亲密战友"四个改变了自己一生命运的大字，酸甜苦辣齐集心头，昏花的老眼满是泪水。

杨捍东说，1966年年初，张钦礼看到焦裕禄通讯清样中称自己是焦裕禄的"亲密战友"，辄觉坐立不安，找周原并给穆青打电话，再三请求去掉这四个字，恳切地说："将来我一旦有事，可别影响老焦！"不想一语成谶。近半个世纪春荣秋枯，燕去燕归，古老中国已江山不可复识矣。时隔四十七年再忆当年，杨捍东不禁喟叹："张钦礼一辈子都窝在这四个字上了！"

2004年5月7日，张钦礼在郑州病逝，享年七十七岁。曾长期在河南工作的山西省委原书记王庭栋打电话致哀，高度赞扬张钦礼的爱民情操。冯健和公安部原副部长杨贵送了花圈。《解放军报》原副社长尚力科派其子赴郑吊唁。焦裕禄子女前往痛悼。杨贵的花圈挽联是："盐碱地上造粮仓，万民齐声哭忠良"。周原夫妇的花圈挽联写着："苍天有眼欲落泪，万民有口皆是碑"。已故穆青家人的花圈挽联是："中华大地树焦君，引黄灌淤第一人"。三副挽联异曲同工，立意皆聚焦"万民"：万民福祉、万民哀痛、万民口碑。

2004年5月17日，张钦礼的骨灰回老家兰考县南彰镇张庄村安葬。灵车一下高速公路，兰考上百辆挂有白花的出租车，一字儿排开为张钦礼护灵送行。灵车过铁路涵洞，搬运公司退休工人盘鼓队，便迎上前来鸣锣开道。沿途，十多万群众自发涌上街头迎灵，人群中还出现了由别人举着输液瓶为灵车送行的病人。遍布街头的白布黑字横幅上写着："欢迎张书记回兰考！""人民的好书记，农民不会忘记你！""张书记，我们怀念你！"路旁群众有的捧一碗清水，称颂张钦礼一贫如洗，清正廉明；有的捧一盘小葱拌豆腐，喻示张钦礼两袖清风，一清二白。更多迎灵的人们或燃放鞭炮，或含泪鼓掌，或振臂高呼口号。一群从乡下来的老人匍匐在地，当街化纸，边叩首边哭泣："张书记，拾钱吧！你一辈子两袖清风，如今更穷，连个工资都没有……引黄灌淤后，俺们的日子好过了，这些钱是乡亲们给你的，你拿去花吧！"一位皓首老汉哀号着："张书记，你和焦书记一样，都是为人民办实事的好书记！都说好人有好报，你咋就等不到那一天啊！"此起彼伏的哭声、喊声伴着锣鼓声、鞭炮声，汇成一阕惊天地、泣鬼神的悲怆交响乐。两位老县委副书记樊哲民和杨捍东，口干舌燥地在灵车前劝解迎祭的群众，县交警队干警全力疏导，灵车用了四个半小时，才通过兰考县城。

灵车出城后，得知前方石油勘探公司广场聚集着大批等待拦灵祭奠的农民，四十里处堌阳镇国道旁挤满了迎祭的群众，为不影响交通和当晚能赶回老家，子女亲属决定，原定走爪营的灵车改走红庙去张庄。仪封乡老君营村群众得知灵车改道，连夜派三十名代表追到张庄，秉烛在张钦礼灵前祭奠，一再表示安葬时全村人都来。堌阳镇刘楼村群众听说灵车绕道而过，派代表乘车赶到张庄祭灵。刘楼村的供品是，四个红高粱窝头，一碗汤面条，一盘小葱拌豆腐，一碗白开水。群众代表说，棺外无余物，灵前有菜根。这些寻常供品，表达了群众对张书记心红志刚、高风亮节、长劳不懈、一清二白、清亮到底品格的钦敬。代表们还诵读了自己写的悼词：今天见到张书记，千言万语向你提。鞠躬尽瘁几十年，群众冷暖记心里。美酒佳肴咱不用，家常便饭表心意。清正廉明张书记，人民永远怀念你。

张钦礼安葬仪式和追悼会原定5月21日举行。消息传出，兰考县城到南彰镇的十二班公共汽车，全部把线路延伸到张庄，宣布凡去张庄参加张钦礼追悼会者，乘车一律免票。在为张钦礼制花圈、写挽联时，一些商店还免费提供笔墨纸张。城关镇烟酒公司下岗职工李平安，拉着一百件啤酒无偿送到张庄。鉴于张庄村小路窄，前来悼念的人又太多，为避免发生意外，给群众生命财产造成不应有的损失，张家子女亲属临时决定，5月19日提前将张钦礼骨灰安葬，当晚在电视台发布安葬告知书，声明不再开追悼会。但5月21日，前来墓地祭奠的群众还是人山人海，累计达三万多人。

这是1966年2月焦裕禄迁葬近四十年来，兰考第二次惊天动地的哀思潮。成千上万的人们慷慨抛洒的泪水，寄寓着备尝艰辛的人民，对带领他们不懈奋斗走出饥馑和困苦的两位领路人的感激与怀念，蕴含着他们对张钦礼命运遭际的不平与愤懑，也是党风廉政建设令人揪心的年月，对焦裕禄精神的一次酣畅淋漓的呼唤！历史以它特有的冷峻又一次昭示，谁真心实意为人民办实事、办好事，谁秉公用权、严于律己，人民就会永远记住他、怀念他。这也是近四十年间两次席卷兰考的哀思潮，给予人们的最深刻的启迪。

功高德劭者，民必敬之。中央电视台拍摄的三集专题片《发现焦裕禄》中，兰考干部群众谈起"草根县长"张钦礼，一致赞叹，贪污受贿没有他的事，搞女人没有他的事，他在兰考上无片瓦，下无寸土。樊哲民为张钦礼纪传十几万字，开篇就是《不换老婆》。张钦礼与妻子刘秀枝是家里定的娃娃亲，妻子比他还大两岁，属于典型的"父母包办"。1950年4月新婚姻法颁布后，离婚并非难事。张钦礼却珍惜与妻子的患难之交。1946年秋，国民党匪军及地主还乡团，将张钦礼家人和妻子十几口押至村口准备活埋。抗日英雄王志新接报后，带队伍抓住敌酋亲属三十余口，扬言以血还血，放一人回去报信，迫使敌送还张钦礼家人和妻子。张钦礼身陷囹圄后，刘秀枝每年春节拎着白面猪肉，跑六百多里路到新安县省第四监狱给他包饺子，煮熟后头一碗给看守吃，第二碗给张钦礼吃。

焦裕禄和张钦礼，都是长在老百姓心里的共产党。搭起他们与兰考百姓心灵之桥的，是渗入骨髓和血液的为官之德。敬党以忠、爱民以诚、克己以廉、奉职以勤，是他们至诚至善人品官德的耀眼光华。中国几千年兴衰成败的历史证明，人心是最大的政治。而为政之智和为官之德，是赢得人心的车之双轮和鸟之双翼。在带领人民生死突围年月，两位领路人以科学思维和求实方法，找到治理"三害"和使百姓得温饱的路子，又以清廉如水的道德力量，赢得天地正气和人心依归。兰考世所罕见的哀思潮，见证了世道人心。

穆青生前曾叹息：假如焦裕禄还活着，他的遭遇会怎样？他在日记中写道："我们的党不是没有优秀干部，但不断的政治运动伤害了不少好同志……焦裕禄如果不死，'文革'这一关也不知是如何下场。但群众的眼睛是雪亮的，凡是为群众做了好事的人，人民都不会忘记，我相信人民群众的评价是最公正的。"

大地无言，人民是最公正的史官。2005年，湮灭已久的张钦礼随着《穆青传》出版走出历史帷幕；2007年，山西《党史文汇》杂志第12期刊发长文《兰考有个张钦礼》；2014年7月，《炎黄春秋》杂志刊发长文《张钦礼一案的前前后后》；同年10月，河南省委《党的生活》杂志刊发《焦裕禄的亲密战友张钦礼的遭遇》；2015年7月19日，河南电视台晴彩中原频道播出专题片《焦裕禄和他的亲密战友》；2015年8月9日，河南电视台公共频道播出专题片《丰碑——张钦礼的感人故事》；2016年7月1日至3日，中央电视台（十二套）播出突出评介张钦礼的三集专题片《发现焦裕禄》；

2016年10月6日，大型纪录片《兰考往事》荣获中华大地之星新闻纪录影视作品类特等奖，张钦礼获评全国十佳新闻人物，全国人大常委会副委员长周铁农在北京人民大会堂出席颁奖仪式并与获奖者合影留念。中国记协机关报《中华新闻报》，先后发表《焦裕禄典型的发现者——张钦礼》《周总理三次亲切接见张钦礼》《张钦礼长沙行》等文章，打开了还原历史的一扇窗口。

时间是沉沙澄浑最好的药方。在褒贬和毁誉浮沫渐消、潮声远去的今天，廓清笼罩在兰考往事上的云霭雾瘴，洗濯缠绕张钦礼且挥之不去的恶谥，历史将会做出怎样实事求是的评价？

2009年4月1日，习近平首次考察兰考，在座谈会上听刘俊生发言时问："当年和焦裕禄同志一起领导群众除'三害'的，还有一位县委领导，那位领导是谁啊？"

刘俊生说："是县委副书记张钦礼同志。"

习近平又问："这位同志还健在吗？"

刘俊生怅然答道："他已经去世了。"

这是张钦礼获刑三十多年来，第一次受到中央领导同志关心，并被亲切地称为"同志"。

1998年2月，兰考南彰镇召开捐资助学大会，张钦礼应邀出席。会前，张钦礼发现，负责接待特邀嘉宾的镇办公室副主任师纪生，年龄与职务相差悬殊，遂心生疑窦。一问方知，师纪生因十年动乱中受父亲历史问题牵连回乡，后又落实政策重回公务员行列，故贻误了发展。张钦礼想不到的是，师纪生的父亲，正是当年自己到考城检查镇反工作时，在待处决的羁押人犯中喝令刀下留人的地下党员师绍宗！意想不到的巧遇，使张钦礼腾的一下站了起来。他紧紧抓住师纪生的手，连连摇头喟叹："如果五十年代我工作抓得再紧些，老人家抱憾终天的党籍问题，可能早就解决了！"

张钦礼病故前，师纪生到他在开封的寓所看望。张钦礼自知来日无多，不无悲壮地对师纪生说："我和你父亲，就像当年的岳飞，虽忠心耿耿，但在世时可能得不到平反。相信共产党是英明的，我们早晚会回到党的怀抱。"张钦礼自诩"兰考岳飞"，表达自己渴望早日回到党的怀抱，而自觉在有生之年恐难如愿的复杂心情。

张钦礼的故去，标志着焦裕禄和他的亲密战友时代的结束。张钦礼下狱后，兰考跟随焦裕禄和张钦礼治理"三害"的骨干，多有受牵连被撤职"双开"或入狱者，好几人死于狱中或出狱之初，包括"四面红旗"队的两名干部。历史给兰考开了一个不小的玩笑：在焦裕禄精神普照神州之际，那些为实现焦裕禄意志立下汗马功劳者，却命运多舛，身陷缧绁。这是历史曲折中难以尽言的一页，也是党的伟大精神铸造中本不该付出，但又确凿无疑付出了的极其惨痛的代价。

　　从战火中走来的张钦礼，在新中国如日方升的年月，曾有过踌躇满志的辰光。但命运并没有过多眷顾他。焦裕禄到兰考前，张钦礼并不受青睐。纠正1959年"反右倾"错误，县委主要领导就给他留尾巴。他高调行事的风格，并不为省、地领导所看好。他的铁嘴在征服无数人的同时，也给自己带来了无穷麻烦。他进京为民请命，赢得万民叩首，也埋下了人生悲剧的根子。焦裕禄的到来，照亮了张钦礼的事业和人生。焦裕禄对他的信任和放手使用，张钦礼对焦裕禄人品官德的由衷钦佩，使他的才华被唤醒并得以井喷式释放。他心无旁骛协助焦裕禄治理"三害"，形同股肱；他无私无畏宣传焦裕禄事迹，义薄云天；他矢志不渝完成焦裕禄未竟事业，日月可鉴。在成就和发现焦裕禄中，张钦礼自己也被历史所铭记。全力支持宣传焦裕禄，竭诚为民，洁身自好，是张钦礼在时代嬗变中卓然于世的鼎立三足，也是他备受磨难满目疮痍，仍是人民心中搬不走的菩萨的奥妙所在。"焦书记，张书记，都是兰考人民的好书记"，兰考百姓口诵碑铭的传颂，正是大河见证的历史事实。毋庸置疑，在兰考，张钦礼是全方位映照和投射焦裕禄精神光辉的那枚月亮。

　　穆青曾说，没有张钦礼的介绍，我们就写不出焦裕禄长篇通讯！中国良心的由衷之言，道出了风雨铸造路人所共知的事实。

　　2007年5月7日，张钦礼三周年祭，焦守凤在他墓前倾诉：

　　　　当年我父亲在兰考工作时，作为副书记的张叔叔，与我父亲肝胆相照，亲密合作，患难与共，为改变兰考灾区的面貌，贡献了自己的全部力量。我父亲病故后，张叔叔基于对我父亲的真挚友情和深刻理解，主动向上级党组织介绍我父亲的事迹和精神。1966年，新华社记者主要根据张叔叔提供的事实，写出了《县委书记的榜样——焦裕禄》的长篇通讯，在全党全国人民中树立了父亲焦裕禄这一代干部的英雄典型。如果没有张叔叔对我父亲精神的发现和宣扬，我父亲的形象和精神，将会永远淹没在历史的尘埃之中！

张钦礼因缘际会焦裕禄，在党的跨世纪伟大精神铸造中，堪称神奇。兰考樊哲民、刘俊生、肖百孝等亲历焦裕禄时代的老党员，经过几十年沉淀反思，形成一个共识：不能设想没有张钦礼，焦裕禄会宣传出去、树立起来；也不能因张钦礼曾锒铛入狱，就对这段历史讳莫如深、避而不谈。焦裕禄与张钦礼，实际构成了你中有我、我中有你，相互依存、全息映照的镜像关系。张钦礼不是一个完美的战士，但确是焦裕禄志同道合共担艰辛的亲密战友。这是几位与党风雨同舟的老战士，透过半个多世纪曲曲折折的历史，对党和人民发出的剀切之言。历史不是单色版，它永远是斑斓多彩的。时代的书写终究不能超出书写的时代，历史的选择无暇顾及参与铸造者是否完美。

"为什么要向河南省委报告焦裕禄同志的模范事迹？为什么要向新华社介绍焦裕禄同志的模范事迹？"张钦礼辞世前回顾焦裕禄宣传以来的斑驳流年，写下两个沉甸甸的设问。夕阳残照中，他倾注最后的心血，从四个方面作出郑重回答：一、焦裕禄同志对党忠诚；二、焦裕禄同志是关心干部、爱护干部、尊重干部、团结干部的模范；三、焦裕禄同志对群众好；四、焦裕禄同志善于从诸矛盾中抓住主要矛盾。

这是张钦礼半生沉浮的求索与思考，也是他向党和人民最深挚的告白。

张钦礼卸任兰考已逾四十年，憾别人世也已十六年，他在南彰镇张庄的墓地，依旧烟火缭绕，哀思不竭如缕。一抔黄土堆起的坟冢前，耸立的墓碑已达一百零四块。每逢清明节和张钦礼忌日，谒灵的人们穿巡墓地，无不为蔚为壮观的碑林所震撼。立碑人有来自兰考"四面红旗"村的群众，有来自张钦礼救活的孩子和解囊相助的孤儿，有来自山东曹县张钦礼打游击时的"堡垒户"，有来自钦佩张钦礼公正廉明的穆斯林，有来自台湾地区感恩张钦礼善待其在乡后裔的国民党老兵，有来自同情张钦礼坎坷命运的领导干部。

张钦礼魂归故里不久，兰考城关镇靠捡破烂为生、年逾八旬的范玉梅老大娘，感念四十多年前张钦礼落难回城途中救助自己无钱医病的女儿，还给家里送来一袋救命的萝卜，到山东曹县庄寨镇白茅石雕厂找到厂长丁富友，把布袋里的零散钱币往桌子上"哗啦"一倒，恳求说："丁厂长，这是我捡破烂换来的钱，你看看有多少，给张钦礼立块碑。要是钱不够，下回来拉碑的时候我再添上。"

丁富友看着风烛残年踽踽独行的范玉梅，再看看桌上老大娘千辛万苦攒下的"钢镚儿"当家的钱币，鼻子发酸，眼睛发涩。他竭力抑制住自己的感情，抚着老人骨瘦如柴的手，慨然说道："老人家，我也不要你的钱了，你给张书记立碑的钱，我替你拿上！"

据说，这是张钦礼魂归故里后，坟茔前立起的第二块石碑。

墓园中有一方质朴无华的青石碑，系河南四十九名干部群众2007年4月5日所立。一行行跳荡的祭文，像一颗颗跃动的心，争相诉说着兰考往事中的民心民愿，读来一唱三叹，如诉如泣：

> 你最爱的是人民，人民最爱的是你。你为人民做了多少好事，人民为你唱了多少颂歌；你为人民洒了多少汗水，人民为你流了多少泪水；你为人民建造了一座现实的丰碑，人民为你铸造了一座历史的丰碑；为历史建造丰碑的是人，为人筑起丰碑的是历史。敬民爱民者，才能民敬民爱；念民怀民者，才能民念民怀。人民最无私，历史最公正。活在人民心中，就永远活在历史上！

"事定犹须待阖棺。"张钦礼"阖棺"已十六载，但仍未"事定"。倒是民意、民声、民心构筑的碑林，昼与谒者同怀，夜与星月共缅，年复一年倾情向世人诉说。这是中国共产党人铸造焦裕禄精神恢宏功业中，令历史老人不能不叹息的一曲悲歌。

第六章 人民呼唤焦裕禄

一、东坝头来了"小焦书记"

1987年3月，焦裕禄二十九岁的二儿子焦跃进任兰考东坝头乡党委书记。焦裕禄主政兰考时，东坝头乡所辖行政村属爪营公社，1975年从该社划出新建东坝头公社，1984年改乡。焦跃进赴任那天，徐俊雅语重心长嘱咐他说："东坝头是你爸爸常去的地方，那里的乡亲对你爸爸有特殊感情。你一定要像你爸爸那样，多为乡亲们办好事，不能给他脸上抹黑！"

母亲的叮咛，深深镌刻在焦跃进心里。

同那一代城里的年轻人一样，焦跃进当过知青、生产队队长、民兵营营长，在兰考一中执过教鞭，任过团县委组织部部长，当过县司法局宣教股股长，做过堌阳乡党委副书记、乡长，入省委党校学习两年，到县委整党办公室工作过半年多时间。焦跃进说，自己是趟慢车，见站就要停一下。也许因为站站停，对农村、农民的事知根知底，因此他才敢说，农村的事谁也蒙不了我。

焦裕禄病逝时，五岁多的焦跃进还是个不懂悲痛为何物的孩子。及至人到中年，他才比较客观地描摹自己对父亲的认知史：

> 在我幼小的心灵里，父亲的记忆是模糊的、朦胧的。有关父亲的形象，是后来从母亲和哥哥姐姐的描述中，从父亲生前同事的追忆中，从参观纪念馆中逐渐清晰和血肉丰满的。

随着年龄增长和媒体报道的深入，焦跃进在阅读父亲中，逐渐读懂和理解了父亲，开始走进父亲内心和毕生追求的事业。

到东坝头乡上任那天，焦跃进彻夜未眠。夜色中，焦跃进独自走进春天的田野，远近温馨村舍中闪烁的灯火，经冬蓄满了能量的泡桐林的飒飒絮语，源自黄河冲积平原特有的泥土芳香，还有自然天成属入这片土地的农民的淳朴与坚忍，令他沉醉，令他着迷。不远处的东坝头，隐隐传来大河雄浑沉郁的风涛声。静谧的春夜，他的耳畔又响起父亲源于血脉、发自心底的声音："我是您的儿子！"

那个春风骀荡的夜晚，焦跃进感到，东坝头的涛声，泡桐林的絮语，还有嵌着菲利普斑驳轮辙的村路，都在无声教诲自己。时代的变迁如此急遽而旷烈，而人民儿子的定位依然鲜明如初。循着两代人接力前行的路标，焦跃进领悟出了变化的使命、不变的情怀——当年父亲志在带领群众治穷，而今他的使命是带领群众致富。

焦跃进意识到，到东坝头工作，绝非子承父业。他和哥哥姐姐早已形成共识，父亲的崇高品德和辉煌业绩也许今生难以企及，但一辈子走父亲走过的路，学做父亲那样的人，应当成为焦家后辈毕生的追求。他把自己的基点，放在真心实意为农民服务上。

当知青和基层任职经历，使焦跃进对农村苦、稼穑艰、农民难有着深刻体认。到职半月，他跑遍全乡十五个村，开了十几个座谈会，走访了近百位农民。与父亲在这里工作时比，东坝头已发生了巨大变化，但农业基础依然薄弱。在父亲当年踏勘过的朱庵村，焦跃进蹲在满眼干沙地的地头同农民唠，得知因干旱缺水，花生亩产一馍筐，麦子仅有百十斤。焦跃进看得心里上火，急得嗓子冒烟。在傍河的南北庄，他放下身段，亲热地向老农讨教："大伯，咱村守着黄河，麦子旱成这样，能不能想法儿引黄河水浇一浇呢？"

老农见这个脸庞黑里透红的年轻人谦虚又诚恳，叹口气说："办法倒是有，可眼下一家一户耕种，谁有力量引黄河水呀！"

焦跃进心中一喜，急忙说："有啥办法，请老伯讲一讲！"

老汉领他走上高岗，指着横贯全乡的三营河说："这是那年焦书记领着大伙儿修的排涝河，这些年涝灾倒是没了，可河也快淤干了。要能把河挖开，与兰商干渠接通，就能引进黄河水。"

"这个主意好哇！"焦跃进油然想起父亲"没有办法，就到群众中去"的箴言。他连开十几个座谈会，听取了近百位老农的意见，乡党委汇集群智拿出了治水方案：堤南打井配套，堤北引黄灌溉，三营河加长两千米，南与兰商干渠相通，北与四明河连接，沿线开挖二十四条支渠形成排灌网络，全乡三年新增万亩灌溉面积。

焦跃进努力学着父亲的样子干，烈日下赤膊打土坯，寒夜中跳进齐腰深的黄河水围堰。他知道，两代人的脚印不会简单重叠。当年父亲一面抱病苦干，一面竭力为困苦群众雪中送炭，百姓则涌泉相报父亲的滴水之恩。如今自己仍要带头实干，同时还要过细做好计划生育、火化、平坟等涉及群众利益并易引发对立情绪的工作。

1988年春，为解决滩区猪羊啃青祸害庄稼这一群众反映强烈的问题，乡里要求村民管好家养的猪羊，规定凡牲畜啃青，养畜者都要接受罚款。

乡规一出，一位鲁姓老汉就把家养的十二只羊，赶到麦田旁的河滩上。乡里处罚时，老汉振振有词："俺参加过抗美援朝，过去老焦书记还敬俺三分，小的来了能咋着俺？"

焦跃进知道来者不善，对乡长说："这事缠手，我来处理吧！"

焦跃进见到鲁姓老汉叫大伯，可气头上的老汉不管三七二十一，抢起拐棍就朝他背上打，边打边嚷："我打仗时，你在哪儿？"

乡党委书记挨了打，派出所民警急忙赶来抓人。

焦跃进对民警摆摆手说："人抓不得。老人家打我，是因为我工作没做好。他打几下，消消气，就没事了。"

焦跃进把鲁姓老汉请进屋里，十分客气地给他让座。老汉气犹未消，一屁股坐在椅子上，压根儿不拿正眼瞅他。

"大伯，您老比谁都明白，这庄稼是咱庄户人的命根子，家畜啃青，就是砸自己的饭碗。咱做了一辈子庄稼，能干这事吗？"

老汉咋听咋觉得小焦像在给自己上课，"哼"了一声没搭腔。

焦跃进又换个角度好言相劝："大伯，你过去打天下出生入死，大伙儿都敬着你。现在乡里为保护群众利益，专门立了规矩，咱要是带头做出了好样子，乡亲们不是对咱更敬重吗?"

老汉还想拿架子，但面对谦和的晚辈后生，又拉不下脸来。他站起身，复又慢慢蹲在地上，低头不语。焦跃进蹲下身扶起老汉，重又让他坐在椅子上，又倒了一杯水，恭恭敬敬端了过来。

老汉有心不接，但年轻书记的诚恳与热情，又神差鬼使令他伸出了手。那杯普通的烧白开，成了两代人融冰化结的圣水。老汉剑拔弩张的脸上先是现出缓和迹象，继而飘来和平的祥云，笑容也在凹凸不平的眉宇间穿峡越谷，时聚时散绽放着舒心惬意的花朵。

这时，工作人员报告，又一个村子因牲口啃青闹起纠纷。焦跃进匆匆与老汉话别，起身出门。不料一个趔趄，差点撞在门框上。

"焦书记，你感冒还没好，连饭也没吃，还是让别人去吧!"

"我去看看，能不能春天借草给群众喂牲畜，秋后割草还。"

老汉被带病进村察实情解难题的年轻书记感动了。他缓缓站起身，一把抓住焦跃进的手说："我认错认罚!别和我这老糊涂一般见识，一辈子改不了这驴脾气!刚才，我还打了你两下子……"

"大伯，方才您是举得高，落得轻，泄了火，还心疼我。这两拐杖，也让我记着维护群众利益，怎么注意从源头上解决问题!"

"小焦像老焦!"老汉望着焦跃进的背影，连连摇头慨叹。

又是冬去春回。当东坝头的袅袅垂柳再度被春风染绿时，焦跃进的治水方案，变成黄河最后一道弯的壮美画图。两个冬春下来，全乡共出动劳力五千多人，贯穿堤南堤北的三营、四明两条河道全部挖通，新修支渠二百二十四条，动土方三十五万立方米。全乡新打机井二百一十六眼，配套二百九十七眼，有效灌溉面积达二万八千亩，旱涝保收田达一万九千亩，人均有八分水浇地。古来听惯了黄河涛声、见惯了故道风沙的东坝头人，在焦裕禄时代锁住了风沙，如今又水旱无虞走进黄河造福家园的新日月。

朱庵村一组和二组原先无机井，麦季常绝收。引黄和打井灌溉后，全村八百亩旱地变成水浇田，小麦亩产达五百斤。仓廪丰实的村民，争相交公粮、卖余粮，尽享国家主人翁的尊严和荣耀。丰收时节，焦跃进走上东坝头，展望大河奔流，田野欢歌，心中燃起了再大干一个冬春，实现全乡人均一亩水浇地的希望。

1989年的日历刚刚掀开，朱庵村十几位农民簇拥着一块玻璃匾，还拿着大红纸写的感谢信，欢天喜地涌进东坝头乡政府院子。玻璃匾上写着几行醒目的红字，像红彤彤的火焰耀人眼目：

献给人民公仆焦跃进书记：
想当年老焦书记带领我们战天斗地除"三害"
喜今日新焦书记帮助我们引黄灌溉夺丰收
东坝头乡朱庵村全体村民

那一刻，焦跃进的脸红了。黄河水引进东坝头，那是群众智慧的结晶，大家汗水浇灌的成果，哪能把功劳记在我一个人头上！他想到当年官庄老农魏铎彬，用淤泥包坟固沙的创举，照亮了父亲在沙荒地"贴膏药""扎针"的治沙思路，想到本乡南北庄那位老农清河淤、引黄水的建议被采纳后，给东坝头带来的喜人变化，一股热流涌上心头：无论过去还是现在，人民群众都是我们事业成功最可靠的保证。不尽心竭力为父老乡亲谋福祉，怎能对得起天地良心！面对村民们的赞誉，焦跃进只嫌自己为老百姓做的事太少了。

焦跃进铆在东坝头，一干就是五年零七个月。1992年，焦跃进任兰考县人民政府副县长，次年调任开封市计委副主任。1999年，焦跃进任杞县县委副书记、县长，四年后任杞县县委书记，前后七年半时间。

在穆青故乡，焦跃进意外与父亲有了一次天造地设的神交。五里河乡打电话向他报告，档案中发现一份土改复查时的报告，署名是焦裕禄。焦跃进拿到报告，急忙送母亲阅看。岁月风尘掩不住徐俊雅对夫君笔迹的记忆，她当即确认报告出自焦裕禄手笔。焦裕禄在地、县做青年团工作，自觉按"头颅"的意志，恪尽"手足"的职守，积极参与党的中心工作。1952年3月，焦裕禄在团陈留地委宣传部部长任上，随地委工作组到杞县葛岗区搞土改复查期间，写下了这份报告。在父亲当年昼劳田间、夜访农家酿造心血之作处，勤勉履职的儿子与他潇洒俊逸的笔迹不期而遇，宛如时光隧道洞开，使焦家两代人在历史悠久的古杞国隔空对话。父爱如山。焦跃进从来没有这样深刻地体认到，漫漫人生路上，严于教子的父亲始终与自己同行！

东坝头数年扎实历练，对焦跃进的回报是丰厚的。

"工作要干好，就要往下跑。"焦跃进谨守自己的实践感悟，学着父亲的样子，把自己立身履职的根基，扎进黄河孕育的土地，扎进父老乡亲心间。每年，他都深入上百户农家，嘘寒问暖，帮困扶贫。在父辈留下扎实脚印的地方，焦跃进又演绎了"大蒜县长"的精彩篇章。

2000年10月30日晚，从乡下回县的焦跃进获悉，11月8日至10日，《农民日报》在京举办全国农产品促销策略研讨暨展销见面会。"终于盼来了！"焦跃进看到期待有日的电报，禁不住喜从心来。

杞县地处黄河冲积平原，有着得天独厚种植大蒜的土壤和气候条件。自张骞出使西域把大蒜从西亚引进雍丘（今杞县）后，迄今已有两千多年历史。但长期以来，杞县大蒜种植规模小、产量低，产业链条短，优质大蒜"藏在深闺无人识"。1985年，河南省政府指定杞县为"大蒜出口基地县"。焦跃进到杞县任职第二年，2000年8月，全国大蒜工作会议在杞县召开。纷至沓来的国内外记者给"大蒜之乡"知名度、美誉度带来的提升，使焦跃进眼界顿开。会上，农民日报社社长发出的与会研讨和参展的邀请，使他看到了杞县大蒜走出去的契机。经过精心准备，焦跃进一行11月8日晚赶到北京王府井绿屋百货，连夜进行布展。于是，个大皮白的杞县大蒜，独具风味的杞国酱菜、香菇、花生、豆腐干，还有醇香的杞国酒，都摆上了展台。

11月9日，绿屋百货展厅人头攒动。焦跃进在展台前一手举着大蒜，一手拿着香菇，向首都市民推介杞县特产。焦裕禄的儿子在王府井站柜台卖大蒜，消息传开后，记者络绎不绝前来采访。

"父亲的任务是帮助百姓治穷，我的任务是帮助百姓致富。"面对媒体，落落大方的焦跃进侃侃而谈。焦裕禄当县长的儿子焦跃进进京卖大蒜，成了首都媒体的抢眼新闻，中央电视台当晚就在新闻联播节目播出。此举产生的名人效应和广告效应，使杞县大蒜在京城家喻户晓，成为北京市民的抢手货。展销会期间，不少老太太一早就赶来排队买大蒜，同时也想看看焦裕禄儿子长得啥模样。

进京期间，焦跃进登门看望了穆青，向他汇报家乡杞县的工作和变化。焦家子女中，焦跃进相貌最像父亲。在穆青眼中，西装革履的跃进，与通常穿旧中山装和鸡心领毛衣的父亲，是两个时代的化身。见到影响了一个时代、也改变了焦家后人命运的恩重如山的长者，焦跃进满腹话语化作一番情真意切的表白："父亲那一代与人民同甘苦、共患难，为的是解决群众的温饱，是治穷；我们这一代要带领群众致富，走农业现代化、产业化的道路，不能再满足于温饱。不然，就对不起人民，对不起父亲，也对不起叔叔您！"

穆青眯眼瞅着这个从庄稼地里滚爬出来的年轻人，乐得合不拢嘴。作为亲自采写过焦裕禄的一名记者，作为有幸参与过铸造焦裕禄精神的一名共产党人，还有什么比看到焦家传人不失乃父之风，在与时俱进躬身奉献中发扬光大焦裕禄精神更令人高兴的呢？

展销会后，杞县大蒜订单激增，产品出口美国等十四个国家。

"这次是父亲的名气帮了我的忙。"焦跃进从北京归来，提出了"大蒜兴县"战略。2003年，他在县党代会上提出，把大蒜生产作为龙头支柱产业来抓。全县大蒜种植面积由十五万亩增至四十五万亩，建成十万亩无公害大蒜生产基地，成为全省第一、全国第二大蒜生产出口基地县，冷藏保鲜和加工企业遍地开花。为打造品牌形成名片，焦跃进借助"金杞县，银太康"民谣立意，组织为杞县大蒜申请注册"金杞"牌商标。2002年，杞县大蒜通过国家质量监督检验检疫总局审查批准，成为全国首家获得原产地标记认证的蒜类产品，"金杞"牌大蒜经国家工商行政管理总局核定注册，加入了国际产权保护行列。2003年，杞县大蒜荣获"中国蒜王"称号，远销三十多个国家和地区，年出口创汇四千五百多万美元。

因特色产品销路不畅多年丰产不丰收的杞人，从此不再忧天！

2001年，焦跃进被评为年度中国果菜十大杰出人物。

2007年，中国（杞县）第一届大蒜节成功举办，日交易四、五百吨。此后，杞县大蒜亩均产值达八千五百元，高者逾万，蒜农年普遍收入数万元，有的高达十几万元。如今，"金杞"牌大蒜品牌价值超过六十亿元，被评为"中国100大地理标志产品"。

二、兰考县委书记该穿啥衣裳

卢大伟从河南省武陟县县委书记任上，调任兰考县委书记并提任开封市委常委，时值1992年2月末。冬天快要过去，春天正在到来。然而，频频光顾的倒春寒，使兰考大地依然冰封雪裹，似乎感受不到春的气息。

乍暖还寒，最难将息。作为焦裕禄之后兰考第七位掌门人、河南省第一个挂有地级市市委常委头牌的县委书记，卢大伟走马上任感到"嘬瘪子"的是，初次在兰考露面，自己该穿啥衣裳？在1992年春，兰考县委书记的行头，是个带有些许政治色彩、需作一番斟酌的问题。

1991年2月，中共中央总书记、中央军委主席江泽民首次视察河南，专程到兰考县考察。江泽民深入乡村探问群众，得知兰考至今尚未脱贫，心情十分沉重。他要求河南省委想办法，加快兰考的发展。

为尽快改变兰考面貌，推动兰考更快更好发展，河南省委采取的措施之一，就是在全省尤其是经济发展相对较好地区，遴选一位具有较强工作能力和丰富基层领导工作经验的干部，到兰考任县委书记。武陟县县委书记卢大伟，以优异的实绩和综合素质，在众多人选中脱颖而出，跨地区调任兰考县委书记，并任开封市委常委。

实话说，卢大伟得知自己将去兰考，脑子里的第一反应就是"怕"。兰考是政治大县，当兰考县委书记责任太大，他怕干不了。怕归怕，作为曾任过博爱县县长和武陟县县委书记、河南省委从全省一百五十八个县、市（区）委书记中挑选出来的不二人选，卢大伟最终还得从命赴兰考任职。

"希望你学习实践好焦裕禄精神，但不希望你在那里'光荣'。"卢大伟上任前，有同学为他送行，半是打趣半是认真地这样说。

卢大伟上任时，为自己的着装还真是费了点心思。人靠衣裳马靠鞍，领导干部首次亮相，穿衣戴帽给人的第一印象不可小觑。他最终选择了一件黑色风衣，黑色衣服庄重大气，符合自己的年龄和身份，还具有广泛适配性。后来想起来，卢大伟感到，当初之所以选择黑色风衣，还因为他觉得，这件衣服多少带有一点现代色彩。

黑色风衣伴着它的主人来到兰考，立刻感受到鲜明的反差。那是一种截然不同的思想观念、行为方式乃至文化上的冲撞。

卢大伟惊诧地发现，兰考县委有的领导干部，穿的是当地百姓那种撅肚子棉袄，棉裤的裤裆也不小，而且用一束布当腰带！

莫非，这就是兰考百姓认可的县委书记的装束？

接下来的挑战似乎更为严峻。

卢大伟乘桑塔纳轿车下乡归来，县委一位老副书记忠言相告："能不能把你坐的小车封了，像焦裕禄同志那样骑自行车下乡？"

兰考式的坦诚，带着焦裕禄精神故乡特有的热辣和关爱。

"訾我行者，欲与我友者也。"卢大伟意识到，焦裕禄离去快三十年了，但在兰考人眼中，他似乎从未远去且无处不在，仍像一把尺、一杆秤，随时可以量一量你有多高，称一称你有多重。他从老同志的建言中，品出蕴含在干部群众心底的企盼：在改革开放不断深入的今天，继续弘扬焦裕禄精神。他紧紧握着老领导的手说："焦裕禄精神是兰考取之不竭、用之不尽的宝贵财富，我们一定发扬光大。当年，县里没有小汽车，焦裕禄同志骑自行车下乡是好作风，也是那时的条件决定的。时代变了，为人民服务的内容和形式也在变，但心里时刻装着老百姓的要求没有变。今天，工作头绪多了，要求高了，内容也复杂了，工作节奏比当年要快得多。短途下乡当然可以骑自行车。但不分路途远近都骑自行车，工作效率恐怕就跟不上趟。"

要求县委书记骑自行车下乡，话出自老同志之口，却代表着不少人的想法。卢大伟认为，这一良好愿望，承载着一种近乎固化的思想观念和惯性，问题的核心，是新形势下应当怎样发扬焦裕禄精神。

当时，邓小平巡视南方的报道已发表，全国形势正如唐代诗人李贺诗句所云："东方风来满眼春"。改革浪潮荡涤神州大地，大江南北已经形成千帆竞发、百舸争流的喜人局面。而兰考，在引进外资、工业强县、发展特色农业和形成支柱产业等方面，业绩平平，乏善可陈，正面临着在新一轮改革热潮中怎样突围的问题。

与简单用焦裕禄言行衡量干部相伴而生的，还有消极情绪和现象的滋长。有人片面认为，焦裕禄精神是困难时期的精神利器，在社会主义市场经济条件下已经过时了。还有人甚至提出，焦裕禄精神是思想解放的桎梏，影响兰考改革开放。少数党员干部因信仰缺失贪污腐败，致使党组织和领导干部的社会公信力下降。就连焦家子女，也听到了社会上一些人冷言相讥的声音："要是你爸爸现在还活着，说不定你家也会先富起来……"

不可同日而语的时代，似曾相识的境遇。显然，在改革开放九万里风鹏正举的形势下，兰考再次面临着何去何从的问题。卢大伟想起，当年焦裕禄赴任兰考，首先从干部特别是县委领导班子的思想转变抓起，使愁云笼罩的兰考新风劲吹、人心思变。今天，在兰考"三害"不再突出、发展面临困难之际，置身八面来风的新的时代环境，县委第一位的责任，同样是不失时机搞好干部的思想引领，带领他们凝神聚气突破瓶颈，治穷致富。

在全县干部开展的"新时期如何学习发扬焦裕禄精神"大讨论中，卢大伟析事明理，着重引导大家弄清，学习焦裕禄精神要学根本，不要满足于学表象和皮毛的东西。讨论涉及一个饶有兴味的话题：焦裕禄同志当年衣着简朴，并非刻意而为，而是适应当时经济条件和生活水平，与群众同甘共苦之举。假如焦裕禄同志今天在兰考领班，也会穿着西装去招商引资。在新的时代环境中学习焦裕禄，不能停留在骑自行车、穿补丁衣、吃"百家饭"上，而是要紧紧围绕全心全意为人民服务这个核心，发扬焦裕禄艰苦奋斗的精神，夙夜在公，励精图治，从兰考实际出发，把改革开放和经济社会发展搞好，彻底改变兰考面貌，为百姓谋福祉。卢大伟提出，艰苦是一种精神，不是补丁衣服；坐车不是享受，同样可以奋斗。兰考纪念焦裕禄逝世三十周年时，上级领导和有关部门肯定了他的这些观点。

无农不稳，无工不富。为改善兰考的产业结构，卢大伟也开始进京跑项目。1992年9月，为建设兰考县第二化肥厂，卢大伟带着徐俊雅到北京，行前特地穿上了一身灰色毛涤西装。

卢大伟进京乘车行至长安街，由于司机不认路，掉头拐弯时违规了。路口的交警依规拦车，走上前来要求司机出示驾照。卢大伟赶紧下车，对交警解释说："对不起，警察同志，我们是从河南省兰考县来的，不熟悉首都的交通规则。"说着拉开车门，指着坐在车里的徐俊雅对交警说："这位是焦裕禄同志的夫人、兰考县人大常委会原副主任徐俊雅同志。"

交警看看车里的徐俊雅，双脚并拢敬个礼，很有礼貌地对卢大伟说："请走吧，以后不要再违规了。"

卢大伟任博爱和武陟县长时，两个县都是"吨粮县"，粮食亩产单季超千斤。到兰考后，他发现农民的口粮仍不宽裕，一个重要原因，是普遍缺乏科技观念和良种意识，年复一年用同一个品种种植，导致退化减产。卢大伟请全国小麦种子专家和省农委技术专家，到兰考实地考察并对土壤进行化验，根据兰考土壤和气候条件，从外地调来亩产可达八百多斤的"豫麦十八"品种，开始在全县推广。

但此举并不为一些人所理解。有的农民认为，卢大伟是拿了种子公司的钱，才替人家推销，各种怪话不绝于耳。长期在基层摸爬滚打，赋予了卢大伟特有的沉稳和柔韧。他给乡镇干部鼓劲："该推还得推，现在老百姓骂几句，明年吃上增产的麦子，就高兴了。"卢大伟确定，秋播实行责任制，两个县领导包一个乡，一个乡领导包一个村，实行强制性换种。播种后统计，全县八十万亩小麦，六十万亩用上了良种。第二年，新品种小麦单产平均增产一百二十多斤，全县小麦生产上了新台阶，农民生活质量显著提高。麦收时节，卢大伟到垌阳镇看收成，两家房靠房、地傍地的农户，一家用良种，一家未用，结果亩产相差三百多斤。收成低的那户农民红着脸对卢大伟说："都怪俺不相信良种，偷偷把种子磨面吃了，现在悔得真想扇自己巴掌！明年肯定换良种。"农民尝到甜头后，兰考农村开始两年更换一次良种。农民也喜欢上了这位实打实为他们谋利益的县委书记。

"兰考老百姓非常识好事，你办一点好事，他们都记着。"2017年9月2日，在郑州紫荆山宾馆十二楼，离开兰考后供职河南省纪委、主政驻马店、任过河南省政府秘书长、省长助理等职的卢大伟，同我谈起自己在兰考经历的回味悠长的往事，似有万千感慨。

1994年7月，为确保黄河汛期河道行洪时大堤安全，卢大伟骑自行车赶到东坝头附近的爪营乡，动员群众破除生产堤。

生产堤是聚居黄河滩区的群众，为在洪水漫滩时保护河滩上开垦的耕地，自行筑起的挡水堤埝，虽可护田，但不利于行洪。多年来，国家水利部和黄河水利委员会一直要求拆除生产堤，并迁出聚居黄河滩区的群众。但由于耗资甚巨，迁安困难，黄河滩区的生产堤始终拆而不绝。

卢大伟赶到现场后，看到河水已漫至生产堤，风逐浪高，堤坝岌岌可危。沿岸村里的青壮年，都光着身子，迎着汹涌的洪水，奋不顾身地在水中搬土护堤。卢大伟知道，在滩区群众眼里，生产堤是他们保饭碗的安全堤。当老百姓豁出命来抢护生产堤的时候，自己不能强拗群众意志硬性破堤，必须审时度势，因势利导，在与群众同生死、共进退中相机行事。于是，卢大伟像护堤群众一样，迅速脱掉衣服，光着屁股跳进水中，和群众一起抢筑子堤。

滩区群众见县委书记也和自己一样，赤身裸体在水中抢护生产堤，顿时群情振奋，干劲大增。无奈水势越来越大，堤坝的增高明显赶不上水的涨势，有的地段的堤坝已开始塌陷。卢大伟见时机已经成熟，挥手喊道："伙计们，不行了，咱们撤吧！"

滩区群众极不情愿又无可奈何地看着河水漫堤，只好跟着卢大伟上了岸。动员爪营乡群众破除生产堤的艰巨任务，在欲取先予、顺势而为中，最终得以圆满完成。

穿西服进京，光屁股干活，在发展县域经济和真心实意为百姓办实事、办好事的过程中，卢大伟无意间找到了自己的角色定位。

兰考泡桐是防风固沙的法宝，也是受用无穷的绿色银行。卢大伟努力把焦裕禄留下的战略产业做大做强，引导群众从单纯卖原木转向桐木加工，木器厂如雨后春笋在各地兴起，还办起十多家民族乐器厂。卢大伟任职兰考四年，县财政收入增长了两倍多。

卢大伟调省纪委任职后，在兰考这个八方关注的政治文化会客厅的聚光灯下，继任县委书记在内有发展压力、外要应对八方的环境中，颇有心力交瘁之感。1999年9月初的一天，这位书记陪客人吃饭饮了酒，接受河南人民广播电台记者王小兵采访心情烦躁，出言荒谬，引发了一场不小的风波。

1999年9月9日，河南人民广播电台播出《兰考县委书记×××说，一听焦裕禄精神就烦》的消息，并配发了评论。中央人民广播电台和全国许多报纸，都转载或报道了这一新闻。

同年11月28日，《羊城晚报》发表署名文章：《口出狂言——"焦裕禄精神我一听就烦" 兰考县委书记被免职》。

1964年5月在民权县省林业工作会议上听过张钦礼"跑了题的发言"的原河南省广播电视厅厅长李光照，2004年在《新闻爱好者》第十二期发表文章，回顾了兰考这场"书记风波"——

1999年国庆节前夕，河南人民广播电台受中央台的委托，采访一期纪念国庆五十周年大型系列报道《共和国人物》的专题节目，派记者采访继任焦裕禄的第八任兰考县委书记×××。×××先是推诿，不予配合，后是大谈自己的政绩，就是不谈学习焦裕禄精神，继而怒斥"我一听你们说焦裕禄精神就烦""我对你的问题不感兴趣"，破口大骂，把记者赶了出去。9月9日，省台播出《兰考县委书记×××说，一听焦裕禄精神就烦》的消息和《看×××想焦裕禄》的评论员文章。我听了以后，深为河南电台敢于对×××的严重错误进行公开批评的做法叫好。

我立即到电台要来原稿，结合《人民日报》前不久发表穆青同志采写的长篇通讯《老书记与北干渠的故事》和本报评论员文章《"三讲"教育的好教材》，赶写了《两份"三讲"教育的活教材》的杂文。指出："当前，全省县以上干部正在深入开展'讲学习、讲政治、讲正气'党性党风教育""教育需要教材，剖析需要对照，对照需要镜子。教材需要书本的，更需要活生生的；需要正面的，也需要反面的。""焦裕禄、孔繁森、郑永和的事迹，都是正面的活教材，很好的镜子。""×××用一个'烦'字把自己打扮成'三讲'教育的反面教员。""感谢新闻单位为'三讲'教育提供的这两个活教材。各地在'三讲'教育中学一学这两个正反典型事例，认真对照，自我剖析，做到学有榜样，批有靶子。这样做，必将收到更好更实在的成效。"

当年，有记者曾就该任兰考县委书记免职采访过焦裕禄子女。他们认为，这位书记在兰考注意减轻农民负担，任职期间兰考城区面貌变化大。他的失言，是在工作压力大又饮酒失度的情况下，记者一再追问致使情绪失控发生的。焦国庆说："只要脑子清楚就不会说那样的话，酒后脑子糊涂了才那样说。他不是烦焦裕禄精神，而是别人总拿这个话题问他，他烦的是这个。"

舆情宁肯相信直觉，而不愿倾听各种解释。在兰考县委书记的着装和乘车都备受公众关注的环境中，"书记风波"的后果可以想见。这位书记被免职后，为人低调，出言谨慎。他先到开封市人民政府任副秘书长、劳动局局长，后任市人大常委会副主任。

安阳市滑县县委书记黄道功，作为焦裕禄之后第十二任县委书记到兰考报到，2006年的日历已经翻到了5月。时值春夏之交，黄河岸边的田野里，如火如荼的泡桐花已经凋谢，树下的小麦正扬花灌浆。干旱的春季刚迈出门槛，淫雨又接踵撵了过来。

黄河横贯中原，但河南却属淮河水系，豫地降水无法进入高悬的大河，只能旁道淮河。地处豫东平原的兰考，前有悬河横亘，淮河又相距遥远，年复一年，始终为雨季排水所困。

暴雨滂沱，兰考县委大院好一似水乡泽国。黄道功住的宿舍楼，离食堂有一段距离，因院中水深没膝，吃饭需要坐车去。汽车在院里劈波斩浪缓缓前行，高挽裤管的人们纷纷避让。偏有通信员冲着他嚷嚷："黄书记，我在院里捉了两条鱼！"

黄道功下车后问："院里的排水问题为啥不解决？"

得到的答复是："难啊，这么多年，一直就这样……"

他赶到地势低洼的兰考县第一中学察看，那里的水居然齐腰深。

黄道功到任不久，某日与县委副书记、县长陈文东登高远眺，全城居然看不到一个塔吊——这意味着在到处都像大工地的中国，闹中取静颇为闲适的兰考城，没有一幢在建楼房。陈文东沉重的叹息声，刺疼了黄道功的心。更令人惊愕的是，兰考县城街头，竟然没有一处水冲式厕所。这在2006年的中国，绝对算得上是一则新闻。

当年穆青、冯健、周原描写兰考的贫穷，形容像被蛇缠住了一样。这么多年过去，那条蛇并未离去，而是像个冤家似的，依旧缠绕着兰考。私底下，黄道功听到一种议论："'精神原子弹'爆炸都快半个世纪了，兰考还这样落后，精神变物质的时间咋就这么长呢？"

发展，仍然是兰考要解决的首要问题。但在兰考发展滞后的现象背后，似乎又隐藏着更为深刻和耐人寻味的东西。一次座谈会上，县委书记应骑自行车下乡的建议，再度被老同志提出。兰考县委书记该穿啥衣裳，依然是一道无解的题。秋风大凉，黄道功穿军大衣到市里开会，有人善意提醒他说："老黄，换换你的衣服，在兰考这盏聚光灯下，媒体和老百姓都在看你。"

到任当年5月14日，焦裕禄逝世纪念日，县里搞纪念活动，警察竟然把焦裕禄纪念园全部封闭了起来。黄道功不解，一问方知，如不采取一点保底措施，活动就不一定能顺利进行。他想起2003年12月，胡锦涛总书记视察兰考黄河滩区，总书记登车打开车窗向群众挥手告别，有人乘机从窗口向车内扔进一个纸条……

冬春之交，两个村发生回汉冲突。黄道功让富有经验的政法委书记前去处理，但很快便接到电话：控制事态的武警盾牌被刀砍烂！

兰考，这片曾经回荡着焦裕禄"我是您的儿子"炽热心声的圣洁土地，当年党和人民群众水乳交融血肉相连的首善之区，为什么今天干部群众之间的关系紧张到如此地步？烈士鲜血浸染，焦裕禄精神灌注，这么好的一个县，究竟是什么原因至今仍拔不掉穷根？一连串沉甸甸的问号，压得黄道功心口发痛，喘不上气来。

有人埋怨说，兰考发展慢，是因为上面支持力度小。黄道功心里清楚，从中央到河南省，再到开封市，各级对兰考的支持力度不可谓不大。但他发现，兰考到省里和市里办事，各部门一见兰考来人，都很重视和客气，但过后往往摇头说："兰考，弄不成事儿……"

来自省城和市里的看法，在黄道功自身得到了验证。为打造便民服务平台，他提出尽快建设兰考县行政中心。但讲了几次，有关部门却无动于衷。黄道功想到雨后能行船的县委大院，城区多年解决不了的排水问题，街头零保有的水冲式厕所……他开始认识到，在发展缓慢和干群关系紧张问题的背后，隐藏着干部队伍的作风问题。历史在新一轮复归中，又提出了似曾相识的课题：焦裕禄当年来兰考，解决压头皮的除"三害"问题，首先解决的是干部作风问题；今天兰考要迈开新的发展步伐，也要先从干部作风抓起！

干部作风在班子，班子作风取决于主要领导。黄道功从抓县委一班人表率作用破题，把抓干部队伍作风建设作为新形势下弘扬焦裕禄精神、促进兰考振兴发展的当务之急，组织县委委员和机关各部门，重新学习《县委书记的榜样——焦裕禄》，一起看电影《焦裕禄》。县里组织歌咏比赛，规定参赛的十几个乡镇各唱一首自创歌曲，另一首则必唱电视剧《江山》主题歌。那些日子，歌声里的初心，馥如醇，柔似水，在豫东小城兰考到处飘荡："老百姓是地，老百姓是天，老百姓是共产党永远的挂念。老百姓是山，老百姓是海，老百姓是共产党生命的源泉……"一曲难忘，返璞归真的歌声，唤醒了党员干部的宗旨意识。在学习践行焦裕禄精神大讨论中，大家纷纷联系思想和工作实际照镜子、找差距、定措施，县委领导深入挂钩的村子开恳谈会，诚心听取群众意见，帮助老百姓解决突出困难和问题。

"教育还是很管用的，干部队伍的基本素质是好的，兰考的百姓也是非常通情达理的。"2018年5月18日上午，年初履新河南省社会科学院党委书记的黄道功，在办公室对我如是说。供职兰考近三年，他一抓干部队伍作风，二抓经济社会发展，取得不俗成绩。

黄道功破解兰考经济社会发展难题，是从研究成立行业协会、加强行业自律入手的。问题的提出，来自他的一次沉底调查。

到任翌日，黄道功深入小型吊装机械厂，了解到近年来兰考吊装机械行业发展迅速，但业内不正当竞争现象也很突出。促进非公有经济健康发展，缺乏公平法制的市场环境怎么行呢？而问题的根子，在于政府缺乏有效管理。县委提出，围绕木制品、机械加工、民族乐器、纺织服装四个行业，分别成立由县级副职领导牵头的行业领导小组。经过十几天分业调研，县委批准成立四个行业协会，为规范兰考产业化经营、赢得发展先机破障开路。

突破行业自我束缚的瓶颈后，由焦裕禄推动广植泡桐奠基、兰考最早兴起的木制品加工产业，迅速发展到三百余家加工企业、五千余户个体加工户，成为河南省出口创汇重点企业和省外商投资双优企业。民族乐器生产企业发展到三十多家，连上海民族乐器一厂这只金凤凰，也被兰考的梧桐树所吸引，前来希望的田野投资办厂。焦裕禄树立的"四面红旗"之一双杨树村，大小家具加工厂遍布全村。一村一品、数村一业的特色块状经济格局初步形成，布局陇海铁路、连霍高速公路的工业区产业聚集，开始形成园区优势。全县主要经济指标实现两位数增长，兰考站在了新的发展起点上。

黄道功履职不忘学习研究，考入清华大学公共管理学院，在职攻读公共管理硕士。他撰写的《县委书记如何认识县情》和《郡县之治——怎样当好县委书记》相继面世，成为在改革开放新时期践行焦裕禄精神具有独特认知的理性感悟。2009年3月，黄道功奉调离开兰考，先后任开封市委常委、政法委书记，开封市政府常务副市长、市委副书记等职。

"现在的兰考发展已经很好了！在习近平总书记亲自指导下，经过开展党的群众路线教育实践活动，兰考广大干部积极投身脱贫攻坚实践，思想和工作作风发生了根本性变化。"谈到兰考脱贫和经济社会蓬勃发展，黄道功言谈中显露出由衷的欣慰和喜悦。

拉上坡车的日子总是难忘的。亲历兰考精神变物质的深刻变革，曾经主政兰考的经历，成为每一任领班人生命中的一抹亮色。

三、穆青、冯健、周原重返兰考

冬去春回，蛰伏在人们心底的对真善美的追求，悄然萌动。经历了动乱年代的疾风骤雨，一度隐没在云霭雾岚中的焦裕禄形象，最早闪现在四季如春的昆明。

1979年6月25日，《云南日报》重新刊登长篇通讯《县委书记的榜样——焦裕禄》，同时发表《向焦裕禄同志学习，与人民心贴心，一心奔向四化》编辑部文章。这是自1966年5月"文化大革命"爆发以来，华夏大地深沉呼唤焦裕禄精神回归的东风第一枝。

十年浩劫，纲纪紊乱。当历史曲折和代际更替，使延安情结、太行情结、根据地情结渐行渐远时，当世风日下的阴霾，令党和群众的血肉联系圣洁不再、蒙尘染垢之际，焦裕禄光彩照人的形象，在世界人口最多国度的群体记忆中，那样强烈地被唤醒。

1980年，穆青出版一本新闻作品集，书名是颇为醒目的《焦裕禄》。

1989年8月15日，《人民日报》根据党的十三届四中全会关于要努力开展艰苦奋斗教育的要求，在一版发表社论《提倡艰苦奋斗精神》，继1966年连发八篇学习焦裕禄的社论后，再次大力倡导学习焦裕禄精神。

这年年底，几个兰考农民揣着干粮进京，一路找到新华社，一进穆青办公室就跪下了，抹着泪对他说：“焦书记死了，我们的话他听不见了，看到你就像看到了焦书记。我们不找你办事，就想跟你说说心里话。”

穆青急忙扶起众乡亲，给他们沏茶端水。这些把发现焦裕禄者视为焦裕禄的忠厚百姓，争相诉说家乡一些基层干部如何侵占人民利益。

在焦裕禄用生命铸就爱民为民经典处，有人竟然如此损害党的执政之基，穆青大为震惊。一个念头闪过心间：再访兰考！

1990年年初，党的十三届六中全会作出了《中共中央关于加强党同人民群众联系的决定》。5月3日，《经济日报》全文刊登穆青、冯健、周原写的《县委书记的榜样——焦裕禄》，配发了题为《永不磨灭的形象——写在重新发表焦裕禄事迹之时》的评论员文章。

《经济日报》非同寻常的举动，点燃了人们心中久违的圣火。全国许多报纸纷纷起而效仿，再次刊登二十四年前发表的焦裕禄通讯。

遍及全国的新闻反刍耐人寻味。一个国度重新从一篇面世已久的人物通讯中汲取力量，不仅打破了新闻是易碎品的定律，而且折射出保持党同人民群众的血肉联系，是执政党建设永恒主题的重大时代关切。这在中国新闻史乃至中国共产党的历史上，都十分罕见。

1990年5月10日，《人民日报》发表社论《领导干部要学焦裕禄》。社论的立意，与1966年2月《人民日报》持续宣传焦裕禄时，李庄一度拟用的社论标题如出一辙。社论说，群众为什么常常回忆五六十年代的党风和社会风气？很重要的一个原因是当年有一批焦裕禄式的好干部，群众从心底里佩服他们，拥护他们。社论指出，遗憾的是，现在有些领导干部忘记了党的根本宗旨，忘记了自己是公仆，做出一些使人民很反感的事情，比如以权谋私，官僚主义，在一些党政机关里确实存在，有些还很严重。社论鲜明要求，提出领导干部要学焦裕禄，就是要求领导干部全心全意为人民服务。

当天，《人民日报》还介绍了焦裕禄事迹和通讯的采写经过。

北京西城区宣武门西大街57号，新华社新闻大厦六层，社长穆青办公室。面对全国涌动的焦裕禄热，穆青坐不住了。他找老战友冯健和周原商量："全国又在学习焦裕禄，咱们下去看看吧！"

穆青所言，正是冯健和周原所思。于是，1990年6月，新华社同仁昵称"三剑客""三个火枪手"的金搭档，再次回师中原。

三位童心未泯的赤子的省亲之行，也是一次温梦之旅。

"你们这时候去那里，说现在焦裕禄多了，老百姓不满意；说焦裕禄少了，有些领导又不满意。"穆青动身前，当年报道大寨驰名中国的新华社老记者冯东书这样对他说。穆青听罢没有吭声。

"五十年代人帮人，七十年代人整人，八十年代各人顾各人。时代变了，焦裕禄那一套怕是不时兴了。"有老友也忠告冯健。

踏上乡情似水的故土，众乡党善意的担忧声声入耳："焦裕禄这碗六十年代的现成饭，还能再浇上九十年代的'热浇头'？"

三位京城来的大牌记者静静地听着，微笑着，思索着，未改初衷。

正是"夜来南风起，小麦覆陇黄"的丰收时节，一望无垠的豫南大地浮光跃金，田野里麦浪滚滚，只待一刈。三人先是造访豫南的汝南、平舆、新蔡三个县，旋又折向周口市。年近古稀的穆青还是当年那样一股劲，日访农家同干部群众"摆龙门阵"，听民声、知民情、辨民怨，夜晤来客敞开胸襟无拘无束交流，在听真话中广泛了解社情民意。待到头脑丰盈充实，盆满钵满，三人便直奔梦萦魂牵的兰考。

嬗变的时代，不变的主题。1990年6月6日，穆青三人来到焦裕禄墓前，给从未谋面但堪称心灵知己的笔下英雄敬献花圈。

时间是最伟大的长者。二十四年前那个严冬，三位记者来兰考追寻焦裕禄足迹时，他的墓还在郑州。焦裕禄通讯发表后，死不瞑目的人民的儿子归葬沙丘，夙愿得偿。但十年浩劫使焦裕禄通讯被泼污水，穆青被打入牛棚，焦裕禄墓制和碑刻也备受磨难。度尽劫波，三人望着墓碑上焦裕禄那双熟悉的眼睛，顿觉百感交集。

这不是一双普通的眼睛。在这一美誉了一个政党并使其成员为之高尚的心灵窗口里，蓄满了壮志未酬的遗憾和对未竟事业的期许，也折射出一种历史、文化和道德的超越。春秋时期，吴国大夫伍子胥劝吴王夫差拒绝越王勾践求和以绝后患，夫差却听信谗言赐剑令伍子胥自尽。伍子胥临终遗言："抉吾眼县吴东门之上，以观越寇之灭吴也。"同为死不瞑目，人民的儿子埋骨沙丘以观兰考之变的情怀，封建官吏忠谏被诬悬门抉目的无奈，历史的叠印与评判彰显的焦裕禄前无古人的境界，给今天的共产党人多少启迪和力量！

穆青说过，我延安那段历史可以忽略不计，我的人生从写焦裕禄开始。重返兰考，对穆青是一次隔空穿越。壮心不已的宿将，从初访兰考的生命屐痕中，依稀窥见新使命感召的路标，进而激起续写自己新的历史的豪情。

初访兰考，穆青、冯健、周原心中充满的是感动和钦敬。

重访兰考，穆青、冯健、周原心中涌动的是忧虑和责任。

穆青等人怀着急切的心情来到东坝头。1965年冬初访兰考，穆青、冯健在这里驻足，举目黄沙滚滚，不见树木。那时，穆青四十四岁，冯健四十岁，周原三十七岁，正是挥斥方遒、激扬文字的黄金岁月。世纪史册掀过了四分之一，茫茫黄沙已不见踪影，眼底尽是一望无际的麦海。流光已邈，韶华难存，穆青三人手抚满头华发，不禁感喟无穷。

时近黄河"七下八上"（7月下旬至8月上旬）丰水期，穆青伫立坝顶，但见天波西倾，高峡洞开，莽莽汤汤的大河横无际涯，似万千铁骑奔腾，若蔽日旌旗翻卷。巍峨石坝前水雾蒸腾，雷霆万钧，金戈铁马生死鏖兵后遽然北折，挟凛凛寒意呼啸而过，斜刺里划出一硕大圆弧，恓恓惶惶赴鲁入海。时光溯流四百五十六年，明嘉靖十三年（公元1534年），黄河在此东南五公里处赵皮寨决口，南流经徐州夺淮入海。

历史创口铜瓦厢长在黄河身上，痛在一代又一代中国人心上。一百三十五年过去，那些沉重如泥沙淤积、沧桑似故道更迭的灾难记忆，仍梦魇般压在一个民族心头，永难释怀。铜瓦厢决口，无疑是国之大难，但应对黄河改道的抗争，又成为民族精神进步的滥觞。黄河三百多年间在兰考两次大拐弯，对中国经济社会发展产生了深远影响。焦裕禄精神在母亲河两大拐点交汇处大放异彩，一个政党标志性精神品牌向河而生的恢宏历史文化底蕴，令人回味无穷。不寻常的险关，必然蕴含着不寻常的历史。穆青和同行者迎着猎猎河风，瞩望奔腾不羁的黄河，思绪在幽深的历史长廊展翅翱翔。

岁月空蒙，时在汉武。暴戾恣睢的黄河再度改写历史，是在汉元光三年（公元前132年）。那时，黄水在铜瓦厢下游鲁豫交界处菏泽胡集破堤而出，决入瓠子河，东南注巨野，通于淮、泗。河患为害之久，梁、楚（今豫东南、苏北、皖西等地）一带二十多年尽为泽国。

元封二年（公元前109年），不堪国力维艰和舆情鼎沸的汉武帝刘彻，终于定下了堵复黄河决口的决心，征发数万士卒，由汲仁、郭昌统领，开赴瓠子决口处。刘彻从万里沙祠祭神归来，御驾亲征赶赴瓠子口门督战，登大堤，投白马，沉玉璧，厚祭河神。

历史的生花之笔，为后人留下了一个历久难忘的细节：汉武大帝有令：将军以下随行官员，同士卒一道搬薪运柴。在融入堵复大军的一干朝廷官员中，随行太史令、以皇皇巨著《史记》名垂青史的著名史学家和文学家司马迁，亦义无反顾投身负薪塞决之列。

河边土丘挖尽，百姓柴草用光，决口仍浊浪滔滔。河官乃令砍"淇园"之竹，在口门以上连打数排竹桩并缀为一体，其间填充土袋巨石，终使口门堵复。汉武帝刘彻有感于回河之艰和世人称颂，慨然写下《瓠子歌》：

瓠子决兮将奈何，皓皓旰旰兮闾殚为河？殚为河兮地不得宁，功无已时兮吾山平。吾山平兮巨野溢，鱼沸郁兮柏冬日。延道弛兮离常流，蛟龙骋兮方远游。归旧川兮神哉沛，不封禅兮安知外！为我谓河伯兮何不仁，泛滥不止兮愁吾人？啮桑浮兮淮、泗满，久不反兮水维缓。

河汤汤兮激潺湲，北渡污兮浚流难。搴长茭兮沉美玉，河伯许兮薪不属。薪不属兮卫人罪，烧萧条兮噫乎何以御水！颓林竹兮楗石菑，宣房塞兮万福来。

司马迁目睹瓠子堵口壮举，吟咏汉武帝《瓠子歌》，忆追随皇上南行登庐山观看禹疏导九江遗迹，到会稽太湟上姑苏台眺望五湖，东行考察洛汭、大邳，溯河而行经淮、泗、济、漯、洛诸水，西行瞻望蜀地岷山和都江堰，北行自龙门到朔方，四方访渎搜渠，深感水利对国计民生之重要，在《史记》中写下了继《尚书·禹贡》后的水利专史名篇《河渠书》，对后世产生了深远影响。

开创汉武盛世的一代风流，策马挥师堵复黄河决口，其雄才大略由此可见一斑。但由于历史局限和落后低下生产力的制约，汉武大帝终难探寻黄河决溢规律，进而根治河患。

北宋政治家、文学家王安石，在《我欲往沧海》一诗中写道：

我欲往沧海，客来自河源。

手探囊中胶，救此千载浑。

我语客徒尔，当还治昆仑。

叹息谢不能，相看涕翻盆。

客止我且往，濯发扶桑根。

诗作表露了治黄须正本清源，有效治理水土流失和泥沙沉淀的真知灼见。然而，黑暗的政治，孱弱的国力，落后的科技，都决定了王安石的治河安邦愿景，不过是耽于浮想虚无缥缈的书生之议。

黄河治理和沿黄人民命运出现根本转折，始于1946年。晋鲁豫区黄河水利委员会在菏泽成立，揭开了人民治黄历史的新页，标志着中国共产党领导人民主导黄河命运新纪元的到来。

1958年7月17日，郑州黄河花园口出现历史罕见特大洪峰，京广线黄河大桥十一号桥墩被冲垮。周恩来从上海飞临郑州黄河大桥上空视察灾情，当晚十点冒雨赶到现场察看洪水流势。那晚在场的《郑州铁道》报记者郑义明，1990年2月到北京探视病重的齐越时，给他再现了当年自己目击的一个撼人心灵的镜头：

茫茫夜雨中，抢修群众忽然发现，周恩来和他们一起，背着纤绳在拉纤。沾满泥水的纤绳，深深勒进了共和国总理的肩背。

那可是承载整个国家大业的臂膀啊！

现场群众见状，"哗"的一声跪倒在河滩上，齐声呼唤："总理！总理！"周恩来闻声凝目河滩，不由浑身一震，急步趋前扶起两名群众，动情说道："这里没有总理，我们都是黄河纤夫！"

顿时，雨水、汗水、泪水，一齐在人们脸上交汇，在人们心头涌流。雨潇潇，河滔滔。蓦然，一道闪电照亮了银箭飞舞的夜空，连同千百个雨夜拉纤人的心也被照亮了——风风雨雨几十年，中国共产党人始终与人民勠力同心，在黄河两岸一道背绳拉纤！

那个风雨交加的夜晚，周恩来与工程技术人员研究抢修办法，直到深夜。8月1日，黄河铁路大桥修复通车，周恩来于8月5日再赴大桥视察，当晚现场召开座谈会总结经验，午夜后才离开工地。

困扰中国的黄河泥沙难题，令历代帝王能臣望而生畏。打开未知之门的钥匙，责无旁贷落在中国共产党人手上。新中国成立之初，由于对黄河泥沙规律把握不准，苏联专家设计建设的三门峡水库泥沙严重淤积。后增建两条排沙隧洞，改建四条泄流排沙发电钢管，打开八个施工导流底孔，减少装机容量，1974年以后，三门峡水库蓄清排浑淤积渐轻，保持了有效库容，承担起重要的防洪、防凌、灌溉、发电和供水任务。

从本质上认识黄河迥异于世界其他大河罕有的泥沙，是中国共产党人认识中国国情的特殊一课。事实再次证明，革命和建设都不能照搬照抄别人，必须从国情出发，走自己的路。在三门峡的曲折从正反两方面为黄河治理提供宝贵鉴戒的同时，焦裕禄带领兰考人民治理"三害"的实践，随着对自然规律认识的深化，结出了喜人的果实……

穆青等人沿着曲径来到张庄，登上"九米九"大沙丘。1965年冬，他们吃力地爬上这座沙丘时，流沙灌满了鞋袜。沙丘顶上新植的稀疏刺槐苗，迎着寒风有气无力地摇曳着。而今，茂密的刺槐林浓荫蔽日，清风习习，盛夏的阳光从华盖般的槐叶缝里流泻下来，像撒下一条条金色的丝线。邻近"九米九"的"下马台"，是1963年春焦裕禄组织挖淤封住的五十亩大沙丘。家住林中小屋的七十二岁护林老人王心茂，指着茂密的刺槐林说："大沙丘变成'元宝垛'，全靠老焦领着栽下的林子。谁要砍死一棵树，就是砍我一条腿；谁要撅折一根树枝，就是断我一个指头，我决不答应！"

大自然与人类社会的对应何其神奇，当年瑟缩寒风中的槐苗，今天已然成为福荫乡里的茂林。这不正是焦裕禄精神日益深入一个国家和民族的心灵版图，进而改变社会和自然面貌的生动写照吗?!

沙丘盘桓，穆青等人想到，焦裕禄奉身兰考时间甚短。他抱憾长辞开始发生变化的这片热土时，治理"三害"的成效正如"小荷才露尖尖角"，他组织制定的敢教兰考换新天的宏伟蓝图，远未变成辉煌的现实。这是推出和宣传焦裕禄时，兰考及开封发生激烈争论和斗争的焦点之一。然而，政声人去后。随着时间的推移，越来越多的人从兰考之变和中国之变中，愈加深刻地认识和感受到焦裕禄精神的价值与魅力。前人栽树，后人乘凉。这句普普通通的话语，对于兰考人来说，蕴含着多少丰富而充满哲理的潜台词！

穆青三人来到焦裕禄树立的"四面红旗"之一韩村。这个1962年每人只分得老秤十二两高粱穗的小村庄，这些年发扬人穷志不短的"韩村精神"，引水淤地，封沙排碱，使盐碱窝长出满坡好庄稼，茅草屋换成一色砖瓦房。全村五十一户人家，二十二户买了拖拉机。

在当年外出逃荒灾民啼哭饮泣和骨肉分离的兰考火车站，穆青等人看到，车站今非昔比，七万五千平方米的新建货场，可同时装卸一百多节车皮。近五年，车站每年平均装车外运粮、棉、油等一亿多公斤。当年，河南省领导曾在这里问焦裕禄，兰考啥时候能外输农产品呀? 焦裕禄立下了军令状，并且从1963年年底开始逐步兑现。几代人血汗浇灌，丰硕的果实早已把焦裕禄当年的愿景化为令人欣慰的现实。他率县委一班人夜赴车站含泪看望逃荒灾民的凄苦场景，已作为历史的一页翻过去了。

穆青等人所到之处，昔日低矮的茅屋已很鲜见，富裕农民拆掉砖瓦房，盖起独门独院的小楼。乡镇企业雨后春笋般兴起，家用电器飞进寻常百姓家。前几年从城里"抢财神"的农民，开始试验深层开发，向农业科学殿堂进军。一批高学历年轻干部走上县级领导岗位，以焦裕禄精神勤奋履职尽责，成为改革开放时代大潮的中流砥柱。

然而，沿途所见所闻，一些背离党的宗旨的人和事，也深深刺疼了穆青等人的心。腐败对党群关系的危害之巨，令人触目惊心！

有的干部以权谋私，作风霸道，乱收费，乱摊派，乱罚款，由公仆沦为"公害"。穆青三人惊闻，有的干部家的树，竟然被人剥了皮；有的愤怒的群众，把稀大粪泼在干部家门上。有的农民说："当年焦书记领导我们治'三害'，今天我们盼着再来个张书记、李书记，领导我们治治'新三害'！"

有的干部挥霍公款胡吃海喝，群众戳着他们的脊梁骨说："你们把酒杯捏扁了，把筷子吃短了，把椅子坐散了！"

有的干部摆阔气、图享受，大慷公家之慨。群众讥讽他们说："一支烟，一桶油；一顿饭，一头牛；屁股底下坐栋楼……"

更有甚者，有个十年九灾的老贫困县，农民穷得"泥巴房子泥巴床，除了泥巴没家当"。可县委竟堂而皇之做出决定，让下级机关给领导干部送"红包"。全县得"红包"金额最多的，是原县委书记！

尤为令人痛心的是，在焦裕禄心血灌注的兰考，干部侵占群众利益的现象也比比皆是！我在穆青当年的采访本上，看到了令人瞠目的消极腐败：

上午四个轱辘转，隔着玻璃往外看，拐到乡里吃顿饭，晚上回到电影院……农村干部贪污问题／干部特权／缴公粮多收公粮给干部／大案遮着小案／宗派亲属拉网连线／计划生育中敲竹杠发财／社会风气，劫路的不少／政策贯不下去／农村婚姻彩礼问题／买卖宅基地／宅基地占得太多，小孩子没多大就准备了房地／耕地分得零碎，不好耕作／烧窑太多／买不到化肥……

显然，这些腐败现象，无异于大潮奔泻中的泥沙，亵渎了党和群众的鱼水深情，又像一道无形的高墙，隔断了党与群众的联系。

重访旧地，一个镜头令穆青等人震撼：清明节，焦裕禄当年冒雪到梁孙庄慰问过的梁俊才老大爷双目失明的老伴，让人用架子车拉着她到焦裕禄墓前，代表已故老伴恭恭敬敬给焦裕禄叩头化纸，老泪纵横说道："我的儿啊，那年雪多大啊，你有病还带着钱上门看老头子和俺这个瞎老婆子，俺现在日子好过了，你有钱花吗？"

穆青、冯健、周原永远不会忘记，1963年12月10日，焦裕禄一天滴水未进、粒米未沾，顶风冒雪走了九个村子。在城关公社梁孙庄，焦裕禄坐在卧病在床的梁俊才老大爷床头，深情对他说道："我是您的儿子！"告诉老人："是毛主席叫我来看望您老人家！"

这个蕴藉无穷的镜头，作为焦裕禄通讯文眼，曾使多少人为之洒一掬热泪，又令多少共产党人为之骄傲和陶醉！如今，瞎子大娘穿越时空，把历史与现实浑然天成连缀在一起，人民母亲的心里，装着怎样的社稷江山？

事忧志锐，殷忧启圣。国家通讯社岗位要求的政治家站位和职业历练，使穆青等人对兴衰存亡的历史规律，有着更为深刻的体察，对党的肌体出现的危及千秋大业的"蚁穴"，有着更为敏锐的警觉。眼下一些党员干部的所作所为，与焦裕禄"心中装着全体人民，唯独没有自己"的高尚情怀，相去不啻十万八千里！强烈的反差令记者思绪汹涌：在当前国家外有压力、内有困难之际，多么需要党员干部以焦裕禄"我是您的儿子"那样的情怀，聚民心、扬正气啊！这不正是人们一往情深怀念焦裕禄、呼唤焦裕禄的原因吗？

穆青等人倾听农民的喜怒哀乐，探求干部内心的隐忧。许多人一针见血指出，焦裕禄是县委书记的榜样，学习焦裕禄，重点是领导干部，不能只领导别人学，自己不学。这些切中要害的话，掷地有声，发人深省。民心如镜。深沉的时代诉求使他们想到，六十年代，焦裕禄领导群众同严重自然灾害作斗争，为的是让兰考群众吃饱穿暖。今天，党的干部学习焦裕禄，不仅要领导群众同建设发展中的各种困难作斗争，还要同侵入自己肌体的官僚主义和腐败现象作斗争。就当下情况来说，这种斗争比同自然灾害斗争，要深刻得多、复杂得多。这不正是今天学习焦裕禄的现实意义所在吗？

重访兰考，再登东坝头，在险象环生的"豆腐腰"上体察悬河之危，强烈的大河之患与深沉的现实之忧，燃耀起炽热的情怀。奔腾咆哮于高峡深谷的黄河，是生机勃勃，一往无前的，而黄河在潼关由地下河变为地上河后，一马平川使湍流骤然变缓，泥沙沉积终成悬河。浴血奋战冲破关山险隘的党，在全国执政后不也如同出峡大河，因和平岁月对人们斗志的销蚀，"泥沙"渐淤遂有"悬河"之虞吗？历史经验证明，共患难易，共荣华富贵难。随着环境改变和执政时间延长，党确实面临置身"悬河"脱离人民的危险！管控"泥沙"，筑起"东坝头大坝"，是执政党必须回答的使命课题。

三人溯河而上来到开封包公祠。在被视为正义化身的开封府尹包拯塑像旁，有历任府尹镌名的石碑。穆青望着古今无数怀着清官梦的人，在包拯名字上摸出的深深凹痕，历史的风云在胸中翻卷。

开封北宋时为宋都东京城，是当时世界第一大城市。然而，从东京梦华到亡国废都，辉煌如过眼烟云。穆青等人的脚步变得沉重起来。脚下层层叠叠的泥沙，掩埋着黄河决口冲毁的六座开封城。想当年，哪座城池不是宫殿巍峨，楼台绮丽！城摞城的开封城，就是面向千秋万代的警示碑啊！早在延安时代，党就确定通过民主监督走出"历史周期律"。但在实践中形成有效机制，尚需艰辛探索。世易时移，"历史周期律"的幽灵并未走远，无时无刻不窥伺和徘徊在我们身边！穆青想到，纵观千年历史，大河是考场，人民是考官，历史则是公正无私的记录员。今天，党正在大河之滨的新考场，填写历史的答卷，接受人民评判。应对这场时代大考，清廉无私、竭诚为民的焦裕禄精神，对于执政的中国共产党须臾不可缺失！

走出开封府，穆青思想愈加聚焦。五十多年前，中国共产党人在黄河上游创造了延安精神，凭借这一法宝从小到大，由弱到强，战胜了国内外凶恶的敌人，成就了建国大业。六十年代，焦裕禄精神在黄河中下游应运而生，成为鼓舞干部群众迎难而上，同心同德共克时艰的巨大力量。今天，我们已具备了当年难以具备甚至不敢想象的许多有利条件。毛泽东驰骋浪漫主义情怀憧憬的"高峡出平湖"的美好愿景，已经成为大河上的辉煌现实，人民领袖忧虑的"黄河涨上天"的问题，正在得到有效解决。但是，面对实现四化这一宏伟目标，我们有焦裕禄那种情怀和精神吗？那是成事之基，起家之宝，也是我们党无愧于人民信任和历史选择的根本保证啊！

穆青三人一路切磋着，交流着，从黄河贯穿的历史时代的联系与对比中，逐步理清了改革开放新时期呼唤焦裕禄精神的总体思路。

三位记者回京后一起商量题目，感到六十年代采写焦裕禄通讯，着眼点是提振干部群众的信心，鼓舞人们万难不屈顶住压力，开创革命和建设的新局面。今天再次倡导焦裕禄精神，则要瞄着党的作风建设上出现的脱离群众和消极腐败问题，发出深沉的诘问。

穆青先是提出了《人民呼唤焦裕禄精神》这个题目。后经讨论，大家感到，为利于传播，题目越短越有力，确定去掉"精神"二字，以《人民呼唤焦裕禄》为题，这样更鲜明、更醒目、更有力。

题目定下来以后，穆青确定由冯健执笔写初稿。

同样一套人马，同样围绕焦裕禄做文章，《县委书记的榜样——焦裕禄》与《人民呼唤焦裕禄》，是完全不同的两篇通讯。如果说，前者是着眼动人心弦，那么，后者则力求发人深省。

初稿写出之后，穆青、冯健、周原不惮辛劳，数易其稿，反复修改。

时隔二十多年再写焦裕禄，周原有感于其中甘苦，对老同行冯东书说："这篇文章，难就难在'呼唤'上。人民群众为什么今天呼唤焦裕禄呢？当然不是一般的怀念，而是社会上的腐败风太重了。呼唤焦裕禄的呼声，就是反腐败的呼声。可是，这能淋漓尽致地去写吗？一点点腐败，显然激不起人民呼唤焦裕禄的冲动，衬不起这个题目。材料是现成的，只是写起来，这个度太难把握了。"

穆青三人在修改稿件的过程中，又约请《经济日报》总编辑范敬宜，新华社总编辑室总编辑南振中，同他们一道推敲稿子，字斟句酌，精雕细刻。当时在场的几个人中，时年四十八岁的南振中年纪最轻。穆青对他说："小南，你来读。读一段，大家议一段。"

稿中有揭露消极腐败现象的一大段文字。南振中读完这一段落后，穆青插话说："这篇文章的价值，在于揭露官僚主义和腐败现象。'千金易求，人心难得'。这是自古以来中国人民的箴言，也是关系我们党盛衰兴亡的一个大问题。不揭露这些问题，就不足以说明焦裕禄离去二十六年后，人民群众为什么还在呼唤焦裕禄。《人民呼唤焦裕禄》这篇通讯，就是要为各级领导干部敲响警钟！"

2003年10月，穆青在京溘然病逝。南振中挥泪急就《"勿忘人民"的警示价值》悼文，忆及穆青十三年前和他们一起修改《人民呼唤焦裕禄》时说的这段话，感触尤深，由衷写道："这就是'勿忘人民'的现实意义！""这就是'勿忘人民'的警示价值！"

1990年7月8日，新华社播发《人民呼唤焦裕禄》。冯健告诉我，这篇通讯，穆青起初想给《人民日报》发专稿。后来，还是由新华社发了通稿。7月9日，《人民日报》在一版头条以通栏标题刊载新华社这篇通稿，各地报纸广播纷纷刊发播出，在全国引起强烈反响。

当年焦裕禄通讯第一读者、《人民日报》原总编辑李庄，迫不及待读完《人民呼唤焦裕禄》，第一个给穆青打来电话，对三位焦裕禄发现者直击时代关切，再书弘扬焦裕禄精神力作享誉中国表示由衷祝贺。

7月9日，《经济日报》全文刊登新华社播发的《人民呼唤焦裕禄》，同时配发总编辑范敬宜写的评论《不信东风唤不回》。范敬宜亲撰评论后意犹未尽，又赋诗一首，"以尽评论之所未言"：

> 庾信文章老更成，新篇续就意难平。
> 豪情满纸见肝胆，卓识如炬明古今。
> 论议常含贾傅泪，怀民总带杜陵心。
> 拳拳心曲谁评说，读与穷乡父老听。

稿子见报后，冯东升见到穆青、冯健、周原三位老朋友，感同身受地说："你们这个题目，是三个老头在人民群众面前立了一块碑，表示你们永远是和人民群众心连心的，是向着人民群众的。"

穆青三人听罢笑笑，依旧没有作声。

有人问穆青，怎么想起写这篇文章，为什么写得这么好？

穆青说："因为我们心里有杆秤，秤砣就是老百姓。这篇文章难写。但七改八改就写成了。尽管仍不满意，但它代表了老百姓的意愿，呼出了老百姓的心声。"

第二篇焦裕禄通讯的发表，激起了历史的回声。1990年7月12日，《沧州日报》重新发表《县委书记的榜样——焦裕禄》。

《人民呼唤焦裕禄》发表当月，江苏省盐城市京剧团演出大型现代京剧

《焦裕禄》。为适应连续演出的需要，饰演焦裕禄和徐俊雅的演员，都安排了A、B、C、D角四个演员。同年7月，河南省唐河县豫剧团演出了现代豫剧《焦裕禄》。曾以创演现代京剧《红嫂》饮誉全国的山东省淄博市京剧团，也赶排了五场京剧现代戏《焦裕禄》隆重上演。1991年11月，文化部邀请淄博市京剧团晋京演出《焦裕禄》。1991年7月，由国家文化部主办，哈尔滨歌剧院在北京演出了七场音乐诗剧《焦裕禄》。

《人民呼唤焦裕禄》发表后，兰考县鲁屯村王国强等四个七八十岁的老农，结伴到北京找穆青，一进办公室就"扑通"跪在地上哭诉："穆社长，焦裕禄死了，你就是俺心中的焦裕禄！"穆青慌忙将远道而来的众乡亲扶起，问清原来是村里卖地的几百万元，被县、乡、村干部克扣挪用和侵吞。群众屡屡上告，但上面不予理睬，一再敷衍推诿。

穆青听罢四位乡亲的倾诉，心里十分窝火。他安排兰考来的农民朋友吃饭，送走他们，即布置河南分社派记者调查此事。记者解国记直奔鲁屯村调查，写出了题为《在产生焦裕禄的土壤上》的内参。穆青指定周原处理此稿，周原在稿件上加了一段话："鲁屯村群众到处呼唤焦裕禄，却无人答应。他们四个七八十岁的老人来到新华社，找到采写《人民呼唤焦裕禄》的穆青等人，当场跪下诉冤。他们拿现在的干部与当年的焦裕禄相比，越比越气愤。"

稿件经穆青审阅，以手抄件的形式，发给时任河南省委书记侯宗宾。侯宗宾作出批示后，有关违法乱纪人员受到严肃处理。

1990年，共和国历史上焦裕禄精神强劲回归的一年。翌年3月7日，穆青、冯健、周原在《人民日报》发表《焦裕禄的魅力》的署名文章。文章从五个方面集中阐述了魅力之源和意义所在：

> 焦裕禄的魅力在于"他心中装着全体人民，唯独没有他自己"。这应该使那些心里只装着自己，却把群众抛到九霄云外的人警醒。焦裕禄的魅力在于他对人民喊出了"我是您的儿子"这句震撼群众心灵的至理名言。这应该使那些高高在上，一心只想做官当老爷的人警醒。焦裕禄的魅力在于他相信群众，依靠群众，一心想着群

众，一切为了群众。这应该使那些只在口头上依靠群众，而内心却视群众为阿斗的人警醒。焦裕禄的魅力在于他有不屈不挠地勇于克服困难的意志，而且善于从消极因素中看到积极因素，从困难中看到希望，看到光明。这应该使那些在困难面前唉声叹气、胆怯退缩的人警醒。焦裕禄的魅力在于他一生艰苦朴素，以清廉、洁白的生活为乐为荣。这应该使那些一心追逐生活享受而忘却了崇高理想的人警醒。

这是焦裕禄逝去半个多世纪后，焦裕禄精神依然常青的答案。

四、习近平中夜书怀

一大早，《福州晚报》副总编辑杨振荣，就被一篇意境高远、情怀炽热的来稿所吸引和折服。这是一阕古体词，调寄念奴娇，以追思人们尽皆熟知的楷模焦裕禄畅抒胸臆。当班负责编务的杨振荣迅速浏览词作，不禁脱口赞叹："太感人了！"

1990年7月16日清晨，古老的海上丝绸之路门户福州涛声依旧。《福州晚报》值班的编辑记者，却因这篇不同凡响的词作吹来的清新之风，感受到一种前所未有的亢奋和雀跃。

投稿者显系本报一位大通讯员。这篇出自新任福州市委书记、福州军分区党委第一书记习近平之手的来稿，不是写作班子捉刀代笔的官样文章，也不是宣泄个人旨趣的附庸风雅之文，而是充满家国情怀、直抒百姓心声和期盼的扛鼎之作。

当时，《福州日报》尚未创刊，《福州晚报》还是福州唯一的一张市报，担负着中共福州市委机关报的重要职能。沿海开放省会城市掌门人，甫一履新就敞开肺腑，捧出一颗火热的心给全市人民，这在榕城晚报人眼中，本身就是一篇殊为难得的新闻。

十年晚报副总编辑岗位的历练，杨振荣在一线采编实践中深谙社情民意。他从来稿字里行间，敏锐捕捉到一个感觉：这一力作呼应了人民群众匡正党风、遏制腐败的强烈愿望，展示了一个真正共产党人忧党爱民的博大胸襟，发表后必定会引起强烈反响。杨振荣决定，把这首词排在当天晚报一版的显要位置，放在报眼报道省政府召开全省市长专员座谈会的消息下面，占两栏位置，竖排加框上版。

《福州晚报》年逾八旬的原编辑部主任范金玉回忆，当时，报社编辑部和印刷车间都在西洋路4号一幢楼里，一至三层是印刷组版车间，编辑记者在四五两层工作。报纸为四开版，每天早上出报。那时，纸质媒体正由铅与火的时代向光与电的时代迈进的门槛上，《福州晚报》尚未引进激光照排系统，仍沿袭传统的铅字编排。习近平的词作很快被送到印刷组版车间发排，并调整上版。

当天，福州市民从《福州晚报》这张老百姓自己的报纸上，看到了年轻市委书记这首理想高蹈、情思激越的词作：

念奴娇·追思焦裕禄

中夜，读《人民呼唤焦裕禄》一文，是时霁月如银，文思萦系……

魂飞万里，盼归来，此水此山此地。百姓谁不爱好官？把泪焦桐成雨。生也沙丘，死也沙丘，父老生死系。暮雪朝霜，毋改英雄意气！

依然月明如昔，思君夜夜，肝胆长如洗。路漫漫其修远矣，两袖清风来去。为官一任，造福一方，遂了平生意。绿我涓滴，会它千顷澄碧。

一九九〇．七．十五

细心的读者从词作前面的作者小记道出的"中夜"，还有后面注明的写作时间"一九九〇．七．十五"发现，这首词不仅意境高远，气势沉雄，感情真挚，文采斐然，而且还是一首新鲜出炉，散发着时效馨香的作品。词作从写毕到见报，前后不到十个小时。

461

报社同仁先睹为快看到榕城新任市委书记填写的词，兴奋地议论着"百姓谁不爱好官？把泪焦桐成雨。生也沙丘，死也沙丘，父老生死系。暮雪朝霜，毋改英雄意气"和"为官一任，造福一方，遂了平生意"等铿锵激越的词句，深受感染之际，又受到很大鼓舞。

诗言志，歌咏言。新任市委书记填词明志，向全市人民发出了一个清晰信号。这使福州市民想起习近平主政宁德的一件往事：

二十世纪八十年代末，福建宁德地区为数不少的处科级干部违规营建私房，不仅侵占良田，占用当时国家专用"三材"（钢材、木材、水泥）指标，甚至侵占用于教育、扶贫、救灾和海岛建设的专用物资。一些人还买地卖地，建房卖房，从中牟利。

1989年1月，时任宁德地委书记习近平，确定把查处干部违纪违法占地建房问题，作为惩治腐败的突破口，在地委工作会议上作了全面部署。针对一些干部的畏难情绪和怕得罪人的思想，习近平旗帜鲜明地指出："不错，占地盖房的干部确实不少，但对广大干部而言，他们是少数，对全区二百多万群众而言，他们更是少数，只不过三百分之一嘛！"会上，习近平还斩钉截铁地说："这里有一个谁得罪谁的问题，你违规违法占地盖房，为一己之私破坏了党的权威和形象，是你得罪了党，得罪了人民，得罪了党纪国法，而不是代表党和人民利益查处你的干部得罪了你！"

经过一年多时间的努力，宁德地区共查处违法违纪占地建房干部七千三百九十二人，其中县级以上二百四十二人，科级以上一千三百九十九人，清退公房一千九百八十二户，使得当时凭财力一年仅能建一幢楼的宁德，一下子增加了相当于二十幢楼的房子，刹住了违规建房歪风，纾解了干部住公房难的问题。闽东革命老区群众赞叹："共产党的老作风又回来了！"

1990年5月21日，《人民日报》发表长篇通讯《办好一件事，赢得万人心》，并配发评论《锲而不舍，无坚不摧》，突出报道了宁德地区解决干部非法占地建私房问题，在全国引起广泛关注。

宁德惩腐的决心和魄力从何而来？习近平在福州曾这样说：

我们要爱人民之所爱，恨人民之所恨。做官不要想着不得罪人，为了人民群众的利益，该得罪的人就要得罪。当干部就要像焦裕禄那样，心中始终装着人民，唯独没有自己。

1990年7月9日以来，《人民日报》等主流媒体发表"河南三剑客"写的《人民呼唤焦裕禄》，成为福州各界热议的话题。

从1966年春到1990年夏，相距四分之一世纪，两篇着眼点不同的焦裕禄报道，在几代国人心中引起的震荡如此强烈和深广，彰显了焦裕禄精神穿越时空的魅力，寄寓着恒久不变的天理民心。

1990年7月15日，福州市乌山路96号，绿树荫郁的福州市委大院。较之周边日新月异崛起的建筑群，建于五十年代的市委领导办公楼，显然已经陈旧；市委书记的办公室，也未免局促狭小。但摆满古今中外各类书籍、占据整整两面墙壁的书橱，却使满室雅气生辉。今天的人们无从窥知，那个宁谧的深晚，孜孜不倦的市委书记，在办公室里曾经历了怎样的情感激荡。但有一点可以想见，到任两月有余的习近平，为三位名重华夏的新闻宿将发自丹田的呼唤所动，胸中的浪潮像大海的波涛久久难以平静。

似水流年重塑沧桑，记者宝刀未老，少年已成栋梁。转瞬二十多年过去。人生春天植入心田的那颗种子，早已萌芽破土，栉风沐雨长成参天大树。焦裕禄勤政为民的形象，始终矗立习近平心中，成为他见贤思齐励志前行的榜样。这些年，随着焦裕禄精神不断深入人心，习近平和共和国都走过了不平凡的路程。如同当年拨动一个国度人们心弦的焦裕禄通讯，曾令北京少年热泪沾巾一样，在时代交汇点上，立足新的历史方位追往察今的《人民呼唤焦裕禄》，春然打开了重任在肩的习近平的情感闸门。

习近平感叹穆青等人忧人民之所忧，憎人民之所憎，言人民之所言，新时期再写焦裕禄，仍能准确把握社会脉搏，传导人民心声，直击官僚主义和消极腐败时弊。三位国人熟知的记者剀切晓谕的拳拳之心，顺应了呼唤党与人民血肉联系传统回归的天地正气，抓住了学习焦裕禄精神的关键。激越如金鼓、嘹亮若号角的警世之作，唤起几代人的情感记忆，具有促人在引颈回眸间奋然前行的力量！

7月，嘉兴红船启碇出发的时候，也是回望和昭示初心的日子。7月15

日夜子时，一直伏案工作的习近平毫无倦意。这些天，《人民呼唤焦裕禄》在他心中激起的回声，深沉而悠远，浩茫且激越。抚今忆昔，那个从未远去的身影恍如就在眼前。中夜，正是古今圣贤雅士泼墨书怀的吉光良辰。坐拥书城、心驰海天的习近平，没有"白兔捣药成，问言谁与餐"的浪漫，没有"明月几时有，把酒问青天"的豪放，没有"露从今夜白，月是故乡明"的乡愁，没有"星垂平野阔，月涌大江流"的闲适……奔涌心中的是对党的事业的忧思，对远行楷模的缅怀，对自身责任的深省。

是夜霁月如银，星汉灿烂。习近平思绪纷萦，情难自已，展笺挥笔写下了《念奴娇·追思焦裕禄》的词牌。随之，一行行饱含炽热情感的词句，像跳荡的音符在眼前流淌，几经跌宕汇成一阕高亢激越而又深沉悠远的乐章。

第二天一早，这首词由工作人员送到了福州晚报社。

《念奴娇·追思焦裕禄》，是人民呼唤焦裕禄时代心声中独具特色的真情告白。"生也沙丘，死也沙丘，父老生死系"，是对焦裕禄精神的艺术诠释；"为官一任，造福一方""两袖清风来去"，是继往开来的中国共产党人弘扬焦裕禄精神的赤诚宣示。

《福州晚报》在一版醒目位置刊登的这首情真意切、力透纸背的词，以文学的独特发声方式，通过艺术化的施政纲领，开诚布公向省城干部群众宣示，新任市委书记怎么当官、怎么用权，明白晓畅地回应了人们对本届市委领导班子的施政关切和预期。

这一天，词的作者思绪万千，《福州晚报》读者则群情激奋。

新四军老战士陈允豪，从报上看到习近平的词作，激动之余，特和词一首以飨读者，发表在同年8月1日《福州晚报》上：

念奴娇·告慰焦裕禄

读七月十六日《福州晚报》载习近平同志《追思焦裕禄》一词，很受感动，冒出几句心之言，献给《福州晚报》读者。

东风万里，归来分，党心民心凝聚。百姓谁不爱中华？干的是社会主义。生也为民，死也为民，官民生死系。白发老兵，不减战场意气。

　　翘首北斗星辰，寸步不离，征途有所依。路漫漫其修远兮，肝
胆赤心十亿。为官为民，同是一理，汗滴中华地。奉献涓滴，汇成
江河无敌。

《念奴娇·追思焦裕禄》的发表，迅速缩短了《福州晚报》记者与新任
市委书记之间的距离。8月18日，中共福州市第六届党代表大会在榕刚刚结
束，新一届市委正在举行六届一次全会。会议间隙，《福州晚报》副总编辑
杨振荣，在会场随机采访了习近平。也许是一个多月前当班发过习近平词作
的缘故，杨振荣见到新任市委书记并无拘束感，省却了惯常的客套，开场提
问便直奔主题："不少人说，'开封府'的官难当，您对此言有何感想?"

　　对"京官"难做的话题，习近平并不陌生。他微微一笑，坦诚说道：
"在哪里工作都有困难，也都有优势，关键是要善于扬长避短。我认为，每
接受一项新任务，就是接受一次新的考验!"

　　山城重巍峨，水都钟灵秀。习近平崇尚"褙褙的福州城"这片辉映着三
千进士和灿若群星名士的历史的天空，更心仪福州有"半部民国史"美誉的
"三坊七巷"承载的文化魂魄。到职第二个月，他就到福州市林则徐纪念馆
检查工作，对保护林则徐、严复、林觉民等历史文化名人故居遗址作出指
示，任职期间，身体力行倡导知榕、爱榕、植榕、护榕的榕树文化。习近平
尤为感佩以榕喻世、将树比官的清乾隆时福州知府李拔。"榕为大木，犹荫
十亩。"李拔主张，为官者"在一邑则荫一邑，在一郡则荫一郡，在天下则
荫天下"。封建官吏尚且有福荫百姓的榕树情怀，以全心全意为人民服务为
己任的党的领导干部，更应为官一任，造福一方!

　　谈及来福州工作四个多月的感想，习近平敞开肺腑畅抒胸臆：我对福州
的印象很好，五届市委是有凝聚力、战斗力的干事业的班子，我的同事都很
注重办实事、求实效，各级干部也很有朝气，有改革进取和吃苦耐劳的精
神，广大群众热情很高，很可敬、又可亲。因此，我来的任务当前是怎么跟
上运转，而不是来搞什么"启动"。我要首先"进入角色"，虚怀若谷求教于
现任同事，拜历届领导和广大干部群众为师，向各界人士请教。

虽与记者初次谋面，但习近平如见故友，侃侃述怀：我历来反对"下车伊始"乱发议论，我有三忌：一忌急于求成，二忌哗众取宠，三忌眼高手低。习近平主张，在一个地方工作，既要"烧火"，又要"添柴"，继承、发扬那里的好传统、好经验，保持工作的连续性，同时，更要力求有新的发展，创造新的业绩。习近平披露了自己的为官之道：为官一场，造福一方，多办实事，施惠于民。习近平还谈到自己的为人之道：取人之长，补己之短；以谦求和，以诚应变，以勤补拙，以学益智，以谨防祸，以义养气……

8月18日，杨振荣以记者杨帆的名义，在《福州晚报》上发表《他愿意接受考验——访市委书记习近平》的专访。

习近平接受记者采访，畅谈施政理念和为官之道，是追思焦裕禄词作中蕴含的博大胸襟抱负和深挚为民情怀，在施政履责工作思路中的生动展开。这篇报道，获1990年福建省好新闻一等奖。

1990年年底，《念奴娇·追思焦裕禄》由沈云谱曲后，刊登在同年12月1日的《福建日报》"生活窗"专版上。

追思焦裕禄这一永世不竭的深厚情结，翌年1月为电影《焦裕禄》上映所触发，再次从习近平心底涌流出来。看了这部人物传记影片，习近平的心灵再度受到震撼和洗礼。为了品鉴感人至深的焦裕禄精神，他不止一次观看这部影片，每每激情难抑，泪流满面。

那个潮涌榕城的月明之夜，习近平笔走龙蛇，填词明志，把像焦裕禄那样从政为官，作为自己履职新岗位的安民告示。在嗣后召开的福州市党代表大会上，习近平在报告中再一次强调：

各级领导要向焦裕禄同志学习，一切以人民利益为重，事事向人民负责，把联系群众变为自己的自觉行动。

习近平主持福州十邑六年，少年时植于心中的那棵理想之树，始终根深叶茂，高耸入云。福州的诸多创新探索与实践，成为后来治国理政中用焦裕禄精神敦风化俗、干事创业的先行样本——

466

深入调研、科学论证、一体规划，主持编制"3820"工程，即《福州市二十年经济社会发展战略设想》，描绘了福州今后三年、八年、二十年经济社会发展蓝图，为福州头五年以年均超过20%的经济增长率快速发展，二十年完满实现预期战略目标布局奠基；

积极推动开展"四个万家"活动，全市党政干部"进万家门、知万家情、解万家忧、办万家事"，通过真心实意与群众交朋友，解决他们的急难问题，使之真正感受到党和政府的温暖；

大力倡导"马上就办""真抓实干"的高效、廉洁、务实作风，在全国首开"一栋楼办公"的一条龙服务模式，政府各部门均在服务中心大楼派驻窗口，便利群众，提高效率，培植新风；

坚持"民有所呼，我有所应"，通过"下基层接访"变"群众上访"为"干部下访"，干部群众零距离、面对面沟通，高效通达社情民意，个性化纾解痼疾难题，以制度创新倒逼基层矛盾化解；

立起"鱼与熊掌不可兼得""甘蔗没有两头甜"的从政准则，明确当官发财两股道，领导干部打开了事业发展、个人进步的大门，就要关上个人和家属经商发财的窗口，切实做到稳得住心神、管得住身手、抗得住诱惑、经得住考验。

市委书记真诚践行焦裕禄精神，干部群众真切感受到自己的家园成了名副其实的有"福"之州。从这里经山历海，习近平又走了很多地方。屐痕处处，依旧清风来去；为官一任，谨记造福一方。当历史不断把他推上新的施政平台时，人生春天得益于焦裕禄精神滋养的北京少年，始终怀着"月明如昔，思君夜夜，肝胆长如洗"的高尚情愫，以焦裕禄为立身行事楷模，励志铭心，行稳致远。

2002年10月，习近平离开工作了十七年半的福建，调任浙江省委书记。那个少年时代就矗立在心中的楷模，又伴随他走进了新的征程。在与焦裕禄精神同行的岁月里，《浙江日报》"之江新语"专栏，先后发表习近平撰写的一批言简意深、生动泼辣的言论，记录了这位省委书记践行焦裕禄精神的心路历程。

2003年6月18日发表的《不求"官"有多大，但求无愧于民》，针对有的干部辞职下海，"无车弹铗怨冯骧"，循循善诱写道：

> "莫道昆明池水浅"，一个干部，无论处在什么岗位，只要心系群众，都可以做出一番事业来。县委书记的榜样焦裕禄，"官"有多大？但他的形象是十分高大的。当干部，不求"官"有多大，但求无愧于民。

2004年11月15日发表的《执政意识和执政素质至关重要》，习近平殷切寄语广大党员领导干部：

> 像领导干部的好榜样焦裕禄、孔繁森、郑培民等英模人物那样，做一个亲民爱民的公仆，做一个忠诚正直的党员，做一个靠得住、有本事、过得硬、不变质的领导干部。

2006年7月26日发表的《要善于学典型》，习近平联系实际深入浅出阐明学典型的方法论：

> 向先进典型学习，可学者多矣！最关键的是要学精神、学品质、学方法。比如，学习焦裕禄，就要学习他勤政为民、艰苦奋斗的创业精神。

眺望漫漫征程，那行从黄土高原梁家河走来的脚印，始终彰显着以身许国的抱负，蕴含着践行焦裕禄精神的坚韧与执着。

2018年4月5日早晨，我在兰考焦裕禄墓前，看到一队"红领巾"面对墓碑上的焦裕禄像，齐声背诵《念奴娇·追思焦裕禄》：

"魂飞万里，盼归来，此水此山此地。百姓谁不爱好官？把泪焦桐成雨……"

晨风中，猎猎飞舞的队旗，映红了少先队员朝气蓬勃的脸庞。

"偶像是青年自我同一性最美妙的去处。"焦裕禄墓前"红领巾"的吟诵，是一个生动的定格，又是一个丰饶的隐喻：海城福州中夜书怀燃耀起的精神火炬，照亮了一个民族的希望与未来。

是一种什么样的精神，让习近平夜不能寐，中夜书怀？是一种什么样的情怀，使总书记历二十余载犹念念不忘，推崇备至？这个内涵丰富的答案，已经贯穿习近平新时代中国特色社会主义思想，那就是焦裕禄的公仆情怀、求实作风、奋斗精神、道德情操。

七十年风雨兼程，新时代人民领袖的成长与焦裕禄精神的不断发扬光大，已经成为一个时代的佳话，也是世界最大执政党特有政治优势的生动证明。

五、邓小平一往情深关爱焦裕禄

1990年1月6日，为贯彻党的十三届四中、五中全会精神，中共开封市委发出《关于开展向焦裕禄同志学习活动的决定》。市委宣传部确定创作电视连续剧《焦裕禄》，抽调宣传部副部长、作家屈春山，市文化局创作室主任杜政远，兰考县委宣传部副部长刘俊生，兰考县文化馆馆长王亚组成创作组，屈春山任组长。四人住进驻汴解放军第二十集团军招待所，杜门谢客，集中精力创作。

华夏出版社编辑赵小燕获此信息后，经社领导同意，5月赴开封为焦裕禄传记组稿。鉴于出版社要求半月内交稿，时间紧迫，由剧本改编传记文学的任务，落到了文学功底好的屈春山头上。

屈春山是河南尉氏人，1964年毕业于河南大学中文系，曾任广州《羊城晚报》《南方日报》编辑，后任开封地区文联副主席，是开封最早的中国作家协会会员之一。半月后，十六万字的书稿经徐俊雅审阅，由市委书记宋国臣作序，剧本作者共同署名交稿。

华夏出版社将《焦裕禄》一书作为出版特例列入出版计划，打破常规，边改边审，流水作业，一周时间完成案头编辑和加工制作。全书从编辑组稿到正式出版发行，仅用了一个半月时间。

《焦裕禄》一书成稿的消息在京城不胫而走，激起了中组部部长吕枫逾远弥深的情愫。1949年至1953年，吕枫曾任兰封县县长，后与焦裕禄同在洛矿工作。他饱蘸深情写了《向党的好干部焦裕禄学习，全心全意为人民服务》一文，作为即将付梓的《焦裕禄》的序言。刚从陕西到河南履新的省委书记侯宗宾，也为该书写了序言。

邓小平获悉华夏出版社即将出版《焦裕禄》的消息，对焦裕禄的思念之情油然而生，不由想起他任第二野战军政委时的一位老部下、兰考县民政局局长袁汉琪，1966年4月，为救治焦裕禄向他求助的往事。

1964年4月2日，焦裕禄由开封卫生学校附属医院，转入郑州河南医学院附属医院。医院检查会诊后，怀疑焦裕禄患癌症。为尽快确诊，4月8日，经河南省委批准，焦裕禄转往北京协和医院作进一步检查。兰考县委副书记、县长程世平，得知焦裕禄转京诊治放心不下，连夜派县民政局局长袁汉琪进京，帮助协调办理有关事宜。

袁汉琪是1963年4月，从山东省成武县两河农场办公室主任调兰考工作的。解放战争中，袁汉琪曾任第二野战军特务营营长，荣立过战功。在山东工作时，其勤政爱民的事迹在省报宣传过。焦裕禄印象深刻的是，当一位"五保户"老人过世后，袁汉琪为非亲非故的老人戴孝送终。这种爱民善举，与贪污腐化获刑的兰考县民政局前局长钱永才，形成了鲜明对比。袁汉琪到兰考后，亲眼看见焦裕禄严于律己，竭诚为民，对焦裕禄的人品官德极为钦佩。袁汉琪记忆犹新，1963年7月，焦裕禄给他交代："八一快到了，你们要和妇联、团委、工会下去检查一下，登门访问，看看烈军属和残疾军人生产生活有什么困难，发现问题，就地解决。"检查完毕，袁汉琪向焦裕禄汇报，他满意地说："没有烈军属，就没有咱们的今天啊！"赴京路上，袁汉琪忆及此情此景，对焦裕禄的病忧虑愈深。

第二天一早，袁汉琪乘火车抵达北京，一出北京火车站就直奔中南海。袁汉琪向中办值班同志出示证明并说明来意，要求面见中共中央总书记邓小平。值班同志告诉他说，邓小平总书记不在北京，为兰考县委书记治病的事，可以通过有关单位协助。

袁汉琪遗憾之余，急忙赶往协和医院看望焦裕禄。

焦裕禄看到袁汉琪，感到有些意外，忙问："你怎么来啦？"

袁汉琪说："是程县长派我来的。我刚去找二野老首长邓小平总书记，想向他汇报一下您治病的事，不巧首长不在北京。"

袁汉琪的举动，令焦裕禄既感动又不安："中央领导同志很忙，不要给他们添麻烦了！"接着，焦裕禄充满歉意地说："我不能为党工作，还麻烦你们，真是过意不去啊！晚几天止住疼，我就回去。"说到这里，焦裕禄问袁汉琪："兰考有什么新情况？"

"省委何伟书记前几天去兰考了。"袁汉琪告诉焦裕禄说。

焦裕禄关切地问："何书记有什么指示？提出啥问题没有？"

袁汉琪说："何书记对兰考的工作很满意，他听说你在北京治病，很挂念。我来京之前，他还让机关以省委名义写了一封信。"

何伟三赴兰考对县里工作的肯定和带来的亲切关怀，使焦裕禄异常感动。对于病势沉重而对兰考牵挂愈甚的焦裕禄来说，没有什么比上级领导的理解、信任与肯定，更令他感到欣慰的了。焦裕禄永生难以忘记，一年前，何伟书记带着开封、杞县、民权、东明四个县的县委书记，专程到兰考吹风并征求意见，准备把多年帮扶无起色的兰考一分为四，分摊给周边四县。当时，愧对历史和无颜父老的尴尬，使他和张钦礼真想找个地缝钻进去！现在，经过全县干部群众一年苦干加实干，兰考的面貌正在发生可喜的变化，省领导终于认可兰考了！

焦裕禄抑制住自己的感情，嘱咐袁汉琪说："咱县是个老灾区，民政工作对促进生产、改变灾区面貌起着重要作用。你们要好好学习毛主席著作，经常搞调查研究，切实把工作做好。"

不几天，袁汉琪从报纸上看到，邓小平在京会见外国友人。

"邓政委回来啦！"袁汉琪心中一喜，决心再次求见邓小平。

邓小平在中南海接见了袁汉琪。袁汉琪向总书记汇报了焦裕禄的病情，提出了请专家会诊的建议，还汇报了兰考当前的情况。

邓小平听完汇报，从桌上的笔筒中取笔，当场给中组部领导写信，将焦裕禄查病事宜交他们办理。邓小平写完信，要求袁汉琪给他写一份有关兰考情况的材料，主要包括三个方面的内容：第一，兰考的灾情；第二，兰考干部的作风；第三，重大问题。

中组部领导见到邓小平亲笔信后非常重视，除协调中央有关部门和医疗专家给焦裕禄会诊外，还临时安排两辆小汽车，一辆由一名处长专门联系医疗专家会诊用，一辆供焦裕禄在京查病时乘坐。

在邓小平总书记亲切关怀下，中华医学会秘书长和周主任、李处长，亲自来医院病房看望焦裕禄，详细询问病情。焦裕禄看到国家医学界领导和有关部门负责同志来了，忍着剧烈的病痛，振作精神坐了起来，充满感激地说："中央领导同志很忙，给首长添麻烦了。我的病是小事，影响中央领导同志的工作是大事呀！"

中华医学会调集首都多位知名医学专家来协和医院，共商挽救焦裕禄生命的对策。堪称国士的专家仔细为焦裕禄检查，反复研究病案并进行会商。在这位钢铁战士面前，他们被焦裕禄同肝癌顽强斗争的精神深深感动了。杏林精英多么想妙手回春成真！但面对多方检查会诊结果，残酷无情的现实，将他们美好的希冀击得粉碎。最后，专家们怀着十分沉重的心情，开出了一张诊断书，上面写着："肝癌后期，皮下扩散。"

这是不治之症啊！为减少焦裕禄的压力，几位素怀仁心的医学权威，又给他开出了另一张诊断书："严重肝炎，回去休息。"

陪同焦裕禄来京治病的兰考县委办公室干事赵文选，盯着医生开出的诊断书，不相信这是真的，人像傻了似的，连声问："什么，什么？这不可能，绝对不可能！"

医生十分理解他的心情，同情地望着他，压低声音对他说："焦裕禄同志最多还有二十多天时间，请赶快送他回去吧！"

只有二十多天时间？那兰考三十六万父老乡亲和"三害"治理怎么办？我回去怎么向眼巴巴盼他平安归来的县委领导和老少爷们交代啊！赵文选忽觉眼前发黑，近乎绝望的他想端杯子喝口水镇定一下情绪，却抓了一张报纸塞到嘴边。半晌，他痛哭失声说："医生，我求求你，求你把焦书记的病治好，俺兰考是个重灾县，全县人民离不开他呀！"

赵文选的哭诉，医生都听到心里去了。这是正在拉上坡车的重灾县人民，为挽救须臾不可缺少的儿子，向白衣天使发出的最后呼唤！

沉默，山一样的沉默。中国顶级杏林圣手语塞仅仅十几秒钟，赵文选却像熬过了整整一年。终于，他盼来了生命使者的声音："焦裕禄同志入院时，党组织就介绍了他在兰考的工作情况。不过，肝癌治疗目前还是一个世界性难题，至今还没有什么好办法。"

"不是可以进行肝脏移植吗？只要能救焦书记，我情愿把自己的肝切下来给他！"赵文选从眩晕中清醒过来，忽然想起曾在《参考消息》上看到过，1963年，美国科罗拉多大学进行了世界上第一例人类原位肝移植，次年美国首次在临床上施行了异位肝移植。

捐肝如捐躯啊！为了拯救垂危的兰考人民领路人，年轻人拱手捧出了自己最宝贵的生命！这是逾越生死大限、胜却骨肉亲情的一颗心啊！而素享医者仁心美誉的天使，除了善意的谎言，竟无力回天……

终于，痛苦无奈的专家十分遗憾地对赵文选解释说："目前，肝脏移植还处于研究探索阶段，美国做的两例手术均未获长期存活，应用于临床还有很长的路要走。不过，请你转告兰考人民，我们医务工作者，一定学习焦裕禄同志同灾害顽强斗争的精神，尽早攻克这个难题！"

那一天，赵文选眼中的两条小溪，始终没有断流过；见惯了生离死别却出奇脆弱的顶级医学专家，个个眼圈通红，缄默无言。

1977年，上海第二医学院附属瑞金医院，施行了国内首例同种异体肝脏移植手术。此时，焦裕禄已溘然长逝十三个春秋。

转瞬二十六年过去，华夏出版社筹备出版《焦裕禄》，又唤起了邓小平对焦裕禄的隔世情怀。在中国共产党开国领导人中，邓小平是唯一在焦裕禄生前了解其模范事迹，并给予具体关怀帮助者。对党的优秀干部焦裕禄的英年早逝，邓小平深感惋惜。

1966年2月，焦裕禄通讯发表后，轰动全国。当月下旬，邓小平看到《人民日报》和新华社编委会为深入宣传焦裕禄写给中央的报告，表示完全同意，批准了这个宣传计划中的建议和安排。

1966年9月15日，毛泽东在天安门接见焦守云，周恩来等中央领导同志与焦守云交谈时，邓小平也在座。国事蜩螗，天下熙熙。望着身穿补丁衣、光脚穿布鞋、脸上充满稚气的烈士女儿，邓小平痛惜、怜爱与欣慰杂糕，万千感触尽在思绪汹涌的沉默中。

在此之前，1966年3月15日，开封地委副书记、行署专员孙化三，在地委常委办公会上说："这次建勋（指河南省委第一书记刘建勋）来（说），是先念（指中共中央政治局委员、书记处书记、国务院副总理李先念）回北京给总书记（指中共中央总书记邓小平）讲了，杞县、兰考还变化不大。邓小平问，谁负责的？先念说，刘建勋。刘建勋知道就来了。"

焦裕禄在全国宣传后，邓小平对兰考的建设和发展一直系念在心。有一次，邓小平打电话找刘建勋，适逢他和省委第二书记文敏生、副省长王维群在兰考调研。邓小平得知刘建勋在兰考，慨叹说，你们到兰考的时间晚了！通话中，邓小平指示刘建勋，要很好地帮助兰考解决实际问题。恰好兰考县委制订了改造陇海路两侧六万二千亩盐碱地的计划，刘建勋便向邓小平汇报了这个计划，同时反映了兰考县劳动力不足的困难。邓小平对刘建勋反映的问题很重视。不久，驻商丘的武汉军区一军奉上级命令，派出两个团开进兰考，帮助实现县委制定的"大干六万二，改变兰考面貌"的目标。部队进驻后，兰考县革委组织慰问部队，时任县革委办事组副组长的刘俊生致辞时，将"8282部队"，说成了"828282部队"，把在场的部队官兵逗得笑翻了。此间，河南省委派省人委副秘书长赵致平，开封地委派副书记、行署专员孙化三，靠上去抓兰考"六万二"工程。部队官兵在陇海路两侧高标准修建了高于地面一米、可排涝排碱的台田。邓小平关注兰考的建设与发展，亲自出面协调解决兰考救灾除害中的实际困难，加快了兰考治理"三害"和改变落后面貌的步伐。

二十多年转瞬即逝。时代变迁，环境迥异，焦裕禄精神却历久弥新，光彩熠熠屹立于民族精神之林，这使邓小平感到欣慰。

中共中央文献研究室编的《邓小平年谱》（1975—1997）载：

（1990年）6月15日为《纪念李富春》《焦裕禄》《李慰农烈士专集》题写书名。

1990年5月4日，老一辈无产阶级革命家陈云泼墨挥毫，为纪念焦裕禄

同志逝世二十六周年题词:

　　　向人民的好干部焦裕禄同志学习

　　同年6月6日,中共中央政治局常委、国务院总理李鹏为《焦裕禄》一书题词:

　　　让焦裕禄精神更加弘扬光大

　　1990年7月14日,中共开封市委宣传部、华夏出版社在京联合举行弘扬焦裕禄精神座谈会。宋任穷、邓朴方、吕枫等领导同志,来自河南省、开封市、兰考县和焦裕禄家乡的有关领导同志,焦裕禄夫人徐俊雅,刚刚发表《人民呼唤焦裕禄》一文的作者穆青、冯健、周原,《焦裕禄》一书作者代表屈春山、杜政远,出席了座谈会。

　　宋任穷在讲话中说:"今天,人民群众和广大干部又强烈地呼唤焦裕禄同志、呼唤焦裕禄精神。这说明,在改革开放的新时代,人民群众仍然深深地怀念着焦裕禄同志,焦裕禄精神是永存的。"

　　徐俊雅在发言中说,《焦裕禄》一书,非常生动地再现了焦裕禄同志的光辉形象,深刻诠释了焦裕禄精神的丰富内涵。

　　新华社原副社长冯健也在座谈会上发了言。

　　《人民日报》、新华社和中央电视台等主流媒体,报道了这次座谈会。

　　在焦裕禄心血浇灌的热土上辛勤耕耘,春花灿烂,秋果丰硕。

　　1991年2月,屈春山、杜政远、王亚、刘俊生编剧的七集电视连续剧《焦裕禄》,在河南电视台和中央电视台播出。

　　时隔两个月,1991年5月,电视连续剧《焦裕禄》荣获第十一届全国电视剧"飞天奖"中篇连续剧一等奖;6月,该剧被评为第五届中南六省优秀电视剧"金帆奖"一等奖;同年,该剧又获全国首届精神产品"五个一工程"优秀电视剧奖。

　　1991年10月,在第五届全国图书"金钥匙奖"评选活动中,华夏出版社送评的《焦裕禄》一书，荣获二等奖。

兰考焦裕禄同志纪念馆，是观察焦裕禄精神在社会主流价值观和国民心中地位的窗口。参与创建该馆的李国庆回忆，邓小平为《焦裕禄》题写书名后，焦裕禄同志纪念馆参观者日众。后来的历史证明，改革开放总设计师这一非同寻常的举动，成为焦裕禄热再度在全国兴起的开端。

六、江泽民冒寒瞻仰焦裕禄纪念园

1991年2月9日上午7时许，中共中央总书记、中央军委主席江泽民，乘专列抵达兰考。这是江泽民1989年6月在党的十三届四中全会当选中共中央政治局常委、中共中央总书记后，首次到河南视察工作。

此前四天，2月5日上午，江泽民在专列公务车厢，听取济南军区主要领导同志汇报工作，我作为工作人员在场。汇报结束后，江泽民同济南军区的同志合影留念。江泽民与合影人员在车厢西侧面朝东站好后，工作人员的照相机闪光灯还在充电。江泽民扭头看见站在车厢南侧的我脸前有一盏壁灯，便对左右的将军们说："咱们靠紧一点，别让灯挡住他的脸，留下遗憾！"于是，几位将军急速挪步向中间靠拢。

闪光灯亮了，随着快门的"咔嚓"声，车厢数次被照亮……

江泽民十分关心兰考的改革建设和发展。2月9日清晨，江泽民在兰考火车站走下专列，登上中巴车，不顾旅途疲劳，热情招呼兰考县委书记徐宗礼坐在自己身边，向他详细询问兰考建设发展现状，并与焦裕禄在兰考时的情况进行对比。

上午8时10分，江泽民乘车来到焦裕禄纪念园，亲切接见了迎候在那里的徐俊雅及女儿焦守云、儿子焦保钢。

江泽民走到徐俊雅面前，握着她的手，给她拜早年。徐俊雅闻听总书记亲切的祝福，心里有一股暖流在涌动。她代表全家三代人，给总书记拜年。

岁月沧桑催人老，五十九岁的徐俊雅已是满头华发。江泽民望着一生艰辛的英雄遗孀，无限感慨地说："你这些年吃了不少苦，不容易，不容易呀！

焦裕禄的军功章里，也有你的一半！"

"谢谢总书记的关怀……"江泽民暖人心怀的话语，令徐俊雅悲喜交集，万端感慨一齐在胸中交汇、涌流，眼中溢满了泪水。

细雨霏霏，寒气袭人。江泽民怀着十分崇敬的心情，冒雨瞻仰烈士墓，给焦裕禄敬献花圈。往事依稀。焦裕禄奋战工业战线九年的非凡历程，勾起了江泽民当年在中原腹地为苏联援建重点项目勘察厂址的记忆，思绪飞向了古城洛阳，飞向了涧西区洛阳矿山机器厂那片厂房……

在中国共产党的领袖中，长期在工业战线工作的江泽民，也与焦裕禄有着某种交集。1953年下半年，一机部部长助理江泽民带领建厂组，数次往返于郑州洛阳间，为苏联援助我国的重点建设项目洛阳矿山机器厂、洛阳拖拉机厂、洛阳轴承厂，勘察了七处备选厂址。这次周密扎实且宽备窄用的考察，为党中央在洛阳三个重点援建项目选址上作出决策，也为毛泽东、周恩来最后拍板，提供了科学依据和选择余地。有形建筑催生了无形财富。新中国初创时建起的洛矿，撑起了共和国机械制造工业的脊梁，也成为孕育焦裕禄精神的摇篮。从江泽民亲自为洛阳矿山机器厂在涧西区选址那天起，他与洛矿建设的功臣焦裕禄，便有了一种无形的联系。焦裕禄事迹广泛宣传后，江泽民感动之余，还有一种特殊的亲切感。

江泽民给焦裕禄敬献的花圈的白色缎带上联，写着"焦裕禄同志永垂不朽"九个刚劲有力的魏碑体大字。在庄严肃穆的氛围中，江泽民缓步走到青松环绕的焦裕禄陵墓前，十分庄重地用手抚平花圈上的缎带，向焦裕禄烈士墓三鞠躬，随后绕墓一周，驻足凝视焦裕禄墓碑文，重温焦裕禄生平事迹，沉浸在敬仰和怀念中。

瞻仰陵墓并敬献花圈后，江泽民对在场干部群众深情说道：

我们各级领导干部学习焦裕禄同志，就要像他那样廉洁自律，克己奉公。既然居官在位，就要兢兢业业地为人民办实事。是"菩萨"就得"显灵"，为官一任，就要造福一方。

随后，江泽民与徐俊雅及子女在焦裕禄墓前合影留念。

前往陵墓西侧的焦裕禄同志纪念馆参观，要下一个台阶。江泽民见徐俊雅行动不便，便轻轻搀扶着她，和她一起慢慢走下台阶。

在焦裕禄同志纪念馆序厅，江泽民听取了焦裕禄事迹介绍。走进各展室，江泽民十分专注地观看展板，认真听取讲解，仔细察看展陈遗物，伫立在焦裕禄坐过的藤椅前静思默想，深长缅怀。走近焦裕禄在洛矿一金工车间躺过五十多个凌晨的板凳，江泽民驻足凝视，不禁动容。作为工程师出身的党的总书记，江泽民更能设身处地地理解和感知焦裕禄在工业战线的转型与奋斗。当讲解员介绍焦裕禄在生命最后时刻，仍顽强同病魔搏斗为党工作时，江泽民眼含热泪深情说道："为官一任，造福一方！"

参观完毕，江泽民在焦裕禄同志纪念馆展室大厅，郑重地在留言簿签上自己的名字，随后泼墨挥毫，写下了遒劲流畅的题词：

向焦裕禄同志学习，全心全意为人民服务

江泽民

一九九一年二月九日

走出焦裕禄同志纪念馆，江泽民分别与河南省委、开封市委和兰考县委负责同志合影留念。纪念馆几位工作人员看到总书记和蔼可亲，悄悄议论着也想拍张合影。开封市委书记崔爱忠听到后，向总书记请示："总书记，纪念馆几位工作人员要求跟您合个影。"

江泽民听罢爽朗一笑，连声说："好！好！可以！可以！"

纪念馆工作人员周洪典、李国庆、岳新爱等人，喜不自禁跑了过来，分列总书记左右两旁，留下了珍贵的合影。合影完毕，江泽民亲切地与纪念馆工作人员一一握手，勉励大家说："你们在焦裕禄同志纪念馆工作，很辛苦，很有意义，也很光荣。"

江泽民与徐俊雅及子女在纪念馆前合影后，关切地询问徐俊雅的身体、生活情况，以及子女的学习、工作和生活情况。徐俊雅一一回答后，由衷说道："感谢党组织的关心和照顾，如今六个孩子都已长大成人，参加了工作，都是共产党员。"

江泽民点点头，拉着焦守云和焦保钢的手，语重心长地嘱咐说："焦裕禄精神是我们党的宝贵财富，希望你们继承爸爸的革命遗志，尽心尽力地干好本职工作。"

县委书记徐宗礼指着焦守云，对江泽民介绍说："她就是当年毛主席在天安门城楼上接见过的焦守云，那时她只有十三岁。"

江泽民端详着焦守云，微笑着连声说道："还像，还像！"

焦裕禄唯一的孙子虎子，这一天也来到了现场。江泽民离开焦裕禄同志纪念馆前，慈爱地抚摸着虎子的头，高兴地说："这孩子长得很聪明，希望你好好学习，当好革命事业的接班人。"

上午八时五十分，江泽民按计划继续在兰考考察。徐宗礼在车上向江泽民汇报了兰考县委几届班子继承发扬焦裕禄精神，带领人民治理"三害"改变兰考面貌的情况。江泽民对兰考学习焦裕禄的情况表示满意，要求一以贯之地坚持下去，取得新的更大的成效。

江泽民离开了兰考，把对焦裕禄的绵绵深情留在了这片土地上。

一晃两个月过去了。1991年4月9日晚，江泽民、宋平、李瑞环、李铁映等中央领导同志，在河南省委书记侯宗宾、省长李长春陪同下，同焦裕禄夫人徐俊雅和首都观众一起，在北京中央警卫局礼堂，观看了河南开封豫剧团演出的现代豫剧《焦裕禄》。

晚七点十分，宋平首先来到礼堂休息厅。当河南省委领导把徐俊雅介绍给宋平时，宋平热情走上前问道："孩子们好吗？"

"好，好。"徐俊雅激动地回答说。

"现在泡桐都长大了吗？"宋平关切地问。

"都长这么粗了！"在场兰考县委书记徐宗礼用手比画着说。

"焦裕禄同志的事迹感动了广大干部群众，是个好干部啊！今年我要去兰考看看。"宋平感慨地说。

这时，李瑞环、李铁映几乎同时走进休息厅。两位领导同志看到徐俊雅，相继走上前去，热情同她握手。

李瑞环四十天前刚刚在京出席过电影《焦裕禄》首映式并讲话，此刻见到徐俊雅，第一句话就问："电影里的焦裕禄像吗？"

"有点像。"徐俊雅笑着说。

李瑞环有感而发，对徐俊雅介绍说："《焦裕禄》在去年摄制的电影里，是比较感人的一部，发行的拷贝也最多。这充分反映了广大人民群众对焦裕禄同志的深厚情感。"

李铁映插话说："我去河南时，电影正在拍。"

"家里可以吗？孩子都长大了吗？"李瑞环又问。

侯宗宾回答说："都工作了，一个在工厂，一个当兵……"

徐宗礼说："焦裕禄同志的孩子都很争气，俊雅同志经常教育孩子向爸爸学习。"

"好，好。"李瑞环连连点头，望着徐俊雅说，"焦裕禄同志去世了，这些年也苦了你。把孩子抚养成人了，很好。"

说到这里，李瑞环告诉大家："今晚总书记也要来看戏。"

不大一会儿，身着中山装的江泽民走进休息厅。他在签到册上签名后，走过来紧紧握住徐俊雅的手，连声说："好，好！"

那一刻，徐俊雅眼中溢出了激动的泪花。

精彩纷呈的演出结束后，江泽民等领导同志走上舞台，同演职员亲切握手，祝贺演出成功，并同大家亲切合影留念。

江泽民兴致勃勃对大家说："你们演得好。这个剧细腻、真实、感人，具有很高的思想性和艺术性。正如焦裕禄同志所讲的那样，榜样的力量是无穷的。只要我们具有焦裕禄同志这样一种精神，在建设中国特色社会主义道路上，就没有克服不了的困难！"

江泽民与演职员合影完毕，许多人纷纷要求总书记给他们签名留念。江泽民爽快地对大家说："要签名的话，你们剧团把所有同志的本子都收集起来，我一定逐人给你们签。"

离开剧场，江泽民边走边说："没想到河南开封豫剧团的戏演得这么好。这台戏有没有录像带？中央电视台应当向全国播放。"

开封市文化局领导报告说："中央电视台已录像并正在制作。"

江泽民满意地点点头说："好！好！"

豫剧《焦裕禄》晋京演出前，在开封大众影剧院连演四十一场，场场爆满。徐俊雅偕子女焦守凤、焦国庆观看演出。焦守凤看到舞台上的父亲形象，目不忍视，扶椅咽泣。演出结束后，徐俊雅与焦守凤和焦国庆同全体演员见面，深情说道："你们的戏演得很好，谢谢大家！"说罢，同子女一道，向剧组全体演职人员深深鞠了一躬。

当年，河南开封豫剧团创演的豫剧《焦裕禄》，获中宣部"五个一工程"奖、河南省人民政府特别奖、河南省戏曲大赛金奖。

七、胡锦涛两莅兰考砥砺精神瑰宝

激越明快的央视《新闻联播》节目片头曲响过后，荧屏上出现了兰考县谷营乡蔡集控导工程35号坝的画面。一个半月前，堵口大军双向对进，在此成功封堵合龙决口的生产堤，并修复35号坝。镜头闪过，身穿军大衣的中共中央总书记、国家主席胡锦涛，快步走上35号坝，视察修复的蔡集控导工程，询问灾后群众安置情况。

这是2003年12月16日，胡锦涛在山东、河南考察农业、农村和农民问题期间，专程到兰考黄河滩区看望受灾群众的情景。

兰考蔡集控导工程位于东坝头下游九公里处，是缓冲黄河在东坝头急转弯流势、确保悬河大堤安全的重要屏障，始建于1979年12月。

2003年9月关中秋汛，黄河郑州花园口2500立方米每秒的流量持续六十多天，兰考谷营乡黄河滩区生产堤决口，蔡集控导工程出险。胡锦涛迅即作出重要指示，部署抢险救灾，要求尽快堵复决口，确保沿黄人民生命财产安全，搞好灾后重建工作。胡锦涛牵挂着兰考黄河滩区人民的安危冷暖，在抗洪抢险工作取得胜利后，顶着寒风到灾区看望群众，检查过冬安置工作。

这是胡锦涛第二次到兰考考察并躬身弘扬焦裕禄精神。

1994年5月，经中共中央批准，河南省委隆重纪念焦裕禄同志逝世三十周年。5月13日，中共中央政治局常委、书记处书记胡锦涛，受江泽民总书记委托，专程赴河南参加纪念活动。

当日，河南省委在郑州隆重举行纪念大会，胡锦涛代表中共中央在会上发表重要讲话。胡锦涛在讲话开篇充分肯定，焦裕禄同志是全党同志和全国各族人民公认的中国共产党的好党员、人民的好公仆、县委书记和广大干部的好榜样。胡锦涛深刻指出：

　　同焦裕禄同志所处的年代相比，我们现在所担负的任务不同了，社会环境、工作条件、人们的思想观念也有很大变化。无论是弘扬新的时代精神，还是抵制各种消极腐朽的思想影响，我们都更加需要坚持党的全心全意为人民服务的宗旨，更加需要继承和发扬密切联系群众、努力艰苦创业的优良作风，更加需要大力倡导焦裕禄精神。认真学习和弘扬焦裕禄精神仍然是我们这个伟大时代的要求，是全国各族人民的呼唤，是加强党的建设、发展社会主义现代化事业的需要。

　　在新时期学习弘扬焦裕禄精神，就应该像焦裕禄同志那样立足当前、放眼未来，把最终实现共产主义崇高理想同脚踏实地建设社会主义现代化结合起来。在新时期学习弘扬焦裕禄精神，就应该像焦裕禄同志那样全心全意为人民服务，密切联系群众，一切为了群众，事事相信和依靠群众。在新时期学习弘扬焦裕禄精神，就应该像焦裕禄同志那样坚持党的思想路线，实事求是，一切从实际出发，讲真话，办实事，大胆开拓，创造性工作。在新时期学习弘扬焦裕禄精神，就应该像焦裕禄同志那样不怕困难、不畏艰险，顽强拼搏、艰苦创业。在新时期学习弘扬焦裕禄精神，就应该像焦裕禄同志那样廉洁奉公、勤政为民。

　　5月14日，河南省委在兰考举行江泽民题写馆名的焦裕禄同志纪念馆落成暨焦裕禄铜像揭幕仪式。胡锦涛代表中共中央出席。

　　这是焦裕禄逝世三十年来，又一个牵动兰考百姓心灵的日子。从曙色未明到旭日东升，兰考县城和会场挤满了城乡来的群众。胡锦涛等领导同志在兰考火车站下车后，步行到会场参加纪念活动。

　　上午十时，胡锦涛步入新落成的焦裕禄同志纪念馆，为大厅中央的焦裕禄铜像揭幕，并向焦裕禄铜像三鞠躬，代表党中央向焦裕禄敬献花圈。花圈缎带上写着"焦裕禄同志永垂不朽"九个大字。

仪式结束后，胡锦涛来到焦裕禄同志纪念馆参观。他亲切地握着"金牌讲解员"李国庆的手说："很高兴能够听到你的讲解！"

李国庆将展陈精华浓缩于声情并茂的讲解中。胡锦涛重温焦裕禄用生命谱就的兰考篇章，沉浸在崇敬与感动之中。

胡锦涛前往拜谒焦裕禄墓，徐俊雅和子女迎候在墓园。当徐俊雅介绍到三儿子焦保钢时，胡锦涛问："你在乡里工作？"

焦保钢说："在仪封园艺场。"

胡锦涛嘱托说："要把你母亲照顾好，同时把事业搞好。"

胡锦涛拉着徐俊雅孙子焦威的手问："知道爷爷不？"

"知道！"焦威稚气但却响亮地回答说。

"好！"胡锦涛高兴地看着焦家第三代传人，亲切勉励焦威说，"从小要好好念书，长大继承爷爷的遗志！"

春天的兰考县城，焦裕禄纪念园路边的泡桐和国槐生机盎然，满目葱茏。胡锦涛乘中巴车驶出园区，看见大道两旁挤满了群众，急忙走下车来，同大家一一握手，令在场群众欣喜万分。

下午二时许，身穿月白色夹克衫的胡锦涛，乘车来到城关乡王庄村，不打招呼走进村民张振夫家。张振夫种菜回家晚，正和家人在堂屋里吃饭，手拿一瓶古井贡酒自斟自酌。忽然间看见胡锦涛等领导同志进门，张振夫把酒瓶一放，慌忙站起身，眼中露出惊喜的神情。

胡锦涛拉着张振夫的手问："每天都喝点？"

张振夫已双颊飞红，高兴地对总书记说："每天都喝点！我种菜到安徽卖，回来就捎点酒，孩子也孝顺。"

胡锦涛问清张振夫有几个孩子，种了几亩菜，年收入多少，嘱咐说，村党支部是村里一面旗，群众听党的话就要跟村党支部走；要向群众传授种菜技术，带动全村人种菜，大家共同富裕。

走出张振夫家，胡锦涛高兴地说："兰考人民生活确实改善了！"

张振夫在村里当过会计。胡锦涛不打招呼走进农家小院问民生，使他想起了兰考老百姓的心上人焦裕禄。1963年秋的一天，焦裕禄骑车下乡回城，看到王庄村正在刨地瓜，急忙上前察看，捧着累累硕果乐得合不拢嘴。来年春天，焦裕禄在村北和王庄群众翻淤压沙，张振夫也在场。时隔三十年，胡锦涛进村入户，春风一样的话语，把庄稼人的心都吹醉了。

胡锦涛一行走进四组村民王永仁家的小院，得知他和老伴肖玉华养了千把只鸡，便扳着指头给王永仁算账，告诉他从收益看，养猪前景更好，鼓励他在养好鸡的同时，积极发展养猪。看到王永仁十一岁的女儿王彩莲，胡锦涛弯下腰，亲切地抚着她的肩头，问她今年几岁了？上几年级？叮嘱她好好学习，争取考上大学。

从村办企业制板厂出来，胡锦涛走进王庄村党支部会议室，召开基层党建座谈会。兰考县委书记卢大伟等五名县、乡（镇）、村党委和支部书记发言后，胡锦涛即席讲了话，发人深省地提出：

现在，兰考的党组织和党员干部，要鲜明地回答一个问题，在新的历史条件下，要不要继续学习和弘扬焦裕禄精神？这个问题的实质在于，在改革开放和建设社会主义市场经济的今天，还要不要继续发扬艰苦创业、无私奉献的优良传统和作风，还要不要牢记党的全心全意为人民服务的宗旨。中央之所以重视河南省委这次活动，是要表明我们坚定明确的态度，在改革开放和建设社会主义市场经济的今天，必须大力弘扬焦裕禄精神。兰考是焦裕禄精神发祥地，是焦裕禄精神的故乡，一定要继续高举焦裕禄这面旗帜，在学习弘扬焦裕禄精神方面，学出新水平，取得新成绩，创造新经验，推动全党、全国学习活动深入开展。

焦裕禄到兰考工作，面对各种困难和矛盾，首先从抓县委领导核心入手，把县委一班人带到车站去，让大家了解群众疾苦，统一思想认识，形成坚强的领导核心，推动全县广大干部群众投入治理"三害"的战斗。我们学习和弘扬焦裕禄精神，要抓好这个关键，把我们的党建设好。最近我到拉美访问，阿根廷总统跟我会见时说，这几年阿根廷经济开始稳定下来，国内也比较安定，其中一条经验，就是我们有一个强大的党，和政府紧密配合，一起工作。据我了解，这也是中国取得伟大成就的一条经验。他是资产阶级政治家，搞的是资本主义民主政治，实行的是新自由主义经济政策，但他对我们改革发展的真谛还是了解的。西方政治家都认为没有共产党的坚强领导，中国的改革开放和现代化建设不可能成功。在这个问题上，我们更要坚定不移，保持清醒认识。

滔滔黄河昼夜不歇流过东坝头近十年，胡锦涛于2003年年底再赴兰考，身体力行号召党员干部在爱民为民中践行焦裕禄精神。

朔风呼啸，胡锦涛身穿月白色羽绒服，走进谷营乡金庙村樊振忠老汉家。一进屋，胡锦涛就看煤炉的火旺不旺，看馍筐的食物足不足，挽扶着樊振忠和老伴，坐在他们身边拉起了抗洪抢险。樊振忠说，这次抗洪抢险，市、县领导发扬焦裕禄全心全意为人民的精神，几天几夜不下火线，始终同解放军、武警官兵和群众奋战在第一线，在黄水泛滥时保证了老百姓安全。

闻听焦裕禄精神在抗洪救灾中闪发出新的光芒，胡锦涛欣慰地笑了。

一片杨榆混植的小树林后，是金庙村村民金保安家老屋。黄河漫滩时，他和弟弟搬到这里伙住，他住一间房。胡锦涛走进他的房屋，摸摸床上的被褥，看看墙角的粮袋，详细询问家中生活情况。看到房中用的是简易电线，胡锦涛关切地提醒注意用电安全，防范火灾隐患。当胡锦涛得知去年秋季金保安家种的十几亩玉米、花生、棉花被淹，宽慰他说："今年灾情大，损失也大，眼下先解决过冬问题，明年开春再盖新房。党和政府惦记着你们，会千方百计帮助大家安排好今后的生活。"金保安听着，心中燃起了希望的火焰。

从金庙村乘车西北行，胡锦涛来到陈庄村村民雷天义家。这是黄河滩区临水而居的土坯房。胡锦涛与雷天义老两口拉起了家常，详细询问家中受灾情况。当了解到去年家里种的十亩农作物因水灾绝收，胡锦涛鼓励他重整旗鼓，来年努力夺丰收。雷天义听罢拉着胡锦涛的手说："要不是党领导得好，各路大军一齐堵决口，黄河这次可就改道了，俺就无家可归了。现在水退了，政府还给俺发口粮、发衣被，明年春天，俺要种庄稼、养牛羊，日子一定会好起来。"

出陈庄村西行，胡锦涛来到毗邻东坝头的蔡集控导工程和生产堤决口处。胡锦涛在京即十分关注蔡集控导工程封堵合龙。此刻，一个多月前千军万马战犹酣的堵口合龙现场，已是一片平静。

走下蔡集控导工程35号坝，胡锦涛亲切看望了县乡两级包村驻村的救灾干部，嘱咐他们说，中央强调立党为公，执政为民，越是老百姓困难的时候，党员干部越是要到基层去。你们是受党的委托到这里工作的，做好工作本身就是全心全意为人民服务的体现。

中午时分，胡锦涛乘车经东坝头沿黄河大堤溯水而上返回兰考。当地干部群众伫立河畔，遥望渐行渐远的汽车，感受党大力弘扬焦裕禄精神亲民爱民的时代特色，对国家的美好明天充满期待。

八、民心如椽，坊间有碑

微山县政协副主席、县文化馆创作员殷允岭没有想到，1994年7月，他从微山湖畔兴冲冲赶到向往已久的兰考县采访焦裕禄事迹，竟然经历了水火两重天的奇特境地。

时值7月中旬，正是中原一年中最热的时节。豫东兰考，气温蹿升到三十七八摄氏度，地里晒蔫了的玉米耷拉着头，空气燥热得像是点把火就能烧起来。年逾不惑的殷允岭已开始发福，但激情似火的兰考之旅，使他忽视了眼前的酷热。他的心中，早已燃起一团火。

那团熊熊燃烧的火，是被石家庄一个文友的电话点燃的。花山文艺出版社编辑陈新问殷允岭："你愿不愿意写《焦裕禄传》？"

这是殷允岭未曾想过的题材，而且近乎一次跨界。十年前，殷允岭刚满三十二岁，便以长篇小说《大船浜》夺得山东省首届泰山文艺奖，短篇小说《蚊变》《蚊舞》《杀牛》《散去的湖雾》，相继被《小说选刊》《小说月报》选载，并在省级文艺刊物获奖。他编剧的电视剧《湖上船歌》《智渡微山湖》，在央视和山东卫视播出。彼时，殷允岭正雄心勃勃，欲图新猷。陈新却软语入心，一言中鹄。

"你在济宁，到兰考就百十里路，到焦裕禄家乡博山采访也很近便。如果你不反对，咱俩一块去兰考采访，准能写个好东西。"

殷允岭忽觉眼前一亮。他虽没写过人物传记，但作为筋骨血脉都浸透了焦裕禄精神的一代人，为焦裕禄立传还是令他颇为心动。

殷允岭孩提时，便如痴如醉读《红岩》《钢铁是怎样炼成的》《方志敏》《牛虻》《欧阳海之歌》《战火中的青春》，渴望当兵，渴望当烈士，对焦裕禄充满崇敬。英雄走进国人心中快三十年了，可至今尚未立传。他瞥见了机遇窈窕而飘忽的身影，也意识到这是自己与传主的双向选择。

两作家联袂抵兰考，有关部门接待者问："你们是写焦裕禄精神影响下的兰考县委和兰考人民，还是写焦裕禄本人？"紧偎黄河的兰考热得像个大蒸笼，乘兴而来的作家却分明感到一丝冷意。

待殷允岭说明，他和陈新来兰考是采访搜集焦裕禄生平事迹，准备创作传记文学时，不合时宜的访客便淡出了接待方视线。

还算幸运，作家在县委招待所觅得一间有空调的客房。放下背囊，顾不上洗把脸，两人便一头扎进焦裕禄同志纪念馆，又马不停蹄瞻仰焦裕禄墓，还趁亮在"焦桐"树下留了影。可回到招待所，服务员突然通知他们要给会议腾房。无奈，两人搬进了一个无空调的房间。

殷允岭生来怕热，这一调整令他暗暗叫苦。可他不知道，这才仅仅是开始，真正的麻烦还在后头。入夜，两人伙住的燠热难当的小屋，成了蚊子浅吟低唱纵横翻飞的乐园。热并被蚊虫叮咬着，怀着朝圣之心赴兰考采访的作家和文学编辑，根本无法入睡。因向往英雄而在周身激荡的罗曼蒂克，也如影遁形，不知所终。

好在殷允岭青少年时代是用苦日子焊起来的，在微山县水泥厂做工，一天要用血肉之躯给破石机搬运二十四吨石头。艰苦生活环境倒逼的生存智慧，使他很快想出了对付闷热蚊虫的办法。他把卫生间的浴缸放满凉水，全身浸入浴缸冷至近乎麻木然后上床，勉强可睡半个钟头。等再被蚊子咬醒，就再进入浴缸冷水中浸泡，周而复始，循环无穷。由于困倦，躺在浴缸里头容易歪进水中，殷允岭便用毛巾围住自己脖颈，再拴在头顶的水龙头上。

不想这一观之不雅、用之有效的发明，引发了一场虚惊。

开早饭时，服务员到客房送水，向卫生间虚掩的门缝里瞄了一眼，忽见殷允岭颈部勒着毛巾，赤膊躺在浴缸里，不禁大惊失色，边向外跑边大声呼叫："不好了，淹死人了！"

殷允岭醒后哭笑不得，而陈新过后却笑不出来了。因夜间反复在浴缸里进行冷水浴，他开始拉脓，支持不住，只得打道回府。临走时，陈新撂下一句话："允岭，这事儿成不成，就在你了。"

作家很快弄清，兰考这种始料未及的"冷"，正是改革大潮特定时间节点上，各种思想观念冲撞胶着的反应。干部一方，一些人抱怨，市场经济条件下，如果还按焦裕禄的思想观念办事，不仅无法招商引资，而且与外界也不好沟通，经济很难发展；群众一方，不少人又指责，今天兰考的干部，缺乏当年焦裕禄那种好作风。

殷允岭释然了。打小在家听惯一句话：热脸贴着个冷屁股。话虽糙，理却不糙。新旧转换的节骨眼上，连焦裕禄精神发祥地都不无纠结，自己来兰考为焦裕禄立传，受点冷落，有啥奇怪的呢？

然而，兰考毕竟是兰考。这里的每一寸土地，都被焦裕禄精神浸润和濡染过。那些平凡如黄土草芥的俗世凡人，说不定碰上哪一位，就会给你讲出一串感天动地的故事。草根作家殷允岭，浑身透着鲁西农民憨厚又不失精明的劲儿。这股带着大运河畔草庐烟火味儿的气息弥漫开来，神差鬼使成为他与淳朴敦厚的兰考人沟通的媒介。招待所有个壮得像一节车轴的警卫见殷允岭面善，便上前搭讪。当他得知殷允岭是来为焦裕禄立传的作家，不禁大喜过望，如遇故交。实诚而侠义的警卫当即把他请进小饭馆，掏出两块钱买了两大海碗羊肉烩面，一人一碗，大快朵颐，好好把殷允岭犒劳了一顿。

殷允岭吃完面，响亮地打着饱嗝，心满意足地用手绢揩着油腻的嘴巴，这才想起问警卫姓甚名谁。待知警卫名叫张继焦，便觉蹊跷。在兰考，这样的名字怕是有故事的。进屋一拉，原来警卫是焦裕禄救过命、徐俊雅视同己出的焦家义子，人称焦家"老七"！

两个人顿时都有相见恨晚之感。张继焦一五一十，从当年焦裕禄访贫进家门，自己生命垂危幸得贵人相助，在阎罗殿门口捡回一条命讲起，说到周原做主，把大号张徐州改为张继焦……一阕大悲大喜的命运变奏，令殷允岭拍案称奇，顿足慨叹。从这天起，殷允岭的采访顿现柳暗花明，张继焦成了他寻访焦裕禄的最佳向导。

翌日，1994年7月20日上午，殷允岭如愿拜访了徐俊雅。

六十四岁的徐俊雅，白褂，黑裤，手扶门框在焦家小院迎接从微山湖来的作家。三间平房门前，是一簇红花绿果的石榴，那是"老七"张继焦从仪封园艺场弄来的果树。殷允岭落座后没有直奔主题，而是从徐俊雅秉持大义备尝艰辛抚育子女切入，自然而然说起了自己在农村当干部的父亲，经年劳碌终因肝病早逝的痛史，拨动了徐俊雅心中共鸣的琴弦。她满怀悲切，伤心落泪，尘封的往事猛然冲出记忆之门，一世坎坷离殇尽付衷肠。于是，在殷允岭陪同下，徐俊雅又开始重新品尝那些窖藏已久的人生甘苦。

中午时分，殷允岭上街买回两斤熟羊肉、十个鸡蛋，稍加烹制，与徐俊雅共进午餐。两人接连拉了三天，寂静的焦家小院除了小狗小猫，无人打扰。徐俊雅追往抚昔，倾情讲述，使殷允岭如入遍布灵珠荆玉的宝山，满目璀璨，美不胜收。他贪婪地汲取、咀嚼、消化那些熟稔和陌生的往事，神往、感奋、痛惜、追怀在心中交织。徐俊雅虽说腿不大好，但脑子清楚，叙事有条理，这为他在最短时间里走近和认识真实的焦裕禄，提供了极大便利。

三天后，殷允岭请徐俊雅提供采访线索。徐俊雅不假思索在他的采访本上写下了刘俊生、朱礼楚等七人名单，又写道："学习焦裕禄精神，希望写好《焦裕禄传》! 徐俊雅 1994年7月22日"

走出焦家小院，殷允岭乘张继焦备的专车铁皮面包，开始新的寻访之旅。烈日炙烤，他的肌肤触及滚烫的车皮，竟奇妙地体验到鱼在油锅被煎的感觉。好在张继焦一路说东道西，倒也情趣盎然。

殷允岭找到当年给周原提供焦裕禄线索的刘俊生，赋闲在家的此君正赤膊躬身给棉花打杈。太阳像把火伞撑在头上，殷允岭拾起地上的温度计一看，水银柱已升至近五十摄氏度。再看刘俊生身上那片被农药"咬"出来的红疙瘩，像别出心裁的名片与简介，把他的人生境况说得一清二楚。世殊事异，造化弄人，当年发现焦裕禄贡献不菲的兰考一支笔，已成道地的老农!

两人虽说是初次谋面，但说起焦裕禄，便立刻情同知己。殷允岭把七个知情者悉数请进招待所，花七十块钱点了十二个菜，打了一壶散酒，要了七碗面，边吃边开始回忆各人经历的那一段。几番觥筹交错，相互间舒心惬意地一喷，宛如重新回到了焦裕禄的兰考岁月。殷允岭这才发现，七个知情人都是"草堂居士"，人生皆有落魄和不堪。大家谈起焦裕禄，个个泪流满面。接下来的采访便顺风顺水，殷允岭也重新住上了招待所有空调的房间。七个人夜以继日地讲谈，殷允岭的采访在与居士群体同悲共喜中渐入佳境。

十六天连轴转采访后，刘俊生说："咱上老焦那儿，看看老伙计去！"

八条汉子相携来到焦裕禄墓前，在墓碑前化一刀纸，"扑通"一声跪下了。屁股后头几个戴草圈儿跟着看稀奇的孩子，也跪下了。这些与焦裕禄熟悉或不熟悉但皆有情有缘的汉子，在墓前虔诚而庄严地三叩首后，望着墓碑上主人的瓷像，泪水便开了闸，仿佛要把多年的委屈一股脑儿倒出来。及至来到"焦桐"树下，众人自然又是一番唏嘘感叹，心中像打翻了五味瓶。

此后，殷允岭又到县档案局和档案馆查资料。因无人打招呼，接连吃了闭门羹。殷允岭早年曾供职于微山县文工团，吹拉弹唱样样在行。他灵机一动，拉起随身带的板胡，放开嗓门唱起豫剧《朝阳沟》选段："亲家母，你坐下，咱俩拉拉知心话啊……"

一曲未了，身边已是票友环绕，粉丝如云。板胡为桥，豫剧做媒，殷允岭凭借《朝阳沟》呼唤的知音，顺利打开了档案局和档案馆大门。他不仅找到了所需的材料，还获得了档案馆赠送的《兰考县志》。返回济宁后，两个部门的票友又给他寄来一些资料。

二十六天后，殷允岭发现，来兰考前置备的上千元盘缠几近耗罄，仅剩百十元。刘俊生等欲解囊相助。殷允岭知道他们度日不易，坚辞不受。返回时，为省却五毛钱的公交车票，拎着行装步行去了火车站。路上，他在心中默念：不写好《焦裕禄传》，对不起天地良心，更对不起兰考人民！

回到济宁，殷允岭因眩晕卧床有日，又重整旗鼓赴博山北崮山村，领略阚家泉的风景，谛听"雅乐队"的军乐，回味"空城计"的神奇……他找到焦裕禄侄子焦守忠，以及焦裕禄在北崮山的老师、同学、入党介绍人，从故乡这个人生原点出发，沿着青少年焦裕禄的足迹，回溯和体察英雄成长的历程。告别北崮山村和焦家老屋时，他感到自己不仅已经熟悉了焦裕禄的身世经历、神情状貌、思想品格、行为方式，而且已与笔下的主人公形同故旧、神交有日。

殷允岭获悉，几十年来，多有为焦裕禄立传未果者。有人受命写焦裕禄在兰考如何抓阶级斗争，结果无功而返；另有一帮写手雄心勃勃来兰考写焦裕禄反极"左"，也败兴而归……前路可期，殷鉴不远。要写出经得起历史检验和世人评说的传记，必须尊重历史，忠于事实，最大限度逼近历史现场，真实还原焦裕禄从受尽欺凌的贫苦农民，到成为富有爱心的共产党人楷模的非凡历程。他铺开稿纸，从群山环抱的北崮山启程，重走焦裕禄的人生路，首次把焦裕禄一生包括他青少年时代的感人形象，呈现在读者面前。

"欲流之远者，必浚其泉源。"人们感佩焦裕禄光耀日月的高尚品行，也渴求美德背后丰富博雅、坚实宽广的文化之根。《焦裕禄传》基于历史揭示故乡山水人文对他的影响，印证了人们的直觉。颜山孝水的滋养，淳朴家风的浸染，刚强母亲的教化，无疑是焦裕禄优良品德形成的家世和环境因素。他是礼仪之邦哺养、善良农家化育、革命熔炉冶炼的具备圣贤品格的共产党人。

《焦裕禄传》塑造了一个真实、完整、鲜活的焦裕禄，1995年6月问世后，读者反应热烈，纷纷一睹为快。《人民日报》以《公仆的情怀》为题，选载书中六个故事并配发著名评论家雷达撰写的评论。《光明日报》为该书发表《殷鉴兴废，表徵盛衰》的评论文章。《人民日报》在报道花山文艺出版社向全国先进县委书记和省委宣传部部长赠送《焦裕禄传》消息时，发表《焦裕禄注视着今天》的文章。山东《大众日报》连载该书主要内容。这本传记，先后获得中国传记文学学会优秀传记文学奖、山东省精神文明建设"五个一工程"奖，并为长篇电视连续剧《焦裕禄》创作提供了蓝本。

2005年1月，殷允岭当选为济宁市人大常委会副主任。

尉氏县委党校办公室原主任杨长兴，2007年冬从尉氏县大营区所属的门楼任乡驻队回来，便像着了魔似的开始写书。

生于1942年的杨长兴，已届含饴弄孙之年。他少小从戎，人生最美好的时光，都贡献给了驻陕西宝鸡的原第二炮兵一支工程兵部队，当过连指导员、营教导员、团政治处副主任，单是在正营职岗位上，就干了八年。1984年年底，杨长兴从部队转业回乡，到县委党校任教研室主任。半辈子部队政治工作熏陶，党校二十多年修史布道历练，培育了杨长兴对中共党史人物的特殊敏感。到门楼任乡驻队期间，一次街谈巷议，使杨长兴的心灵天平开始倾斜。初冬的晌午，几个须发皆白但精神健旺的老者，在背风向阳处凑堆儿扯闲篇。杨长兴偶一涉足，便为他们谈论的话题所深深吸引——

七十九岁的门楼任乡老乡长、农会主席任同彬叨念，焦裕禄在大营当副区长，访贫中摸到木匠任村匪首陈文德谋害四名过路八路军战士线索，扒出战士遗骸并起出枪支后，报请上级批准在门楼任村召开公审大会，当众枪毙了陈文德，使瘫痪的农会又活跃起来；

老民兵队长任留铁记忆犹新，焦裕禄审讯陈文德顺藤摸瓜，查出杀害八路军战士的后台"文明土匪"陈万岁，即押来大营审讯，为防土匪劫持未公审处决，在押回村途中临机将其击毙……

这些引人入胜的斗争传奇，像惊羡面世的明珠，使杨长兴的眼睛倏然一亮。从二十岁那年红色圣贤悄然入心后，杨长兴原以为焦裕禄的故事都发生在兰考。没想到自己的家乡，也曾是英雄建功立业的舞台！这些珍贵史料，眼前尚在余年无几的老人间口口相传，如不抓紧抢救挖掘，势必湮没尘世！

从2007年年底开始，年已六十五岁的杨长兴，在崇高历史责任感驱使下，开始了对焦裕禄事迹的搜寻，先后到蔡庄、南曹、大营、大桥、门楼任、张市、庄头、申庄、席苏等村镇，采访了十九位与焦裕禄一起工作的老党员、老同志，与人合作写出十六万字的《贾鲁河畔英雄歌——焦裕禄在尉氏纪实》。此后，杨长兴又自费前往山东博山，采访焦裕禄青少年时代的故事，与刘俊生等合作，写出二十万字的《焦裕禄一生》。两本具有独特价值书籍的出版，凸显了焦裕禄烽火岁月的英雄形象，形成了与焦裕禄事迹兰考篇相呼应的尉氏篇，从而使系统展现焦裕禄在河南的生平业绩成为可能。

杨长兴在中共党史处女地的辛勤耕耘，既未立项，更无资助。为了记述焦裕禄在尉氏业绩的两本书出版，他自掏腰包四万多元。妻子抱怨："人家出书赚钱，你出书自个儿掏钱！"杨长兴笑笑，依然乐在其中，孜孜不倦投身尉氏县焦裕禄纪念馆创办。经他积极努力，焦裕禄在尉氏的一些实物、照片和史料得以保存。根据杨长兴提供的名单和线索，尉氏县党史办主任李建强遍访知情幸存者，出版了三十万字的口述实录体史书《不泯的记忆——口述焦裕禄》。尉氏焦裕禄事迹展览馆，也打开了弘扬焦裕禄精神的新窗口。

2009年10月，一个金风送爽的响晴天，十五年前撺掇殷允岭赴兰考写《焦裕禄传》的编辑陈新，以如簧巧舌说服河北省沧州市政协副主席、作家何香久跟他出了门，带他径直来到北京皇城根下。

何香久生于1955年，河北黄骅县人，因家中四代单传，从小不让过生日，怕阎王爷知道后收走，结果把生日给整忘了。上初中填表须填月份，于是择日不如撞日，索性将填表那天的10月21日，作为自己生日。何香久1982年考入北京大学中文系前，任沧州文联《无名文学》编辑兼创作员，已通过小说、诗歌、散文、报告文学、戏剧影视剧本等各种体裁作品，把自己的名字印上了全国几乎所有文学刊物，是个围着桌子能转一圈的主儿。

陈新带何香久来到河北驻京办事处，把他介绍给人称万老大的中国传记文学学会会长万伯翱。这个五冬六夏总把一顶帽子扣在头上的掌门人，对仕途看得很淡，却热衷于把影响一个时代的共和国英雄搬上荧屏。万老大组织拍摄的电视连续剧《雷锋》刚封镜，又雄心勃勃提出把国人熟稔的焦裕禄搬上荧屏。眼下，这个出马一条枪、不打圆圈语的爽快汉子，仔细打量着著述甚丰风头正劲的国家一级作家，伸手抬了抬那顶扣在头上的帽子，不容置疑地说："别再犹豫了，赶紧去兰考。再过一千年，人们还记得焦裕禄！"

不得不说，动员一个佳作迭出的知名作家出征，万老大确属大师级人物。他近乎精辟的"千年论"，令何香久听后为之一震。

可何香久还在犹豫。他的眼前总是晃动着一篮子大馍。那馍有穆青、冯健、周原写的影响了几代人的焦裕禄通讯，有影帝李雪健主演的彩色宽银幕故事片《焦裕禄》，还有难以胜计的传记、报告文学、戏剧、散文、诗歌、音乐……偏偏活色生香的画面之外，却伴着充满哲理、耳熟能详的画外音："吃别人嚼过的馍没味道！"

何香久承认，写焦裕禄，馍的确是好馍。可这馍让人嚼得次数太多了，好滋味怕是都让别人吮走了，自己还能嚼出味道来吗？

何香久第一次知道焦裕禄，还是个不到十一岁的孩子。1966年2月7日，在黄骅县城关镇大杨村中心小学校长何清峰家，墙上挂的广播匣子讲的焦裕禄的故事，把家中独苗何香久的心给揪住了。何香久天资聪颖，酷爱读书，父亲又诲人不倦，读了两年小学就跳级读初中。报纸广播宣传焦裕禄时，他正读初一。那时，农村有线广播网都用铁丝作导线，广播匣子里的声音总是断断续续的，还带着刺耳的沙沙声。那一天，当播音员讲到焦裕禄临终前，要求把自己埋在兰考的沙堆上时，少年何香久嘤嘤啜泣起来。第二天，父亲订的《人民日报》一到，他就贪婪地读完了焦裕禄通讯。后来他才知道，当年那个在广播匣子里差点把自己五脏六腑掏空的播音员，名叫齐越，并与附近沧县姚官屯乡姜庄子村，有着某种血肉联系。

不过，万老大的力道确实太大了。何香久虽没敢应承写剧本，但还是抱着看看再说的态度驱车南下。到兰考那天，已是下午五点钟光景。何香久顾不上安顿自己，随县委宣传部副部长径赴焦裕禄墓。离墓碑老远，他就瞅见了供桌上摆的白面馍、水果和缭绕的香火。他的心像被猛地撞了一下，脱口问道："今天是啥日子？"

"不管你哪天来，都能看到今天这样的场景。在兰考老百姓眼中，焦裕禄已经成为一尊消灾祈福的神。"

县委宣传部副部长的现场诠释，颇令何香久神往。他了解到，前些年，朝暮晨昏，常有心怀惆怅的人们，悄没声地来到这里，诉说对某些基层干部不良作风的愤懑，对各级提留过多、群众负担过重的怨尤，对化解婆媳勃谿、姑嫂斗法良策的希冀，对护佑家庭延续香火、早得贵子的向往。如今，老百姓有啥高兴的事，也来给老焦说说。仿佛一股炽热的冲击波直抵心房，何香久仰视大馍生出的心结，瞬间就给融化了。他透过供品后面千千万万老百姓那颗赤红滚烫的心，看出焦裕禄是个有故事的人！于是，当年大杨村老屋广播匣子里齐越激情四射的声音，又奇妙地从遥远的幽燕海滨穿越而来。他嗅到了那篮子大馍醇厚馥郁的馨香，无可抑制地产生了一种跃跃欲试的"嚼馍"冲动。当晚，何香久迫不及待给万老大打电话："我签约了！"

何香久说的签约，是指根据殷允岭、陈新写的《焦裕禄传》，改编长篇电视连续剧《焦裕禄》一事。几十年的笔耕生涯使他悟出，写诗是在天上飞的，写小说是在地面走的，写剧本是在水里游的，做学问是在地下钻的。这次创作虽是根据人物传记改编，但重返历史现场的跋涉，是别人无法代替的身心和艺术修为。他迈开双脚，沿着焦裕禄在兰考留下的脚印走，悉心触摸远行楷模的温度和精神质地。

在兰考，双杨树村群众含泪讲述，当年焦裕禄来村，吃的是外出逃荒讨来的刮掉黑毛、绿毛，用野菜烩的"百家干粮"。焦裕禄端着碗吃，百姓抹着泪看，发誓丰收后一定给老焦蒸白面馍、炖老母鸡吃。

在尉氏，干部群众回忆，焦裕禄和徐俊雅参加工作队，住处囤有红枣。徐俊雅煮小米稀饭时，有来串门的抓了一把红枣扔在稀饭里。焦裕禄回家发现后，数清共十二个红枣，主动赔钱还作检讨。

在洛矿，一位八十多岁的老工程师说，当年，焦裕禄把工程技术人员当宝贝疙瘩，无微不至关怀，甚至用自家的细粮换他们家的粗粮。焦裕禄知道他是南方人，就自己掏钱给他买大米吃。

在郑州，当年兰考的林业技术员朱礼楚已失语，坐在轮椅上不住地伸手指墙。何香久扭头一看，原来是一张几乎与墙同色的旧奖状。"这是焦书记发给你的吗？"朱礼楚流着泪频频点头，嘴吃力地嗫嚅："老焦……"

何香久一头扎进兰考县委档案馆，贪婪地在文件档案的海洋畅游，几番劈波斩浪，几度深潜探摸，他惊异地发现，焦裕禄主政兰考，绝大多数时间都在乡下！他的办公桌，安放在沙丘上、碱窝里、河渠中。焦裕禄故后第二年，豫东史上有名的缺粮县兰考，初步实现粮食自给。1964年冬到1965年春，兰考刮了七场大风，没有一亩庄稼被风沙打死；秋天连降三百八十四毫米雨，没有一个村庄被淹。

学问与生活，是何香久两大优势。在北大，他亲聆季羡林、严家炎等名师教诲，几乎看完善本库所有好书。此前，他在治理海河工地三历寒暑，推过数百斤重的小车；同渔民远海捕鱼闯过晕船关，回来竟"晕路"，眼中的楼房都是倒置的。在社会底层同老百姓滚在一起，使何香久认识了国情民情。农民对苦难的旷达和近乎麻木的隐忍，则成为他体悟焦裕禄大义肝胆和悲悯情怀的宝贵情感积淀。从兰考到洛阳、尉氏、博山、抚顺、大连、哈尔滨，一路走来，他访谈了一百二十四人次，在沙里淘金中悟出，正是对信念宗旨的尊崇与敬畏，使焦裕禄义无反顾奉身堪称壮丽的事业，摆脱了精神上的匍匐和低回，攀上使命与道义的高峰，成为一个大写的人。

真实最有感染力，真实的力量也最强大。2011年年底，何香久蹲在沧州，半年写完了《焦裕禄》电视剧本。回头一看，剧中70%的情节都是真实的。何香久如释重负，但他很快发现，从剧本到荧屏，这还仅仅开了个头。剧本第十一稿在黑河片场改定。何香久边改边把成稿交给场记去分镜头，同时告诉管生活的老师，把盒饭挂在门外把手上就行了，自己什么时候饿了，就开门拿进来吃。他锁上房门，关闭手机，昼夜与焦裕禄同行，忘记了星流月转和浮世精彩。及至改完最后一场戏，他才感到饿坏了。开门一看，门把手上已经挂了五个餐盒！何香久瞥了一眼走廊窗外，发现马路对面是一家韩国烤肉店。他飞快冲进店里饕餮大啖，一人吃了两斤烤肉。

这一代作家，比柳青、赵树理、李准要幸运得多。2012年10月，电视连续剧《焦裕禄》在中央电视台开始播出，两年后获中宣部"五个一工程"奖。随后，应河南文艺出版社总编辑陈杰之约，何香久依托前期的行走、阅读和积累，将剧本改写了五十万字的长篇小说《焦裕禄》。这部作品2019年入选新中国七十年七十部长篇小说典藏。

"劝君不用镌顽石，路上行人口似碑。"中国古来即有口碑载道之说。多年来，为焦裕禄立传著文者可谓多矣。耿相新、王国钦主编的《焦裕禄精神文献典藏》，凡三十一卷，计一千二百万字，但仍不能说已集焦裕禄文献之大成，遗珠之憾在所难免。

焦裕禄鞠躬尽瘁为人民，人民也用无尽追思把自己儿子写入历史。历史记住了焦裕禄，也记住了讴歌焦裕禄的辛勤耕耘者。

1996年10月22日，中国记协和新华社联合召开穆青新闻作品研讨会。穆青在会上讲到，从我个人来说，几十年的记者生涯，我在群众中间、在采访对象中间、在那些先进人物身上，学习到的东西实在太多了。是他们给了我很多营养，是他们教育了我，鼓励了我。他们的品德，他们对党和国家的忠诚，他们在建设祖国、改造山河上创造出的丰功伟绩，处处事事都是鞭策我前进的力量！

作为范长江、邓拓之后又一新闻巨擘，穆青认为，铁肩担道义的民族脊梁从不缺乏，只是浮云遮目未曾发现。"这些年，我几乎年年下去，到基层去，在那里，常常能发现埋头苦干、兢兢业业的干部。但惭愧的是，因为精力有限，我很难把他们写出来了。我倒觉得，如何深入下去，发现好党员、好干部，如何使这些典型的宣传更有效、更具有感染力，是我们媒体必须认真思考的问题。"

毕生为英雄立传的穆青暮年犹壮心不已，1993年以七十二岁高龄登上黄山，俯瞰奔走眼底的奇峰秀峦，不由诗兴大发，临风长啸，挥毫草就《金缕曲·黄山抒怀》，壮怀激烈中再诉拳拳欠债心：

> 文章不为千斤卖，沥肝胆，青史巍巍，冰雪皑皑。光明顶上啸长风，著我炎黄气概。对群峦，心潮澎湃。赤子深情终未改，欠多少父老相思债。鬓堆霜，丹心在。

1995年，穆青在南昌大学，有同学问："如果您还有下一辈子的话，像我们这样的年龄，您会选择什么职业？干什么工作？"

那一天，曾自认为不爱活动、不爱说话、性格非常内向，故而不适合做记者的穆青，笃定而虔诚地说了两个字："新闻。"后来，他更明确地说："我感谢时代的选择，让我做新闻工作。如果有来世的话，我还要干新闻。"

这是半个多世纪后，穆青对周扬"延河之问"的郑重回答。

《人民日报》原总编辑、著名记者范敬宜，深为穆青眼中家国、腹里乾坤、笔下风雷所折服，曾饱蘸激情赋诗赞曰：

> 秀出神州笔一支，如椽如匕如柔丝。
> 雷霆一怒见风骨，典范十章成史诗。
> 踏遍五洲明大势，回翔四海觅新词。
> 照人肝胆知何在，咫尺楼头即我师。

星辰陨落太空时，留在宇宙间的轨迹是灿烂的。

2003年10月12日，曾供职于新华社的朱海燕，登上秦岭下的五丈原。这里是三国时期魏蜀交兵的古战场，也是诸葛亮长星陨落之地。当讲解员讲到诸葛亮为巩固蜀汉基业率军五次伐魏，直至病逝五丈原时，突然问道："听说您是记者，您可知道，昨天，北京有一位著名记者，走上了他生命的'五丈原'？前两年，他曾来过这里。"朱海燕不敢相信地问："是穆青同志吗？"看到讲解员默默点头，他方知国人钦敬的新闻泰斗穆青，已于10月11日悄然谢世，与他挚爱的祖国和人民永诀。朱海燕再也无心从五丈原上欣赏太白积雪、白云玉带、渭河腾跃等美景，含泪返回客栈……

朱海燕是穆青虔诚的追随者，所写《论穆青的军事通讯》获全国大学生优秀论文奖。任职新华社《瞭望》杂志及《中国铁道建筑报》，穆青多有耳提面命。穆青生前经常对诸葛亮鞠躬尽瘁死而后已的精神赞不绝口。朱海燕此番来五丈原寻先贤遗风，本想奉祭"三分扶汉室，万里出师心"的人臣师表诸葛亮，讵料在悲风飒飒、冷雨凄凄的五丈原上，却要为终身恩师悲歌一曲，请一烛高香！朱海燕10月14日深夜乘机返京，15日清晨急赴新华社穆青灵堂，"扑通"一声跪在穆青的遗像前，痛不欲生哭诉："十几亿人口的大国，谁人不知，人民群众是您的挚爱，祖国山河是您的情牵，党和国家的新闻事业是您一生的追寻。如果您能在我的长跪中苏醒，我愿长跪不起，用哭声唤您归来……"他在悼唁簿上真情倾诉："与党同年诞生的穆青，永远是党的记者，人民的记者，在驾鹤西去的路上，您永远不会寂寞，有焦裕禄陪伴着您，有王铁人陪伴着您，有吴吉昌陪伴着您……"

穆青谢世两个月后，2003年12月11日，中共中央宣传部发出《关于在全国新闻宣传战线开展向穆青同志学习活动的通知》。

穆青等人为焦裕禄立传泽被后世，受到社会各界尊重和推崇；那些钦佩穆青才华和人格为其立传者，也收获了成就和赞誉。

2005年1月27日，《光明日报》发表《人民日报》原总编辑、清华大学新闻学院院长范敬宜给《穆青传》作者张严平的信：

这部传记写了一个人，一个时代，一个崇高的灵魂，使读者看到了一个真实的、有血有肉的穆青。全书生动可感，又了无雕饰。它的确做到了可信、可读、可亲。在时下林林总总的传记文学中，毫不夸大地说，这是不可多得的一部，是当前传记文学中的上品。

九、焦守云助李雪健"过关"

1990年，峨眉电影制片厂投拍彩色宽银幕故事片《焦裕禄》。早就盼望在银幕上看到焦裕禄形象的兰考人闻讯为之一振。东坝头乡朱庵村老农杜超仁，把多年积攒的一千元钱交乡党委转县委宣传部，要求用于宣传焦裕禄，说：只要是宣传焦裕禄，只要是使焦裕禄精神重新回来的事，我都支持！

剧组拍摄"风雪车站夜访灾民"一场戏，三天需调动一千二百多人饰演灾民，还要重穿破衣烂衫，重操讨饭篮子要饭棍。农民一听要拍焦裕禄电影，家家户户翻箱倒柜找陈年旧衣和要饭家什，成群结队赶到火车站，从下午三点拍到午夜十二点，无人叫累喊饿。

一位饰演瞎婆婆的老大娘，为反复拍摄一个镜头站了七个钟头。儿子怕她累着，喊她甚至要拖她回家，被她用手扒拉到一边。剧组过意不去，想给她一点补助。老人坚决不收，说："拍老焦的电影还要钱？我为人民服务！"

影片主角由人气正旺的李雪健饰演。李雪健生于1954年，1977年考入空军政治部文工团，1987年入中央实验话剧院，在话剧《九一三事件》中饰演林彪，夺得中国戏剧最高奖梅花奖；在电视剧《渴望》中饰演宋大成，荣膺飞天奖最佳男配角奖和第九届金鹰奖最佳男主角奖。出演银幕上的焦裕禄一角，可谓非他莫属。

然而，焦裕禄的妻子徐俊雅，见到登门看望她的李雪健，特别是看了兰考电视台《兰考新闻》播出的李雪健饰演焦裕禄的一些镜头后，对李雪健这个银幕上的焦裕禄，亮起了红灯。

徐俊雅认为，焦裕禄身高一米七六，形体颀长，精明强干，挺潇洒的一个人儿，而李雪健的个子才一米七二，银幕上的焦裕禄个子矮小且不说，还动不动就蹲在墙旮旯那儿，袖着个手，这不是显得太憋屈了吗？

徐俊雅感到，当年兰考确实很苦，但再苦老焦也是个县委书记，自己总是尽力让他穿得干干净净，哪像银幕上那样邋里邋遢，穿得像个叫花子呢？

徐俊雅觉得，焦裕禄在兰考是通过艰苦深入调查研究，下死劲摸规律、找对策，从根上治理"三害"，让群众长久地过上好日子。哪像电影里那样，上任还带几个馍，见到村里的孩子就分一分，老焦啥时候干过这事儿呢？

徐俊雅自忖，焦裕禄到兰考工作时间虽然不长，但没白没黑地干，都抓在了点子上。他带领干部群众治理"三害"的那些措施，在他活着和故去后都显示出很大成效。可电影上咋就看不出来呢？

总之，徐俊雅感到影片看后光叫人哭了，老焦在兰考干的啥，也没说清楚。因而，她坚决不认可银幕上的焦裕禄，认为这不是当年兰考那个领导有方、众望所归、睿智干练、勤政廉洁的焦裕禄，而是另外一个人。任凭谁来做工作，徐俊雅就是不肯松口。

焦裕禄夫人旗帜鲜明否定李雪健饰演的焦裕禄，使导演王冀邢乃至峨眉电影制片厂一筹莫展，而且日渐感受到强大压力。

这种压力绝非偶然。《焦裕禄》开机前，峨影厂拍摄的传记影片《郭沫若》，因亲属坚决反对未能上映。莫非《焦裕禄》又要重蹈《郭沫若》的覆辙？那些日子，导演和演员的心始终提溜着：峨影厂可不能再度无功而返！

电影《焦裕禄》是一年前，峨影厂厂长吴宝文和副厂长王冀邢，赴京参加全国电影创作会议期间动议，得到广电部电影局支持决定拍摄的。峨影厂延请《月亮湾的笑声》编剧方义华写剧本，曾编剧《漂泊奇遇》《南行记》和导演过《魔窟中的幻想》的王冀邢，自告奋勇任导演。可没想到，影片还在拍摄，焦裕禄夫人就投了反对票。恰好这时文化部电影局局长滕进贤来厂，透露长影厂和上影厂也要上《焦裕禄》。长影厂老导演高天虹，1965年就到兰考采访了一堆焦裕禄的素材，后因十年动乱创作搁浅。前不久，他找滕进贤倾诉了把焦裕禄搬上银幕的夙愿。上影厂也驰电北京请战，骁将杨延晋已在帐下候令。吴宝文和王冀邢陷入前有阻拦、后有追兵的困境。

就在导演焦急万分之际，焦家子女中，有人在思量怎么帮助摄制组闯过妈妈这一关。焦守云与媒体和文艺界打交道多，能设身处地站在厂方角度想问题。她想，既然是拍摄故事片，就得按艺术规律行事。父亲主政兰考业绩颇丰，就是讲个几天几夜，恐怕也讲不完。故事片时间有限，只能截取一个片段，围绕一条主线，精选素材，巧织情节，不可能全面反映父亲在兰考的事迹。焦守云还想到，这部影片，是父亲走上银幕的第一次尝试，无论对国家还是对焦家，都是一件大事。在她潜意识中，还有女儿对银幕上父亲的一种好奇心，她想看看银幕上的父亲是什么样儿。这些想法在心中交织杂糅，形成促使《焦裕禄》上映的一股沉潜而坚定的力量。后来，连焦守云自己也说不清，怎么成了帮助峨影厂做母亲工作的内应。

徐俊雅生性内向，用她自己的话说，我不好说话，但喜欢爱说话的。几个子女中，她与伶俐乖觉、好说好闹的焦守云沟通更顺畅些。对焦守云，徐俊雅有自己的评价：焦家的话，都让她说了。守云回来了，等于回来好几个。铁嘴钢牙，嘴上一份，手里一份。

焦守云客观分析了兄弟姊妹的情况：大姐焦守凤，是六姊妹中的领班人，但就这个问题做妈妈的工作，怕是不大好说。大哥焦国庆，虽说当过军地领导干部，但是个着火也不急的角儿，说服妈妈认可李雪健也有难度。弟弟妹妹出面做妈妈工作，恐怕也勉为其难。于是，她毛遂自荐，对妈妈展开了一场难度不小的说服工作。

焦守云对妈妈素怀敬意，特别是自己做了母亲之后，在感恩妈妈的同时，又多了一种女性的同情。每逢谈及妈妈，焦守云必讲的是，爸爸病逝那年，妈妈只有三十二岁。三十二岁，那是一个成熟女人展示自己幽兰般贤淑、水仙般恬静、百合般清纯丰仪的年龄。可爸爸辞世后，妈妈似乎忘记了自己芳华犹存的年龄，一肩挑起了上要尽孝、下要尽责的担子，心虔志诚送走了两位老人，含辛茹苦拉扯大了几个孩子，自己也在侍老教子中红颜付流水、青丝变白发。世人皆知，爸爸一世英名有妈妈的功劳，可爸爸身后，妈妈的牺牲更大啊！

焦守云曾与妈妈就养育孩子的艰辛作过一次交流："妈，我带一个孩子都感到辛苦得不得了，当年你带六个孩子是咋过来的？"

"那我也没掐死一个。"徐俊雅淡定作答。但其中甘苦，只有女儿懂得。

没齿难忘的年月，妈妈不无怨尤的话，刺疼了焦守云的心。

夫妻永诀之后，以泪洗面，成了徐俊雅的常态。焦裕禄过世头几年，每逢忌日，徐俊雅带着孩子去上坟，泪水便像小河淌水，要流一整天。每逢过年时，焦家四世同堂，恰是徐俊雅内心最孤苦、最柔弱的关口。除夕夜，她通常独自一人包一宿饺子，即使孩子姥姥在身边，她也不让插手。等天一亮，家人开始放鞭炮、下饺子时，徐俊雅就走进卧室，蒙上被子躺下来。饺子出锅，孩子来叫妈妈吃饭，姥姥就会小声告诉他们，妈妈忙了一宿，别打扰她，让她睡一会儿。此时此刻，只有蹑手蹑脚走进卧室，悄悄坐在一角陪伴妈妈的守云，透过妈妈身上被子的颤抖，感受到妈妈心灵的抽搐和悸动。阖家团圆辞旧迎新时，徐俊雅蜷缩在被窝这个与世隔绝的小天地里，心游万仞，情寄八荒，孜孜追寻远去的那只孤雁。他已经孤寂了太久，并且感受到了来自兰考的追寻。只有此时生死同行的精神遨游，"小芹"与"小二黑"才得以重返艰苦而浪漫的二人世界。于是，那只不成双的绣花枕头，又在徐俊雅眼前晃动起来。形单影只的鸳枕，成了徐俊雅终生打不开的心结。当徐俊雅云游万里重返焦家小院，从她的情感世界走出来，细心的守云发现，妈妈用过的枕巾，都被泪水湿透了……

徐俊雅对焦裕禄的爱太深，而焦裕禄离她而去又太早。"小芹"和"小二黑"爱的世界的阴晴圆缺几经岁月磨洗，那些近乎偏执的情感块垒，终于叠加累积成她和李雪健之间不大不小的一座山岳。

李雪健从小生活在毗邻兰考的山东巨野县，常跟当公社党委书记的父亲到村里转悠，深谙黄河故道风情。接演焦裕禄时，他刚从《渴望》剧组下来，还留着宋大成的平头，人又很胖。第一次见徐俊雅，看到她眼睛上下打量自己，心里就发虚：坏了，不像！鉴于形似先天不足，他粒米不沾，二十多天吃大白菜喝汤掉了十几斤，饿得外形逼近了清癯刚毅的焦裕禄。

李雪健试图模仿焦裕禄双唇衔烟来回滚动绝技。三番五次找不到感觉后，烟卷也给整急眼了：你咋就没俺那主人的灵光劲儿呢？

导演王冀邢鼓励李雪健扬长避短，力求三分形似、七分神似。李雪健着意吃透焦裕禄党性人情高度统一这个根，调动自己的生活积累，把对剧本的理解和导演意图的领悟，转化成个性化表现方式，举手投足都力求精准到位，恰到好处。幸运的是，李雪健有一双善于表情达意的眼睛。他在努力走进焦裕禄内心世界，用自己的心与角色的心撞击的同时，注意多用眼神表现人物丰富的内心情感和境界，在神似上狠下功夫，使自己炉火纯青的表演臻于化境。导演王冀邢也最大限度发挥和展现李雪健的才艺。

王冀邢为片头的声画造型煞费苦心，开篇即呈现一个巨大的落日，伴随着缓缓飘来的苦涩悲凉的河南民谣："老天爷呀，你咋不睁睁眼，下大雨变成米面油盐……"为增强民谣韵味，王冀邢让曾为电影《红日》《铁道游击队》谱曲的作曲家吕其明上手。可几人试唱都未达到设计效果。正焦急间，忽听试音室里传出一个沙哑而充满乡野风的男声。这不正是片头需要的声音吗？王冀邢一步闯进去，原来直着嗓子干吼的竟是男主角李雪健！

李雪健见导演两眼逼视着自己，嘿嘿笑道："我正唱着玩儿呢……"

"唱，继续唱，唱下去！"王冀邢一挥手，满眼惊喜。于是，沙哑悲凉的男声，居然从试音室飘到了影片片头。压根儿不识谱的李雪健，以声情并茂的演唱，契合了剧作主题和焦裕禄的歌吟天赋。

为了李雪健饰演的父亲，焦守云同母亲慢声细语谈过，也粗声大气吵过，她均不认同。焦守云实在忍不住了，便说了一句戳心窝子的话："妈妈，在您眼里，谁演爸爸都不像！"

仿佛一箭中鹄，徐俊雅愣住了。是啊，在这个世界上，她似乎很难找到能与丈夫媲美的人。丈夫的忠诚、勇敢、智慧、勤奋与潇洒，是她一辈子品味不尽并引为骄傲的财富，也是她在焦裕禄离去后，唯一能够诗意栖居的心灵绿洲。这些年，各地演出的歌颂焦裕禄的剧目，除了郑州豫剧团饰演焦裕禄的演员，一亮相就使她有似曾相识之感，此后便不敢再看第二眼外，还没有看到哪个演员演得像自己丈夫。在这个世界上，能够读懂丈夫那颗坚忍善良的心，而且与他形神毕肖的人，上帝大概还没有创造出来。哦，自己是不是对丈夫的感情太深，以至于产生了一种近乎苛刻的苛求……

徐俊雅最终还是让步了。剧组奋战五十天，将混录双片送到北京审查。专家在广电部电影局审片会上一致认为，这是1990年所见的一部最激动人心的中国电影，是年内一百多部国产影片的领衔之作。

《焦裕禄》有惊无险过了亲属认可关，进京送审一炮打响。

焦守云后来在记述这一过程的一篇文章中写道：

也许是父亲留给母亲的印象太美好了。当初，饰演父亲的演员李雪健一走进家门，我母亲就连连说："不像，不像。这哪里是老焦的样子，他个子太矮，人也长得太胖，皮肤又太白。"听了母亲的话，李雪健急了：减肥！大白菜帮子一吃就是近一个月。没想到，还真奏效，李雪健很快就把自己减掉了十几斤，化妆师化妆时又把他的皮肤给抹黑，摄像时也尽量把李雪健拍得个头儿显高一些。李雪健也真不容易。当时他曾对我母亲说："我外形不像，就用心来演。"后来，他成功了，把一个焦裕禄演得感天动地，母亲也被感动了，直说："雪健这孩子，也真难为他了。"

1991年1月，人民日报社和峨影厂举办影片《焦裕禄》新闻发布会，焦守云给妈妈写了发言稿，想让她讲出这种场合该讲的话，同时也借此把妈妈的思路限制住，免得老人家情之所至，陡生意外。然而，导演王冀邢心里还是十五个吊桶打水——七上八下。焦守云发现，王冀邢始终不敢看妈妈一眼，生怕她说出他最怕听到的话，使辛勤拍摄的影片一下子泡汤。

焦家子女中第一个从银幕上看到父亲艺术形象的是焦守军。1990年12月16日晚，她在峨影厂看了《焦裕禄》双片，于12月24日在《峨影动态》撰文："这部影片演员技艺精湛，真实感人，催人泪下，催人奋进。我代表全家对为这部影片付出辛勤劳动的全体同志表示深深的谢意。"

1991年1月10日，徐俊雅携子女同首都近百位新闻记者一起，在广电部电影局观看影片《焦裕禄》。徐俊雅噙着泪花说："这部影片拍得很真实。"焦守云说："看完影片，觉得有三个没想到：一是没想到拍得这么快，五十天全部拍完；二是没想到拍得这么好，1964年以来，我们接触的关于父亲的文艺作品，都没有像这次这么令人激动；三是没想到李雪健演得这么好。我们不懂艺术，但我们知道，他动情的地方我们也动情，他流泪的地方我们也流泪。他演得太真实、太好了。我们兄弟姐妹对他演的焦裕禄认可了。"

焦守云为影片《焦裕禄》上映，专门写了一篇文章：

> 六十年代我们曾激动过，七十年代我们困惑过，八十年代我们也气愤过，因为有些人曾说：一个焦裕禄顶不上一个万元户。我们有时很尴尬，有人用一种特殊的眼光看我们说：焦裕禄现在算什么呀，要是他活着，说不定他们家也会先富起来的。现在不管我们走到哪里，人们都是一句话：要是今天的领导干部都像你爸爸那样，我们的国家就好办了。如果说，当年穆青等同志的长篇通讯感动了千千万万的人，那么在九十年代，影片同样会感动千千万万的人。

1991年1月25日晚，焦守凤在开封出席《焦裕禄》首映式。当银幕上的父亲颤巍巍摘下手表给女儿小梅戴上时，暗自啜泣的焦守凤，恍如回到了二十六年前生死诀别时。她再也控制不住自己的感情，用手捂着嘴，起身奔向室外，刚一出门便"哇"的一声哭了起来。李雪健和影片中饰演焦守凤的卢珊，见此情景急忙跑出影院，对焦守凤进行劝慰。饰演焦裕禄几个月来，李雪健的心灵已与逝者高度契合。他噙着眼泪对焦守凤说："守凤姐，请你别难过了……"一语未了，自己的眼泪也扑簌簌滚落下来。

焦守凤哽咽着对李雪健说："你演的父亲非常像，看到你在银幕上的形象，就好像父亲站在我眼前一样，心里特别激动……"

正在现场的开封市公安局干警乔保刚，眼疾手快抢抓镜头，照片发表在1月27日《河南日报》和《开封日报》上。2月10日，《人民日报》以"看《焦裕禄》泪流满面"为题，在一版刊登了这一真切感人的图片新闻。

1991年2月8日，中宣部、中组部、广播电影电视部、文化部、中华全国总工会联合发出做好影片《焦裕禄》宣传、发行和放映工作的通知。

2月26日，中共中央政治局常委、中央书记处书记李瑞环，在人民大会堂出席电影《焦裕禄》首映式，亲切接见剧组主要成员并发表重要讲话。

电影《焦裕禄》上映后引起轰动，当时发行拷贝五百六十七个，创下了新中国成立以来，国产电影首轮发行拷贝数的最高纪录。

1991年3月6日起，《焦裕禄》在兰考电影院安排放映三天二十一场，三万多张票立即被抢购一空。人们争相告知：到电影院看焦书记去！影片开演后，有人唏嘘，有人呜咽，一位老大娘看到焦裕禄风雪之夜到火车站看灾民的镜头，触景生情喊着"焦书记啊……"顿时，影院里哭声一片。

3月3日，影片《焦裕禄》在北京十家一级影院同时公映，盛况空前。连坐轮椅的残疾人也请人推进影院观看。李雪健刚出现在银幕上时，观众还喊他刚演过角色的名字"大成"。随着剧情发展，观众席上嗑瓜子吃零食的声音消失了，渐渐响起了抽泣声。影片时长一小时四十分钟，无一人退席。

供职中国医学科学院的美国专家安德森说："我喜欢影片前一小时，好像故意让人同情他。焦是好人，不自私，像耶稣基督一样。"

中国青年艺术剧院秦燕萍看完电影说："如果我们的党员干部都能像焦裕禄这样，人民就会对我们党的事业充满信心。"

2月27日晚，电影《焦裕禄》走进北大。大学生会喜欢这部片子吗？剧组成员坐在放映厅后台没露面。谁知影片一放完，全场掌声雷动，经久不息。王冀邢等人上台看到，能容纳两千多人的礼堂座无虚席，连过道里都挤满了人，谢幕进行了二十分钟。原定四十多人参加座谈，结果会场涌进二百多人。有的同学说，看过影片，更加真切地感到党的伟大，正是因为有千千万万焦裕禄这样的共产党人，才有社会主义的天下。还有的同学说，过去对党认识上有片面性，看到一些腐败现象就觉得党员干部不行了，这是不对的。希望有更多的焦裕禄出现。影片在北大连演四场，场场爆满。

3月2日晚，南京大华电影院举行《焦裕禄》首映式，引起轰动。南京人民广播电台连续几个晚上安排焦裕禄亲属和摄制组主创人员与观众电话交流，热情的观众每天都能打来上千个电话。

3月15日晚，上百名外宾在北京长城饭店小剧场观看影片，半数以上观众感动得流了泪。电影结束后，几十名外宾迟迟不肯离去。

法国的玛丽小姐说："我们几个都哭了，太感人了！"

有位先生好奇地问："河南真有这样都是沙子的坟吗？"当他得知这个故事发生在兰考，表示过去没去过河南，以后要去看看。

但也有的外宾，对影片中主人公的一些行为感到不解。

四十岁左右的史密斯先生坦率说道："我不喜欢这部片子。""为什么？"

记者笑问。"密斯特焦死后，他的孩子们哭得那样厉害，可影片中并没有介绍焦对孩子们是如何的爱，缺少父子之情。"史密斯解释说。

一位女士说："焦先生是个男子汉，但他没给太太一点感情。"

穆青看完影片感叹说，作为当年采访报道焦裕禄的老记者，看了影片心情非常激动。二十六年前我们采写焦裕禄时，就曾经想过，如果电影艺术家能把焦裕禄的感人事迹拍成电影，让更多的人了解、认识焦裕禄，学习他的革命精神，那该多好啊！现在我们终于看到了这部感人至深的好片子！

冯健说，我是第三次看影片《焦裕禄》了，但依然止不住泪水潸潸。感谢峨影厂在银幕上艺术地再现了焦裕禄不朽的共产党人形象。这是羊年新春影坛的第一部佳作、力作，它奏出了时代的旋律，拓出了新的境界，表现了人民喜闻乐见的题材和风韵；它向广大干部发出了热情的召唤，也带来了巨大的震撼。这里要特别谈到，焦裕禄的扮演者李雪健演得朴实、真切、深沉，他以饱满的"演焦裕禄、学焦裕禄"的激情，把一个不朽的共产党人形象成功地亲切生动地奉献给广大观众。这也是影片具有强烈感染力的一个原因。

周原看完电影《焦裕禄》，依然把思考的锋芒刺向现实：1966年2月，新华社发了焦裕禄通讯。有人对我说，那篇通讯如果今天发表，就不会产生当年那种感人至深的效果。去年，新华社又发了《人民呼唤焦裕禄》。有人对我说，历史到了九十年代，你们抬出六十年代的焦裕禄，恐怕起不了什么作用。有人说得更离奇，说现在重提焦裕禄是精神危机、信仰危机的表现。当年我们报道的焦裕禄，是从现实生活中来的，并不是谁为了什么目的去制造的。去年又写《人民呼唤焦裕禄》，也是从生活中来的，并不是怀着什么主观要求去臆造的。现在人为的"三害"，比焦裕禄当年治理的"三害"，给人民带来了更大灾害。人们呼唤焦裕禄，希望有更多县委书记成为焦裕禄式的领导干部。焦裕禄集民族传统与党的优秀传统于一身，他发出的声音是震撼历史的声音，他发出的光芒要刺伤某些人的眼睛。我看到的有关焦裕禄的剧作，这是最成功的一部。这位伟大的人是一个挖掘不尽的艺术现象。

编剧方义华说，焦裕禄区别于刘胡兰、董存瑞、雷锋、欧阳海等英雄。

他是县委书记，是管辖一方的领导者，群众要求他不但能关心自己疾苦，更要能指出前进道路和方向，率领他们战胜灾害，摆脱穷困，过上丰衣足食的好日子。焦裕禄形象之所以光彩照人、感人至深，一个重要因素，他是一个心灵美好、情操高尚的人。剧中焦裕禄一言一行都表达了一个"爱"字。

李雪健拍《渴望》因牙疾到灯市口医院就诊，因患牙多需几次复诊。可他初诊后就一去不回。拍完《渴望》，李雪健左侧后磨牙已劈裂，半边脸也肿了。可他直到拍完《焦裕禄》才捂着腮帮子来医院，但为时已晚，只得拔掉四颗牙。医生问他近来怎么吃饭？他憨厚一笑："整吞呗。"

1991年3月1日下午，李雪健应邀到中南海怀仁堂参加江泽民总书记召开的文艺座谈会。与会艺术家中，他是唯一骑自行车的人，并且在自行车后座绑有送儿子去幼儿园的座椅。会后，李雪健骑车在华灯璀璨的京城穿梭疾进，翌晨又和《焦裕禄》剧组一起，去南京、上海等地参加献映活动。

1991年，《焦裕禄》获第十一届中国电影金鸡奖最佳故事片奖、第十四届大众电影百花奖最佳故事片奖、广电部1989—1990年优秀影片奖。李雪健获金鸡奖最佳男主角奖、百花奖最佳男演员奖。

2014年3月18日，习近平在兰考县委作重要讲话时说：

> 李雪健主演的电影《焦裕禄》，我看过不止一遍。

同年10月15日上午，李雪健在习近平召开的文艺工作座谈会上，结合出演焦裕禄、杨善洲等角色，畅谈文艺工作者须臾离不开人民和生活。

习近平肯定了李雪健的发言，热情鼓励说：

> 你讲得充满深情。正如你所说，从焦裕禄、杨善洲身上，人们看到了共产党人的"职业病"——自找苦吃。只有全面准确地把握人物的精神世界，才能把荧幕形象刻画好、塑造好。

电影和人生，都是要靠余味来定输赢的。1991年9月9日，在北京举行的第十一届中国电影金鸡奖和第十四届大众电影百花奖颁奖仪式上，戏里戏外已然双赢的李雪健说："苦和累都让大好人焦裕禄受了，名和利都让傻小子李雪健得了。"李雪健还说过："我不会讲话，我想讲的话，都在我演过的那些角色上。"人们悟出，中国唯一获得主流影视奖项"大满贯"的李雪健，之所以能够吃透角色，进入人物内心，真切地把角色形象呈现于银幕之上，使观众感觉到他所塑造人物情感的战栗，就是因为他一贯低调简朴，永远把自己藏在角色后面，并希望观众忘记他。

塑造焦裕禄、杨善洲等优秀共产党员形象，使李雪健迎来事业的丰收季：2013年，当选中国电影家协会主席；2016年，当选中国文联副主席；2018年12月18日，在京召开的庆祝改革开放四十周年大会上，荣获党中央、国务院授予的改革先锋称号和改革先锋奖章，并获评弘扬社会主义核心价值观的优秀表演艺术家。

十、从百老汇来的焦裕禄

王洛勇在美国纽约百老汇，接到黑龙江电影电视剧制作中心导演李文岐打来的电话，正是午夜时分。

李文岐是从北大荒来的知青导演，王洛勇曾在他导演的电视剧中主演过杨靖宇和杨子荣。他做梦也没想到，自己这个在美国百老汇连续六年主演歌剧而名噪一时，在国内反而声名不彰的海归演员，会被邀请在即将投拍的三十集电视连续剧《焦裕禄》中，饰演中国共产党人的楷模焦裕禄！

一切皆有可能，但百老汇来了个焦裕禄，未免也太奇葩了。

"洛勇，最近胖了没有？"通话切入正题，李文岐关切地问。

"没胖，还是二尺四的腰！"王洛勇知道李文岐担心什么。

这个数字令李文岐松了一口气，脸上露出多云转晴后的笑容。

焦守云看到李文岐的笑容，知道几个月的寻觅总算有了眉目。

2010年12月15日，焦守云致信时任中共中央政治局常委、中央书记处书记、国家副主席、中央党校校长习近平：

记得2009年您去兰考时，曾对学习焦裕禄精神作出过重要指示："要学习和弘扬焦裕禄同志的公仆精神、奋斗精神、求实精神、大无畏精神和奉献精神"，我们一直牢记您的讲话，努力宣传焦裕禄事迹和精神。我清楚地记得您当时问我，以什么形式宣传焦裕禄精神最有效？经过认真思考，我认为，在所有宣传手段中，影视剧是大力宣传焦裕禄精神的最有效的艺术形式。

　　为庆祝建党九十周年，上海上影集团、浙江永乐影视公司决定拍摄二十八集（拍竣后实为三十集）电视连续剧《焦裕禄》。编剧多次到我父亲焦裕禄工作过的兰考、尉氏、洛阳矿山机器厂（现中信重工）及家乡山东博山深入生活，深入采访，经过认真创作，九易其稿，于近期完成了电视剧《焦裕禄》剧本的创作工作，在深入挖掘焦裕禄崇高精神内涵的同时，也注重对焦裕禄精神形成的因素进行深入发掘。我含着眼泪读完了剧本，非常感动。目前这部电视剧定于2011年1月20日开机，5月31日之前完成全剧的拍摄制作工作，力争在7月1日前在全国播出，作为向建党九十周年纪念活动的献礼片和加强党性教育的教材。恳请您在百忙之中过问此事，对这部电视剧的创作、摄制、播出给予关怀和指导，并请中共中央宣传部、国家广电总局、中央电视台等有关部门给予具体的指导和支持，使这部电视剧成为一部弘扬主旋律的精品力作，在促进党建工作中发挥重要的作用。

　　焦守云信中附有电视剧《焦裕禄》故事总纲及创作思想综述。

　　来自中央高层的关怀，剧组很快就感受到了。中央有关部门的重视，使剧组很受鼓舞。但遴选饰演焦裕禄的演员并不顺利。焦守云代表家人提了三条建议：一要人好，二要有点像，三要有一定演技。所选演员虽不一定能与李雪健比肩，但也不能弄个生手。对主要演员的特殊要求，使剧作总顾问焦守云一开始就参与了演员遴选。

　　首先进入视线的是著名演员陈宝国。这个如日中天的老戏骨，凭借《大宅门》《汉武大帝》等电视剧，多次获得中国电视剧飞天奖优秀男演员奖。

但由他来饰演焦裕禄，年龄显然大了些。

此后有人推荐过侯勇。阴差阳错，他最终也与此剧无缘。

接下来，焦守云同儿子余音见了《潜伏》中饰演李涯的祖峰。一见面，焦守云就一怔：这个演员虽说有些憔悴，但确实还是比较像父亲的，余音也找到了外公的影子。祖峰生于古城金陵，虽然老饰演坏人，但骨子里还有南方都市人的书卷气。谈到自己气色欠佳，祖峰说，近日有朋友去世，帮了三天忙，所以脸色不好。焦守云顿生好感：这个大明星，还是蛮重情义的嘛！

初次与祖峰见面留下的好印象，使焦守云几乎就认定由他来演父亲了。她甚至仿照父亲照片上毛衣的款式，给他织了一件鸡心领毛背心。但或许是天不遂人愿，祖峰最终未能出演焦裕禄。

几个初选对象接连落空，李文岐想起了从美国回上海任教的王洛勇。于是，便有了开头他与赴美招聘人才的王洛勇的越洋电话。

生于1958年的王洛勇是铁道游击队的后代。1937年12月，王洛勇爷爷奶奶在南京大屠杀中不幸罹难，七岁的父亲王兆泉从下水道死里逃生。在流落各地的日子里，因仇恨早熟的王兆泉逢人就问：哪有打日本鬼子的？

1940年年初，鲁南铁道游击队成立。王兆泉流浪到枣庄，夜间循枪声找到神奇的"飞虎队"，送情报，抓中药，开始了小游击队员的战斗生涯。1957年，王兆泉从部队转业到一机部安装公司，携妻小转战德阳、自贡、哈尔滨等地，在洛阳与焦裕禄时有接触。父亲告诉洛勇，洛矿有的农村来的合同工，工作没激情。焦裕禄没批评他们，而是以身示范，带领大家在完成任务中树立美好向往。从此，一只振羽高飞的头雁，飞进王洛勇心中。

1985年，王洛勇从上海音乐学院毕业后留校任教，两年后远涉重洋到美国留学，几经周折进入波士顿大学戏剧学院表演系学习，1989年毕业并获文学艺术硕士学位，在威斯康星大学教了六年表演。1995年7月4日，王洛勇凭借扎实的音乐功底和准确的英语发音，在百老汇一部歌剧中饰演男主角，主演该剧近两千五百场，成为站在百老汇舞台上的华裔第一人，被《纽约时报》誉为"百老汇的百年奇迹"。1999年，王洛勇获美国福克斯演员奖最佳男演员奖，嗣后任波士顿美国麻省艺术学院教授。

2001年，王洛勇姨夫、中科院院士何祚庥访美，为他描绘了改革发展中祖国充满机遇和希望的人生大舞台。当年，他作为国家引进的高层次人才，到上海戏剧学院任音乐剧中心主任，翌年挑战沪上戏剧舞台，主演《孔乙己正传》等话剧。2003年起，王洛勇参演了《林海雪原》等三十多部电视连续剧，2009年6月在国家大剧院饰演话剧《简·爱》中罗切斯特一角。

王洛勇此番赴美，是为招聘在百老汇时的同事。午夜越洋电话使他兴奋不已，连夜从网上下载焦裕禄照片挂在墙上，模仿焦裕禄的叉腰动作和神态，对着镜子悉心揣摩。他问来美探亲的父亲："爸，我像焦裕禄吗？"

老人家端详儿子："你这瘦劲儿像。可焦裕禄上嘴唇比你薄。"

王洛勇回国在横店拍戏，剧组化妆师比着焦裕禄照片剪了个头套，给他戴上后，经修饰看上去有点像。王洛勇赴京第二次试妆，一化完妆，余音脱口喊道："天哪！好像！"他给王洛勇拍了张定妆照发给妈妈，高兴地说："真像姥爷！"焦守云母子对王洛勇外在形象的认可，使他吃了定心丸。

《焦裕禄》投资方是浙江永乐影视集团，基本经费有保障。但李文岐仍觉囊中羞涩，委婉地向王洛勇透露片酬不丰。王洛勇爽快地说，我演焦裕禄不是为挣钱。父亲早有嘱咐，其他角色你可以不演，焦裕禄一定要演！

焦守云赞赏王洛勇不为金钱所累的品格，但又怕他阅尽江湖，生性浮躁，演出中沉不下来，导致内在的不像。

李文岐自信地一挥手："放心，洛勇敢嘚瑟，我就摁住他！"

王洛勇担心的是，影帝李雪健在上，自己能被观众认可吗？

焦守云说："不要匍匐在别人的影子里，他演他的，你演你的。"

王洛勇说："我没看过雪健老师演的片子，干脆我也不看了。"

"你不要管人家说你演得像不像。二姐说你像，你就像！"

王洛勇乐了。他甩掉包袱，凝神聚气走向心中的焦裕禄。

为了找到"榜样"和"楷模"的感觉，王洛勇像海绵吸水一样，全身心感知、体察、揣摩焦裕禄。在北崮山村，他跟着焦守云叩首岳阳山，给奶奶李星英上坟；在兰考焦裕禄墓前，他单膝跪地，右手放在左胸前，喃喃诉说自己的崇敬与思念之情，长达十几分钟。

焦守云感动之余，看着墓碑上爸爸的眼睛说："爸爸，我们要拍你的电视剧了，演你的演员来看你了。你要认可他，就保佑他吧！"

兰考人看见王洛勇说："二姐从哪儿找的演员？长得怪像哩！"

王洛勇学着焦裕禄的样子演焦裕禄，不计较吃住条件，现场就可换衣服，凡有要求合影的，不分男女老幼，都一一满足要求。为了控制体重，即使凌晨收工，王洛勇也要坚持跳绳五百次。

在东坝头拍摄1963年秋季大雨兰考被淹一场戏，王洛勇按照台词对围在身边的乡亲们说："大伙儿别泄气，天灾、水灾、人灾不可能老有……"

"不对，焦书记不是这样说的！"一个在土丘上看拍戏的年长者忽地滑下，更正说："焦书记当年对乡亲们说的是：人勤地不懒，处处是金山！"

王洛勇精神一振，扭头望着导演李文岐，问："怎么样？"

李文岐点点头，说："好，就这么改！"

艺术家和兰考百姓共同创作的一场戏，就这样搬上了荧屏。

入夏，王洛勇在东坝头下游拍翻淤压沙的戏，脸上晒爆了皮，在脸上抹上生鸡蛋清继续拍摄。时任中宣部副部长、广电总局局长蔡赴朝前来探班，看到正在拍戏的王洛勇脸膛黝黑，拍戏间隙走上前去对他说："洛勇，你的戏演得挺好，就是脸太黑了，妆化得太重了！"

王洛勇下意识地摸摸脸，伸出手说："部长，你搓搓我的脸，哪有一点油彩？不是妆化得重，是我在太阳底下晒得太黑了！"

摄制组在兰考一块麦茬地里拍戏，王洛勇乘车去换衣服。忽听"嗖嗖"两声，两把飞来的镰刀插在拉道具的拖拉机上！随之，一个孩子扯着嗓子骂起来，孩子父亲也赶来了。剧组人员这才发现，地里种的玉米已经出芽！大家慌忙给父子俩解释："我们是拍电视剧的，没有看见地里种了东西……"

"拍啥不管，反正你们得赔！"父子俩不依不饶。

王洛勇赶紧下车道歉："老乡，真是对不起，我们是拍电视剧《焦裕禄》的，损坏的庄稼我们一定赔……"

"你们拍啥？拍《焦裕禄》？"

"对，拍的就是当年咱兰考的县委书记焦裕禄的电视剧。"

父亲听罢气一下子消了，拉起孩子转身走了。

王洛勇说："老乡，留个电话，我们好赔偿！"

回答他的是父子俩相偕而行愈走愈远的背影。

永远的焦裕禄，不需要任何宣传包装，任凭岁月流逝，风吹雨打，人民好儿子的形象山高水长，永世不易铭刻在老百姓心上！

2011年6月24日，王洛勇到洛阳中信重工拍戏。焦裕禄在洛矿前后九年，超过其革命生涯一半时间。这个人生刻度，使他掂出了洛矿五集戏的分量。一进厂，王洛勇就直奔焦裕禄展室，从图片实物中捕捉焦裕禄的音容笑貌和风范举止。走进一金工车间，他恍如看到焦裕禄组织研制2.5米双筒大型卷扬机的情景，很快找到了感觉。

不过，王洛勇饰演病中的焦裕禄，却经历了一个特殊生命体验过程。开始，他表现焦裕禄肝疼是捂肚子、皱眉头，嘴里"咝咝"地吸气儿。李文岐说戏时问他："洛勇，你这是肝疼还是牙疼？"

王洛勇脸红了。他买了个细脚伶仃的三相插头，用胶带粘住绑在右腹部，剧情需要时便用力一按，插头尖利的铁爪往肉里一刺，疼得钻心，冷汗瞬间淌了下来，神情非常逼真。拍完片子，腹部伤口发炎化脓。电视剧封镜后一个月，何香久到北京看王洛勇主演的话剧《简·爱》，特意让他撩起衣服，看到王洛勇腹部的伤口刚刚愈合，结了一个鸡蛋大的疤。

在洛矿宿舍楼拍戏，有一次王洛勇内急，又不好意思用住户厕所。王洛勇来到附近的退休办，可值班老太太不愿让外人用厕所。剧组人员告诉老人，需要使用厕所的，是正在厂里拍摄的电视剧中饰演焦裕禄的演员。

老太太问："谁演焦裕禄？"人们指了指带着戏妆的王洛勇。

老太太惊喜地看着王洛勇，半天没合拢嘴。她像作出了一个重大决定，慷慨地对王洛勇挥挥手说："请进来，上——厕——所！"

王洛勇方便完走出楼门，一群弓腰驼背的老人凑上前来，一张张皱得像核桃皮的脸紧贴王洛勇，蒙眬的老眼可着劲儿瞅。

"嘿，还真像嘞！""就是上嘴唇厚了点！""牙也太白，人家焦裕禄可一直抽烟呢！""还缺那山东口音……"

一尊尊活化石证明，五十年过去，焦裕禄仍活在洛矿人心中！

6月29日晚，中信重工董事长任沁新为剧组饯行时，王洛勇听说企业有个活着的焦裕禄杨奎烈，次日专程到医院看望。

杨奎烈是中信重工能源供应公司党委书记、经理，他与焦裕禄同在一个企业，同患肝癌累倒在岗位上，同为人民奉献了一生。相似的人生轨迹，相同的奉献平台，中信人把杨奎烈视为活着的焦裕禄。在医院，生活中的焦裕禄和剧中的焦裕禄，紧紧拥抱在一起。

"像！真像！你肯定能演好焦裕禄！"杨奎烈望着王洛勇说。

杨奎烈以生命践行焦裕禄精神，人生实现了从有限到永恒的飞跃，使王洛勇如清流濯心。他由衷说道："我觉得你更像焦裕禄！"

当王洛勇了解到，杨奎烈不仅像焦裕禄一样爱好文艺，还像他一样以身示范，不禁想起父亲给他讲的焦裕禄用实干感召合同工的故事。跨时代的形象叠印，使他产生了强烈的情感共鸣。临别时，他对杨奎烈说："如果能早点认识你，我会把焦裕禄演得更好！"

王洛勇从美国回国后，曾与国内一著名大公司签约。由于他接连接拍了《焦裕禄》等主旋律作品，引起公司不快。公司三巨头先后提醒他，你从美国回来，应当整点儿美国大咖，赛车啊，美女啊什么的，你看你，又是冰里，又是雪里，又是地里的……

拍完《焦裕禄》，王洛勇同签约公司分道扬镳。他感到，在堪称高尚的中国文化表达中，能参与具有国家记忆和国家价值的文化创造，是自己的幸运和偏得。他时常想起美国威斯康星州、印第安纳州、俄亥俄州，那些热忱助贫取酬甚少，彰显人类共有善举和美德的"社区守护者"。他眼中的焦裕禄精神，已超越国界和文化。

2012年10月，党的十八大召开前夕，电视连续剧《焦裕禄》在中央电视台一套黄金时段播出，各界反响热烈，嗣后接踵获奖：2013年12月，荣膺第二十九届飞天奖长篇电视剧一等奖；2014年9月，喜获中宣部"五个一工程"奖。同年10月，王洛勇因在此剧担纲蟾宫折桂，获第十届中国金鹰电视艺术节暨第二十七届中国电视金鹰奖最佳表演艺术奖，被评为第十届中国金鹰电视艺术节暨第二十七届中国电视金鹰奖观众喜爱的男演员。

大洋彼岸去复来，从百老汇到兰考，王洛勇在荧屏重走焦裕禄的人生路，在故土登上了自己演艺事业的高峰。他真情慨叹："我演过很多戏，但都是混饭吃的。是电视剧《焦裕禄》成就了我！"

第七章　大河奔涌新时代

一、"零公里"处新"赶考"

2013年7月11日下午，河北省平山县西柏坡，著名的九月会议旧址又写新篇——中共中央总书记习近平，在这里主持召开平山县县、乡、村干部和老党员、群众代表座谈会。

根据6月18日中央党的群众路线教育实践活动工作会议部署，中央政治局常委同志在第一批、第二批活动中，分别联系一个省和一个县。习近平来到自己联系的河北省参加并指导教育实践活动，其间专程赴解放战争后期中共中央驻地西柏坡瞻仰。

燕赵盛夏，位于太行山东麓的西柏坡，山清水秀，绿树葱茏，到处充满勃勃生机。再次来到在中国革命历史上占有特殊重要地位的红色圣地，习近平心情久久不能平静。

历史的巨轮在这里转弯——1948年5月中旬，毛泽东率中共中央机关和解放军总部移住西柏坡，在解放全中国最后一个农村指挥所，指挥了震惊中外的三大战役，召开了党的七届二中全会。

西柏坡纪念馆，毛泽东同志旧居，中央军委作战室，七届二中全会旧址……习近平怀着崇敬的心情，依次参观这些标识着中国革命铿锵脚步的馆室，而后步入九月会议旧址，同大家进行座谈。

在习近平看来，九月会议旧址是中国共产党立规矩的地方。1948年夏，党拥有三百万党员，领导着近三百万军队，解放区日益扩大。但事先不请示、事后不汇报和地方主义、游击主义等倾向也在抬头，分散和削弱了党的集中统一领导。1948年夏，毛泽东以中共中央名义起草电文，严厉批评六个月未按规定向中央作综合性报告的林彪和东北局。战略大决战前夜，9月8日至14日召开的中央政治局扩大会议，通过了向中央请示报告制度的决议，强调党的下级组织的代表大会、委员会及代表会议的重要决议，必须呈报党的上级组织批准后方准执行；各级党的领导机关，必须将不同意见的争论，及时地、真实地向上级报告，其中重要的争论必须报告中央。请示报告制度的建立，是中国共产党在化茧成蝶、由革命党成为执政党的关键蜕变期，加强党的作风纪律建设和集中统一领导的范例，对于夺取解放战争最后胜利和建立新中国，发挥了重要作用。

时代嬗变掩不住历史光辉。在中国特色社会主义进入新时代之际，九月会议在历史大转折中加强党的作风和制度建设的非凡创举，对于加强党的作风建设和实现复兴大业，有着重要启迪作用。

置身毛泽东率队进京"赶考"零公里处，诞生于新民主主义革命向社会主义革命转变中的"两个务必"，在历史长廊的回声依然激越深沉。"两个务必"的提出，主要基于哪些考虑？我们学的还有没有不深、不透的？"两个务必"耳熟能详，但在当前形势下我们能不能深刻领会并使之更好指导党的建设？如何结合新的形势加以弘扬？我们坚持"两个务必"重点应该抓什么？怎么抓？

基于零公里、面向新时代的深邃战略思考，化为中国共产党在换羽振翅鹏程万里之际的时代之问。习近平在座谈中深刻指出：

> "两个务必"包含着对我国几千年历史治乱规律的深刻借鉴，包含着对我们党艰苦卓绝奋斗历程的深刻总结，包含着对胜利了的政党永葆先进性和纯洁性、对即将诞生的人民政权实现长治久安的深刻忧思，包含着对我们党坚持全心全意为人民服务根本宗旨的深刻认识，思想意义和历史意义十分深远。全党同志要不断学习领会"两个务必"的深邃思想，始终做到谦虚谨慎、艰苦奋斗、实事求是、一心为民，继续把人民对我们党的"考试"、把我们党正在经受和将要经受各种考验的"考试"考好，使我们的党永远不变质、

我们的红色江山永远不变色。

那个明媚的夏日，太行山下，滹沱河畔，在毛泽东率队赴京"赶考"出发地，习近平又发出了"赶考"远未结束的战略号令：

> 六十多年过去了，我们取得了巨大进步，中国人民站起来了，富起来了，但我们面临的挑战和问题依然严峻复杂，应该说，党面临的"赶考"远未结束。

时隔六十四年，跨越两个世纪的新"赶考"，使战争与和平中一脉相承的两次壮丽进军，有机衔接，相互融通，也使新一代中国共产党人，在触摸初心、礼敬初心、坚持初心中，感受到了蕴含在历史和传统基底的深厚力量。世界最大执政党在经受新的精神洗礼中，以特有的清醒登上了继往开来、治国理政的政治制高点。

转瞬八个月过去。习近平西柏坡重温"赶考"初心后再赴兰考，到自己在党的第二批教育实践活动中的联系点种"试验田"。

从西柏坡到兰考，总书记彰显"赶考"初心的路线图，向全党发出以焦裕禄为镜扶正祛邪，永远牢记"两个务必"的鲜明信号。

2017年10月20日，我在北京饭店采访了河南省委原书记郭庚茂。他介绍说，2014年2月的一天，中共中央办公厅主要负责同志打电话，要求河南省委为总书记推荐两个教育实践活动联系点。郭庚茂与省委有关领导同志磋商后，提出了开封市兰考县和安阳市林县两个备选对象，倾向于把兰考县作为总书记的联系点。郭庚茂回忆，推荐兰考，主要有三个理由：其一，兰考是焦裕禄精神发源地，是党的群众路线教育的好基地，选择兰考更切合活动的主题和核心内容；其二，选择兰考可以进一步弘扬焦裕禄精神，增强党员干部的党性观念和群众意识，对指导推动面上教育实践活动更有代表性和说服力；其三，兰考目前工作在河南不是最好的，党的建设也还存在一些问题，选择这样一个资源禀赋不甚优越、发展空间较大的县份，更有典型性和现实意义，省里帮抓压力也会更大。

中南海连着中原人民的心。党中央同意河南省委的建议。

兰考，中国伟大精神冶炼和传播的神圣平台。从1966年春天，焦裕禄从这里走进国人心中后，四十多年来，习近平一直梦萦魂牵着这方热土。2009年4月1日，时任中共中央政治局常委、中央书记处书记、国家副主席、中央党校校长习近平，赴河南调研终于夙愿得偿，首次来到兰考考察。

正是花泛中州的4月，春意盎然的兰考大地，触目可及的泡桐林托起一天霞云。习近平不顾旅途劳顿，一下车就拜谒焦裕禄纪念园，瞻仰焦裕禄同志纪念馆。一幅幅历尽沧桑的图片，一件件饱经风霜的遗物，习近平身临其境，仿佛来到当年焦裕禄带领群众治理"三害"风嘶马啸的现场。在焦裕禄亲手起草的《干部十不准》规定前，习近平边听讲解边仔细观看焦裕禄增删圈改的文件底稿，默念着虽经时光淘洗仍不失灼灼光华的"铁抓手"，一种强烈的共鸣自心底油然而生。

当年在河北省正定县，在县委书记习近平提议下，正定县委出台了《关于改进领导作风的几项规定》，条条直击热点，具体可感，成为力阻不正之风的铁栅栏。规定明确，要求一般干部和广大群众做到的，领导干部要首先做到。习近平带头落实规定，无论是陪客还是下乡吃饭，都无一例外坚持缴纳饭费。1982年秋，习近平和县委组织部部长许维明去南楼公社检查工作，中午每人吃了一碗面条。习近平拿出两元钱交伙食费，公社党委书记李宗魁说，已经记上账了。但习近平坚持交了伙食费。曾任正定县西兆通公社党委书记的张五普，至今仍感过意不去的是，那次习近平下乡调研，公社准备安排在门口小饭店午餐，可习近平说什么也不去。几个人就在公社院子里一蹲，一人两个馒头一盘大锅菜，吃完如数交了伙食费。

2008年1月12日，习近平重返正定。在塔元庄村委会党员活动室，墙上有副对联："须思官场吃喝一席宴，必耗民间劳苦半年粮。"习近平一字一句念完对联，无限感慨地对大家说："这副对联写得好，时刻提醒我们，一定要严格自律，多关心百姓疾苦。"

简约具体、易行可察的金箴铁律，一经落地生根，便具有特殊的生命力。习近平鉴往思今，由衷说道："我们在起草中央八项规定的时候，就首先学习了焦裕禄同志的《干部十不准》。"

参观中，一辆濡染着岁月风尘的黑色自行车，映入眼帘。习近平知道，焦裕禄就是与菲利普自行车一路同行，读懂兰考这部无字书的。同焦裕禄一道走进兰考历史的菲利普，成为焦裕禄精神播布四方的经典佐证。

当年，习近平任河北正定县县委书记，县里最好的车是两辆BJ212吉普。没有特别急的事，习近平都是骑自行车下乡。他认为，这样既省汽油，又能联系群众。习近平回忆："那时经常骑自行车下乡，穿梭于滹沱河两岸，从滹沱河北岸到滹沱河以南的公社去。每次骑到滹沱河沙滩就骑不动了，得扛着自行车走。"正定县老干部张五普说："我第一次见到习近平同志是在1983年春天，那时我在西兆通公社当书记，他一个人来公社调研，骑一辆旧自行车，下自行车就和我握手。我说，'习书记怎么你自己来了，你认得路啊？'习书记说，'打听，我打听着就来了'。"

习近平来到焦裕禄同志纪念馆展室尾厅，适逢一批从外地来的观众在参观。他亲切地同大家打招呼，以同行者的身份说："我也是来学习焦裕禄的，我们来学焦裕禄高尚的为民情怀！"

一排红砖砌成的平房前，一簇枝繁叶茂的石榴树新绿可人。习近平从纪念馆来到隔条马路的焦家小院，看到院里的焦裕禄子女亲属，仿佛见到了熟稔的亲人，高兴地说："我是来走亲戚的！"

习近平心暖意诚的家常话，使焦家传人初次晤面的拘谨烟消云散，方才还有些紧张的心松弛了下来，笑声霎时漾满小院。

习近平关注焦裕禄宣传，熟知焦家子女名字，但与大家见面还是头一回。此刻，他笑容可掬地端详着每一个人，一一握手对号。

"你就是当年那个'看白戏'的孩子吧？"习近平对焦国庆风趣问道。

一语闪回四十多年前，焦国庆频频点头，呵呵笑了起来。

习近平回溯往事，感触良多："你看了一场'白戏'，你父亲还专门召开了家庭会议，起草了《干部十不准》，规定任何干部在任何时候都不能搞特殊化。'看白戏'的故事，始终深深地印在我的脑海里。"

习近平目光转向焦守云，一见如故说道："你可是大名人，毛主席接见过你，当年照片上的你穿得很朴素，你梳的那个发型我还记得呢！"一席话，说得大家都愉快地笑了起来。焦家子女都领悟到，习近平说的"朴素"，自然是指当年焦守云衣袖上那个醒目的大补丁。

看到时任开封市委常委、统战部部长的焦跃进，习近平笑道："你在北京商场推销杞县大蒜的报道我看过！"亲切的话语，唤起人们对焦跃进从政生涯最为出彩的杞县记忆，笑声如春风鼓浪在小院荡漾。

习近平与焦裕禄子女亲属围坐在一起，亲切询问他们的工作和生活情况，共缅焦裕禄的高尚品德和伟大精神，深情说道：

> 焦裕禄精神不仅影响着你们，而且影响了几代人。1966年2月7日，《人民日报》刊登了穆青等同志的长篇通讯《县委书记的榜样——焦裕禄》，我当时正上初一，张老师在政治课上念了这篇通讯，我们当时几次泣不成声。特别是通讯讲到焦裕禄同志肝癌后期坚持工作，拿个棍子顶着肝部，藤椅右边被顶出一个大窟窿时，我深感震撼。焦裕禄精神对我影响很大。直到生命的最后一刻，焦裕禄始终保持人民公仆的本色，想的仍然是人民群众的幸福安康，充分体现了共产党人立党为公、执政为民的崇高风范。焦裕禄同志用自己的实际行动，塑造了一个优秀共产党员和优秀县委书记的光辉形象，铸就了亲民爱民、艰苦奋斗、科学求实、迎难而上、无私奉献的焦裕禄精神。焦裕禄同志离开我们四十五年了，但他的崇高精神跨越时空、历久弥新，无论过去、现在还是将来，都永远是亿万人民心中的一座永不磨灭的丰碑，永远是鼓舞我们艰苦奋斗、执政为民的强大思想动力，永远定格在历史上，永远不会过时。
>
> ……
>
> 焦裕禄同志一直是我学习的榜样。今天我终于如愿以偿来到兰考，实地感受老一代共产党人的崇高风范，心情很激动，很不平静，很受教育，很受启发，也很受鼓舞，深感在新时期党员干部更要加强党性修养，转变工作作风。

离开小院前，习近平望着焦裕禄子女亲属，语重心长嘱托说：

我们要与时俱进保持和发展党的先进性，不断适应新形势新任务新命题，探索新途径，总结新经验，赋予焦裕禄精神以时代精神、时代内涵，把焦裕禄精神发扬光大。见到你们很高兴，很亲切，就像见到自己家里人一样。希望你们工作得好、生活得好。我也代表党中央，转达中央领导同志对你们的问候。

焦跃进代表子女亲属表示，感谢习副主席的亲切关怀，我们一定铭记父亲教诲，情系人民，艰苦奋斗，努力工作，以实际行动把父亲的好思想、好品格、好作风、好精神继承下来，传承下去。

春风万里，绿满天涯。习近平驱车来到"焦桐"树下，深情凝望见证和承载甚多的林中伟丈夫和焦裕禄手扶"焦桐"的照片。在此迎候的刘俊生介绍说，在拍这张照片之前，每次给焦裕禄照相，他总是不让照。他说，人民群众改天换地的劲头这么大，多给他们拍些照片很有意义，给我照相有啥用！

习近平感慨说道："焦裕禄同志的确心里只装着群众，只想着群众，唯独没有他自己啊！"接着，习近平来到"焦桐"东侧绿油油的麦田，挥锹培土种下一棵五米多高的泡桐树，表达自己的缅怀和敬意。

这棵树苗，系城关镇朱庄村魏善民从"焦桐"取根培育而成。

在当天召开的学习焦裕禄精神座谈会上，习近平认真听取县领导和刘俊生、焦跃进等人的发言后，发表了重要讲话，深刻指出：

焦裕禄同志离开我们四十五年了，但他的崇高精神却跨越时空、历久弥新，无论过去、现在还是将来，都永远是亿万人民心中一座永不磨灭的丰碑，永远是鼓舞我们艰苦奋斗、执政为民的强大思想动力，永远是激励我们求真务实、开拓进取的宝贵精神财富，永远不会过时。我们今天加强作风建设、改进干部作风，就要深入学习、大力弘扬焦裕禄精神，结合新的实际把焦裕禄精神发扬光大。

讲话中，习近平对学习弘扬焦裕禄精神提出了五个方面要求：

第一，学习和弘扬焦裕禄同志牢记宗旨、心系群众，"心里装着全体人民、唯独没有他自己"的公仆精神，大兴服务群众之风。第二，学习和弘扬焦裕禄同志勤俭节约、艰苦创业，"敢教日月换新天"的奋斗精神，大兴艰苦奋斗之风。第三，学习和弘扬焦裕禄同志实事求是、调查研究，坚持一切从实际出发的求实精神，大兴求真务实之风。第四，学习和弘扬焦裕禄同志不怕困难、不惧风险，"革命者要在困难面前逞英雄"的大无畏精神，大兴知难而进之风。第五，学习和弘扬焦裕禄同志廉洁奉公、勤政为民，为党和人民事业鞠躬尽瘁、死而后已的奉献精神，大兴敬业奉献之风。

　　这是焦裕禄辞世近半个世纪以来，党和国家重要领导人对焦裕禄作出的最新评价，也是党对焦裕禄精神的最新诠释。

　　从1966年2月在京城为焦裕禄事迹所深深感动，到2009年4月亲赴兰考实地感受焦裕禄精神，习近平兰考之行最深切的体会是"如愿以偿"。这次偿愿之旅，跨越了整整四十三个春秋。

　　五年时间转瞬即逝。2014年3月17日，习近平作为在党的十八大接任领航中国的党的领袖、国家元首、军队统帅，再赴焦裕禄精神发源地兰考指导教育实践活动，心情依然久久不能平静。

　　在焦裕禄同志纪念馆序厅，习近平又一次见到了等候在那里的焦裕禄子女。一千多个日日夜夜，领袖的牵挂之情，化为一串关切的询问："身体都还好吧？后代都好吧？现在工作生活都好吗？"

　　焦守云激动地回答："都很好，谢谢总书记关心！请您放心，我们一定继承好父亲的精神，把家教家风一代代地传承下去！"

　　习近平频频点头，十分欣慰地说："好家风！好家风！"

　　焦守云感谢总书记几年前对拍摄电视连续剧《焦裕禄》的关心和支持，告诉总书记省里又拍了一部介绍焦裕禄的纪录片，从兰考到博山和洛阳，自己跟着摄制组又走了一趟父亲走过的路。

　　习近平高兴地肯定说："纪录片也是很好的形式。"他对随行的中组部领导同志交代："可以作为教育实践活动的教材。"

再次踏进焦裕禄同志纪念馆，习近平依然崇敬如初。馆内展出的焦裕禄调查"三害"跋涉数千里的路线图，下乡时用过的雨伞、雨衣，缝有几十个补丁的被褥，"干部十不准"图示……三百多幅版面、图片，九十多件遗物，一个个耳熟能详的故事，在他心中激起波澜。习近平伫立在焦裕禄坐过的带窟窿的藤椅前，仿佛又回到四十八年前，自己被焦裕禄通讯描述的这一细节感动得泪流满面的情景。带窟窿的藤椅，是把焦裕禄精神导向少年习近平心中并深深扎根的媒介。近半个世纪时间，习近平始终难以忘怀这把藤椅，关山迢递，峰回路转，每每从中汲取奋进不息的力量。习近平说：

> 时隔五年再来兰考，再看纪念馆仍很感动，很受教育。虽然焦裕禄离开我们五十年了，但焦裕禄精神是永恒的。焦裕禄精神和井冈山精神、延安精神一样，体现了共产党人精神和党的宗旨，要大力弘扬。只要我们搞中国特色社会主义，只要我们还是共产党，这种精神就要传递下去。党中央号召全党继续学习焦裕禄精神。

参观中，习近平与河南省中牟县来参观的一些党员干部相遇。

"我们来是同一个目的，我也是来学习的。"同一时空，同一愿景，同一平台，领袖如坐春风的话语，使来自基层的党员感到自己与总书记零距离。

走出纪念馆，习近平乘车来到焦裕禄干部学院，下榻在学术研究中心二楼的普通套房202室。时逾惊蛰，阳春正浓。习近平凭窗远眺，但见广袤无垠的豫东平原上，绿毯似的麦田一眼望不到边，给大地铺上了生命的底色，暖风阳景下，卓然挺立的"焦桐"花团锦簇，浓烈似火，好似丹青圣手恣意挥洒，把希望的田野点染得姹紫嫣红、分外妖娆。

春满豫东之际，正是慵懒了一个冬天的黄河，睁开惺忪的睡眼走过潼关，沿秦岭余脉邙山顺流直下，又在东坝头舒展了一下腰身，准备开始又一个奔腾咆哮季的时候。于是，在这片大河塑造的国土上，与正在展开的一场神奇的自我净化——中国共产党人开展的群众路线教育实践活动相适应，那一泓从雪域高原奔泻而来的滔滔黄水，也融雪化冰，沉沙除滓，使承载厚重的大河最后一道弯，在新一轮自我淘洗中变得爽心豁目、精神抖擞。

这无疑是兰考日程成为中国时刻的日子。

2014年3月18日上午九时，习近平健步走进兰考县委办公楼，从二楼会议室东门步入会场。楼下北侧窗外，是焦裕禄的办公室和县委常委会议室旧址。世事变迁，那排曾廓清干部心头灰霾点燃奋进之火并描绘兰考抗灾除害蓝图的房屋，已不复存在。然而，在人民心中，见证过激励人心伟大冶炼的平台，已经永世长存。

习近平走近主持席，面东而坐。当中国共产党领袖首次主持的县级党委全会在焦裕禄精神诞生地召开时，谁能不为之由衷喜悦，新的伟大铸造已经按下了进行键！

习近平听取了兰考县委书记王新军关于教育实践活动开展情况的汇报，结合两次兰考之行的切身感受，一往情深回顾了自己这一代人在焦裕禄精神感召下成长的心路历程，提出开展教育实践活动要做到五个"准确把握"：

> 准确把握教育实践活动总体要求，为各项工作确立一个较高标准；准确把握教育实践活动实践载体，把学习弘扬焦裕禄精神作为一条红线贯穿始终；准确把握教育实践活动重点对象，充分发挥领导干部的示范带头作用；准确把握教育实践活动组织指导原则，确保每个层级每个单位的活动取得实效；准确把握县域治理特点和规律，把开展教育实践活动同全面深化改革、促进科学发展有机结合起来。

习近平重申五年前对焦裕禄精神五句话的概括，强调指出：

> 焦裕禄同志是人民的好公仆，是县委书记的榜样，也是全党的榜样。亲民爱民、艰苦奋斗、科学求实、迎难而上、无私奉献的焦裕禄精神，过去是、现在是、将来仍然是我们党的宝贵精神财富，永远不会过时。生命有限，很多英雄模范人物崇高精神的形成过程也是有限的，但形成了一种宝贵精神财富，是一个永恒的定格。焦

裕禄精神，同井冈山精神、延安精神、雷锋精神、红旗渠精神等都是共存的。任何一个民族都需要有这样的精神构成其强大精神力量，这样的精神无论时代发展到哪一步都不会过时。

从贯彻党的群众路线角度看，焦裕禄的感人事迹和崇高精神，有几点特别值得学习弘扬：一是焦裕禄同志"心中装着全体人民、唯独没有他自己"的公仆情怀。二是焦裕禄同志凡事探求就里、"吃别人嚼过的馍没有味道"的求实作风。三是焦裕禄同志"敢教日月换新天""革命者要在困难面前逞英雄"的奋斗精神。四是焦裕禄同志艰苦朴素、廉洁奉公、"任何时候都不搞特殊化"的道德情操。学习弘扬焦裕禄精神要做到六个字：深学、细照、笃行。

精辟，深刻，鲜明，隽永，通篇衔华佩实，言近旨远，字里行间充满铭心笃行的"赶考"情结和无处不在的忧患意识。深入浅出、内涵丰富的讲话，理清了全党以焦裕禄精神为镜子，扎实搞好教育实践活动的总体思路。讲话对焦裕禄精神作出的新的更具时代特征的概括，深刻揭示了焦裕禄精神永葆青春的历史文化根源，丰富了党的宗旨内涵，使之更富有感召力和渗透力。新时代"赶考"路上的中国共产党人，品读讲话的宏大题旨，从更深广的层面上领悟了谨记"两个务必"、不忘初心使命的重大时代和现实意义。

意蕴丰赡而深邃的兰考讲话，是执政六十五年的中国共产党，在新时代向人民和全世界的一次庄严宣示。在黄河最具代表性和象征意义的河段，中国共产党人的大河初心，形神兼备，呼之欲出：

——"亲民爱民"，展示的是水乳交融的大河禀赋；

——"艰苦奋斗"，彰显的是坚韧不拔的大河风骨；

——"科学求实"，蕴含的是脚踏实地的大河品格；

——"迎难而上"，体现的是勇往直前的大河气派；

——"无私奉献"，渗透的是造福中华的大河情怀。

2014年8月27日，习近平在中南海听取河南省委书记郭庚茂、兰考县委书记王新军关于开展教育实践活动情况汇报时，充分肯定河南省把"传承焦裕禄精神，做焦裕禄式的好干部，做人民群众贴心人"作为活动的实践载体，在各自岗位上学习弘扬焦裕禄同志对群众的那股亲劲、抓工作的那股韧劲、干事业的那股拼劲，使焦裕禄精神焕发了新的活力的做法，进一步阐述了兰考讲话的鲜明主旨与丰富意蕴，指出了落地践行的路径和办法。

作为党的宗旨和社会主义核心价值观典型而集中的体现，习近平对焦裕禄精神的概括，随着时代发展不断丰富。2009年4月，从内容上把焦裕禄精神概括为五句话；2014年3月，着眼贯彻党的群众路线和焦裕禄个性特征，从本质上把焦裕禄精神概括为四句话；2014年8月，倡导全党发扬焦裕禄的"三股劲"。这些重要概括和阐释，酣畅淋漓揭示了焦裕禄精神的丰富内涵和时代价值，标志着党对焦裕禄精神的铸造达到了新的更高水平。

2014年3月18日下午一时许，习近平离开焦裕禄干部学院住处，信步来到院中一片鳞次栉比的泡桐林前。五年前，这里还是一片麦田，他曾亲手种下一棵以"焦桐"根培植的泡桐。如今，与"焦桐"一脉相承的泡桐凌霄高耸，枝干挺秀，长势格外喜人。

河畔吹来春天的风。薪火相传，生生不已，眼前的情景，令人感奋，引人遐思——回望四十八年前那个难忘的春天，焦裕禄通讯的震撼问世，犹如精神原子弹引发的强大冲击波，曾经给了在艰难竭蹶中奋斗的中国人民怎样不可估量的力量！如今，在充满希望的新时代，面向大有可为的新使命，随着焦裕禄精神的空前发扬光大，催生执政党凤凰涅槃的精神原子弹新的裂变，就要开始了……

二、发人深省的兰考之问

习近平三赴兰考参加县委常委班子专题民主生活会，是在第二次兰考讲话一个月零二十一天之后。

2014年3月17日晚，习近平在焦裕禄干部学院同县基层服务型党组织建设培训班学员座谈，提出了发人深省的"兰考之问"：

焦裕禄在兰考工作时间并不长，但给我们留下这么多精神财富，我们应该给后人留下什么样的精神财富？

翌日，在兰考县委常委扩大会议上，习近平意味深长地说：

> 过一段时间，县委常委班子开专题民主生活会时我还要来。我
> 还是那句话，我来不是听莺歌燕舞的，要真刀真枪，刺刀见红。

在党内政治生活中，告别"莺歌燕舞"，诉诸"真刀真枪"，对兰考县委一班人来说，无疑是一场深刻甚至伴随着痛苦的革命。

批评与自我批评是中国共产党三大作风之一，是党不断自我净化、保持肌体健康和生机活力的法宝。然而，曾几何时，在一些党组织中，好人主义泛滥成灾，庸俗的表扬自我表扬大行其道。所谓"批评上级怕穿小鞋，批评同级怕伤和气，批评下级怕丢选票，批评自己怕丢面子"，就是传统式微、法宝失效的写照。

努力挣脱好人主义泥沼，自觉品尝"辣味"，刺刀见红展开思想交锋，总书记"深学、细照、笃行"六字箴言，成为县委一班人摆脱"莺歌燕舞"，重新领悟批评与自我批评真谛的指针。

"深学"，是明理祛邪、铸魂奠基的关键环节。县委一班人集中时间深学细研总书记兰考重要讲话，分专题进行了七次交流，在融会贯通中掌握蕴含其中的立场、观点、方法，着力解决理想信念、群众观点、思想方法、精神状态和执政能力五个问题。

这些年轻的党员领导干部，没有赶上焦裕禄感人事迹征服中国的年月。任职兰考后终日碌碌，应对八方，对焦裕禄事迹和精神自觉熟知，深察又不甚了了。于是，重温焦裕禄通讯，成了县委常委落实总书记"把焦裕禄精神学习好、领会透"要求的必修课。

"愧在兰考待了这么些年，焦书记原来是这样工作和生活的！"激情燃烧后，心灵受到洗涤的一班人胸中门牖洞开，豁然贯通。随后看电影和电视剧《焦裕禄》，听焦裕禄精神专题辅导和央视《百家讲坛》焦裕禄专题讲座。别开生面的党课像架起了时空交叉之桥，活灵活现的焦裕禄又回到了兰考和大

家身边。委员们围绕公仆情怀、求实作风、奋斗精神、道德情操四个专题展开讨论，使焦裕禄这个仰之弥高的标杆，真真切切在心中立起来了。

在中央和河南省委督导组指导下，县委一班人以"三严三实"为镜子，密切联系兰考改革发展、干部作风建设、个人思想工作三个方面实际，围绕三个问题反复自我考问：学习弘扬焦裕禄精神五十年了，为什么兰考至今还戴着贫困县的帽子？为什么兰考城乡面貌依然落后？为什么周边县区大都比我们发展得快、发展得好？

一次次扪心自问，平时习惯于领导和教育别人的委员直面问题，心中好似翻江倒海。直击要害、见人见责的考问，问掉了自我感觉良好的误判，问掉了怨天尤人的推脱，问掉了聊以自慰的理由，问掉了等靠要的心态。那些日子，焦裕禄的高大形象愈益清晰，焦裕禄的崇高思想境界、科学工作方法、深挚爱民情怀、严格自律精神，像光可鉴人的镜子，照出了县委班子的问题，像毫厘不爽的尺子，量出了个人的差距。多少回，他们情不自禁引颈回首向黄河故堤眺望，仿佛看到了老书记那双至今不肯瞑目的眼睛。

当年，兰考环境那样艰苦，灾害那样严重，焦裕禄仅用一年多时间，就摸清了规律，找出了对策，制定了规划，取得了成效。今天，兰考条件比当年不知好了多少倍，我们却心安理得捧着焦裕禄这块金牌，躺在国家身上等扶持，伸着双手向上级要帮助。一届又一届班子，书记难当、干部难为，面对周边千帆竞发、百舸争流的形势，"政治大县"兰考始终走不出经济洼地。问题究竟在哪里？痛苦的思考换来了思想的聚焦。县委一班人最终清楚地认识到，兰考的问题，九九归一，还是干部作风问题。

"我们不拿焦书记做镜子对照自己，老百姓也会拿焦书记做标杆衡量我们。"县委一班人推己及人，痛切感到，只有深刻认识兰考作为总书记联系点的政治责任，深刻体察县委常委一班人在从严修身、用权、律己和从实谋事、创业、做人上的明显差距，高标准落实总书记"三严三实"要求，在正视问题和真抓实干中拉直问号，以无愧于党和人民的实绩回答好兰考之问，教育实践活动才算取得实效，人民群众才会满意，兰考发展才有希望。

按照"细照"要求，常委坚持开门搞活动，吃住在农家，问计到村民，放下身段从三方面向广大群众征询：在您的切身感受中，最困难的事情是什么？最不满意的事情是什么？最期盼的事情是什么？上下联动听意见，跳出兰考问意见，点题调研查意见，瞄着问题找意见，利用"焦裕禄民心热线"搜集意见，五种渠道共征集意见建议九千七百二十五条，梳理出"四风"问题三十九个方面、三百九十四条，民生问题八个方面、三百二十六条。

"四风"问题，群众看得最清，感受最深，纠治最切。县委把群众的意见原汁原味反馈给常委，引导大家对号入座，以焦裕禄为镜子深查细照，重点反思公仆情怀深不深、奋斗精神足不足、求实作风好不好、担当意识强不强、道德情操高不高，结合各自的岗位职责，深入查找思想境界、素质能力、作风形象上的问题。镜鉴向内，真查实找，二十九个方面的差距赫然在目：

深挖形式主义病根，一个悖论格外扎眼：年年拜"焦陵"，时时提要求，但对焦裕禄精神挂在嘴上多、落到心里少。焦裕禄精神诞生在兰考，但兰考干部却近水楼台不得月，甚至出现了"审美疲劳"的怪现象。为啥有些决策先天不足，不服兰考水土？根子在于好大喜功，重形轻实，导致脱离实际，决策出台时就埋下了隐患！

针砭官僚主义顽症，2013年1月4日的一把火至今痛犹在心：城关镇妇女袁厉害收养的孩子，因火灾七死一伤，震惊全国。兰考新建福利院经费不足是秃头上的虱子——明摆着的，全县福利院改造共需三百多万元，却未能优先安排。剖析经济发展中"剜到篮里都是菜"的指导思想，根子在对兰考缺乏深知真知，片面追求GDP，统筹推进科学发展思路不清、重点不明。尤其九万六千七百农村人口未脱贫，这是无法面对焦公和父老的兰考之痛！

直击享乐主义痼疾，大家痛感工作条件好了，落后心态反而重了，缺乏发展自信，等、靠、要思想严重。透视一班人在所谓"政治大县""经济小县"环境中滋生的唯上心态和躲事陋习，根源在于缺乏焦裕禄"敢教兰考换新天"的豪迈气概和担当精神。

剖析奢靡之风痛疽，两个反差令人汗颜：经常陪人去学焦裕禄，立身行事却与焦裕禄精神格格不入，闲暇时很少学习充电和亲口嚼"馍"，有的干部"打双升""砌长城"玩个通宵；兰考发展滞后，但接待追求高标准，常以县里条件差为由，拉客商到开封宴请。

问题查摆出来后，县委召开群众评价会，把问题全部晒出来，请二百多名群众代表把脉会诊，让大家评议县委班子"四风"问题找全了没有，找准了没有，找实了没有，找够了没有。评价结果显示：93%以上的群众代表认为，县委等四大班子问题找得比较准，96%以上的群众代表认为，县级党员领导干部问题查得比较实。

作风问题是通过具体事现形的，反"四风"、抓笃行，也要从具体事做起。县委拿出靶向精准的整改清单，较真碰硬边整边改。

历史穿越崇山峻岭，顾盼回望中不由睁大了惊讶的眼睛：五十年过去，兰考共产党人的自我革命，又回到焦裕禄抓队伍的原点——作风建设。衣钵相承的主题，使县委领导不谋而合把眼睛投向焦裕禄起草的《干部十不准》。问世已久的规定，居然有那么强的现实针对性！刀口向里、从我做起的共识也愈加聚焦：焦裕禄抓队伍是从县委班子革命化抓起，解决梳理出的问题也要从常委带头洗澡治病改起。县委常委向全县人民作出"十项承诺"。

一打口号不如一个行动。专项整治脱掉形式主义马甲，兰考式徙木立信便吸引了公众视线：首批重点解决审批难审批慢、公款消费不规范、城乡低保和农村危房改造对象认定不实不公、干部"走读"四个问题；十九项行政审批服务事项办理进驻服务大厅；县直预算单位和乡镇（区）全部实行公务卡制度；全部纠正八百零四个不符合城乡低保和八十五户不符合农村危房改造条件对象，立案调查十三名违纪者；乡镇班子成员100%落实"五天四夜"在岗规定。第二批重点整治依然真查实纠：查处乡村两级新农合定点医疗机构违规资金六十三点八万元，全部清退二百二十六名借调教师。

制度是干部队伍建设最根本、最稳定、最可靠的压舱石。县委坚持立足当下整改和着眼长远建设统一，努力探索与党的宗旨和作风建设永远在路上要求相适应的制度机制：建立选派县、乡（镇）干部驻村扶贫机制，完善党员干部直接联系服务群众制度，健全县、乡、村三级便民服务体系，切实打通服务群众"最后一公里"。

经过紧锣密鼓整改和准备，压轴戏民主生活会即将拉开序幕。

交锋前的准备，着眼"准"，落脚"实"，重在搞好"五看"：通过基层看问题，通过群众看干部，通过民意看差距，通过工作看作风，通过下级问题看县委班子问题。自己找、群众提、上级点、互相帮、集体议，县委常委认领"四风"问题二百一十多个。

谈心交心是"开火"前最后的精确瞄准。县委常委五次开会集体查摆班子问题，共同会诊个人问题。时任省委书记郭庚茂与县委书记和县长，市委领导与班子成员多次逐个谈心，县委常委先后两次一对一谈心，以"纳谏"推动互助，以沟通促进团结。

精神原子弹引爆和能量释放前夜，原子核的裂变是痛苦的。

为确保对照检查质量，县委一班人坚持画好"工笔画"，不搞"大写意"，力求问题找得准、画得像、挖得深、改得实，真诚回应群众关切。

2014年5月9日，现代传媒实时传输，央视新闻声画同步，中外受众耳闻目睹了兰考县委常委班子专题民主生活会实况——

县委书记王新军对照检查掏肝见胆："我是焦裕禄之后第十四任兰考县委书记，对照焦裕禄这面镜子，最大差距在亲民爱民为民上。自己出身农家，又在县、区工作多年，对农村的苦、农民的难、群众生活的不易，有着深切感受。可这些年，职务不断上升，进农家却越来越少，有时还身入心不入，离农民越来越远。身为农民儿子、人民公仆，反而摆不正主人与仆人的关系，有了高高在上的'领导感'，过春节才到敬老院和困难户家中看一看。焦裕禄在兰考时，全县一百四十多个生产队，他拖着病躯跑了一百二十多个。自己到兰考已有一年半时间，超过了焦裕禄在兰考工作的时间，可全县的行政村只走了三分之一，县直单位还有三分之一没去过……"

"焦裕禄在环境那样艰苦、条件那样菲薄、患病那样严重的年月，源源不断为群众送温暖、解忧难，短时间治理'三害'取得显著成效。今天我们条件这么好，可为啥与焦裕禄差距甚大，很多方面愧对百姓?"王新军痛彻肺腑的剖白，伴着叩问灵魂的反思："两种条件、两种作为的反差，根子在于宗旨意识淡漠，缺乏焦裕禄那种发自骨子里的爱民情怀，也没有'困难面前逞英雄'的豪情壮志。"

县委副书记、县长周辰良对照检查说，十几年前刚当副县长时回老家，在中学任教四十年的父亲，看见"衣锦还乡"的儿子手持大哥大，立刻眉头紧蹙，毫不留情批评自己说：兰考是个贫困县，一辆轿车可以为二十个教师发一年工资，一部大哥大也是一个教师半年的工资。我看见你这个做派就烦！周辰良知道，父亲烦的是儿子身上开始显露出来的背离农民本色的东西。现在回头想想，那是一位始终以教书育人为己任的人民教师，在用焦裕禄这面镜子照自己啊！周辰良检讨了自己任领导之初，也曾决心像焦裕禄那样大干一场，可随着时间推移，奋斗意志和激情消退了，患得患失多了，觉得自己当了八年副县长、五年县长，陪了六任县委书记、四任县长，快五十岁的人了，在兰考任职工作量大，付出多，看到与自己同时起步的一些干部得到提拔，心里很失落。对照入党誓词和焦裕禄"心里装着全体人民，唯独没有他自己"的高尚境界，周辰良倍感羞愧，不觉惊出一身冷汗。剖析自己修路的指导思想，对事关兰考形象的县城主要干道投入多，而东部涉及五个乡镇近三十万人出行的兰曹路、仪封路却年久失修。两相对照，重新咀嚼父亲的批评，周辰良认识到，问题不在于坐轿车、用手机，而在于自己坐的轿车开往基层少，手机里没有群众的声音，更缺乏焦裕禄"我是您的儿子"那种发自肺腑的爱民情怀。周辰良说至动情愧疚处，禁不住痛哭失声。

进入思想交锋，会场充满了浓烈的火药味：

"书记抓大事不足，管小事有余，过于琐碎，谋大事不够。"

"'长官'意识强，批评时有斥责，导致只报喜不报忧。"

"招商引资项目把关不严，占地几百亩的百煜光电、福临银基都是半拉子工程，引发民工讨薪。作为县长应负主要责任。"

"做事急于求成，'两改一建'（棚户区和城中村改造，保障性安居工程建设）一味赶进度，忽视了客观规律和法律程序。"

"我们是国家级贫困县，可公安局建大楼，上级给的项目款仅有九百多万，现在看，三千万能不能打得住，还不一定。"

没有见过的真刀实枪，刀刀见血，枪枪中的。

暌违已久的红脸出汗，良药苦口，言真意切。

发人深省的兰考之问，问出了"经济洼地"的症结所在，问出了一班人对百姓的良心。一次大汗淋漓浑身通泰的"热水澡"，使大家容光焕发，以往说起来明白、干起来模糊的公仆情怀，变得具体、明晰、聚焦。"民存则社稷存，民亡则社稷亡。"新时代践行党的群众路线的时与势、道与义、情与理，使焦裕禄继任者心里变得敞亮起来。群众对公仆的亲民之需、爱民之盼，集中起来，就是把富民之策谋好，把为民之责尽好，把利民之事办好。

按照总书记"把强县和富民统一起来，把改革和发展结合起来，把城镇和乡村贯通起来"的改革发展思路，县委常委经过周密论证规划，确定通过加大扶贫开发力度、推进产业集聚、加快城乡一体化发展等措施，确保"三年脱贫、七年小康"计划实现。

直抵灵魂荡涤肺腑的兰考之问，使整改直击要害，善做善成。

杜鹃催春时节，真刀实枪、辣味十足的兰考样本，清风般吹遍中国四百三十六万个基层党组织，成为党内政治生活转捩的标识。

2014年5月9日，习近平在第三次兰考重要讲话中，肯定兰考县委常委班子批评和自我批评做到了"三个统一"：

> 干部群众提问题、班子成员相互点问题、班子成员个人找问题相统一，班子集体查摆的问题与班子成员个人查摆的问题相统一，班子成员心里想提的意见、会前谈心沟通时提的意见、会上相互批评时提的意见相统一。

习近平在讲话中深刻阐明了党的作风建设，关键是要在抓常、抓细、抓长上下功夫的重要思想，强调指出：

> 抓常，就是要把作风建设时刻摆上位置、有机融入日常工作，做到管事就管人，管人就管思想、管作风。抓细，就是要对干部群众特别是基层群众反映的作风问题一一回应、具体解决。抓长，就是要反复抓，不能三天打鱼两天晒网，集中抓的时候雷霆万钧，平时放任自流。

兰考讲话——新时代照亮党和国家历史进程的恢宏篇章。从2009年4月到2014年5月，习近平三赴兰考实地考察、缜密思考、精辟阐述，揭开了焦裕禄精神铸造的辉煌新页。当兰考试验田精心培育的良种，以可复制、能借鉴、易践行的品质，引领全党教育实践活动大田结出各具特色又万法归宗的丰硕果实，焦裕禄精神在新时代的裂变，便以重振党心、再塑形象和推动国家精神文化与政治生态的深刻嬗变，而永载史册。

以习近平三次兰考讲话为标志，诞生于黄河第一道弯的延安精神，同诞生于黄河最后一道弯的焦裕禄精神，跨越两个世纪，在大河激越澎湃的涛声中，血脉融通又各具鲜明时代特色。逾远不朽、生生不已的焦裕禄精神，同肇始于红船精神的井冈山精神、长征精神、延安精神、雷锋精神、铁人精神、红旗渠精神，汇成源远流长的精神大河，成为世界最大执政党又一标志性符号，成为以优异答卷迎接新"赶考"的深厚力量，激励八千九百万中国共产党人带领亿万人民，在新时代昂首阔步创造为母亲河增辉添彩的旷世伟业。

一朵飞扬的浪花，折射出时代洪流的瑰丽与多彩。

2014 年 3 月 18 日前，焦裕禄干部学院客房领班黄萌萌的生活就像山间小溪，一年到头淙淙流淌，从未有过任何波澜。这天上午，黄萌萌接到为总书记开具就餐缴费发票的通知。多么幸运呀，历史的细节将由自己亲手记录！黄萌萌的心怦怦跳着，拿出发票本，屏住呼吸，在一张河南省行政事业性收费基金专用票据左上角"交款人"栏后，郑重写下了"习近平"三个字。开好发票，工作人员送来了总书记两天就餐缴纳的一百六十元伙食费。

"当时写总书记名字的时候，我想要是平时多练练字，字能写得再漂亮些就好了。开完发票，我手心都冒汗了，觉得做了一件很神圣的事情。"黄萌萌后来忆起开发票时的心情，这样对我说。

亲手为习近平总书记开具就餐收费发票，成为黄萌萌在焦裕禄干部学院工作期间，最感荣幸和最具成就感的事情。

黄萌萌记住了这张发票的编号——0541196。

"榜样是看得见的哲理。"总书记就餐缴费，成为兰考各界的热门话题。那些日子，兰考城乡的干部群众忽然觉得，从高楼林立的县城社区，到阡陌纵横的乡镇村野，在春风吹拂和春雨滋润下，贵比黄金的信心和希望，犹如长林丰草，铺青叠翠，欣欣向荣。

兰考县委一班人目睹发票，想起从正定到兰考，总书记走到哪里，就把伙食费交到哪里，感到这是总书记在联系兰考具体指导教育实践活动中，令人信服启人深思的一次示范，从而更深刻地领悟了领导带头、从我做起和持之以恒的力量。

焦裕禄干部学院干部员工，联想到总书记在兰考考察轻车简从，务实高效，住学院学术中心二楼一个普通套间，房间不摆水果，吃四菜一汤家常饭菜，按标准缴纳伙食费，深感这是人民领袖在用真理启迪人的同时，还身体力行以模范举动引导人，是对焦裕禄精神的生动诠释，也是践行焦裕禄精神的难忘一课。

信息时代的羽翼，让缴费发票存根瞬间传遍南溟北海、东疆西域。我看到的这张发票存根彩信，是张继焦发来的。他告诉我，发票存根起初被中纪委拿走，作为对党员干部进行廉政教育的活教材，后来入选《伟大的变革——庆祝改革开放四十周年大型展览》。

三、别了，流民图

2017年5月14日，焦裕禄墓在初夏的艳阳和风中，迎来了主人第五十三个忌日。凌霄丰碑下，滴翠青松旁，山南海北接踵而来的人们，涓滴汇川在此涌流，悼念逝去半个多世纪的大河英雄。

最先拉开祭祀帷幕的，照例是张继焦。上午七时许，这个面阔口方、脸凝沧桑的敦壮汉子，手拎时鲜水果和香烛纸钱，缓步来到焦裕禄墓前，摆好香烛供果，双膝长跪，郑重给焦裕禄磕了三个头。随后起身化纸，向有重生父母之恩的亲人送上儿孙的孝心。

有着"焦家老七"和纪念馆工作人员双重身份的张继焦，已记不清曾多少回来此祭奠和瞻仰。但他清楚地记得，从1972年焦裕禄第八个忌日起，自己这个懵懂渐消的少年，开始懂得以民族最虔诚的仪式来悼念和感恩，每逢清明节、焦裕禄忌日和8月16日诞辰日，他都风雨无阻祭"焦陵"、拜焦公，迄今已时逾四十七载。

年年祭陵，哀思绵绵；今年祭陵，伴有佳音。张继焦眼中掩饰不住的喜讯是：兰考脱贫！他要告慰恩人的是，老书记梦寐以求拔掉兰考穷根的凤愿，如今已经成为百姓看得见、摸得着的现实！

初升朝阳下，苍松翠柏在风中飒飒作响。张继焦望着墓碑上永远定格在四十二岁的恩公遗像，心中默默叨念，人民的好书记啊，您长辞人间时对"三害"治理百般牵挂，如今您可以瞑目了！

丁酉年癸卯月癸丑日，公元2017年3月27日，惊蛰已过，清明将临，大河两岸漾起的十里春风，把一个令人振奋的喜讯传遍中国。这一天，河南省人民政府正式宣布，兰考县在河南省率先脱贫！

现代传媒第一时间回应社会关注：豫东曾经的"政治高地""经济洼地"兰考，从2014年年初开展党的群众路线教育实践活动以来，三年累计脱贫七万七千人，一举摘掉国家级贫困县帽子，经济增速跃居河南十个直管县（市）第二位。"兰考脱贫"迅即成为网络热词，这个因焦裕禄而蜚声中外的县份，再度成为舆情焦点。

关于兰考的贫困，诞生于五十年前的焦裕禄通讯，以悲怆而苍凉的笔触勾勒的深重灾情，给几代人留下了不可磨灭的记忆。二十四年后，《人民呼唤焦裕禄》又一次闪回兰考的苦难镜头，依然令人嗟叹。同一地域，同一题材，同一作者，两篇报道叠印的灾难记忆如此沉重，串起两个时代的时间轴线如此悠长，为史上所仅见。

全国五百九十二个国家级贫困县，兰考以历史上的黄泛区和老灾区著称。"中州水患，莫过兰、仪、考。"因黄河频繁决口改道，兰、仪、考县治曾十多次被迫迁徙。《兰考县志》载，1644年至新中国成立的三百零五年间，兰考共发生涝灾九十多次，平均三四年一遇。洪涝使土壤严重盐碱化，庄稼人种一葫芦打两瓢，有时竟收不回种子。黄河故道遍布全县，春、秋、冬三季易生大风和沙暴，多时一年达一百二十九次。仪封乡刘岗村农民翟文生，一生因风沙埋屋三迁其居。旧时兰考人到外地做官均带家眷，怕过几年回来找不到家门。"三害"叠加，贫穷始终是兰考人世代因袭的梦魇。

富来贫徙。外出逃荒要饭的兰考人，屈就"兰考大爷"笑话的原创。施主问兰考乞讨者："你是哪里的?"答曰："俺是兰考的，大爷!"由于语速快和口音差异，施主听成"俺是兰考的大爷!"于是，讨饭者被赶出门时还免不了遭一顿奚落："登门讨饭还自称大爷!"

令人笑不起来的"贫穷幽默"，个中辛酸唯兰考人体验最深。

《解放军报》原文化部主任陈先义与我相熟多年，记得听他说过，自己是开封人。2018年11月6日，他在报上发表散文《我的故乡在兰考》，方知他是兰考人。过去何以羞言故乡？"因为兰考以穷闻名天下，记得每每说自己是兰考人，对方那种怜悯同情加刨根问底的追问，让你丝毫没有了那种故乡的光荣和自豪。""觉得有种无法遮掩开裆裤般的寒酸和羞涩。""直到前几年，我都不肯直言故乡是兰考。"作者笔下的兰考记忆令人凄楚：刚参军的兰考新兵特别能吃，新兵连一个月竟超支粮食三千多斤；为接济故乡父老，1993年之前，他和家人竟然节省出三千多斤全国通用粮票。

中国现代画坛独领风骚的艺术巨匠、现代水墨人物画一代宗师蒋兆和，抗战时目睹黄泛区灾民流离失所、痛苦不堪的窘况，集中国传统水墨技巧与西方造型手段于一体，创作了高两米、长二十七米的现实主义杰作《流民图》，通过对上百个人物的个性刻画，以前所未有的宏大、悲壮和逼真，出神入化再现了逃难群众的悲惨生活，以至真至善的人性，表达了丹青大师对正义与和平的呼唤。

1965年冬，穆青在兰考闻听大批灾民逃荒要饭食不知味、夜不能寐，在采访本上写下了触目惊心的八个字："一幅悲惨的流民图！"

从焦裕禄困厄之秋赴任兰考那时起，一届又一届奉身历史重灾区的中国共产党人，带领兰考人民不懈奋斗，逐渐遏制"三害"，初步解决温饱。但由于受自然地理条件制约，兰考县产业基础薄弱，经济发展落后，2002年仍被确定为国家级扶贫开发工作重点县，2011年又被确定为大别山连片特困地区重点县。四十多年过去，时代变迁可谓天翻地覆，穆青、冯健、周原笔下的那条"蛇"——贫穷，依然缠绕着兰考。

今天，城乡绿荫遍地、粮食自给有余、经济快速发展、人民安居乐业的新兰考，终于把世世代代在兰考大地上频频再现的流民图，连同"兰考大爷"的屈辱，永远送进了历史博物馆。古来那个风沙漫天、盐碱遍地、流民盈野的旧兰考，一去不复返了！

兰考脱贫那个春天，胼手胝足的父老乡亲，几多悲恸，几多怀念，几多欣慰，几多感恩，都尽付焦裕禄墓前涌流的泪水中。

2016年3月，兰考县委书记王新军调任开封市委政法委书记，兰考县委副书记、县长蔡松涛，继任焦裕禄之后第十五任兰考县委书记。蔡松涛回首半个多世纪以来，中国共产党人带领兰考人民接续向贫困宣战的非凡历程，开出一串亮丽的成绩单：

——群众收入持续增加。2016年，兰考城乡居民人均可支配收入分别为两万一千一百二十四元和九千九百四十三元，比三年前分别增长一万零一百六十四元和四千二百九十七元，增长率分别为7.5%和9.6%，增速均居河南省十个直管县（市）第一位。

——经济实力不断增强。2016年，兰考实现"十三五"良好开局，全县完成生产总值二百五十七点六亿元，增长9.4%，增速居河南省十个直管县（市）第二位。

——城乡面貌显著变化。兰考成功创建国家园林县城、国家卫生县城、省级文明县城、省级生态县；全县一百一十五个贫困村，全部硬化村内主干道，实现有线电视户户通，城乡公共服务差距进一步缩小。

河南历来被视为中国农村缩影。因河殇极端贫困的兰考，又是透视中国农村的窗口。兰考脱贫犹如一炬擎天，照亮了中国农村整体脱贫的希望，在世界消除贫困史上散发出充满东方魅力的光彩！

传世之作《流民图》已入藏中国美术馆，成为一个时代不堪回首的文化记忆。永远淡出历史舞台的兰考"流民图"，与繁荣昌盛的新兰考互为镜鉴，以强烈的反差入藏兰考人的心灵底片。

家祭勿忘告焦公。田园锦绣、百姓康宁时，张继焦第四十七次清明祭，寄托着兰考人对英年早逝的焦裕禄多少怀念、多少感恩！

2017年8月，儒雅而内敛的资深报人冯健与我谈起兰考脱贫，兴奋地说："听说是国家委托有关科研机构，深入农户明察暗访，面对面考察百姓吃穿住用，科学抽样调查获取第一手材料和真实数据，才予以认可的。兰考是货真价实、没有水分的脱贫！"

2017年6月3日，日内瓦联合国人权理事会第三十五次会议，中国代表全球一百四十多个国家就共同努力消除贫困发表联合声明。显然，三十多年来七亿多人脱贫的巨大成就，使中国代表获得了登台首倡的资格。

国际经验表明，当一国贫困人口数占总人口的10%以下时，减贫进入"最艰难阶段"。2012年，中国这一比例为10.2%。诞生于举世公认"最艰难阶段"的中国奇迹，是中国共产党带领人民勠力拼搏创造的不世之功。而到2020年，以习近平同志为核心的党中央将带领全国各族人民，以非凡的意志和智慧，决战决胜让四千多万群众走出绝对贫困，和全国人民一道迈入全面小康社会！

世界银行前行长金墉认为，中国最高层强有力的政治支持，是中国减贫的重要经验。随着改革开放逐渐巩固，开放式扶贫成为中国增长政策的旗帜。

联合国开发计划署前署长海伦·克拉克说，中国最贫困人口的脱贫规模举世瞩目，速度之快绝无仅有。

英国《经济学人》赞叹：中国是世界减贫事业的英雄。

兰考脱贫，无疑是中国反贫困斗争战略决战先期奏凯的范例。

这一奇迹是怎样发生的？发人深省的"兰考之问"怎样成为振奋人心的"兰考之变"？一帧帧辉映青史的画面，吸引我把视线投向东坝头乡张庄村。

张庄百姓清楚地记着，2014年3月17日下午，习近平轻车简从来到张庄，下车就走进八十四岁的贫困户张景枝老大娘家。张景枝当年是张庄生产队妇女队长，曾参加过焦裕禄组织的"下马台""九米九"大沙丘翻淤压沙。习近平走进厨房，掀开锅盖察看老人一家中午吃的是什么饭，随后来到老人的卧室，伸手摸摸床上的被子，关切地询问家里致贫的原因。当习近平得知张景枝两个儿子先后都因病去世，老人跟养鸡谋生的孙子闫春光一起生活，便对闫春光说："现在国家政策好，贷款很方便，可以扩大养鸡规模。家有一老，等于一宝。要好好照顾奶奶，这是中华民族的传统美德。"

习近平离开张景枝家，恰好村民文伟清端了一簸箕花生出门晾晒，见到习近平惊喜地说："总书记，快尝尝俺家的花生！"习近平高兴地剥开一个花生，放入口中嚼着，向他询问花生产量，并与闻讯赶来的村民握手问候。随后，习近平来到村室，在用小学生课桌拼起来的长条桌前，与东坝头乡领导、村干部和党员代表座谈。

"请大家讲，我们是来听的。"习近平亲切环视众人，简洁平实的开场白，引来一阵会心的笑声。

第一个发言的是东坝头乡党委书记许家书。因心情激动，他在讲述中脑子突然一片空白，发言卡了壳。看到总书记投来的鼓励目光，他又打开话匣子，具体描述了执行八项规定后的乡村之变并建言献策。

1963年春外出逃荒在兰考火车站巧遇焦裕禄的雷中江，向总书记提了三点建议：一是希望群众路线教育实践活动不要搞"一阵风"；二是希望领导干部要向焦裕禄学习，到群众中去；三是希望老百姓的钱袋子鼓起来。

习近平听罢雷中江的发言，满面笑容鼓起了掌。

村民李国田是张庄艺术团导演，他带来的是一首参加村擂台赛的快板。习近平率先为他鼓掌，李国田有板有眼说了起来：

"正月十五闹元宵，计划生育党号召，多生不如少生好，多生孩子多操劳。二月里来龙抬头，现在农民真自由，青年男女去创业，红红火火闹九州。三月里来是清明，党的政策真英明，学生上学不要钱，鸡蛋牛奶送手中。四月里来四月八，党的政策真可夸，六十老人吃劳保，群众心里乐开花。五月里来舞端阳，党的政策可传扬，农民种地不缴粮，补贴票子打卡上。……七月里来七月七，兰考出了个焦书记，领导农村除'三害'，翻淤压沙传奇迹……十二月来整一年，党的政策赞不完，教育实践搞活动，干部作风大转变，反腐倡廉顺民意，百姓心中乐开颜！"

习近平再次率先鼓掌，赞叹说，群众对党的富民政策如数家珍！

在兰考脱贫攻坚关键一役揭开战幕的时候，习近平亲临东坝头乡张庄看望贫困群众，与干部群众共商脱贫大计，温暖了大河最后一道弯。而熟知东坝头和张庄历史的人们，则从一个政党与一个村庄半个世纪的血肉联系，于浓缩中见风景——张庄是焦裕禄尊重群众首创精神打开治理风沙通道的地方，是穆青、冯健、周原为焦裕禄重大典型推出"签字画押"的地方，是新时代人民领袖放飞兰考腾飞梦想的地方。历史五十年间在张庄留下的三张剪影，定格了兰考治沙得道、楷模出炉、拔掉穷根三个多么壮观的瞬间！

习近平关于扶贫工作坚持"六个精准"（扶持对象精准、项目安排精准、资金使用精准、措施到户精准、因村派人精准、脱贫成效精准）重要思想，一经与兰考实际相结合，瑰丽多彩的兰考梦便振羽高飞，几番翱翔便裁出了构建三个体系的美丽剪影——

兰考崛起靠产业。如何突出产业同质化重围？打造特色产业体系成为县委筹划突围的聚焦点。转型路上，焦裕禄留下的战略遗产泡桐，为振兴发展提供了雄厚资源。县委、县政府依托恒大家居联盟等企业打造中高端家居产业集群，建起南彰、红庙镇门业加工产业园和孟寨、闫楼乡板材加工产业集群，培育二十八个木制品特色专业村；依托格林美、富士康、科瑞奇等知名产业，相继建起国家级循环经济产业园、兰考科技园、小微企业孵化园。

这是走向"富裕兰考"的金色之梦！

构筑新型城镇化体系，做大做强中心城区，两年把"一个县"变为"一座城"；实施"四横六纵"产业廊道工程，打造全县半小时"交通圈"；依托国家建制镇试点建设和民族乐器优势，打造堌阳镇特色"音乐小镇"，结合黄河滩区居民迁建和华润集团入驻，打造谷营镇特色"希望小镇"；以美丽乡村建设改善人居环境，建成九个生态乡镇、二百一十六个生态村。

这是走向"生态兰考"的绿色之梦！

建设公共服务体系重在以文化人：完善公共文化服务平台，免费开放图书馆、文化馆、体育场等公共文化设施，培育兰考文化旅游品牌，强化乡村公共文化服务平台建设，为全县一百一十五个贫困村建成综合性文化服务中心，营造新时代兰考精神版图……

这是走向"幸福兰考"的橙色之梦！

从吃"百家饭"带领群众治理"三害"，到织梦逐梦奋力驱除贫穷之蛇，经过教育实践活动洗礼的兰考共产党人，在改写兰考历史的决胜之役中，成为冲锋在前的第一方阵。志在必得的坚强团队背后，是省、市各级领导和机关部门的强力支持。河南省委副书记、省长尹弘从上海到河南任职第二天，就专程到兰考调研巩固扶贫成效等课题。

"精准扶贫"，人要选准，策要施精。长期抓扶贫工作的兰考县政协主席吴长胜说，关键要解决扶持谁、谁来扶、怎么扶三个问题。

"扶持谁"是要找好"靶子"。全县普遍建档立卡，摸清贫困底数；多轮识别，确保精准；多措督查，不落一户、不漏一人。

"谁来扶"是要选准"射手"。兰考县设有驻村扶贫工作领导小组，县领导包乡镇（街道），科级干部当扶贫工作队队长和第一书记，选调六百八十名后备和优秀干部，派驻一百一十五个贫困村和四十五个"软弱涣散村"（交叉村十五个），精确"滴灌"帮扶。

"怎么扶"是要备足"子弹"。县委因村因户制宜制定十二项帮扶措施，对已脱贫户实施保险、"雨露计划"等六项措施，确保稳定增收不返贫；对一般贫困户，新增医疗救助、光伏扶贫等三项措施；对兜底户，除以上九项措施外，全部纳入低保，六十岁以下人员给予千元临时救助，人均土地不足一亩按每亩五百元差额补助。

穷县脱贫，海量资金从哪来？与时俱进的兰考人拿起改革的金钥匙，借获批国家普惠金融改革试验区东风创新融资方式，打造七个融资平台并组建农商银行等吸引社会资本。单是2016年，兰考专项扶贫资金投入就达两亿三千多万元。政府拿出三千万元作为风险补偿基金，撬动十倍银行贷款额度，支持脱贫、创业和参与扶贫企业发展。县财政列支一千万元并与公司签约，为建档立卡贫困人口购买财产人身产业保险，确保脱贫路上"零风险"。

习近平登门看望过的张庄村贫困户张景枝大娘，全家六口人年收入不足七千元。张景枝孙子闫春光借助优惠扶贫资金，办起了养鸡场、香油坊、"春光农副产品店"网店，从贫困户变成了致富带头人。向阳花木易为春。2019年7月1日，闫春光成为一名光荣的中国共产党预备党员。

好雨知时节，当春乃发生。葡萄架乡政府女干部彭翱喃，2014年4月入驻全乡"贫困之最"何庄，正赶上兰考县十二项帮扶措施出台。为使政策的春风吹进村民心里，工作队自7月起，利用村里评贫困户时形成的"晚间会"这一群众喜闻乐见的形式，把全村三百八十户近一千六百名村民分成六组，每周宣讲一组，队长讲村情，彭翱喃讲政策，另一人答村民问。

扶贫攻坚较劲时，恰是彭翱喃家最难的日子。开"晚间会"那天，村民们拿着馍，端着汤，抱着娃聚拢乡场。他们不知道，眼前这个善用家常俚语把政策讲到百姓心坎上的泼辣女干部，父母和公婆分别因脑梗、偏瘫等疾病入院，一双淘气的小儿女也常令家中后院"失火"。

雨后新晴，地头塘边正"听取蛙声一片"。彭翱喃在别具韵味的田野交响乐中，有板有眼讲扶贫资金借贷。讲到紧要处，她大声问："拿到钱先买什么?"村民脑筋来不及急转弯,却先听到一个响亮的童声:"买糖葫芦!"天真无邪的孩子逗笑了一个乡场。"谁家的孩子? 大人管好啊!"彭翱喃整顿秩序,又讲县上对驻村干部的要求,问:"我是谁?""彭翱喃!"参差不齐的回答,夹着似曾相识的童声:"你是妈妈!"哄笑声中,彭翱喃疑惑了:难道……宣讲完毕,彭翱喃瞥见下岗的丈夫一手抱着儿子,一手牵着女儿,慢慢踱了过来。她接过两个孩子,嗔怪道:"原来是你们在捣乱啊!"一脸无辜的丈夫急忙解释:"孩子在家直闹腾,非要来找你……"

再开"晚间会",乡场旁树上挂了吊床。彭翱喃摸着吊床上孩子肉嘟嘟的脸蛋叮嘱:"乖,妈妈说话别插嘴!"子夜时分,彭翱喃宣讲完,揽着一双儿女乘丈夫的车赶回乡政府,把儿子哄睡后,丈夫再把她送回何庄。一个半月宣讲,惠民政策在何庄人心中扎了根,两个孩子却在"晚间会"上被蚊子咬得浑身是包。彭翱喃心疼得直掉泪,心里默默叨:孩子啊,请原谅妈妈吧!为了兑现党对人民立下的三年脱贫的军令状,为了何庄与你们同龄的孩子都能吃得饱饭、上得了学,妈妈不能在夏夜星空下,摇着扇子给你们讲银河和牛郎织女的故事,但朱庄脱贫那天,父老乡亲会在功劳簿上,为你们两个小编外队员专门写上一笔!县委常委、宣传部部长朱春艳,有天到场听彭翱喃宣讲,感动之余嘱她写篇文章。领导的关爱触动了她的泪点。人家驻村扶贫一人上阵,自己家是妻子打头阵,丈夫作后盾,儿女来帮衬,一家四口齐上阵啊!星夜走笔,饱蘸真情的工作手记《一家人的扶贫》诞生了。

何庄,这个拥有两千七百亩土地却穷得叮当响的小村,在优惠政策甘霖滋润下苏醒了。工作队协调安徽砀山与何庄签约,扶持何庄种植黄桃,村里出土地和人工,砀山出技术和果苗并回收黄桃,一个小村的脱贫梦想成为现实。彭翱喃也于2016年被兰考县评为扶贫工作标兵和优秀农村工作者,2017年被开封市委表彰为优秀共产党员。

创新触角全域游走,甚至伸向沉睡在扶贫路上的潜能。河南省委、省政府成立驻兰考督导组,省人大常委会副主任段喜中挂帅上阵督战。县整合相关部门职能成立督查局,常态化督查重点工作,五千余次督查解决问题近八百个。督查覆盖所有驻村干部,县领导每周须在所包村住一晚,入户走访宣讲政策;驻村干部每天到村委会签到,落实"五天四夜"工作制。包东坝头乡张庄和长胜村的县委书记蔡松涛，率先垂范走遍两村贫困户，亲自过问县级领导落实制度情况，定期调阅他们的工作笔记。包仪封乡仪封和东老君营村的县长李明俊，除经常进村座谈访贫解难，还操心给打光棍的贫困户找媳妇。各级领导扑下身子抓帮扶，百姓恍如看到了当年的焦裕禄。

督查机制创新，使抓落实"利剑"始终高悬，问责常在。2015年11月，县督查局督查谷营等三个乡镇发现，有的公职人员家庭成了贫困户；有的贫困户不知帮扶责任人名字；个别帮扶干部未坚持"五天四夜"驻村。县委针对发现的问题组织限期整改，督查局"杀回马枪"促进落实。

真查实督，剑指扶贫。三年间，兰考有三名第一书记和一名工作队队长被召回！七名落实脱贫攻坚主体责任不力的村党支部书记被免职！

这些令兰考党的肌体中每个细胞都打个激灵的刚性举措，使反向激励的正向效应倍增，与正向激励互为补充，成为激发扶贫潜能看不见的手。县委每年评选十名"学习弘扬焦裕禄精神好干部"，开展争创"脱贫攻坚红旗村""基层党建红旗村""产业发展红旗村""美丽村庄红旗村"活动，提高六十九名"红旗村"党支部书记和"两委"干部的工作报酬奖励，增加全县村干部报酬和离任村党支部书记生活补贴。2017年，驻村干部涌现出的七十名"扶贫标兵"全部提升使用，三年共提拔一百二十四人。监督压力转化成落实动力，与考核评比激励形成了内驱外推、同向发力效应。

读懂兰考式激励，差不多就获取了赶走贫穷之"蛇"的密码。

就在扶贫工作队精确"滴灌"到贫困村和"软弱涣散村"时，2015年7月起，中组部先后安排中国证监会三位硕士党员干部孙兴文、王卫、王晓楠，到兰考县东坝头乡张庄村任第一书记。首批"吃螃蟹"的三位"中字号"干部"空降"张庄，形成了驻村第一书记、村党支部书记、扶贫工作队长"三驾马车"。扶贫攻坚中的组织领导体制创新，促使张庄共产党人在摸着石头过河中厉行实践创新。

其实，张庄村首位第一书记，是来自东坝头乡政府的"土著"程远飞。2014年3月17日下午，习近平在张庄召开座谈会时，程远飞发言以"十个人八个牙"，形象描述农村党员干部年龄偏大的现状，提出搞好村级党组织建设，必须解决队伍老化问题。

程远飞的发言，击中了扶贫攻坚关键一役的要害。远飞者当换其新羽。攻坚拔点的突击队，没有年富力强的带头人领军怎么行呢？于是，办厂风生水起、当村干部二十余年、3月17日座谈会上坐在总书记左侧频频补充介绍情况的申学风，接过了村党支部书记的重任。申学风发现，四位第一书记均有村干部不具备的层次和见识，而三位"京官"在观念、眼界特别是金融创新方面，又有人所不及的优势。

在扶贫先扶志、"输血"变"造血"须优先发展产业等关键问题上取得共识，"三驾马车"便同念一本经，共行一道辙，在新的组织架构下，找到了实现党的集中统一领导的新形式。张庄党支部委员会和村民委员会"两委"与扶贫干部同心，村里的"两园四基地"规划也稳扎稳打从愿景变为现实。占地一百五十亩的小杂果和草莓采摘园，学习体验焦裕禄精神为主线的红色文化基地，民宿和农家院为特色的乡村旅游基地，占地三百亩的"公司+农户+市场"模式的新型蜜瓜种植基地，张庄手工布鞋和奥吉特菌业就业增收基地，成为"梦里张庄"最具活力和引力的项目。而从洛阳引进投资上亿生产褐菇的三板上市公司奥吉特，推动二十二家村办企业在四板市场挂牌，落地全省首单"期货+保险+银行"鸡蛋帮扶项目，这些令张庄父老耳目一新的项目和举措，则是京城来的三位第一书记金融扶贫的得意之笔。

黄河岸边典型的传统农业村落张庄，通过创新自强展现出乡村振兴的新风采：2017年，跻身全国文明村镇之列；2019年，成为全国首批旅游重点村。中共中央政治局常委、全国政协主席汪洋，中共中央政治局委员、中宣部部长黄坤明，亲临张庄视察指导。脱贫路上的张庄之变，成为兰考一道亮丽的风景线。兰考脱贫后，根据县委统一部署，各扶贫工作队就地转为奔小康工作队，摘帽不摘责任，扶上马再送一程，和基层干部群众一道，全力以赴投入决胜全面小康的收官之战。

2016年2月19日上午十时许，习近平到新华社调研，在融合发展平台通过远程指挥系统，同正在兰考县谷营镇爪营四村调研基层干部作风的新华社记者双端视频连线。习近平得知记者所在这家农户以前是贫困户，去年年底脱了贫，高兴地说，只有转变作风、真抓实干、精准扶贫，才能确保如期实现全面建成小康社会的目标。

记者在程秀建家采访，新建的三层小楼和主人发自内心的喜悦，通过视频传到北京，传到对兰考脱贫念兹在兹的总书记眼前。

十一天后，2016年3月1日，程秀建口述、老伴执笔给习近平写信，高兴地向总书记报告，这两年兰考变化非常大，俺家也有很大变化。驻村领导帮俺贷款买和面机，一天能卖四百多斤馍，家里两亩地转租别人。去年年底俺家脱贫了，盖了新楼房。听说年底全县要脱贫，现在的变化得感谢您！感谢政府！感谢驻村干部！欢迎您再来兰考，尝尝俺家的大白馍！

程秀建蒸馍用的酵母是在面瓜里提取的，蒸的大馍吃起来筋道又可口。他本想捎馍给总书记尝尝，因不便才改为写信。

为期三年咬定青山不放松的脱贫攻坚，让兰考彻底翻了身：

2014年，全县脱贫一万九千三百六十人；2015年，全县脱贫三万七千五百五十六人；2016年，全县脱贫一万两千六百七十五人。截至2016年年底，全县贫困发生率降至1.27%。

按照国务院办公厅和河南省关于建立贫困退出机制的意见及办法，兰考在省"1+7+2"退出标准基础上，增加脱贫发展规划、帮扶规划、标准化档案建设、兜底户精神面貌改观、政策落实五项内容，形成"1+7+2+5"退出标准体系，组织逐村逐项核查落实。

2016年10月25日，河南省聘请中国科学院地理科学与资源研究所作为第三方，对兰考贫困退出进行预评估。该所综合评估得出结论：兰考的退出可行度为95.68%，可以稳定退出。

同年12月28日，河南省扶贫开发领导小组对兰考贫困退出进行省级核查，并于2017年1月9日将退出情况进行公示。

2017年1月9日至21日，国务院扶贫办组织对兰考开展省际互查、第三方抽查、普查、核查四次调查核实工作。2月4日至5日，第三方进行复核算。2月23日，国务院扶贫开发领导小组向河南省扶贫开发领导小组反馈兰考县退出专项评估情况，结果显示，抽样群众认可度98.96%，综合测算贫困发生率1.27%。

2017年2月27日，河南省政府批准兰考县退出贫困县序列。

三年真抓实干，兰考县委一班人兑现了对总书记立下的铮铮誓言！

盘踞千年的贫穷之蛇悄然遁去时，兰考重又处于中外关注的聚光灯下。

2017年10月19日，党的十九大代表、兰考县委书记蔡松涛，在人民大会堂"代表通道"接受记者采访。兰考人把蔡松涛在党的十九大上当选中央候补委员，看成是党和人民对兰考新的瞩望和鞭策。

2020年3月6日，习近平在京出席决战决胜脱贫攻坚座谈会并作重要讲话，肯定了蔡松涛等五位州、地、县委书记在会上的发言。

精准扶贫改写了兰考的历史。活力四射的新兰考，成为豫东平原的一颗明珠。经扶贫攻坚这所大熔炉冶炼，新时代的安泰与人民母亲声息相通，焦裕禄精神在新一代人民公仆心中深深扎根。三年脱贫阶段目标如期实现，增强了人民群众的获得感、幸福感和信赖感。用心血和智慧帮助百姓拔掉穷根的干部，再度成为兰考人民的主心骨。今日兰考，集会和搞活动，无须再部署警力以防不测。越来越多住上新房、开上私家车的兰考百姓，没有谁再去关注兰考县委书记穿什么衣裳，也没有人对县委书记坐车下乡提出质疑。

新时代，兰考人民的儿子与父老乡亲水乳交融，浑然一体。

2018年3月23日，河南省委书记王国生赴豫履新第三天，来到春意盎然的东坝头。王国生主政青海期间，多次到三江源和青藏高原腹地，领略过母亲河的雄姿风采，深知这条塑造过华夏版图和化育了中华民族的大河，古往今来奔腾不息，就在于始终植根于华夏大地，汇百川以出高原，虽九曲而向大海，在大浪淘沙中永葆生机活力。从黄河上游到中下游，悬河之险和控制泥沙之难，使他增强了以永远在路上的清醒抓好党的作风建设，通过持续不断清"淤"排"沙"，化解"悬河"之危的历史责任感。初访兰考，王国生拜谒焦裕禄墓，参观焦裕禄同志纪念馆，瞻仰"焦桐"，与干部群众深入学习理解总书记在兰考的重要讲话和指示，在着力抓落实中深学细照笃行焦裕禄精神。王国生沿黄河大堤来到张庄村，调研党员发展和支部建设情况，勉励大家认真学好总书记视察时的重要讲话，发扬红军一条被子分半条给群众盖的精神，全心全意为人民服务。

兰考脱贫一年，人民所获几何？王国生走进张庄村老党员游文超的家庭旅馆。游文超是焦裕禄组织翻淤压沙时的"儿童团"，也是张庄从谈沙色变的风口到林茂粮丰社会主义新农村的见证人。2016年8月，他利用十二万元金融扶贫政策贷款，将老宅改造成特色民宿"游家小院"，当年收入不菲，2017年进账五万多元，加上农业和务工共收入八九万元，彻底摘掉了贫困帽子。"游家小院"的神奇示范效应，催生了张庄四十多户"农家乐"，特色民宿成了致富新支柱。回顾张庄人从出张庄逃荒要饭，到回张庄治理"三害"，从再出张庄到外地打工，到再回张庄参加脱贫攻坚的历史变迁，游文超由衷赞叹："焦裕禄带咱治了沙，习总书记领咱脱了贫！"

四、最是"焦桐"寄情深

在兰考，树大根深的"焦桐"，被视为焦裕禄精神的象征。无论光风霁月，繁花似锦，还是寒凝大地，落木萧萧，早已人格化的"焦桐"均遗世独立，御风而行。五湖四海的人们景仰"焦桐"，到兰考必欲一睹"焦桐"踔厉风发的神韵，在亲炙焦裕禄手泽的英雄化身前流连忘返。但"焦桐"的前世今生，却鲜为人知。

1963年开春前，焦裕禄到城关公社胡集大队朱庄村组织防风固沙试点。兰考八十四个风口，朱庄以村前村后五个风口和五条千米沙丘，居全县风沙危害程度之冠。焦裕禄打算在五个风口栽种五道防风林。这么多树苗从哪里来？焦裕禄想起他在尉氏县蹲过点的张市镇边岗村。

2018年8月6日下午，我到尉氏县边岗村和县委党校，拜访了八十四岁的原村团支部书记宋柳林和九十三岁的原村妇女主任李喜云。两位老人回忆，1962年秋，焦裕禄到贾鲁河畔的边岗村蹲点，发现村党支部书记吴庆领着种的红薯，每个都重达十几斤以上，荒年灾月群众不挨饿，遂高兴地誉之为"吴庆大红薯"，还和干部群众一起，捧着大红薯照相。蹲点期间，焦裕禄见村里房前屋后遍植泡桐树，便问，你们哪来这么多树苗呢？

吴庆带焦裕禄来到村头，打开一个地窖，指着窖里码放整齐的桐根、桐枝说："秋后把桐根、桐枝窖起来，来年开春平埋在地里，当年树苗就能蹿尺把高，再过一个冬天，就能移栽了。"

边岗村之行，焦裕禄记住了桐根、桐枝窖藏和平埋育苗法。

1963年春节刚过，焦裕禄在尉氏县委办公室主任董金岭陪同下，重返边岗村来找吴庆。焦裕禄一见到吴庆，就拉着他的手说起了心里话："春节前，我跑了兰考十几个公社，到处是沙丘和盐碱地，很多老百姓外出逃荒要饭，我整天吃不下饭、睡不着觉。这次我就是回娘家搬兵点将，请老师帮我出谋献策，搞好兰考的植树封沙。兰考的沙丘和盐碱地能改造成良田，老百姓不再逃荒要饭，我就能吃得下饭、睡得好觉了。"

焦裕禄掏心窝子一席话，打动了吴庆。他说："老书记回来看我，我很受感动。俺村二百多亩苗圃地，每年出圃各类树苗三十多万棵。我打算无偿支援兰考一千棵桐树苗、六千棵杨树苗，桐根、桐条各两千斤。队委会马上开会，研究同意后就可以起苗装车！"

边岗村队委会开会通过吴庆的提议后，焦裕禄和干部群众一起刨树苗、运窖藏，不到中午时分，七千棵树苗和四千斤桐根、桐条就装了满满两大卡车。吴庆对焦裕禄建议说："老书记，让团支书宋柳林和生产队长宋庚立，跟着你去兰考做技术指导。"

焦裕禄摆摆手说："小宋经验没你丰富，老吴你要亲自出马！"

吴庆和宋庚立跟焦裕禄到兰考指导育苗，半月方归。宋柳林回忆，此间，兰考天天有拖拉机来拉树苗，边岗人按半价收了费。

宋庚立回来后，逢人就说："焦书记还动员我在兰考落户呢！"

贾鲁河水慷慨滋润了兰考干渴的朱庄村，经焦裕禄牵线，来自边岗村的苗木，在兰考最大的风口开始编织遏阻风沙的绿色屏障。

大地回春，阳光灿烂。焦裕禄和朱庄村群众接连干了两天，在村南三道防风林北侧，栽种了上千棵泡桐林。头一天上午，挥锹挖土大汗淋漓的焦裕禄看看时近正午，停住手问："村里有军属吗？"

"有，总共有十几户呢！"

"有的一家还出了两个当兵的呢！"

焦裕禄问清生产队长魏现堂四儿子在黑龙江当兵，五儿子在青海当兵，便乐呵呵地给他打招呼："老哥，中午我到你家搭伙！"

魏现堂一听县委书记到自己家吃饭，乐坏了，拿腿就往家里跑。可一进门，又愁坏了。贵客临门，自然幸甚，可家里啥也没的吃呀！魏现堂赶紧打发老婆到邻舍百家去借白面。老婆一听，愁得满脸乌云堆成了一座山，嘴里嘟囔着："大春荒价的，谁家能有现成的白面啊！"

魏现堂急了，剑眉倒立，豹眼环睁，瞪着老婆直冒火。老婆满腹委屈无处诉说，一扭鼻子哭了起来。魏现堂叹口气，赶紧哄哄老婆，两人一阵忙活，好歹做了几个地瓜面窝头，还从缸底划拉了点儿豆面，做了一点面条汤，另备有一碟农家小咸菜萝卜条。

饭做好了，焦裕禄推着自行车，跟着魏现堂儿子魏善民进了家门。焦裕禄停好自行车，走进堂屋，热情地跟魏现堂夫妇打招呼，问家中有几口人？有啥困难没有？魏现堂边回答，边给焦裕禄介绍自己的老婆。老婆却拎挲着两只手，望着焦裕禄，只顾笑。

焦裕禄看到地上一张两拃高、六十厘米见方的小饭桌，上面摆着道地的庄户饭食，高高兴兴地在饭桌前的小板凳上落了座。

"焦书记，你能到家里吃顿饭，这是俺的福分啊，就是家里没啥吃的，让你受委屈啦！"魏现堂耷拉着头，难为情地说。

"老哥你见外啦！"焦裕禄笑望着魏现堂，实打实地说，"我也是苦出身，知道农民家春天能吃上这饭，就很不容易啦！再说，干部应该和群众同甘共苦，老百姓的家常饭，我最爱吃！"

焦裕禄平易朴实的一席话，使魏现堂那颗悬着的心，放下了。

2017年8月6日中午，在兰考焦裕禄干部学院学术中心会议室，魏现堂儿子魏善民，给我详述了当年焦裕禄在他家搭伙的细枝末节。历历前尘往事，宛如展开了一幅晕染天成的水墨画，魏家父子五十四年接续守护"焦桐"的故事，如烟似雾在我眼前弥漫、飘散。

1963年3月底那天中午，焦裕禄在魏现堂家堂屋吃完一个地瓜面窝头，又喝完碗里的面条汤。魏善民伸手去接碗，焦裕禄却摆摆手，端碗走出堂屋，来到院中充作灶间的东厢房。焦裕禄掀开锅，看见锅里的面条汤不多了，连声说："好了，好了，已经吃饱啦！"

第二天中午，焦裕禄在魏善民家吃完饭，拿出八两粮票六毛钱，笑吟吟递给魏现堂妻子，诚恳地说："我家人口多，我的粮食也不够吃，粮票我就不多给了。你们家有两个儿子当兵，是双份的军属，我多交两毛钱。"

当时，国家对粮食实行统购统销，买粮就餐均需交粮票。国家干部粮食定量每月二十八斤，子女每月只有十几斤。按照规定，干部下乡吃派饭，每人每顿饭交四两粮票、两角钱。魏现堂老婆双手捧着县委书记交的粮票和钱，想到家里拿不出像样的东西招待客人，难过得泪水直在眼眶里打转转。

焦裕禄在魏现堂家吃的两顿饭，魏家两代人记了一辈子。

那棵与魏现堂一家世代结缘的"焦桐"，开始走进兰考的历史，还是在刘俊生为站在"焦桐"树下的焦裕禄照相之后。

1963年9月初一天深夜，刘俊生接到通知，让他第二天带上照相机，到城关公社老韩陵大队找焦裕禄。次日上午，刘俊生在老韩陵村北红薯地里，找到了正在锄地的焦裕禄。焦裕禄披着中山装上衣，露着土黄色鸡心领毛背心，像个娴熟的庄稼把式。刘俊生见此情景，忍不住取下了照相机镜头盖。他知道，焦裕禄一向不允许给他照相，但眼前的景象使他欲罢不能，便侧转身子，把照相机镜头对准焦裕禄，轻轻按下快门，偷偷拍下了焦裕禄锄地的照片。

焦裕禄锄完红薯地，又走到附近的一块花生地里，蹲下身子拔起草来。时值晴秋，大地葱茏。焦裕禄抚弄着油绿茁壮的花生茎，满脸都是欣喜。刘俊生透过地头上正在劳动的人的空隙，迅速调整焦距，拍下了焦裕禄在地里拔草的照片。为了不使快门的"咔嚓"声惊动焦裕禄，刘俊生这次按快门时，轻轻咳了一声加以掩饰。

在老韩陵大队吃过午饭后，焦裕禄和城关公社党委书记孟庆凯及刘俊生，骑自行车向南驶去。三人走到胡集村南，碰到刘俊生媳妇徐秀菊，带着四岁的二儿子刘东华站在路边。刘俊生给焦裕禄和内当家作了介绍。焦裕禄下车向徐秀菊打了招呼，高兴地拉起乳名小二的刘东华的手。小二经妈妈提示，乖巧地喊着："焦大伯好！"

焦裕禄俯身抱起小二，逗他说："走，大伯领你掐泡桐叶去！"

谁知这一说不打紧，小二吓得"哇"的一声大哭起来。

焦裕禄见状哈哈笑了起来。孩子的哭声是胡集村爱桐护桐教育成效最好的证明，小孩都知道掐泡桐叶会受严厉处罚，故而闻之号啕大哭。

焦裕禄赶紧把小二哄好，感慨道："童言无忌，小孩子的反应最真实。看来，我们春天定的爱护泡桐的乡规民约落实得不错！"

三人行至朱庄村南春天栽的五十亩泡桐林东侧，只见逶迤起伏的沙丘上，枝叶扶疏的泡桐树苍翠挺拔，绿荫初现。焦裕禄下车快步向泡桐林走去，边走边对孟庆凯和刘俊生说："咱们春天栽的泡桐苗都成活了，长得多旺盛啊，十年后，这里就是一片林海！"

刘俊生被焦裕禄发自内心的喜悦所感染，趁他不注意，抓起相机抢拍了他站在横成排、竖成行的泡桐树旁，叉腰侧首笑望泡桐林的照片。孟庆凯见焦裕禄兴致盎然，趁势提出："焦书记，我想和你合个影，留个纪念。"

孟庆凯就是焦裕禄到兰考后，因精神状态不佳，从县里调到基层任职的县委农村工作部原部长，经抗灾斗争一线摔打，洗刷了思想尘埃。在他带领下，城关公社涌现出一批抗灾硬骨头队。

焦裕禄满意地看着孟庆凯，笑着说："咱们照相有啥用啊？"

这时，刘俊生忍不住插话说："焦书记，每次跟你下乡，你都告诉我带上照相机，可为什么不让我给你照相呢？"

焦裕禄说："让你下乡带上照相机，是让你多给群众拍照。广大群众改变兰考面貌的决心和忘我劳动精神，是很感人的。给群众照相，既对他们是个鼓舞，又很有意义。"

刘俊生讲出自己的一番理由："要是把你和群众劳动的镜头拍下来，群众看见照片，一定会激动地说，我和县委书记照相了！你看，这个是我，那个是他……这不是对他们更大的鼓舞吗？"

焦裕禄被刘俊生搜肠刮肚讲的理由逗笑了，挥挥手说："你说得有道理。好吧，你找理由给我照相，那今天就照一张吧！"

"怎么照法？"乐不可支的刘俊生憨直地问。

"我爱泡桐，就在泡桐树旁，给我们照个相吧！"

根据刘俊生的建议，焦裕禄穿好上衣，依旧敞怀露着土黄色的鸡心领毛背心，随手抻一下上衣说："就这样照吧！"说着，走到几棵泡桐树前，右手倒背，左手自然扶住一棵锨柄粗的泡桐树。站在焦裕禄左侧的孟庆凯，伸出右手扶住了焦裕禄手上端的树干。

刘俊生不失时机地按动快门，拍下了这张珍贵的合影。

焦裕禄在兰考的四张留影，都摄于这一天。其中，侧身锄地和蹲在地里拔草的两张，系上午摄于老韩陵村北农田；站在泡桐树前和手扶泡桐树的两张，则是下午摄于胡集大队朱庄村南林地。焦裕禄与孟庆凯合影时，两人手扶的泡桐树，就是今天兰考闻名遐迩的景观——"焦桐"。后见诸报刊的这张照片，多将孟庆凯隐去，只留焦裕禄一人。

刘俊生洗好照片送给焦裕禄。焦裕禄端详着照片，目光停留在自己叉腰站在泡桐树旁的那张上，连声说："这一张好，这一张好！"

刘俊生把焦裕禄的四张照片贴在日记本首页，压在办公桌玻璃板下。每当工作遇到困难和挫折、思想处于低潮时，他总要习惯地看看日记本里和办公桌上的四张照片，从中寻找慰藉和力量。

1966年春，焦裕禄宣传后，穆青又找刘俊生要焦裕禄的照片。这使他愈加惭愧：焦裕禄的兰考岁月有那么多感人瞬间，自己作为新闻干事却没抓拍下来，这是多大的失职呀！尤其令他追悔的是，焦裕禄对梁俊才老人喊出"我是您的儿子"时，自己就在身边，可偏偏那天没带相机，未能将这一经典画面定格！刘俊生懊恼之余，只好拿出焦裕禄留影兰考仅有的四张照片。穆青再次细看照片，感到焦裕禄手扶泡桐树的这张很有意义，便问刘俊生："这棵泡桐树还有没有？""有啊！"一句话提醒了刘俊生。他找到发小和同学、胡集大队党支部书记胡安民，提议保护焦裕禄留影的这棵树。1968年，胡集大队干部群众自发拿鸡蛋粮食兑砖头和石灰，在"焦桐"旁建起纪念碑。刘俊生作为胡集村走出的笔杆子，应邀为纪念碑撰写了碑文。

1966年3月3日，上海《新民晚报》发表刘俊生《在泡桐树下拍的一张照片》，其中写道：

在这里，我要向来兰考参观访问的同志们表示歉意，请你们不要再质问我，为啥给焦裕禄同志拍的照片这么少；也不要再向我要焦裕禄同志的照片底版了！老实告诉您：我拍下他的照片，的确就这么三四张。您非要焦裕禄同志英雄形象的照片底版不可，那么，就请你们到兰考三十六万人民那里去要吧！到全国六亿五千万人民那里去要吧！他们的心里都存放着焦裕禄同志英雄形象的照片底版！

刘俊生家祖祖辈辈务农，世代生息在兰考县城关镇胡集村。1934年农历四月十五日，他于胡集村呱呱坠地时，恰逢新麦登场，爷爷给他取乳名"满场"。蕞尔小村胡集，是刘家故园，也是刘俊生晚年最充实和最具成就感的心灵栖息地。刘俊生一生的闪光点，是要言不烦向新华社记者周原汇报焦裕禄典型线索。他用镜头见证焦裕禄的兰考岁月，他最早组织保护"焦桐"，他珍藏焦裕禄坐过的藤椅和穿过的鞋袜，这些今天看来对焦裕禄精神弘扬产生过重要影响的举动，都发生在胡集村外的寻常陌上，发生在胡集村毗邻的兰考县城。作为历史偶然变为历史必然的摆渡人，刘俊生是发现焦裕禄的向导，也是引爆精神原子弹的那根导火索。在故园丰饶的土地上，他极其幸运又令人羡慕地收获了人生的"满场"。

焦裕禄辞世后，魏现堂时时走近"焦桐"，几度涕泗横流。他擦干眼泪，主动当起护树使者，经常跑一里多路，从村里挑水浇灌"焦桐"，重点绕着树的四周浇毛细树根，一次总要挑三担水。

魏现堂记得，当年焦裕禄领着乡亲们栽树时叮嘱说，栽树不护树，等于不栽。他提出，对新栽种的树木，要实行"双一三五护林政策"。焦裕禄对群众解释说，这是一句护林口诀，包含两层意思。第一，毁一栽三，如果无力栽或者不愿栽，可以护林五年，以工代植；第二，如果在校学生毁一棵树，老师买三棵树栽上，家长要看护树林五年。这样可以有效增强全社会的爱林护林意识，提高植树造林效益。听完焦裕禄的解释，大家都说这个办法好。

焦裕禄说，种泡桐后实行粮林间作，耕种锄割要注意保护幼树。用耧耩麦子弄掉树叶，要开个追悼会，因为树也是有生命的。

"双一三五护林政策"出台后，朱庄人爱林护树蔚然成风。但赶大车的"大鞭"们却嚷了起来：牲口甩尾惊了，跑到田里毁树，也毁一罚三吗？经教育引导，他们也都心服口服赞同护林公约，走路牵牲口，卸载拴牲口。

朱庄人爱树如子，焦裕禄带领群众栽种的五十亩泡桐林，横成排，竖成行，成为兰考县第一个沙丘变绿洲的示范园。

五道防风林在朱庄南北织起屏障，肆虐多年的风沙悄然敛迹。

春花秋月，寒来暑往，魏现堂像照顾亲人一样悉心看护"焦桐"，一看就是八年。开始，魏现堂都从村里挑水浇树。1967年，在距"焦桐"百米外打的机井出水渐丰，魏家父子才结束了挑水浇树的历史。

看护"焦桐"除浇水外，还要施肥、打药、垫土、排水。"焦桐"根系远及树干周遭二十多米，每年3月和7月，魏现堂都要在树的毛细根部挖五十厘米深、三十厘米宽的环形条沟，挑来农家肥撒匀埋好，浇水踩实。毛细根部易生虫，魏现堂经常拨土察看，撒药灭虫。雨后树下低凹处积水，沙土遇水松暄易懈，影响树根附着力，刮大风时树易被吹倒。魏现堂把看护范围从树身扩展到周遭，从地上延伸到地下，隔三岔五围着"焦桐"转悠，发现凹坑就取土填平踩实，雨后哪儿积水，就赶紧排水垫土。

1971年，"焦桐"长得有合抱粗。六十五岁的魏现堂天天围着"焦桐"转，乐得合不拢嘴。毕竟年龄不饶人，魏现堂自觉岁数大了，体力精力均不济，遂生培养看护接班人之念。他决定，把这一光荣任务，交给当年和父母一起陪焦裕禄吃饭的儿子魏善民。那时，魏善民在黑龙江当兵的四哥魏善河，已从部队转业到大庆油田工作，捎信要他到那儿去。但父亲不同意。魏善民遵父命留乡朝夕看护"焦桐"，与这棵奇树结下了一生一世的情缘。

魏现堂交班不搞大撒把，实地指教，用心点拨，像传家谱一样，把自己多年积累的爱树管树经验，悉数传授给儿子，直至八十二岁谢世，犹念念不忘嘱托魏善民，风雨无阻好生照看"焦桐"。

当时，朱庄生产大队一个整劳力干一天记十个工分，合一角多钱，能买一斤小麦。魏善民看护泡桐林，队里一天给记四个工分。他还要再干些其他活计，才能挣够一个整劳力的工分。魏善民分力不分心，悉心呵护泡桐林和"焦桐"。两代人用心血和汗水浇灌的泡桐林，成为兰考一道令人赏心悦目的风景线。"焦桐"也在声名日炽中演化成焦裕禄精神的绿色隐喻。

1979年，朱庄村实行联产承包责任制，魏善民承包了"焦桐"所在的五十亩泡桐林，合同一签就是十八年。为保护"焦桐"和泡桐林，村里规定，泡桐树下不能种庄稼和其他作物。魏善民作为承包人，无法像他人那样发展林下经济。但他无怨无悔，乐此不疲。

日月如梭，转瞬五十多年过去。树大根深的"焦桐"高逾二十米，树围要三人合抱才搂得过来。"焦桐"落户朱庄时风华正茂的魏善民，也已年逾七旬，但他对"焦桐"的拳拳深情一如当年。

晨夕风露，朝晖落霞，魏善民时常在"焦桐"树下怔怔地出神。他想到自己年事已高，打算让在朱庄当村长的三儿子魏要，接过看护"焦桐"的班，一家三代三个共产党员接力守护"焦桐"。

一树参天，寄托多少深情！

1980年，兰考县人民政府确定"焦桐"为县级文物。

1986年3月，穆青、冯健、周原重返兰考，三人专门来瞻仰"焦桐"。二十多年天地精华滋养，"焦桐"已成为挺拔葳蕤、曲虬纷披的自然景观和政治地标，成为到兰考朝圣追思的行者必访必看的红色打卡地。穆青树下盘桓，举目仰望，凝神结思，不时驻足慨叹，动情时双臂合抱"焦桐"，围住了树干的三分之二。

1990年6月，穆青、冯健、周原再次来到"焦桐"树下。穆青掏出卷尺，贴着树干量树围，不由满脸惊喜：树围已近四米！

看见"焦桐"树，想起焦裕禄。三位焦裕禄的心灵至交欣喜地获悉，每年，全国各地前来瞻仰"焦桐"的干部群众，不下数十万人。溯往察今，睹树思人，穆青、冯健、周原忽然觉得，那个已逝的秉烛冲刺者，其实从未离开。他在黄河故道拾翠染绿的沙丘上，看着兰考人接续奋斗，改地换天；他带领兰考人民同"三害"不屈不挠斗争所形成的意志、品格和风范，在神州大地流布不衰，深深潜入一个民族的精神本源和文化心理。"焦桐"树下流连，穆青三人益发感到，他们当年在兰考的跋涉和笔耕，其价值和意义都在这里得到了体现；中国共产党人积数十年之功倾力打造的焦裕禄精神，历经世纪风雨，正如"焦桐"一样根深叶茂，苍翠挺拔。

2014年，为减轻与日俱增的参观者对"焦桐"根部的踩压，有关部门绕树打了一圈水泥台阶。络绎不绝参观者的踩压减轻了，"焦桐"却就此打起了"瞌睡"，2016年春破天荒未开花。"焦桐"不开花，这在兰考可是大事。人们正急得抓耳挠腮，魏善民建议，赶紧在水泥台阶上打孔，让"焦桐"顺畅呼吸。建议被采纳后，2017年春，"焦桐"重又繁花盈枝，紫云蒸腾。

半个多世纪栉风沐雨，风雪磨难，"焦桐"始终拔地参天，冠盖如云。笔直的树干，犹如一根硕壮无比的擎天柱，把大地的滋养、信任和重托，凝结成具有丰碑和图腾价值的标识；横逸斜出的树冠，春天桐花怒放，俨若祥云凌空，夏秋又像一把巨型绿伞，给前来寻根逐梦的人们带来荫凉。

树大成神。兰考人最感神奇的是，夏季时常光顾豫东平原的龙卷风，多年来不知摧折了"焦桐"周围多少茂林佳卉，无情的雷电霹雳，也戕杀了魏善民承包的泡桐林中偌多正值盛年的大树，先后毁于狂风雷电的不下上百棵。而仿佛生来就能避灾祛邪的"焦桐"，除有一年结桐桃的一枝刮风时折了，迅雷疾风从来都对其退避三舍。"焦桐"始终兀立阡陌，华盖亭亭。

天气晴和时，兰考百姓常到"焦桐"下兜圈遛弯儿。人们忆往谈今，说长道短，议论最多的是，焦裕禄干俩活儿，一是组织部长，一是纪委书记，好的提，差的免，坏的抓。而省委书记王国生2019年5月14日在河南省纪念焦裕禄同志逝世五十五周年座谈会上讲话，则从独特角度阐发了"焦桐"新解："被兰考百姓亲切称为'焦桐'的大树高耸挺立，见证了打基础、利长远的恒久价值。"

2018年4月5日清晨，我走出兰考焦裕禄干部学院大门，穿过马路直奔"焦桐"，恰与魏善民在树下不期而遇。他晨起护树刚刚忙碌完毕，正在专用的三轮车旁小憩。扭头看到曾经采访过他的我，不由惊喜地叫了起来。稍事寒暄，我问起"焦桐"的近况。老魏看着雨后初绽的满树桐花，不禁喜上眉梢："从2016年'焦桐''打盹'后，这几年树的状况一直很好。"

我举目望去，树干距地约九米处，有一足球大小的水泥抹痕，便问，是否因树干出现空洞灌注了水泥？老魏笑着摇头说，那是二十四年前，他为"焦桐"修枝后，为防止雨水侵蚀树干，采取的保护措施。说罢，老魏飞扬着长长的寿眉，信心满满地对我说："你放心，照现在这架势，'焦桐'再欢欢势势长个十几年没问题！"

我掐指一算，到2018年，"焦桐"已挺立兰考大地五十五个春秋。如今，"焦桐"树高二十四点六米，树干粗四点一六米。专家介绍，泡桐树寿命一般在二三十年。"焦桐"生命力之持久，是泡桐家族中绝无仅有的奇迹。河南省林业专家认定，兰考"焦桐"，是中国存世泡桐中树龄最长的寿星，是当之无愧的"泡桐王"。

晨光熹微中，我随老魏漫步林中。挺拔整齐的泡桐树一眼望不到边，萋萋芳草间隐约可见当年沙丘的轮廓。老魏告诉我，林中两千多棵泡桐是四世三代同堂，"焦桐"是爷爷辈唯一一棵一代泡桐，主力阵容是孙子辈的三代泡桐，还有部分重孙辈的四代泡桐。

焦裕禄生前喜爱泡桐，遍及兰考的泡桐在防风固沙、涵养水土的同时，也以优良的声学品质和防腐耐碱性能回馈伯乐、造福人民，成为兰考振兴发展取之不尽、用之不竭的战略资产。谈起泡桐产业的飞跃发展，兰考人津津乐道的是"鸡毛飞上天"的故事。

二十世纪八十年代初，上海民族乐器厂琵琶制作大师韩富生，到兰考农民代士永家做客，刚一落座即被厨房里不同凡响的声音所吸引。循声而入，发现主妇鼓风做饭的风箱有节奏的"呼哒"声，共鸣和透音性能极佳。"内行看门道"，职业生涯的敏感使韩富生察觉到，风箱材质非常适合制作民族乐器音板！经询问主人，得知制作风箱的材料，原来是当地出产的泡桐。

进一步访谈中，韩富生了解到，兰考地处中国南北方交界地带，气候温和，湿度适宜，生长在黄河故道沙土地上的泡桐，质地柔韧，纹理清晰，老百姓称之为"会呼吸的树"。韩富生断定，兰考泡桐因木质疏松而透气透音，是生产古筝、琵琶等乐器的上好材料。这一发现，使他成为兰考泡桐与中国民族乐器结缘的使者。

木匠出身的代士永在给乐器厂供应泡桐板材过程中，发现供给原材料附加值低，遂决意自制乐器。他以"三顾茅庐"的精神南北奔走，延请名师，于1988年春，把上海一位乐器制作师请进家门，还请来中央音乐学院和上海音乐学院两位教授当技术顾问。于是，这个拿惯了锛刨斧锯的乡土木匠，捧着家乡的泡桐木，叩响了神圣艺术殿堂的大门。堌阳福利乐器厂这只丑小鸭，开始了最初的学步。

惊喜来得比预想要快。堌阳福利乐器厂的处女作——四把琵琶，在千里之遥的春城昆明面市，居然一炮打响。那是一个明媚的夏日，一位气质颇佳的女士走进乐器店询问："有没有上海产的琵琶？"营业员告诉她："店里没有上海产的琵琶，倒是有河南兰考的产品。"女士不假思索地说："兰考产的不要。"在场的代士永礼貌地对女士说："老师不妨看一看兰考的琵琶，不是要您买，是请您提提意见。"女士原本是演奏琵琶的艺术家，为代士永的谦逊所感动，莞尔一笑，遂取一把琵琶即兴弹奏起来，一曲未了，便讶然失声："想不到，兰考能生产这么好的琵琶！这四把我全要了！"

"焦书记领我们种的泡桐树，是沙地生金的幸福树，也是治穷致富的摇钱树！"初战告捷，代士永信心大增。他的目光穿过中原，投向更加遥远的地方。台湾台中市民族乐器有限公司经理李春正与代士永联袂经营民族乐器情同知音。心有灵犀一点通，1993年，代士永与李春正合资开办了开封中原民族乐器有限公司。绿色兰考开始书写栽桐引凤、以筝会友的佳话。

1992年，国家轻工业部组织专家考察认定，兰考泡桐为国内制作古筝、琵琶等乐器面板的最佳材料。1994年，轻工业部和中国音乐家协会确定，兰考县为民族乐器音板定点生产基地。1995年，北京乐器研究所比较全国十几个地区出产的泡桐，得出兰考泡桐是制造民族乐器音板首选材料的结论。专家分析认为，兰考泡桐有两大特点：一是纹理均匀，透音性好。木纹取决于树根，树根盘根错节木纹就乱，透音性就差。兰考松暄的沙地非常适宜泡桐树树根生长，故木纹清晰流畅，做乐器音板共鸣程度高，透音性能好，明显优于纹理毛孔密集、发音嫩且不易透音的山区桐木。二是耐腐蚀，不变形。兰考的盐碱土壤，使泡桐先天具有耐腐蚀品格，不易变形。这两个特点，决定了兰考泡桐具有无可比拟的优良声学品质。

在大洋彼岸的美国国会图书馆，收藏着一件中国新型民族乐器文琴。能让文琴发出天籁之音，并令世界屈指可数的重要图书馆决心永久收藏的，正是生长于黄河故道的兰考泡桐的上乘材质。

2008年，世界森林组织认证，兰考堌阳镇是世界泡桐树发祥地。该镇徐场民族乐器文化旅游村，以古色古香的农居、美轮美奂的古琴、亦真亦幻的弦乐，肇五弦之古韵，歌昊宇之南风，当之无愧成为兰桐声学品质形象大使。我慕名到堌阳镇徐场村访问，是2017年11月5日。古韵悠悠，清音袅袅，步入民族音乐风俗画的墨武古琴坊，伏羲式、仲尼式、竹节式……各式古琴鳞次栉比，仪态万方。经营墨武古琴文化传播有限公司的是徐冰、徐亚冲兄弟俩。走进琴坊，徐冰正在打磨一张饰以金丝楠木的古琴。他告诉我，墨武古琴坊手工精斫演奏琴和收藏琴，年产古琴二百张。普通古琴每张可卖三千元，手中这把古琴至少值几万元，一般在十几万元，最好的价格上不封顶。问及乐器销售情况，徐冰说，没有滞销过，有时供不应求。徐冰兴之所至，操琴为我弹奏一曲《广陵散》。

我虽不谙音律，但知道《广陵散》是"竹林七贤"之一嵇康血溅刑场前的旷世绝响。当年，一生放荡为文且桀骜不驯的嵇康，游历洛阳以西夜宿月华亭，贪夜与神秘访客相谈甚欢。访客抚琴相授美妙绝伦之曲，并要嵇康起誓绝不外传。从此，嵇康以弹奏天授神传《广陵散》著称，听者如闻天籁。公元263年，侧目曹魏后期司马氏昏庸政局的嵇康，死于司马昭之手。临刑前，三千太学生吁请朝廷赦免嵇康，并欲拜其为师，司马昭不允。素衣木屐的嵇康乃从容索琴，使天籁之音弥漫刑场上空。一曲弹罢，嵇康掷琴叹曰：世间从此再无《广陵散》！言讫，从容引颈就戮。

岁月老去，天籁无觅。史载嵇康爱琴，著有《琴赋》，以为"众器之中，琴德最优"。嵇康绝尘，足音跫然。据说，嵇康弹奏的《广陵散》，已失传一千七百多年。今逢盛世，由兰桐上品制作的古琴鸣奏的广陵清音，如梦如幻萦回大河最后一道弯，这是怎样的历史意蕴和文化景象？我宁愿相信身被木屑的徐冰所奏《广陵散》，真的就是嵇康以气节和旷达所奏生命绝响的赓续。如此，则嵇康幸甚，颇通音律又喜泡桐的焦裕禄，也将含笑于九泉！

2019年3月8日上午，在第十三届全国人民代表大会第二次会议上，习近平到河南省代表团参加审议政府工作报告。开封市市委副书记、市长高建军代表发言时，总书记关切地问，兰考的泡桐制作的乐器怎么样？高建军满怀喜悦地回答说，兰考泡桐制作的琵琶、古筝等乐器，目前已经远销日本、美国、德国、加拿大等国家。

高建军向总书记汇报的底气，其来有自。

2014年9月，兰考泡桐及其制品获国家生态原产地保护产品美誉。兰考泡桐因隔潮、不透烟、不易虫蛀和耐腐烂、耐酸碱，加之纹理优美细腻，色泽鲜艳光亮，自然图案逼真，早已跻身家具和航空用材市场。兰考生产的桐木拼板、胶合板、叉接板等板材，年出口量占河南省同类产品出口量的三分之一。如今，全国90%以上桐木音板出自兰考，兰考八十三万人口，四分之一从事泡桐生产和加工，其中民族乐器生产企业从业人员逾万，乐器专业技术人员占一成。2018年到2019年，兰考泡桐产值达九十六亿元，全县销售乐器八十二万台（把），生产的古筝、琵琶等民族乐器，漂洋过海远销美国、日本等二十多个国家和地区，国内外市场占有率为三分之一左右，总产值达四十亿元。兰考沙丘变绿洲的奇迹，成就了中国内陆地区最大泡桐加工基地和民族乐器生产基地的神话。

"焦裕禄身后比他当县委书记时对兰考的贡献还要大！"毕生献身焦裕禄宣传的李国庆，回望兰考半个多世纪来的发展，感触尤深。身后贡献不逊生前，福荫兰考的泡桐提供了令人信服的注脚。

五、焦裕禄的家风

余生也晚，无缘得见焦公。所幸我在驻豫部队工作十余年，因缘际会结识了焦家几位子女，从而得以窥知焦公遗风之一二。

2013年4月上旬，我从沈阳到关内城市走访慰问部队离休老同志，行前带上了四十七年前令我热泪奔涌并影响了一生走向的焦裕禄通讯。

高铁平稳驶入关内，阳春三月的景色愈益清晰入目。再读这篇对于铸造我人生基石影响甚巨的通讯，仿佛重新回到了二十世纪六十年代，热泪簌簌滚了下来。那一刻，我意识到，时近半个世纪，焦裕禄依然鲜活如初屹立在我的心中。

到徐州慰问驻东北某集团军干休所时，我趁暇瞻仰了淮海战役纪念馆。回到下榻的第十二集团军招待所，夜间浮想联翩，难以成寐。不知为什么，那个侵晨，在驻豫部队工作十几年间与焦家子女的交往，又清晰如初跃动于眼前。我起身在写字台前坐定，用铅笔在部队信笺上写下《焦裕禄的家风》的题目。于是，在淮海战役旧战场，我快速勾勒了这篇散文的框架，固化了随缥缈灵感稍纵即逝的素材。回到沈阳，五一节战备值班期间，写出了这篇散文。

时任《解放军报》文化部主任的李鑫看到稿子，感到是个好东西。报社总编辑形容看到报纸大样上的这篇稿子"有喜出望外之感"。5月14日，《解放军报》长征文艺副刊发表了这篇散文，并用长牟体加了编者按语：

道德的力量

3月17日至18日，习主席在河南省兰考县调研指导党的群众路线教育实践活动时强调，"教育实践活动的主题与焦裕禄精神是高度契合的，要把学习弘扬焦裕禄精神作为一条红线贯穿活动始终，做到深学、细照、笃行"。5月9日至10日，习主席再次来到河南考察，在听取河南省委和省政府工作汇报后强调，党员干部特别是领导干部要"努力以道德的力量去赢得人心、赢得事业成就"。在第二批党的群众路线教育实践活动深入开展的背景下，习主席的两次重要讲话让我们对焦裕禄精神和加强党员领导干部的道德修养有了更加深入的认识。

今天本报刊登的这篇纪实散文《焦裕禄的家风》，作者通过讲述自己的亲身经历和切身感受，不仅从一个侧面让人们感受到焦裕禄的思想道德境界，也把家风这个话题提到我们面前。

焦裕禄的家风让我们看到，高尚道德总是具有强大生命力，良好家风归根结底是一种道德追求的继承。作为党员领导干部，培养良好的家风不仅是个人道德修养的重要命题，而且对全社会的道德建设具有很强的示范引领作用。全社会良好家风叠加在一起，就是一种强大的道德力量，它将不断推动着国家建设和社会文明向前迈进的脚步。正所谓"家风正，则民风纯；民风纯，则国风清；国风清，则国家兴"。

——编者

焦裕禄的家风

1

在山东沿海的一座小县城里，我从父亲订的省委组织部办的《支部生活》杂志上，读到新华社记者穆青、冯健、周原写的长篇通讯《县委书记的榜样——焦裕禄》，是1966年春上的事，那时我还是个十一岁出头的半大孩子。

那是共和国历史上令人难以忘怀的年代，三年自然灾害的阴影虽渐行渐远，但饥馑仍在中国城乡的一些角落徘徊。现在回想起来，在人们咬紧牙关拼力扭转天灾人祸带来的巨大困难的关键时期，焦裕禄的模范事迹像一道电光石火，一下子把困厄和重压下的人们的心照亮了。在这篇影响了几代人的英雄传奇中，作者以沉郁抒情的笔调，多侧面展示了焦裕禄的感人形象——

严冬，内涝、风沙、盐碱"三害"肆虐的苦难兰考大地上，新任县委书记焦裕禄到职几天后，就到灾情最重的公社和大队去了解情况、查看灾情；风雪交加的夜晚，焦裕禄召集县委委员来到兰考火车站，目睹被灾荒逼迫背井离乡逃荒的群众反思领导责任，连夜开会研究如何鼓舞干劲领导群众改变兰考面貌；为了制伏"三害"，焦裕禄带头冒雨涉水观察洪水流势和变化，经常在截腰深的水里吃干粮，夜晚蹲在泥水处歇息；大雪封门的时候，连转九个村子的焦裕禄走进双目失明的老大娘家，动情对她卧病在床的老伴说，我是您的儿子，毛主席叫我来看望您老人家；多年带病坚持工作的焦裕禄肝痛得厉害时，就用手按、膝压和硬东西顶，日子久了，办公藤椅右边被顶出个大窟窿；病情危重时，焦裕禄对看望他的县委领导说，我死后只有一个要求，要求组织上把我运回兰考，埋在沙堆上，活着我没有治好沙丘，死了也要看着你们把沙丘治好！

一连串闪光的画面和催人泪下的细节，把一个活生生的优秀共产党人的高大形象，钢浇铁铸般植入涉世未深的少年心间。

沿海的早春，寒风依然砭人肌骨。焦裕禄感天动地的事迹，像一阵阵强烈的冲击波，在我这个生活在县机关大院的孩子心中，掀起了不寻常的感情波澜，止不住的泪水簌簌流了下来。

在焦裕禄先进事迹中，不准孩子"看白戏"的故事给我的印象特别深刻。一次，焦裕禄得知孩子看戏时打着自己的旗号没买票就进去了，非常生气，当即把一家人"训"了一顿，命令孩子立即把票钱如数送给戏院，又亲自动手起草了《干部十不准》的通知，不准任何干部特殊化，不准任何干部和子弟"看白戏"。

那年月，能看场电影和戏，是近乎奢侈的精神享受。十里八乡的群众为看电影，翻山越岭走十几里甚至几十里路是常事。我和小伙伴就时常为无钱买票到电影院看电影而苦恼。胆大的常翻墙进去"逃票"看电影，我没那胆子，只好去电影院门口央求县机关的叔叔"带"我进去，但十有八九被检票的那位胖阿姨卡在门口。因此，我很能理解报道中那个"看白戏"孩子的心境。虽然少不更事的我尚不能完全认知焦裕禄这一举动的全部意义，但对他严格要求子女、不搞特殊化的做法充满了钦佩之情。

2

一晃三十多年过去了。2000年春天，我到河南驻军某部工作，得以踏上兰考这片梦萦魂牵的土地。我在焦裕禄当年为锁住风沙而种植的焦桐下穿行，遮天蔽日的泡桐亭亭玉立，沙沙絮语，仿佛向我叙说焦裕禄带领兰考党员干部和群众战天斗地的往事；我在庄严的焦裕禄同志纪念馆中流连，用痛惜的目光抚摸着那把神交已久带窟窿的藤椅，怀想焦裕禄坐在椅上以硬物顶着疼痛的肝部奋力为党工作的情景；我带集团军机关党员干部瞻仰位于兰考老县城沙丘上的焦裕禄陵墓，面对这位死也要看着后人把沙丘治好的人民的儿子，讲述我对伟大焦裕禄精神的理解……

白驹过隙，物是人非，岁月沧桑使中国也使兰考发生了翻天覆地的变化，但冥冥中似有一股神奇的力量，穿过时光隧道从历史深处奔涌而来，在变革的土地上呼啸澎湃，又裹挟着新的时代精神因子走向未来、传播四海……

2003年深秋，兰考县东坝头下游蔡集控导工程出险，我随某集团军部队星夜前往抗洪，一干就是四十天。这里是九曲十八弯的黄河最后一弯的险要之处，1855年，清咸丰年间，桀骜不驯的黄河在铜瓦厢决口，夺淮入海六百六十多年的黄河由此改道，径由山东入海。东坝头是重塑中原的黄河改变历史走向的地方，也是倾注焦裕禄心血和汗水的一方热土。那段时间，我时常乘车从坐落在兰考城南的焦裕禄半身塑像前经过，每当望着焦裕禄那清癯的脸庞和坚毅的目光，总是感受到一种战胜洪水的巨大力量。

黄河复又安澜、部队撤出兰考时，已是初冬时节了。我又一次来到焦裕禄纪念园，重拾孩提时对锻铸自己心灵产生重要影响的精神洗礼。明朝末年的黄河故堤上，林木萧瑟。触景生情，我不禁想起当年那个因"看白戏"而受到爸爸严厉批评的孩子。斯人长逝，那曾经影响了千百万人的品格风范，还在滋养着焦家后人吗？

　　不久，在七朝古都开封，我见到了焦裕禄的二儿子——时任开封市委常委、统战部部长的焦跃进。虽说过去未曾谋面，但对他的名字却并不陌生。2000年11月，我在《人民日报》上看到他亲赴北京卖大蒜的报道。那时，他在杞县当县长，组织实施"大蒜兴县"战略，在北京展销会上亲自推销，使杞县成为大蒜生产出口基地县并跃居全省第一，他也因此被评为"中国果菜产业十大杰出人物"。几年过去了，在杞县当过近八年县委书记和县长的焦跃进赴开封履新。这个与父亲焦裕禄有过类似从政经历的"大蒜县长"，下乡当过农民、生产队长，一头扎在豫东农村干了二十多年。谈到东坝头抗洪抢险，我和他找到了同频共振点。当年，焦裕禄为根除"三害"，用脚板丈量了东坝头每一寸土地，而焦跃进也曾追寻父亲的脚步，在东坝头乡埋头苦干当了近六年乡党委书记。这次见面，我弄清了焦跃进不是那个"看白戏"的孩子，但电影《焦裕禄》中嚷着要吃红烧肉结果被父亲骂哭的孩子，则非他莫属。

　　他告诉我，父亲辞世的时候，自己只有五岁多，尚不知道这个人的离去对自己意味着什么，对今生后世会产生什么影响。真正读懂父亲，还是在当了乡党委书记特别是县委书记之后。

　　焦家子女有个共识，我们有这样一个好父亲是值得骄傲和自豪的，但社会上不少人要求我们处处像父亲一样，做到十全十美，那确实很难。因为素质、修养有差异，时代和社会环境也有很大变化。父亲是父亲，我们是我们。

　　后来，我与焦跃进又有些接触。今年2月，他当选为开封市政协主席。或许是焦裕禄精神对我们这代人影响太深，在这一特殊纽带维系下，我与焦家子女又有了新的交往。

3

2008 年五一前夕，成都军区政治部一位领导给我打电话说，军区政治部朱新民副主任因母亲病故回河南老家奔丧，嘱我多关心。机关的同志告诉我，老朱是焦裕禄的女婿。

忙碌了几天，我忽然想起老朱未与我联系，急忙打电话询问。不料，他已从开封去了郑州。原来，老朱不愿给部队添麻烦，只在焦跃进处小住，悄悄料理完老人后事就踏上了归途。

之后一个星期，汶川大地震发生，我奉命率部火速入川抗震。在成都军区抗震救灾指挥部，在救灾部队帐篷里，我多次与任指挥部政治部副主任的老朱见面。这位从基层一步一个脚印走上来的部队政治工作领导干部，沉稳持重且待人宽厚，几次接触，总感到举手投足之间似有从兰考大地上传承的某种东西。

等我在沈阳再次见到老朱时，已是 2012 年 6 月了。其时，他带成都军区优秀旅团主官疗养团到大连疗养，活动结束时取道沈阳返回成都。或许是焦裕禄当年曾被日寇抓到抚顺煤矿做过苦工的缘由，这次老朱来东北带着媳妇、焦裕禄三女儿焦守军。

1955 年出生的焦守军中等个子，留着酷似上世纪中期中国妇女习见的"识字班"头的发型，端庄朴实。她是焦家三个从军子女中唯一当了一辈子兵的人，曾两次参战，多次立功，被评为"全国三八红旗手"，退休前是成都军区档案馆文职干部。

我对老朱和守军说起在焦裕禄墓前过的那次难忘的党日，并把事后整理的《在焦裕禄墓前的讲话》稿送给他们作纪念，两人颇为动容。那天，我获悉了媒体未曾披露过的一个细节：守军任中级职称专业技术干部十二年，因军区档案馆没有高级职称指标面临退休。一位领导得知后，提出给她解决高级职称，守军却婉言谢绝了。她说，爸爸活着的时候告诉我们不能搞特殊，我不能给爸爸丢脸，不能给他抹黑。于是，守军于 2011 年 9 月光荣退休，平静而圆满地为自己的军旅生涯画上了句号。

往事鳞爪，在岁月的长河里只是一丝涟漪，我在汶川抗震救灾中隐约感到却又模糊不清的东西，似乎渐渐清晰起来。

4

时光荏苒，到今年5月14日，焦裕禄同志辞世整整五十年了。五一假日，我拨通了老朱的电话。他已退出领导岗位，开始了人生第二个黄金期的美好生活。谈及习近平总书记亲赴兰考指导教育实践活动，特别是总书记再次瞻仰焦裕禄同志纪念馆并发表重要讲话，指出焦裕禄精神过去是、现在是、将来仍然是我们党的宝贵精神财富，永远不会过时，要求全党把焦裕禄精神作为一面镜子，深学、细照、笃行，我们都很兴奋。

我们忆起2009年4月1日，时任国家副主席的习近平同志专程到兰考，参观焦裕禄事迹展，就学习弘扬焦裕禄精神作重要讲话，亲临焦家小院看望焦裕禄亲属，一一道出子女名字，与当年"看白戏"的孩子对号的情景。老朱告诉我，今年3月17日，总书记在兰考焦裕禄同志纪念馆再次亲切接见焦裕禄子女。总书记关切地询问他们身体情况和子女情况。焦守云说："我们一定传承好父亲的精神，保持家教家风。"

这一信息使我怦然心动，十多年来与焦家后人接触所感受到的那种极可宝贵的东西，愈发变得鲜明而显豁起来。我想起当年兰考县城关镇渔场为让身患肝病的焦裕禄补补身体，送来了十多条活鱼，焦裕禄回家后对嚷着要吃鱼的孩子进行教育，把一桶活鱼送回渔场；县救灾办看到焦裕禄穿的棉袄实在破得不成样子，悄悄给他拨了三斤救济棉花，当女儿拿着棉花票高兴地嚷着要给爸爸做新棉袄时，焦裕禄疼爱地对孩子说，这些棉花是国家用来救济灾民的，公家的便宜不能占；大女儿焦守凤初中毕业后想到县机关当打字员，焦裕禄提出要么到机关打扫卫生，要么去供销社咸菜厂当腌咸菜的工人，并做通她的工作高高兴兴去咸菜厂上班；为在孩子心里打下劳动光荣的烙印，焦裕禄经常领着孩子们在收获过的大田里拾麦穗、复收红薯和花生，然后全部交到生产队；焦裕禄家庭生活比较困难，可他坚决拒绝领救济，用过的一条被子上有四十二个补丁，褥子上有三十六个补丁，女儿焦守云登上天安门城楼时，穿的是带补丁的褂子，赤脚穿一双布鞋……

简朴的生活，严格的家规，正是家风这所无形但却可以定格人的一生的特殊学校，奠定了焦家后人正确而坚实的人生轨迹。你们干好了是焦裕禄的孩子，干不好也是焦裕禄的孩子。焦裕禄的妻子徐俊雅生前时常这样教诲后代。星流月转，潮起潮落，焦裕禄的儿孙，这些笼罩在光环下却恪守家训家规的传人们，不伸手，不特殊，诚实劳动，自食其力，在各自的人生舞台上努力做好党员、好干部、好公民，尽其所能播布和诠释焦裕禄精神。从老朱口中得知，如今，焦家儿孙共二十七人，第三代十个孩子有一半打工或待业，谁也没搞特殊化。习总书记再次接见焦家子女那天，两代人齐聚焦家小院，按照总书记的勉励和嘱托，着眼传承光大焦裕禄精神，面向新的实际充实完善了父母创立的家规。

我忽然想起那个在我心中翻腾了半辈子的不准"看白戏"的故事，就势问道，当年"看白戏"的那个孩子是老几呢？老朱哑然一笑：嗨，那不就是大儿子焦国庆嘛！说起来他还是你们沈阳军区的呢！他在部队二十一年，当过董存瑞生前所在班班长、所在连连长，后来当了营长、副团长，被评为军区优秀共产党员，后转业回河南开封工作，现已退休。

家庭是社会的细胞，家风是世风的缩影。一个家庭半个世纪赓续有致、流布不衰的家风，浸润着党的宗旨和优良传统，又折射出世相万态和人间真情。东汉有贤人云：一屋不扫，何以扫天下？在党的群众路线教育实践活动中弘扬焦裕禄精神，从匡正家风引领世风，不正是党员领导干部以上率下的现实课题吗！

2014年第12期《新华文摘》，摘编了这篇纪实散文；中央人民广播电台配乐演播作品；众多报刊和网媒作了转载或摘编；2015年4月，《解放军报》主办的《军事记者》第4期，刊登了李祥辉写的《最是真情动人心》，对这篇散文的特色作了赏析。

原中共中央政治局委员、中央和国家军委副主席、国务委员兼国防部长迟浩田上将，从军报上看到《焦裕禄的家风》，召集家人和身边工作人员学习焦裕禄治家教子的模范事迹，要求大家自觉发扬党和军队优良传统，谦恭自守，严守法规，不搞特权。老首长还让秘书郑军给我打电话，赞扬这篇稿子写得好，并欣然命笔写道：

读高建国将军《家风》有感而书

学焦裕禄家风，创和谐社会，圆强军梦。

迟浩田　甲午年初夏于北京

2015年，《焦裕禄的家风》获"中国梦·强军梦·我的梦"全军征文奖和第三届长征文艺奖。这篇散文还作为头题文章，入选《全国优秀作文选（美文精粹）》。河南师范大学陈莉莉博士和孙丽柯硕士在科研论文《焦裕禄精神集体记忆的建构历程》中，例举了这篇散文。论文说："军旅作家高建国回顾了在焦裕禄精神的影响下焦裕禄的后人们'不伸手，不特殊，诚实劳动，自食其力'的事迹。"

进入新时代，习近平总结历史上治乱兴衰和党的建设的经验教训，把家风特别是领导干部的家风建设，提到前所未有的政治高度，深刻指出："家庭是人生的第一个课堂，父母是孩子的第一任老师"，"家风是一个家庭的精神内核"，"家风是社会风气的重要组成部分"，要求每个家庭承担起"帮助孩子扣好人生的第一粒扣子，迈好人生的第一个台阶"的重担，强调"领导干部的家风，不是个人小事、家庭私事，而是领导干部作风的重要表现"，号召领导干部特别是高级干部"向焦裕禄、谷文昌、杨善洲等同志学习，做家风建设的表率，把修身、齐家落到实处"。

这些闪发着历史唯物主义思想光辉、充满治国理政智慧的重要论述，照亮了新时代加强党和社会风气建设的崭新视域，也使焦裕禄的家风在新时代凸显了强烈的现实针对性和独特价值。

1964年5月14日，焦裕禄在郑州过世时，焦家除长女长子已开始感知社会外，其他孩子都还懵懂无知。

1966年4月初，焦裕禄迁葬兰考后第一个清明节，焦家大手拉小手，几个孩子一起跟妈妈去给爸爸扫墓。四岁的三儿子焦保刚不解地问："别人的爸爸都在家里，为什么我的爸爸在这里？"

小哥哥焦跃进是焦家次子，一路上闷声低着头，猛听弟弟这样问，便直通通嘟囔了一句："咱爸死了……"

"胡说！"小保钢无法接受二哥这一解释，振振有词反驳说："姥姥说爸爸进城开会去了！"

这些在最需要父爱时却失去了父爱的孩子，对爸爸的认识和家风的理解，是后来通过妈妈和亲友的讲述，以及报纸、广播和书刊宣传，才逐步完善和清晰起来的。

焦裕禄长子焦国庆，是姊妹中最早真切感知家风者之一。2017年8月4日，一个燠热难耐的夏日，我在开封焦国庆寓所，采访了这位少年时代就把自己的名字印进父亲模范事迹的焦家长子。

焦裕禄子女的名字，大都有着与共和国和时代同行的鲜明特征，并且投射出那个年代党的中心工作的影子。焦国庆生于1951年10月1日，为纪念新中国两岁华诞，故名；弟弟焦跃进生于1958年，因而名字打着"大跃进"的印记；小弟焦保刚生于1962年，当时力倡保粮保钢，遂有斯名；小妹焦守军因出生时哭得响，乃取名玲玲，当兵后为立志从戎，自己取"守"字辈改名守军。焦国庆系原沈阳军区董存瑞所在部队炮兵某师副团长，转业后任过开封市地税局发票管理局局长。

焦国庆的家风记忆，始于在洛阳读小学三年级。近六十年时光荡涤，儿时的点点滴滴犹金子般闪光，汇成具有焦家特色的育儿经。

行胜于言。那时，焦国庆穿的是打补丁的衣服，看到有的同学衣服簇新，别提有多羡慕了，回家就向爸爸要新衣服。焦裕禄说，你的衣服不是还能穿吗？为什么非要新的呢？你是农民的后代，旧社会，做梦也穿不上这样的衣服啊！爸爸充满感情的一席话，说得焦国庆脸红了。他瞅瞅当科长的爸爸衣服上的补丁，感到脸上火辣辣的，悄悄低下了头。从那以后，焦国庆再也没有向家里要过新衣服。

小中见大。1963年12月的一天，五岁的弟弟跃进拿起一块黑豆面馍，吃了两口就扔掉了。爸爸回家看见后，弯腰捡起来，吹吹土放在火炉上烤起来。吃饭时，爸爸指着黑豆面馍问，这馍好吃不好吃？跃进说，不好吃。爸爸循循善诱说，我看这馍好吃！我小时候逃荒要饭，连糠窝窝都吃不上。你们可不能身在福中不知福啊！就这馍，还是政府从几千里外运来的粮食做的。这样糟蹋粮食该不该呀？孩子们一个个大眼瞪小眼，被爸爸问住了。饭后，爸爸摸着跃进的头问，你在幼儿园，阿姨教你的《我是一粒米》这支歌，还会不会唱？跃进立刻唱起来。唱完歌，爸爸拿起那块馍问，这馍是谁扔的？跃进说是他扔的。爸爸说，知道一粒米来得不容易，就不该扔馍。跃进眨着眼，从爸爸手里拿过黑面馍，大口吃了下去。

点滴养成。焦国庆记得，从小爸爸就教他们姊妹几个铺床、扫地、倒垃圾，帮着大人干零碎活儿。寒暑假，爸爸就叫守凤姐姐和他到尉氏姥姥家参加劳动。那时县城没有自来水，吃水要自个儿去挑。开始姐弟俩挑着满满两桶水，压得直不起腰。看到有的邻居花钱找人送水，两人就对爸爸说，人家都是买水吃，咱为啥要自己挑水呢？焦裕禄和蔼地对两个孩子说，这副水桶，是培养人艰苦朴素精神的好家什。自己能做的事，就应该自己做。从小不爱劳动，光想依靠别人的劳动去生活，长大了就会变成怕困难、怕吃苦的人。焦裕禄带姐弟俩来到井边，教他们怎样放桶、摆桶、提水。打那，姐弟俩坚持自己挑水吃，渐渐养成了习惯。

借事说理。1963年7月，焦裕禄给焦国庆买了双草鞋。焦国庆看到草鞋就嘟囔，这算啥鞋，穿上扎脚！焦裕禄笑着对儿子说，不要看草鞋样子不好看，这鞋上有革命精神，穿上脚板可硬哩！红军长征时，叔叔们穿着这鞋冲破敌人层层"围剿"，胜利到达陕北；抗日战争中，八路军穿着这鞋赶走了日本侵略者；解放战争中，解放军穿着这鞋打败了蒋介石，解放了全中国！小草鞋承载的大历史，令焦国庆肃然起敬，穿上后觉得顺眼多了。有一年暑假，焦裕禄带焦国庆和焦守军去赵垛楼大队割麦，路上嘱咐两个孩子，从种麦到收麦，农民伯伯不知付出了多少辛劳，拾麦穗时一定要细心，不要掉了麦粒。劳动中，焦裕禄和群众有说有笑收割，兄妹俩跟在后面拾麦穗。临回来时，焦守军用兜子装了几个麦穗，放在爸爸自行车上。焦裕禄看见后说，这麦子是农民伯伯劳动一年的果实，我们不应该拿。焦守军懂事地点点头，又把麦穗送到了麦捆上。

满足必需。焦裕禄对子女要求很严，但孩子有正当要求，他总是想方设法满足。焦守凤上小学时见同学都有铅笔盒，回家便跟爸爸要。爸爸说明天给你做一个，比买的都好。第二天，焦裕禄下班回家，借来锯、刨等木匠家什，找了块板，一番锯刨钉锉，做了个精致的铅笔盒，用花纸剪了"好好学习、热爱劳动"八个字贴在上面。守凤拿到铅笔盒，高兴极了。

焦国庆至今难以释怀的是，爸爸生前多次修补办公室藤椅上的破洞，有时忙就让他和姐姐来补。那时，姐弟俩尚不能理解，藤椅上的破洞，对焦家意味着什么。爸爸谢世后，他们才明白，藤椅也是战场，破洞就是爸爸同病魔搏斗的战场留痕，修藤椅就是修工事。爸爸是在创造条件同病魔英勇抗争，争取时间早日根除"三害"啊！

焦裕禄爱人民，也爱子女。他在外为百姓尽好公仆之责，在家为孩子尽好慈父之责，把对人民的牵挂挚爱，与对儿女的缱绻深情融为一体，给家人留下永世回味的记忆。徐俊雅曾撰文写道：

> 老焦非常喜欢孩子，孩子们也都喜欢他。只要他一进门，一个个都扑上去。他背上驮一个，怀里抱一个，胳膊上挎一个。教他们唱歌，给他们讲故事，但他对孩子们的要求却很严格。记得在洛矿时，守凤几个同学对她说，你爸还是个科长哩，就叫你穿这身衣服？不嫌丢人，快叫你爸买件好衣服。守凤回家就不高兴，把同学们的话原原本本学了一遍。老焦听后耐心地说："守凤，我看你穿得就不错了，干干净净的，连个补丁都没有。我在你这么大的时候，冬天穿不上棉衣，夏天穿不上单衣，穿不上鞋就光着脚。"最后语重心长地说："守凤呀，你应该和你们的同学比学习，比劳动，比尊敬老师，不该比穿戴。"从此，守凤再也不讲究穿什么衣服了。
>
> 老焦不但在家里这样教育孩子，他还经常抽空儿带领孩子们参加生产队劳动，对他们进行集体主义教育。有时晚饭后，他用自行车推着儿子跃进、女儿玲玲，到城关镇附近生产队拾豆角、拣豆子、刨花生。孩子们每次都把拾来的豆子、花生一兜兜倒在生产队

的场里。收麦子的时候，还带着几个大点的孩子下乡，参加劳动，让他们知道农民种庄稼的艰辛，粮食来之不易。

老焦从不让孩子乱花钱。国庆要钱买作业本，得把旧本子交过来，看看用完了没有。铅笔用短了，给他们买几个铅笔帽套上，又成了握得住的铅笔。买东西剩下几分钱也得收回来。他说："我不是怕他们花钱，应该教育孩子从小养成节约的好习惯。"

焦守云时常忆起父亲舐犊情深的美好时光：

父亲工作之余喜欢带着孩子们玩。他带着我们看儿童剧《马兰花》，还教我们唱："马兰花马兰花，风吹雨打都不怕。勤劳的人在说话，请你马上就开花。"带我们看电影《红孩子》，和我们一起唱主题曲《我们是共产主义接班人》。教育我们爱惜粮食，经常带我们唱《我是一粒米》："我是一粒米呀，长在田野间，农民伯伯种下我，多么不容易。"他趁学校假期带我们下乡参加劳动，捡红薯、拾麦穗，然后颗粒归公。

浇树浇根，育儿育心。焦裕禄在儿女像小树拔高的关键时节，倾情浇灌，修枝打权。焦家子女人生第一粒扣子，就是在优良家风和大义真情中扣好的。我在采访中感触尤深的是，焦裕禄寓"严"于"慈"，如山的父爱，便成了健全人格、培育家风的基石。

2018年11月2日上午，习近平在同全国妇联新一届领导班子集体谈话时殷切期望，注重"发挥妇女在弘扬中华民族家庭美德、树立良好家风方面的独特作用"。

"闺阁乃圣贤所出之地，母教为天下太平之源。"漫漫历史长河，颜母育儿，孟母三迁，岳母刺字，画荻教子……在千古传诵的家风故事中，深明大义的慈母为秉持家庭美德、守望良好家风，总以柔弱之躯担起家庭代有才出、民族兴旺发达的责任。2014年至2015年，由中国家庭文化研究会与全国妇联宣传部、《中国妇女》杂志社开展的"中国好家风万户城乡家庭大型调查"主要数据显示，女性在家风传承中作用最大，母亲的作用排在首位。这一调查结果，契合了国外教育家的观点。德国教育家福禄培尔说："国民的命运，与其说是操在掌权者手中，不如说是掌握在母亲手中。"苏联教育家克鲁普斯卡娅断言："如果你在家教育儿子，就是在教育公民了，如果你在家培养女儿，那就是在培养整个民族。"

在当好孩子第一任老师方面，焦裕禄出色履行了身教重于言教这一最重要的使命。无情历史的轮回，使焦家两代父亲在不同时空，先后上演了英年早逝的悲情一幕，但苦难又使焦家"两个伟大的女人"，义无反顾挑起了孝老抚幼和传承家风的重担。

1966年2月26日，李星英在兰考与爱子最后一次近距离对话后，携长子长孙返回北崮山，再也没有到过兰考。女子本弱，为母则刚。在人生最后五个多春秋的余年里，风烛残年的母亲默默咽下了青年丧夫、老年丧子的痛苦，笑对暮年风雨晨昏，和长子焦裕生及两个孙子一起过活。焦裕禄在世时，她时常短暂同次子在一起。焦裕禄工作学习过的尉氏、洛阳、哈尔滨、大连、兰考，她都去过了。老人不识字，但不管儿子走多远，她踮着小脚，一路打听着，总能找到。每逢见到给自己带来无限欣喜的儿子，她都会拿出他喜欢吃的香椿芽咸菜，还有自己用无数个夜晚，在昏暗的油灯下为儿子儿媳和孙子孙女做的布鞋。现在，她又开始习惯于和长子及孙辈们株守焦家老屋，日出而作，日落而息。生活苦涩而又不乏热闹，焦家老屋三天两头有来客光顾，间或还有来自阿尔巴尼亚留学生等外国朋友。这个时候，李星英便开始给来访者讲述母亲眼中的焦裕禄，有时还会将《毛主席语录》本捧在胸前，同中外来宾留一张合影。兰考和当地党政领导时常会来看望老人家，张钦礼数次带队来北崮山慰问李星英。人们零距离接触坚毅慈祥的英雄母亲，精神和心理上得到极大满足，但登门造访使老人在感受温暖、关怀和敬重的同时，心头刚刚结痂的伤疤，又重新被揭开……

她已经纳不动那石板一样坚硬的鞋底了。静谧的夜晚，李星英会没来由地在灯下整理那些永远也整理不完的衣物，像是在整理自己艰辛而纷乱的一生。每逢剪灯花、挑灯捻时，她的耳边便会响起那首从家族之河源头飘来的歌谣："天上一颗星，地上一个丁……"古朴温润的歌谣，像洁白轻盈的蒲公英，从北崮山飘进儿孙梦里，飘进晚辈心灵。歌谣又像春雨甘霖，把守正向善的基因，悄无声息润进焦家子孙的生命图谱，帮助他们找准人生基调和航标，在各自的成长奋斗中得以衍化和升华：

天上一颗星，地上一个丁，儿行千里不忘娘，地老天荒大河情。

人在地上走，天在头上盯，当官不忘老百姓，民心照得日月明。

浪打船头直，沙淘水自清，扬帆不忘来时路，崇德尚廉传家风。

这些源于民族、属于家族的本色道德经，渗进焦家人的骨髓，淌进焦家人的血液，连同焦裕禄"带头艰苦，不搞特殊""工作上向先进看齐，生活条件跟差的比"的家训，构筑了焦裕禄家教家风的灵魂主脑和四梁八柱。

1971年秋，七十九岁的李星英罹患胃癌，住进淄博市第一人民医院。病势沉重时老人叨念："想小妮子了！"消息传到广州军区空军焦守云所在部队，她星夜兼程赶到博山，一头扑在人小了一圈的奶奶床上，祖孙两人的泪流在了一起。徐俊雅闻讯从兰考赶来，伺候照看婆婆一个多月，直至老人10月6日谢世，尽了晚辈最后的孝心。生性和善的李星英特体谅人，尤其怜惜孤儿寡母的徐俊雅和孩子们。徐俊雅说，从进了焦家门，自己同婆婆未红过脸。老人病故后，南崮山村娘家不让火化遗体，说那么好的一个老太太，死后还要用火烧一下，那怎么行！这使淄博市领导十分为难。有关部门表示，如果老人家土葬，市领导就不好参加悼念活动了。徐俊雅赶到南崮山婆婆娘家做工作，开导婆婆亲属说，如果裕禄在世，也会带头移风易俗。李星英最终火化后与已故丈夫合葬于北崮山。

焦裕禄过世后，1949年参加革命的徐俊雅，先后任过兰考县妇联委员、县革委外事组副组长，县计委副主任、主任、县人民政府副县长、县人大常委会副主任。焦守云说，母亲一辈子都在奉献，在外奉献给事业，在家把上半生奉献给父亲，把下半生奉献给孩子。

晚年，徐俊雅住在焦裕禄纪念园斜对门焦家小院。仿佛生者与死者生前有约，从小院出门隔条马路，可见焦裕禄墓前高耸的烈士纪念碑。人生在世，不是闪过夜色的萤火，而是生生不息的火炬，要一代一代把操守和家风传下去。作为承前启后的未亡人，徐俊雅谨记焦裕禄临终时"把咱们的孩子教育好"的嘱托，默默守望着夫君雨涤松青的墓庐，也带着儿孙这支小小的军旅，守着焦家生生不已的精神家园，守着对一个执政党来说有着特殊意义的阵地。红尘滚滚，她或许可以和光同尘，与时舒卷，然偶遇小利，她便会条件反射般轻轻叫起来："可不敢要！你爸知道会闭不上眼的！"她不再像热浪滚滚的1966年，面对永远接待不完的来访者，自己甚至都没有休息时间。但责无旁贷地，也时常应邀作报告，讲一场哭一场，心灵的创口总是鲜血淋漓。一个意外是，她在天津作报告，无意中讲到自己有六个孩子，引起台下一片笑声。徐俊雅意识到这座城市对这个数字的惊讶，急忙自我解嘲说，我的孩子是多了些……1999年，国庆五十周年前夕，徐俊雅和焦守云应邀到淄博作报告，趁便一起回到了婆家所在的北崮山，参观了焦裕禄纪念馆。徐俊雅代表逝去三十五年的丈夫，最后一次看望了父老乡亲。

晚年，徐俊雅惯常沉默寡言。儿女们问她，妈你怎么不笑啊？希望她开朗些，她便会问："有啥好高兴的？"那个歌喉婉转的百灵"小芹"早已隐去。她的欢乐和喜悦，似乎都随南下路上的文艺青年远去了。沉默是金。徐俊雅偶尔开口，说出的便是值得子女谨记终生的箴言："你们做不好，别人只说这是焦裕禄的孩子，而不说是徐俊雅的孩子。"母亲的激将，带着父亲小中见大的规范，带着奶奶潜入梦乡的歌谣，牢牢镌刻进儿孙们的心里了。

父亲对母亲的临终嘱托，是母亲守望焦家后代的道义使命。

母亲对父亲的似海深情，是母亲秉承焦家家风的内在动力。

1990年9月，焦守云写了《妈妈的奉献》一文在报上发表，作为送给母亲的生日礼物：

> 爸爸在世的时候，妈妈经常自叹不如爸爸教子有方，爸爸去世后，妈妈把满腔的爱倾注在我们身上。她学着爸爸的样子，遇事总是对我们不急不躁，循循诱导。她爱我们而又对我们要求很严。记得有一次我从部队写信回家向妈妈要零钱花，妈妈回信既严肃又耐心地批评了我，并要我多看几遍爸爸的故事，多想想爸爸生前是怎样教导我们的。我感到很惭愧，以后花钱再也不大手大脚了……

徐俊雅生于1932年。2003年，她在且行且停且回望中离开兰考焦家小院，离开守望了三十年的焦裕禄纪念园，用自己的十三万元积蓄，在开封西坡街买了一处有院的小居室，与长子焦国庆比邻而居。她在那里住了不到两年，于2005年8月26日病逝。

《战国策》有云："父母之爱子，则为之计深远。"孟子曾深刻揭示社会因代际转换导致强者式微的规律："君子之泽，五世而斩。"老百姓常说，富不过三代。走过战火硝烟，为新中国建立和千秋大业巩固竭尽绵薄的焦裕禄与徐俊雅，正是出于对社会发展规律的深知洞见，懂得"求木之长者，必固其根本；欲流之远者，必浚其泉源"的道理，把革命和建设事业作为需要几十代人接续奋斗永无完结的过程，才把营造好的家风，作为责任来担承，作为事业来投入，作为信仰来追求，作为阵地来坚守。焦裕禄的家风——焦裕禄精神的瑰宝，那是属于一个政党和一个时代的财富。

六、万水千山总是情

在新时代弘扬焦裕禄精神的热潮中，焦守云在大江南北作的独家报告，颇引人注目。从2014年春到2019年春，焦守云不辞辛劳，五年在全国各地作报告近三百场，听众达三十余万人。

可观的数字背后，蕴藏着殷切的期望和如山的重托。

2009年4月1日，习近平首访兰考，亲切询问焦裕禄子女："你们认为应怎样学习焦裕禄？"2014年3月17日，习近平再访兰考，充满希冀地嘱托焦裕禄子女说："现在正在开展党的群众路线教育活动，你们应当到全国各地去，多讲讲老父亲的事迹。"

领袖赋予特殊使命，焦家子女感受到沉甸甸的历史责任。于是，焦家的"新闻发言人"焦守云，担负起走州过府作报告的任务。

父亲之于焦守云，是一种熟稔而又陌生的记忆，是一个遥远而又亲近的影像。焦守云十一岁前虽也短期待在父母身边，但大部分时间在北崮山老家跟奶奶生活。1964年春节，父亲最后一次回老家，焦守云倚着焦家故园家门，怯生生地望着陌生的父母，只见高高大大的父亲微笑着，手拿煮好的猪肝和糖对她说："叫爸爸，叫爸爸就给你吃！"焦守云虽然也眼馋父亲手中的食物，却不吭声，一个劲儿地往门后躲。春节后，父亲把焦守云带回兰考读书，一家八口人始得团聚。然而，五个月后，爸爸遽然离世。

焦守云真正阅读和理解父亲，还是从衔命到各地作报告始。

也是一种巧合，焦守云作的头三场报告，是在浙江、湖北、山东三个以州冠名的城市。2014年4月1日，焦守云在杭州军营作首场报告。随后，弟弟焦跃进应一些熟悉的同志之约，协调焦守云去了夏商时属荆州地域的湖北荆门市，还有山东莱州市作报告。

父亲事迹广为人知，女儿的报告该咋讲？焦守云作如下尝试：

第一，从女儿的视角讲父亲的故事，通过人们不大熟悉的一些小事折射出来的光辉，来映照父亲的高大形象。

第二，"看客下菜"，根据听众社会身份和职业特征，精选角度增强针对性。如给领导干部作报告，就联系父亲除"三害"的鲜活事例，讲他的工作作风和工作方法；通过父亲把人民当爹作娘的故事，讲他的宗旨意识和与群众的血肉联系。到大学作报告，则讲父亲成长过程和家风家教，使青年学生知道英雄是怎样炼成的。

第三，报告既讲父亲的真情奉献，也讲对父亲成长产生深刻影响的党组织负责人，讲父亲身后奶奶和妈妈两个堪称伟大的女人鲜为人知的故事。

第四，坚持以情动人。报告中，焦守云脑中的画面不断切换，父亲母亲奶奶的形象交替浮现。父亲那么热爱生活，却无缘享受生活，他和群众一起翻淤压沙，吃讨来的发霉的"百家饭"，却没吃过群众的白面馍，辞世后群众给他上坟必供白面馍；父亲迁葬时，奶奶为照顾妈妈，强抑悲痛不流泪，但回山东老家前，独自到父亲墓地大放悲声……这些感人至深的细节，穿越时空，贯通"代沟"，把共产党人的高尚品德和慈母的人性之美，自然而不露痕迹地带给听众。作报告时，焦守云挥泪诉说，听众饮泣倾听。

焦守云报告的听众，上至中央政治局委员，下至村党支部书记，无论是年逾花甲的长者，还是风华正茂的青年学生和普通士兵，各层次、各年龄段的人，都在思想共鸣中收获了自己的感悟。

2014年5月，焦守云为信阳团市委作完报告，两个男女学生跑到后台找到她，十分真挚地说："焦阿姨，您的报告太感人了，让我们抱抱您吧！"说完，两人一一同焦守云相拥，抹着眼泪离去。

2016年夏秋时节，焦守云到新疆伊犁作报告，会后参观葡萄园，几个年迈的果农握着她的手说："我们虽没见过焦书记，但看到他的娃也很高兴。焦裕禄永远活在人民心里，不过前些年对他讲得少啦！"葡萄熟了的时候，果农深情怀故人，这使焦守云热泪盈眶。光阴荏苒，父亲谢世已有两代人之久。但即使在祖国遥远的边疆，人们仍一往情深地怀念着他！天山之行让焦守云对穿梭祖国各地讲述父亲的意义，有了更深一层的认知。

焦守云2016年夏到中纪委作报告时，正值党的作风建设拉上坡车最吃劲的年月，中纪委开足马力超常运转，报告时间几经调整。那天，焦守云上午在北京西城区教委作报告，下午临时来到中纪委。听报告的有五个正部级、六个副部级领导干部，与会者一律着白衬衣和深颜色裤子。焦守云的报告讲了两个多小时，会场鸦雀无声，甚至听不到有人咳嗽。焦守云不禁感叹：听众纪律之严明，态度之认真，秩序之正规，使我知道了什么是中纪委。

焦守云到大连海军基地作报告，基地党委常委列队向她敬礼，这使她既激动又不安。在很多地方，她作完报告，全场听众自发起立，长时间热烈鼓掌。她知道，这些敬礼、鲜花和掌声，都是给父亲的。完成总书记赋予的光荣任务，大力弘扬焦裕禄精神，是焦家子女义不容辞的责任。她努力以父亲的精神讲述父亲的故事，像一个不知疲倦的使者，在大江南北辛勤奔波。

焦守云年逾六旬，患有糖尿病。2016年10月17日上午，她给国家外汇管理局作完报告，下午即因丙酮酸中毒昏迷，住进了北京一家医院。病情刚有好转，她又整装踏上了解读父亲的征程。时不我待，那么多听众在等着自己呢！2017年4月，在海南省三沙市，焦守云白天晚上连轴转，给地方和军队一连讲了三场。

如今，焦守云是兰考焦裕禄干部学院名誉院长和兼职教授，她的报告，是学院2013年8月创办以来，各种班次轮训中的必修课。学院已举办过十四期县委书记轮训班，全国的县委书记，除轮训后又调整者外，基本上都到兰考听过她讲的课。

2017年夏天，焦守云在焦裕禄干部学院为县委书记班讲课，一位县委书记情到深处，竟然当场哭出了声。来自广东的一位县委书记，听了焦守云报告后对她说："我这是第三次听你作报告了，每听一次，对焦裕禄精神的理解就加深一分，听了还想再听。"

焦守云欣慰之余，萌发了通过讲述自己从小耳濡目染和后来知道的父亲的故事，让全国的县委书记都知道父亲是怎么做县委书记的，都了解父亲在兰考工作有着怎样的思路、方法和作风。

关于父亲的工作方法，焦守云举过他处理兰考和曹县客水之争的例子。兰考内涝没有客水，向外排水须通过贺李河经毗邻的山东曹县排入赵王河。当年，为防止兰考来水造成灾害搬家，曹县在贺李河下游筑起"太行堤"，致使兰考内涝难消。焦裕禄派张钦礼到菏泽地委协调破堤排水。有人叫难，说兰考和曹县一个属中南局，一个属华东局，一个属河南省，一个属山东省，一个属开封地区，一个属菏泽地区，跨地域、跨建制协调客水之争太难了！父亲觉得，自古以来治理水患都是打破行政区划统一调度，兰考、曹县虽隶属不同中央局和省，但都在党领导下，没有解决不了的问题。他要求，"圈要跑圆，话要讲全，心平气和，抓紧时间"。张钦礼赴菏泽地委汇报，又到商丘地委汇报借道民权排水，圆满解决了历史纠纷。大家听后感到焦裕禄当年讲的四句话，今天仍是调处利益纠纷的好办法。

焦守云作报告时，还讲过父亲巧妙制止偷吃花生的故事。焦裕禄下乡听群众反映，乡亲们用自家鸡蛋兑来的花生种，珍贵得像金豆子，可有些人下种时常趁人不注意偷吃，怎么讲也制止不住。父亲就让挑来一担水，下工时每人喝口水漱漱吐在地上，谁吃花生一目了然。偷吃花生的人，当众亮相面红耳赤，羞愧无比，问题得到有效解决。

父亲的故事是一副净化剂。一次，焦守云在一家央企作完报告，有干部对她说："你讲的这些感人的故事，不定挽救了多少人呢！听完报告，知道了什么是好干部，有些事真不能做了。"焦守云印象深刻的是，在南京某军队学院作报告，一位将军听讲后颇有"船到江心堵漏迟"的懊悔，默然自语："要是能早点听到你的报告就好了！"当时，她还不能完全听出这句话的弦外之音。后来，当她听说这位将军已下狱，心里一下子全明白了。

　　焦守云觉得，对父亲的每一次追忆和仰望，都是净化心灵的过程。随着报告足迹的延伸，她益发强烈地感到，越是逼近历史帷幕后的父亲，心灵中那种莫名的束缚就越是有力。

　　历史总是将存留在人民心底的记忆，不容置疑地镌刻在丰碑上。新中国成立七十周年前夕，2019年9月28日，中共中央党史和文献研究院编写的《中华人民共和国大事记》，在记载1966年四件大事时，头一件就是"2月7日　新华社播发长篇通讯《县委书记的榜样——焦裕禄》。随后，全国掀起学习焦裕禄的热潮"。

　　一个风和日丽的艳阳天，焦守云信步走近"焦桐"，偶听两个徜徉树下的老者低语："焦书记可真是打着灯笼难找的好人啊，不知他的孩儿现在都干啥？过得好不好？"焦守云眼睛湿润了——沧桑不泯父老情，人民对父亲的缅怀和爱戴之深，以至荫及后人！

　　"也不知道是一种什么力量在约束着自己，有些事我们真是做不来。我们的日子，是在母亲泪水的浸泡中过来的，母亲说过，要不是看你们还没长大，我早跟你爸去了。母亲对父亲的挚爱，对一家人的付出，使孩子们对她充满深深的敬意。这些年来，焦家子女能够守住贫穷，守住寂寞，是因为大家都有这样一个自觉，那就是要守住父亲这面旗帜。守凤大姐那么困难，但从没动过歪念头。我们姊妹几个有个共识，作为焦裕禄子女，没有本事争光，也绝不能去抹黑。"戊戌清明，焦守云在兰考对我如是说。

七、大河之滨崛起精神圣殿

　　2014年3月19日，《人民日报》一版头条报道，习近平调研指导兰考县党的群众路线教育实践活动，一到兰考就直奔焦裕禄同志纪念馆，傍晚时分回到住地焦裕禄干部学院，又同兰考县部分乡村干部学员进行座谈。这篇重头报道，在唤起国人对焦裕禄同志纪念馆记忆的同时，对新近诞生的焦裕禄干部学院充满期待和向往。

进入新时代，兰考一馆一院，成为各地人们认识和感知焦裕禄精神的两个重要窗口，也是展示兰考形象的两张亮丽名片。

焦裕禄同志纪念馆，是通过系统生动的展陈，形象直观展示焦裕禄精神的使者，以情动人是其鲜明特征。

焦裕禄干部学院，则是在情理交融中，引导人们曲径通幽攀上精神高峰的圣地，明史化人是其特有品格。

一个主要借助形象思维，一个主要借助理性思维，一馆一院情理互补，相得益彰，两翼齐飞构筑了弘扬焦裕禄精神的殿堂。

焦裕禄同志纪念馆1994年5月建成，系由当年的焦裕禄事迹展室演化而来。1966年2月，焦裕禄由郑州迁葬兰考，由于时间紧迫，经费制约，尚不具备将陵墓与展室一体设计建设的条件，于是利用县城东关拖拉机站新落成的办公室，改建焦裕禄事迹展室。这个展室，成为兰考宣传焦裕禄精神最早的平台，一直用了十七年。

1966年9月15日，毛泽东在天安门接见焦守云，全国各地三万多名红卫兵涌向兰考串联。小将们瞻仰焦裕禄墓、参观焦裕禄事迹展览后，纷纷提出批评，认为墓区建筑和展室太简单，与"毛主席的好学生"称号太不相称。红卫兵呼吁全国人民每人捐献一分钱，勒令兰考县委重建扩建焦裕禄烈士陵园，要求把陵墓与展室建在一起。

面对强大压力，经兰考县委研究，兰考县人委于9月给省人委写出增建改建焦裕禄烈士陵园报告，提出在陵墓上修亭，墓前重修五至七米高的烈士纪念碑，陵园建大门。当月，兰考县人委向河南省人委申请修建陵墓和扩建展室款项。10月15日，兰考县委、县人委给河南省委、省人委写报告，建议陵园扩建时改名为毛主席的好学生——焦裕禄同志纪念馆。报告附有改建平面图和各地红卫兵措辞强硬的大字报摘抄。

接到兰考县委、县人委的报告后，河南省委、省人委特派省民政厅副厅长、老红军杨秀昆专程赴兰考考察。此后，省民政厅先后三次向国务院内务部请示修建扩建焦裕禄陵墓及展室事宜。10月25日，内务部长曾山答复说："中央和国务院不是有个指示吗？省委的意见如何？如果要修建，可由省委向中央写报告。"根据党中央、国务院有关文件"今后不再修建烈士陵园"，"烈士碑、塔和其他烈士纪念建筑物的修建，应当严加控制"的要求，省民政厅给省人委提出建议，焦裕禄事迹展室已有新房二十间，展出材料可适当调整，不宜再扩建。墓小碑矮可作适当整修。

1967年11月初次整修焦裕禄墓，从郑州革命公墓觅得一块一点七米高的汉白玉碑料，现场比量仍嫌矮了些。李国庆遂赶到河北省石匠之乡曲阳县。自西汉起，云冈石窟、乐山大佛、敦煌石窟和故宫、圆明园、颐和园、天安门金水桥、人民英雄纪念碑等传世工程，均有曲阳的能工巧匠参与。李国庆购置了三块汉白玉碑料，上书"毛主席的好学生焦裕禄的碑料"，玉石便插翅高飞，两天运抵兰考。他从曲阳西羊坪延请参建过人民英雄纪念碑的石老言和石老来，联袂为墓碑打制碑座碑帽，书法家石荫亭为墓碑题字，成就了"三石治碑"佳话。兰考风大，李国庆要求用钢筋把墓碑与碑座碑帽结合牢固。工程技术人员计算，每立方米汉白玉重约三吨，经采取技术措施，焦裕禄墓碑可经得起十二级大风。施工中缺两袋白水泥，当时属国防物资。李国庆协调县里出具证明，派人到河南省军区求援。省军区有关部门高度重视，速派车将四袋白水泥送至火车站，随东行客车运抵兰考。这次整修，在墓后筑起屏风墙，经李国庆放大摹写，墙上凸雕毛泽东"为人民而死虽死犹荣"手书。

1974年再修焦裕禄墓，良匠中仍有在天安门治碑的领军者。墓台和护栏采用汉白玉石包裹工艺，加高加宽墓后屏风墙，墓前新建革命烈士纪念碑，纪念解放战争中在兰考牺牲的八百多名烈士。碑高十九点六四米，是标记焦裕禄1964年逝世年份的一个高度。

我看到李国庆当年绘制的《焦裕禄烈士陵墓内部结构示意图》，是在2018年5月21日。四十多年过去，发黄的示意图折叠处已断裂，用纸作了托裱。由图可见，陵墓共用石四十九块，其中革命烈士纪念碑用石四块，墓盖用石一块，托墓盖的阔台石六块，墓台平面上的压面石十四块，绕墓台一圈立放的斗板石十四块，墓台地平线以下土沉石十块。李国庆说，也是天意巧合，墓园用石数量，恰好暗合了共和国1949年建立年份的后两位数。

1994年和2003年，焦裕禄墓先后经过两次整修。1992年6月17日，民政部批准焦裕禄烈士陵园为全国重点烈士纪念建筑物保护单位；2003年

4月3日，国务院增补焦裕禄烈士墓为第五批全国重点文物保护单位。英风浩荡的陵园，成为全国烈士墓地独一无二的"双国保"单位，也是彰显党和国家标志性精神的特色鲜明的红色地标。

2007年，焦裕禄烈士陵园管理处改称焦裕禄纪念园管理处。

1984年，兰考县在焦裕禄墓前纪念碑西侧，新建环形焦裕禄纪念馆，首次实现参观拜谒一体化。这个纪念馆使用十年后拆除，于1994年5月启用新建的焦裕禄同志纪念馆迄今。2014年，兰考县展览馆在文化交流中心落成，展览馆一楼辟为焦裕禄事迹展览。

五十多年来，有多少人曾到兰考各个时期的焦裕禄展览馆室参观，已无从计数。据已出版的《焦裕禄读本》数据及兰考焦裕禄同志纪念馆不完全统计，2006年以来，参观拜谒者就近两千万人次。

自发瞻仰与祭拜者多于事先预约登记者，这一特点近年来渐趋突出。纪念馆最多时一天接待三百二十个单位，有的参观群体早晨六点钟就到了，天黑还有人等待参观。高峰时期的超负荷讲解，使讲解员几乎每天要吃润喉片，有的实在顶不住了，就偷偷找个角落哭鼻子。

统一组织的瞻仰活动如江河奔涌，使焦裕禄精神弘扬风涛万里；来自民间的自发祭拜则似春风絮语，悄无声息却润泽心田。

1990年清明节，在络绎不绝来焦裕禄墓祭奠的人流中，出现了一位老太太，她是兰考县城关镇东街五组的陈令芝。老人在墓前一边磕头，一边念叨："焦书记啊，你一命救了多少人的命？要不是你拼了性命带领我们治'三害'，兰考要饿死多少人哪！"

堌阳镇刁楼村七十多岁的老农马全修，身患关节炎行动不便，清明节挂着双拐走了几十里路，在焦裕禄墓前鞠了三个躬。他对围拢在身边的人说："老焦是万里挑一的好人，我怕活不久了，趁还能走动，赶来看看他，说不定我啥时候死了，想来也来不了啦！"

城关乡一位老人，每年带着印有毛泽东手书"为人民服务"红字的毛巾，在焦裕禄墓前摆上苹果和烧饼，拿着毛巾暗自流泪。老人说，那年老焦到村里和俺们一起挖河排涝，还奖给俺一条毛巾，一直没舍得用。后来才知道，老焦都病成那样了，还泥里水里和大伙儿一起干。现在想起来，真是心疼啊！看见这条毛巾，就像看见了老焦……

闫楼乡七十五岁的赵玉华老大爷，每逢清明和焦裕禄忌日，都要蒸上几个馍，恭恭敬敬供在焦裕禄墓前。老人流着泪说："俺总想着老焦没走远，还在兰考。他为百姓除'三害'累死时还说，活着我没把沙丘治好，死了也要埋在沙丘上，看着兰考人民把沙丘治好。老焦在兰考没过上一天好日子。如今，沙丘上长出了好庄稼，俺们的日子好过了，这馍得让老焦尝尝！"

1994年6月的一天，郑州管城区法院女审判员周宝玲参加法院组织的党日活动，来兰考瞻仰焦裕禄同志纪念馆，适逢纪念馆金牌讲解员李国庆讲解。声情并茂的叙说，宛如从技艺精湛的琴师手上流出的一曲平淡无奇但却含商咀徵的乐曲，云起雪飞，沁人心脾。当李国庆讲到焦裕禄肝癌日重仍拼命工作，终于病重不治时，周宝玲不胜痛惜，当场昏厥过去。已是泫然欲泣的李国庆，只得中止讲解，参与到抢救周宝玲的行列中去……

2018年5月17日上午，我在郑州见到周宝玲时，得知这些年来，她每年参与审判和监督的案件有上百起之多。她把兰考之行收获的双重教育和感动，化为秉公执法和尽心竭力维护群众利益的行动，学习焦裕禄顶着狂风探流沙、蹚着激流察水势的精神，经常骑自行车下基层办案，一丝不苟调查走访，切实让人民群众感受到公平正义，后来走上了管城区法院党组成员、纪检组组长的岗位。周宝玲走过的道路，是焦裕禄同志纪念馆闪发的精神之光，春雨甘霖般绵绵播洒，在润物无声中铸魂塑人的生动一例。

焦裕禄精神传承革命性变革，还是2009年4月1日习近平首赴兰考考察，赋予焦裕禄精神新的时代精神和内涵之后。当时，新一轮弘扬焦裕禄精神的热潮蓄势待发，而饱受兰考百姓诟病的"半小时现象"，却引起了时任兰考县委书记魏治功和县委副书记、县长周辰良的深思。他们发现，来兰考瞻仰者，大都到焦裕禄墓前鞠三个躬，前后不过五分钟；随后进入近在咫尺的焦裕禄同志纪念馆，参观加解说也就二十来分钟。兰考百姓目睹来去匆匆、半个钟头就打道回府的朝圣者，无奈叹息：一年到头这么多人来兰考，可不少人连泡尿都没留下，到底能给咱兰考带来啥？

淳朴的百姓之忧，切中了当家人的思想脉搏。惯于从县域经济长远发展谋篇布局的魏治功和周辰良，萌生了创建兰考焦裕禄干部学院的想法，经过向市、省和中组部主管部门汇报，得到支持。学院2011年4月奠基，2013年8月14日挂牌，立足河南培训全省五百多万名党员、二百多万名干部和三百多万名大中专学生，同时重点培训市厅级和县处级领导干部，兼及其他党政领导干部、企事业经营管理者、专业技术人员等，还面向全国，承担中央党校省部级、厅局级干部进修班和县委书记研修班学员现场教学任务，从而揭开了焦裕禄精神传播基地化、正规化、系统化的新页。

一座功能齐全的培训学院，就是一座充满现代色彩的学习型小城镇。短时间内建起占地一百八十五亩，包括学术中心、行政办公楼、报告厅、教学楼、宿舍楼、餐厅和其他附属设施，可同时容纳七百人学习培训的三万九千平方米建筑，绝非易事。但比兴建学院的教学和生活设施更具挑战性的，还是特色课程的设置与开发。

由中组部干部培训局指导，时任省委组织部部长夏杰挂帅，时任市委组织部部长谢玉安和后任开封市委副书记、组织部部长侯红主抓，学院围绕学习贯彻习近平治国理政新理念、新思想、新战略，以学习弘扬焦裕禄精神、培养焦裕禄式好干部为办学宗旨，深入挖掘焦裕禄精神内涵和优秀传统文化资源，高起点开发教学内容体系。

当时，井冈山、延安等干部培训学院办学已风生水起，驰名全国。站在先行者肩上博观约取、自主创新，成为中原取经者的必然选择。开封市委组织部副部长陈广西、党校常务副校长田野，组织廖海敏等人向全国著名党性教育专家和课程开发者求教，借助他山之石，找准了突出实践特色的定位。

学院课程设置开发，现场教学课程是重点和难点。领导和教学人员跑遍焦裕禄到过的乡镇村庄，遍访接触过焦裕禄的健在老人，系统阅读相关书刊资料，而后封闭在开封中州宾馆，侯红靠上去督导攻关。按照借鉴人家的、开发自己的思路，经过认真筛选，焦裕禄烈士墓、焦裕禄同志纪念馆、"焦桐"、东坝头乡张庄村、中州民族乐器厂，相继入选现场教学点。开封厚重的历史文化遗存包公府、刘少奇纪念馆、刘青霞故居也入选。云南省委常委、组织部部长李小三，时任中组部干部教育局局长，来院指导办学和课程开发时，登上了东坝头。云水苍茫、阅尽兴亡的黄河险工，给了他鲜活的灵感。于是，这一人文景观成为独具特色的现场教学点。

2013年7月，中央党校秋季厅局级干部进修班快要入学，东坝头教学点教案仍在修改中。凌晨时分，廖海敏对伏案改稿的张冲说："这一课讲不好，你先跳黄河，然后我再跳！"然而，关键时刻，张冲母亲病危！姊妹几个，母亲对张冲最好。她含泪遥望星空，暗暗为母亲祈福，依然挑灯夜战，穿行在风烟弥漫的历史讲堂。

伏案笔耕中，一个感人细节像燧石迸发的火花，令开发者眼前一亮：2012年春，穆青、冯健、周原首赴兰考四十七年之际，周原家人专程由北京来到兰考东坝头乡张庄村，从"下马台"捧回一把沙土，埋于周原在北京昌平凤凰山的墓中。此前，2011年9月28日，一生以打开发现焦裕禄门闩而荣耀的周原，在京走完了八十三年的人生路程。涛声依旧的张庄，是近半个世纪前，周原用干部作风这块试金石，别出心裁检验张钦礼讲述焦裕禄事迹真伪，以中国记者的职业良心，为采写和推出焦裕禄签字画押处。那抔由母亲河撷自黄土高原的沙土，带着一个民族的深沉忧患，带着生息在黄河最后一道弯父老乡亲的无尽牵挂，给远行的无冕之王送去永久的温馨与慰藉。

那一刻，面对见证了东坝头历史变迁和神奇精神淬炼的"下马台"，周原家人和在场的张庄百姓，眼中全都溢满了泪水。

东坝头，一个令大河哺育的民族不能忘却的历史拐点！在你广阔而深邃的舞台上，中国共产党人铸造焦裕禄精神的伟大创造和斗争，已经成为这个民族永远引为自豪的历史与文化记忆。

就在张冲沉湎于东坝头厚重的历史难以自拔之际，渴望看女儿最后一眼的母亲已弥留人间。大哥喊道："妈，你得撑住啊，小妹马上就回来了！"可等张冲改完教案赶回家，母亲已怀着永久的遗憾撒手人寰了。

张冲的课开讲后，参加培训的共和国部长、将军和地、县级干部学员登上险工大坝，面向滔滔大河听她提要式讲解，中国共产党人在大河上下的拼搏与奋斗，焦裕禄精神在治理黄河次生灾害中闪发的光辉，带着大河风涛和历史质感扑面而来，直入心怀。

历史现场是最具震撼力和穿透力的教学资源。在焦裕禄离去半个世纪后，怎样搭起通往历史深处的桥梁，使参训者在身临其境中，受到特定历史氛围的洗礼和陶冶？2013年7月25日，侯红和兰考县委书记王新军，就如何接地气、创特色，专门召开开门办学问计于民座谈会，面对面向郑州大学、河南大学、省委党校专家教授和干部群众代表征询意见。侯红提出，拍摄《我眼中的焦裕禄》专题教学片，邀请中央电视台《面对面》栏目主持人古兵，访问有关当事人及后代，运用相关视频资料，让亲历和见证历史的活化石走上前台，通过抢救式挖掘和拍摄，使学院拥有了一部特色鲜明的教学片。

2016年，兰考县委书记、焦裕禄干部学院党委书记蔡松涛，经考察提出，模拟焦裕禄当年带领群众治理"三害"环境，开发一处教育基地。县委组织部部长席建设，组织在张庄"九米九"大沙丘原址，建起焦裕禄精神体验教育基地，使学员能在现场隔空体验当年焦裕禄如何带领群众治理"三害"。席建设兼任学院常务副院长后，深入调研论证，主持起草了关于加强焦裕禄干部学院建设的意见，作为开封市委2018年7号文件下发，对于理顺编制体制、推进课程开发、优化专家队伍建设和员工培训，发挥了重要作用。

编写教学用党性教材，独具优势的领导干部责无旁贷。时任开封市委书记、焦裕禄干部学院院长吉炳伟，主编了《纪实焦裕禄》《怀念焦裕禄》《学习焦裕禄》《讴歌焦裕禄》四本基本教材。学院副院长廖海敏等编著的《做最好的党员——向焦裕禄同志学习》，跻身全国党员教育培训优秀教材。

奉献的劳动和创造，形成了理论、现场、互动、影视、体验、廉政"六位一体"特色教学模块。五湖四海的人们来到焦裕禄精神故乡，特定地理方位和陵园风物、历史文化的冲击感染，焦裕禄追随者和重要事件当事者、见证人的同堂交流，现代科技对珍贵历史光影和声音的复制再现，最大限度满足了追寻者重返历史现场的渴望，显著提升了教学效果。

实地、实景、实情现场教学，是学院最具冲击力和品牌特色的课程。一景一课堂，一地一乾坤。通过组织瞻仰焦裕禄墓，激发模范践行宗旨做人民好儿子的责任感；通过现场听"焦桐"的故事，体悟焦裕禄的公仆情怀和优良作风；通过赴张庄考察治沙，深化对"从群众中来到群众中去"真谛的认知；通过参观中州民族乐器厂，感受焦裕禄倡导广植泡桐的远见卓识……

生动直观意蕴深邃的现地教学，有常规教学所不及的优势。

2014年3月的一天，学院组织贵州省县级和乡镇党委书记培训班学员瞻仰焦裕禄墓，看到有两位八十多岁的老人在纪念馆前小憩。参加培训的绥阳县委书记尹恒斌，走上前去同老大爷拉呱，得知老人姓魏，和老伴跑了五十里路到县城看病，之后相互扶助着来到焦裕禄墓前，看望这个比兄长还亲的好书记。魏大爷抹着眼泪说，他比焦裕禄小十岁，想起焦裕禄当年的好，来看看他。此情此景令尹恒斌感动不已。他问老人有什么要嘱咐的？魏大爷叮嘱说："你们哪，要对老百姓好……"尹恒斌听着不由浑身一震：这不正是当下践行焦裕禄精神的真谛吗？大道至简，胜却九鼎。老人掏心窝子一句话，使尹恒斌如醍醐灌顶。他感到，兰考培训最大的收获，是对如何深化"把百姓当父母，给百姓做儿女"教育有了新的顿悟。

直观、形象、生动的影视剧教学，真人、真事、真情的互动教学，使学员因真切触及历史脉搏而大呼过瘾。电影《焦裕禄》、纪录片《永远的焦裕禄》、豫剧《焦裕禄》、音乐剧《焦裕禄》、音像访谈片《我眼中的焦裕禄》，齐越播讲焦裕禄通讯录音，还有焦裕禄外孙余音赞颂外公的浑厚而又充满磁性的歌声……历史与艺术中的楷模形象纷至沓来，平面焦裕禄变得立体丰满，亲切可人。而当学院安排《永久的记忆》专题教学时，焦裕禄女儿焦守云，焦裕禄通讯作者之一冯健，发现焦裕禄的向导刘俊生，创作长篇小说《焦裕禄》的著名作家何香久，以及父子两代精心看护"焦桐"的老党员魏善民，扒车外流车站巧遇焦裕禄的雷中江等出现在学员面前，与大家面对面互动交流，便成为学院美不胜收的精神盛宴。

"六位一体"特色教学模块的构筑，使有形无形的特色教育资源得以优化呈现，全国各地来兰考参训者趋之若鹜。一批批党政干部、学员、军官、企业家，满怀期待而来，满载收获而归。学院被中组部确定为全国"地方党性教育特色基地"，被国家公务员局确定为"公务员特色实践教育基地"。

学院特有的教育资源与鲜明的实践特色，使栽桐引凤效应日益显现；八方来训引发的雪球效应，又使后续参训者数量飞速增长。

2015年6月底，时任四川省华蓥市市委书记肖伟华，在学院参加完第三期县委书记培训班返回后，即安排全市局长和乡镇党委书记及优秀青年干部人才递进培养对象，于8月上旬和中旬分两批从巴蜀腹地来院学习培训。他们无疑属于幸运者。因常年处于饱和和超负荷运转状态，单是2019年，学院就不得不推掉全国各地要求前来培训的各种班次三百多期。

"一班难求"现象背后，蕴含着怎样生动而精湛的答案？

旗帜引领是主导。改革开放四十多年来，中国特色社会主义理论成为中华大地最具时代感和凝聚力的旗帜。从邓小平理论、"三个代表"重要思想、科学发展观，到习近平新时代中国特色社会主义思想，中国共产党不断与时俱进，以理论创新牵引实践创新，国家由面临被开除"球籍"危险，一跃成为世界第二大经济体，日益由边缘走向世界舞台中心。中国特色社会主义在世界东方的辉煌胜利，坚定了人民的道路自信、理论自信、制度自信、文化自信。精神的旗帜有了生动感人典型的实践印证，方能更加深入人心。习近平亲赴兰考对焦裕禄精神作出新的概括，身体力行为全党践行焦裕禄精神作表率，以点带面指导推动全党把焦裕禄精神内化为加强作风建设的实际成效，成为焦裕禄热再度席卷中国大地的主导因素。2015年1月12日，习近平在同中央党校县委书记研修班学员座谈时，深情说道："我一直认为，焦裕禄同志为县委书记树立了榜样。我多次去过兰考县，去年第二批党的群众路线教育实践活动中又去了两次。每每踏上兰考的土地，我的心情都很激动。焦裕禄同志以自己的实际行动塑造了一个优秀共产党员和优秀县委书记的光辉形象。做县委书记，就要做焦裕禄式的县委书记。"旗帜的引领产生的深远影响，是不可估量的。

现实呼唤是动因。改革开放使中国大踏步赶上了时代前进的步伐，国门洞开，东西方文化深度交融和激荡，随着党执政时间的延长和代际更替，消极腐败现象也在滋长。在党的建设时有泥沙奔泻、"悬河"隐患日渐突出时，人民群众强烈要求"清淤""排沙"，铲除腐败；加强党的作风建设、构筑牢不可破的"东坝头"，也迫切需要真切、直观、具体感知焦裕禄精神。党的建设面临的重大现实课题，成为党员干部和社会精英到兰考寻找焦裕禄的动力。从2013年到2019年年底，焦裕禄干部学院共承接培训三千四百五十二个班次，承训十九万两千九百六十四人。其中，承接培训省内班次一千五百二十八个，承训九万五千九百八十五人；承接培训省外班次一千九百二十四个，承训九万六千九百七十九人。六年多来，学院共承训省部级干部四百一十二人，承训厅局级干部八千二百三十一人，承训县处级干部五万零一百七十五人，承训科级及其他干部十三万四千一百四十六人。静态计算，全国三千八百多个县、市、区、旗党委书记，都到学院轮训过。走进学院引人入胜的教学现场，走进滚动播放专题内容的 LED 大屏幕广场，从来自五湖四海学员感奋不已的话语中，可以真切感受到新时代大河儿女的希冀与追求，触摸到当代中国价值主流的脉动，体悟到制度优势根基的深厚。

顺应潮流是必然。中国共产党是以理想信念奠基和凝聚的政治集团，用具有崇高理想和高尚道德的先进典型示范引路，是党加强自身建设和推动事业发展的重要政治优势。植根于人民心中的焦裕禄精神，是几代中国共产党人跨世纪接续培育，从"自在"形成转为"自为"铸造，由党的领袖顺应人民意志总结概括和提炼而成的。中国特色社会主义新时代，党带领人民进行伟大斗争、推进伟大事业、实现伟大梦想，比以往任何时候都更加需要通过深孚党心民意的重大典型，推进党的建设新的伟大工程，提升公信力，增强凝聚力，释放感召力。而顺应人民意愿、经得起历史检验的焦裕禄精神的强势回归，恰好契合了时代潮流，是一种历史必然。

魅力凸显是引力。独具特色的教育资源，是兰考焦裕禄干部学院的特殊引力所在。针对受众角色定位和心理特点，学院全方位开掘有形无形资源构筑教学体系，聘请参与焦裕禄精神铸造的历史见证者授课和与大家交流。学员们来到焦裕禄精神原乡，零距离接触濡染与承载着焦裕禄肌肤之泽和思想灵光的展陈，生动、具体、系统了解焦裕禄事迹，与焦裕禄子女和事件当事人及见证者面对面，通过影视音像制品目睹焦裕禄发现者的风采，聆听齐越播讲焦裕禄通讯的声音，走进洒下焦裕禄汗水的村郭阡陌体察"嚼馍"的甘苦，亲临饱经沧桑的东坝头，感知黄河的苦难与新生、中国共产党人的奋斗与进取、焦裕禄精神的生成与发展，从历史与现实、理论与实践、感性与理性结合上，大大加深了对焦裕禄精神的理解与感悟。

"参加培训感受最深的，是拉近了与焦裕禄的距离。过去感到遥远模糊的焦裕禄精神，变得亲近具体、触手可及。"在学院宽敞明亮的餐厅，几位年轻受训者满载而归前，不虚此行的获得感溢于言表。

各路精英到兰考的寻觅还在继续。纷至沓来的人流向世人昭示，经过党的群众路线教育实践活动洗礼，斯诺当年在延安发现的迷人的东方之光，重又在大河上下冉冉升起。超越政治地标意蕴，兰考一馆一院，已经成为中国新"赶考"中别有洞天的精神家园。

尾声　情满东坝头

戊戌清明翌日，我再次来到东坝头。恰好，那天焦守云也随中央电视台焦裕禄家风专题片摄制组来到坝上。季春将逝，初夏徐来，尚未进入丰水期的黄河，徐缓有致从眼前流过。焦守云目送浩浩河水，幽幽地说："兰考的内涝、风沙、盐碱，都是从这里来的……"

一条大河，就是一个民族的产床。

大河的历史，就是民族精神文化的发育史。

马克思分析中国发展方式（亚细亚生产方式）与西方发展方式差异时说，由于中国文明诞生于干旱少雨的华北地区，所以，这就使得公共水利工程成为土地耕作的前提，于是，在中国，正是修建大型水利工程的共同劳动，使得大的共同体（统一体）得以形成，然后，在那些水利问题得以解决的地方，才派生出村落和家庭的土地耕作。正是这种自然条件，使中国成为一个"天然的共同体"。

焦裕禄精神是中国共产党由革命党成为执政党的历史转折中，在黄河中下游的伟大熔铸。亚细亚生产方式，大河孕育中华文明的独特路径，中国共产党人为国泰河宁进行的奋斗与牺牲，决定了饱蕴中华文明精华的焦裕禄精神，必然打着黄河的鲜明印记。

三年前，我从东坝头出发，循着党治国安澜的壮阔征程，追寻党在革命建设两个时代伟大精神孕育的轨迹，试图从党的宗旨与中华文化精华的融合中，探知焦裕禄精神这一宝贵财富炼成的秘辛。历经山重水复的远征，我先后十六次奔赴河南，两度远及东北，数番踏勘焦裕禄出生的博山北崮山村，循着焦裕禄的足迹，遍访与他共事的存世者，与热心焦裕禄精神研究的专家学者和老同志切磋，屡屡同焦裕禄子女和亲友沟通交流，努力在历史风尘遮蔽处发幽索微，最大限度还原焦裕禄精神形成的真实图谱和风貌。

物理空间的追寻还谈不上遥不可及，精神空间的开掘是一场丰富而旷远的探求。我走进新华通讯社、中央档案馆、兰考和博山焦裕禄同志纪念馆，河南日报社，河南省和山东省档案馆，开封市和兰考、民权县档案馆，借助数字信息，在文献资料海洋中抽丝剥茧，爬梳钩玄，剔芜除莠，取精用宏，廓清了几多似是而非的时间节点，坐实了若干重要事件和细节，排除了以讹传讹的说辞，匡正了诸多失真描述。当我重返远征起点东坝头，一座以大河治理为经、以焦裕禄精神铸造为纬的立体交叉桥，赫然出现在眼前。

古老的东方有一条龙。在生产力不发达的古代中国，治黄是治国的一面镜子。在黄河治理的历史考场上，大禹以九分河道安天下名垂青史，但更多统治集团面对河患束手无策，无以面对天下黎民苍生。从周定王五年（公元前602年）至1938年两千五百四十年间，黄河下游决溢一千五百九十三次，大改道二十六次，其中三分之二在河南。中国共产党人正是在古来黄河悬河形势最为严峻的年月，于风云变幻中担起一水系于天下安危的历史责任。

震古烁今的治黄壮举，必然产生顶天立地的英雄。站在云水苍苍的东坝头，犹如置身历史观景台。骋目游怀，从大禹变"堵"为"疏"创立治河奇功，到王景以"十里水门"固堤深槽成"东汉故道"；从元代贾鲁治河"疏通并举""后治之策"功盖其过，到明代潘季驯令黄河归一的"明清故道"；从林则徐朝夕驻坝督工回河筑就"林公堤"，到焦裕禄除"三害"在人民心中矗立起"焦公碑"……在大河这个民族英雄的演兵场上，中国共产党人的奋斗与牺牲彪炳千秋、光耀寰宇。阅尽风涛的东坝头，见证了毛泽东在新中国百废待兴之际，两赴兰考勘察黄河，领导国家科学制定构筑水库群调控黄河水沙宏猷大计，从而结束了"黄河百害，唯富一套"的历史，开创了黄河全流域化害为利造福中华新纪元的艰难探索，也亲历了习近平揭开兰考脱贫致富关键一役序幕，把开展党的群众路线教育实践活动"试验田"的种子播布大河两岸，抓铁有痕推进党的作风建设，带动中国海晏河清的非凡历程。

东坝头的历史叠影，昭示了一个耐人寻味的现象：中国共产党人对黄河治理规律认识的深化，与对中国特色社会主义的探索相偕而行，呈正相关关系。伟大的焦裕禄精神，正是中国共产党在对自然发展规律和社会治理规律交互探索中，应运而生并蓬勃生长的。

焦裕禄精神在大河之滨肇端时，我们党对黄河治理规律的认识还很肤浅。在探索、顺应、驾驭黄河水沙调控和运用规律这一事关中国全局的重大挑战中，在治理黄河次生灾害这一功在当代、利在千秋的伟大事业中，焦裕禄这一代共产党人的拼搏、牺牲与奉献，极大提振和鼓舞了在艰难竭蹶中前行的中国人民的信心与勇气。今天，焦裕禄精神如月之恒，如日之升，为中华民族的精神广宇平添了璀璨夺目的瑰宝。中国共产党人对黄河和中国国情的认识，也已上升到以往任何一个时期都无可比拟的崭新高度。

历史将永远铭记：为了探寻举世最难治理的黄河的规律，根除黄河次生灾害，中国共产党人或殚精竭虑，或披肝沥胆，求索于浩茫中原，穿行在沙丘旷野，终使濒临百年改道周期的黄河，七十多年伏秋大汛安然无恙，黄河两岸竞现风沙消弭、物阜民丰、苍生和谐的喜人景观。与此同时，中国共产党的道路探索也云开化境，风正帆悬，已然进入中国特色社会主义新时代。

采访中，我曾无数次怀想，七十多年前，从鲁中山区和黄河尾闾跋涉而来的焦裕禄，在东坝头跨过黄河，开始革命生涯大放异彩征程的情形。时值黎明，天将破晓，旭日还没有升起，朝暾已经出现在东方天际线上，但莽莽中原依然风雨如晦，鸡鸣不已。在光明与黑暗最后的厮搏中，在党领导的革命武装迅猛果决将胜利推向南中国并奋力巩固敌我犬牙交错的大后方之际，在不堪重负的大河疲惫已极流经近千年来河床最高悬河的年月，焦裕禄和千万个革命者，开始走进大河奔流的历史。焦裕禄是一个永不下战场的战士。他仿佛天生就是为斗争、解放、牺牲、奉献而生，天生就是为党、国家、公众而存在的。他是在世界东方对人类历史产生深刻影响的巨大变革中，以生命殉党和人民的事业，在献身伟大梦想中实现自我革命和自我升华的英雄。

"厚积之光，其流自远。"历史早已证明并将继续证明，中国共产党的宝贵精神财富，都是在长期斗争锤炼中打造，在饱经时代风雨洗礼中孕育的。非凡斗争酿造和历史反复检验，是成就伟大精神不可或缺的先决条件。如同以星星之火照亮中国革命正确道路的罗霄山脉工农武装割据，孕育了伟大的井冈山精神；冲破蒋介石围追堵截的铁流二万五千里，孕育了伟大的长征精神；陕北十三年艰苦卓绝斗争，孕育了伟大的延安精神一样，历经战争与和平、跨越两个世纪的焦裕禄精神，也是在同党和国家举世无双的艰难跋涉中诞生的。与时代脉搏和历史发展规律相辅相成，与党的宗旨和人民企盼相融相通，焦裕禄精神孕育、发展、淬炼、升华的风雨历程，是党成长成熟和在社会主义探索中不断将中国马克思主义推进到新阶段的生动缩影。

1991年9月12日，中外专家公认世界最复杂、最具挑战性的小浪底水利枢纽工程，前期准备工程动工。毕生与黄河结缘化云为雨的共和国"河官"王化云，在北京友谊医院病榻上通过电视一睹开工盛况，不禁热泪飞迸。数月后，1992年2月18日，这位八十四岁的人民治黄一线总指挥和历史目击者，了无牵挂驾鹤西行，骨灰按遗嘱分别安放在北京八宝山革命公墓和郑州邙山黄河之滨。

小浪底是三门峡以下黄河干流唯一能够取得较大库容的坝址，是上苍赐予中华民族扼住黄河巨龙咽喉的锁钥。小浪底水库面积二百七十二点三平方公里，控制流域面积六十九点四万平方公里，占黄河流域面积的92.3%。小浪底水利枢纽与三门峡、陆浑、故县水库联合运用，黄河下游花园口的防洪标准可由六十年一遇提高到千年一遇；与三门峡水库联合运用共同调蓄凌汛期水量，可基本解除黄河下游凌汛威胁。一夫当关的优越位置，使水库可控制黄河输沙量的100%，非汛期可下泄清水挟沙入海，通过人造洪峰冲淤。工程建成以来，黄河悬河河床下降一点五米到两米。1999年8月12日迄今，因河殇时断时续逾四分之一世纪的黄河，重又日夜不停奔流入海，解除了困扰千年的淤积之苦和新近出现的断流之痛。大河浩浩出平湖，改写了黄河的历史，也使哺育了一个民族的母亲河，更加深情地眷顾自己塑造的华夏大地。纵观历史，母亲河从未像今天这样，给予中华儿女如许柔情和恩惠。

铜瓦厢决口前将近两年，1853年6月，太平天国定都天京不久，马克思即充分肯定它的重大历史意义和国际影响，预言它将迎来"整个亚洲新纪元的曙光"。近现代中国的变革犹如九曲黄河，曲折而漫长。只有中国共产党冲破迷雾关隘掌握历史的舵轮，千千万万个焦裕禄式的先锋战士与人民同心苦斗，中国的历史才真正掀开了震撼世界的一页。今天，当中国的历史性巨变成为"地球上最大的政治奇迹"，从东坝头骋目四顾，可以清晰地看见当年马克思热烈憧憬的"新纪元的曙光"已经照彻亚洲，照彻寰宇。当全世界每十人脱贫，就有九人来自中国；当中国用短短几十年时间，走过了发达国家几百年的历程；当欧洲政要感叹"中国改革开放在人类历史进程上的地位，可以与文艺复兴和工业革命相媲美"……熟知黄河历史并亲历中国巨变的人们，都会情不自禁向东坝头投来深情一瞥。

得中原者得天下。在人口密度和粮食丰度左右战争胜负的冷兵器时代，辽阔中原以占尽两利和居国之中，成为定国之要津。当代中国，世界最大执政党以大河治理为龙头，稳中原而兼济天下，在历史上第一次经过全流域系统治理，有效解决了黄河泥沙治理和周期性泛滥难题，从而为完全解决世界人口最多国家人民的吃饭问题，并在减贫人口占全球70%以上的基础上，在可以预期的时间内整体消除世界最大发展中国家贫困，奠定了坚实基础。

2017年5月，新华社记者从黄河中游起点包头河口镇，顺河而下直抵黄河中游与下游分界处郑州桃花峪，一千二百多公里的黄河中游已是一河清水。这意味着在非汛期，连同基本是清水的上游，黄河80%的河段是清的。潼关水文站控制黄河91%的流域面积、90%的径流量和几乎全部泥沙含量数据。该站实测，2000年至2015年，年均入黄泥沙量为两亿六千四百万吨，较天然来沙均值十五亿九千二百万吨减少83.6%。虽然同期黄河径流量较天然时期年均值减少46%，但黄河含沙量也降至10.8公斤/立方米，下降71%。中国古来有"圣人出，黄河清"之说。历史上有记载可查的"黄河清"共有四十三次，最长一次为1727年，黄河澄清两千余里，持续二十多天。新时代"黄河清"持续时间之长，为历史所罕见。人民治黄七十多年来，大河奔流的中原狂澜不再、涛宁民安，为中国大踏步赶上时代，器宇轩昂从世界舞台边缘走向中心，蓄足了底气。焦裕禄精神恰如大河明灯，照亮了这一波澜壮阔的历史进程。

一颗耀眼的星辰，可以使人想见银河的璀璨。焦裕禄视人民如父母，人民以他为最值得骄傲的儿子，这一足以服膺民族、温暖国家、增辉制度的人间佳话，给新时代执政党的建设以深刻启迪。从打江山，到坐江山，二十八年浴血奋战，七十年改地换天，百年冶炼成钢，中国安泰从自身成长和对历史规律的深刻省察中，得出了攸关党兴国昌的宝贵经验：人民就是江山，江山就是人民，谁把人民放在心上，人民就给他千古江山。这是中国共产党宗旨常青力量永续的根基与命脉，也是共和国从站起来到强起来新征程中，继续弘扬焦裕禄精神，确保中国安泰永不脱离大地母亲温暖的怀抱，在与人民生死与共中不断赋能从而走在时代前列的历史逻辑。

1952年10月30日，人民领袖毛泽东，带着对黄河岸边翻身农民的殷殷关切之情，走进东坝头附近许贡庄贫农董宪德家。

2014年3月17日，新时代人民领袖习近平，带着"小康路上一个也不能少"的爱民情怀，走进东坝头乡张庄村贫困户张景枝家。

嵌入史册的精彩镜头昭示，人民的福祉与安危冷暖，是中国共产党人在大河上下全部奋斗和进取的价值所在。党以非凡的勇气和恒心淬炼传承焦裕禄精神，正是为民宗旨与爱民情怀本色而经典的体现。

"曾是昔年辛苦地，不将今日负初心。"唐代名相魏征四世孙、唐宣宗年间宰相魏扶，重游当年科举故地贡院时触景生情，感喟之余，在《贡院题》中留下了这样阅尽千山不忘来路的诗句。

知所从来，思所将往。2016年7月1日，中国共产党九十五岁华诞。习近平在北京人民大会堂发表重要讲话，殷切嘱托全党：

> 我们党已经走过了九十五年的历程，但我们要永远保持建党时中国共产党人的奋斗精神，永远保持对人民的赤子之心。一切向前走，都不能忘记走过的路；走得再远、走到再光辉的未来，也不能忘记走过的过去，不能忘记为什么出发。面向未来，面对挑战，全党同志一定要不忘初心，继续前进。

2017年10月18日，北京人民大会堂欣逢盛事。习近平在党的十九大报告开篇，庄严阐明了不忘初心、牢记使命的鲜明主题：

> 不忘初心，方得始终。中国共产党人的初心和使命，就是为中

国人民谋幸福，为中华民族谋复兴。这个初心和使命是激励中国共产党人不断前进的根本动力。全党同志一定要永远与人民同呼吸、共命运、心连心，永远把人民对美好生活的向往作为奋斗目标。

在中华民族实现"两个一百年"奋斗目标的历史交汇期，在世界最大执政党即将迎来百岁华诞的重要历史节点，中国共产党人以人民的向往为目标，以人民的希冀为使命，举山河以绘宏图，又一次把耿耿初心写在自己的旗帜上，吹响了党在新时代团结带领十四亿中国人民勠力拼搏，在决胜全面建成小康社会中实现光荣与梦想的嘹亮号角，开启了党领航复兴伟业的崭新历程。靡不有初，鲜克有终；百年梦圆，贵在初心。历史已经并将继续证明，在前无古人的伟大事业呼唤执政党慎始敬终的圆梦之旅中，中国共产党人七十年笃行致远培育的焦裕禄精神所包孕的初心使命，正在成为助力伟大复兴的激励人心的壮歌。

在举世瞩目的庄严时刻，我坐在人民大会堂右前区，聆听属于一个时代的庄严宣示，忽觉初心使命蕴含的"根本动力"，赋予我始于东坝头的远征以鲜活的灵魂。中国心脏发出的震撼世界的声音，和着大河风涛尽远播布，党的初心与母亲河的厚重底蕴交相辉映，大河初心的立意已然形成。

2019年6月28日，由中共中央联络部和河南省委共同举办的"中国共产党的故事——习近平新时代中国特色社会主义思想在河南的实践"专题宣介会，在兰考焦裕禄干部学院举行。宣介会故事分享环节，开封市委常委、兰考县委书记蔡松涛，向来自世界三十多个国家的政党领导人和代表介绍说："兰考的脱贫和振兴，可以说是中国的缩影。"

读懂黄河，就能解读沧桑中国的历史；读懂兰考，就可管窥神奇中国的巨变。己亥初夏，始于东坝头的兰考故事，以独特魅力向中外展示，古老东方的那条龙，是怎样腾飞并惊艳了全世界……

2017年8月至2019年4月写于济南、开封、兰考、尉氏、民权、鄢陵、郑州、洛阳、博山、大连、海南五指山、北戴河、北京
2019年9月至2020年5月改于济南、兰考、开封、海南三亚

主要参考文献和书目

1. 习近平.习近平谈治国理政第二卷.北京：外文出版社，2017.

2. 习近平.做焦裕禄式的县委书记.北京：中央文献出版社，2015.

3. 习近平.结合新的实际大力弘扬焦裕禄精神.北京：求是杂志，2009.10.

4. 中央党校采访实录编辑室.习近平的七年知青岁月.北京：中共中央党校出版社，2017.

5. 中央党校采访实录编辑室.习近平在福州.北京：学习时报，2019.

6. 穆青，冯健，周原.县委书记的榜样——焦裕禄.北京：人民日报，1966.2.7.

7. 穆青，冯健，周原.人民呼唤焦裕禄.北京：人民日报，1990.7.9.

8. 新华社兰考采访小组.焦裕禄的革命精神教育了我们.北京：新闻业务，1966.3.

9. 焦守云.我的父亲焦裕禄.北京：人民日报出版社，2016.

10. 吉炳伟.纪实焦裕禄.北京：中共中央党校出版社，2016.

11. 吉炳伟.怀念焦裕禄.北京：中共中央党校出版社，2016.

12. 侯红，霍传富，董来柱.精神的丰碑：焦裕禄.郑州：河南大学出版社，2013.

13. 张全景，张文台，周长安.焦裕禄在兰考的四百七十天.郑州：中州古籍出版社，2013.

14. 魏治功.焦裕禄读本.郑州：河南人民出版社，2011.

15. 博山焦裕禄纪念馆.焦裕禄的八十则贴心话.北京：人民日报出版社，2017.

16. 何香久.焦裕禄.郑州：河南文艺出版社，2011.

17. 殷允岭，陈新.焦裕禄.石家庄：花山文艺出版社，2011.

18. 屈春山，杜政远，王亚，刘俊生.焦裕禄.北京：华夏出版社，1990.

19. 刘俊生.焦裕禄.长春：吉林出版集团，吉林文史出版社，2012.

20. 杨长兴，刘俊生等.焦裕禄一生.北京：中央文献出版社，2014.

21. 史福庆，杨长兴，张万青，陈向军.贾鲁河畔英雄歌——焦裕禄在尉氏纪实.北京：中央文献出版社，2009.

22. 廖海敏，崔惠萍，田野等.做最好的党员——向焦裕禄同志学习.武汉：华中科技大学出版社，2018.

23. 化汉三，耿庆堂，李艳萍，李俊，薛克礼.难以忘却的怀念——焦裕禄回忆录.开封：河南大学出版社，1992.

24. 李建强.不泯的记忆——口述焦裕禄.北京：人民出版社，2018.

25. 精神的路标编写组.精神的路标：焦裕禄在洛矿.北京：中信出版社，2014.

26. 耿相新，王国钦.焦裕禄精神文献典藏.郑州：河南文艺出版社，2015.

27. 彭真传编写组.彭真传第三卷.中央文献出版社，2012.

28. 李庄.李庄文集.银川：宁夏人民出版社，2004.

29. 李庄.人民日报风雨四十年.北京：人民日报出版社，1993.

30. 李庄.难得清醒.北京：人民日报出版社，1999.

31. 张严平.穆青传.北京：新华出版社，2005.

32. 张惠芳，王昉.人民记者穆青.郑州：河南人民出版社，2003.

33. 张惠芳，王昉.穆青自述.郑州：河南人民出版社，2015.

34. 郑德金，穆晓枫.难忘穆青.北京：新华出版社，2005.

35. 杨沙林，姚喜双.把声音献给祖国.北京：中国广播电视出版社，1998.

36. 杨沙林.用生命播音的人——忆齐越.北京：中国广播电视出版社，1999.

37. 河南省兰考县地方史志编纂委员会.兰考县志.郑州：中州古籍出版社，1999.

38. 王化云.我的治河实践.郑州：河南科学技术出版社，1989.

39. 陈启文.大河上下——黄河的命运.合肥：安徽文艺出版社，2016.

40. 郑旺盛.庄严的承诺.北京：中共中央党校出版社，2017.

41. 河南黄河河务局.大河安澜.郑州:黄河水利出版社，2016.

42. 王渭泾，王晓梅.黄河史话.郑州：黄河水利出版社，2015.

43. 赵友林.河南黄河.郑州：河南河务局，2006.

44. 赵炜，曹金刚，曹为民，王文东.长河惊鸿——黄河历史与文化.郑州：河南科学技术出版社，2007.